胭脂巷的子孙们

方瑄德 著

商务印书馆国际有限公司
中国·北京

图书在版编目（CIP）数据

胭脂巷的子孙们 / 方瑄德著 . -- 北京 : 商务印书馆国际有限公司，2021.1

ISBN 978-7-5176-0772-4

Ⅰ . ①胭… Ⅱ . ①方… Ⅲ . ①自传体小说－中国－当代 Ⅳ . ① I247.5

中国版本图书馆 CIP 数据核字 (2020) 第 212386 号

胭脂巷的子孙们

著　　者　方瑄德
出版发行　商务印书馆国际有限公司
地　　址　北京市朝阳区吉庆里 14 号楼
　　　　　佳汇国际中心 A 座 12 层
邮　　编　100020
电　　话　010-65592876（编校部）
　　　　　010-65598498（市场营销部）
网　　址　www.cpi1993.com
印　　刷　三河市紫恒印装有限公司
开　　本　710mm × 1000mm　1/16
字　　数　436 千字
印　　张　32.5
版　　次　2021 年 1 月第 1 版第 1 次印刷
书　　号　ISBN 978-7-5176-0772-4
定　　价　48.00 元

目 录

序　一

得知《胭脂巷的子孙们》再版，我有些话很想说。

方琯德年长我约十岁。我们相识于1949年初，至今已七十一年。那时，正值解放战争进展迅猛、平津战役大捷，他携妻子、女儿并耿震等几位演员从国统区奔赴解放区，从南方一路到达刚刚解放了的北平。当时，我们华大文工二团在和平解放北平谈判成功的当天傍晚进入北平城，没几天，因为都是演话剧的，琯德等人就直接参加了华大文工二团。

待安顿下来，我们排演了第一个大型话剧《民主青年进行曲》，反映解放前夕北平学生的民主运动。我曾不无疑惑，琯德已年过三十，且体形很胖，更似中年人的状态，怎样演一个年轻的大学生？他演那个绰号“大炮”的激进学生冯文辉，却真是活灵活现，而且形体颇为灵活。这是我们的第一次合作。

1952年，北京人民艺术剧院建院之初，我们演了老舍先生新作《春华秋实》，琯德又把剧中主角丁经理演得极为鲜活生动，令我刮目相看。

我曾认真思考过，作为演员，他所取得造诣的由来是什么？他此后在《日出》《伊索》等诸多经典剧目中的优秀表现，我认为都得益于他的经历和修养。

琯德青年时在国立剧专，就已参加革命，并任基层领导。他生长在桐城的一个显赫家族，更使他获得非同一般的生活熏染。譬如，书中他在庭院中与陈独秀见面的情景，简略几笔，跃然纸上。若非亲身经历，怎能描绘得如此生动！

重修养、勤思好学是琯德又一特长，所以能用《胭脂巷的子孙们》这部书，呈现出一个时代、一群活生生的人物。

相识半个多世纪，我和琯德是邻居，是好友。如果挑出点缺憾，他的字有些——或说是相当潦草难认。因此，在他撰写过程中，全稿都由我的夫人狄辛帮忙抄写，我也得以成为付梓前的读者。

蓝天野

序　二

悉中国历史的人都知道安徽省安庆这个文化名城，也知道从这里产生过对清代政治、文化思想有重大影响的桐城派。晚清时与曾国藩有密切关系的方存之即是桐城派巨子，也是胭脂巷这个钟鸣鼎食之家的代表。但从他开始，这个家族衰落了。

从19世纪中叶开始，中国历史进入了激烈的变化时期。到20世纪初，最后一个封建王朝被辛亥革命推翻，胭脂巷的方家这个封建大家族也开始衰落。然而，这里虽有“忽剌剌似大厦倾”的崩颓之势、“昏惨惨似灯将尽”的衰败之景，方家的子孙们却没有沉沦，而是先后走向了新生。因为，这个腐败、黑暗的封建时代结束时，在东方出现了新时代的曙光，方家的子孙们勇敢地走向了光明。

从胭脂巷方家的变迁，我们可以看到中国近现代历史发展的一个侧面。故事是从方家大出殡开始的。封建制度下的兴亡更替、家族易主，财产重新分配，照例是三纲五常，可怕的循环。可这里的大出殡之后，方家并没有沿着旧轨道循环下去，胭脂巷里反而刮进了世界风雨，方家子孙谈起了易卜生、托尔斯泰。但世事变化已不允许他们坐议立谈。东三省沦陷，中华民族危急，他们热血沸腾，在中国共产党的领导下投入了救亡运动，在为创建新中国的奋斗中开始了新的生活——前人未曾有过的生活。

“这是一个伟大的时代、动荡的时代。在这个时代，要加紧人生的步伐，明确人生的目的，万勿沉入浪底。”年近古稀的方琯德同志回忆起20世纪30年代参加抗日救亡爱国运动的峥嵘岁月时激动地说，“那时候，我们这些学生真是赤子之心，火一般的热情。我母亲将我们兄弟几个一个个送去参加革命，最后，她将自己供奉了一生的菩萨给砸了。她不信菩萨了，只相信儿子们在中国共产党领导下的奋斗！”

优秀的儿子往往哺育于伟大的母亲。母亲的伟大不在于她能叱咤风云，而在于她的善良、博大和无与伦比的真情。她像永悬在儿子心中的太阳一样，光明、温暖，给他们以力量。方琯德同志完全是用生命在写此书，写他对伟大时代、伟大祖国、伟大母亲的一片深情。

从城市角度来写抗日救亡的作品不多，以自身经历写的就更少。由于作者有不平凡的经历，该书出现了许多著名的历史人物。陈独秀见方家子孙革命而鞠躬，使我们如见其人；郭沫若上街头做抗日讲演，使我们如闻其声；其他历史名人也都显露了一般传记作品所不易见到的真实形象。我们从中得到的启示和教益是非一般文学作品可比的。

作为晚辈，我应命写此序言，虽心觉惶恐惭愧，还是勉力完成了。因为这部书使我感动，自然而然地讲出了前面的话。

任德山

第一章

1929年秋天，安徽安庆的胭脂巷中一家旧公馆里大出殡。这天一清早，大门、二门直至灵堂的门都打开了，站在街上就可以看得见里面，各种男人、女人，人头攒动。执事人员已在街上排定：有洋乐队，也有吹唢呐、法螺的和尚；有穿着号衣和破旧衣服的老头，打着白幡和各种挽联、丧幛的小孩子们；还有纸人、纸马、纸的用人、纸的账房先生等，不知为什么都是清朝人打扮。灵堂响起一声敲梆子的声音，杠夫们吆喝着起动灵柩，一片哭声、乐器声。这一家人与众不同之处是，一片哭声中只有一个女人的声音，其余的都是孩子的声音。

大街上——其实这个小城市还没有真正的大街，只有一条仅三人能并排而过的巷子。但出起殡来却只能一个人走了。就这样排着参差不齐的队，缓慢地蠕动了起来。加上一路上瞧热闹的和路祭的人家，倒也十分拥挤。而白色的挽联接踵而来，似乎有点《红楼梦》中贾府秦可卿出殡时如银山似的压地而来之势。

在最前列长杆挑起的一副长的白色挽联上，写着“方孝充先生千古”，而下款竟然是落着“前内阁总理许世瑛敬挽”。后面跟着的是安庆、桐城诸人的挽联。第一家路祭的是垄断长江下游一带酱菜生意的、安庆名门胡玉美商号。路祭时孝子当即叩头致谢。这一群孝子中老大、老二是三十岁左右的青年，其余六个都是小孩子，最小的只有五岁。叩起头来毫不齐整，此起彼落，姿势各异。最大的干脆跪着不动，而最小的却认真地跪下后站起作揖再跪下，引得围观者们窃笑和议论：“这是方家三老爷的八个儿子，哟！大的那么大，小的这么点小！”“不是一个太太生的。现在这位三太太一个人就生了六个，其中还有一对双胞胎呢！”“看，就是十六岁左右的那一对，就他们俩磕起头来起落一样，特别整齐。真好玩！”看出丧的人并不悲哀，只是在全面浏览方三老爷家庭的全部。当然有方三老爷，就有方四老爷、方五老爷，还有六、七、八、九、十老爷。据说，还有大姑太太，直到十姑太太。今天女眷有几房来了，却不太清楚，因为都被围在一幅白幛子之内。棺木上罩着黑色的大罩帐，如一顶大轿子，人们瞧不见。还有一部分是坐轿子的，有老爷们，也有媳妇、小姐们，所以队伍就很长了。尽管如此，这也不过只是桐城世家在安庆的一房人罢了。

走走停停，一路上有十几起路祭。到达靠长江边上的迎江寺时，已经是下午了。这迎江寺可是长江沿岸的名寺，它是木结构的宝塔，素来就有“塔中之王”之称。据说每到八月中秋时，全国的宝塔都要向它朝拜，于是江中有数个塔影随波晃动，是当地的一景。寺中住持当然是国内的高僧，毫无疑问的了。一般平民百姓的灵柩是不能在寺中停放的。方家若非一代盛名世家，要想在后堂一偏殿中存放七七四十九天，那是不可能的。

下午三点多钟，远客都散了。最为辛苦的是那些吹打奏乐的、抬灵柩的、打幡挑挽联的，他们把各种幡、挽联、纸人纸马在灵柩的周围放好，挂好，然后也散去了。稍有头面的人和近亲，都到迎江寺前一排临江的楼里吃素点心、喝茶。这座有着高大临江窗户的、素食点心很有名气的茶楼，今天被方家包下来了。

三太太和孩子们就在偏殿中坐下休息，吃了一些送进来的茶水、点心、素面等。那些男孩子们吃起东西来，可没有世家子弟的风范，大口大口地吃着，稀里呼噜地一会儿就吃了个精光，几个小的嚷着还要吃。三太太一点都没有吃，也不想吃。似乎连日来令人疲乏的纷扰和郁闷心情已使她很饱了。她把自己的一碗素面分给了孩子。

这些孩子们身上穿着重孝，那就是说除了白布大褂外，还有麻布的外罩，横腰系着一根草绳；白布帽子外面罩一顶麻布帽子，帽檐上系着十几根白线穿的棉花球，摇摇晃晃十分有趣。每人还有一根哭丧棒，是用柴棒做的，外糊白纸毛，不知是何含意。

一会儿老大方琏德脱去了那身像盔甲似的麻布罩衣，只穿着白大褂走了进来。他是一个身材修长的年轻公子，戴着一副很美的金丝边眼镜；与袁世凯的大公子袁克定甚为交好，在袁克定的庇护之下，做过一任青岛警察局局长，是青岛、北京上层社会中的活跃分子。在那期间，他遇见了一位美貌女子，情书往来，互慕才貌而自由结婚了，这在那书香官僚之家可引起一番大惊小怪的波澜。婚后不久，他们生了两个女儿。可是，不知为何他们突然离婚，女人远去他方，杳无消息。此后大少爷就娶了第二位夫人，居住在上海。这次他们是专程回来奔丧的。他是长子，也就责无旁贷地指挥、应酬一切了。当下他对三太太说："老姨太，客人们都散了。这里留下一个弟弟和一个用人，其余的人都回家吧。"这一声"老姨太"就像一根大棒狠狠地打在三太太的心上。她一怔，脸色阴沉，呆呆地盯视着他，泪流满面，最后强硬地说了一句："什么？我是你的老姨太么！"接着抚棺大哭。这哭声表露了她心中长期的抑郁和半生的苦楚，只哭得无人敢吱声。老大无从再说什么，只得转身走了出去。

孩子们看见母亲这样哭，是父亲死了以后的第二次。

父亲死后，除了母亲，家里管事的大人就是账房先生和一位教书先生，别无他人。母亲从缝制孝衣、买棺材、打电报到各地通知亲友、请和尚到家里念经等，都要忙碌，似乎没有时间想到她的悲哀痛苦，也没有时间想到这个家以后怎么过下去。这样到了第三天，天一亮人们还未全醒之时，母亲叫人搬去一把椅子，放在父亲的停尸床前，关上门大哭起来。孩子们都傻了，进不去房间，也听不出哭些什么，在外面被感染得也哭了起来。屋里屋外哭声一片。约两个小时，屋里面忽然没有了哭声。女用人赶忙撬开房门进去，只见母亲扑在父亲的尸体上昏了过去。人们把母亲搬开，抬到她自己的床上，用参汤慢慢地将她灌醒。今天孩子们第二次看见母亲这样哭泣，不由得害怕起来。小的孩子抱着妈妈的腿摇晃着："妈，别哭。回家吧！"母亲抚摩着几个孩子的头，依然哭着。孩子又说："妈妈，别哭了。我们害怕！"这时母亲才抬起头来看着两个最小的孩子，抽噎着，抑制着自己的哭泣。

这位老姨太并不老，其实是方三老爷的姨太太，年纪不过三十一二岁，与大少爷似乎是同年。她面貌清秀、美丽，身材娇小。据传说，她是方三老爷在苏州任首席县（相当于现在的省直辖市）知县时买来的，比三老爷小三十多岁，肯定是穷人家女儿。有人说，她十五岁时，就被买了来当小姨太太。她也从没有一个娘家人，也不知是哪里人氏。她名字是杨琴芬，何处得来此名，就很难揣测了。她嫁给三老爷后，十六岁时就怀了孩子，生下来是一对双生子，合家喜欢。于是，她接二连三地又生了四个，都是男孩。她立志要生个女孩，生了第七胎，结果还是个男孩，她叹了口气。这一大堆男孩子吵得她头昏，身体又不好，三老爷因久病不起，又抽鸦片，家道日益艰难。这第七位小少爷（总排行来算，应是老九）生下来，不到一周就死了。她也没有怎么悲哀，叫人买了一口小小的棺木，抬出去葬了。日子一长也就淡忘了。

她可怜的一生，没有青春，只是在生孩子、怀孕，在病床前、烟灯前消磨了她整个的年华。偶然到哪家去，老一辈人都喊她三姨太太。她天生的傲气，对这些不听也不理。三老爷生前答应过她，等他病一好就为她扶正，正式称她方三太太。这是她唯一的希望，希望的基础就是这六个儿子。今天，她感到希望破灭了。这六个儿子将被人看不起，过着屈辱的生活。她似乎才明白，她是个命苦的人。她才感觉到，她的痛苦是难以解脱的。她信佛，最信观音菩萨，因为她是救苦救难普度众生的唯一神明。但是，她也确信，她的不明的身世，自来要比别人苦好几倍，因此也比别人更难从痛苦中解脱出来。这一声“老姨太”，把她抛向眼前这棺材漆黑的深处。她终于被家人拖拖拉拉地扶上轿抬回去了。临走时，不知是谁决定的，把小老七,一个九岁的男孩，留下在庙里伴灵。

小老七叫方琯德，是个比较开朗的小孩，一般来说是笑嘻嘻的时候较多，也是杨琴芬最疼爱的一个孩子。据说是因为他生下来时，哭声洪亮，三进屋子以外都听得见。还有件奇事，就是这位年轻的母亲连生四子，都没有乳汁，不得不雇奶妈来给孩子喂奶，而每位奶妈又都是给她气受的，据说三老爷不是一个安分之辈。唯有小老七生下后，一口就把乳汁吸出来了。于是，这位年轻的母亲不辞辛苦，亲自喂养这个孩子，一直喂到五岁才断奶。所以，老八比老七小了五岁。小老七就此被母亲异样看待。现在，把他留下守在庙里伴灵，那是给予尽孝道的好机会。而对小老七来说，则是因为喜欢吃庙里的素面，这是迎江寺有名的点心。让他留下，他是异常高兴。由一个名叫德金的老家人，一个诚实的乡下佃农，又是远房族兄，同他一起留在庙中伺候一切。凡是和尚念经的时候，小老七就得跪伏在地，三跪九叩。一天之中要念三次经，他就得跪伏三次。每次念过经后，必有两个素包子或者一个糖馒头以资犒劳。小老七盼望他们念经，那一点叩首之劳是不在乎的，而那些素食点心却是极有诱惑力的。就是晚间睡在棺材旁的草荐上有些害怕，所以，他打破主仆界限与德金一起睡。白天没有事的时候，德金就背着他庙前庙后地到处游逛。可一到四大金刚那里，他不禁害怕了，不敢再骑在德金的背上，忙溜到地上抱着德金的大腿，不敢仰视。尤其是那个手抓大蛇的金刚，他看见那条蛇心里就一阵发麻，一阵发酸，竟口水、鼻涕都流了出来，就像重感冒似的难受，还大叫了起来。自此以后再不敢走出偏殿一步。这样过了半个月，和尚们宣布暂不念经了，小老七的素面、点心也吃够了，守灵的任务也完成了。

家里显得异常空寂。堂屋里挂着灵帐，摆着供桌、灵牌、香炉，父亲的屋子还没有整理，老三却钻到父亲死时盖的被子里，蒙头大睡。老四在父亲的书桌上写大字。老大在后花园的书房里，整理从上海带来的东西，分出送礼的物品。母亲在自己的卧室里，时时发呆。老五、老六在楼上书房里念《论语》《孟子》。老八一个人在后花园里玩。各人都有各人的生活天地，没有人说话，也没有一点声音。除了供桌上的烛光和一炉檀香、一鼎细香缥缈的轻烟还有点生机外，死寂笼罩着整个的房屋。

这样的沉寂，是前一个时期所没有的。三年前三老爷过六十大寿时，还是满堂宾客。前厅天井和后花园都搭上了席棚、摆着宴席。前后都有带喇叭的留声机，播放着《洋人大笑》和谭叫天的唱片。请来的卖唱姑娘唱的是凤阳花鼓。

六十寿辰一过，三老爷病势就重了。往日他常去后花园的小书房吟诗，也自命不凡地作诗，但没有一首有人称颂。三太太总是低声地埋怨："一天到晚地喊，喊个什么！叫冤似的。真不懂，有什么好听的。"

夏天黄昏，把园子里的凉棚席子卷起来，一家人乘凉。三老爷一个人吃西瓜，吃剩下的给孩子们吃。到三太太吃的时候，只能吃上一口半口就没了。三老爷的病日益加重，成天喘咳不已，也就不再到小书房去吟诗了，小书房也就锁起来，后花园便无人来往了。

三老爷病重时，一家人都在他的房中日夜侍候着。他哮喘得很厉害，不能平躺，要人坐在他的后面，用背垫托着他的身体，让他睡一会儿。一会儿一个人，轮流换班。熬药的人，那是同时要照顾两三个小火炉的。

三老爷原来是个大胖子，身高不过一米五六，但腰围却三尺有三，现在却变为一个小瘦人了。他喘得厉害的时候，两只眼睛就像要暴出来似的；一口气老缓不过劲儿来，接着大吼几声，吐出一口浓痰来，才能舒出一口气，好一会儿。如此反反复复，一连就是一两年。

一天晚间，三老爷沉沉睡去。园子里忽然像塌了房似的一声震响。大家都不知道发生了什么事，突然又传来一声女人的尖叫。大家赶到园中，只见一个女佣昏倒在地。她醒来以后，说看见一个大黑影，从小书房里冲了出来，扑向她，她就晕了过去。

小书房的锁早已没有了，园子里的两口水缸打破了，但没有丢失东西。有人说，那个女用人常常偷偷地到小书房里去，今晚从小书房里出来，不料从花园墙头上掉下来几块砖头。也有人说，是三老爷的魂，重游小书房。三太太当然害怕，但无暇细查，只是更加上一层愁云。

三老爷从那一晚间之后，再也没有清醒过来。加上这一闹鬼，家中自此以后灯火通宵达旦。到处明亮亮的，谁也就不害怕了。三老爷气息越沉，家中人越忙碌，反而有一种热闹气氛。

孩子们不懂发生了什么事情，家塾的先生也宣布不上课了。这个家里的孩子中，只有老三、老四在省立高中读书。这书香之家的孩子在学校里自然四书五经、诗词之类的成绩是名列前茅的，但数学、外文之类就不行了。另请了一位先生给他们补习，同时还教授老五、老六、老七等人的功课。这些功课当然只是四书五经、唐诗三百首等。原先是一位方鼎华老先生在这儿教书。他的近视眼可能有千度上下，反正在一圈一圈的眼镜片中，看不见他的眼睛是什么模样。

这房子楼上的书房，兼做了教书先生的住房。从书房的窗户中望出去，可以看见长江中来去的船帆，星星点点，小而清晰。有时，也有庞大如高山般的大轮船来往。英国怡和公司的船烟筒上是一红一黄的道道儿，招商局的船是黄色的圈圈，还有日本的船……它们的标记，被这些经常引颈瞭望的读书小孩记熟了。

时常在看得出神之际，先生的戒尺横扫过来，接着一阵鬼哭狼嚎之声大作。尤其是小老七，哭叫之声尖厉之至。有时，母亲忍耐不住小儿子的尖叫，就向楼上高喊："老七呀！叫什么呀？不好好地念书！"这一喊，使得方鼎华老先生极为不满，但是也不好再打了。孩子们只要看见江边电厂墙上的电灯一亮，就大叫："先生！电厂的灯亮了！"这是定好的放学标记，也不等先生说话，纷纷收起书包，撒腿跑了。小老七就跑到母亲房里，吃母亲单给他留下的一份点心。

方鼎华老先生旧学不错，对新学则不通，对小孩子又手下无情。三太太向三老爷说了多次，后来辞退了他，另外请了一位很庄重的中年人来教。这位宋先生与老三、老四以师友之间的态度相处，对老七之辈，则是愿意学多少教多少。因此也就相安无事了。每个月二十块大洋，还管吃饭，当时就算不错了。

好景不长。方三老爷眼看已来日无多。这个家庭的凋落之象，已完全呈现出来。宋先生很清楚这点，于是宣布停学，而且向三太太表示，等方三先生的丧事一过，就要回家去，现在当尽力帮忙。三太太表示感谢。

三天以来，三老爷虽然没有断气，家中已在忙着丧事的准备——请宋先生草拟讣告、至亲好友的名单，急电通知住在上海的老大、暂回桐城老家的老二。医生还得继续请，中西医会诊。没有钱，只得把首饰送出去当掉。几个小火炉继续熬着药，屋前屋后都是浓郁的药味。三太太已是几日未曾合眼。家中一片忙乱、紧张的气氛。只有这几个小的孩子，跟前跟后地在大人身边转，直讨人厌。

在这紧张的生活中，每日黄昏，三太太独自在她自己的房内呆呆地坐着，想使自己冷静一下，但是，没有一点前景，找不到一个心腹可以说说，一片茫然。这时候她想，如果有个大女儿，那有多好啊，可以和她吐出自己的心事，商量那些需要和人商量的事情。可是。她只有一个人坐在房里，真正感受到一个人的空寂和无可奈何。她忽然打开房门高喊着：“老七！老七！”小老七一个人正在玩“跳房子”游戏，停下来，跑进屋里，看见昏暗中显得更瘦小的母亲，平时母亲对孩子们从不搂搂抱抱的，今天却拉着老七的小手，把他搂在怀里。老七倒反而有些不好意思了。只听妈妈说道：“老七呀！你还在糊里糊涂地玩啊！你知道，你爸爸这两天说不定就好不了啦！到那时候，就只有我一个人了。怎么办啊？……你一定要好好念书。长大了别忘了妈妈，要孝顺妈妈。妈再受苦，也不会让你们没有人管。懂吗？”老七见妈泪流不止，不由得也流下泪来，只知道事情不好了，但不知究竟如何，心里着急，喊着：“妈妈！妈妈！我一定孝顺你！我一定好好念书！”母亲没再说什么，只是用手绢紧捂着脸，强忍着泪，挥挥手叫老七出去，将自己留在昏黑的房中。不知她是在暗暗地哭泣，还是在静静地默想。她没有出来吃晚饭。直到用人们来报说：“三老爷仙逝了！”她才从房中走出来，指挥人们烧纸钱，摔药罐子，停灵。

天井里马上加点了汽油灯，大厅里摆开几排用长板拼起的长桌。买了无数的白布，开始赶制几十件孝衣、孝帽；另外，还要裁出每七尺一份的白布，为吊孝的远房亲属备用。厨房里，十几个人在忙着煮饭、做菜。

第二天一早，老大从上海赶来了，老二也从桐城老家赶来了。一进门，就跪在三老爷停尸床前，号啕大哭。哭声是很粗犷的，小老七等孩子们听起来有些害怕。哭声中还夹着些“孩儿不孝”“没有人侍候你呀”等言语，无人不随之动容，哭的时间不长，也就停止了。

三太太忙着命人把大少爷的行李、物件送到花园小书房去，打热水给大少爷备用。

大少爷在小书房里立刻传见老二、老三、老四、老五、老六、老七以及老八，赠送每人一份自上海带回的食物等礼品。安庆虽然是长江上有名的码头之一，但上海的东西却还是很动人心弦的，尤其是奶油糖什么的，就那好看的包糖纸，也是胡玉美糖食部所望尘莫及的。大少爷以长子为父的口吻，查询诸弟的近况。他居然特别把小老七抱在了怀里，并摩挲了两下他的头顶。接着他表示，要亲自上街，到棺木店去选择棺木。三太太把典卖首饰的三百块大洋拿出来交给了大少爷。大少爷手拿着文明棍（手杖），潇潇洒洒大步流星地去了。

家里请来的风水先生，拿出黄历，挑定入棺的时辰。

黄昏时，大少爷回来了，对众人说："棺材买好了，是上等杉木，原是给本地某士绅家老太太定制的寿材，已经漆过七道重漆。本想找副楠木的，可惜这个小地方没有。就跟老板讲定，再加三道重漆，三百五十块大洋。我想就将就一点吧！"这本身就是定了案的，谁也不会有异议。总之，是方三太太又拿出五十块大洋交给了老大。

忽而门外传来一阵杠夫们的吆喝声。大门全部打开，一副重黑色的棺材，如同一尊黑兽猛扑而至，耀武扬威了一阵，才被人们捧至厅堂之内。工人们立刻当众油漆起来，并在棺材头，用黄、红两种漆，绘上寿字形图案。

风水先生测定，入殓大吉的时辰是在后天上午辰时。于是赶紧通知近亲。当时在安庆的近亲，只有居住在小南门的方四老爷。

当天清早，顿时紧张起来。在头天的夜里，三老爷已被殡殓的人们换了衣服，都是寿衣店里供应的。虽然已经是民国了，可给他穿戴的，却是清代朝服。也许是因为，宣统年间他当过"同知"的官儿，所以还是要以古礼待之。

时辰一到，赞礼的人高喊起来：起身、入棺、盖棺。满屋里香烟缭绕，人们在一片氤氲之中。在这一套程序进行中，周围是寂静的，连说话声都是极细小的。赞礼人的一声“盖棺”，人们猛然发出一片号啕大哭之声，震天动地。三太太抢上前去，伏在棺材上，不许盖棺。孩子们也纷纷抢上前去，再看看三老爷的遗容。小老七趴在棺尾，看见父亲头下、脚下垫了红纸包的石灰包，周身空余之处也全是红纸石灰包。父亲腰带上挂着玉翠之类，口里含了一块很长的玉石，像伸出来的舌头，吊死鬼似的，小老七真有些害怕。接着有人上来，用一床黄色写满了佛经经文的被子，把三老爷盖上了。一帮强有力的妇女和男人，拉开了三太太和孩子们。赞礼的人一声“钉棺”，七寸长的铁钉在棺材头钉了下去。只听见当、当、当三声，如同钉入人们心肺之中。大家跪了下去，哭声嘶哑了。三太太已昏了过去。

方四老爷也远远地跪下，又很快地站起来，擦拭着对其老兄悼念的眼泪。

棺木钉完后，马上支起白色的灵帷，摆好供桌、供品。由长子跪在供桌前，用朱笔在事先写好的灵牌上“点主”，就是在父亲的名字上，点上一个红点。灵牌的下款是八个儿子的名字，没有女人的名字。然后来了一群和尚，身穿黄色、红色袈裟。为首的大和尚僧帽上镶着金边，由他带头摇动法器，口中唱经绕棺而行，甚为和谐也好听。绕了总有十几圈才站定，又唱了一个时辰方才安息，吃斋去了。

这才忽然安静下来，吃饭的吃饭，休息的休息去了。亲朋们也散去。

请来的和尚们，分班轮流坐在棺材边诵经，念念停停。院子里烧着纸钱、锡箔叠成的元宝。屋子里女人们不停地叠着元宝。叠完，烧掉，如此不断。灵位前燃着几对大小不一的白蜡烛。不同的香炉中烧着各种香，有极细的线香，有像小木棒似的檀香。异香扑鼻，氤氲绕梁，有如佛境。

第二天清早，有人来祭奠。家属应在一旁陪祭，三太太却不在，不知是不愿，还是她是“老姨太”的缘故，陪着跪，陪着哭，没有她的地方。她一个人在紧闭的屋里，呆呆地坐着。这些孩子成天地跪着也不是办法，于是大家轮流。老大、老二只有在有重要人物来祭奠时，才出来哀号，陪跪一下。几天过去，来的人也渐渐少了。

一天上午，灵堂里除了香烛之外，空空荡荡。忽然，一个女人从大门外款款而来。她三十岁左右，瘦长的身材，穿了一身黑色的衣裤，大大方方，起落有致。她长圆形的脸，一双大眼睛中含着泪水，看起来不像太太或少奶奶，而是一般平民百姓。进门时有人迎上去问她是谁，她也不答话，径自往里走，直到灵堂供桌前站住，说了声："见太太。"有人进去请三太太。三太太一出来，尚未开口说什么，她先说："听说老爷过去了，我来哭一哭老爷。"说罢放声大哭，呼天抢地，伤心极了，边哭边喊："老爷呀！我的老爷呀！你走了怎么也不告诉我一声呀！……"三太太呆了，一动不动地看着她哭。没有人劝她，也没有人拉她、干预她。直到她哭够了，好像所有的痛苦一泄而尽，才回过头来对三太太说："我哭完了，我走了！"双手在胸下福了一福以示行礼，不无留恋地、慢慢地出门而去。

三太太仍站在那里，脸色灰白，喃喃地说："这个不要脸的！我怎么许她……"接着，叹了口气，自语道："算了吧！让她哭吧，人已经死了。"有人在轻声地问这个女人是谁。三太太不自觉地说："蔡妈！老五的奶妈。"说完转身回房去了。

这件事太奇特了。三太太一走，人们就议论开了。有人窃笑说："三老爷生前风流，死后也风流。"有的说："这个女人胆子真大，也不怕丑。"有人调侃道："她老远来做孟姜女哭长城，三老爷在棺材里一定听得见。要不是棺材钉死了，说不定还会活过来呢。""三太太真是好人哪！要是我，不打她才怪哩！""她也怪可怜的，在大门外来来回回、走走坐坐地好两天了，直到今天才进门来。""作孽啊！真是作孽！"家里的大人、孩子对这件事都不做反应，就像没有发生似的。只有小老七跑到母亲那里问："妈妈，这个女的怎么哭这么久，也不吃饭就走了？"母亲把脸一沉说："问什么！

你不懂。”泪跟着流了下来。小老七不甘心地又说：“她哭得太厉害了。我看，应该给她吃些好吃的。”母亲忍不住说道：“滚，滚开！讨厌！”小老七被轰了出来，再也不敢说了。但其他的人，背后还是谈论不已。原来蔡妈跟三老爷很要好了一阵。三太太发觉之后，大闹一场，把蔡妈撵出了府门。

开完了吊，出殡。回来以后，老三、老四这对双胞胎上安庆中学，老五上小学去了。家里也没有什么人来了，帮忙的也都逐渐走了。最后还请和尚放了一次焰口，丧事就算告一段落。

深秋，在南方已是落叶满街。三老爷后院的大树，已是枯枝参天了。老大方琏德一个人住在小书房里，感到寂寞无聊，想着他在上海的家。他家中有两个妾；两个女儿已有十一二岁，虽然美丽非凡，但她们都是那位离他而去的夫人所生的，故不令他爱惜。他盼望有个儿子，因而才娶了妾。有两个女人终日侍候他，当然就十分恋家。他会交际，做一点投机的买卖，上海交易市场是他时时光顾之地。另外，不知他何时学了中医，居然挂牌看病，有儒医之誉。他此次奔丧已有月余，必须解决一件在他心中蕴藏已久的大事，才不虚此行——那就是分家。

老二方坚德，二十八九岁。他的家就在安庆小南门方家老宅子里，与方四老爷住在一起；有一个妻子，四个儿女。他无甚才学和能力，靠祖上留下的财产过日子，可分到他名下的少得可怜。于是他下定决心找工作，仗着方家的人情，在安徽大学找了个体育器械管理员的差事。他并不知道体育器械是些什么，安徽大学的体育也不高明，运动的人寥寥无几，所以，他每日只是捡捡篮球，收收棍棒、哑铃之类。上午简直无工作可做；下午学生一下课，他也就回家了。薪金二十几元，不够他一家子的费用，贫寒之气表露于外。他的大儿子小名叫大铁，大名叫铁生，也就十一二岁，常常在街上打架，顽皮捣蛋，公馆里的绅士们叫他野孩子。有一次他和族兄小喜儿玩火药爆炸了，小喜儿被炸瞎了一只眼睛，而大铁躲避适当，幸免于难。在小孩子们的心目中，大铁比小喜儿的英雄气概就差了一点。在大人们眼里，大铁如此的野，完全是小喜儿给带坏的。坚德不许他出外，他偷偷地溜了。送他去上学，他就逃学。无法就打，有时棍棒交加，打得他鬼哭狼嚎。而他母亲还得遭人议论："二少奶奶顶顶无用了。丈夫没有出息，儿子又管不好！"所以她很少出门，免得惹闲气。但是，她和那位已不知去向的大少奶奶，对三太太却是很好的，虽然不称呼她婆婆，但也决不喊她老姨太太。

那位大少奶奶临走之前，还特地请三太太带了小老七在胡玉美开的西餐馆里吃了一顿西餐。两人临别依依，掉下了眼泪。如今只有二少奶奶，在三太太房中做无语的安慰了。

大少爷与二少爷两人，每天都在小书房中谈话，酝酿分家之事。

三老爷还有一个女儿，同大少爷、二少爷是一母所生，也是近三十岁的人了，嫁在安徽广德县一个大地主家。姑爷张复生（一说张德生）经常去上海游逛，在十里洋场不免有点好赌、好嫖，染上了梅毒，也传染了他的妻子方家大小姐。大小姐悲愤之余，抽上了鸦片烟，这次发丧就没有来。分家没有女儿的份，张家也不在乎这点，所以她就不参与这个是非了。

三太太也知道情况不妙，但总想她有六个儿子，分起家来，六总比二要多吧。在她心中，六个儿子就如同六万之众，年龄虽小，但实力雄厚，不可轻侮。

一天清早，吃过早饭，大少爷、二少爷突然在父亲的灵牌前跪下叩起头来。三太太吓了一跳，但站着不动。几个小的孩子紧缩在她的周围。大少爷叩完头，站起来说："老姨太，把家产账目拿来，今天就分家吧！"他话还没说完，三太太已气得站不住了，扶着一个孩子坐下，理直气壮地说道："还是老姨太吗？你们看，你们的六个兄弟都在这儿。你们的父亲生前说过，要给我扶正的。分家可以，但要先说清楚。名分要正，我是太太、你们的妈妈。”大少爷也急了：“不行！我不能喊你妈，你是买来的，不是娶来的……”三太太哭出了声，扑在灵牌上哭诉着：“你，你怎么一声不响？你答应过我的呀！我到你家生了六个都是儿子呀！你一声不响地就走了，到如今我还是个姨太太。你不为我想，也不为孩子们想想吗？怎么活呀！这个叫人受苦受难的家，我不能再要了！不能呀！……”三太太一哭，六个小的孩子也都哭成一片，老大、老二反而手足无措。

突然，双胞胎老三、老四停止了哭泣，老三怒容满面，把桌子一拍：“你们听着！我的母亲不许你们喊‘老姨太’！”老四跟着也把桌子一拍：“不许这么喊！已经是民国了，民主共和了，这些封建的、压迫人的、侮辱人的称呼，不应该再存在了。”

老大坚持说：“不行！”并且努力提高自己的声音道：“不行！”老二随声附和着。

老三、老四似乎有所准备，说道：“不行就算了！那我们就脱离兄弟关系，登报声明！”

老大呆了一下，说道：“可以，不过家还是要分的。那更好办了，我们两人一份，你母亲和你们六个一份。”

老三说：“不对，我们每个人都有权算一份，加上我妈妈的一份，应该是共分九份，我们拿七份。你们干也得干，不干也得干。”

老二抢着说：“你们的妈妈是女的，不能分，不能算一份。”

老三发火了，“放屁！”一下跳上椅子，站住说，“你们不分！那就都是我们的。你们走吧！”

老大看这两个小兄弟如此气壮，自觉不敌，说道：“好！好！明天找中人来，一起谈！”

第二天，他们去请方四老爷来当中人，方四老爷不愿多管事，不来。不知他们从哪儿找来了一位远房老叔，他是个不多说话、听命于老大的人，嘴里咕哝着：“好商量！都好商量！”

最后，三太太没有算在分份之列；兄弟们之中，也是老大、老二多得了些。八份中老大、老二得了三份，六个小兄弟得了五份，终于在一张分家的契约上签字画押。从琦德起，小兄弟们都没有图章，就盖了手印。

第三天分东西，老大、老二表示对于大的、普通用的物件就不要了。老大只要了一张大理石桌面的红木书桌。老二要了大理石桌面的红木方桌和四把红木的椅子。主要的就是字画、古董了。

三老爷在世之日，自命风雅，虽已家道中落，自己又抽鸦片烟，还要买古玩。所买的是假的多，真的少。但是，棺材里他嘴中含的，却是真正的上好的汉玉。在字画中，有一张米芾的、三张郑板桥的，还有唐寅的等。十块古砚，用锦缎盒子装着的五色大墨。册页工笔、画的鸽子等，各色各样的好些本，还有各种瓷器、古铜器。居然有几大柜子装的《柏堂公文集》保留下来了。方柏堂也就是方存之，是清朝时桐城派中心人物之一，曾国藩的知交，这八兄弟的曾祖父。这套文集虽不值钱，但乃方家镇家之宝。而这些后世曾孙辈人，从来就没有读过它，也不知道它的价值如何。

翻箱倒柜，老大拿完后，老二再拿，就跟抄家一般。老大、老二正在小书房里搜选着的时候，突然，老三、老四冲了进来，把老大、老二吓了一大跳，不知他们要干什么。他们俩一声不响地走去把一面挂在墙上的镜框子抢了出来，“啪”的一声，把它使劲摔在院子里的地上。原来是有些发黄的一对女孩子的照片。这一对女孩子，也就十一二岁，梳着辫子，额前留着刘海；大大的眼睛，圆圆的脸，就是眼神有些呆气。原来，祖父极其疼爱这一对双胞胎的孙子，于是做主给他们俩订下也是一对双胞胎的女孩子做老婆。三老爷在世时，总是在人们面前夸耀这两位未来的儿媳妇。人们也常戏谑一对双胞胎娶了一对双胞胎，是天作之合等。他们之中究竟谁娶谁暂时没有分定。这事一直使老三、老四反感，今天乘小书房被破坏，混乱之机，抢了照片出来，摔在地上连踹几脚说：“去吧！滚蛋去吧！嫁人去吧！这是个封建枷锁，我们不要套在脖子上的老婆了。”

老大、老二跟着追出来，一看，不免偷偷地笑了起来。

三太太忙从屋里出来，拾起照片说：“这是干什么？不要人家！人家要不要你们还不知道哩！我倒要看看，你们将来娶个什么样的老婆。反正这个家已经完了。将来你们自己要饭去吧！”老三说：“我们就是要饭，也不要这个！我们要独立！”

第四天，安徽的报纸上登着一条醒目的启事：方琦德、方珂德、方璞德、方琼德、方琯德、方琥德六人与方琏德、方坚德脱离兄弟关系。

第二章

桐城方氏有两处老屋，一处在安庆，另一处在桐城县城里。在安庆的，地处小南门，人称“小南门方家”；在桐城的，则有个雅致的称号“勺园方家”。

这两处房子，据说是曾国藩和李鸿章所赠，归方存之老先生所有。存之老先生有两个儿子，一个排行三,一个排行五。在安庆的房子归三房所有，在桐城的房子归五房所有。

方三老爷、方四老爷、方五老爷都是安庆“小南门方家”的继承者，也就是三房的后人。不知道是什么原因，方三老爷从小南门分出来居住在胭脂巷。方四老爷和方五老爷是一对双胞胎，方五老爷很早就旅居北平，于是方四老爷就是这所房子的主人了，也就是“小南门方家”的代表人物。方家的人都称这所房子为“老公馆”。祖宗堂就设在这所房子里，逢年过节祭祖的时候，桐城“勺园方家”也就是五房的五老太爷，也要亲临祭奠的。

这是一幢不小的房子，大约有五进房屋。门房旁边是一排可以放四顶四人大轿、一顶五人大轿的轿房。通过天井是大客厅和账房，再里面就是住房了。最后面是祖宗堂，祖宗牌位供在里面。祖宗堂后面是一座大花园，现在无人收拾，已经完全凋零。西边的院子自成格局，有住房、小客厅、花厅和一座小花园。厨房有两个，在祖宗堂旁边的是大厨房，真是大得惊人。它的笼屉就能从锅台上一直架到房顶，有大灶台、小灶台和专门煮水的灶台，分开使用。早年人口鼎盛时，大概是吃大锅饭，当然是烟火不绝。而今，只有三老爷的二儿子在这里住了些日子，后来也就搬走了。小厨房在西边院子里，用具一应俱全，就是规模小些。四老爷一家就住在这个西院里。

方四老爷曾经做过一任安徽建设厅的厅长，卸任后就再也没有做过官。后来建设厅也改为实业厅了。

厅长是个不小的官了。当年方厅长上班的时候，坐的是四人大轿，还有一十六名大兵给开道，很是有些派头的。目前，方四老爷官虽然是不做了，威风还是依旧，比如动不动就要拿片子送人到警察厅。还有就是接待来访者的一套老规矩：来人先将名片递进门房，门房老包把名片送到里面请示四老爷，四老爷根据来人的身份、亲疏，决定在外客厅、大客厅、小客厅或是在花厅接见。然后老包出来，高举着名片，冲着客人高喊："某某老爷！"把客人引到被接见的地点，他就回到门房去。

老包已经五十多岁了，原是上一代的听差，现在的四老爷当年他是称为四少爷的。四老爷现在身边有个小青年，十六七岁，大家叫他"小包"，是老包的儿子。四老爷只要喊一声"来人哪！"小包立刻就会出现在他的眼前，机灵地做着一切事情，非常符合需要。他身穿长衫，整洁异常，但有时因为调皮打坏东西等，也会招来四老爷的训斥，有时还会碰到要"拿片子送他到警察厅去"的事情。这就会把他吓得跪下来求饶，有时老包也会跑来求情。

四老爷原来的夫人，是桐城马家的大姑娘。马家是桐城的名家之一，而这位大姑娘自己又是到日本留学的，既开通又美丽。她生了三个女儿，在生第三个女儿时夜梦一朵莲花落入怀抱，后因难产死去了，因而四老爷极不喜欢这个女儿，但是，却给她取了一个美丽的名字——"应莲"。后来四老爷把她过继给自己双胞胎的弟弟五老爷，所以应莲自小就跟随五老爷住在遥远的北平。

大小姐、二小姐长得美丽，又娇惯至极。大小姐十七八岁，二小姐十二三岁，她们经常由老用人陪着上街买衣料，要什么买什么，由用人拿着回家。到过年过节的时候，铺子里的伙计拿着账折子，到公馆里算账取钱。这两位小姐的一举一动在安庆城里颇引人瞩目，尤其是吃的什么、穿的什么，更是名媛淑女争相效仿的目标，因而老公馆的人气势就高人一等。胭脂巷的孩子们对此颇为反感，于是由老三对诸兄弟下令："以后不许跟老公馆的小姐们玩！"对二小姐更是不屑于理睬。三哥、四哥是极有威信的，众兄弟唯令是从。只有小老七对此令遵守得不够好，经常溜到老公馆去玩。他居然到了二小姐的学校，参加她小学毕业的盛会，还观看了她表演的歌舞《葡萄仙子》。小老七没有见过仙子，这是第一次看到一个"仙子"，也是第一次知道有仙子这么回事。学校对于他来说是一个崭新的世界，吸引着他。他想自己为什么不能上学，而在家里读私塾呢？他要上学校念书！

四老爷自从丧妻之后，生活孤寂沉闷，每日在书房里望着窗外的花草，时而吟哦几句，谁也听不清是什么。有时传来"来人哪！"或是"倒茶！"的喊声，剩下就只看见他背着手不住地踱步。现在有了变化，就是新四太太嫁来了，她给老公馆带来了新的活力。

新四太太是四川人，姓吴号稚雪，毕业于北平女师大。曾经不幸得了天花，病得奄奄一息。病好了以后，她那美貌的脸上添了层麻子。初愈之际，偶然照镜子，看见自己变成了这个样子，惊吓得昏了过去。救醒之后，她哭着、喊着："我再也不能见人了！我不要再看到自己！"于是打碎了屋里所有的镜子，精神病患者似的痴呆着。家里上上下下都为她感到痛惜，但又无法解除她的悲痛。

她的未婚夫是一个大学毕业生，英文极好。两人感情深厚，双方家长本想等他们结婚之后，一同出洋留学。她病重时，两人不能相见，只能每天来探听病情，捎进问候。她的病好了以后，他要求与她见面，她始终不肯与他相见，使得这位未婚夫极为痛苦。但他还是每天来探访，并要求见一面。最后，有一天她终于答应了他们相见。她出来时脸上蒙了一层白纱，并提出与他解除婚约。未婚夫没有想到，盼望的相见竟是如此残酷，他不同意。他表示病后所留给她的创伤，都不会给他们之间的爱情带来一点障碍，他还是像以往一样地爱她，忠贞不渝。可是吴稚雪也正是因为深挚地爱着他，就更不愿意嫁给他。以后他们相见只是隔着门窗说话了，像一对新的恋人一样，每日隔窗细语一直到天黑两人含泪而别。日日如此，将近半年之久。一日吴稚雪失踪了，家人到处打听、寻找，没有踪影。过了些时日，收到一封从安徽省安庆黄家师小学寄来的信，让家里人永远也别找她了，她决不会回去的；她已无须幻想爱情了，它已与病麻的脸面一同死亡了；请求让她安静地在这个小城市中教书，让“平静”来埋葬自己过去的一切。

吴稚雪怎么会到安庆黄家师小学来教书呢？完全得力于这个小学的校长、她的同班同学舒得进。

舒得进是安庆名门胡玉美家的长媳，生长于北平，在学校里是先进分子，反对军阀，是让学校当局头痛的人物。她又是当时北平社交界的名媛，时常进出北京饭店和舞会，据说还和张学良跳过舞。她在安庆城中，就如一朵奇花异葩，令那些想学时髦的女士们惊羡不已。她是怎样嫁到胡家的不太清楚，婚后和大少爷一起回到安庆，就一心一意地干起她的教育工作，办起“黄家师小学校”。果然办得很好，闻名全城，舒校长更因此成为安庆上层社会中的真正名流。是她得知吴稚雪病后情况，请她到学校任教。她们都是师范大学毕业的，教学自然是很有水平的。

吴稚雪在这里埋头教书，对学生既细致温和又严格要求，把整个心都放在对学生的教育上，不久她就成为当地一位有名的好教师。

一天，方厅长在舒校长的陪同之下到学校来参观。吴稚雪正在给学生们讲宋词，只见校长陪着一位身穿长袍马褂极文雅、有身份的中年人，站在课堂的后部，极为专注地听她讲课，引起了吴稚雪对他的注意。他一张带着深思神情的脸上，有两道倒八字的重眉，尤其是在右眉中间，有一颗很大的痣，这在他文雅之中添上了一些英武之气。吴稚雪瞥了他一眼之后，继续讲辛弃疾怎样把他的一腔忠愤、悲歌慷慨和抑郁之情寄于他的词中。方厅长听了之后不禁大声对舒校长说："讲得好！讲诗词就要讲情，要培养学生有高尚的情操。这个说得好，这个说得好！"一边说一边向吴稚雪微微一躬，离开了教室。

吴稚雪有点惶惑，又有点生气，心想别人讲课你插什么嘴！但又觉得这个人并不讨厌。下了课以后匆匆回到办公室，一看舒校长不在，心里不大高兴就回自己的宿舍去了，也不想做什么，往床上一躺。可是那个人的眉毛、眉间的大痣老在眼前晃来晃去，耳朵里不时响起"讲诗词就要讲情"的声音，不知不觉地睡去。

也不知是什么时光了，屋子里一片昏暗。舒得进悄悄地走了进来，见她睡着了，推醒了她问："不舒服了吗？"

"没有。不知怎么晕晕忽忽地就睡着了。"吴稚雪懒懒地说。

"好，那就起来吧！该吃饭了。"

吴稚雪没动，舒得进催促着。

"快，快点起来，咱们出去吃饭，我请你！"

"谁要你请。对了，该我请，到你们家开的麦陇香去吃西餐。既请你大校长吃了大菜，又往你们家送了钱，只求你以后别再带人来参观我的课室，听我讲课就行了！"

舒得进听了，大笑起来，坐到了她的床边，看着她的眼睛说：“我不带人来，就不能成人之美啦！”说完又笑了。

吴稚雪忽然感到有些不妙，翻身坐了起来：“得进，怎么回事？别胡来。你是知道我的，到你这里来，是为了偿还我读了那么些年的师大的愿望，只想看着孩子们长大、学成。别的是什么也不愿想了，我的心已是久居禅关了。”

“我知道，我知道！我了解你！”舒得进边说边把吴稚雪拉了起来，让她换换衣服，梳洗一番。

“这个人可与众不同。今天还是我请你吧，我们一边吃，一边谈。好吧！吃我们家的大菜去吧！”她拉着吴稚雪离开了学校，径向“麦陇香”走去。

吃饭的时候，舒得进把方孝远（四老爷）先生的一切情况，详细地告诉了吴稚雪。吴稚雪虽然对方四老爷的印象不算太坏，但并没有动心。方家虽然是书香世家，但是，是续弦又有两个娇惯的女儿，而且进门之后，再也不能独立从事教育工作了，这无论如何不能答应！席间又喝了点酒，她烦闷平添。也许白天睡多了，也许是心事缭绕，回来之后她一夜无眠。

谁知孝远先生对她却是钟情之至，不以官身自居，而是以文会友，一连不断地经常送来他的诗以求指正，送一些古籍、画、墨请她把玩。有时连晚清著名诗人方三老太爷——他早已仙逝的父亲的诗稿也送来了。这样一来，她的平静心态不平静了。不久，她开始回信，表示对孝远先生门第之尊敬，感谢赠诗文的厚意。他们诗词酬唱、书信往返半年之久，舒得进也就功德圆满了。

方厅长大婚之日，完全用的是新式礼仪。吴稚雪这位新方四太太，既不披红头盖，又不穿红衣红裙，而是头顶白纱、身穿白色礼服坐在轿中，方四老爷亲自坐轿，十六名扛洋枪的大兵和洋乐队开道，迎接她到小南门老公馆里。这样的一场婚礼，轰动了四城，尤其是那块披在头上的、长长的白纱和白色的礼服，简直像一场革命那样惊动着安庆城。

方三老爷因为病重在身，没能亲去，而是由方三太太带领全家前去贺喜、吃喜酒。

婚后，吴稚雪感到孝远先生虽然身在官场，但是确实一点没有官僚的气质和手段，仍然是书卷气十足，并且出于生活孤寂而性情抑郁。另外，他极不善于管理家务、教育子女，因而养成了两位小姐现在的脾气。这都是中年丧妻的结果，她不禁对四老爷生出一种既怜惜又温柔之情，要改变他的抑郁性情，要用母爱来抚慰两位小姐。总之，要按照她的想法把这个家振兴起来。

首先，她在家具布置方面做了一些改良，有了新式的大小沙发，大钢床、纱质长窗帘，等等。另外，就是客人来了，老包只需通报一声就行了，不必高举名片在前导引进入会见地点，客人可以较自由地出入。这小小的改动，给老公馆带来了一些生机。

在举行婚礼前，两位小姐就回避了。婚后吴稚雪特备了丰盛的吃食、美丽的衣物等等，接回了两位小姐。完全新式的接待，既是子女，又是朋友。她们三人在屋子里见了面，亲切地交谈着。两位小姐心悦诚服地开口喊了声“娘”，听见这一声喊，吴稚雪的眼泪像决了堤似的流了出来。她鼓励孩子们用心读书，将来送她们上大学，还要为她们争取到国外留学。她们之间这种理想一致的快乐，也使方四老爷快乐无比。

新四太太知道方三老爷久病之后，就带上一些人参之类的补药，亲自到胭脂巷方公馆探望、问候这位三哥。她见到三太太时口称“三嫂”，使三太太对她产生了亲切之感，因为她不像某些亲戚那样歧视她。她给三太太的孩子们也送了一些食品、衣物等，特别送给小老七一双黄色生胶底的皮鞋。小老七是第一次见到这种新式皮鞋，非常兴奋，喊了好几句“四婶娘”，四婶娘走时他还欢欢喜喜地去送。自此小老七就更加勤快地往老公馆跑了。

这双漂亮的新皮鞋却让妈妈收了起来，一直不让他穿，小老七天天吵着要穿新皮鞋。一直到了阴历七月初七,三太太才把这双鞋拿了出来。这天是小老七的生日，一早起来他就穿上这双皮鞋，到处走来走去的。他从来没有穿过皮鞋，只感觉到脚下硬邦邦的，要把脚抬得高些才能起步；走起来腿要直一点，步子要迈得大一些才能稳住，而且有一种轻微的“咯吱咯吱”的声音伴随着。他感到有点飘飘然，就挺胸叠肚地信步走动，不觉走到了花园里，没想到让地上的青苔滑了一个跟头。幸好旁边没有人，他赶快爬起来没有吭声，悄悄回到房中呆坐着。将近中午的时候，妈妈给他换了一件新大褂，叫德金送他到老公馆拜谢四叔和四婶娘。平常出门都是德金牵着他的手走，今天小老七觉得不能让人牵着了。出了大门，自己就很神气地在前头大步走，一路上在街上玩耍的小孩，都用羡慕的眼光看着他。

在到老公馆的路上，要下一个陡坡，在高坡的一边是安庆有名的大饭馆“小蓬莱”，在它三面带玻璃窗的大厅里可以远眺长江。这个长坡有个很奇怪的名字，叫作“杀儿坡”。其中有段故事：也不知是何朝何代有一老妇，为当地的人民除害，在这里杀死了自己的亲生儿子。人们为了纪念这件事就给起了这么个名字。它也是全城唯一的大坡，在长坡的中间有一处厕所。

不想走到这里时，小老七突然想要小便，就叫德金在门口等着，自己一个人走了进去。不想这个厕所其脏无比，简直无处下脚。他今天穿的又是新皮鞋，生胶底又特别滑，因此很紧张。他小心翼翼地走到尿坑旁，还没来得及撩起长衣，就两脚一滑“扑通”一声掉了下去，想要哭喊又不能张嘴。德金听见声音不对，跑了进来，一看大吃一惊，想要拖他起来吧，又够不着。这时进来一个上厕所的，看见这个情形，连忙跑到外面大喊：“有个小孩掉下茅坑了！”这才来了一些人，带着两根棍子，伸给老七让他抓住，一边大笑着一边把他拉了出来。谁也不敢搀扶他，都躲得远远的。这时小老七才痛快地号叫起来，慢慢地走出了那个厕所。

不知为什么德金不见了，小老七又不敢自己走，只有站在厕所门口号哭不已。围观的人越来越多，有的问："你家大人呢？"有的说："这不是胭脂巷方家的小少爷吗！""怎么搞的，大人也不管哪！掉到茅坑里去，方家要倒大霉了！"隔了老半天德金慌慌张张地跑来了，手里还拿着一根枝条说："七少爷，走吧！"说完自己返身就走。小老七一边流着泪，一边看着新皮鞋被搞得水漉漉的，糟糕透了。他心疼这双新皮鞋，比掉到茅坑里的惊怕多得多。一路又有各种小孩尾随其后，讥笑不已。

好不容易到了家门口，就听见德金大叫一声"站住！"接着双门大开，几个女用人站在那里，手里也都拿着枝条。德金大叫："把衣服脱下来，自己脱！"小老七就把长大褂脱了下来。德金说："不行，脱光了！脏衣服不许进大门。"小老七悲悲戚戚地把衣服脱光了，脱到皮鞋不动弹了，蹲在那儿舍不得。一群在旁边看热闹的小孩大声喊起来："皮鞋脱下来！皮鞋脱下来！"刚一脱下，德金手中的枝条就劈头盖脸地打了下来，小老七不由得大声喊叫着往大门里逃去。可是门里站着的那几位女用人，也都举起手中的枝条打了上来，同时嘴里喊着："害人的鬼不许进来！"把小老七吓得站在那里不敢动了。那些人一语双关地说着："快走！还不快走！"就连打带搡地把小老七弄回到家里。

走到天井里，只见脸都气青了的三太太站在台阶上。她一句话都没说，就用一盆水给他从头上浇了下来。德金在旁边也帮着用水冲，直冲得他浑身打颤，才命令他进屋洗澡，从头到脚连洗了三遍才完，换了身衣服和一双平时穿的布鞋。

这时母亲才又恨又心疼地说："你是怎么了，碰到倒霉鬼了？唉，家里还不知要出什么样的大祸呢！你看浑身打成了这个样子。"抚摩着他身上的道道伤痕，掉下泪来，又埋怨德金：为什么要打得这么凶哩！德金也十分关心地在外面候着，回道："不用劲打，倒霉鬼附在身上就不肯走的。"母亲又深深地叹了口气：唉——！

这件事很快就传进老公馆去了，二小姐听了以后，又是笑又是跳说："臭死了！老七是个臭人，以后不要他到我们屋里来。"

四太太心里感到很不安，马上赶到胭脂巷来探望，并对三太太说："这双鞋太滑了，不能怪孩子。洗洗干净就行了，干吗要这样打孩子！是哪里来的规矩，别听那些乡下人信神信鬼地胡说。"说着把小老七拉到怀里，又是摸头又是摸手地说："别害怕，以后小心些。过两天四婶娘再买双皮底的鞋送给你可好？"小老七听了以后，破涕为笑，点了点头，心里更是觉得四婶娘可爱可亲。

掉下茅坑的事发生以后，家中不论出了什么不愉快的事情，小老七都要遭到非议，当然更是预兆了父亲病故的这一灾难。

父亲生前就是不许孩子们上学，他认为只有在家中念书，才能有点墨水，学到国粹。父亲死后，家中没有了教师，自然就不念书了。他们就偷着看什么《施公案》《彭公案》，什么剑侠、剑仙的，终日极为无聊。这时小老七更感到家中的破落、荒凉，整天被陈旧的气味窒息着，想上学校念书的心更加强烈了。他只有求救于四婶娘，于是大着胆子，一个人悄悄到老公馆去了，径自走到四婶娘的房间。她正坐在书桌前写什么东西。她因怀孕将近生产，已辞掉学校的工作，不教书了。看见老七来很高兴，热情地对他说："来吧！想吃什么？我拿给你。"说着拿来一盘蜜饯海棠。小老七今天非常严肃，什么也不要吃，只是向她提出了要到学校里去念书，尤其是要上黄家师小学校。四婶娘听了以后又惊又喜："谁叫你来的？"

"谁也没叫，是我自己偷偷来的，家里人都不知道呢。"小老七回答说。

"这孩子真好，自己知道要上学校，太好了！你妈妈知道吗？可怜的，要是你父亲现在还在世，他决不会答应的。他太古板，把孩子给耽误了。唉！好吧！今天你先回去，跟妈妈说好，过一天我带你去见新校长。”四婶娘感慨地说着。

小老七高兴至极，一路跑回家去，把这些都告诉了母亲，要求母亲答应他去学校念书。母亲叹了口气：“唉！我早觉得应该上学校去念书。可是，在你爸爸面前是一个字也不能提啊！”

这天，小老七换了件干净的大褂，由四婶娘带着到黄家师小学校，去见新校长。校长身穿中山装，很整洁，脸色严厉，见到吴稚雪倒是十分尊敬，答应把小老七分到四年级插班。从此，小老七用上了自己的大名——方瑄德。

方瑄德第一天到学校，就被学校的大操场吸引住了，有单杠、双杠、篮球架。他不敢随便乱跑，经常在教室中坐着，眼睛时时看着窗外别的孩子在跑在跳。

这个学校是男女生同校，可是男孩子与女孩子不在一块玩，各玩各的，秩序倒也井然。

方瑄德看见很多同学都是穿着学生装，而自己从小就是穿大褂，形象太笨拙，不精神。放学回家就跟妈妈吵着，也要做一身学生服穿，妈妈答应了。四婶娘又给他送了一双皮鞋来，可是他不敢穿，就穿了一双白色的帆布鞋。

自从掉进过茅坑以后，方瑄德一穿新的东西，就不由得紧张，总有一种不祥的预感。新的学生服做好了，高高兴兴地穿着去上课。可是，不知道怎么搞的，手一碰打翻了墨水瓶，干干净净的新制服，弄得一塌糊涂，回家后妈妈当然是要骂的。有时穿一件新的衬衫、漂亮的裤子或袜子，也会招来三哥、四哥无缘无故的一顿骂：“穿得这么好，可是知识那么差。都是妈妈把你惯的！成了绣花枕头，肚子里一包草。”这常常叫瑄德想起，在家里念书的时候，字总是写不好，弄得身上、手上、脸上都是墨，不知吃了多少爆栗子，先生同时还要加一句：“没有出息，将来只能挑大粪！”可是想不出如何才能不被责骂，结果一穿什么新的东西就惶惶然，唯恐有倒霉的事情发生，但是怎么也避免不了，心里却是更爱穿新衣服、新鞋子、新……总觉得似乎只有这样才能走到新的潮流中去。

现在他也到操场上做操、打球了，也学着种花，自己动手做风车、风筝，就这样快快乐乐地在学校里过了一年。

一天放学回来，迎面碰见四哥珂德，十分严肃地叫跟着上楼到他屋里去。一进屋他就问：“昨天是什么日子？”琯德愣了，心想今天是什么日子我都从来不管，何况是昨天。四哥见他回答不出来，勃然大怒说：“好好想想！”琯德想了半天，什么也想不出来。四哥气得用手指头戳着他的额头说：“小老七呀，小老七，你就一天到晚醉生梦死吧！日本鬼子昨天占领了我们东北沈阳的北大营。日本鬼子侵占我国的领土，是国耻呀！昨天，是一九三一年九月十八日，要记住‘九一八’，莫忘国耻。小东西，要做亡国奴了，还不知道。可怜哪，可怜的中国人哪！”他激动得流下泪来，然后把琯德拉到墙壁前说：“面壁五分钟！好好地想一想！”说完了他就背着手，在屋子里走来走去。

琯德一边面壁站着，一边流下了眼泪，觉得自己太冤枉了。“什么日本鬼子，什么侵略强盗，派兵去打他们就是了；醉生梦死！我又不喝酒的；你不过是以大欺小就是了，待一会儿告诉妈妈去，骂你一大顿。”一个人嘟嘟囔囔地面对着墙站着。

果然，一会儿楼下有声音喊道：“老七呀，还不下来呀！”琯德听到这一声喊，拔起脚来就跑下楼去了。楼上，四哥叹口长气：“孺子不可教也！”

第二天到学校时，发现气氛与平时不同。到处贴着红的、白的、黄的、绿的标语，上面写的是“毋忘国耻”“反对日本占领我沈阳北大营”“抵制日货”“不再做东亚病夫，中国人要坚强起来”“不要一盘散沙”“不要五分钟热度”“打倒日本帝国主义”，等等。学生们都很紧张。

方琯德这个班的班主任，是位姓黄的女教师，也不过就十九、二十岁；发长齐耳，就是安庆人俗称“二道毛”的发式；修长的身材，一张带点稚气的脸，细长的眉毛，一双黑黑的大眼睛，十分热情、可亲。学生们都很喜欢她，平时她总是笑眯眯的，可今天她脸色十分冷峻。上课了，她站在讲堂上半天没有开口。随后，她这个国文老师却像地理老师那样，把她带来的一张地图，用图钉钉在黑板上，用教鞭指着地图的东北部分，沉痛地说：“同学们！你们知道东三省吗？东北三省，物产丰富，有无数的大豆、高粱，大片肥沃的土地。我们有三千万同胞在那里和平地生活着。但是，日本人却想侵占它。早些时候他们一个叫田中的首相，上奏折给天皇说，日本人要想占领中国，必须先占领东北三省。同学们，他们现在已经侵占了我们的东北了，而他们的企图不光是东北，是全中国！同学们，我们不能当亡国奴呵！”她一边流着泪，一边说着。同学们被她的情绪感染了，似乎亡国在即，也都哭了起来。

“同学们！我们不能做亡国奴，要起来，把他们从我们的国土上赶出去！明天我们要到街上去宣传、去讲演、去演文明戏，去唤起人民大众！”学生们沸腾了，整个学校沸腾了。有的班贴出布告“明日在礼堂演出文明戏”。琯德这个班，在忙着写标语、糊小旗子，准备到街上去宣传。

黄老师把方琯德和另外两个男孩、一个女孩叫到她的办公室里去，叫他们准备到街上去演讲，给他们分配演讲的内容：有的介绍东北三省的地理环境，有的讲日本人侵占北大营的经过。分给方琯德的，是让他讲日本入侵东北以后的野心，再不抵抗就要亡国。

回到家，看见几个哥哥也在忙忙碌碌，就连平日最沉默寡言的老六也在那里写什么。因为老六的算术极好，琯德以为他是在做算术，就走过去对他说:“你还在做算术？我明天要到街上去演讲、宣传了。”老六懒得理他，慢吞吞地说:“你宣传个屁！你懂得什么？”说完又埋头写自己的去了。琯德突然把他写的东西一把抢了过来，原来是六哥的壁报稿子。心想人家到底是中学生，顿时就软了下来，把稿子还了给他，讪讪地说:“六哥，你在写文章呀！”老六根本不理他，他只好转身走了。这天晚上，三哥、四哥、五哥很晚才回来。

这么多孩子，只有琯德是从小妈妈带着睡的，一直到现在，还是要和妈妈一起睡。可是今晚，妈妈叫他睡觉，他却让妈妈先睡，自己一个人在默念演讲词，念着念着就睡着了。

一早起来，吃了早饭就向学校飞跑。同学们也都到了，黄老师带领他们二十几个同学，来到最热闹的街上。他们排成两排，先唱了几首歌，有“打倒列强”“工农兵联合起来，向前进！”等词句。从旁边商店里，借出一条板凳，让讲演的人站在上面讲。最后讲的是方琯德，一站到凳子上，看见周围那么多的人都在看着他，还没有开口，心就已经跳到嘴里了；好不容易憋足了劲，大喊一声:“同胞们！……”突然，脑子里什么也没有了，下面该是什么全忘了。他一着急眼泪就哗地流了出来。整个场地一片寂静，人们在等着往下听。不知怎么他忽然想起了六哥的那篇壁报稿子:“日本鬼子过去和我们国家订了不平等条约，二十一条，就是打算亡我们的国家，今天真的打到我们的东三省来了！他们到处杀人、放火，把我们的同胞拉去做苦工……我们决不能做亡国奴，我们要抵抗！……”一口气居然就说了十几分钟，这时已是真正的对敌人的激愤了，连哭带喊地讲完了。不少的人也流下泪来。黄老师把琯德扶了下来，紧紧地抱了抱他，替他擦干净眼泪轻声说:“小朋友！好孩子，你讲得好！”接着她也站上了凳子，激动地把几个同学的讲演综合起来，详尽地说了一遍，就带领大家喊口号。结束后，黄老师又带着同学们到另一个街头去了。

这一天全城各个学校都有学生上街宣传，最有威力的是安徽大学的学生宣传队。全城鼎沸了，“抗议日本人侵占东三省”“要求政府立即出兵”“打倒日本”“坚决抵抗”的呼声震动大地。

回到学校，琯德的嗓子都哑了。黄老师带他到屋里说：“累了吧？”同时倒了杯水给他喝下，把桌上的一个大饼掰了一半给琯德：“饿了吧！吃吧。”一会儿两个人就把饼吃光了。看起来，这个饼大概就是黄老师的午饭了。她生活十分清寒，床上只有一床薄薄的被子，床下只有一个小藤箱，别无他物。琯德特别喜爱黄老师，感到她对自己格外亲切，像姐姐又有些像妈妈。

几天过去，消息传来，“张学良不抵抗，退兵关内”，整个的东北丢了！

所有的人都震惊了，大骂张学良，说他是个抽大烟的阔少爷，东北人民饶不了他，全国人民饶不了他。

学生们加紧出动上街宣传，标语口号则增加了“打倒张学良！”“打回东北去！”，歌曲多唱了一首《打回老家去》。在学校礼堂里文明戏也演出了，演的是东北的一个农村老乡家里，老人病了，日本兵突然闯了进来，抢走他家里所有的粮食，叫人们跪在地上爬。日本兵还骑到那病老人的身上，把他当马取乐。那些日本兵又笑又叫，还用鞭子抽打中国人。学生们看了以后怒发冲冠，女学生们哭了。戏演得逼真，很是成功。从此校园中大家高唱岳飞的《满江红》，尤其是“饥餐胡虏肉，渴饮匈奴血”的壮语是大家心中愤怒的誓言。

一天，在课堂上，黄老师讲到形势。她说：“张学良的不抵抗，是谁指使的呢？是蒋介石！这个蒋介石背叛了孙中山先生革命的三民主义和三大政策，国共合作被他破坏了。宋庆龄先生发表了宣言，因蒋介石背叛中山先生遗愿，她退出国民党。”黄老师越说越激动，声泪俱下，全班同学也随着啜泣不已。

这一天大家都很抑郁、沉闷。

但不知为什么，学校把一切宣传活动都停止了，校长规定学生们必须到校自修。老师们个个神情紧张，李校长还亲自到每个班，询问老师是怎么上课的。尤其是黄老师的这个班，问得特别详细，还把方瑨德和另外几个学生叫到了校长室，对他们说："你们的黄老师是个共产党。平时她都对你们说了些什么，你们要老老实实地说出来。不关你们小孩子的事，不要紧的。"几个小孩都傻了，但都没有说出她骂过蒋介石的话来，只说她讲过日本兵占领东三省，张学良不打仗就跑了等等。校长看看也无计可施："回去吧，想一想，想起什么就来跟我说。"

黄老师的房间被翻得乱七八糟，也不知道她什么时候被抓走的。

一直到傍晚才放学生们回家。

回到家里，瑨德依然紧张、不安，饭也吃不下，老是发傻。妈妈以为他病了："哪里不舒服啦？告诉妈妈。"瑨德摇了摇头，只是问她："什么是共产党？为什么是共产党就要抓起来？"妈妈说："我听说共产党'共产共妻'，他们杀人、抢东西，是土匪。别的我也不清楚。"瑨德又问："共产共妻？怎么共法？女共产党怎么共妻？"妈妈不耐烦了："少胡说，你懂个屁。"瑨德不敢再问了，只得早早睡去。

瑨德他们班上，换了一个年纪稍大的男老师，进教室就讲课，下课铃一响就走，决不多讲话。

学校的上空像是飞来了一片黑云。

没有人敢再提一句关于黄老师的事。大家走路、说话都轻声地，学校里没有了往日学生们的喧闹、欢叫声。

忽然，有一天上午十点钟左右，不知哪儿传来的消息，今天要在学校附近的小山包上枪毙黄老师。学生们都跑到楼上走廊的栏杆前，向那个小山包张望。那是个黄色的土山岗，不太高，孤零零的。过去常在那里杀人，学生们有时也站在这走廊上向外看，可是老师们总不叫看，看的人多半给轰走。今天学校里没有人来管。有些老师也来了，那位年纪稍大的男老师也站在学生之中。

只见那土山岗子上下，站满了带刺刀的兵，兵的外面是黑压压的人群，却非常安静。一会就听见自远而近的军号声，那声音特别难听，叫人直起鸡皮疙瘩。

远远地来了一辆骡子拉的大车，从那车上推下一个年轻的女人，五花大绑的。一小群人围了上去，不知说了些什么，可能是验明正身之类的事。然后一边一个兵拉着她向山岗上跑去，只听到她高喊着："打倒蒋介石！""打倒日本帝国主义！""共产党万……"还没有喊完，那两个兵向两旁一闪，枪声响了，她慢慢地倒了下去。

人们照例喊了声"好！"也不知是她的口号本身使得大家喊"好"呢，还是人们以为她也喊了一句"二十年后又是一条好汉！"而给她叫好。这就是非难辨了。学校走廊上的孩子们却没有叫"好"，依然沉默着。

琯德只觉得眼前昏花，天色灰蒙蒙的，似乎大地凝结了起来。十月初的安庆也是秋风肃杀，空气中缓缓飘过一阵血腥味。

他伏在栏杆上，眼泪无声地流淌着，面对着山岗上的像姐姐又像是妈妈的年轻的共产党员，在心底深处印下了一颗鲜红的戳记。她不杀人、不放火，是个热情、美丽的姑娘。她已平静地躺在血泊中。

第三章

东三省沦亡了，“国难感”传染到全国各个角落。内地许多小学校的国文课上，都把都德的小说《最后一课》选作课文。大意是，德国侵占法国后，命令阿尔萨斯和洛林两个省的学校以后不许学习法文，只准教授德文。小学的教师给孩子们上了最后一次的法文课，要他们永远记住自己的祖国，给了孩子们与侵略者做斗争的勇气。这个故事使每个人都处身于亡国的情境之中，感动了千千万万的中国小学生。

长江流域洪水泛滥，安庆被江水直淹到城门口。到了晚上就把城门关上，兵丁在城墙上来回巡逻，紧张、不安的情绪充满城市之夜。

偏偏在这个时候，方三老爷家的大少爷方琏德，从上海拍来电报，说已为父亲在万国公墓买好墓地，要方三太太速运灵柩去上海安葬。

方三太太怎么也不能违背三老爷的孝子的心愿，“入土为安”也是不能不遵从的。长江如此大水，坐轮船有危险，还要运一口棺材，其苦可想而知了。她一个从来没有出过远门的人，这时候只带了一个老用人德金，找些力夫从庙的后山厝屋里，把棺材抬到一只木船上，漂流在滔滔江水湍流之中。这时无码头可言，等到招商局的大轮船一到，各种乘客都是乘着木船到轮船的边上爬上去。三太太是靠木船上的船夫连托带举地送上轮船的，棺材是由德金带领着八个力夫，费劲地把它从摇晃的小船上送到大轮船上，一直扛到下层的货物舱最后的角落里存放着的。德金就在散舱里安息，这种舱没有铺位，乘客随意用带来的简单铺盖就地卧倒。

三太太买了房舱，两个人一间的房间，门外就是船栏杆，可以凭栏远眺。三太太坐进房舱之后头昏、心跳不止，但她仍然伏在船栏上望着长江，只见上流一片无际滚滚江水急湍而下，江中有无数漂浮物：大捆柴草、衣物、木头、死人……无数小木船依然围绕着轮船，上下着各种客人，争吵着要钱、打架之声，和着江水的轰鸣，一起在她心里滚翻着。

不知什么时候轮船开动了。三太太看着这个陈旧的城市被大水浸淫着，她的孩子们就在那块灰蒙蒙的土地上向后漂去。

一整天机器震动的船体使得她昏昏沉沉，没有吃饭，也没有喝水，只是呆呆地想着到上海后的一切，但什么也没有想明白。就这样，第二天到了上海。

在上海，方琏德来接，除搬运人员外，还有一个女的，三十来岁，自称是瑛德。她是三老爷唯一的女儿，与琏德同母。三太太一见是她，忙说："啊！是大小姐吧？"瑛德说："是啊，到我家去住些日子吧。我们先走，这里的事让德金和琏德派来的人招呼吧！"这样，她们两人就坐上海祥生公司的出租汽车先走了。

方瑛德在上海亚尔培路租了两上两底的一幢楼房，楼上有两大间，楼下也有两大间。她的丈夫张复生，是安徽广德县大富之家，本人懂得一点医术，在上海自己家里开了一个诊所。他们唯一的女儿十五岁的浣华，已经上中学了，住在亭子间里。

方瑛德长得是大大的眼睛、圆圆的脸、细细的眉毛，眉毛好像本来也并不细，大概是用镊子拔细了的，有些倒八字，这似乎是方家人特有的标志。她略施脂粉，打扮一下也确实不难看。没有出嫁时，在家也念书写字；出嫁以后，她认识的那些字只留着看看小说了。但她却喜欢读报纸，研究经济新闻和交易市场的行情信息，渐渐地跑跑上海交易所，做一点公债和股票。做得不大，时常也小有收获。她有相当丰富的社会知识，与人谈起天来精神百倍，与安庆小城市的人畏首畏尾的味道就是不同，完全有点三十年代女强人的味道。但不知在什么时候，她抽上了大烟。她讨厌她的丈夫，每次她丈夫来上海住不了几天，就被她骂回广德去了，如不“奉诏”，绝不敢到上海来。她很瞧不起张复生，说他无用，而且害得她得了脏病。因为她好强，所以也不离婚。

张复生有一张清癯的脸，也有双大眼睛，经常的微笑赢得了人们的好感。他说话声音细而柔，没有脾气，每次遇到瑛德大骂时，他轻声地反驳几句就无声息地独自叹气。这种情况下，他只能就在广德找了个女人同居了。瑛德对这个女人，连小老婆也不承认，说是个半开门的货色。所以当三太太来到上海时，只和张复生见了一面，他就回广德去了。

楼上的两间房，瑛德夫妇一间，另一间就让三太太住了。

瑛德唯一的女儿浣华，是个很朴素的少女，兼有她父母的优点，瓜子儿脸、大眼睛、高高的个儿、小小的嘴；脾气像她的父亲，说话的声音细而温柔，很勤劳。似乎是怕她母亲不时地叫骂，她放学回家以后，完全没有声息地在亭子间里做功课或是做针线活。

浣华见到三太太，很亲切地叫着外婆，这使三太太格外地高兴，也就格外喜欢她。

三天以后，琏德来招呼瑛德和三太太到万国公墓去安葬三老爷。

上海万国公墓完全是西洋式墓地，一方方的墓盖和雕塑的十字架，大理石的墓碑上还有长了翅膀的天使等。

三太太来到墓地时，见棺材已经下穴。穴前有石桌石凳，石桌上放了供品，鸡鸭鱼之类，点了一炉香和白蜡烛。墓穴两旁小道上有一对石头雕的不高的华灯。墓碑上印有三老爷的标准相片，倒有一派华丽景象。

祭奠开始，放了两挂长鞭炮，琏德跪下叩头依旧哀号；然后是三太太，瑛德、浣华、瑶华和玉章叩下头去。除德金和一些办事人员以外，戚友不多。

叩头以后由琏德与四个力士般的人，把两三担煮好的江米倒在棺木四周，然后将石头墓盖嵌在江米之上。据说这是中西合璧的法子，江米干固以后与石墓盖凝结在一起，赛过洋灰，大炮也轰不开的。

完事之后大家在墓前流连不已，后来又信步参观其他的墓，像逛公园似的。比较起来，三老爷的墓算是中等以上了，大家的心境似乎平静了许多。尤其是琏德感到他的江米饭浇注法，更是既排场又实惠，心中大为得意。

三太太和瑛德一块儿回去了，连日来的疲倦、烦恼、压抑，使她感到实在支持不住了，到家后回房就昏昏睡去。醒来已是晚上九点多钟了，瑛德正在床上抽大烟，精神很好。

三太太走进瑛德的房间，她放下烟枪起来问三太太："要不要吃饭？叫他们做点什么，好吗？"三太太摇摇头："不要了，不想吃。"瑛德就冲了一杯可可粉，又从柜里拿了些点心出来，放在三太太坐的沙发椅前的桌上："吃点这个吧！"三太太没有说什么，可是哽咽起来，瑛德也默然了。停了一会儿三太太说："我想早几天回去。"瑛德说："别急着走哇，上海还没有玩玩呢，我也还有事要和你商量哩！"

三太太郁闷地说："给我些酒吧。"瑛德又拿了瓶绍兴酒和杯子来，坐在一旁说："你还准备一个人带着孩子住在安庆么？"三太太睁大了眼睛望着她，没有回答。这突如其来的问题，她没有想过，也不知道该如何去想。瑛德见她毫无准备，笑了笑："唉！你这个人真老实，真不会给自己打算……我想，如果你把分到的遗产——在上海戈登路的房子卖了，在南京买一幢房子自己住一部分，出租一部分，小弟弟们也出来上学，那不是很好吗？孩子们能出来上学，也有个远大的前程。”三太太忽然眼前一亮，虽然看不清未来的情境，但眼前确是明亮了起来。因为只有六个孩子有了前程，她才有前程。

三太太喝了几杯之后，带着光明的幻想回屋去睡了。第二天早上起来，看见浣华早已起来了，很高兴地走进走出的。三太太问：“怎么今天不上学？”浣华回答说：“外婆你忘了，今天是星期天。外婆我给你织一件毛衣好吗？妈妈买的毛线。上海衣服样子好。”三太太说：“真是好哇！我们在安庆这么多年就没有毛衣。你送我什么样子的都好！”三太太看着浣华那朴实、天真的脸，从心里喜爱她，也引起了自己没有个女儿的怅惘：“你真好，真孝顺！你妈该有多疼你！”不想浣华听了这句话以后沉默半晌才低声地说：“是啊！妈疼我。可是她的脾气总是叫人受不了，忽而好，忽而坏。骂起我来就像天都要塌下来似的那么怕人。”说着眼圈有点红了，但一会儿就过去了。又说到上海的学校，她读的是教会学校，那里的英文、语文最好，还去做礼拜，似乎也很开心。

将近十一点钟的时候，瑛德起床了。准备吃午饭了，饭菜是在外边饭馆定了送来的：有小笼蒸饺和千层糕，还有炒虾仁、狮子头和清蒸鲥鱼几个菜。吃完了饭，瑛德接着昨天的话题又谈了起来。最后三太太说：“这样也好。但是我一点也不会弄，只有一切交给你代办了。还有，你一个人住上海，不如你和浣华一块到南京和我们一起住。浣华这孩子多好啊！我真喜欢她。”瑛德说：“你放心交给我，那我就一手办理了吧！别的也不用，将来在南京你们家，给我留出一间房子。我就在上海、南京两头跑着吧！为了几个弟弟也应该跑！”三太太被这种情谊感动得掉下泪来。没有人替她着想过，她总是孤寂的。就是三老爷在世时，也未曾这样关怀过她，没有想到方家居然还有这样一个好人。

晚上，三太太要睡了。瑛德还在吞云吐雾，躺在床上看着一阵阵轻烟冉冉而起，就像托起了她的一个个遐思梦想。三太太带着这样的印象，回到自己屋子里睡下。

突然隔壁房间里传来嘶哑的咒骂声，拍打声中夹着忍痛的饮泣。三太太吓了一跳，不知出了什么事，赶忙从床上起来，来到瑛德的房间。只见满脸怒气的瑛德，手中拿了一把鸡毛掸子，喘吁吁地坐在椅子上，地上跪着浣华。烟枪在地上断成了两截，床上的烟灯还燃着，微微颤抖摇晃着。

瑛德见三太太进来，站了起来，指着浣华骂道："这个不成器的东西。别的不学，偏偏学会了偷。我生平最恨的就是偷！"说着又举起掸子，猛地狠抽下去。三太太急了，把浣华抱起，掩到自己怀里，回头问瑛德："什么事情？大小姐，不能这样打孩子！她偷了什么？"浣华泣不成声，断断续续地说："外婆，我没有……偷……偷钱！妈妈硬说我……偷了……她的钱。"浣华哭得窒息了，缓不过气来："外婆啊！……我还是人么！……是我偷的，我就死……啊……不是我偷的，我也只有死了……"三太太见这样，心里一阵难过，忍不住声音颤抖："你怎么这么狠心，把她打成这个样子，何况是不是她偷的也还没有弄清。多少钱呀？"浣华哭着说："十块钱，十块钱……"三太太说："不才十块钱么！"瑛德把鸡毛掸子往桌上一拍，"啪"的一声，她叫道："我打你不是为了十块、二十块，而是为了偷！还要赖！"又举起了手中的掸子。三太太忙把浣华护在怀里，把她送到亭子间她自己房里，劝了好久才回自己楼上房间。刚进屋瑛德就走了进来，红肿着眼睛，也是刚刚哭过的，跟三太太说："对不住你，让你不安了。可是，小孩子怎么可以偷钱！我抽屉里明明少了十块钱。平时抽屉总是锁着的，今天把钥匙给她，叫她自己拿钱去买东西，就少了十块钱。不是她，是谁？我虽然是嫁给了他们姓张的，但我方瑛德还是我方瑛德，与他们张家没有什么关系。我们方家不能这样没有家教。"三太太这才想起，这孩子名叫方浣华，是方家人。快两点了，瑛德才回房去睡了。

第二天早晨，三太太刚醒就听见楼上楼下乱糟糟的，还夹杂着瑛德号哭的声音。三太太赶忙起床出屋，走进亭子间就傻了。她看见浣华脸色蜡黄，嘴唇乌黑，吐着白沫，躺在床上已经昏死过去。医院的救护车已经来了，上来三四个男护士把她抬上了车，瑛德跟着飞驰而去。

用人说："小姐被打得受不了啦，哭了一晚上。不知道什么时候，偷偷上楼到她妈妈房间里，偷了她的大烟膏子，一罐子哩，寻死啦！"三太太忽然想起，昨晚大小姐在自己屋里说话的时候，似乎有人走过房门口到隔壁去了，当时也没有在意，大概就是那个时候去拿的鸦片膏子。三太太就像被一盆冷水从头泼到脚，全身都麻木了。昨天和浣华说话时的种种情景、她那轻柔的声音尚在耳畔萦绕不去。三太太怔怔地坐在昨天与浣华同坐的长沙发上，眼泪串串流下，心急如焚，盼着浣华平安地和妈妈一块儿回来。

下午一点多钟，门口一辆祥生出租汽车停下，瑛德从里面走出来。她蓬乱的头发、苍白的脸、两眼直瞪瞪的，完全是个精神病人似的。她不哭，也没有眼泪，也没有一句话，一直走到亭子间，坐在椅子上，对着那张空床望着。

三太太一看，知道事情不好，没有敢问什么，只是跟在瑛德的后面。突然瑛德倒在浣华的床上，哇的一声大哭起来。这哭声如同撕裂天空的闪电，震动了所有的人。她一口气一口气地捯不过来，断断续续地："我害了你……是我杀了你呀！……天哪！"忽地三太太也大哭起来，哭成一片。直到大家已无泪，无声，才歇下来。

瑛德忽然像苏醒了过来似的，猛地起来，摇摇晃晃跑上楼，像发狂一般把烟灯和烟枪都打碎了，折断了，并喊着："不能再要这些东西了！再也不吃鸦片烟了……"

人们都不知道怎么办才好。

巡捕房派人来调查事件真相。

新闻记者来采访。

第二天上海《申报》上有一条社会新闻:“少女方浣华不堪母亲虐待,偷服其母的鸦片烟自杀身死。”同时公布了方浣华的遗书:“我不是小偷。我没有偷。现在只有死才能清白了!我不能玷污自己的姓和名。我这样小就去了,我也不愿意,但漫长的岁月难熬啊!外婆是这么好,可惜刚认识又分别了,没有缘分吧。大家别难过。母亲的鸦片,就是我的归宿了。谁让咱家就有这种令我讨厌的东西呢!不肖女浣华。”

三太太在上海的这几天,真是经历了一场可怕的风暴,天昏地黑似乎病了一般。而瑛德是真正病倒了。

又过了一个星期左右,瑛德已能起来走动的时候,三太太就买了船票,带着德金一同坐轮船回安庆去了。

自从三太太去上海以后,安庆城里更是乱糟糟了。由于水道运输艰难,粮价上涨,平时四元一担的米,这时已涨到八元一担了。人们吃的都是霉了的米。

街上到处露宿着难民,有的是他们的家就在城外,被大水淹了的;有的是沿江附近逃难的人。他们随处乞讨,碰到不给的就吵架、打架。家家户户都紧关着大门,这样一来更引起难民们的反感,情势立时紧张起来。于是,当地官府、方四老爷以及名流士绅们连日聚会,研究如何措置。最后决定由政府和士绅们一起,共同办个粥厂,向难民们施粥。士绅胡玉美家当然是少不了的。

这个时期胭脂巷已是一群年轻人和孩子们的独立社会了。三太太去了上海,家中的家长就是两个中学生方琦德和方珂德了。自璞德以下的小兄弟对他们两人是十分敬佩的,只有琯德除常常自己偷偷跑到老公馆去,破坏了琦德定的不许与二小姐游玩的禁令外,在其他方面倒都是唯琦德、珂德的话是听的。

自父亲死后，琦德、珂德在安庆六邑中学里受到新思想潮流的影响，特别关心国家大事、社会新闻，每日必看上海的《申报》。在家里，经常向璞德和其他几个弟弟大谈当时的一些社会问题。有时看到报上登的体育新闻，常说我们国家的体育成绩之差，简直令每个中国人羞愧难当。激愤时，在房间里相对走来走去，不时拍着桌子大叫：“中国人不除去‘东亚病夫’的称号，就不足以对抗外侮！”这一对兄弟不但长得相像，思想、情感也都一致。一样的身高，留着一样的小平头，只不过琦德左耳朵上多一个小肉疙瘩；一样的大眼睛，双眼皮，只是珂德有一只眼睛有时会忽然变成了单眼皮；穿着一样的大褂，一样的布鞋——他们从不穿皮鞋。心情激动时，两人相对背着手走，同时激昂地大声说着话。不知道是对在一旁坐着的三四个弟弟说的呢，还是他们两人互相对说的。不管是什么情况，在旁边总是安宁地坐着璞德和琼德，瑄德在听不懂的时候就自己跑开了。

璞德、琼德、瑄德也一律是留着小平头。璞德有双妩媚的眼睛、希腊式的鼻子，笑起来嘴很好看。琼德有他独自的风格，眼中时时有种沉思的神情。他的脸比其他人的较为修长些，时常微微地皱起眉头，沉静，不爱说话，三太太不知为什么常常骂他。瑄德则是妈妈的骄子，穿着比其他人都好，但有时不免有些俗气。他有一双大眼睛，但是白眼球多于黑眼球，而且是单眼皮；瘪瘪的嘴，有点地包天，所以外号叫作“小瘪嘴”；倒八字的眉毛，浓浓的。琥德是个五六岁的孩子，长得有些像珂德。

这几个兄弟，每天总有大约两个小时的样子聚在一起，听琦德、珂德他们两人说话，或者是看他们两人相对背着手来回地走。

这两天街上难民的凄苦景象和社会上的不安，更使得他们两人愤然，在家时常议论着：“官逼民反，民不得不反。”“水泊梁山的好汉们是如此，太平天国也是如此。咱们小小的安庆，也是一座名城，历来是军家必争之地。太平天国的时候，陈玉成打到安庆，战斗之惨烈，直到现在老年人谈起来，都为之变色。”

璞德听了似有所悟，感觉到社会上的不平静。琼德听了虽然不明所以，但是他也在深思。而琯德听得津津有味，可他只是觉得三哥、四哥肚子里故事真多。

几天后，又听说难民们要吃大户了，闹事了。街上很乱，尤其是在花牌楼商业集中的地区，商店都关了，显得更是紧张。难民多，当兵的也多。

某个粥厂被砸了！抓人了！

当兵的跟当兵的打起来了！不知道是为了分赃不均，还是别有原因。

要大抓共产党！

琦德、珂德叫家里的人不要出去乱走，把大门关紧了。一日三餐的饭，有时不能准时开出来了；有时吃的是霉了的米，只有一点点咸菜。就这样谁也不敢出一句怨言。

有一天琦德、珂德从学校里回来，神色紧张地在家里各处查看了一遍以后，就坐在堂屋的中间桌子旁边傻傻等待着，像有什么重大的事情要发生似的。一会儿大门外有人敲门，他们两人急忙去开了门。进来的是两个中年男子，其中的一个个儿特别高，高得惊人。琦德对那个矮一点的人喊了一声“七姑爷”，忙把大门紧紧地关上了。七姑爷留有一撮胡须，日本式的。他们一句话也没有说，琦德和珂德把他们两人引到三老爷去世前住的那间房间——现在虽然没有人住，但还是收拾得干干净净，说道：“请在这间屋里住吧，它过去是家父的房间。”那高个儿的人什么也没有说，七姑爷说：“好吧，好吧。你们去吧！照顾一下他吃饭就行了，别的事你们别管了，也别让任何人知道他在这儿。”那个高个子的人微笑着向两个热情的小青年点点头。琦德、珂德两人走出了房间。七姑爷一个人在屋里和他嘀咕了半天才走了出来，临走时对琦德说：“我明天再来吧。”送走了七姑爷以后，把大门紧紧地关上，两个人就回到楼上他们自己住的房间，躺在床上紧张地思索着。

“这个人是谁？”珂德问道。

“我也不知道他是谁。今天七姑爷到学校去找我，问我他有个朋友能不能在咱们家住几天。我就告诉他，妈妈去上海还没有回来，我能做主。让他把那人带来，等我下课以后一块儿回去。没有想到七姑爷说不行，这件事不能叫人发觉，叫我在杀儿坡等他，再三嘱咐不能让别人知道。”琦德说。

“七姑爷这个人神出鬼没的，真怪！”

“你不知道吧，七姑爷和陈独秀是一块儿在日本念书的。陈独秀还是七姑爷爸爸的秘书和学生呢。”

“七姑爷的爸爸是谁呀！”

“他呀，就是清代大名鼎鼎的书法家邓石如的后代邓艺孙呵！”

“那陈独秀跟我们家也算世交了。哎，你说七姑爷会不会是共产党？”

“不会吧！但是他的那位朋友，突然在这个时候住到我们家来，还怕人知道，说不定倒是个共产党！”说完，琦德从他床上爬起来坐到珂德的床上轻声地说：“不管他是不是共产党，我们要全力保护他！……奇怪，我怎么心里这么紧张呢。”两人都没有再说话，似乎都互相能听到对方的心跳。

大家坐在一起吃饭的时候，琦德对几个弟弟下命令似的说：“我有个朋友住在家里，你们谁也不许对外人讲！”弟弟们用不太明了的眼睛傻望着他，连大气都不敢出。他一边准备着送给客人的饭食，一边对琯德说：“小七子，我告诉你！不准进屋去，也不准你跟着到处东张西望的！知道吗？”老七本来没有注意这事，三哥一说他反而放下饭碗，打算溜到那间屋子里去看看。

“小老七哪里去！坐下！”四哥珂德大喝一声。老七一听呆了，乖乖地坐下，动也不动了。大家看着三哥把准备好的饭菜送进那间屋，很快地又出来了，马上带好房门。

一点声音也没有，只有咀嚼声，就如豺狼虎豹似的把一顿饭吃完了。

“大家都各自去玩吧。早点去睡觉！谁也不许出大门！”珂德对大家说。弟弟们都离开了，回去看书的看书，做功课的做功课。唯独小老七感到无聊，回到母亲屋里，爬到床底下拖出一个篮子来，找了一个梨啃起来。“三哥、四哥太凶了……！妈妈怎么还不回来呢？妈妈……”

第二天是星期六，这一天大家都没有去上学。一早七姑爷就来了，来了就到那个人的房间里去了。一会儿又把琦德和珂德找去，说了半天话。他们居然打开了大门，由琦德、珂德最先，那个人居中，七姑爷在后面，老远地跟随着，一同向小南门老公馆而去。

小南门路上这一带，最近分外安静，那些公馆的门前早就不许难民们停留。他们四个人从容地走着。到了老公馆，大门紧闭着。这是大水以后才有的现象。原来是一清早大门就打开了，一直到晚上天黑时才关上。

他们走上去敲门，来开门的是老包。一看是他们，赶紧喊了声三少爷、四少爷、姑老爷。虽然看见其中有个生人，但是其他的人都是亲戚，也就没有阻拦，让了进去。

“要我通报四老爷吗？”老包恭谨地问道。

琦德说：“不用了，我们自己去吧！”就径自走进了一个小客厅。七姑爷对琦德说：“你去请你四婶出来吧。”琦德去了一会儿，四太太吴稚雪匆匆走了出来，一见七姑老爷带了一个陌生的人，愣了一下，但十分高兴地、亲切地问七姑老爷安好，叫人沏茶上点心。七姑爷谢绝了，忙说：“四嫂，今天我是特为来求你帮忙的，给我的朋友找个栖身之处。本该住在我家的，但是我家的房子太浅，站在大路上就能听见里面说话的声音。不像这儿深宅大院，安全些。烦四嫂给安排一下吧！”他不等四太太回答，就脸带神秘的微笑接着说：“四嫂是最同情青年人的，还得麻烦找个既安静又安全的地方才好。”

四太太是个极敏感的人，一听马上就明白了。一种说不清的紧张情绪侵袭着她全身，但是她是富有同情心的，更是热爱青年人，就说："好吧！就交给我吧。你们也别声张，都走吧！也不用告诉你四哥了，他知道了，反而不好办。"

于是那个大个子单独留下了，其余的人由四太太亲自送了出来。老包见他们过来，赶忙去把大门打开。因为是四太太自己送出来的，老包也就没去注意是不是有人没出去，赶紧关好大门，回到门房他独有的竹躺椅里，抽起自卷的叶子烟来。

四太太急忙回来，带着那位客人到她自己住房旁边走廊里的小楼上一间放杂物的房间里，亲自为他收拾出一块地方，安放好折叠床，还特别在脚头放了一个凳子把床加长了，床边放了一张小桌子。安排好了以后，四面仔细地看了看，感到满意了，才放心地下楼而去。

回到自己屋里以后，她反而心跳起来，觉得是做了一件会使全家覆灭的大事，心里忐忑不安。她亲自把饭菜送到小阁楼上去，晚上和四老爷一起吃饭的时候，她谈笑自若，一点也没有提七姑老爷来过和大高个子的事。

琦德、珂德回家以后心里特别兴奋，感到做了一件帮助流亡者的事。虽然不知道他究竟是什么人，可以猜测到他是一个被追捕的反叛者，对他产生了极深的感情，把流亡者的命运与自己紧紧地联系在一起了。

第二天一清早，一群警察和几个便衣敲开了老公馆的大门，要进行搜查。老包阻止不住，飞奔到后面报告四太太。四太太出来，从容不迫地对他们说："各位到舍下，有什么事？这样到处乱走乱闯可是不行的。"

"我们是来搜查的，搜查一个共产党！是不是躲进你们公馆了？"

"什么？共产党躲进了我们公馆？"四太太大声喊起来，"真奇怪！有什么共产党会躲到我们公馆里来，简直是笑话！好，好！你们进来搜！我倒要问问，你们怎么让共产党到我的公馆里来了！你们是负责任保护我们小南门方家的！你们对我们的安全是有责任的！要有个什么事，就拿你们是问！”

四老爷在里面听见四太太发怒，也跑到了外间来，拍着桌子对窗外大骂：“混账！谁叫你们来的？居然闯到我的公馆里来了，成何体统！包申！拿我的片子到警察厅去，请他们厅长来看看这些人是干什么的！”包申高声答应着，就要走。

“别，别，您老别生气。”看见四老爷如此气派，这些人不免有些胆战，“我们只不过是来看看的，现在正在搜查一个逃跑了的姓柯的共产党。有人说昨天有客人到您公馆来了，怕那家伙混进来。”

“到我的公馆来搜查共产党！笑话，真是笑话！要搜查我的公馆吗？去请你们的厅长来搜！”四老爷越说越生气，“有人说昨天有人到我家来了，混账！昨天我家里就没有人来过。你们什么人的话都听，我家太太的话倒反而不听！混账东西！岂有此理！”那些人见再待下去也不会有好处，赶紧顺坡下驴：“没有，就没有事了！”边说边走，出了大门。

可是，四老爷还在生气：“这班东西，什么抓共产党，是想敲竹杠，岂有此理！拿我的片子去告诉警察厅一声，这成什么话！”

四太太这时候才感觉到自己微微出了一身冷汗，一听这话，急忙说道：“算了，孝远，算了吧！让他们去吧。别生气了，回屋去吧！”

一场紧张的风波总算平静下来了。半个多月，那个姓柯的高个子一直在楼上待着，没有下来过。每天四太太送饭上楼，告诉他一些外边的情况。后来，他对四太太说想见见邓初先生，请四太太找他一下。邓初就是七姑老爷的名字。

一天傍晚，夜灯初上的时候。七姑老爷又悄悄地来到老公馆，把那位姓柯的从花园的一个小门接走了。以后就再也没有人知道他到哪里去了。

但是，七姑爷悄悄跟琦德他们说：“你们俩和你们的四婶有胆量，做了一件了不起的大好事！”他们心里高兴极了，从来没有听见他们唱过什么歌，这回居然唱开了，唱的是《苏武牧羊》。

在家里，一天琦德打开上海《申报》，在上面看到了方浣华自杀的消息，当即读给弟弟们听了，大家都感到非常震惊。他们从来没有见过这位瑛德大姐，这可给了他们一个极坏的印象，他们从震惊到愤怒。

“又抽大烟，又虐待自己的女儿，这个瑛德大姐简直是个恶婆子，太坏了！”璞德忽然大叫起来。

“她打得一定很凶，不然怎么会自杀呢？”琯德一边想象着一边说。

琼德愤怒而缓慢地说：“这不是跟冤狱一个样吗？一个十五岁的女孩子，一定是受不了这种苦楚才会去死的。”

珂德非常沉痛地说：“这正是中国的现状。上海这块罪恶土地上特有的现象：一个住在租界里的中国妇女，抽上了鸦片烟，自己受了毒害，又毒死了自己的女儿。多么可怕！多么畸形！”

“鸦片，就是帝国主义侵略的象征！它为帝国主义打开了中国的大门，而一场鸦片战争使中国沦为次殖民地！中国人啊，自此以后就受着残害，从精神到肉体都是一样。鸦片也进了我们家，毁了我们的家人；父亲、大姐，现在是浣华……”琦德大声疾呼道，最后泪流满面。

“作为一个中国人，如果不奋起，就只有灭亡，就会像浣华一样。”珂德沉重地说着。

悲愤的气氛充满了空间，他们两人又都背起了手，相对着激动地徘徊起来。方琯德在这种悲愤而又庄重的气氛中，感到自己的感情得到了升华。

琦德忽然说道：“我在家里再也待不住了！不能在这小城里窒息而死！”冲出樊笼，似乎变成了每个孩子心底的要求。

就在这个时候，接到母亲从上海拍回的电报。明天母亲就要到家了！大家决定：江边迎接。

第四章

一九三二年一月二十八日战事以后，胭脂巷方家举家东迁到南京。

从久居的安庆这个小城市来到南京，眼界一下开阔起来。南京——好大啊！宽阔的马路，那么长，又那么多，到处都是大洋房。马路上除了汽车之外，还有马车，有敞篷的，有轿形的，这些过去只有在洋画片中看过。

方家居住在城北成贤街文德里十二号。文德里在成贤街右首一个幽静的小路上，两边是几幢房子的围墙，过了围墙是一片河水，水面上一座石头小桥，迎着小桥就是方家的大铁门，随着门前的小路绕到后面是中央研究院生物研究所。方家是一幢英式花园洋房，进门是汽车道，通到房屋台阶前；通道两边种着葡萄，覆盖在车道上方，像个天然的顶棚。左边花园栽了些月季等花，另有一架不小的紫藤萝和一片草坪。房子有三层，一楼和二楼每层都是五大间，三层是一间大的阁楼，两头都是从屋顶上开的老虎窗。面临小河的一边有一个宽阔的走廊，是夏天乘凉小憩之处，通向走廊的房间都有落地长窗和纱门，窗户是上下拉动的，十分考究。三太太和孩子们住进这幢房子后，觉得似乎到了一个新的天地。确实，从此他们各自进入到自己的新天地。亲友们称他们为“文德里方家”。

家里装了电话，这可是孩子们过去没有见过的新鲜东西。

这个家庭当时多了两个成员，一个是方瑛德，自从女儿浣华自杀以后，把鸦片烟戒掉了。她替三太太把上海的一份房产，以五万多两银子卖给了一所大学，花一万多两银子买了南京的这一幢房子，她也就住到这儿来了。另一个是方玮德，他是桐城方家五老太爷的长孙，现在南京中央大学外文系念书，是新月派名诗人徐志摩的得意学生，他的诗也是写得很好的。他生得潇洒、倜傥，为人热情，喜欢说笑，大家都很喜爱他。他年纪很小的时候就失去了母亲，他的父亲（也就是这家孩子们的六叔）又续了弦，还在桐城勺园老宅子里与五老太爷居住着。玮德一个人在南京上学，住在学校的宿舍里，生活比较苦，三太太就把他接到家里来了，成为文德里的一员。

一楼的房间租出去了，住户是一位师长，名叫陈沛民。他有汽车，汽车房、厨房和一些平房归他使用，一楼二楼之间的电话两家共用。二楼左边的两个房间，一间是书房兼小客厅，瑛德就住了另一间。右边一间是三太太带着老七住的卧房，另一间是三太太的起居室。中间的大堂屋供着三老爷的遗像，同时又是大客厅兼饭厅。其余的孩子一律住在三层的大阁楼里，于是这里成了年轻人的活动中心。

这时候，琦德、珂德已经在安庆高中毕业，在玮德的帮助下补习英文，报考北平的清华大学，没有考上，而考上了沪江大学，到上海去上学了。璞德进了中央大学附中，琼德进了钟南中学，瑄德进了中大附小，琥德进了中大附小的幼稚园。德金住在门房里，负责看大门和管理花园。他把花园中的一小块地种上了蔬菜，花园的门外就是小河，因而他浇花、浇菜都极为方便。

胭脂巷的子孙们，在文德里安排了新的生活。可是这幽静的文德里，跟中国的命运一样不平静。

淞沪之战开始以后，全国要求抗日的浪潮此起彼伏。中央大学的学生们很多要求投笔从戎，他们组织了学生军开赴淞沪前线打日本。走到南京下关火车站的时候，就被军警、便衣们打散了，撵回学校。玮德的身子较弱，可能是肺病初期，当时被打得乱跳，但他还是抗争着，坚持着。等到学生们都跑光了，他才一个人拖着疲累的身子满腔悲愤回到家里。玮德报国的愿望没能实现，只好去照了一张穿着学生军军装的照片，把它挂在他最崇拜的、曾为西班牙自由战斗过的英国诗人拜伦的相片旁边。

由于玮德住在这里，一时间这里就成了诗的世界。书房里除了一副左宗棠送给桐城派中兴柱石方存之先生的对联外，四面墙壁上挂的都是外国文学家、诗人的相片，有济慈、普希金、托尔斯泰、泰戈尔等等。这里有大玻璃书柜，还有四张小沙发、一张长沙发，都是法国式的，特别优雅。这里的常客是一群与新月派有关的年轻诗人，他们是邵洵美、陈梦家、常任侠等。淞沪之战失败，从军抗日的行动又被政府当局指使军警驱散，他们失望、痛苦，转而追求抽象的“美”。

玮德每天除了写诗，就是和弟弟们谈天。他与已经读高中的璞德最友好，送了一本歌德的《少年维特之烦恼》给他，璞德读了以后为那深深的哀愁而感动。当然其他的弟弟也都读了，而璞德这时已具有少年的情怀，他追求着宇宙中的“美”，追求生活中的“维特”。而玮德在他的心目中正是这样的人，因此玮德的一举一动，包括他写的字，都在感染着璞德及文德里的每一个人。

文德里小桥下的河水一直流向城北，再经过三四座小桥就到了一个叫“文昌桥”的地方，这里也有幢平顶的洋房，里面住着方家的三姑太太，她是方三老爷的亲妹妹。她的大儿子宗白华是留学德国学哲学的，研究康德的名家，是美学家又是诗人，当时任中央大学哲学系主任。

在城南娃娃桥，有座属于一个大银行的陈姓董事长兼总经理的宅院。他的弟弟也是位银行家，弟妹是桐城勺园方五老太爷的女儿方令孺，在方家大排行中行九，玮德和文德里的孩子叫她九姑。她美丽、聪明、热情，是位散文家、诗人。玮德的那些朋友都很喜爱她，也随着叫九姑，以至后来所有人都称她为九姑。

九姑嫁到娃娃桥陈家，是因为方三老太爷要为儿子方三老爷捐个官做，需要结交这个银行家。她是奉命嫁过来的，感情上很抑郁，以至怨恨。她的丈夫人漂亮，也很聪明，曼陀铃弹得很好，琴声似乎在倾泻着对九姑的深情，也只有在这个时候，九姑才感到自己的丈夫是美的，一旦两人相对就找不出一句共同的言词。九姑年轻、热情、思想活跃，充满幻想，从天上的风、云彩、星星、月亮以至细细的雨丝到人世的变化都赋予了她青春的感情。她盼望她的亲人能听见她跳跃的心声，理解她为世人的颠簸而不宁的心潮，一起去热爱那些与不幸命运搏斗的善良人们。可是，从她那整洁而有礼的丈夫身上得不到一点回响，他只关心那些银行学。她苦闷、矛盾，她不甘心这样生活下去。她反抗、挣扎，为了达到思想感情的一致、生活和谐，提出与丈夫一起出国留学。在那个时代，一个女子要出国念书，这本身就是一个勇敢的行为。带着他们的第一个女儿纹，他们在太平洋的恶风巨浪中苦撑了四十多天，到达了美国，租了一所带家具的公寓住下来，开始了学习生活。九姑学的是英美文学，她的丈夫学的是经济学、银行管理，纹上小学。几年过去了，在学习上三个人都各有不少的收获，但是在思想感情上、心灵中，九姑内心祈愿的却完全没能实现。

当时不少青年到国外留学，寻找自己的理想和真理。九姑也和那些同学们一样在寻找着、追求着，她接受了关于社会主义的学说，在同学中她与孙寒冰有着深厚的友谊。另外还有一个对九姑起主要影响的人，就是五姑母的女儿、宗白华夫人的妹妹，她是方氏亲属中的第一个共产主义者，美国共产党党员俞之佩。

他们的女儿纹，平时极爱读文学作品，不爱说话，小提琴拉得非常优美又充满纯真感情。小姑娘十三岁时，一家人离开了那个曾给过他们一些新东西的国度，回到了南京娃娃桥的宅院里。

这天娃娃桥陈家老太太打发家里的汽车来接三太太去玩，玮德陪着一块儿去，当然是不能少了老七的。来接的是一辆两边带备用轮盒子的、擦得锃亮的黑色轿车，轻飘飘地行驶起来，毫无感觉。老七坐在里面迷迷糊糊的，只听见玮德大哥的声音在耳边响起："是行云还是驾雾？老七现在已经是个小神仙了吧！"琯德快乐极了，觉得汽车是最快乐的东西了。可惜，已经到了，真愿意它老那么飘下去。

九姑回国后，应聘到青岛大学，正在那里教学，还没有回来。三太太被请到了老太太那边。经过一带假山石和荷花池，进到一间镶嵌着红蓝两色玻璃的大花厅里。老太太见到他们很高兴，各种女眷也都过来相见、问候。大人们说话，老七就在一旁吃各种好吃的东西。后来他终于耐不住了，趴到玮德大哥的耳边央求着。

"方家小少爷，你要什么呀？来，告诉我，我给你！"老太太很喜欢这个圆头圆脑的小孩子。

"他在这儿待不住了，要去看纹表姐和表妹们！"玮德大哥回答道。

"小纹回来以后，中国话都不会说了，现在正学呢，今天去老师家了。小绚和小绮上学还没有回来。"

老七听了以后，感到很失望，更坐不住了，三太太就告辞出来。玮德带着他们往九姑的住所这边走，但见一排几间敞亮的房屋荫蔽在梧桐树下，房前一株藤萝缠绕在高大白色的架子上，沿着房屋是一圈白色的木栏杆。这里显得幽静、雅致，与大花厅的富贵之气迥然不同。琯德跑进去在玻璃门上张望，只见满屋子都是书，书柜和书架子层层叠叠的，大多是外文的。回过头来，见玮德大哥坐在门前的栏杆上喘息。他穿着一身白色的绸大褂，完全是一副落难公子的狼狈模样，但兴致很高地说着："我们方家姑太太中，最最好看的就算这位九姑了，但是，更美丽的却是她的大女儿纹，那真是诗人笔下的云彩！当然，我们家的姑娘、姑太太都是好看的。”三太太想起他的肺不太好，今天太累了，又这样兴奋，就催他：“回家吧！你也累了，走吧！”

还是接他们来的那辆车送他们回去。上车的时候，瑨德很得意地把车门用力一带，没想到车门一下夹住了自己的中指，一阵钻心的疼痛。瑨德尖声大叫起来：“哎哟！夹住我的手啦！”大家猛地一惊，司机赶紧把车门打开，还好骨头没有断。三太太忙将那段手指紧紧地按在伤口上，这时才鲜血直流。司机如风一般驱车回文德里。瑨德觉得手指像着了火似的又痛又烫，大哭大叫不已。玮德急得直说：“好弟弟，好弟弟，别哭了，别叫了，让我也把手指压了，陪你一起痛好不好！”

到了家，瑛德看见了，忙到大客厅，从供父亲相片前的香炉中抓了一把香灰，调了香油把手指糊上了，然后用布包好。瑨德又吃了些云南白药，也没有送医院，直到晚上才不哭了，睡着了。

第二天玮德来看这位土包子弟弟，既亲切又风趣地说：“哎呀，三妈妈，小老七这第一次汽车坐得真不容易，是血与肉的牺牲！”

瑨德手指被压的事，亲友们很快都知道了。也惊动了三姑太太，她领着宗白华的大儿子——她最喜欢的长孙，带着点心、礼物还有香烛等物来到文德里，一上楼就高兴地大声说：“今天是给三祖母带个干孙子来的，给老七一个干儿子！”瑨德只有十二三岁，一看那个小孩也就五六岁，不知如何是好，要干儿子做什么，怎么对待他呢？另外，多不好意思，老婆还不知道在哪里，就有儿子了。他又是害臊又是害怕，恨不能一下子钻到地缝儿去才好。可是，大客厅里，爸爸相片前的香炉里已经点上了香，两边还点了两支大红蜡烛，那个小干儿子被牵到相片前叩头。老七拔腿想跑没跑了，被强拉着受了干儿子一拜。最后也是最主要的，是拜干奶奶。三太太高高兴兴地受了干孙子的三个头，吩咐下面叫饭馆子送一桌席来，宴请三姑太太和干孙子。三姑太太的这一番盛意和良好的心愿，大家都是心领神会的。因此可以说，南京是三太太开始有独立人格的地方。

楼下的房客陈沛民师长，每日清晨坐汽车出去，晚间很晚才回来。他家中有一个年轻的太太和丈母娘，太太也就二十岁上下，高高的个子，较丰满，长得一般，头发烫得很时髦。她每天不大出门，当然也不看书、不写字，只是打扮得漂漂亮亮的一个人在屋里，面对着豪华的家具枯坐，很是寂寞。她看到楼上很热闹，不自主地走上楼来，拜访三太太，不久就成了牌友。瑛德、三太太和丈母娘、年轻太太四个人正好一桌麻将。楼上经常是青年男子走进走出的，她并没有引起他们的兴趣，何况她的丈夫是个师长，身上是佩有小手枪的。过了些日子，陈太太不大上楼来打牌了，把牌局设在她的家里，把瑛德和三太太请下楼去了。

三楼是璞德、琼德的天地，以璞德为中心，一群中学生经常来玩。其中有两个人，一位是崔祥琮，他是英文世家，因而英文极好，是个富于幻想的人；另一位是徐祥达，是平民之家，为人朴实、热情，与琼德有相似之处。他们四人在那一群同学中，是最要好的，几乎形影不离。他俩每日必到家里来，甚至星期日有时也在这里过，如同家人一般。

他们喜欢看电影，热烈地赞美《大路》《人道》《桃李劫》等影片。他们喜爱阅读外国的文艺作品，尤其是俄罗斯的文学作品，像托尔斯泰的《安娜·卡列尼娜》、屠格涅夫的《贵族之家》、普希金的诗和小说《茨冈人》等都是他们特别喜爱的。他们在一起时就谈论、评价各个人物，以及社会作用等。在讨论中璞德总是才华横溢，令人心悦诚服。而琼德总是倾听着，思考着，皱着眉头深思，时而出其不意地提出一些令人惊叹的观点或是问题，比如："托尔斯泰写《安娜·卡列尼娜》与易卜生写《娜拉》有何不同？"常常大家就以他提出的问题为中心讨论下去。而他呢，却又在倾听着、思考着，或皱着眉头深思了。有时是热烈的辩论，吵得不亦乐乎。三太太以为楼上在吵架了，赶紧跑上去，这才使他们安静下来。不知什么时候，他们的阅读范围扩大了，有邹韬奋编的《新生》《生活》，金仲华编的《世界知识》，小说方面有鲁迅、巴金等人的作品，讨论的也多是中国的作品和现实了。

三楼是新思潮集会之地了。

夜深人静，整座房子都沉浸在黑夜中，只有二楼还有一间房子里的台灯在亮着。书桌上铺着纸张，玮德坐在桌前凝神苦思着、书写着，连灯影里坐着的璞德什么时候进来的，他都没觉察，写着写着流下了眼泪。璞德轻轻地喊了一声："大哥！"玮德点了点头："这首诗才写完的，你看吧！"一张薛涛笺上写着几行洒脱的字：

《微弱》

我在数天上的星，
我问："是哪一颗星正照着她的家乡？"
星子不作声，
这一夜露水落在我脸上。

我走过一条江水，
我问："是哪个时候你流过她的家乡？"
水不答我话，
这一夜沉默落在我的脸上。

璞德读完了说："太美了！从这诗里我看见了你幼小时生长的地方。大哥，你想家了？"

"我是个孤独的人，无家的流浪汉！"

“不，不，那么多人喜欢你，我喜欢你，你不会孤独！”璞德激动地说。

“是这样，从小我就没有了母亲，我总是感到孤寂。”玮德静静地说。

“大哥，你该有个最美的姑娘来爱你！你应该……”心里憧憬着爱情的璞德嗫嚅着说。

“不，不会。没有人爱我，我很穷，很穷，身体也不好。我不知道我会怎么样！但是，我要像颗流星似的，在陨灭的时候，燃烧自己发出最后的一点光亮。我不如梦家，他的诗有力量。你记得他的那首《一朵野花》吗？”说着站了起来，踱着步吟道：

一朵野花在荒原里开了又落了，
不想到这小生命，向着太阳发笑，
上帝给他的聪明他自己知道，
他的欢喜，他的诗，在风前轻摇……

“好呵！那么自在，虽小而有力。这是蕴蓄在梦家心灵中欣欣向上的生命力呀！”玮德已在专门评论起他好友的诗来了，璞德在这充满美好情感的谈话中陶醉了。一阵发自玮德胸腔里连续不断的咳嗽声惊觉了这兄弟俩，天色已微明了。

这些年轻的诗人，大学毕业后各自走向自己生活的道路。常任侠在中央大学附中教书，其他有的人去办杂志，有的出国留学。玮德希望能让他用诗对生活、理想继续讴歌下去，但是不可能，他必须有个职业。同学中有个名叫王平陵的，没有什么才华而又酸涩不堪。他每次来找玮德时，总是要说文坛上某某是哪个帮的，而某某又是哪个派的；鲁迅又如何地骂徐志摩先生了。玮德很反感，表示对这些没有兴趣，可他总是赖着不走，吃饭的时候还要喝酒，大家都讨厌他。最近他常来找玮德，要同他一起办杂志。玮德问他到底是怎么回事，他才说出是张道藩先生要办一个文学杂志，而且薪水每月在一百二十元以上。玮德听了以后气坏了，说：“张道藩明明是国民党的党棍，他懂得什么文学、诗歌！你的道藩先生既然看中了你这个人才，你去干罢！我受不了，不干！”可是，王平陵不走，继续说服：“别这样，我希望你还是考虑考虑的好，不然，恐怕你在南京是不会再找到什么工作了！”玮德坚决地说：“不考虑了，没有什么可考虑的。”果然，玮德的工作渺茫了。他苦闷极了，三太太看着很难过，极力想安慰他，为他做西装，给钱让他出去玩玩。玮德穿上西装更是潇洒了，弟弟们围着他，赞美他。他也高兴地说：“三妈妈你真好，你要是给我找老婆，一定不会是丑的。”大家都笑了，三太太说：“那可不一定！还是你自己去找吧！”

玮德忽然登报征婚，家里人都觉得奇怪，问他，他也说不清自己是怎么想的，反正就登了，当然用的是一个杜撰的名字，大家还是感到很荒唐。他也觉得有些后悔，但是已跟对方约好见面的时间、地点，不能失信，硬着头皮去了。

鸡鸣寺在南京北城内一座苍翠的小山上，排排松柏掩盖着庙舍，很是幽静。进到寺内再过一座偏殿，就是一个茶楼。四面都是玻璃窗，望得见外面的台城和较远的玄武湖的景色。玮德捡了个靠窗户的座位，眺望着远处，有些忐忑不安。他不知道自己怎么就做了这么个决定：是尝试爱情？明知是不可能的；寻求新奇际遇？不会有，更不是戏弄人间，那么……这时门口进来一男一女，男的已是中年，手中拿着一份报纸；女的二十五六岁，身穿粉红色旗袍，烫着头发，脸稍嫌长了些，施了脂粉。他们打量了一下玮德，就走过来有礼地询问是否是登报征婚的。玮德点头说：“是的，不过不是我，而是我的弟弟征婚。”那男的“啊”了一声，怔怔地说：“令弟多大了？”玮德说：“舍弟今年二十岁。”那女的听了这话，低下头把那个男的拉到一边轻声地说着，那男的不住点头，同时又回头看看玮德。他走了回来说：“先生，舍妹的意思令弟没有来，年龄也似乎小了些。我看，先生是否可以考虑与舍妹结成秦晋之好？”玮德忙说：“不，不，既是为舍弟征婚，就与我无关。不合适就算了，再会吧！”忙付了茶钱出来。那兄妹二人还希望多谈谈，而玮德则赶紧逃跑了，回到文德里还在心跳不止，像闯了祸似的。弟弟们知道了，笑了他一通。唯有璞德走过来对他说：“你不应该这样去探索人生！”玮德望着这个弟弟一双温柔的眼睛，流下泪来。

琯德在国立中央大学附属实验学校上小学，它是自幼稚园、初小直至大学的建制。校徽的图案是艺术系教室前面一棵六朝松，这棵松树生长在六朝时代，不知在什么时候被雷劈去了一半，如今用水泥糊上了。但是这棵树并没有死去，在那古老的树干上又生出了新的树枝和稀疏的松针，更为苍劲、有力。

小学的每班级以它的班主任名字命名，从一年级直到小学毕业都是这位老师做班主任，学生毕业后，老师又从一年级开始另带一班。学生大多数是达官贵人子弟，与琯德同一年级中，就有汪精卫的女儿汪季筠，兵工署长俞大维的儿子俞扬和，王世杰的儿子，孙总理陵园警卫处处长马湘的儿子马祥麟等等。琯德在南京上学以后，又交了不少时髦的朋友，他的身上也起了些变化，有些洋派了：原来留的是极短的小平头，现在是长长的中分西式头，还经常让前面的头发耷拉下来挂在眼角上，然后再把头往后一甩，让头发向后极帅地飞扬着落下。他两只眼睛中的一只也非常地凑趣，不知在什么时候偷偷地变成了双眼皮。最重要的是，他像外国孩子一样，不论春夏秋冬都是穿西服短裤，必要时才穿长裤，展露着自己两条匀称的腿；不仅是不穿布鞋了，就是穿皮鞋也要讲究穿什么衣服配什么颜色的鞋了。和他同一张课桌的，就是汪精卫的女儿汪季筠。学生间虽然同班、同课桌，但男女界线还是分得很清，不说话，也不在一块玩。可是这位汪小姐却与众不同，和所有的人玩，还特别喜欢跟男学生玩。她长得并不好看，但很丰满；留着比男生的头发稍长一点的短发，一双细长的眼睛，牙齿也不洁白。她患有鼻炎，老要用手绢擦鼻涕，而且手绢用一次以后就不要了。她每天要带很多的新手绢来学校，用完后还喜欢乱放。同学们碰到后，就拿起来示众一番，骂上几句扔到垃圾箱里去。但也有的孩子把它拿回家了。她对琯德挺好的，每到考试的时候，琯德总要出些小纰漏，不是铅笔断了就是橡皮找不着了，她总是主动地借给他，有时还偷偷告诉他答案呢。

学校里有个专给由家里送饭的学生用的食堂。每天给汪季筠送饭的，是一个穿着整洁的料子制服的年轻人，用一屉子奶油色的饭盒乘着汽车送来，摆在食堂里一张没有明文规定而归她专用的桌子上。不知为什么，这张桌子只有琯德可以用。琯德家只有年纪已不小、穿着一般的德金来送菜。她的都是火腿、叉烧肉、金银肝、海参、鲜鱼等，每餐有七八个菜之多。琯德的除青菜豆腐外还有一样雪里蕻炒肉丝或榨菜炒肉丝，一两个菜而已。一天，吃饭的时候，汪季筠夹了一大筷子一丝一丝的菜放到他碗里，是蛇肉。琯德当时就傻了，不吃吧不好意思，吃吧又不敢，最后，硬着头皮吃了几根，也不知是什么滋味就吐了出来，结果连这顿饭也吃不下了。汪季筠很快活地说："我们广东人是最爱吃蛇的，你们南京大萝卜完全不懂得它的美味。"从此以后，琯德再也不敢和她同桌吃饭了！可是，在学校里厕所的墙上，出现了不少并排写在一起的他们两人的名字，这是同学们对他们的揶揄。

一天，上课的时候，班主任张士奇突然大骂起汪精卫。骂他反对蒋委员长，骂他官居行政院长还嫌不够，还要当国府主席，骂他行刺摄政王以后投降清朝……汪季筠起初脸色煞白，接着又变红了，突然趴在课桌上大哭起来，哭着哭着跑出了教室，去找校长了。

琯德很奇怪，老师为什么要当着汪季筠骂汪精卫，用意何在？汪精卫是主张“中日提携”的，和蒋委员长有什么不同呢？看起来张士奇是忠于蒋委员长的，要不然他怎么敢骂汪精卫，反正他绝不会是共产党。

第二天，第三天……汪季筠没有来上课。

一个礼拜以后，班主任换了，班级也改名为箴华级。张士奇又去教小学一年级了。汪季筠来上课了，神气非凡地说：“哼！便宜了他。将来看吧！”接着就到球场打球去了。

一天璞德给琯德一张票，叫他去看义演。中大的礼堂是圆顶的，进门后看见舞台口的上面，挂着“为长城抗日将士募捐寒衣义演”的横标。其实主要的是唱歌、演讲，只有一个独幕剧，是大学生演的文明戏，叫作“打回老家去！”在琯德看来，它不过是大人演的活报剧，比安庆时的小学演得好一些。观众都很激动，琯德跟着喊了几个口号就回家了。第二天璞德告诉琯德可以找几个小朋友一块儿到街头为抗日将士募寒衣，并且说这是大学和中学学生会组织的，又给了他一个铁盒子，是装募捐到的钱的，还有几个写着“募捐”两个字的白布袖章，上面盖着看不清楚的图章。老师们安排学生在课外活动和劳作课的时间上街去募捐。

和琯德一队的有外号叫“花生米”的女同学陈宝珠、长得挺好看的姚同玉，男同学刘毅、王志强等。

他们从大石桥学校出发，经花牌楼、太平路到夫子庙，一路上所有各种大小不同的饭馆他们都去过了，还碰到了其他学校的募捐小队。起初，他们站在饭店的门口，有人来了就上前要钱。这办法很不灵光，那些人睬也不睬，一侧身就过去了。不行，干脆进去！他们发现，在大饭店里，如果是一男一女两个青年在一起而饭菜还没有上来，两人正轻声悄语说话的时候，他们走过去宣传抗日将士如何艰苦，没有子弹了就用大刀和日本鬼子拼；北方是那么的天寒地冻，请慷慨捐助，是为抗日将士募寒衣……女青年会立时被感动，马上打开皮包捐钱；男青年当然不会落后，也跟着掏出钱来捐献，而且总是要比女的多一些。而另一种情况就很难堪了，一大桌子的人，男女都有，吃得满头大汗，嘴角流油还在往嘴里塞东西。这些人一看见他们过去，往往是不等他们开口，就大叫：“去，去，我们是从来不捐钱的。”小学生们也不示弱地回说：“日本人来了，看你们还吃什么？你们愿意当亡国奴吗！”那些人就会恼羞成怒，站起来叫喊：“你们这些小鬼，是借募捐的名义要饭的吧！”接着连推带搡地把他们轰出去。但是，在小的饭馆却不同。那里有一个人在吃饭的，也有三四个人一桌的，有的甚至一边吃一边看书，当他们听到是为抗日的将士募寒衣，都慷慨地捐献。虽然钱数不多，但都是热情的。直到晚上九点，他们才又累又饿地各自回家。琯德进家门就大喊快饿死了，吃完了饭就倒头呼呼大睡。

第二天到学校后，他们知道募捐成绩还不错，准备根据昨天的经验，今天专找小的饭店和那些谈恋爱的青年去募捐，不找那些胡吃海喝的人了。但是，下午全校在阴雨操场紧急集合。大家以为发生了什么大事，结果是听行政院秘书长褚民谊讲授如何打太极拳和太极球。

国民政府行政院的秘书长，这可是一个很大的官。可是，他怎么会到一个小学来教授什么太极拳和太极球呢？尽管是中央大学的附属学校，那也是小学呀！不可思议！但是，这位褚秘书长有时会做出极其风流而令人惊愕不已的事来。比如，他就曾为全国女子游泳比赛第一名、号称“美人鱼”的杨秀琼小姐亲自执镫赶马车。也许教授太极拳、太极球，他认为也是一种风流雅事吧！琯德在队列中等待着，想看看这位褚民谊到底是个什么样的人物。其实，他貌不惊人，一个秃了顶的大光头，长着很重的络腮胡子，上身穿着一件中山服，下身是马裤、马靴，倒是粗壮、结实。只听得他说：“太极拳就是太极阴阳相会之意，所以拳打出去都要求是圆的，气也是圆的。阴阳相辅相成，是我们这个古国的精神，民族的精华……”还说了些什么，琯德根本就没听。讲完以后，把学生带到大操场上，他开始教打太极拳。不久，又在阴雨操场的房梁上，挂下来一个奇大无比的太极球，教学生推球，要让球不离身、不离手不停地滚动。一学就是几个月，为抗日将士募寒衣也就烟消云散了。幸亏学校成立了劳作生产组，有做木工的、做豆浆的、做烧饼的，种菜园子、种花卉的各种小组，打太极拳、太极球也算劳作生产的一种了。琯德赶紧报名参加了做豆浆、烧饼的小组，躲开了那太极拳和太极球。

参加做豆浆、烧饼组以后，琯德很兴奋。在寒冷的冬天也是早晨四点钟起床，天不亮就赶到学校豆腐房帮助师傅磨豆子，磨好了放到大布兜里吊起来摇出水再放到锅里去。琯德赶紧趴到地上点柴吹火，烟熏得直流眼泪，但很快活。豆浆煮开了以后，师傅总是叫他喝第一碗。琯德用铁勺舀一大碗浓浓的、出锅后马上就起一层油皮的热豆浆，再加上从家里带来的一小包白糖，那真是美妙之极、街上买不到的好东西，喝完了去上课。下午四点到烧饼房干活。这儿的工作，是用铲子把贴在炉壁上的油酥烧饼，一个一个地铲下来。弄不好就掉到炉子里烧煳了，或是铲不下来而用劲一拽把烧饼拽烂了，真是没有容易的事。活干完了自己就拿两个油酥烧饼吃了回家，也不用给钱。

转年六月，南京日本领事馆的藏本副领事忽然失踪了。日本领事须磨叫嚷："这是被中国人有意杀害了，是反日的大阴谋，一定要武力解决。"南京政府上下乱成一团，到处查找，通告重奖发现线索者，甚至要搞户口总检查。老百姓极感不安，不知道后果将会如何，大家紧张、气闷、压抑透顶。

一天，马祥麟到学校，很兴奋地找到琯德："喂，告诉你一个好消息！那个日本鬼子找到了！在我爸爸那里找到的。这个小日本鬼子躲到中山陵山上的一个洞里。他们天皇让他自杀，来害我们中国人。这小子怕死，没有自杀，躲到山洞去了，饿得受不了，偷偷跑到山下一个小面馆里吃面，没有钱和老板吵起来了。一个陵园工人听他说话不像中国人，就把他扭送到警卫处去了。我爸爸马上打电话通知卫戍司令部，现在交给他们了。”马祥麟说得眉飞色舞。这个消息使大家欢呼起来，同时也松了一口气。琯德非常钦佩马祥麟的爸爸，提出在假日时去看他。

一个星期天，马祥麟邀请琯德到他们家去做客。他的家离中山陵园不远，是一座没有楼的洋房，四周种有桃树、苹果树，房前种的是葡萄。屋里铺着地毯，布置完全是洋式的。家中有六七口人，父亲、母亲都是广东式的矮胖型。他们是华侨，父亲原是美洲南部的一个森林工人，好狩猎，枪法百发百中。因为崇拜孙中山，年轻时就跟随了他，做他的侍卫，在各种危险境地保卫他。他们之间感情深厚，与廖仲恺、何香凝、宋庆龄几位共过忧患。孙中山去世以后，他还是舍不得离他而去。他是个朴实敦厚的人，不要求地位，不要求权力，只要求让他拱卫总理的陵墓，以了此身。

藏本找到了，他松了口气。要是死在陵园区域内，他恐怕要成为藏本的殉葬品呢。今天他很高兴，除了全家外就是接待爱子的小朋友，还认真地准备了饭菜。他穿着少将衔的军装来到客厅，亲切地拉着琯德的手：“啊！这个小孩子是个小瘪嘴呀？”把嘴字读成了广东味，听起来像是“居”。他妈妈也高兴地叫“小瘪居”。吃饭时，大家围坐在一张圆桌周围。这种圆桌是琯德过去没有见过的，中间还有一个小的圆桌，可以来回转动。他感到太新奇了，心想把菜放在上面转过来转过去的，还不弄得乱七八糟。菜都是广东味的，很鲜美而又很丰富。琯德吃得很高兴，等到想起桌子的状况时，已吃到将近尾声。他发现桌面上并无异样，干干净净的，并不是汤泼菜洒一塌糊涂。小圆桌无声地悠悠然地转来转去。谈起藏本，马湘说这是日本人的阴谋，准备用他的死挑起事端，乘机出兵侵占华北和长江流域。没想到藏本怕死，饿了几天就跑出来而被发现了。他恐怕也回不了日本，他们是不会再让他活着了。

饭后，马祥麟约琯德到首都游泳池去游泳。这是南京唯一的也是最高级的游泳池，光门票就要一块大洋，租游泳裤押金是五块。琯德就借了马祥麟的一条。在游泳池遇见了俞扬和，他是个混血儿，体形健美；琯德这时也已发育起来，宽宽的肩膀，细细的腰，长长的腿；只有马祥麟的个儿稍矮一点。这三个少年在游泳池出现，引起了人们的注目。其实琯德游泳很一般，并不好，但在这个时候他可完全是一个游泳能手的样子。俞扬和的跳水非常好，这时他上了高台，跳了几次漂亮的飞燕式高台跳水，招来不少钦羡的目光。琯德不会跳水，但是那凌空半飞的姿势真吸引人，就毅然地爬上了高台，踏上了跳板，走向那前端，站住了。怎么跳呢？真不会，只好颠了两下就走回来了。虽然没有跳下去，但那架势、姿态还真像那么回事，极其优美、漂亮，当然也招来了不少的目光。他就来回地试了几趟，正当他在颠的时候，不想俞扬和在背后一把把他推了下去：“下去吧！”琯德只觉得心里一空，身子已飞了出去，一下拍在游泳池中，水直往鼻子、嘴巴、耳朵里灌，肚皮上像火烧似的疼。心里一慌更是手脚乱划，怎么也到不了水面，只能咕嘟咕嘟地喝水。俞扬和刚要大笑，一看不对，才知道他根本不会跳水，赶紧跳入水中，抓住他往池边拖。马祥麟和其他一些人帮着把他弄了上来。马祥麟急得直骂俞扬和：“你这个家伙怎么搞的！这不是害人吗？他死了怎么办？喝了这么多水，怎么办呢？怎么办！你这个家伙太坏，不理你……”俞扬和也很紧张，一边救护着，一边辩白着：“我真不知道他不会跳水！看他在跳板上颠来颠去，我以为他会跳呢！哪知道……”琯德喘息着说：“不要紧，不要紧！下次可不许再这么吓唬我。”就躺在游泳池边休息着。俞扬和极感不安，不知怎么才好，就竭力邀请琯德到他家去玩。三人就离开了游泳池，进了城，到了兵工署长的家——俞公馆。

这是一座宏大的、三层楼的洋房，大门口站着警卫，楼道里有些穿军服、穿便衣的人，不时地来往走动，极为森严。他们对少爷领来的两位年轻客人甚为恭谨。客厅里铺着厚厚的地毯，摆着宽大的沙发，墙上挂有名贵的油画。

主人俞大维是德国留学生，娶了一位德国夫人。俞扬和的堂妹俞珊后来成为青岛大学的校长、也是戏剧舞台美术家赵太侔的夫人。她本人则以在北平演出英国唯美主义戏剧家王尔德的《莎乐美》而震惊整个剧坛。半裸的莎乐美捧着爱人的头："你现在是我的了！"她那出色的演技使多少人倾倒。这出唯美主义的剧作，在她演出后，再没有人尝试过。

这三个累坏了的少年，钻在客厅的大沙发里横躺着，谁也没劲说话了。一会儿只听见琯德说："有点饿了，俞扬和，你家里有什么可吃的东西吗？""已经让他们准备了。"大家都还躺着没动，进来一个听差请他们到小餐厅去用点心。只见一扇折合门打开了，露出了富丽、精美的餐厅，大吊灯下的长餐桌上铺着雪白的台布，摆着洋点心、饼干之类，沿墙四周都是镶着厚玻璃的菲律宾木酒柜，两个男用人侍候着，一会儿又送来了冰可可。三个人痛快地大吃了一顿。

吃完了以后，俞扬和把他们领到了一个房间，一张大长方形铺着墨绿色厚呢子的凹面台子放在中间，上面有两红、两白四个球，台子的四角有四个洞，下面坠着口袋。台子上方有一个与台子差不多大小的、铁的大灯罩，一开灯就把台面照得通亮，但不刺眼。台子两边，靠着墙是两排放着长杆的架子。马祥麟一看，忙说："台球，我可不会玩这个。"琯德心想这就是台球呀！拿起架子上的杆子，捅了捅那四个球，球满桌乱滚，相撞时声音清脆，倒蛮好听的。因为两个人都不会玩，提不起兴致，俞扬和说："走，我带你们去看我爸爸收藏的手枪去！"说完就带头出了门，往楼上走去。

楼上除了一间小会客厅，其余的就是他爸爸和妈妈的用房。在他爸爸的书房里有书橱、大办公桌、保险柜等。最显眼的是成套的玻璃柜子，陈列着各种手枪，有塞火药的，有像美国西部电影中牛仔用的，有像英国海盗用的，有白色电镀的，有乌蓝透亮的，有大的，有小的。俞扬和打开其中一只柜子，在一摞摞的锦缎盒子中拿出了几只。里面装的都是枪，俞扬和拿了一把，装上子弹，到阳台上向空中放了一枪，听到枪声，警卫、听差、用人都出来看。见是少爷放的，谁也没说什么，但也没有惊奇。琯德这时被一支放在锦缎盒中电镀的、镶着象牙手柄、只有半个手掌大小的小手枪所吸引。俞扬和走过来介绍道：“这是外国人送给我爸爸的，本来还有两支，让我爸爸送给委员长了。这可宝贵得很！”玩了一会儿就出来了。这时门口响起了汽车声，屋内的人们一下都精神起来了。俞扬和说：“我爸爸回来了！”他们三人忙迎了过去。俞大维有着中等以上的身材，穿着一身中将衔的军服，行动有力，白皙的脸却显得像文人，对儿子的两位朋友很有礼貌。当介绍到马祥麟的父亲是马湘时，他笑着说：“我知道，我知道。”看到琯德时说：“这位小朋友身体真好，真漂亮！很好，很好。让他们再玩一会儿，吃点东西。”琯德和马祥麟都表示玩得很好，也吃过东西了，该回家了。俞大维非常热情地让车子送他们回家，儿子高兴地喊道：“爸爸，你太好了！”在车上，他们俩表示为没有见到他的母亲遗憾，俞扬和说他的妈妈回德国去了，要下个月才能回来。

1934年的夏天，京沪一带奇热，听说有些县份热死了人。

租赁文德里方家房子的师长陈沛民，去年到庐山去受训，三、四月间才回来。现在要调离南京，到江西行辕去干什么“剿共”的大事。要这位年轻的陈太太回老家浙江宁波去，把南京这个家解散，而陈太太不肯，大吵大闹了好几天。今天她把陈沛民的军服扣住了不给，陈沛民出不了门大怒，拿出了手枪要打人。三太太忙下去劝解，璞德就要冲进屋里去救那位陈太太。三太太喝道：“老五！关你什么事！回去！”老五非常气愤地大骂起来:“陈沛民！你敢欺侮人，你这个军阀！你这个坏蛋！想要杀人吗？”同时拿脚用力地踢他家的房门。忽然门开了，陈沛民穿着背心裤衩，拿着手枪凶狠狠地走了出来:“干什么！想找死呀！你们居然管起我的事来了！混蛋！”三太太上前劝说。陈沛民就说:“好！我搬家，今天就搬，房子押金不要了，我不在乎，老子有的是钱……”怒冲冲地坐着汽车走了。

下午，来了几个勤务兵把东西搬走了，屋子里只剩下年轻的女人和她妈妈的哀哭声。

三太太把三百块钱的房子押金给了小陈太太。

第四天陈沛民派人来给了她一千块钱的遣散费，小陈太太和她妈妈就走了。

一层的房子空了出来。

街头出现了文德里有高级住宅出租的招贴。

第五章

娃娃桥陈家老太太今年七十大寿，三太太准备了十斤寿面，一百个面粉蒸的大寿桃，两只火腿、两只咸鸭、四盒点心，三天前就让德金送过去了。正日子这一天，三太太带着琯德、玮德，叫了一辆出租汽车到陈家去给老太太拜寿。三太太穿一件银灰色细纱旗袍，领子下面别了一个翠的大扣针，拿着白色镶珠的小手提包，很是大方得体；玮德穿的白绸大褂、白毕叽西服裤、黑白镶的皮鞋，更是潇洒大方。琯德因为今天能见到九姑和三个表姐妹，非常高兴，也特意打扮了一下自己。他穿上白色短袖麻纱衬衫、白色西服短裤、白皮带、白皮鞋，还在中分头上抹了些发蜡，挺有点样子的。玮德一看见他，嘴角漾出一丝微笑，但立即又皱起眉头："今天我们到陈家主要是去看九姑，到九姑那儿玩。她一定会很高兴，可是……"他又看了老七一眼："她最不能忍受俗人，小老七今天这个样子……"琯德一听急了，忙说："怎么？我这样不好吗？那我再去换一身衣服吧！换什么好呢？"他望着大哥。玮德看着他那样子，憋不住笑了。三太太接着说："你就是这个样子，有什么办法！就让九姑看看吧！"琯德看出大哥是逗他玩的，也就放心了。

娃娃桥巷口就有很多人在看热闹，汽车驶来，就会过来两名警察把人们赶开，让汽车开过去。陈公馆大门全部打开，张灯结彩，两边站着穿戴整齐的执事人员和鼓乐手，客人一到鼓乐齐鸣，执事人员上前招呼着送到里面。进大门就有一个收礼处，有实物，也有礼单，有钱票、支票、现大洋。小户人家当天送礼，有头面的前几天就把礼送过来了。三太太的车到时，大门口已停着好几辆自备车了。执事人员上前打开车门扶她下车，他们就在鼓乐声中走了进去。转过影壁、走过一条长廊，进大圆门到天井里，北面是一间约九间屋子大小的大厅，对面搭了个戏台，天井上搭着芦席凉棚。天井里戏台旁，廊子上到处摆着酒席。大厅正中挂着一幅中间有个一丈五尺见方绣金“寿”字的大红寿帐，前面是红木长条几、方桌，都铺着大红绣花的桌围，点着香烛，还有一个古色古香的大香炉中点着檀香。一般的拜寿人到这儿冲着大寿字鞠三个躬，旁边有各辈的主人陪礼，接着就引去吃酒席。

三太太带着玮德、琯德来到大厅，正要行礼，陈大太太忙过来拦住了：“不敢当，不敢当，请到后厅看看老太太吧！”就把他们三人领出来往后厅走去。凡有身份、有地位的，如当过省长、督军的，陈调元才直接引入后厅，当面向老太太拜寿，寒暄几句就让到花厅内就席。能到花厅就席的不过一二十人而已。

后厅比前面的大厅略小一些，这儿挂了一幅绣着“松鹤延年”的寿帐，长条几上摆着大的青花瓷盘子，里面堆放着佛手、香橼，散发着清香；青花瓷瓶中清水养着万年青；桌子上八角食盒里，放着糖莲子、糖藕片、蜜饯等。老太太穿着绣花红裙、棕色团花绉纱琵琶襟褂子，坐在一张藤椅子里，后面站着一个清秀、穿戴整齐的小姑娘，手拿扇子轻轻地给她扇着。三太太领着玮德、琯德向老太太行了鞠躬礼，陈大太太在一边还礼，老太太也略欠了欠身。这时又有几个太太走来，三太太忙说：“拜寿的人多，那我们就随便吧！”带着孩子出来了。玮德如释重负，舒了一口气：“走吧！我们快到九姑那里去吧！”

通过一段回廊，走到大花园旁边的一处院落。房前白色的藤萝架上，坠着一串一串紫色的藤萝花，乍一看像是一串一串的葡萄。从屋里传出小提琴声，莫扎特的G大调小夜曲在院落里、藤萝架下飘扬回旋。玮德三步并成两步地跑进屋里大喊："九姑！九姑！三妈妈来了！"琴声戛然而止，九姑已快步迎到了门口。

九姑中等身材，乌黑的头发在脑后梳成一个环形的发髻。很直的鼻子，特大的眼睛，眼光明亮但不灼人；沉静而深思，无限温柔，如同油画《圣家庭》中的圣母似的。这天她身穿一件深蓝色的绉纱旗袍，衣襟上扣着两朵小小的白兰，显得那么纯净。她握住了三太太的手，一同进到屋里。两人就像多年不曾相见的姐妹亲密地交谈着，琯德紧紧地跟在妈妈身后，静静地望着九姑。玮德大哥一把把他拉了出来，推到九姑的面前："这是小老七，大名叫方琯德，是家里的骄子。要上天妈会给他扶梯子，这么个样儿，你会喜欢他吗？""这个小孩子很smart（聪明），为什么我不喜欢？"九姑说着捧起琯德的头，端详着："两只眼睛像是老在做梦。可惜，一双倒八字的眉毛！"说着笑了起来。三太太也笑个不止，心里很是得意。玮德在一旁更调笑着这个小弟弟。

接着九姑向左边的内室喊道："纹！来看看你的表弟，还有玮德！"屋里轻轻地答应了一声，就没有动静了。琯德就傻盯着那扇房门。九姑又喊了一声，门慢慢地开了，飘出来一个瘦长的身影，她白皙的脸庞上一双和母亲一样温柔而明亮的大眼睛，黑发披肩；穿着一件浅蓝色的布旗袍，一条黑丝带系着一支黑色的钢笔挂在颈间，手中拿着一本外文书。她轻轻地喊了一声"三舅娘！"对玮德微微一笑，转过身来看了一眼琯德，既没有点头又没有微笑，似乎是说："这么个小把戏，讨厌！"回身又进屋里去了。琯德觉得受到了轻蔑，不由得脸红了。只听九姑又喊道："绚！快来见见三舅娘和玮德大哥！"这次连琯德的名字都没有提了。门"哗"的一声打开了，走出来一个黑黑的健康的女孩子，眼睛不大但很锐利。她似停步而实际没有停步地说：“我要找同学去了！”人已经到了门外，走了。九姑只笑笑，继续和三太太、玮德说话：“今天我们这儿真热闹，晚上还有堂会戏呢！可惜是我不爱看的……”正说着，听见外面有人喊：“九姨在吗？九姨！”九姑忙答应：“在，在，快进来！”对三太太、玮德说：“白华也来了！”

宗白华中等个儿，圆圆的脸，戴着一副近视眼镜，笑呵呵的，似乎没有忧愁的事。进门就说：“你们这儿是大热闹哇！不过，九姨我不想在外边吃饭，叫他们开一桌到你这里来吃，可好？”

九姑笑着说：“白华，你是喜欢热闹又要找点清静，生存在热闹的清静中，这倒是一种哲学啊？！”

“我是康德二元论嘛！”白华哈哈大笑。

玮德接着说：“中庸之道嘛！”

九姑说：“我们中国人就喜欢中庸，可是，它却使人们振作不起来……”说着用人们送点心来了。先把桌子摆好，上了小笼汤包、千层油糕、蒸饺、小烧麦等，请大家先用着。琯德特别喜欢这些小点心，到正式上酒席时，他已经吃不下了。这时，从门外兴冲冲地进来一个与琯德差不多大小的女孩，满头天生卷曲、浓厚的黑发，进门就喊：“娘！我在外边吃过了！”九姑笑了笑，对三太太说：“这是最小的女儿，叫绮。”玮德忙说：“她叫‘萨福’，九姑给她起了个希腊女诗人的名字，谁也没有叫过她绮，是不是，萨福？”萨福点了点头。她现在的兴趣不在这儿。她一下跑到琯德的身边，跟他说：“表哥！我们出去玩吧！大厅里尽是大人们在吃饭、喝酒，不好玩。我带你到花园里去吧！”琯德见她这么大方，对自己又很热情，心情也就松弛活跃起来，高兴地跟着她走了。

他们来到花园，天色已暗了下来。树木花丛上装的各种颜色的小灯泡都亮了起来，有如万点渔火。萨福拉着琯德在花丛树木中穿来穿去地跑，就像两条快活的小游鱼一样。琯德很少和女孩子来往，尤其这样被女孩子拉着手在花丛中跑来跑去，更是绝无仅有。朦胧中只觉得卷曲的黑发在面前飞舞，心中既快乐，又有些心跳，于是被萨福紧握着的那只手心出了不少的汗水。他顿时觉得自己太不成器，一下就站住了，摆脱了那只拉住他的手，嘴里说着:“天太热了，都出汗了！”萨福说:“不要紧！”忙从大襟边取出手绢，替自己和琯德擦手，又说:“要是你觉得这里不好玩，那我们去看戏吧！”一派天真无邪的样子。

大厅里，人声喧闹。中间八仙桌上的筵席已经撤掉，换上了瓜子、花生、糖果、糕点和盖碗茶，只有边上还是酒席，为晚来的贺客准备着。大厅的正中摆不了藤椅，小台几上是点心、清茶。老太太已换上了杭纺绸衣、绸裤，舒适、轻松而不失其威仪地坐在那里，隔着天井看台上演戏，大儿子陈大先生在一旁陪着。

台上，唱过了《跳加官》《福禄寿》等以后，正唱《小放牛》，琯德特别感兴趣，觉得既滑稽又好听。急然听见老太太喊了一声“赏！”陈大先生也跟着喊了一声“赏”，就只见预先安排在四处的十来个人，把大箩筐里特地换来的铜钱大把大把地抓起来向舞台上撒去。整个空间立即充满了哗啦、哗啦、噼里啪啦、咕噜噜的响声，台上的演员在领班的带领下，在台口站成一排冲着老太太高喊:“谢老太太赏！”“恭祝老太太寿比南山、福如东海！”台下爆出一片叫好声和鼓掌声。琯德被这种景象吓得害怕起来，拉着萨福跑回九姑的房间，一进门就向妈妈喊:“妈妈，妈妈！那么多的铜板！多得吓人，直往台上扔！满地上都是。这要多少钱呀！”玮德笑着说:“你这么怕钱！真是个没出息的小家伙，人家是钱越多越好。”九姑轻轻叹息说:“陈家人也不错，就是到处是铜臭，永远搞不完的钱！在这里我感到闷，闷极了！我希望天空打一个霹雷，劈开我的胸膛，让一阵清风吹散我心中的积郁。”远处隐隐传来铜钱落地的声音。

玮德接到了厦门集美学校的聘书，他一个人到那儿去教书了。不久，家里书房的墙上多了两张照片。一张是他在集美学校的楼上，夕阳中凭栏忧郁地向远方眺望；一张是在鼓浪屿礁石旁游泳，微笑的嘴角，还是那个调皮的大孩子。书房的书柜中，珍藏着一只玻璃面的锦缎长匣，里面放着两支上等毛笔和一张纸条。在那玉版宣纸上有娟秀的与玮德字体有些相似的字，写着：“玮，愿这笔尖儿，将你的心事传。”这是一位小姐的赠品，不知是什么时候他们相爱了，因为首先必须为活着奋斗，他们没能相聚共同生活，而是以书信传送着各自的心底事。诗人和穷困是分不开的。弟弟们常在这长匣前凝视着，想象着，体验着这动人的爱情，诚挚地祝愿他们能结为夫妇。

文德里平静的生活第一次被微风吹起了一片涟漪。长住北平的方五老爷举家南迁，一家五口到了南京。文德里的人们都感突然，上上下下赶紧忙着安排住处。幸亏这时瑛德到上海做公债去了，就请大五太太和小五太太住在她的房间里，五老爷和儿子小兔子住到玮德的书房里。还有一个从四老爷那里过继来的女儿应莲，她和琯德一般大小，长得很漂亮，鼻子又高又直，眼睛特别明亮，雪白的牙齿，嘴角微微向上，真是好看。她讲的一口北平话既动听又悦耳，比起南京话来要好听许多倍。只是平时她不大说话，不过说起话来声音特大。三太太特别喜欢女孩子，就把她安排在自己的房间，让琯德跟自己睡，她睡琯德的床。

五老爷和四老爷也是双胞胎，两人长得一模一样，但五老爷比四老爷清苦得多，很忧郁，没有四老爷那种爽朗。他很客气，总是对三太太说：“对不起！三嫂，我们一家都来打扰啦！也没能从北平带点东西……”言下之意也就明白了。三太太忙说：“自己家里人，见见面就好得很了，不用客气。”五老爷说：“我在北平一住十多年，总想找个好差事。我没出息，现在一大家子，只有回安庆老公馆的几间房子里去栖身了！”说到这里不禁神色黯然。接着又说：“应莲这孩子跟着我也是受罪，我想，这次回来以后，还是让她回到四哥的身边去。”说完长叹了一声。

晚间睡觉时，瑄德很兴奋，因为从来没有过和他差不多大小的女孩子在他的卧室中出现过，而现在却有一个，还是睡在他的床上，因此极为得意。他躺在妈妈身边，从床栏杆的空隙中望着已睡的应莲。她闭着眼睛，长长的睫毛划成一条浓浓的线，嘴角依然微微地向上翘起，似乎在做着一个好梦，甜甜的。瑄德凝视了半天，心想这位美丽的姑娘若能留下多好。他感到一个茫然的命运在等待她。

一阵风似的，这一家人又都走了，给文德里留下最深印象的就是应莲。

琦德、珂德在上海沪江大学读了一年后，又报考清华大学。琦德考取了外语系，珂德考取了社会科学系，现在他们要从北平回来了。当时能考上清华大学，不啻旧时考上了状元。三太太觉得有了这一对儿子，她一生的苦难就像一场噩梦似的过去了，今后是苦尽甘来，光辉一片。她成天喜笑眉开地做准备，等待儿子的归来。

正巧这个时候，瑛德在上海做公债很发了点财，就给家里添置了些名贵的东西：第一件是一台 RCA 牌子的七灯收音机，第二件是个黑颜色的冰箱，第三件是给三太太换了一个有半截护栏的锃亮大铜床。有了这几样东西，家里好像就是不一样了一些。尤其是那个收音机，当时就值三百多块大洋。他们还特地请宗家四少爷——宗白华的弟弟宗之发来鉴定、调试，可见这个收音机之名贵了。

宗之发是上海真茹无线电台的总工程师，早年南洋大学毕业后，又留学美国。他人长得英俊，身穿西装，十分整洁。他的风范使他成为这个家族中一切青年的楷模。他是工程师，会跳舞，会骑摩托车，学问、行为、爱好等各方面都为人所景仰，不少表姐、表妹都希望能嫁给他。他只一笑了之，不为所动。

琦德、珂德到家了，三太太高兴极了；一些亲友，连三姑老太都过来道贺。三太太忙着安排酒菜请客答谢，又让儿子给父亲的遗像磕头。可是，儿子们除了在三姑老太来时出来见面行礼外，其他的一切人都不肯见；对父亲的遗像行了三鞠躬礼，说什么也不肯在父亲的遗像前磕头。三太太心里虽然有些不快，但也不愿过分勉强。

标志着这个家庭兴旺的那只七灯收音机，被安放在二楼书房里，每天播送着各种节目。老七总是把着它听自己喜欢的歌曲和京戏；三太太则钟爱评弹，每当收音机中播放时，就会看到三太太坐在收音机前的沙发里沉静地聆听着。苏州的乡音唤醒了隐伏在她心底的童年，在父亲、母亲飘忽着的极淡极淡的影子前，柔弱无助的她被转买转卖着，引起她心灵深深的颤动。她宁静地坐着、听着、回忆着，这时，门突然被推开了，老七冲进来，不由分说就把收音机转到有京戏或者歌曲的地方。三太太的宁静被破坏了，她只好站起来，瞪了一眼这个不懂事、调皮的小儿子，走出书房。

琦德、珂德是青年们的中心，璞德、琼德乃至他俩的好朋友，都经常围绕着他们。三楼是他们的天地，有时琯德也会忘掉了收音机而混迹其间，听三哥、四哥谈论中国的现实，要去唤起千百万人来改变这个现实——这是我们中国当代青年的责任！这一两年来遇到的事情，琯德从来没有好好想过。今天，三哥、四哥好像把现实端到了他的面前，他觉得这花花绿绿的世界变得纷乱起来，他的心从无忧无虑的快乐中跌落到现实的深渊。再听到五哥、六哥和朋友们一起唱田汉的《回春之曲》中的插曲时，心中好像有点什么东西："再会吧，南洋！你海波绿，海云长……你受着自然丰富的供养，但在帝国主义的剥削下，千百万被压迫者都闹着饥荒……"

一天晚上，学校里高中同学们演出一个写意大利侵略阿比西尼亚（今译埃塞俄比亚）的话剧《阿比西尼亚的母亲》。琯德去看了，看到那个儿子奋起痛打意大利侵略者时，激动得流出了眼泪。哪知道演儿子的就是璞德，演母亲的是崔祥琮，徐祥达也参加了演出。琯德对他们佩服极了，觉得他们是现代男儿的模范。这些事老五、老六都是瞒着母亲的，可是琯德偷偷地告诉了妈妈。三太太很担心，怕他们演戏被人们知道了笑话。

不久，他们又演出了大型话剧《复活》。琯德看了大惊，参加演出的除了璞德他们之外，还有老师常任侠和一些校外的人，演得真好。璞德更是学校中被人注目的人物了。三楼青年们爱唱的歌曲中，出现了《伏尔加船夫曲》等，其中的一首歌词是“生活像泥河一样流，机器吃我们的肉……”他们经常唱，虽然不很齐，甚至有人还五音不全，但情绪总是昂扬的。徐祥达又喜爱起木刻了，三楼上就出现了珂勒惠支版画集。鲁迅的作品增多了，阿Q被议论着，不能做阿Q是大家的愿望；连玮德的书桌上也多了一本鲁迅翻译的卢那察尔斯基的《实证美学的基础》。

文德里三楼是一群青年人的天下，这群青年人似乎在一座冒着热气的锅炉里。

琯德到了毕业考试的时候了，他忽然用起功来。每天到家住大石桥、离学校不远的刘毅那里，和他一起温习功课。考试了，第一天考的是国语、“公民”、英文。这些对琯德来说丝毫不感到困难，考后自评都在八十分以上。第二天考算术、劳作、音乐。算术是他最害怕的，可是试题一发下来就高兴了，同时从心里佩服刘毅，都是他预料到的题目，事先都教会了琯德。出考场后找到刘毅核对，都对了。马祥麟有一题不对，俞扬和哪一道题都似对似不对的，但他毫不在乎，又跑去玩了。音乐老师是陈梦家的姐姐，她留学法国，学的是美术，因而也教美术课。她是一个三十多岁、非常慈爱的人，讲话特别温和。她只教了一首歌：“好大的西北风……”琯德唱歌有些走调，但是记住了她教唱时张得特别大的口形，就照那些口形唱了一遍，算是考完了，也得了六十五分。

考试的情况全家都知道了。学校又有规定，小学毕业考试中的前十五名保送中学部，不需重新报考，因而大家，尤其是琯德都很放心。毕业的那一天到了，琯德的算术全校第一名，总分也是第一名。拿到了一生中最最明亮的唯一的毕业证书。同时，学校通告，从今年起取消保送制度，一律要参加新生考试。琯德听了，觉得太倒霉了，怎么偏偏让自己赶上了。但是自恃毕业考试的成绩，也就不在乎中学的新生考试了。

这一年南京暑期又是奇热。琦德、珂德早已回北平上学去了。玮德从厦门回来，不愿再去教书了。他的身体明显地不如从前，每天下午都有低烧，更不幸的是查出患有严重的糖尿病。而最折磨他的是爱情，他狂热爱恋的女人却不能跟她结婚。第一没有钱，女友希望能有一只钻戒，把他们的爱情锁在宝石的晶莹之中，天哪！一只钻戒要多少钱呀；第二是他的病，他的道德观念让他决不能结婚。在穷病之中他痛苦得几乎不能自制。但他把这痛苦深深地埋藏在心底，表现得依然乐观、超脱、潇洒。

深夜灯下，他独自一人写下《海上的声音》：

那一天我和她走海上过，
她给我一贯钥匙和一把锁，
她说："开你心上的门，
让我放进去一颗心！
请你收存，
请你收存。"

今天她叫我再开那扇门，
我的钥匙早丢在海滨。
成天我来海上找寻，
我听到云里的声音——

“要我的心，

要我的心！”

在九姑的面前，他诉说了心底的痛苦，吟出了这首小诗。九姑说：“你是一个单纯的人，你的爱情是净洁的、清澈的。你要生活下去，你会得到同样净洁、清澈的爱情。”此时玮德的心像一叶小舟通过风浪的海面，回到月色皎洁而宁静的港湾。他用感激的眼光回答了九姑。

几个弟弟中，璞德和玮德最为接近。这次回来接触中，感到璞德似乎有了一个青年人自己的思想，满腔热情地生活着。一天夜间，在二楼书房蓝色的台灯下，兄弟俩对坐着，璞德忽然对玮德说：“我最近特别喜爱普希金的作品。”

“是的，他是一个真正的作家。”玮德接口说了一句，稍停又静静地说道：“爱情使他多么痛苦！但他最终为这爱情献出了他光华的生命。”

“不！他是死于阴谋，死于沙皇的阴谋毒计！”璞德激动地说。

“你是说他是为了政治？……也许你是对的，但我总不愿多想这一面。”

璞德大声说：“古往今来，一切事物都脱离不开政治。”玮德听了大笑，真诚地、由衷地笑了：“好！你可以有一种寄托了。长大了，是长大了！比我有出息。”

“不，我哪儿能比你！你是诗人！你就是诗！”璞德慌忙地懵然说。

琯德带了两个面包、一支钢笔去参加中学部的新生考试。考场里像蒸笼一般地热，考生也多是不认识的，再看看那些监考的老师都面生得很，一个个神情严肃，毫无笑容。这时他感到从小学到中学有如铜墙铁壁、高垒深堑不可逾越，一种绝望之情油然而生，一发考卷更是慌了神。算术好歹都答了；国语是作一篇题为“我的家”的文章；英文文法都不对，短语也不会用了。第一天的考试就头昏眼花地度过了，第二天是一出考场就大吐起来。把三太太给急坏了，赶忙喂他绿豆汤、冰淇淋，吃了也不管用。

最后让他喝了一瓶十滴水才平静下来。尽管如此，在家怎么也待不住了，就跑到刘毅、马祥麟的家去对答题，可是他跟谁的也对不上，这可怎么办呢？这时的天气无比好，万里无云，太阳当头，把柏油马路都晒得软软的。一丝风都没有，空气像是凝固住了，人们都躲在家里不出来。瑄德可不管，每天到处奔走打听着。终于，有一天让他从学校的一位老师那里打听到了，他的算术吃了一个大鸭蛋，别的分数都还不错。没有用了，算术是主科，不及格当然不会被录取的。听了以后，他又大吐起来，也不敢回家了。要好的同学都极为惋惜；有的女同学窃窃讥笑，倒是汪季筠见面反而说："考不取，考别的学校好了，这个中大附中有什么了不起的！"瑄德含着眼泪与同学们话别，好朋友之间依依不舍，约好以后不能相忘，还要来往的。

这时玮德接到北平朋友的来信，约他去教书。因为能和女友相处一地，玮德极为兴奋，准备着北上。三太太见他身体不算太好，一个人上路不大放心，决定送他到北平，顺便去看看两个儿子念书的清华大学。瑄德还得考别的中学，在家也帮不了他的忙，由他自主去吧！

就在瑄德投考南京市立二中的时候，他们离开了文德里北上。

不能和大哥、妈妈一起去北平，瑄德心里很委屈。妈妈、大哥走的时候，他一个人站在家里凉台上，望着他们向外面走去。这时大哥回过头来，留恋地看着这儿的一切。最后看到凉台上的瑄德，调侃地向这个小弟弟喊着："小老七，我走了！你快进去吧，要不然我可要哭了！"老七心里本来就像堵了块碎絮似的难受，经大哥这么一说，眼中的泪一串一串地流了下来，赶紧转身进到屋里去了。

第六章

1935年夏天，琼德在钟南中学上高中。璞德在中大附中，还有一年就高中毕业了。琯德上了南京市立二中。这个中学是新成立的，一切比较简陋，就在朱雀桥附近租的几幢民房里。目前只有高中一年级和初中一年级，因而高、初中同学间没有什么距离，纪念周、“公民”课都在一起上。琯德觉得上中学，就像突然跨过了一个世纪似的，小学时的同学只有马祥麟还常见到面，其他的都像云彩一样飘浮过去了。而“中大附中”在记忆中，就像什么耻辱似的，使他永远也不想再忆起它。

也就是这个夏天，老家安庆方四老爷的二小姐方珍，到南京金陵女子文理学院来读书。二小姐已是十七八岁了，中等身材，圆圆的脸，一双明媚而机敏的眼睛，微微向上翘的嘴角，齐耳根的短发，极为美丽。而她的魅力是：让你觉得她了解一切事物的真谛，但她含笑不语，你不知道她是在欣喜还是在嘲笑。她喜欢笑，大笑，没有忧愁、病苦，似乎不是生长在这个多灾难的世间。她降临到文德里的男孩子们当中，有如飞来了一只凤凰，所有的人都围绕着她，包括徐祥达、崔祥琮。她带着青春、欢乐，谈笑风生，像一股热烈的风吹遍了每个角落，因而三太太格外地疼爱这位侄女。于是，每星期六必定举家去看电影；星期日必雇一辆敞篷马车，到各个公园、名胜古迹去游玩。

方家是安徽有名的书香门第，二小姐在中文、古文方面极有素养，但对于西方的文化接触较少。而金陵女大是个教会学校，洋味十足，讲究用英文授课。方珍虽是来学历史的，但下决心不落人后，一定要加强这方面的修养，首先抓紧一切时间学习英语。就是回到家里她也是手不离英文书，课外还看一些哈代、史蒂文森、奥斯汀、勃朗特姐妹等的文艺作品，再加上英国、美国电影的陶冶，在很短时间里就见成效了，看电影、听课都不成问题了。这样一个既具有西洋文化修养又有东方古国大家风范的小姐，在金女大、金男大很快就会引人注目、崭露头角的。在金女大的大门口以及校园里，每到星期六的下午和星期一的早晨，总是有一些翩翩青年在徘徊、等候。有嘴里哼着歌的，有吹着口哨的，有用流利的英语背诵诗句或恺撒著名讲演词的。少女们有的如约而来，双双离去；有的绕道而行，有的搭讪着接近起来。方珍只好要求护送了，这个任务就落到了璞德和琯德的身上。每个星期六的下午，他们骑自行车来到金陵女大宿舍外，等方珍出来后，走过几条林荫中的石子小道，在校门外方珍坐上人力车，璞德、琯德就骑上自行车在后面跟随着。星期一的早晨从家里同样地护送着她回学校宿舍，然后兄弟俩分手各自去上学。但是这并不能躲避开那些青年热烈的目光，关注者反倒是越来越多了。琯德对这些浑然不觉。

不久，璞德被集中到中央教导总队，去经受每一个高中毕业生都必须经受的三个月军训。每天上午四个小时的操练，下午两个小时的内务条令，还有两个小时的政治、三民主义学习，完全是正规的训练。璞德从未经受过，差一点顶不住了。这段时间里他更是特别珍惜每次回家的时间，到家后就什么也不顾了，只找方珍去聊天。

一个星期天的晚间，在二楼书房里，方珍告诉璞德她去学校礼拜堂做礼拜了，他们还邀请她参加唱诗班。她说她没有什么可求耶和华的，也不相信什么上帝、耶稣。但是，置身在那小教堂中，人们虔诚、宁静地聚在那儿，一缕一缕从教堂顶上、镶嵌红蓝玻璃的窗格中透进来的阳光洒在她们的头发上、肩膀上，整个空间弥漫着轻柔的琴声和歌声，觉得是那么洁净、肃穆，那大概就是存在的天国了！璞德听了以后惊讶地说：“天哪！没想到宗教对你居然有了魔力，太可怕了！”接着又说：“我是个无神论者，只知道宗教是外国侵略中国的手段之一，给中国人民带来无数的灾难。传教士、牧师从来就是暗探、刽子手。”

“我着魔了吗？我信教了吗？我只不过是觉得那种情趣很有意思。”方珍有点不高兴了，接着淡淡地说，“想不到你是这样现实，不懂情趣，真没意思。”

“是的，我是没有那种情趣。”停了一下，璞德沉重地说下去，“现实！我现在的现实是什么你知道吗？每天有六个小时是在操场上像个木偶似的操过来操过去。剩下一点可怜的时间，就往你脑子里不停地灌输一个信仰、一个领袖，要铲除共产主义等所谓的法西斯货色。这里面有什么诗意，有什么情趣！”

“你这么痛苦，真没想到！”方珍看了他一眼又说，“我一直以为你最多不过像大观园中的贾宝玉、林黛玉似的无病呻吟罢了！”说完大笑起来。

璞德接着说：“大观园？！这儿只有一点，虽然相反倒极相似的，那就是大观园中只有贾宝玉一个男人，我们这儿只有你一个女人。”

方珍忽然严肃起来，说：“我们从小不来往，为什么？”璞德回答不出，呆望着她。

方珍诡谲地笑着说：“也许正因为有过去，所以才会有今天吧！”璞德突然欣喜地若有所悟，却又被这“悟”到的感觉弄得不宁静起来。

深夜，人们都已沉睡，璞德静静地走上三楼自己的卧室。

琄德上中学以后，南京市实行了高小学生和初中学生必须一律参加童子军训练的规定。除了上操、童子军训练之外，还必须置办童子军军服。

夏季是草绿色咔叽布的，冬天是深黄色呢子的，呢子的圆边圆顶军帽、黑皮靴子，有点像美国西部军人制服。另外还有挂在肩头的哨绳、肩章，挂在腰上的军绳、小刀等小零碎。每个童子军要给家里增加三十二块钱的负担。有些家长只得借债来缴付这些费用，否则孩子就不能上学。

这一年，南京市立二中的童子军到栖霞山去野营，演习搭帐篷、埋锅造饭、巡逻放哨、夜间偷营等活动。男女生分别搭好自己住的帐篷，又兴奋地把营地中央团长住的帐篷也搭好了。团长三十多岁，细高挑儿，也穿一身童子军军服，走起路来一颠一颠地像只瘦公鸡，可还挺神气。他把老婆也带来了。团长太太有二十七八岁，大鼻子细眼睛，一张簸箕嘴涂满了口红，头发烫得像个鸡窝，胸部丰满得连扣子都扣不上，穿一身花旗袍、一双高跟鞋，在一群童子军中走进走出的，真有点不伦不类。他俩住在中央帐篷里，自己做着吃，不吃学生们做的半生不熟的东西。

中队长袁桐十七八岁，是个壮实的小伙子，跟琯德特别要好，对团长把老婆带来野营很不满意。他跟琯德说："太不像话了！我们的营地就是兵营，一个女人来干什么！对了，今晚不是要偷营吗？咱们去偷他的营！"

琯德有点担心地说："有规定男生不许偷女生的营，他们的营能偷吗？"

袁桐有把握地说："反正没有规定不许偷团长的营，而且他当团长的应该有这种警惕。他不会骂我们的，就是骂也不怕。反正没有规定！我再去约一两个人，今晚就去偷，看他怎么样！"

十月的栖霞山，夜晚红叶显得更浓郁，像是一把把撑开的紫红色的伞，为树下的帐篷遮挡着露水。深夜，微弱的月光下军营安静极了。琯德从一个帐篷里溜了出来躲到枫树下，身子紧贴着树干，眼睛盯着袁桐的帐篷。……怎么没有动静？他有些紧张了。正不知道怎么办才好，忽然听见一声轻轻的口哨，三个人影从面前一掠而过。"快跟上！"袁桐的声音。琯德从树后出来，跟着向团长的帐篷跑去。突然袁桐喊了一声："冲啊！偷营来啦！”瑄德不顾一切就冲了进去。帐篷支柱上挂着一盏半明半暗的马灯，只见两张连在一起的帆布床空着，团长和团长太太吓得滚在地下。团长太太光着上身，显得胖得出奇，两只大奶子左右摇晃。团长光着身子穿条裤衩显得更细更长，正从地上往起爬。瑄德看到这幅难看的景象，感觉满心里像有小虫子在钻，脑子里刹那间闪过“快跑！”就随手抓了桌上的一包东西跑了出来，跟着其他的人也跑出来了，各自钻回自己的帐篷，躺到铺位上。

“嚯！嚯！……”紧急集合的哨音，大家一面穿衣服，一面奇怪为什么吹哨子而不吹军号。接着响起了紧急集合的号声，大概是吹号的童子军听到哨音后才吹的。大家穿戴整齐，在自己帐篷前排好队。

这时团长也穿戴得十分整齐，又是一副老童子军的样儿，他正送他老婆走出营地。她一边哭着一边喊道：“快走，快走！这种鬼地方我再也不来了！没有一个好东西。你也别再干这个了！都这么大岁数了，当什么童子军团长！见鬼！你也跟我一块走……”

团长铁青着脸回到营地中央，叫大队长把全校的童子军集中排队。很快全体成四列横队站在团长面前。怒不可遏的团长半晌说不出话来，忽然发出一声裂帛似的高叫：“你们想干什么？”没有人作声。

“哪些人干的！有种的就站出来！”他继续高叫着。没有一点反应，空气都像凝住了。

“谁干的？给我站出来！”列队中传出了哭声，是一些女生和年纪小的同学。大多数人莫名其妙，不知道出了什么事。忽然听见袁桐大喊一声：“是我！”同时高举起左手。瑄德跟着也喊了一声：“是我！”高举起左手。接着又有三个童子军毫不含糊地举起了手。团长喊了一声“出列”，这五个人就出来站在队伍的左前方。

团长愤怒地问：“谁叫你们偷我的营！是谁叫你们偷团长的中央营地的？”

袁桐大声回答："没有规定不许偷团长的营地！"

团长："女生的营帐不许偷，规定过没有？"

琯德大声说："我们没有偷女生的营帐。"

团长一时语塞，接着就说："你们的偷袭计划没有向我报告，这很不应该。"

大家没有作声。忽然团长又问："你们拿了我什么东西没有？快交出来！"

琯德："我的一包战利品，是什么东西还没有看呢！"一边说一边就把纸包打开了，大声回答："报告！战利品是一只油鸡。"一阵哄笑声未毕，"啪！"的一声，琯德脸上已经挨了一记耳光。琯德大叫起来："你为什么打人？！"

团长说："你偷东西，我就打你这个小浑蛋！"说着又举起了手正想再打，袁桐和另外几个童子军喊了起来："我们都拿了战利品！"有人拿出一只鞋，有人拿了一个水壶，还有拿了一双丝袜的。他们同时向团长围了过去："拿战利品是偷营的规定！怎么会是偷？"琯德也大声地说："什么叫偷？我们是拿战利品，油鸡还好好的在这儿，又没有人吃！"这么一说，连胆小的女生也感到不平而叫唤起来了，一片哄哄嗡嗡声如潮水般掀动起来。团长退了两步大喊："吵什么！解散！"大家立刻一哄而散。团长忙把那些东西一件一件捡了起来，尤其那包油鸡，然后快快而回。大家回到帐篷后还议论不止。

这一天整个野营生活松松垮垮的，女生结伴上山采枫叶和野花，男生除了吃饭就睡大觉，谁也不管。第二天团长回城去了，第三天就撤营回校了。回校后宣布放一天假。

琯德回家后，既感到疲倦又感到这场偷营真没有意思，不过对团长太太还是愤愤不已，想起她离开营地时的愤怒和狼狈样又觉高兴。对自生下地以来第一次挨的一记耳光，就像是洗不掉的耻辱印记，始终耿耿于怀。

方珍一连几个礼拜都没有回家了。璞德变得极为沉静，时时悄悄地坐在一楼二楼间的梯级上打电话，时间很长很长，可声音很低很低。有时挂上电话以后还在那里依窗出神。他的变化使家里人，包括好朋友崔祥琮、徐祥达等都感到十分纳罕，而母亲则开始担心。终于有一次，三太太问他："老五，怎么一个电话打这么久？打给谁的呀？"璞德看着母亲，好一会儿轻轻地说："妈，别管我！"他低下了头，想着什么，眼睛不看母亲又说："我是很爱很爱我们的家的，妈妈！"说完上楼去了。

玮德从北平寄回来一封信：

三妈妈及诸弟：我病倒了！住在医院里，北平的协和医院。福气不小，一个一文不名的穷小子住进了如此高贵的医院。护士小姐个个美丽，像只只蝴蝶飞来飞去，听不到她们的声音，却白得耀眼。可怜的父亲又将为钱而发愁，家中还有那么多待哺的口！我心难安。六姑家对我极好，六姑和三妈妈一样慈爱。我需要工作，但清华外文系教书的事，看来是去不成了。

她，住在我心中的我的好人，时时来看我。惭愧！每次离去时，我都不能在她的心中装上幸福，给她的脸庞抹上微笑；而是让她带着沉重的心、哭红了的眼。我清楚，我不能陪伴她到天尽头，要求她舍却我这臭皮囊，她却发了个重重的誓言，不再另爱别个人。所有的人对我都是那么好，我心中的世界永远美丽。

三妈妈！我担心在我永远离你而去时，来不及向你这位善良、亲爱的妈妈告个别，所以提前写这封信。

弟弟们，我不认为我会死去。我没有看到死神的狰狞，只觉得他也是和善的、微笑的。对于生活的真谛，我还将锲而不舍地追寻，对于爱情还是贪婪地领受。我不满足，永不满足。让歌德笔下的魔鬼空着手滚蛋吧！

读后，三太太十分焦急，取出一百块钱，让老五赶快先给大哥寄去。

璞德读着他最崇拜的大哥写下的信，感到心酸，同时又体验到一种力：对生命热爱的力，对生活真谛执着追求的力，对爱情热烈的力。被爱情撞着心扉的他，深深受着激荡。与方珍相守的时日；风雨中的接来送去；晴朗天空下的郊游；傍晚、灯下对电影、小说的讨论，月夜园中听她轻声诵读《旧约》中她最喜爱的《所罗门的歌》等，都浸透着他们最初的恋情。他要去爱，同时也要被爱。最近的几星期中，他迫切地向往着冲出年龄、伦理乃至血缘和所有世俗的观念，去热烈地相爱，甚至想离开母亲、兄弟，抛弃一切去追逐他的所爱。

方珍觉得这些日子是丰富的、美丽的，让她感受到了一种在孩提时代感受不到的、充满新鲜活力、神秘诱人的情感。有幸福、有苦恼，有淡淡的哀愁，就像五月的风让人陶醉，让人留恋。但同时老公馆的祖宗堂，父亲严酷的面孔也时时出现。要像璞德似的不顾一切地去追求，她做不到。她只能把那些时日和情感，当作是人生旅程中的一段行程。她感谢璞德的陪伴和所给予的那种男孩子的关切、温柔和细致。但他们不能共同走完全旅程，她不能再让他走下去了，目前她切望着从那让人陶醉的留恋中解脱，让一切留在记忆中吧。

一个星期六，方珍回来了，大家依然同去看电影，是嘉宝演的《瑞典女王》。琯德极为喜欢这个电影，一路上赞不绝口。到家后方珍也很兴奋，完全没有睡意，琯德就跟着到二楼她的住房，依旧说之不已。方珍望着他微微点头含笑。今晚一直不大讲话的璞德现在忽然开口说道："女王也有动心的时候。"方珍接着说："她错就错在动了心，结果是流亡他乡，一切成为空幻。"停了一会儿她又说道："以后我不准备回来住了。谢谢你们的照顾、关心，使我生活得非常美好。我是个很封建的人，我不愿错走任何一步。不可能的事就别延续了。"璞德没有接她的话，只是对琯德说："你去睡吧！”琯德正要走，方珍对璞德说：“你也走吧！我要睡了。”璞德无奈，只能和琯德一同出来，含着眼泪走上三楼。

璞德非常矛盾、痛苦。处在时代和历史变化关头的他，一方面受琦德、珂德和一些书籍的影响，对时代和新的明天的责任感，需要他满腔热情、全力以赴；另一方面是情感上的幼稚，使自己深陷在初恋的绮丽光辉中不能自拔。他瘦了，瘦了许多，可是军训还没有结束，每天还必须跑步、操练。他毫无思想地机械地跑着，看不见别人、听不见任何声音地跑着。直到一天，教官向他大声吼叫：“你聋了！听不见口令吗？”他才发现别人都已立定了。教官大骂他目无口令、故意捣乱，接着发出“方璞德单人跑步”的口令，直跑到他昏倒在地。

三太太看到儿子又瘦又没有精神，觉得这个军训真是折磨人，又不能不去，只好在他回家时做一些吃的给他补一补。可是儿子一点也吃不下，三太太无法，最后把老五叫到房里对他说：“你这样什么也不吃是不行的。这样吧，我在你的上衣口袋里放一支人参，上操的时候就咬一块含在嘴里。那是最补的！”璞德听了说：“什么？人参！这太贵族了。我不要！”三太太说：“这有什么贵族不贵族的，人的身体要紧！偷偷吃一点怕什么！”璞德坚决不要。三太太从锁着的衣柜中拿出一个放着人参的玻璃盒子对璞德说：“这还是你父亲当年没有用完的东西，我小心地保存到现在。你不吃给谁吃呢？”说着有些凄凉之感。璞德不再说什么，让母亲把人参放到制服上衣口袋里了，暗说：“天哪！我的心又用什么来补呢！”他竭力忍住涌往眼睛里的泪水，转身离开了母亲的房间。

学生军训团是由中央教导总队代办的，教导总队的总队长桂永清是蒋介石的嫡系军人，又是蒋介石搞的蓝衣社分子。在军训快要结束的一天，训育处长——一个瘦高个子、两只眯缝眼、满嘴黑胡子茬的人——穿一身军装、一双高筒马靴，佩着中正剑，要召见方璞德。他的办公室是有名的整洁，墙上只挂了蒋介石的像、国民党党旗和国旗，房中除了他的办公桌和一张藤椅外，还有一张蒙着蓝色台布的长桌，但旁边没有一只椅子。似乎在这个房间里，只有他一人是可以坐下的，而其他的来人都必须站着。璞德在门外高喊“报告”，他坐在藤椅中说了声“进来”。当璞德立正站在他面前时，他不作声，只是眯缝着眼凝视他，大有要以自己的威仪压制璞德之势。璞德心想：“千万不可退缩，否则要倒霉的。”就睁大眼睛迎着他的凝视。也许是他的眼睛累了，只见他转开了目光，同时连声说：“很好！很好！……”——据说这是他学蒋介石的派头和作风。“……吔，很好，你叫方璞德吧！很好，是个有为、有智的青年哪！很好，今天我要和你谈谈，很好，稍息，稍息吧。”璞德正感到有点吃不消了，变换了姿势，松快许多，又可以对峙下去了。只听见他已开始了：“很好，全国青年都在军训，这是为什么？这是为了把三民主义训政时期的民众训政一下。很好，我们的领袖大仁大智，看到了这一点才把你们青年训政起来，很好，是为国家干城。你们军训以后就是领袖的弟子学生了。很好，我今天召你来，看看你，也就是领袖看看你，对吧？你应该感到光荣，对吧？很好！你走吧。很好，很好。”璞德赶紧敬礼离去，先到队部向队长报告。回到营房后脑子里一片糊涂。同队的崔祥琮、徐祥达见着了也只互看了一眼，没有说话。

晚上自习时间，队训育员又找璞德谈话，领着他在黑乎乎的大操场上一边走一边谈：“处长今天召见了你，这可是光荣啊！莫大的光荣！”璞德没有作声，他并不感到光荣。训育员又接着说：“你现在是领袖的学生了，但这还不是真正的学生。要成为真正的学生，必须是核心成员，那才是领袖的真正学生。蓝衣社你知道吗？那就是个核心组织。和意大利墨索里尼的法西斯党、希特勒的冲锋队一样。参加的人都是为领袖冲锋陷阵的勇士。如果你参加蓝衣社，那就是勇士了，也是领袖真正的学生了！”璞德听了既害怕又讨厌，极想立刻摆脱他，说道：“不行，我是要搞文的，打仗的事一点也不会。再说我有老母、幼弟要我养活。”训育员说：“哎！不是要你学武打仗，是要你忠于领袖。”璞德说：“我们家是方苞的后代，子弟也必须做文学世家。”那个训育员也不知道方苞是什么人，但是明白了方璞德是不会参加蓝衣社的了，只好说：“那你辜负了领袖，辜负了训育处长了！”璞德没有说话，他只好让璞德回营房了。

不久军训结束了。原来处长召见、训育员谈话这一套也都在崔祥琮、徐祥达的身上实行过，他们也设法推脱了，三人谈起来大笑了一通。报纸上大肆吹嘘了一番学生军训的收获，而璞德他们的成绩是六十分，准予军训及格。

二中发生了偷营事件后，马上结束了野营全体返校。团长倒没再说什么，似乎很平静。一天袁桐悄悄告诉琯德，黄校长把他叫了去，专门问偷营的事。他把什么都说了，还告了团长夜晚带女人宿营。黄校长只说了句“岂有此理！成何体统”，一句也没有骂偷营的人，袁桐说完高兴地走了。琯德很纳闷，不知是什么原因。这个黄校长名学礼，又瘦又矮，据说是北平朝阳大学毕业的，可不知怎么到南京做了二中的校长。他很少说话，可是学生们都很怕他，没想到袁桐竟有这么大的胆子，敢和校长如此谈话。

不久，二中的童子军团长换了一个也是姓黄的年轻人。他比原来的团长可英俊多了，留个小平头，细长的眼睛很精神，见到女同学眼睛就更细长了。他讲话挺和气，尤其是上操时口令喊得特别好听：“立吔——正”、“向后（嗽）——军（转）”声音扬起，落下特别婉转、脆亮，不少的同学都学起了这个调调。他向大家宣布即将举行全国童子军大检阅，二中是指定参加这次大检阅的学校之一，要大家感到光荣，还要感到责任重大；要停课一个月，参加检阅的一律住校进行操练，迎接大检阅。宣布后学生们都很兴奋。

三太太鉴于老五的军训，虽说老七这次是童子军，但也有个“军”字，操练起来怕也是一样累死人、苦死人的，就很不想让他去，叫他请病假待在家里。琯德说什么也不干，还吓唬妈妈，说是不参加大检阅就是临阵脱逃，要受处罚的，将来还不许上学。没有法子，只有加强装备了。三太太想着军营里吃饭没有菜，就炼了一大罐子雪白的猪油好拌饭吃；又去买了各种的饼干、奶粉、可可粉、火腿罐头、凤尾鱼等琯德爱吃的东西给他。琯德没有拒绝妈妈，而是多多益善，母亲甚感欣慰。他带着食物，兴冲冲地住校集训去了。

集训期间，清晨五点吹号起床，整理内务，跑步，早操。七点吃早饭，接着四节课的操练。下午是两节操练课，两节技术训练。晚上自由活动或者学习。操练的内容有：立正、稍息；各种方向转；齐步走、正步走、持棍走即棍上肩正步、齐步走；小队、中队横列走；集合、解散等等不计其数的操法。技术训练有搭各种营帐、挖营沟、结绳、搭桥、炊事等。比起瘦团长来，那是严格多了、高明多了。在操练时，他不叫立定，就必须继续下去，不管前面是台阶还是土坑，有几次把学生摔得鼻青脸肿的。他说这是德国兴登堡将军的训练方法，蒋委员长最崇拜兴登堡、希特勒，所以我们就要这样训练。这也是蒋委员长提倡的大智大勇的训练方法。在学生犯困了、做错了、调皮时他从来不骂人，而是用加强操练来“整”那些学生。到这时大家明白了，他比走了的那个团长“奸”多了，从此学生中就管他叫“奸团长”。

十月中的一天，大家已是越来越黑、越来越瘦。终于到了大检阅的前夜，“奸团长”紧张得不行，跑来跑去的，一会儿召集小队长训话，一会儿召集中队长训话，一会儿又搞查岗哨、对口令的演习，弄得大家一夜没有睡好。天不亮就又吹紧急集合号了，大家瞎摸瞎撞地排好队，他来检查大家的着装、装备，然后陪同校长来检阅一次，这才解散让大家去吃饭。走进食堂，同学们惊讶地发现，这顿饭是学校里做的，每桌四菜一汤，有红烧肉、狮子头、鸡蛋等，就像监狱里给处决临刑囚犯的最后一顿饭似的，好酒好肉吃一顿以便杀头。食堂里一片咀嚼声，一会儿就吃完了。一声哨音，“奸团长”叫大家去上厕所，不管有无都得去五分钟。

出发时，号手、鼓手集中在前面，吹打起来，各中队排列其后，按节拍齐步走，倒也有几分威风。一路吹吹打打直到明故宫飞机场停下，偃旗息鼓。各校队伍进入指定地点，成横列队。二中的队伍排在新搭的检阅台前，而琯德的位置正好面对台中央。台前每隔一米站立一个宪兵和一个教导总队的大兵，相距一人，面向童子军的队伍站着，像是监视着这群学生似的。整个队伍的第一排，全站着标兵。不知是从哪儿找来的，一般齐的大高个。他们的服装也特别漂亮，肩头上挂着中队长级别的缎带。场地中央是一面全国童子军总会的大旗，军乐队、各校的号手、鼓手都集中在那里。

队伍整顿完毕，大家原地坐下。“奸团长”轻声对全体说：“大家今天接受检阅，是一件重大的事情，所以要注意啦。现在坐下休息，不许走动，就是上厕所也不行，听见了没有？谁要是出了问题，就军法从事，绝不客气。”他已经收起了奸相，而是凶相毕露了。大家都不敢动，可是一会儿就不行了，有的地方出现窸窣之声，“奸团长”马上怒视过去威胁说：“谁在动，唼？小队长记下他的名字。”立刻没有声音了。忽然童子军总会大旗那里传来召集全国各团团长的号音，“奸团长”就有模有样地跑步而去。

“奸团长”带着“立即整理队伍”的指挥部下达的命令跑步而回。“立正！”“向右看齐！”“稍息！”反复无数次。直到指挥部的军号吹出“立正”的号音，那些立正、稍息、向右看齐才算结束，谁也不动了，队伍也算整理好了。人人肃立，鼓号齐鸣，各色大、小旗子迎风抖动。一会儿从台下走上一个身材不矮而比较瘦，鼻子下面留着一撮日本式小胡子的人：身穿大元帅服，头戴镶满金丝的军帽；佩戴着金晃晃有花纹的肩章、领章；

披着大绶带，胸前别着大小七八枚勋章；戴着雪白的手套，左手扶着一把长礼剑，袖子上的三条金杠上还有三个连在一起的金圈。他就是陆军特级上将蒋介石。他身后那位丰满、漂亮的中年妇人是中国第一夫人蒋宋美龄。今天她穿了一件银灰色闪闪发光的旗袍，一双全高的银灰色高跟鞋；身上也斜披着一条大红的绶带，上面缀着一枚大勋章。后面的军人袖子上就只有两个圈了。海军总司令陈绍宽，身穿海军礼服，头上戴着一顶英国海军上将式的、有半圈白毛的海军帽，完全是外国电影中人物的打扮，甚是好看。再后面的多是些穿马褂、长衫的文官了，满满地站了一台，但是鸦雀无声。只见从童子军总会大旗处，出来一个挺着礼剑、全身军服的胖子，正步走到检阅台右前方立定“报告……”声音嘶哑，有极重的浙江口音，听不清报告了些什么。蒋介石缓慢地举起戴着白手套的右手，在金晃晃的帽檐上碰了一下。

检阅开始，军乐，鼓、号声大作。那面全国童子军总会大旗，在刚才报告的那个军人率领下，正步通过检阅台。南京市童子军则在另一名军人的指挥下，向右转齐步走，到二百米处立定，又向后转齐步走。在走到离检阅台只有五十米的地方时传来了“向右看！”的口令，“唰”的一声头都转向了右边，同时脚底下也换成了正步。耳旁不断传来“奸团长”压低的、带有威胁性的“一、二、一，左、右、左、右，注意看齐！”的喊声。听那“咔！咔”的声音，像是挺齐的，但一看那横列队，有“鼓肚”就像波浪似的。“奸团长”急得满头大汗，连声喊道：“看准第三人的胸部！看准！”一会儿，命令“向前看！”了，可是直到又走五十米以后才命令齐步走。检阅台已经过完了，琯德一眼也没有看台上，忠实地执行了“奸团长”的命令，看着第三人那一颤一颤的胸部。正步走了二百米，腿都僵了，一换齐步走，不免有些乱。队伍走到飞机场大转弯的地方时，“奸团长”抬起脚狠踢那个最后一排的第一个童子军的屁股，骂道：“怎么走的！”那孩子没想到，不由自主往前一冲，就撞到前面那人的身上，引起队伍中一阵小小的纷乱。“奸团长”狠狠地说：“走好，不好好走送到宪兵队去！”

绕一圈回到原地，依旧站好，就听见天空中有轰鸣之声。大家，包括检阅台上的人不约而同地向天空望去。一群小双翼机在天上排成“五十，寿”三个字，沉重地慢慢地向检阅台的正面飞来。蒋介石脸露笑容，依旧是缓慢地举起右手碰了一下帽檐以示还礼。宋美龄高兴地走近他，指着天上在说什么。这时，一单架飞机屁股后放出一股白烟，在天上翻着各种筋斗，最后出现了一个大的“寿”字。全场不觉发出惊叹，有内行的叫道：“好一个英麦曼！”（倒翻、侧翻的意思）全场兴奋达五六分钟之久。

突然台上话筒发出立正的口令，宣布委员长训话。一个尖锐的声音操着浙江官话说道：“全国童子军们！同胞们！今天我要讲的是‘和平未到绝望时期，决不放弃和平；牺牲未到最后关头，决不轻言牺牲’！吔，这个，这个，我们当前主要的任务，就是要在三个月内消灭共产党……今天有这样多的飞机来和我祝寿，吔，这个，很好，这些飞机要用来打共产党，这是多大的力量！……国际上要和平，我们没有准备好，所以不能……”这些童子军实在是疲惫不堪了，有些身体不好的就晕倒了，团长立刻悄悄叫人补上位置，他的训话已没有一个人在听了。一直熬到十二点钟，他大概也累了，这才说：“大家稍息！完了。”军乐，鼓、号声又大作起来。台上的人都走了，检阅台后面一片小汽车发动离去声。

这时“奸团长”才让学生们坐下休息。于是，大家不等他命令，也不管军法不军法、宪兵队不宪兵队了，纷纷跑去上厕所。在厕所门前又挤成一大团，有些人实在不行了，就在外面撒了起来。简直不知道是怎么回到学校的，反正是到了，赶紧回帐篷躺下。

醒来已是吃晚饭的时候了。这顿饭比出发前那顿可差远了，只有米饭和咸菜。学生们极为不满，甚至有些人大骂起来：“什么东西！玩老子们，玩够了就不管了！”粗鲁地大声叫骂不已。

这场大检阅就结束了。琯德拖着黑瘦的身子到了家，洗澡，吃饭，早早睡下。第二天，怎么也打不起精神，连话也懒得说，与璞德的状态近似，就像在海上遇到了风浪被抛到了沙滩上，疲惫地躺在荒漠之中，两眼望着高高的天空。军训和童子军大检阅似乎把人已变麻木了。这样，家中显得少有的寂静，沉闷，越来越沉闷了。

一天，家中收到一封电报，电文没有译出。全家上下到处寻找译电本，最后不知是谁在供桌上三老爷遗像后面黄历中找到了。电文是“　月　日晨二时玮病逝。琦。”文德里每个人都悲痛极了，三太太泪流满面，都忘了要干什么；璞德跑回三楼蒙头大哭，琼德呆坐流泪不止，琯德放声大哭。

到晚上，娃娃桥的九姑，文昌桥宗白华家，还有陈梦家、常任侠等，都已知道了这不幸的消息，都在心中纪念着这位才二十七岁的天才诗人方玮德。

第七章

文德里在璞德军训、琯德经历了全国童子军大检阅、玮德去世之后，好像冷清了许多。方珍很少回来，大家周六的电影，欢快的郊游，璞德、琯德的接送也都随着减少了。璞德还在初恋情怀中痛苦挣扎。琯德被对大检阅和学校的失望情绪啃噬着，过去认为漂亮、喜爱的童子军服装，他也放置一边不爱穿了。加上玮德的死，他心里觉得有种说不出的压抑。他长大了，个子高了，也变成一个不爱嬉笑的少年了。在学校里，他的朋友也多是高中学生。现在他经常穿藏青色裤子、灰色学生服，每天放学就回家，认真做功课。他经常到三楼去看五哥他们的杂志和书籍，《生活周刊》《世界知识》《大众哲学》《西游记》《水浒传》《红楼梦》直至沈兹九主办的《妇女生活》等，都认真地阅读，另外喜欢看戏。

一天，三太太给琯德五块钱，让他去配自行车零件。他信步来到了新街口，看见大华电影院门口广告牌子上写着今晚梅兰芳、金少山演出《霸王别姬》。票价是荣誉票十元，特别票五元，普通票三元、二元、一元。琯德心中好奇，不由得走了进去。它是一家新开不久、南京最豪华的电影院，放电影时的票价就比别的影院高，楼上是一块钱，楼下是八角钱；专演外国片子；还有冷气，秋凉后虽然不放冷气，但也空气清新，比国民大戏院、首都大戏院都高级；大厅是大理石铺地，光亮照人。那天只见竖着“客满”

的牌子，售票窗口都已关闭。观众也早已入场，依稀听见门内传出热闹的锣鼓声。大厅相框内有演员的本人照片和剧照。琯德特别过去仔细看了看，看见梅兰芳穿一身西服的本人照。他真没想到，整天在无线电中听到的梅老板是这么年轻，而且没有穿长衫、布鞋。剧照是《霸王别姬》《贵妃醉酒》等，那可真称得上是妩媚多姿、雍容华贵了。他进来时并没有想看戏，可看完剧照后想进去看戏的愿望不觉油然而生，越是无法进去，就越是想看。正在焦急不安之际，从紧闭着的剧场门里，冲出一个穿西服的中年人，急急地跑到大门外马路上张望。一会儿又跑了回来，口中大喊："有一张票！谁要？"厅内好几个人跑了过去，琯德当然是第一个跑了过去。他说："是特别票！五块钱一张。""哟！五块钱！"其他那几个人，摇着头叹息地离去了。琯德愣了一下，刹那间心跳不止，想："正好。五块就五块！管他！"接着就说："买了！"从口袋里掏出妈妈叫他配车零件的那五块钱，给了那个人。

一进去就觉得与别的戏园子不一样，没有乱哄哄的人声和嗑瓜子、甩手巾把子的声音，就是叫好也都是文雅的，明显地感到是极尊重这两位艺术大师，是在欣赏艺术的。琯德的座位挺好，在八排中间，看得很清楚。舞台上也不像别的戏班子那样满台电灯，亮成一片，让人感到刺眼。他们用的全是丝绒幕布，光线柔和，根据剧情还用上了五彩灯光。金少山身材高大，扮相漂亮，真有项羽的气概。"此乃天亡我楚，非战之罪也！"声音洪亮而凄厉，表现出了这位英雄的悲哀。梅兰芳演的虞姬窈窕而英武，华贵的舞姿，圆润清晰的唱词，强作欢笑中含有极大的悲凉，真是分不出"是人意！是天命！"琯德第一次在看京戏时流出了眼泪。戏完了，人们热烈鼓掌，站着不走。大幕又拉开了，梅兰芳走出来，还是戏装向观众频频鞠躬，人们报以更加热烈的掌声。琯德第一次看见这种场面，戏演完了以后，演员再次出来向观众表示谢意，这在当时是绝无仅有的。忽然一些人跑向侧门口去，顿时人们都挤到了那儿，原来是为了在梅兰芳离开剧场时再次见着他。这时来了些警察推搡着人们，人群一会儿涌过来一会儿涌过去的。琯德怀着兴奋又有些不安的心情回家了。

母亲在她的起居室，还没有睡。琯德进去后在她身边坐下，也不说话。三太太以为儿子累了，顺口说道："喝碗茶吧！东西买到了吗？还剩多少钱？"琯德无言以对，只好两眼望着天花板。

三太太："怎么啦？在问你话呢！"琯德还是不作声，只朝妈妈看了一眼。

三太太有点害怕了，说道："这个小孩怎么了，回来就这么一坐，一句话也不讲，没有魂似的。别吓唬我哟！是不是叫人把魂拍走了？"

琯德照旧坐着不动，开口说道："是叫人把魂拍走了！不过不是拍花的，是梅兰芳梅老板！"

三太太更不明白了："你七扯八拉什么？梅兰芳拍你去做什么？倒尿壶？"

琯德突然大笑起来："哈！哈！我今天看了梅兰芳的《霸王别姬》，真好！"

"你热昏了！害三话四的。"三太太说话始终是带着苏州味儿的。

琯德说："是真的。我买的票！把五块钱都花了。"

三太太迟疑地问道："你同哪些人去看的？"

琯德回答说："我一个人。是别人的退票，五块钱一张，我就买了，进去看了！"

三太太吃了一惊，睁大眼睛瞪着儿子："你疯了！你敢去！"好像琯德还没有去似的，接着说道："你敢花这么多钱。一个小人儿花这么多的钱去看梅兰芳的戏？我要打了，真格我要打了！"说完拿起观音菩萨旁边瓶子里插的拂尘，倒举柄来要打的样子。琯德一把扯住拂尘的马尾，抢了过来替三太太轻轻掸灰，撒娇说:“还真打呀！妈妈，好了，好了，别生气了，好妈妈，下次再也不敢了！行不行？啊，好妈妈！”

三太太叹了口气说:“你作孽哦！花这么多的钱！以后再不给你钱了。还不洗洗去！”琯德正要走，忽然，三太太极有兴趣地问:“怎么？好看吗？”

琯德精神马上就来了，说道:“真叫好呵！那才叫戏呢！妈妈，哪天我们俩一起去看！”忽然想起今天自己也是碰上了，就泄了气，说:“唉呀！就怕买不到票啊！”

“是啊！买不到票啊！”三太太有些失望，好像什么愿望在消失！

花五块钱看戏的事在家里传开了，没有一个人不加以谴责。在三楼，老五、老六把琯德痛训一顿。璞德指着琯德说:“你就是妈妈惯坏的！只有你大胆，花五块买一张戏票！简直是个阔少爷！你懂什么梅兰芳。看吧，将来吃喝嫖赌无所不为，花穷了，我们也倒霉！”

琮德接着说:“五块钱！我一个月的零花钱才两块。”

“你以后别到三楼来！三楼没有你这位阔少爷待的地方！”璞德愤怒地命令着。琯德被他们骂得头昏脑涨，但是心里并不服气；可自己确实是花了五块钱去看戏，只有讪讪地赖在那里不走。后来徐祥达、崔祥琮来了，璞德气愤地把他的豪举告诉了他们俩。徐祥达是最喜欢京戏的，尤其爱好言菊朋、王又宸，觉得言菊朋唱的言派《卧龙吊孝》《让徐州》，王又宸的《连营寨》还真是委婉动人、情深意切。所以在他听说梅兰芳、金少山的《霸王别姬》竟让琯德看到了，不禁大为不平，说道:“你听了梅先生的戏？！唉，真是对牛弹琴。你，工尺谱不识，板眼不懂，分不清西皮、二黄，可居然让你听到了金少山、梅先生的戏！这真是老天爷开了他二位一个玩笑。”崔祥琮更喜欢话剧和外国小说，所以他没有像徐祥达那样激动。但是他也说:“花了那么多钱！你还是看话剧吧。现在世界大戏院有中国舞台协会演的戏。票价便宜，八角、六角、四角……”

璞德听了大喊：“算了吧，你还给他介绍地方！告诉你，他是个‘花花太岁’，这些地方他不会找不到的。八角、六角、四角这还是便宜票价？他以后只能到夫子庙看扁担戏还差不多！”大家都说他，他心想，现在最好是别作声，要不然会招来更多的骂。这时他看到桌上有本《阿Q正传》，顺手拿来翻看。崔祥琮在旁边说：“对极了，看书最好，少乱跑。我这里还有一本果戈理的《死魂灵》，是鲁迅翻译的，借给你看吧！”说着把书给了他，直到这时气氛才缓和下来。琯德拿着书赶紧走下楼去。

自此以后，他逐渐喜欢当代文学作品和翻译小说了，如鲁迅、巴金、柔石、胡也频、普希金、屠格涅夫、托尔斯泰、哈代、史蒂文森等的作品。

琯德终于还是到世界大戏院看话剧了，买了一张四角钱的票，是万家宝自编自演的《雷雨》。万家宝演周朴园，马彦祥演鲁贵，戴涯演大少爷，赵慧琛演繁漪，整个戏优雅而动人。四凤和大少爷的爱情使琯德流下了泪，不由得想起了方珍和璞德，但戏中的爱情深刻多了。万家宝个儿不高，可演的周朴园气派很大，很威严。他嗓音圆润，像金钟似的，那句“无锡是个好地方啊……”的台词，表现出一种深沉的留恋。尤其是他用右手几个指头抚摸着前额说：“三十年前在无锡有一家姓梅的，……”充满回忆，思念、呻吟的神态激动着琯德，久久不能去怀，以至经常模仿。

休息时，琯德到太平门外的天井里透透气，哪知正好是后台的门口。他看见一个穿件汗衫破得像渔网的人，坐在藤椅里喝茶，抹了一脸的白油膏子，还搽了口红，原来是演大少爷的戴涯。台上那个苍白的青年，他的低头、甩发，一声闷哑的“啊！……”，痛苦的呻吟，使人的心都颤抖了，那么诗意。这时他正客气地向围观的人群说着：“对不起，请不要围在这里吧！这个后台太小、又闷，我们只能在这里休息一下。请离开吧！”真没想到这第一次出现在琯德面前的、演员伟大的真身竟是这样的穷困，而他们给予人们的却是那样丰富，这使他震惊。

几天后这个剧场演出曹禺的作品《日出》，琯德这才知道万家宝就是曹禺。走进剧场大门就看见一个启事：“今晚演翠喜的演员因病不能演出。特请国立剧校高才生林婧小姐担任此角。特此敬告。”琯德买的仍然是四角钱的票。从开幕窗外打夯声起直到全剧演完，都使他沉醉、激动。那对生活现实明朗的表现，强烈地吸引着他。马彦祥在这个戏中演胡四。这种琯德在生活中从未见过的人，他演得生动、逼真，令人可信，把胡四一面出卖自己，一面残忍、狠毒压迫别人的性格完美地结合于一身，呈现在观众面前，简直妙不可言。林婧小姐演的翠喜，她那低沉而响亮、字字清晰的悲凉声调，充分烘托出一个久经风尘老妓女的神态。她生活在悲苦中，可有着人的善良和同情心，是一颗埋在尘土中的明珠。《雷雨》《日出》这两个戏紧紧揪着琯德的心，让他长时间不能平静，就像是处在荡漾的激流中。

琯德看完戏以后，老想找人谈，可又不敢贸然去谈，很是难受。一天在三楼，他心里实在憋不住了，就告诉他们自己去看了《雷雨》《日出》，真是太好了。心想他们一定又会骂他，哪知他们并没有骂，而是神秘、得意地笑了说：“我们也都看过了！你会去看，我们就不会去看了？”

崔祥琮说：“我喜欢《日出》，尤其是第三幕，翠喜给人的印象太深刻了！”

琮德附和着说：“可以和《子夜》相媲美，但比《子夜》更深刻。在反映底层人民的生活方面可以和高尔基媲美。”

璞德说：“我更喜欢《雷雨》。我爱繁漪，她是被压迫的女性，一个被压抑的心灵。她爱得热烈而深厚，反衬出大资本家周朴园对渴望自由灵魂的摧残。更深刻的是鲁大海的出现，说明了今天工人阶级的被欺骗、被出卖！”

徐祥达却说：“《雷雨》有命运巧合的东西，而《日出》是热情地喊出了太阳将与工人阶级一同升起，埋葬掉资本主义！《雷雨》中的鲁大海可是妥协了。”大家一道争论，琯德觉得每个人说得都有道理。而最吸引他的是话剧中的人和事，都是周围现实生活中常见的，但比生活中的更清楚、明白，让人一看就懂。京戏是富丽堂皇、唱腔悦耳的，但不如话剧这么深刻、亲切。世界大戏院比大华电影院小多了、旧多了，条件也差多了，却成为一个更丰富多彩的地方。

寒假来临了。方珍要回安庆去过年，走之前来看看三妈妈和璞德弟兄们。她大了，也更含蓄、更美丽了。她没有单独和璞德说话，而是当众说："你给我的信收到了，等我回来以后再说吧！不过，我不会做你希望的那种人，因为我不想，也不要反抗什么！爸爸、娘都很好，我的老师、同学也很好，我谁也不恨，我很快活。你对我的帮助很大，也很多。三妈妈对我的帮助也很多。我非常喜爱文德里的这一段生活，我非常感谢你们！"她这些话的真意，除了璞德谁也不太明白。三太太听她说对在文德里的生活非常喜爱，很愉快，要临行前再带她到新街口吃一次扬州点心。璞德脸色苍白地说："我不去了，我还有事。"说完走开了。于是琼德、琯德，老八琥德——他已经七八岁，上小学四年级了——大家一同叫了辆马车，吃扬州点心去了。

今年南京政局变化多端。六月，华北日军司令梅津与军政部长何应钦谈判，秘密签订《何梅协定》。它规定：国民党五十一军从河北撤退；取消河北各地国民党党部；禁止国民党活动，取消河北省反日活动等。

十一月国民党四届六中全会闭幕，全体中委照相，蒋介石没有到。现场有刺客以新闻记者身份混入，开枪打伤汪精卫。社会上引起各种猜测，蒋介石为什么不去照相；侍卫怎么就把凶手打死了呢；凶手的后台是谁？有人认为是共产党，有人说不可能，有人说可能性最大是老蒋派人干的。

十二月国民党五届一中全会，蒋介石就代替汪精卫当上了行政院院长，外交部部长任命了张群。同时国民党电准成立冀察政务委员会。

国民党中央党部查禁了青年们热爱的、宣传进步和抗日主张的《新生》周刊，主编杜重远被判十四个月徒刑。

从秘密签订“何梅协定”，到成立冀察政务委员会，中国人越来越不像是生活在自己的家园里，而是听命于人。学生们悲愤地喊出：“华北之大，已安放不得一张平静的书桌了！”人人感到实在忍无可忍了。首先是十二月九日北平学生举行了爱国示威游行，要求停止内战，一致对外，抗议华北自治运动。但是遭到宋哲元大刀队的镇压，结果是爱国、抗日有罪，学生们愤怒地开始罢课。杭州、武汉、广州、南京各大学、中学响应北平学生救国运动。上海文化界发表救国运动宣言，各界都成立了救国会。随之上海、天津、青岛、南宁、长沙、安庆、厦门各地大学、中学学生举行声援示威，积极援助北平学生运动。而教育部部长王世杰竟发表谈话，禁止学生罢课、游行、请愿。全国人民都愤怒了，全国各地纷纷举行声援、示威、请愿等游行。璞德接到三哥、四哥的来信，让他告诉母亲，为了补习功课，今年不回家过阴历年，留在北平。

文德里三楼的青年们终日忙碌不堪，什么也顾不上了。只有琯德回家后，常常把他听到的一些消息，社会上的情况讲给妈妈听。他甚至把妈妈当作了宣传对象，兴奋地对她说：“我们非要抗日救国不可了。现在东北已经成立伪满洲国了，华北又要搞什么自治，这全是日本人策划的。北平学生举行了爱国示威游行，可是受到政府当局的镇压。学生们英勇奋起，跟二十九军的大刀队搏斗……”三太太听了他的这些话，想起老三、老四正在北平，心中不安。她把璞德叫下楼来，问他琦德、珂德在北平怎么样了，可参加了游行，可挨了水龙和大刀。璞德回答说：“他们两个人一向是用功念书的。个子又不高，力气又不大，不会和大刀队打起来的。妈妈放心吧！他们还要补习功课，今年不准备回来过年了。”三太太听了说：“补习功课、念书那就好。可是老七一天到晚地说，政府镇压学生了，学生和大刀队搏斗了，我害怕得很！”璞德狠狠地瞪了瑨德一眼说：“老七，你懂个屁！胡说八道什么！瞎嚷嚷就抗日了，就进步了？要认真学习！懂吗？”三太太见璞德教训得有理，也就没有作声。

二中校长向全体学生宣布，最近社会秩序不好，为了让学生抓紧时间安心读书，学校决定，从今以后学生一律都要住校；同时今年只放一个星期的寒假，要求同学们坚决执行。这可使三太太大吃一惊，心想外面这么乱还去住校。老七平时就乱说一气，什么新鲜事都能干得出来，住到学校去不知道会闯出什么祸来，不能让他去！可是学校三天两头来通知让去住校，三太太实在无法，只有拿出伙食费、住宿费，又准备了奶粉、可可粉、饼干和一大罐子新炼的猪油，打好行李叫德金送儿子去住校。德金回来说睡的地方还好，是两层的铁床；七少爷睡在上床，很安全，不会掉下来；星期六、星期天都可以回家。三太太听了这些才略为安心。

其实瑨德挺愿意住校，这样能和要好的同学在一起，又很新鲜。一天，在图书室里，瑨德的好朋友高中生高汉跟他说，图书室里没有什么书，就几本字典和高等代数。他要从家里拿些杂志、书来放在这儿给大家看，免得这么死气沉沉，他让瑨德也拿些来。瑨德同意了。他们正在说的时候，又走进来两个头发梳得溜光的高中生。这两个人一副下流相，嬉皮笑脸地在商量，怎样去盯一个叫刘冰的初一女生的梢。高汉听了不觉骂道：“真不要脸，欺侮一个新来的小女孩。你们家里也有姐姐、妹妹的！少干点缺德的事！”

那两个人不示弱地回说：“你小子不服气吗？有本事也去追啊！”说着走了过来，又说：“干你什么事，叫你小子尝点厉害！”跟着拉开了打西洋拳的架势，朝高汉的下巴打来一拳。高汉身子迅速一闪，左手一挡，跟着右手一掌推出，把那小子打得撞到了墙上。那俩家伙一看没有捞到便宜，就溜走了。高汉也没有去追，只轻声地骂了句："蓝衣社的混蛋！"和琯德一起出来了。星期六，琯德回家就到三楼，向璞德要书和杂志，并把高汉的意思告诉他。璞德迟疑了一下说："你先别急，等高汉拿去了，你再拿去也不晚。谁知道他是不是骗你呢？"琯德一想也对。星期一到学校后，赶紧到图书室去看，果然有了《生活周刊》《世界知识》《大众政治经济学》《大众哲学》和几本鲁迅的小说。琯德看见高汉时有点不好意思地想说什么，但他只是一笑，约琯德下午去打球。打完球高汉说："书别拿来了！就我那几本，训育主任已经到处在查呢！那两个蓝衣社小子正注意我呢！"

不久，学校请来一位姓冯的武术教官，教同学们武术。他是个当过兵的河南人，不识字；头顶秃得没有一根头发，只有二十八岁，可看上去有四十岁。同学们背后叫他"冯秃"。他拳打得不错，专教少林拳和一套五虎群羊棍。大家学得很起劲。一次，他提前下课，但是命令学生自己再练几遍，到下课铃响了以后再解散。这分明是他有事要早点走，又怕学生乱跑、乱闹。学生们看出了这点，大声嬉笑起来，有人大喊："排队，走好！教官有事，不能自行下课！"接着学吹哨子的声音，嘴里发出"吐—吐—秃—秃！"同学们一听就明白了，于是全体一起"秃，秃"起来。他听见后大怒，转身跑了回来大喊："立正！"他站在学生们面前，怒冲冲地喊道："干什么？你们是在骂我秃吧！告诉你们，老子打过仗，当过排长。要是像你们似的，认得几个字，老子早当上营长、团长了。今天给你们点自由，就经受不起了。不识抬举，过两天就会有你们好受的了。骂老子秃！我还不愿意伺候你们这群饭桶！老子不干了！"正好下课铃响了，他喊了声"走吧！"也不等学生敬礼，转身走了。琯德想"冯秃"这句"过两天就会有你们好受的了"是什么意思呢？问高汉，他也猜不出来。不过这几天训育长不东走西串了，老和校长、教员们开会。教员们也是个个板着脸。就这么紧张而莫名其妙地又过了两天，一辆乌黑锃亮的小汽车开到学校门口，打开车门出来的是刘冰，后面跟着下来一个五十来岁身穿长袍马褂的人，昂首阔步走进了校长室，训育长在后面赶紧把门紧紧地关上。过了一会儿，校长室的门打开了，那位五十来岁的人走了出来，校长跟在后面一直把他送上了汽车，还对着汽车深深一鞠躬，汽车“呼”的一声开走了。校长回头对刘冰说:“你回班里去吧！”就手里捏着两张信纸，站在那儿发呆。等校长回到校长室，训育长已把那两个头梳得溜光的男学生带了进来。校长怒视着他们两人，骂道:“混蛋！居然追女生追到街上去了。你们的时间真不少啊！去守马路。流氓！还要写什么情书？你们自己听听，什么狗屁东西！”校长抖弄着那两张信纸，念道:“‘你的脸多白呀！你的胸多发达呀！我们是国家未来的栋梁之材！你要嫁了我，那一定是最高贵的夫人了！我们两人由你选择一个吧……’简直一派胡言。你们好大的胆子！也不睁开眼睛看看，居然闹到堂堂中央委员的家里去了。必须惩罚！”那两个学生见校长真动了怒，连说:“以后不敢了！”校长说:“每人记大过一次，以儆效尤！”

训育长说:“记大过要出布告，反而让大家都知道了，对刘小姐也不好。不如不出布告，在他们的操行上扣分吧！在给刘委员回信中，就说学校再三训诫，该二生已有悔悟，着记大过一次以资警戒，以肃校风。校长，您说呢？”校长点了点头。训育长又说道:“他们两个是蓝衣社的，不能伤了自己人。”校长说了声:“走吧。”两人赶快出来了，心想:“好家伙，惹的是中央委员的千金！幸亏训育长在，没受处罚，万幸，万幸！以后真得睁开眼睛！”

虽然这整个事件发生在紧闭着门的校长室里，可在学生中一点不少地全传开了。有的人说这两个家伙真是恬不知耻；有的说刘冰就是好看，是学校的一朵花，带刺的白蔷薇；有人说还是蓝衣社厉害啊，一点事都没有了。琯德对刘冰却有一分怜悯之意。

星期六下午全体学生集合，校长亲自训话，规定从这个星期开始，每星期六可以回家住宿，星期天下午五点半必须返校，要点名。

琯德和袁桐一块骑车回家，看见巷口四五个人围着一个人在打，他们赶快骑车过去。那群人一哄而散，只见高汉嘴角流血靠着墙角，他二人赶紧下车跑过去将他扶起。高汉骂道："他妈的！一群法西斯！暗算我。好！老子明天也带上刀子。打吧！"

琯德忙问："高汉，你哪儿受伤了？厉害不厉害？"

高汉说："不要紧，你们走吧，我自己可以回家。"

袁桐说："那我们送你上公共汽车吧！"高汉点点头。琯德扶着两辆自行车，袁桐扶着一跛一跛的高汉搭上了二路江南公共汽车。

家里的气氛与外面可完全两样。父亲的遗像前点起了红蜡烛；三太太供的观音像前也上了香；客厅里人声喧笑，喜气洋洋。原来是瑛德用三太太在上海的存款去做公债，一夜之间发了财，成了十万富翁，得意地回到了南京。她给三太太和自己各买了一张新式的、带半截粗栏杆金晃晃的大铜床；还把二楼书房和三太太的起居室都铺上了地毯，真是光辉一片。还说下次要买一部小汽车回来给弟弟们坐坐。

和她一块从上海回来的还有一个十七八岁、个子不高的女孩，细长的眼睛，厚厚的嘴唇；打扮得倒挺时髦的，烫了头发，抹了口红。瑛德给大家介绍，这是上海何阿姨的女儿，到南京来玩几天。又向何小姐介绍着："这是你五阿哥，这是六阿哥，你七阿弟，还有八阿弟呢。你们以后在一起玩吧。"

回去以后，三太太悄悄告诉琯德，那位何小姐是大姐带来和老五相亲的。琯德一听大叫道："五哥会喜欢她？像个赖台蛄子！"

三太太大惊，赶紧捂住他的嘴骂道："要死了！喊什么？给人家听见了。"

琯德说："我告诉五哥去！"说完就跑上了三楼，急急地说道："五哥，大姐带来的那个女的是跟你相亲的！像个赖台蛄子似的！决不能要，对不？"

璞德眼睛没有离开书本，极温和地说道："我没有看清楚是个什么样的人。现在哪是相亲的时候，大姐真可笑。我现在要做的事太多了！"琯德也觉得有很多的事要去做似的，就把高汉挨打、学校今天规定以后星期天下午就要返校点名的事告诉了他。

璞德听了以后，定定地看着琯德，心中想道：我的小弟弟长大了。拿出一本小册子给琯德："你拿去好好看看。不过，我给你的东西，不要带到学校去，就在家里看。你们学校是很反动的，要小心些！"琯德听完他的话以后，觉得很有劲，就像已经发生了什么事情那样兴奋。

到晚上睡觉的时候了，琯德已经躺到床上，可是，三太太还没有睡，坐在梳妆台前心里好像有事。在金晃晃的新大铜床旁边，有一张古香古色的红木大理石面的梳妆台，椭圆形玻璃砖的大镜子，两边各有两层红木格子，里面摆了三花牌香水、白衣人雪花膏等化妆品。从琯德能记事的时候，就看见母亲每天清晨漱洗、梳理完了以后，用一块特备的、雪白的抹布把梳妆台和上面的小瓶子、小罐子一件件仔细地擦呀抹的，一擦就是一个多小时，所以梳妆台总是一尘不染。这已是三太太长年来不变的习惯，晚上却从来没有擦过。可是，现在她正拿着雪白的抹布在擦了。这反常的情况使琯德大为惊讶，不知出了什么事情，就大声地说："妈妈，你怎么了？还不睡。我都困了！别擦来擦去的了。"三太太停住手，想了想，跟琯德说："老七，听着！你大姐怎么发了这么大的财？几天之间发这么大的财，我害怕呀！能这么快地发财，也就能很快地倒霉。老七！什么是做公债？做公债啥个道理？老七你给想想，别那么懒！"

琯德听了以后才知道大姐是哪儿来的钱，可是什么是做公债自己也不懂，只能向平时看过的小说和戏去求教了。他想到了茅盾写的《子夜》里的吴荪甫那么有钱，好像后来是做公债了，弄得倾家荡产；话剧《日出》中的潘经理，都有了个大银行，也是为公债最后自杀的。可是道理还是说不清楚，反正危险。他只好说道："妈妈，我看做公债就跟赌钱差不多。算了，劝劝大姐以后别干了，这种事不是好事，咱们家也不想发财。三哥、四哥、五哥、六哥不会想发财，我也不想。我们都是要自立的，自己工作，吃自己的饭。"

三太太听了以后更加惶惑了，问道："你们都有本事，都自立了，我既不会写又不会算，那可怎么办哪！"

琯德大笑说："妈妈你怕什么？咱们家这么多男子汉大丈夫还养不活你？我一个人都能养活你！放心吧！我养活你！"

三太太听了这话以后，不管将来会怎么样，反正现在心里很舒服，很欣慰：这个小儿子没有白疼他，是有良心的。就真像要靠他过似的追问道："还有老八呢？老八还要上大学，还要娶老婆，你都管？"

琯德有点发赖了，说："那要等我娶了老婆再说。好，别说了，我想睡了！"说完已是迷迷糊糊的了。

三太太接着说："谁知你娶了老婆以后，还要不要娘了！"可惜，琯德没有听见。想一想，三太太站了起来，一边走一边自己说道："现在就去找她吧！叫她别做了，有点钱就行了！"

深夜，何小姐已呼呼大睡，三太太还在瑛德房间里，和她反复商量，最后瑛德坚持非再做一次不可。而且说，她再多赚些钱，以后就不用三太太的钱去做了。没有办法，三太太心里压着一块石头，沉重地回到自己房里躺下，但一夜无眠。

星期天三太太起得很晚。这天天气阴沉，好像影响了这个家的人都不太快活。全家坐在一起吃早饭的时候，瑛德要大家陪何小姐去玄武湖玩。

桌上没有一个人搭腔，三太太说：“天气不好，改天再去吧！”

瑛德很不高兴：“我一个人在上海辛辛苦苦地给你们赚钱，没我的辛苦你们有这样的日子过吗？”一副家业创造主的面孔。

璞德赶快吃完饭，把筷子一放说：“我不去。”站起来就走。琼德根本不说话，也放下筷子扬长而去。琯德表示今天必须返校。三太太见局面很僵，只好亲自带何小姐去玄武湖玩。平时大家都是坐马车去，今天特别叫一辆漂亮的小汽车去了。

下午，下起了毛毛雨，琯德带了面包、香肠、鸭肫、鸡蛋做晚饭，还有一铁罐子的可可粉和几大块巧克力，骑着自行车冒着秋天的风雨向学校而去。忽然想起了秋瑾临刑的诗句“秋风秋雨愁煞人”，一种无名的惆怅袭上心来。

到了学校，发现宿舍里本来是四张上下双人铁床分两行靠墙放着，中间一张长桌子，现在，桌子不见了，又挤进了一张上下双人铁床放在中间。琯德大叫：“怎么还要来人住，挤死了。桌子也搬走了，真岂有此理！”忽然紧急集合，扔下东西跑去集合了。

因为下雨，改在走廊上集合，天井对面走廊上站着校长、训育长、“好团长”（现在兼当训育员）、冯“秃”和一排穿戴整齐就是没有挂盒子炮的宪兵。空气极为紧张。校长宣布了两件事：一是学校自今日起改用军号代替铃声，培养大家行动军事化；二是宪兵司令部派来一部分宪兵协助学校进行军事化教育，每个寝室派住一人，以后外出，请假必须报告他们，由他们批准。

解散后，同学们纷纷回到寝室，一个宪兵也跟着进来了。大家整理自己的东西，没有作声的。他面带微笑坐在那极其简单的铺位上。琯德到上铺自己书包里掏出可可粉冲了一杯，又爬回铺上大吃其面包和鸭肫。其他人也都拿出晚饭，有说有笑地互相交换着大吃起来。没有一个人和宪兵说一句话，或是客气地让一下，如同没这个人一样。

有人说：“唉，真挤，这个破宿舍本来就挤，现在更糟糕了。”另一个人说：“上周，隔壁那屋里有人丢了东西，我们也要当心点！”又一个人说：“现在大家要多加小心，饿了也别出去买东西吃了，要倒霉的呕！”说着放声大笑。那个宪兵一直微笑着，等大家吃完了站起来说：“大家吃完了？好，现在我点点名，好不好？”于是从他枕头下拿出一个讲义夹子，点起名来。每个人既不答“到”也不答“有”，只是“唉”一声。那宪兵愣了一下，自说自话的：“是在屋里！随便，随便。”

琯德把可可粉罐子盖好，往枕头底下一放，翻身下了床，拿起脸盆就出去了，连招呼也没有打。其他人跟着也都纷纷拿起脸盆走了出去，那宪兵不知该怎么办，一个人在屋里发呆。

当时，宪兵是极威风的，连普通军人都怕他们，所以大家都讨厌宪兵，总觉得他们都是枪毙过人的。其实男孩子们并不天天洗脚，尤其是今天刚从家里来。洗脚就为了躲开那宪兵，给他难堪。所以到了洗漱间，就像开了锅似的说开了：“怎么？人睡在床上还要弹压哪！”“这哪还像个学校，简直是监狱！咱们朱雀桥成了老虎桥了！”“他妈的！把咱们当犯人了，真晦气！这样一来，咱们恐怕真的要倒霉了！”琯德这时反而没有作声，吹起了口哨，吹的是美国黑人歌曲《老人河》。接着有人掏出口琴吹开了《风流寡妇》，有人唱起《桃花江》，还有人捏着嗓子学王人美唱《渔光曲》。吹的吹，唱的唱，一片欢乐，直到熄灯号吹响，大家才安静。学生们上床就睡着了，可那些宪兵在黑夜里走来走去，不知干什么。

早晨一阵起床号叫醒了大家。但是，起床、集合、吃饭、上课照样还是稀稀拉拉的，并没有军训的意思，而那些宪兵却似有似无地注视着每一个人。

一天，午饭后琯德回到宿舍床上，准备休息一会儿，发现枕头被人翻过了，一本《小说月报》被挪动了。惊人的是那一罐子可可粉不见了。琯德想一定是宪兵搜查了，就乘宪兵没有回来时，查看了他的床铺。真没有想到还就是在他的铺盖下面。琯德想：“还偷东西，今天老子要你好看！”他不动声色地把东西照原样放好，坐到自己的铺位上，大叫：“他妈的，出贼了！我的可可粉哪个王八蛋偷了！想吃，可以向爷爷要嘛。偷起来了，不要脸！”人们听见他的喊声都回来了，跟着一起大骂。有人提出搜查，有人跑到宪兵床铺那儿翻动。“啪”的一声，那罐可可粉掉了出来。正好那宪兵也进来了，一下子都静了下来，冷冷地看着他。琯德大声地质问他：“我的可可粉怎么会到你那儿去的？这是从你铺位上掉下来的。”他的脸“唰”一下红了，随即镇静下来，若无其事地：“是么！没有丢就太好了，快好好地收起来。”琯德没想到他这么厚脸皮，气愤地说：“我不要了！你想吃吧？拿去吃吧！”说完了翻身向里躺下，不理他。他拿着那罐子说：“这何必呢！这何必呢！”一边说一边走了出去。大家也都没想到，这宪兵真够厉害的！

琯德说：“咱们还真得多注意些。他能搜查我的东西，也会搜查你们的。”

一个同学说：“我们的这位武装朋友，是来调查共产党的吧！”

另一人说：“见他的鬼，我们一群初中生里面有什么共产党！我看他就是想找出点什么杂志、书的好去领赏，没找着就来个顺手牵羊，不能空着手呀！”

大家你一言我一语地议论着。琯德在一旁暗自得意宪兵果然是搜查自己，他的脑子里出现了一个进步青年的形象。

第八章

每个星期日一吃过午饭，琄德心里就非常不快活，因为下午要像进牢狱一样回到黑暗的学校。对于星期六，却是从星期一就开始天天盼望它早点来到：一是可以回家，二是可以去看电影或者话剧。最近，上海影人业余剧团在南京世界大戏院演出俄国剧作家奥斯特洛夫斯基的《大雷雨》。文德里三楼的青年人都不约而同去看了。赵丹演奇虹，郑君里演鲍里斯，吕班演库特略希，蓝萍（江青）演卡特琳娜。赵丹演的奇虹，舌头伸出半截，既像是疯傻又像醉酒如烂泥，演技娴熟，惟妙惟肖。吕班弹着吉他唱着："月光弥漫着青青的树林，山坡下等着弹琴的人……"歌声浪漫，琴声悠扬，完全是一个既潇洒又幽默的俄罗斯青年。那神情使琄德万分倾倒，暗下决心将来一定要做个像他那样的演员。遗憾的是演卡特琳娜的演员蓝萍，不能令人满意。她一上台就用两只手揪住头巾扭扯，没有别的动作；始终用尖细、颤抖的声音念台词，极为单调。

瑛德又要去上海，何小姐在文德里被冷淡，她很生气。因为何小姐是她在上海做公债的经纪人的女儿。他了解瑛德发了点财，就要瑛德带他女儿到南京玩玩，如果能相中方家子弟中的一位也是美事。瑛德像捧着一只金丝鸟一样把她捧到南京，没有想到方氏弟兄不给面子，完全没有把她放在眼里，只好带她回上海了。瑛德临行前买了四只板鸭、五斤香肚和几长串鸭肫以及高邮鸭蛋等，送给何小姐的父母。

瑛德没有听三太太的劝说，回到上海继续做公债，连本带利都放了进去，越做越大。不想这回可没得到便宜，接连失利，连本带利赔了不算，还把三太太在大陆银行仅有存款的三分之二也赔了进去。当她还想把三太太所有的钱来孤注一掷的时候，三太太只身来到上海大陆银行，流着眼泪要求立即停止付款。瑛德没有想到三太太会一个人来到上海，更没有想到，她居然敢要求银行停止付款给她。当她见着三太太的时候，理由十足地质问道："你怎么敢这样做？你知道，这样一来连老本都翻不回来了，那怎么办？"

三太太委屈地说："我害怕呀！一听说你公债搞成这样子，我几夜都没有睡，这才赶来……大小姐，算了吧，求你不要再让我搭伙做公债了。我不要发财！就让我靠一点银行利息和南京的那点房租钱过日子吧！"

瑛德气势汹汹，逼视着说："还提南京的房租！要不是我，你能收房租？要不是我，老三、老四能有钱上清华大学？要不是我，你能在南京那么舒服？要不是我，老五、老六、老七、老八都能上中学的上中学，上小学的上小学？要不是我……"一口气说了无数个"要不是我"，残酷地把三太太抛进胭脂巷受人歧视的回忆中，让她再次体验到凌辱和孤苦无依。

半晌，她挣扎着说道："是的，要不是你，我们不会有今天。我不会忘掉你给我的帮助、你的恩德。要是只有我一个人，就随你去做，我决不管。赔完了我就上吊，跟随你父亲去……"把眼泪忍住了，又接着说："可是，你知道我还有六个孩子，他们还没有自立。老七才十五，老八才九岁，还小呵！他们要长大成人，他们也是要上大学的。我要养活他们！我不能没有钱！只求大小姐再帮助我一次，让我把他们培养成人。"说完泪流不止。

过了很久，瑛德说："好了，我们结账吧！就算我借了你一万五千块钱。我没有现钱，南京有我一块半亩大的地皮，算作一万块钱划归你！另外的五千块等我有钱的时候就还。以后做公债输赢算我一个人的！”

三太太说：“不，不要了！已经赔了的就算了。只要不再让我做下去就行了。”瑛德把一张南京市政府发给的土地契约收条硬塞给了她，就不再理她了。三太太又去银行，把余下的两万块钱转到南京大陆银行，当夜就乘二等火车回去了。

桐城方五老太爷孙子、方八老爷唯一的儿子小管子，这天来到了文德里。他比琯德小一岁，个子倒有琯德那么高了，长长的脸有些黄，留个平头。他身穿夏布长衫，手中摇着一把纸折扇，脚上穿了一双擦得锃亮的皮鞋，可能不大习惯，有点不自然。由于父亲远在中山大学教书，他一直生活在祖父的身边。他从小除在学校念书外，学业都得自祖父的亲授，因而国学深如瀚海，诗词歌赋无一不知，既有世家少年子弟风范，又有大学生派头。可是，琯德见他还穿着青年人早已不穿了的长衫，还拿着纸折扇，觉得太不入时了。他思想缜密，言辞清晰，谈起来娓娓动听，还总是尊重地问这位小哥哥：“不知七哥以为如何？”

琯德无以回答，只好说：“现在学校里中文课很差，只读些现代散文，对于古诗词和经学已极少问津。你是家学渊源，我是自惭鸠拙，不可再贻笑方家了！”

小管子站起来，恭谨地说：“不，不，我一直住在桐城，闭塞得很。听说诸兄都是很有新知识的，尤其三哥、四哥能入清华大学念书，那是桐城县子弟们都很羡慕的。老一辈也都赞不绝口，叫我们以三哥、四哥为榜样。此次就是祖父要我去无锡章太炎先生主办的国文专修馆学习，并来向三妈妈及诸兄问安。”

三太太很高兴，吩咐加两个菜和一盘咸水鸭子留他吃饭。饭后他又摇着纸折扇离去了。

三太太以她自己也没想到的胆量和毅力遏止了一场灾难，虽然损失不小，但总算保住今后生活的一点点依靠。开始每天计划，兢兢业业地生活。她不打牌了，自己不去看电影和戏，用人只留下了德金和在厨房里做饭的杨嫂；楼上做细活的都不用了，由自己来做。

德金是同族远房亲戚，是几家租种祖坟地兼管看祖坟中的一家。方三老爷在外面做官的时候，年轻的他就跟随着了。论辈分与琯德他们是一辈，为人老实忠厚，很得三老爷信任，是上房的听差。他没有念过书，不识字，所以没有当上管家。三老爷死后，三太太依然重用他、信任他。他的妻子死了，留下两个儿子，小名叫"大瘌痢""二瘌痢"，一个三十岁左右，一个二十多岁。大瘌痢在十八岁的时候被抓去河南当兵，在军队里什么也没有混上，待了几年就回来了。还是种着方家的祖坟地和看祖坟，娶了个能干的妻子，现在小日子过得不错。二瘌痢一直在家种地，就是前几年妻子死了，幸亏没有给他撂下个小的，现在他一个人，日子过得还可以。想起父亲离家多年，现在也是快六十岁的人了，还在外面做工，想把老人接回家去，过几天团圆日子。哥儿俩一商量，准备了两只自家养的大活母鸡、五十个鸡蛋送给太太、少爷们吃，也没给德金捎个信，就到南京来了。

德金一见他俩，心中很高兴，但也埋怨他们花许多路费跑到南京来。他二人把来意一说，德金就不答应。两个儿子就跪下哭求老人，让他们尽点孝心。德金还是坚决不肯，并且说："现在我不能回家享福！三老爷、三太太待我深恩厚德，三老爷去世了，如今三太太和六个少爷正是要人伺候的时候，我自己回家去享福，那还是人吗？一会儿见着太太，你们别提，我会跟太太说的。"

饭后，德金带着两个儿子上楼来，先到三老爷遗像前磕头。然后对他们说："这就是养活你们父亲一辈子的人。你们在家种的，也是方家的祖坟地，要知恩感德呵！"又让他们给三太太磕头，三太太忙说："不用了，不用了！"把他们扶了起来。德金在一旁说："三太太待人宽厚，体谅下人，在这儿我没有受苦。那年到上海安葬三老爷，还把我带去了，让我最后伺候他老人家入土。我有福气！这一辈子也到过上海了。要不是三太太费尽心血，把家搬到南京来，三房的人还不知道要受什么样的罪呢……”三太太听见德金提起了这些事，心酸得很，忙说：“这几年我们家也真是不容易！我一个女人家带着一群孩子能做什么，多亏你们的父亲帮了不少的忙。我得谢谢他！”德金对三太太说：“他们两个这次来是要接我回去的，我已经对他们说了，我的事还没有了呵！三少爷、四少爷大学还没有毕业，没有做事，没有娶亲；七少爷、八少爷还都小。现在我怎么能就自己回家去，那对得起三老爷吗？”听忠厚的老仆人这么说，又想起为了这个家、为了孩子们最近在上海瑛德那里受的屈辱，三太太忍不住用手绢捂住脸哭了出来。两个瘌痢不知道三太太的悲苦，还以为是要留他们的父亲，忙跪下说：“不接了，不接了，他老人家不愿意，就不回吧！”

璞德、琼德、琯德、琥德听说大瘌痢、二瘌痢来了，都来看他们俩，见他们跪在地上，不知是怎么了，没敢出声，在一旁站住了。德金看见少爷们都来了，就叫大瘌痢、二瘌痢给少爷们磕头。他们俩正要跪下去，三太太忙拦住了，璞德、琼德也说：“磕什么头！这个德金胡想些什么？”德金认真地说：“少爷们跟我是一辈的人，他们是小辈，怎么不该磕头！”

三太太让他们俩就在门房里搭个铺，跟他们父亲一起住几天；另外给德金十块钱和三天的假，让他带孩子到南京各处去玩玩。德金推辞不掉，感激地收下了。三太太又叫杨嫂把两个瘌痢送的鸡杀了，再另外做一些菜送到门房去，让他们父子也吃一些。杨嫂又自己掏钱，买了些咸水鸭子招待这些来自家乡的本族人。

门房中充满了浓郁、亲切的乡情。

晚上，琯德把大瘌痢喊到三楼，让他讲当兵打仗的故事。

他是被吴佩孚的手下抓去的，后来被孙传芳的兵俘虏了。走过了不少的山头和河流，那些地方他都不知道是哪儿。打仗中，不少同伴在战场上吓坏了，乱跑起来，有的回头向后跑，就被督战队当场枪毙或砍头。所以他在战场上，只管向前面放枪，可不管打着没打着，连看都不回头看一眼的。孙传芳被打败了，他又当了俘虏。一次，他抢了些吃的，因为没有孝敬连长，被打了一顿屁股，打得他一个多月走不得路。后来他们开到安徽、湖北打共产党。这可不同了，共产党打起仗真狠，不怕死。后来，只要说是共产党打过来了，他们就跑。有一天驻地被打垮了，他在死人身上搜得了几十块洋钱、几个金戒指和两把手枪。乘此机会就下决心开小差，再也不当兵了。在村里偷换了老乡的衣服，一边打听一边走，一个多月才回到了家。把枪藏了起来，几年后把它卖了，得了百多块钱，这才慢慢地成了家。

他说完了以后，大家黯然。直到深夜他才回门房去与他父亲相聚。

星期天一大早，琯德向母亲要了五块钱，约请德金和他儿子去逛夫子庙。为了游玩没有坐公共汽车，一路走着到了大行宫。琯德想，到南京一定要去看看国民政府，就带着他们绕道往那儿去。国民政府门口，两边就站着六个头戴钢盔、手持二十发盒子炮的兵，三十米以外行人不得停留。德金他们连大气都不敢出，只在远处张望了一下就要走。他们觉得这是皇宫禁地，错走一步就有杀头之灾。琯德笑他们是乡下人见不得大世面，接着就带他们到京都繁华之地——花牌楼。那儿有几层楼高的酒店、百货公司、饭馆，他们不进任何一家商店，只是在外面看看。街上大、小汽车飞奔而过，马车踢踢踏踏滚滚而来，人力车叮叮当当横冲直撞，人声喧哗不绝于耳，他们头昏目眩，脸色发白。琯德这时注意看了一下他们俩的头。看样子，大瘌痢小时候害病可不轻，都三十来岁了，头上还是稀稀拉拉的没几根头发。二瘌痢的头和大家一样，就是后脑勺上有个地方头发稀些，不注意一点也看不出来。琯德明白这是他们童年深重灾难的痕迹。

到了夫子庙，琯德要请他们看电影，他们不去；请他们去“六朝居”茶楼喝茶、吃点心，他们也不去，非要到夫子庙前的广场上逛地摊，对那儿卖布头的很感兴趣。走了好几个布摊，看个半天，长时间打架似的讨价还价，最后德金花了一块钱，买了块蓝地小红花的布给大儿子媳妇，说：“是三太太赏的！”还买了小镜子、小梳子、蛤蜊油和一瓶红颜色的头油，说：“三太太给的！”又到估衣铺子，买了两件蓝布棉袄，两双布鞋和白洋袜子给两个儿子。儿子要父亲也买一件，德金不肯，说是还有三太太给的、当年三老爷的棉袄、棉裤、棉袍子，都没舍得穿呢，那可都是好的东西，不用买了。他给自己花八角五分钱买了一根扁担，因为旧的断了，修好了也不好用。这根扁担又光又平、软溜溜的，挺称心，他喜欢极了。这些地方琯德平时从来没有逛过，今天耐着性子陪他们逛，倒也开了眼界。

在一个卖戒指、项链、玉石等各种小首饰的地摊前，德金站住不走了，呆呆地望着一副翠石玉镯子，连摆摊的向他热情兜揽的声音都没听见。他的思想刹那间回到了过去。过门不久的妻子，心里是那么羡慕姑娘们、小媳妇们腕子上戴的石玉手镯，自己就想给她买一副。后来跟了三老爷出来，几次想买，但总是有更要用钱的地方在等着。现在可以买了，可给谁呢？“瘌痢他娘，你只有苦的命，没有甜的福呵！”他抬起粗糙的大手，抹去了不知是什么时候流出的眼泪。

“该回了，七少爷累坏了。”他转过头来，轻轻地说。

琯德赶紧说：“不，不，我们肚子饿了，要吃了东西才回去。”

德金说：“出来太久了，三太太不放心呵！”

琯德得意地说：“不要紧，妈妈知道我陪你们出来玩，还给了五块钱呢！”

于是琯德死拖活拉地把他们拖到了一家只摆六张桌子，专卖豆腐脑和葱油饼的铺子里，叫了一块钱的葱油饼、四碗豆腐脑，到隔壁铺子买了二十块臭豆腐干。又跑到对面饭店里买了几只猪蹄子、一大盘鸭胗肝和四两高粱酒。总算冲破德金的阻挠，请他们吃了南京有名的风味小吃，德金还破例喝了一盅酒。四个人吃得真饱，瑄德也很满意这种吃法。吃完出来，又去看了拉洋片，这才往家走。瑄德已经觉得回家的路比来的路长得多了！

回到家，躺在床上，心情很不平静。这是自己第一次和农民在一起，可又是农民眼中的少爷。第一次尝到这种自己也说不明白的矛盾。

德金把几年积蓄的五十块钱给了儿子们，把他们送了回去。

暑假很快到了，琦德、珂德回到了家。可是，他们一天到晚都不在家。三太太每天让杨嫂做鸡、鸭、鱼、虾，往往因为他们没有回来中午就不吃了，留着到吃晚饭时他们回来了，大家才能吃。他俩一吃完饭就到三楼，和璞德低声长谈，有时到夜里两三点才睡觉。

三太太极想和琦德、珂德谈谈家里情况、经济上的困难，更要谈的是她每天在心里想了多少遍而没有机会和儿子讲的愿望：大学毕业后，送他们出洋留学。她要让两个儿子出息得像宗家四表哥宗之发那样，才心满意足了。她天天等着这个谈话的时间。

一天清早起来，她在客厅里听到琦德、珂德下楼的声音，赶快叫住他们说："老三、老四，你们来。"

他们站住了："干什么？我们有事！"

三太太说："回家来二十多天，都抓不着你们。今天不要出去了，我有事对你们说。"

他俩愣了一下，走进来说："说吧！我们还要出去呢。"三太太感到被泼了一盆冷水，一时不知从何说来才好。

琦德有点急了，说道："妈，什么事？快说吧，人家还有事呵！"

三太太听说有事，心想算了，以后再说吧；可是又觉得不行，家里也是事呵！假期一过他们又走了。于是开口说：“我知道你们有事，可是家里也有事呵！你们大学快毕业了，毕业以后干什么？是不是出洋留学去？老五也要考大学了，还有三个小的弟弟，都怎么办？这个家得有人做主呵！我一个女人家怎么行。你们长大了，慢慢地应该当这个家了。”

老三、老四一听傻了，出洋留学！妈妈是怎么想的？还要当家！那怎么行。珂德冲口而出，说道：“我们根本没有想过要出洋！”

琦德也不假思索地说：“是的，现在是什么时候！我们是要大学毕业了，就是不毕业我们也不能待在家里。我们是要东奔西走的。我们不能管家，不能当这个家。老五上大学，他愿意在家就在家。老六、老七已经上中学，好在家里还有点钱，勉强过下去吧。”

他们的话和三太太的愿望相差简直太远，她两眼发黑，一切都完了。她心中不免有气：“勉强过下去！你们以为家里还有很多钱吗？没有了！都叫你们大姐做公债搞光了。”琦德、珂德听到后，不知道该怎么办，开始在屋里走来走去。

琦德生气地一跺脚说道：“大姐不是好人！你怎么非跟她搞在一起，唉！”

珂德说：“不管怎么样，反正我们不能管家，不能待在家里，我们必须走！”

三太太气极了，“啪”的一声把水烟袋往地下一扔，哭了出来：“要走，现在就走！知道你们是不会管我的！”三太太伤心极了，奔回房里关上门，痛哭起来。琦德、珂德脸色灰白，站在那里望着母亲的房门。最后两人一咬牙，低头急步出门而去。

晚饭桌上，依旧摆满了特为儿子做的菜，只有老五、老六、老七、老八静静地坐在桌子旁边。三太太一直没有出房门。琦德、珂德还没有回来。杨嫂催了好几次，最后传出三太太的话来：“老五吃完饭以后去找找三哥、四哥，给他们两个留些菜。大家吃饭吧，不用等了。”璞德给三哥、四哥留完菜，对弟弟们说：“吃吧！”于是四个人风卷残云般地把饭吃完了。

夜幕下垂时，琯德回房看到母亲睡了，也就轻轻地上床睡下。深夜几次醒来，都听见母亲在饮泣……

深夜，三楼的电灯还亮着，越到深夜它越亮。璞德、琦德、珂德在灯下热烈而轻轻地在谈着。璞德激动得脸发红，他向三哥、四哥坦白承认对方珍的爱情和自己的想法。没有想到三哥、四哥给他一阵猛烈的批判，说那不是反封建，而是无政府主义；是在乌托邦幻想之中，对应有的道德观念的否定。这一年来方珍的冷淡使璞德很伤心，三哥、四哥的批判使他心里有种踏实的感觉，全身充满活力。

这时，他抬头静静地看着两个哥哥，严肃地低声说：“我觉得你们对妈妈的态度太生硬。她从来没有说过你们。今天对她的打击太大了！”琦德、珂德默然不语，眼睛里不由自主地闪着泪光。琦德往床上一躺，半晌开口说：“我们已经献身于共产主义、民族解放事业。家，我们顾不上了。我们的生命都不能保，随时随地都可能像雨花台的烈士们一样。不知哪一天我们的血也将染红那雨花石。”

珂德低头坐在椅子上，冷静地说道：“这次吵一下也好，让母亲有个思想准备。她对我们寄托的愿望太多太多了。这是长期压在我们心里的矛盾，我们没有正视它，才出现了今天对母亲简单、生硬的态度，这是小资产阶级思想感情的表现。其实，完全可以用别的方式向母亲说明白的。”

璞德急切地说：“我已经是 CY（中国共青团）了，和你们一样准备着被抓去坐牢、杀头。我也是要走，要离开家的。”两个哥哥以理解的眼光看着弟弟。过了一会，璞德对哥哥说：“明天你们给妈妈赔个不是吧！”

一早，三太太心神不定地反复擦拭着梳妆台。她想不清，为什么她的遭遇是这样。是她前生的罪孽要今世受报应吗？她吃斋、念佛，做好事，从不敢有个坏念头。唯一的希望就是儿子，如今这希望失去了。

房门被轻轻地推开了。双生的儿子，一样的身材，一样的长相，一样愁眉苦脸地走了进来。她感到特别新鲜，特别可爱，一时间忘记了所有的不愉快，走上前去拉住他们的手坐了下来，说："你们回来了……"好像他们分离了那么长久，那么长久。

"妈妈，我们不对，不该那样说话，你老人家别生气了。"他们俩低声地说。

三太太脸色灰白，颤抖着缓缓放下手，平静地说道："别说了，我明白了。也许你们是对的。我的命太苦了，不能怪你们。对，还有老七、老八，谁知道他们长大了，又会怎么样呢？谁也不要指望，算了。"这些话，三太太又像是在对自己说。这时琦德、珂德虽然对母亲充满了柔情，可一个字也没有说出来，只是紧紧地握住了她冰凉的手。

盛夏，南京总是热得惊人。上午十点多钟的时候，一位烫了头发，穿着高跟鞋和一身黑色轻纱衣裳、戴着一副长至上臂的黑纱手套，拿着一个白色手提包的摩登女士来找三太太和璞德。三太太出来一看，想起她就是玮德的恋人、未婚妻李初羡。三太太觉得有些意外，不知应该如何接待，正好璞德来了，这才松了口气。

李初羡说，她已经去过九姑那里了，一定要来看一看三妈妈和五弟，看看玮德居住过的地方。璞德引她到玮德的书房，她带着朝圣似的虔诚走了进去。璞德说："这儿的一切，还是大哥在时所布置的。家母说过，不要移动，这儿还是玮德的房间。"她感激地点了点头，随即给房间里的每一件物体都留下她贪恋的目光，然后轻轻地在书桌前坐下，凝视着桌上的信笺、笔、墨，一动不动。就这样很久，很久，她才慢慢站起来，转身看到书柜上面的、她送给玮德的那两支毛笔。玻璃面的锦缎盒，鲜明华丽如初，"玮，愿这笔尖儿，将你的心事传"的小字条，完好无损地贴在上面；甚至那字还是黑黝黝的，仿佛墨迹未干。天哪！一切都在，唯有“一切”的所有者不在了。

璞德忽然觉得，她的身子晃了一下，接着就向地下倒去，赶快过去把她扶到长沙发上躺下。三太太忙拿来十滴水，不管是不是中暑就把一整瓶都喂进她口里，把电风扇挪近她的身边。一会儿，她醒过来了，说道：“真是打扰你们了！……”三太太忙把冰箱里的汽水拿给她喝，不许她说话，让她好好地休息一下，大家都退了出来。后来，她要走了，对三太太和璞德说：“因为我要到英国去了，很难再回来，所以一定要来向他和他的亲人们告别。三妈妈，五弟，你们都是他最爱的人，我永远不会忘记你们。”说完眼泪一颗颗地滚了下来。

三太太叫了一辆出租汽车，送她回到傅厚岗叔叔家。第二天她就离开南京到上海，乘上圣·约翰号英轮驶向苍茫无际的大海。她的一切病苦，在不平静的浪涛里消失了。

文德里的人们心里，在她离去以后，却漾起了无尽的回忆涟漪。为她，更为玮德。

璞德考取了复旦大学新闻系，要去上海；琦德、珂德要回北平读完清华最后一年，假期将要结束了。

大家在走廊上乘凉，琦德谈起“一二·九”北平学生爱国示威大游行。当时所有学生都出动了，清华、燕京的学生队伍，因为二十九军把城门关了，被阻在西直门外。学生们找来粗大的木桩撞击城门，怎么也没能撞开。清华一个不满二十岁、瘦小的女学生陆璀，从城门和地面相接处的缝隙中爬进了城。当她正在开城门时，一个大刀队的砍伤了她，她不顾一切，奋力打开了城门。学生队伍冲进了西直门，而陆璀因受伤昏死过去，被送到附近医院抢救。城里城外的学生队伍汇成一股强大的、愤怒的人流，向天安门行进，沿途都遭到警察、军队的阻挠。先是用马队来冲散游行队伍，又开来消防车，用高压水龙头向学生们喷射。零下二十几摄氏度古老的北平，到处可见屋檐下长长的冰溜子。学生们在爱国热情的鼓舞下，冲上前去夺取水龙头反过来向军警们喷射。他们后退了，队伍继续前进。后来大刀队上来了，学生们空手托起大刀演讲起来，大喊着说："都是中国人！不能打自己的同胞！日本人侵占了东北，现在又要强占华北。要把天津、北平独立出去，成立在他们控制下的傀儡政府。我们不能再让政府卖国了！你们的大刀应该向日本鬼子砍，不应该向赤手空拳的学生、自己的同胞砍。爱国无罪！"二十九军的士兵们听了以后，含着眼泪放下了大刀。阴沉的北平处在一片狂风怒号之中。

珂德说："'一二·九'学生运动如同五四运动一样，是一次革命的准备。北平学生有这样一句话：'华北至大连，学生一张课桌都放不下。'学生们要读书，但是不让读，终于明白了只有抗日救亡才是唯一的出路。北平学联是在CPC（中国共产党，后同）领导之下，才能起到这样大的作用。"

琯德已经知道什么是CPC，心里呼地一下紧张起来。三太太听了之后，完全站在学生一边，说道："学生们真可怜，爱国也不许呀！那些政府大人物不去打日本，去打学生，真是不要面孔。"紧张地问儿子："你们挨打受伤了吗？"

琦德说："妈，你别怕，马路两边成千上万的人都支持学生。开店的给我们水喝，许多下力气的人跑上来保护我们。"琼德激动得睁大了眼睛，咬紧牙齿。三太太自言自语地说："该死的日本人，害我们中国干什么！"琯德调皮地问妈妈："日本人来了，你敢打吗？"

三太太认真地回答："我怎么打？我没有力气，又不会放枪！"

琯德说："你只要不怕就成，你有这么多儿子保护你！我总是要保护你的。"

三太太心中黯然，说道："老七呀，到时候你就会保护你的老婆去了！"

说完坐到一边的藤椅子上默然沉思。

琦德、珂德两人穿了一样的夏布长衫，手里各摇着一把芭蕉扇。德金给他们挑着行李，和璞德一起送他们到火车站。三太太站在阳台上，为这一对儿子送行，向他们微微点头，十分抑郁、惆怅。

琦德、珂德虽然走了，“一二·九”运动的波澜在文德里更高涨起来。璞德一天到晚神秘地忙碌着，崔祥琮、徐祥达来得更频繁了。还有些过去没有来过的，最近老到家里来。其中有姓古的弟兄俩，是金大的学生，穿着异常漂亮。法兰绒西服裤子，白绸衬衣、白皮鞋。哥哥名叫古洪，弟弟叫古冲。古冲的肩上经常扛着个小猴子。他们家住在要人住宅集中地傅厚岗。由于猴子的关系，他俩一来，瑄德必定跟前跟后，古冲总是微笑着把猴子抱紧，以免咬着瑄德。还有娇小玲珑的凌林小姐，爽直、高大的萧莎小姐，福建人陈樱小姐，她们三位都在汇文念高中。

璞德约瑄德去玄武湖。一早瑄德就骑了自行车往那儿跑，大道上两边的树枝拂面而过，清爽的晨风把他的白衬衫吹得鼓起来，就像一只白色船帆。

到了玄武湖中心亚洲公园里，他看见璞德和一群男女学生，站在出租船的小码头上，但是其中没有古氏兄弟和那只小猴，瑄德有点失望。璞德买了船票，租好四条小船让大家坐。

玄武湖又叫五洲公园，最远、最荒芜的是非洲公园，这儿完全没有人工雕砌的痕迹。陆地上是几块水田和小道，湖中是两片荷塘和一些苇子，湖面直伸到钟山脚下。

四条小船一条条跟着，划到非洲公园水域。到了没人的地方，就围在一起。璞德低声说：“大家把船靠紧一点，把带来的食物拿出来摆开。万一有人看见，认为我们是在野餐。”于是，大家把各种吃的东西都摊开。

璞德接着说：“今天找大家来是要开个会……”瑄德一听是开会，觉得真是新鲜，头一回这样开会。璞德说：“南京市学生联合会已经成立，今天在这儿和一些今天没有来的同学都是学联成员。南京学联是全国各界联合会的一部分。全国各界联合会推派了沈钧儒、章乃器、史良、沙千里、彭文应诸位先生要求国民党二中全会议决停止内战，立即对日作战；开放民众救国运动。我们南京学生也要联合起来争取抗日，争取为实行中国工农红军发布的《抗日救国宣言》十大纲领而斗争。我们是南京学联的一个小组，因为蒋介石搞白色恐怖，所以我们组织成员要秘密活动，不能公开。活动内容和方式各小组自己讨论。”琯德一听是白色恐怖下的秘密活动，就有一种想象的革命者的神秘感。

不知是谁领头用极小的声音唱起《国际歌》，琯德从来没有听过，但也跟着哼哼。接着唱《五月的鲜花》《生活像泥河一样流》《我的家在东北松花江上》，这时已放声大唱起来。

大家讨论，第一要集体学习，弄清时势，提高每个人的救亡责任感；第二，宣传停止内战，共同抗日的要求；第三，听从学联领导。最后大家同声说：“我们是北平‘一二·九’运动的继续和发展！”

会开完了，各船划开，自去游玩。琯德和凌林、萧莎同一条船，这时才知道她们和陈纹是同班同学。凌林告诉琯德，陈纹的英文比老师还要好，不爱说话，有点大傻瓜。可老师不敢向她提问，因为她老纠正老师的错误，弄得老师大红脸。上英文课时，只有她可以不听课，看小说，谁也不管她。琯德听后从心里对陈纹产生了崇敬之意，觉得也应该约她一块儿救亡。

小船向中心亚洲公园划去，同时大家开始吃喝起来……

第九章

下半年宪兵就都不住在学校里了，因为毕竟学生不是犯人，不能对他们终日咆哮，就改为每日来校参加学生的一切活动。只要学生在一起说笑，必定会有宪兵在一边偷听，并且做出什么也不注意的样子。可学生只要一看见宪兵来，要么一哄而散，要么故意大声说笑；要么故意伏在同学耳边，让宪兵看见而听不见。这时宪兵就会很焦躁，两眼直瞪瞪的，满头冒汗。有时还会发急地问："你们说什么呢？"学生马上回答："我们说悄悄话呢，不让别人听。你管得着吗？"让宪兵碰个大钉子才了事。

琯德参加南京学联以后，变得认真起来，对宪兵很严肃，从不和他们说话。他在同学中不断进行宣传，把报纸上登的东北抗日联军在敦化东清沟与日军激战，宋哲元与日本华北驻屯军司令田代订立"中日华北经济提携协定"，规定日本取得天津至石家庄铁路、塘沽港、龙烟铁矿等权利的消息在同学们中分析。大家总是很激动。袁桐性格粗犷，大叫着说："他妈的！老子中学毕业了投考空军去，打他妈的日本鬼子！"王驹说："我也投考空军，考不取就考机械师。"琯德也觉得当空军能抗日，于是说："可是，我们只打日本鬼子，决不打内战。把自己的兄弟姐妹杀了，而日本鬼子却站在自己家里指手画脚，那是什么样子！"大家都说："那是孬种！我们当空军就是为了杀日本鬼子，别人决不杀！"说得十分认真，好像都已经当上了空军似的。

学校里的伙食渐渐地坏了起来。琯德有意识锻炼自己吃苦，已很久不从家里带猪油和菜了。一天吃饭，八个人一桌，只有两个小半碗的炒素菜。大家加快了吃的速度，那也才吃了两碗饭菜就没有了。没办法就用酱油拌了一碗饭吃，可是肚子还不饱。所有的人都用筷子敲着饭碗嚷嚷：“这是什么伙食！”“把厨房的头儿叫出来揍他一顿，问问他饱不饱！”琯德劝着说：“算了，何必揍他呢！现在东北人民连这样的菜都没的吃。”一个叫高槐民的高中生，指着琯德的鼻子说：“好，你有本事，没有菜也能吃饱！那咱们就比吃白饭看谁吃的多！”琯德说：“行，比就比！我还怕你！”一时性起，不管不顾比了起来。凑热闹的同学在一旁盛饭、记数。琯德埋头吃起饭来，吃得嘴都酸了，眼睛发黑；想吐了，还强压着往下咽；后来简直是往下摁，一直摁到嗓子眼，实在不行了才作罢。放下筷子就动也不能动了，坐在那里喘气。几个学生拍了下手叫道：“七大碗！新纪录七大碗，加上已经吃过的三碗，共十大碗！和武松差不多了。”那边几个学生用更高的声音喊道：“方琯德不行。差远了。高槐民是十大碗，加上原先吃的三碗，共十三大碗！可算远东第一好汉！”说完大家哄笑，鼓掌。高槐民胜利了，并没有高兴得跳起来，也是按着肚子叫唤：“哎呀！吃不消，吃不消了！”在旁边观察已久的宪兵也笑起来，鼓掌，但没有人理他们。

第二天是八月中秋节，很多人都请假回家了。袁桐因为家在江苏琏水，南京没有地方可去。琯德怕他感到寂寞，就也不回家，在学校陪他。买了两瓶啤酒、几块广东月饼和半只鸭子一起吃。琯德不知怎么了，心里老是闷恹恹的。从昨天比赛吃饭之后，就一直不想吃东西。月亮初上时，陪袁桐喝了半瓶酒，吃了一小块月饼，就再也吃不下了。袁桐把所有的东西吃得一干二净，带点酒意地告诉琯德，他的父亲是日本留学生，母亲已经去世；现在父亲又娶了一个年轻的后妈，她什么也不管，只是每月给他一点钱就是了。他感到格外孤寂，说自己的前途只有当兵一条路。说完很难过，大声唱起岳飞的《满江红》。琯德送他回宿舍睡下，只剩下自己一个人，没有意思，只好回家去。母亲见他回来了，非常高兴，正等他回来吃团圆饭，还有螃蟹。琯德胃里不好受不想吃，可是一天多没有吃饭，以为自己是饿了才不好受，就吃了两只螃蟹；还是不好受，就自己一个人去躺下了。

迷迷糊糊地感到口渴，琯德爬起来喝了一杯茶。没想到更难受了，浑身发烫，想吐又吐不出来，想拉肚子也拉不出来。肚子胀痛至极，连胸部都疼得不得了，就像满肚子的肠子都一寸寸地断了。他实在忍不住了，大声喊叫起来："妈哟，妈吔！疼死我了！"满床乱滚。三太太见了以为是螃蟹吃坏了，吓得也叫唤起来："哎呀，老天爷！这是怎么了！螃蟹里有毒吧！"赶快冲了碗红糖姜汤给琯德喝，喝了一口就吐了出来，疼得更厉害了。

三太太忙叫德金到成贤街，去请内外科专家、挂牌"德医"。留德学医的张先生，是一个秃顶的、有外国式翘胡子的中国小老头。可是人们却直称"德医"，不称张先生。他见琯德疼得汗水直流，喊叫不已，忙问了一下发病的前后情形，用手按了按肚子，又敲了一下，用听诊器在心脏、腹部听了听，测量体温，一看温度是三十九度八，诊断是急性肠胃炎。他连声喊道："太危险！幸亏找到我。要是差一点的医生，就要误事的！"马上打退烧针，又给了几包白色药粉。临走时说："夜间将要大泻。若不好，明天再找我来。好在是近邻，没有关系，好说，好说。"三太太亲自送下楼，又叫德金送"德医"回家。琯德从没有吃过西药，这是头一遭。

三太太回到楼上，照"德医"吩咐给儿子吃药。夜间果然上吐下泻，这样才轻松了些。琯德有气无力地告诉妈妈在学校里比赛吃白饭的事，三太太气得大骂。"你怎么不吃死呢？吃饭也要赛吗？是米多了，不够糟蹋的？平时嘴里说得好听，什么'汗滴禾下土，粒粒皆辛苦'，你这不是作孽？早知道是这样，我就不花二十块钱请西医了。明天还要花钱哩！”瑄德并没有因为被母亲这样骂而惭愧，只是说：“明天不用再请这个‘德医’了，好了。”折腾了两个多小时才睡。

第二天还是请“德医”来看。三太太把赛吃饭的事告诉了他，“德医”惊讶得瞪着眼睛，伸了伸舌头说：“啊呀，小同学，真是了不得的吃饭英雄！就是可惜以后恐怕要落下胃病了！再吃点我的药，打一针就好了。”又是十七块钱。

琼德除了上学读书以外，“救亡”工作很忙。瑄德生病在家，都很少见着他。一天，在三楼他的书桌上，看见一本法国作家巴比塞写的《从一个人看一个新世界》，就拿下楼来看。这书是论述斯大林和苏联社会主义建设的，写得生动，有说服力。瑄德看了如醉如痴，极想找人谈谈，可家里没有人可谈。于是去找陈纹，同时还想约她出来一起“救亡”，就坐上公共汽车到娃娃桥去了。

九姑不在家，院子里飘拂着清脆悠扬的曼陀铃声。不知为什么，瑄德总觉得纹神秘莫测。像现在吧，听见她在弹曼陀铃，就感到不可思议。音乐本身就叫人摸不透，而她居然会两种乐器，既会拉小提琴，又会弹曼陀铃。而瑄德是个“左嗓子”，“五音不全”，从京戏到洋歌的词倒是都会，就是不能唱；可以吹一点口琴和口哨，但不懂音乐。无论如何不能与陈纹这样有天分又好看的女郎相比。

瑄德大着胆子，推开她的房门，倚门站立着。陈纹这才注意到一个男孩子进来了。琴声停止了，她转过头来认了半天，才认出是瑄德。说了声“坐吧”。瑄德一看并无可坐之处，与她相背，另一面窗户下的书桌前，还坐了一个人正写什么，也不看瑄德一眼。陈纹不得不站起来，坐到自己的床上，把椅子让给瑄德坐。刚坐下，那边书桌前的陈绚，就把书和本子塞进书包里，说了声“我要到学校里去了”，就大步地把地板踩得咚咚直响地走了出去。那句话也不知是对陈纹还是对琯德说的，他俩就谁也没有作声。

陈纹坐在床上，等着琯德说话。而琯德一时不知从何说起，看到桌上有本英文书，指着问道：“你看的这本是什么书？”

“《斯巴达克思》，一个意大利人写的小说。”陈纹简洁地答道。

琯德傻了，这个书名都没有听说过，怎么往下谈呢？而陈纹是有问必答，但不会主动说什么，两个人又不作声了。琯德猛然灵机一动问道：“这本书的内容是什么？”

陈纹毫不犹疑地告诉他：“这是一本叙说罗马帝国时代奴隶起义故事的书。主人翁是个奴隶，叫作斯巴达克思。写得真是动人极了！”

琯德心里一惊，想到她居然知道奴隶起义，还觉得动人极了，就说道：“可惜我看不懂。”

“是呀，不懂英文少看多少好书！历史上真有斯巴达克思这个人。列宁曾经说过斯巴达克思是大约两千年前最大的一次奴隶起义中的一位杰出英雄。”陈纹解释着。

“你知道列宁？你也称赞奴隶起义？”琯德惊讶地问道。

“起义总是伟大的、壮观的。我喜欢才华和力量。”陈纹温和而沉静地答道。

琯德完全没有想到，这么个文静、优雅的人会喜欢“壮观”“力量”，同时很自然地想起了方珍，那么热情、活泼，喜爱的却是《小妇人》之类的外国小说。琯德第一次感到，人是多么不容易理解。陈纹的心是多么深邃！她给他的神秘感更浓厚了。他说道：“你还应该注意一点我们自己国家的现实。东北人民也起义了，他们组织了义勇军打日本了！”

陈纹嘴角微露一丝轻蔑之意说：“日本人，只不过是些海盗！怎么能和罗马帝国相提并论。”琯德热情地向她推荐巴比塞写的《从一个人看一个新世界》，陈纹答应找找看有没有英文的。

九姑穿着深灰色的旗袍、浅灰的夹大衣从外面回来，神情沮丧，好像哭过了。进屋后大衣也没有脱，倒在沙发里说："鲁迅先生逝世了！"眼泪止不住流了下来。陈纹和琯德都出来，静静地坐在她的身边。九姑自语般地说："一颗巨大的星陨落了！不仅是文艺界，是全国、全世界正义人民的不幸！我去找南京的朋友们，一定要开一个大的追悼会。"站起来，就又出去了。琯德也站起来，踏着沉重的步子往家走。

南京学联通知每个成员，不能组织追悼会，要求每人在各校采用可能的方式表示哀悼。市立二中是宪兵出没之地，没有办法开展任何活动，琯德就带了鲁迅的小说《狂人日记》在图书室里大声朗读。有的学生进来听见了不加过问，有的围在那里听。宪兵走进来，大家不作声，默默地看书。宪兵问："你们在看什么书？"伸过手来想拿书。

琯德玩笑地说："一本好书，一本好看的书！想知道自己去借。"一哄而散。宪兵碰了一鼻子灰，琯德很得意自己的这种哀悼方式。

星期天，学联小组又在玄武湖集合划船，仍然向荒芜的非洲公园而去。琯德忽然看见陈绚也在一只小船上，那么她是市立一中高中部的学联成员了。她严肃、沉默地坐在那里，对琯德既没有点头，也没有微笑，很有点巾帼英雄的神气。

萧莎说："鲁迅先生是伟大的，他是中国人民大众的文学家！他的死更唤醒每个中国人都要起来'救亡'、抗日。"在唱《国际歌》中"英特纳雄耐尔一定要实现"那句时，大家都有了新的情感。上岸分散时，陈绚回头向琯德微微点了一下头，就和她的同学一起走了。

回家后琯德把鲁迅去世的事告诉母亲，并到三楼拿了一张鲁迅的照片和一本《八月的乡村》来给她，告诉她，这本书就是鲁迅推荐的，让母亲看。

三太太看了看照片说："这个老头子有病吧，这么瘦！他推荐的书，我一定看不懂的！”

瑄德说：“你不是都看了《红楼梦》吗？这个书更有意思，你看看就知道了。”

三太太说：“好吧，我看。”可是又说：“这个老头子就这么好？”自此，三太太开始读现代新小说了。

十一月间发生了两件大事。一是内蒙古德王进犯绥远，傅作义率部抵抗，部将孙南峰克复百灵庙，全国人民纷纷起来开展援绥运动。二是全国救国会领导人沈钧儒、邹韬奋、章乃器、李公朴、王造时、史良和沙千里，在上海被国民党逮捕，随即移苏州高等法院看守所羁押。这两件事一方面激起人们更大的抗日热潮，一方面引起人们对国民党更大的愤慨。南京的报纸上也居然有各方人士为七君子呼吁、鸣不平。宋庆龄发表宣言，痛斥国民党对救国会散布谣言。瑄德在学校也悄悄地散发这些小册子，在同学们的床上、枕下，东放一张，西放一张，没有人时也放在图书室几张。这些同学思想虽不一样，却没有一个拿了小册子去告发的。蒋介石由洛阳赴西安布置“剿共”、镇压东北军，对张学良、杨虎城宣称，无论如何此时必须讨伐共产党，如果反对这个命令，中央不能不给以相当的处置。张学良到华清池蒋介石的驻地哭谏，痛陈民族抗日第一，红军的问题可用政治方法解决。蒋介石拍桌子大骂张学良受了共产党的迷惑，激起了西安学生万余人游行示威，要求停止内战，一致抗日。蒋介石召集全部参谋人员会议，决定在十二月十二日这天颁布第六次总攻红军命令；如张、杨两部不听命令，就解除他们的武装。就在这天夜里，张学良、杨虎城发动震惊世界的“西安事变”，随即电请中国共产党和红军派代表到西安，商量抗日救国大计。这个消息震惊了全国。瑄德简直是目瞪口呆了，跑去找老六，听听他的看法。琼德认为张、杨两个人非常英雄，他们的八项主张很好。瑄德认为蒋介石太可恶了，非杀掉他不可，那才痛快！琼德摇摇头说：“不行，不能感情用事！”

南京的学生们并不知道张学良被扣留，只知道蒋介石没有被杀，答应抗日回到南京。消息传来已是夜晚，街上报童兴奋的叫卖号外声如一片浪潮。

学生无需人指挥，拿起大鼓、小鼓、军号，自动走出学校游行起来。全城的学生都出来了，学生们挽起手臂走着，激动地唱起《开路先锋》《义勇军进行曲》等。这一夜，南京马路上，一直是火把、人流、歌声、口号声不断。

但是，现实不像人们所期望的那样。这些日子中央军不断轰炸东北军、红军，抗日的诺言似将落空。不久政府命李烈钧、朱培德、鹿钟麟组织军事法庭，审判张学良，判了十年徒刑。被关在苏州的七君子也未释放。总之，冲突依然剧烈，阴云密布，人们不知如何是好。

几个月来，不是什么煤矿被日本吞并，就是大批日本浪人走私漏税，还打伤中国海关人员。日本的军舰在我国的海面进行军事演习，还以我国为假设敌。琯德看到这些新闻，心中愤懑，想着一旦爆发战争，自己就上前线打仗；也常常跟母亲说要做准备，我们国家一定会和日本人打起仗来的，决不当亡国奴。三太太刚听到时，很害怕。后来，琯德几乎每天都要说一遍，也就听惯了。这时琯德对上课已不感兴趣，在学校里也经常发表“中国之大，竟放不下一张课桌”之类的言论。老师们瞠目结舌，不知怎样对待他才好。

最近话剧又有些活跃起来。中国旅行剧团在南京世界大戏院演出马彦祥改编的《古城怒吼》，琯德去看了。还有唐槐秋和他的女儿唐若菁同台演出的《茶花女》，也很感人。剧中人物是那么值得深思，话剧艺术对琯德的感染非常深刻，他都想去做演员了。但一想不行，将来自己就是考不上大学，也是要去当空军打日本的；何况自己是满口的南京腔，北平话也不会说。

前不久在北平有了《赛金花》，报纸上就热闹地议论了一番。上海四十年代剧社到南京，租了比世界大戏院高级得多的国民大戏院，演出夏衍写的《赛金花》话剧。著名女演员王莹扮演赛金花，金山扮演李鸿章，引起人们极大的注目，卖座非常好。

星期天一早，琯德就去排队买日场票，花了一块钱买的是正厅前排。赛金花一出场，让琯德一惊的是，这个演员非常漂亮，是他看过的女演员中最漂亮的一个。越看下去，就越被她的表演所吸引，可以说演得恰到好处，真是个好演员。因为看过《夜半歌声》，他对金山是不陌生的。但没想到，他所扮演的李鸿章，第一眼给人的印象是个瘦小老头，一会儿就觉得这小老头气派极大，完全是个举足轻重的权臣。在戏演到清廷官员跪送洋人瓦德西的时候，忽然剧场四周口哨声大作，楼上有极重的脚蹬地板声，有人高喊："不要脸！你们还要不要中国人的尊严！"接着就是橘子皮、香蕉皮、茶鸡蛋等扔上了台。有个穿中山装的人站起来向冲进来的宪兵和便衣们喊："封闭他们！叫他们不要演了！"他正在指手画脚指挥的时候，台上一个穿工装的人，把演戏用的聚光灯转过来照射着他叫道："他是张道藩！破坏剧场秩序，张道藩要负责任！"这时全场大乱，宪兵、便衣冲到台上砸毁道具，撕破布景。琯德吓了一跳，站起来跑到戏院大门外。只见街上挤了许多过路的人在看热闹。一会儿，一群人跟在那个穿中山装的后面走了出来，其中一人说："道藩先生，您请先回去，这里由我们来收拾他们！"张道藩在护卫下，坐进小汽车走了。

琯德心中气愤，但没有办法，只得恋恋不舍地回家了。晚上徐祥达来了，告诉他们，下午国民党中央宣传部政务次长张道藩，带领了一批国立戏剧学校第一期的学生，把金山、王莹他们演出的《赛金花》砸了。琯德说："知道了，我正在看戏。你怎么知道的？"

徐祥达说："我和朋友也在看戏。你知道，张道藩为什么要带领这一群反动家伙去大打出手吗？”瑄德摇了摇头。

徐祥达接着说：“因为这个戏刺痛了当局的心！戏里面说，清政府跪求外国人是卖国。他们现在做的，不也正是向外国人跪求卖国吗？”

经他一说，瑄德恍然大悟说：“我看，《赛金花》这个戏应该演，让大家看看，想想清政府和现政府有什么区别！”瑄德在心里对金山、王莹他们产生了好感。

上学年要结束了，瑄德读完了初中二年级。放假前，各班班主任都在发成绩单。瑄德知道自己成绩不错，就在座位上看着老师，等他叫自己的名字。虽然天天见面，今天才发现，这个老师给人一种没有洗脸的感觉，老是有层油在脸上。正在想这是为什么，听见叫自己的名字，兴冲冲地走到讲台前去接成绩单。不想老师看见他后，那张脸不光是有油，还变成了铁青色，板板地瞪眼看着他，半晌才说：“应当开除的东西！”把成绩单递给了他。瑄德一愣，忙打开成绩单看。分数都在八十五分、九十分之间，不坏嘛，干什么这样？看到操行栏时明白了，那里写着“言论过激，思想乖张。予以留校察看”。瑄德愤怒极了，心想：这个不洗脸的家伙，麻木不仁，当亡国奴去吧！气冲冲地骂道：“把老子察看了！老子不读你们这个破学校了！”把成绩单撕得粉碎，扔在地上，转身收拾好书包，冲出教室跑回家。班主任和其他学生都呆了。从此瑄德就不再去上学了，每天到处联络同学，完全投身于抗日救亡之中，也不跟母亲说被“留校察看”和自己没有上学的事。

瑄德在南京学联组织起来的宣传队中，每天上街宣传抗日救亡，还自动地排了《放下你的鞭子》到街头宣传演出。瑄德居然演里面的爸爸，把白毛线劈成一根根细毛线粘在鼻子底下，用黑灰把脸抹黑了。不管像不像，只要有群众看，只要能激起群众的愤怒，哪怕把自己打一顿那也不要紧。几天嗓子就哑了，还是照样去演。警察虽然不干涉，但总有便衣和警察跟在旁边。

一天，宣传队的一百来人正在街上宣传，突然学生队伍去包围了日本领事馆。一群警察虽在四周，但不干涉学生的行动。领事馆的大门紧闭着，学生们在外面高喊“打倒日本帝国主义！”“日本领事滚出来，接受学生们的严重抗议！”等口号。学生们喊口号时，有的警察也跟着举起了拳头；有的举了一半，觉得不妥又放了下去。学生们就为他们热烈鼓掌，同时高喊“军民团结一致，坚决打倒日本鬼子！”的口号。直到黄昏，领事馆黑色的大门依然紧闭着。学生们不耐烦停在喊口号上，要去砸他们的大门。这时警察们紧张起来了，找为首的几个人说了些什么，他们就回来劝阻了大家。直到天黑后，大家都饿了，才解散了各自回家。文德里楼下的房客害怕战事打起来，搬回老家去了，那五六间大房子就空了出来。这时南京已没有人要租房子了，琯德也不许妈妈再出租房子，真的要毁家纾难。

平、津陷落，两个在北平念书的儿子毫无音信，而在身边的琼德、琯德又是终日忙救亡很难见面。三太太每天望着大门，等他们回来；好容易等回来了，就忙着给他们开饭。琯德总是兴奋地告诉她，如何上街宣传，又如何包围了日本领事馆，连警察都同情学生，可见中国人是会一条心打日本鬼子的，中国抗战是会胜利的。三太太总算抓住了一个他停住嘴的机会，赶紧问道:“你三哥、四哥，现在怎么样了？日本人进了北平城会不会捉了他们去？”

琯德大笑说:“妈妈你太胆小了，三哥、四哥是什么样的人！会叫小日本抓了去？做梦！说不定他们都在打日本人呢！”又说:“妈妈，我们也不跑，要和南京共存亡！”三太太听了，更加担忧。

璞德突然从上海回家了，他一回来，楼下的空房子就成了青年们聚会的地点，每天来来往往的人多极了。古洪、古冲兄弟俩又出现了，可那只猴子没有了，来了就紧张地和璞德谈什么事。还有些同学晚上就住在楼下房间里，那儿就像个青年救亡大本营。

一天，突然发生天崩地裂般的一声巨响，跟着房子颤抖不已，窗户上的玻璃都震碎了，一阵大风如同巨浪般袭击了文德里。接着小铁路那边的一座军火库不断地轰隆爆炸，中间还夹杂着像放鞭炮似的噼啪声，火光把半个天空都照亮了。谁也不知道发生了什么事情。璞德、琯德爬到三楼屋顶去瞭望，才知道是日本飞机轰炸南京城。夜间响起了警报，但没有一个人懂得这是空袭警报。那声音比飞机声还瘆人，让人心神不安。全城的灯火都熄灭了，三太太又在观音像前拿着佛珠念经。

第二天，楼下来了更多的学生，有的在谈话，有的开会。下午警报声大作，小铁路那边的上空又出现九架日本飞机。今天我们有高射炮向它们射击了，只见飞机身旁尽是一朵朵灰白色的烟花。日本飞机并不害怕，身子摇了几下，铁路那边又轰隆轰隆地炸起来。人们在这边的屋顶上、楼窗前观看，飞机飞了过来用机枪扫射。大家这才吓得爬了下来，关上窗户。三太太急得大叫："你们想死哇！我们找个安全的地方躲一躲吧！这个地方离国民政府太近了，日本人要炸的。老五，打个电话到娃娃桥，问问九姑那里可好一点。"一问果然是她们那里没有被炸，而且欢迎三太太去躲难。璞德巴不得把母亲送走，好无后顾之忧地搞救亡工作。他是要与南京共存亡的，好容易说服了琯德陪母亲去九姑家里躲难。

九姑那里虽然没有被炸，可家里也是很乱。九姑的丈夫是上海一家银行的经理，一直住在租界，现在一定要接小女儿萨福去他那里，而九姑则要带着两个大女儿去安庆老家躲避一下。陈绚由于抗日救亡的热情，非要与南京共存亡不可，坚决不走！九姑急得大骂她一顿，又劝说："你不读书，没有知识能救亡吗？能打日本人吗？你现在年纪还小，等你长大了，有了知识，不会不叫你去抗日的。现在不走不成！"陈绚也不哭，噘着嘴，拧着个身子，站在那里几个小时不动。陈纹也不劝说，只顾收拾着书籍，忽然抬起头来严肃地问琯德：“你也要和南京共存亡吧？”

到晚上外面没有什么动静，三太太就要回家去了，可连马车都叫不到，只好坐人力车回文德里。马路上行人不多，只有一些防空人员和带枪的军人。

这时的火车站却是人山人海，有从上海到南京来的，有从南京到上海去的，尤其是三等车、二等车的人特别多。谁也不知道，到底是上海安全，还是南京安全。另外，就是一列列的军用火车不断地往上海增兵。

老三、老四突然从北平回到南京，三太太喜出望外，真是菩萨保佑一家人都在一起了。可是，他们到家的第一件事，就是要母亲带着琼德、琯德、琥德马上离开南京，先回安庆去。三太太哪里肯，老三、老四、老五劝说母亲，我们不能死，要死让侵略者日本鬼子去死。最后争取到琯德的帮助，一同说服母亲，同时还答应等最后南京不能待的时候，也到安庆去。

最后，三太太在四个儿子的劝说下，同意带着三个小儿子离开南京。

第十章

南京下关码头上，堆积着无数行李、箱子、网篮。人们如同蚂蚁一样，不停地攒动着，挤来挤去，希望能在哪儿买到一张船票。幸亏这时没有警报，不然人群都无法疏散。只见江水滔滔，不见船只帆影。但在上游江心，隐约停着一艘轮船，据说是军事委员会包的。三太太带着孩子和杨嫂、德金，经七太太的帮助终于搭上了这条船。

七太太是桐城五老太爷的第二个儿子——方七老爷的妻子。七老爷曾参加过北伐战争，大革命失败后回到家里，不久死于肺病，留下四个儿子。七太太姓夏，名漱兰，是浙江青田人。父亲夏次岩上将，跟随孙中山革命多年，曾任浙江省督军。他因为反对袁世凯被杀害，肢解八块弃尸于市，身后只留下漱兰一个，孤苦无依，一直由何香凝、宋庆龄抚养。陈诚与她是表兄妹，父亲的丧事就是这位表兄派戴笠去家里一手料理的。又给她在监察院安排个文书、收发的职位。她自小学画，尤其善画兰草和墨竹，与于右任、沈尹默、徐悲鸿等人都有书画往来。她虽不是达官贵人，但因为历史的渊源，一直与上层社会、当权要人有着联系。这次南京被炸后，就是她去找了戴笠，九姑和三太太两家才得以上了这艘名义上是军事委员会，实际上是军统的包船。上船的都是由武装军警用小船送过去的。船上拥挤不堪，三太太带着五口大皮箱、五大捆行李，人们烦言“是逃难！不是搬家！”三太太不管这一切，和德金、杨嫂奋不顾身地把行李都搬上了船。这是她最后的一点财产，说什么也不能丢！在船上，只有三太太和九姑是房舱，其他的人都在甲板上或四等舱里安身，大家虽然都很狼狈，但庆幸总算都上来了。

船上的人乱哄哄的，吵闹不休。从驾驶室走出一个上校军官和船长，拿着铁皮喇叭，对大家喊道："船不能久留，马上就要开了。恐怕日本人的飞机会来轰炸扫射，大家要安静！不要乱动，不要说话，让日本飞机听见了就会来扫射。我们船上没有武器，不能抵抗。大家一定守秩序！不可喧哗！”人们果真不吵不叫了。有人轻轻地问道："我们讲话，日本飞机上能听见吗？”"是的，日本飞机装有侦听器，厉害得很的。还是别大声说话的好！”人们低声议论着。机器震动了，轮船静悄悄地向上游驶去。

琯德、琼德在四等舱里憋得受不了，拿了一张大席子铺在船头，像别人一样躺了下来。要是有人来靠近他们的席子，就大喊大叫"干什么！你们想要干什么！”那人一看是两个雄壮的小伙子，就赶快躲开，不惹他们。

船的烟囱像一张仰向天空的大嘴，喷吐着一阵阵浓黑的烟雾凝聚不散。有人骂道："这个开船的是个汉奸吧？冒这么多的烟，不是勾着日本飞机来炸我们吗？”没有人答话，只是紧张地瞪着浓烟发傻。忽然传来警报，人们大吵大闹要求停船！不许烟囱冒烟！在吵闹声中，机器果然不响了，烟囱里浓黑的烟换成白色淡淡的烟，船像人憋住一口气似的在喘息。天色渐渐地昏暗下来，两边岸上现出闪烁的灯火。这时，机器声大作，船像是要奔跑似的，烟囱里又冒出浓黑的烟。船上的灯，虽都用黑色的纸遮挡了起来，但明亮的光线泄漏得到处都有。可是大家现在并不觉得日本飞机会来扫射，大概是昏暗的天色给了人们以安全感。

天空已现出星斗，江面升起薄薄的云雾。已分不出哪是天，哪是水，只听见船体被水拍打的响声，两岸灯火星星点点，缓慢地向后隐去。一缕轻柔的女声从船头飘来："我的家在东北松花江上，那里有森林煤矿……"一股幽忧之思，静静地袭上心头。舱面寂静，每个人都在倾听着。琯德不由得坐了起来，循着歌声找去。原来是陈绚、陈纹两人依栏而坐，绚在唱着，纹的细高音和着。这是她们的心声，也是每个人的心声。在这昏暗模糊中、江风吹拂下，琯德感到了她们灵魂深处对祖国每一寸土地、每一个同胞的灼热真情。她们显得深邃高大起来，使琯德有些窒息。

清晨四时左右，到了著名的稻米集散地芜湖，人们尚在沉睡中，岸边有无数满载粮食、有持枪士兵看守的木帆船。轮船缓缓地靠上码头，附近岸上，散落着几盏食物摊贩的小油灯。有力气的壮汉都下船去了，有人吃馄饨面，有人买熟鸡、卤肉、茶叶蛋。琯德和琼德也飞跑下去，买了些卤肉、茶叶蛋和鸡，抱到母亲的舱里，给九姑和母亲吃。但她们都极疲惫，精神紧张，又一夜未曾合眼，已是眼圈发黑，脸色惨白，什么也吃不下去。琯德给她们留下了半只鸡，又跑到杨嫂和德金他们那儿，看见德金蜷缩在一个犄角里呼呼大睡，杨嫂坐在舱门口透气。琯德给他们留下一些茶叶蛋和卤肉，抱着剩余的回到船头。看见陈纹和陈绚俩人在眺望着岸上的灯火，要送她们半只鸡，她俩把面包举了举，笑一笑，摇摇头。琯德再三地殷勤送上，她们才拿了几个茶叶蛋。

船，又慢慢地向上游驶去。

第三天清晨到了安庆，陈家在安庆的亲戚接走了九姑她们。

三太太一家在德金和力夫的努力下也上了岸，暂时搬进老公馆，就住在二哥坚德对面的两间屋子里。德金和老包住在门房，老包亲热地接待了他。

老公馆比以前陈旧了些，但是，它跟整个安庆一样，由于抗战人们都回来而热闹了起来。

三太太脱了层皮似的瘦了下来，无论如何也适应不了目前的生活。就说吃饭吧，自己什么也没有带回来，只得在负担已经很重的二少奶奶的厨房中一起做着吃；住在老公馆，虽是方家的房子，但总让她感到除了那五口大皮箱子和五捆行李外，都不是自己的。整天无着无落的，真成了个无家可归的难民了。另外，就是怎么也放心不下还在南京的三个孩子。临走收拾东西，把三老爷昔日穿的狐皮、银鼠、貉绒的各种皮袄收了一大箱子，大概能值两千多块钱。一来实在带不走；二来三个孩子万一离开南京，也是要路费的，就送进了当铺。这种时局下的当铺简直是坑死人！只给了四百块钱，留给了三个儿子，也不知道够不够。真想他们早点离开南京，到安庆能守在一起；又想着文德里的家需要有人看守着，盼着他们能看好一切，等着自己回去。可临行前的情形，真叫人担心他们会不会看守那个家。来了那么多的平、津流亡学生，真可怜！什么也没有，家里的被褥东一床、西一床都拿出来用了。自己再一走，更不知会是个什么样子。那个大铜床，也不知是不是自己的儿子在睡。真是心悬两地，思绪不宁。

南京文德里，在三太太走后还真变了个样。琦德、珂德是中共南京地下党的市委委员，一天到晚忙着工作。他们把这里的每层楼、每个房间都派上了用场，容纳着各种青年人，办着各种关于抗日救亡的事情，经常是通宵达旦，就住在这里、吃在这里。可现在不用三太太、杨嫂操心了，青年人自己都操办了。一楼已等于是平、津流亡学生的总部，房间里都是地铺，需要时铺盖一卷，就成了开会、做各种工作的场地。这里当然还是个“家”，但不是母亲心目中的家，而是一些流亡学生、抗战救国热血青年的“家”了。

方珍是在放暑假时回的安庆，没有再回南京。因为接到通知，等学校迁武汉后再入学，所以愉快地在家等着。这个金陵女子大学是非读完不可的，说不定还能到美国去留学呢。她在逃难的一群人中，没有看见璞德，心里踏实多了。以免早就淡然了的情感，在战乱中又燃烧起来，那是不堪设想的。

她有意无意地问了句："五哥也要来安庆么！"

三太太叹了口气说："不知道他们的事，那是说不准的。"

琯德却说："五哥想来的，但是目前抗日救亡要紧！上海吃紧，我们军队节节败退，南京也快要成前线了，五哥他们是不会走的。"

回到老公馆以后，琯德立刻就去住在祖宗堂后面的五老爷家里，看望那个有着长长的睫毛、在眼睑处画上一道深深黑线的小女孩——应莲。没想到她住的是一个过道改的、只有朝大花园那面高高的墙上有一扇小方窗户的房间。阳光只能透过花木再射到屋里来，十分阴暗。一张小铁床，一张小小的旧书桌和一只凳子，屋里就没有其他的东西了；不像是小姐的住房，倒像是小尼姑的禅房。

突然见面都快不认识了，她已是个清秀美丽的少女；眼睛还是那么大、那么稚气，嘴角还是向上翘着，像是永远在微笑。她瘦瘦的身材，穿了一件蓝布旗袍、白色长袜、一双带襻的黑布鞋。当看见一个年纪与自己差不多的男子闯进门来，她大吃一惊，慌忙站了起来。

琯德自我介绍说："我是老七呀！来看你的。你好吗？"

大概没有过男人这么亲切、有礼地问候过她，她慌乱了，镇定下来后，微微一笑应了声"喔！"就沉默了。

琯德怕她是有点害羞，就不再要求她说什么，自己一个人滔滔不绝地说了下去：日本飞机怎么轰炸南京，如何不顾危险去包围日本领事馆，如何上街宣传、演戏等，三哥、四哥、五哥现在还在南京坚持抗日救亡工作……应莲一直静静地听着。琯德讲完后，停下来喘了一大口气等着。但是，令他十分失望，那些轰轰烈烈的活动，并没有引起她的响应。应莲没有叫起来、跳起来，一同热烈起来。她那傻望着琯德的两只大眼中，闪过一丝不为人见的忧郁，轻轻地说了一句："你们的生活是不平凡的。"

她已经上高中二年级了。琯德心想："她比我还是棒多了。不过，她课外书一定读得不多。"就问她可读过这本书，可读过那本书，她都读过了。琯德最后问她，可读过鲁迅的书，喜欢不喜欢。她说读过的，但是不喜欢。

琯德大吃一惊，问："你不喜欢鲁迅的作品，为什么？"

应莲静静地说："太尖刻，骂人骂得太厉害。我讨厌尖刻的作品。"

琯德听了不高兴地说："不是尖刻，是骂得深刻！是那些人太坏了，他才骂他们的！"

应莲不置可否，再也谈不下去了。

琯德出来后，到五叔处问好。五叔一副清苦之情现于眉梢，他用手摸了几下琯德的头说："来了好，来了好。可看见应莲了！"接连不断就这么几句话，也没有留吃饭，琯德就告辞出来了。

回到自己的住处，躺在床上，脑子里老是出现应莲房中那高高的小方窗户，透过花木的绿色光线，昏暗里应莲的那双大眼睛和让人窒息的气氛。

西边四老爷家就不同了，人来人往，有的身穿西服，有的是长衫、大褂，在小花厅、书房里，三三两两高谈阔论。

"南京，非保不可！一定会在那儿大打一仗。国民政府虽然准备西迁，那也只是仅仅准备而已。听说已委派名将唐生智为驻防南京的统帅。安庆将是安然无恙的！"一些中年以上、有气派的人谈着。

一些老头子颤抖着声音说："不然，不然！南京就是不失陷，日本人也会包抄到安庆来。长毛四眼狗陈玉成，就是在围南京城时，包抄过来打安庆的。怪只怪共产党，非要抗战。中国已经破碎不堪，哪里打得过日本人！"

这时只听得四老爷说："中国人是忍无可忍了！不打怎么行！我是主张抗战的。至于安庆如何，个人如何，看吧！中国人四万万五千万，哪里就都死了呢！"

四太太在屋里正拿着送给大小姐方薇、二小姐方珍的几件衣服，在她们的身上比量着，看合适不合适。

大小姐方薇是上海沪江大学毕业后回家来的。她穿了一件浅蓝色的绉纱旗袍，戴着一副闪闪发光的耳坠子；脸庞端庄，有一双好像对一切都感到迷惘的大眼睛；一身华贵之气，但行动洒脱、随便。她目前决定不下的是找个身份合适的人结婚好还是出国留学好，或者兼而有之。总之，抗战与她的关系不大。

方珍变得更美丽了，穿了身银灰色的绸旗袍、半高跟的黄色皮鞋，手里摇着一把圆形纱扇，眼睛仍然是似笑非笑的调皮样。琯德到这里，立刻就想起应莲来了，真是天上、地下。

四太太见琯德来了，拉着他的手说:“哎呀，几年不见长成一个英俊少年了！”

方珍接着说:“娘不知道，在南京，老七可是个时髦人物，穿得才讲究呢！一身的白，白衣、白裤、白袜、白皮鞋，裤带都是白的。尤其是我们一起去看电影的时候，更是笔挺。不像现在，这是临时跑反，只穿旧学生服、布鞋。”

琯德不大高兴地说:“珍姐，别挖苦我好不好！”他觉得这里真是另一个世界，说了几句话就出来了。

老二的大儿子铁生是安庆高中的学生，现在琯德一家就住在他们家对面的屋子里。铁生很热情，常来帮助家里做些事情。他比琯德大两岁，但是见面总是口称“七叔”，琯德每次答应时，都不觉有些脸红。铁生小的时候，方家的大人们都叫他“野孩子”。现在铁生已长成一个壮实的青年了，当年“野孩子”的样儿一点也不存在了。他的大妹妹叫“月华”，二弟叫“铜生”，三弟叫“小老母猪”，下面还有妹妹。家里人口众多，他母亲二少奶奶负担沉重，因而孩子们都穿得破破烂烂，生活艰难得很。

铁生是非常聪明的，对当前时势很有见地。他向琣德、琼德介绍安庆的情况：“这是个小城市，一向平静惯了。抗日战争的洪流，终于冲破了这里的沉郁生活，人们已经有了些变化。青年都激奋起来了，老年人还是害怕战争，不管怎么样，总归是离开了平时每日所做所想，考虑一些别的东西了。你们到社会上看一看，就会知道人民大众对抗战的态度。至于老公馆，那是个世外桃源，你们的到来才使它泛起一点波澜。”这话使琣德、琼德感到应该赶快行动起来。不久琼德进了安庆高中与铁生同校，琣德在安庆初中借读，通过铁生结识许多热情抗战的青年们，开展起抗日救亡活动。

在琣德的学校里，他的同班同学药治权是个结实的小伙子，讲话态度生硬，有点土气，但很热情；走起路来飞快，绰号“神行太保戴宗”，功课不错。一天，他表示现在读书没有什么用处，应该去打仗，他要准备上战场。在这一点上，琣德与他完全一致，两人很要好。

还有一位教化学的女老师，有二十一二岁，对学生特别热情，除了讲课之外，常常给学生们讲些抗战的形势。琣德很敬佩她。

另外有一位教图画的孙多慈老师，是南京中央大学美术系徐悲鸿的学生。中学时在安庆女中和方薇是同学，二十二三岁，朴实大方、纤巧的身材，有着两只善良温柔的大眼睛，笑起来腮上就显出两个浅浅的酒窝。她待人很热情，画的画很有神韵。学生们很喜欢她。她时常神情压抑，有些呆呆的。上大学时，徐悲鸿与她如诗如画热烈地恋爱过。但是她的家庭反对，她被迫分离回到家里，默默地在安庆初中教书，生活在矛盾、痛苦之中。要是她和徐悲鸿那个画眉涂红、满脸脂粉的老婆蒋碧薇来比较，琣德觉得她要可爱得多了。

她见到琣德，就问是不是小南门方家的。琣德回答她，现在住在小南门，是胭脂巷方家的。她笑着说：“一样的，是方家。”她待琣德很亲切。

她告诉老同学方薇，想给琣德画一张裸体像，认为那蓬勃的朝气和健美的肌肉，正表现了青春的、力的美。二小姐方珍知道了大笑，告诉瑄德：“孙老师要让你当模特儿，画一张充满青春的、有表现力的裸体像！”

瑄德没明白，问：“你说的什么？”

“就是画你呀！画你漂亮的身材，健美的肌肉。要是展览出去，可比你上街宣传抗日出风头！”方珍伶牙俐齿地说着。

瑄德的脸一下就涨红了，一直红到脖根。什么？展览肌肉！方珍是什么意思？再说宣传抗日可不是出风头。他不再想和方珍争论什么，说道：“你看，我是有点肌肉。”把胳膊上的肌肉露出来，给她看看，接着说：“但是，不太理想，更谈不上什么力的美。我还要上街宣传抗日，不想当模特儿。”

当然，瑄德那健美的体形，也就没能在孙老师的画布上保留下来。

应莲对瑄德倒不陌生、胆怯，很欢迎他。他们谈巴金的《家》、茅盾的《子夜》、曹禺的话剧《雷雨》《日出》和易卜生的《娜拉》等。她很有兴趣地读这些书，常常深深地叹息。瑄德有时向她大叫：“你应该走出这个‘尼姑庵’，到社会上去！你知道这是什么时代？是动荡的、伟大的时代！你不走出去，就不会懂得一个青年现在应该做些什么！”

“我的生活平静得连地上掉下一根针也能听得清清楚楚，动荡不起来，更不伟大。”应莲轻轻地说道，说完后依旧紧紧抿着嘴角微微翘起的嘴，睁着忧郁的大眼望着瑄德。

虽然没能鼓动起她的热情，瑄德没有失望，第二天再次去和她谈话，她并不拒绝，只是静静地听着。每次谈完后，瑄德走了，她的心里很不平静，真想也投入那火热的生活中去。但是她一想到父亲的凄苦，家中的窘迫，人情冷漠，心就沉了下去，只想读好书，早点出去工作、挣钱，帮助父亲。

最近有一些风声，要把她送回四老爷她亲生父亲那里去。那个花团锦簇的家，不喜爱自己的生身之父会怎样接待她？今后会是什么地位呢？她心里忐忑不安，更增加一份愁云。

老公馆一些人中传说："小老七一天到晚地往应莲那里跑，真不像话。五老爷很不高兴！"铁生听到以后，跑来跟琯德说："别理那些鬼话！他们是怕应莲传染上新的思想。我们一定要把应莲从封建桎梏中拖出来，让她和人民大众在一起。"

琯德听了很生气地说："没有想到，这个家里的封建土腥气味还真厉害。我才不怕呢！越不让我去，越要去！"每天照样去找应莲。有时也碰见五老爷，他并不阻拦，也没有不高兴的样子，还是笑呵呵的。琯德心想：五叔并不反感呵！那股邪风真不知从何处刮来的。

金陵女大已迁至武汉，合并到华中学院。二小姐方珍正忙前忙后地准备行装。她十分高兴地告诉琯德，她一定要受完大学教育，什么抗日等大学毕业以后再说吧！琯德心里想：五哥一点没能影响她，傻疯狂了一阵，还挨了四哥一顿教训。于是说道："现在的教育，只是在教人脱离人民大众，一点不教为人民做点事情。光给人设置种种障碍，比如汉字，就很难学，没有个十年八载是学不好的，应该改得容易些。最好推广世界语，让方块字拉丁化……"正说得来劲时，方珍冷笑着打断他，说道："你还要改革文字！你认得几个字？还拉丁化，你写的那字就像鬼画符似的，让人不认得。我劝你老先生，还是去多练练方块字吧！还有，你天天往应莲那里跑，干什么？一个男孩子老到女孩子房里待着，算怎么回事？以后你少去！"

琯德气坏了，真想大骂几句，可是想起了他们在南京的一段生活，忍住了。面对着她那副得意扬扬的样子，反而冷静了下来，轻轻地问道："珍姐，你在南京的时候，我们家都是男孩子，你怎么就能整天和我们待在一起呢？就连去上学和放学回家，都离不开五哥和我的护送，那又算怎么回事呢？另外，你知道正因为我认不得几个字，才想要文字改革，这样可以多认得几个字，不好吗？”

方珍的脸变得通红，但因为琯德的态度极诚恳而温柔，问题提得又不错，脾气无从发起，只是瞪着眼、张着嘴望着他，不知回答什么好。最后，一转身走了。琯德看着她远去的背影，喃喃地说：“奇怪，回到安庆以后，就完全变了一个人。这个老公馆可真有点意思！”

不久，三太太租下了一处原是外国人租住、现在因为打仗搬走了的待租的房子。因琼德已去黟县读高中，三太太就带着琯德、琥德、杨嫂和德金离开老公馆，搬了过去。刚刚住定，琦德从南京回到安庆。

琦德告诉他一些好消息。蒋介石已承认中国共产党的合法地位，正式结成抗日民族统一战线。林彪、聂荣臻指挥八路军在平型关打了个大胜仗，歼灭日军板垣师团主力一千多人。这是抗战以来，中国取得的第一个胜利。

珂德还在南京，是南京地下党市委委员。不到日本人占领南京，他是不能撤退的。璞德在南京组织平津学生宣传团，要到内地宣传抗日。琦德是奉命先回安庆，组织首都、平、津、安徽、上海回乡学生，深入农村宣传抗日救亡的。琯德迫不及待地、热情地投入了这一工作。

七姑老爷是山东大学医学教授，兼校医部主任，一直生活在青岛。平、津沦陷后，全家逃离青岛，回到安庆。琯德在老公馆四太太那里，认识了他十六岁的二女儿邓宛。她身体健康、丰满，留着和男孩子一样的西装头，浓眉、小眼、窄额，和琯德一样的扁扁嘴，像个男孩子，不很好看，但使人感到很甜蜜，说一口流利动听的北平话。琯德是她的表哥，但她一见面就十分亲热地叫他“七哥”。

她的姐姐邓愫，和她正相反，长得明眸皓齿，天生卷曲的头发，沉静、文弱之极；上完小学以后不曾再上学，只在家中学习，而诗词、绘画、刻印无所不精。山东大学教授罗家伦、赵太侔、杨振声等常在她家做客，也使她受到一些熏陶，她是个十八岁的闺秀才女。

邓宛常常来找琯德玩。最初琯德感到生疏，只好陪她随便聊聊。她性格开朗，说话有声有色，很吸引人。她告诉琯德，自己是很调皮的。家在青岛时，罗家伦到她家来玩，罗先生的脖子是很粗糙的，她就爬到罗先生的背上，在脖子上磨铅笔；还有，蓝萍（江青）在她们家躲难；赵太侔画的舞台美术图如何的精细，她曾去帮他画线和舞台平面图；等等。她所谈的这些，琯德感到很陌生，说不出什么，就静静地听着。

下课后，琯德回到家，就看见邓宛在等他，要带他到家里玩。没等琯德有什么表示，不由分说就把他拉出去了。琯德只好跟着走，她们家在城郊，是一幢两层楼的房子。秋天的晚风吹在身上，已很有些凉意。他们走在一片杨树林中弯弯曲曲的小道上，树上的叶子已是黄色，有些正离开了树枝向地面飘去。天已昏暗，那小道更看不清楚了。琯德放慢了脚步，突然一只手伸过来拉住了他的手。他自然地往回缩了一下，但被紧紧地握住了。他感到了少女手的温润、柔软、细腻。同时轻微的战栗从被握的手传遍全身，渗入心房在那里不动了。他觉得脸上很热，额头上好似有点润湿。一看邓宛并无异样，像只小麻雀似的领着他在小道上前进，就觉得自己太没出息了，还不如一个女孩子。他握住了那只已在手心的小手，顿时两只脚跟上了她那轻盈的步子，两人像是在厚厚的绿油油的草地上，欢愉地飘荡着。

邓宛一进家门就大喊："妈妈！"没有回应；"姐姐！"还是没有回应。琯德站在门道里，黑乎乎的什么也看不见，也不敢动。邓宛很快回到他的身边，拉着他往里走，一面说："停电了，妈妈她们都出去了。咱们自己玩吧！"他们走进了一间屋子。她点燃了一个有三支烛座的蜡台，琯德这才看清，他们是在一间阔绰的客厅里，有舒适的沙发、漂亮的酒柜，还有一架大钢琴。只听邓宛说："七哥，你先看看我画的画吧！"就举着烛台，把他领到一面墙前："这张 Ave Maria（圣母颂）怎么样？"琯德不懂绘画，只觉得画面上温柔的头像在摇曳的烛光下显得极美，因而给以真诚的赞扬。邓宛很高兴，让他坐下，然后走到钢琴前，放下烛台，打开琴盖，为他弹奏了几首钢琴曲，又自己伴奏着唱了一首《玫瑰三愿》、一首舒伯特的《圣母颂》。她的声音圆润而宏亮，琯德听得呆了。忽然听她说："饿了吧，没办法，只有请你吃蛋炒饭了！"她飞了出去，一会儿就端来了蛋炒饭，还有香肠、熏鱼，十分精美，两人吃得十分畅快。电来了，灯已亮，但七姑母他们还没有回来，琯德只好告辞出来。一路往家走，心里想着：真是个多才多艺的女孩!

家里，琦德正在与铁生谈话。琯德就把到邓宛家去玩的情形告诉他们，铁生说："她是个布尔乔亚小姐，和我们不是同路人，别理她！"可琦德说："我们要团结一切人抗战。她有文艺才能，应该让她做些救亡抗日的宣传工作。"琯德觉得三哥说得对，有远见。

琯德去找陈绚、陈纹。看到九姑他们三人只住了两间房，相当挤。九姑整天看书，或者给还在上海的小女儿写信。她的钱已不多，急于找一点教书的工作。但战事日益向南京逼近，安庆已乱纷纷的，学校也已不上课，又无别的办法可想，心情不好。

陈纹倒是变化不小，经常参加学校里的一些活动。

在铁生和琯德联系下，组成了安庆学生联合抗日宣传队，活动地点就在黄家师小学。琯德去约应莲参加，她不敢来，只答应有时间去看看。宣传队第一次上街做抗日救亡宣传，由铁生领队。他忙前忙后地把队伍组织好，走上了大街。陈绚、陈纹、邓宛都参加了，应莲在琯德不断说服动员下也来了，琯德既高兴又得意。还有一件使他高兴的事，就是指挥唱歌的是陈纹。她积极热情，琯德觉得现在跟她近了，她不像在南京时那么高不可攀、深不可测。队员排好了队，陈纹走出来，指挥大家唱。街上围了很多的人，唱完一支又一支，她那平时总是苍白的脸庞上出现了红晕，鼻尖上渗出了细小的汗珠。琯德今天太快活、太兴奋了。他高声地大唱起来，唱着唱着他发现，陈纹不时皱着眉头朝他这边看，他不明白怎么了，继续唱着。后来陈绚戳了戳他的背，轻声说："你跑调儿啦！"他才明白陈纹向这边看的意思，赶快把嘴闭上，不敢再唱了。他想起了应莲，不知她怎么样，悄悄回头看去。只见她紧闭着嘴站在那儿，根本没有唱，喊口号的时候，也只是举举手不出声，两只大眼睛忽闪忽闪地光看着自己。这下子琯德难过得差点掉下泪来。自己一心想表现好些吧，却唱跑了调；费那么大劲拖出来的应莲吧，又一声不出。

从上海来的大公剧团，演出大型话剧《咆哮的河北》。为此安庆的人们很兴奋，学生宣传队准备在黄家师小学开个欢迎会欢迎他们。铁生和琯德第一次搞这种活动，十分卖力。琯德甚至去请了从不涉足这种会的九姑来参加。剧团的人都是西服革履，留着长长的头发，真是艺术家的派头。宣传队为他们演出了合唱、邓宛的独唱，一中学老师演奏了二胡。剧团的演员杜矢甲是个男低音，为大家演唱了《伏尔加船夫曲》《大路歌》。临走时剧团的负责人提出，希望帮助找一个年轻人，参加《咆哮的河北》演出，那是剧中重要角色，他机智地帮助大人们杀死了日本侵略者。不知是谁当时就推荐了琯德，那位负责人见了他很满意，就决定请他帮忙。琯德一方面高兴，一方面很紧张，只微笑着点了点头同意了。

欢迎会结束后，琯德送应莲回家，路上应莲兴奋地说："这种生活多有意思！今晚回去，他们骂我也不管了。"

第十一章

在安庆各方鼎力协助下，经过二十来天的排练，《咆哮的河北》在省参议会的大礼堂公演了。故事是：河北一农村，安居乐业的人民丰收在望之际，日本鬼子来了，毁灭了一切。人们愤起抵抗，其中有个十一二岁、名叫“小栓子”的孩子，机智勇敢地杀死了侵略者。

小栓子就是方琯德扮演的。观众极喜爱这个角色，一出场就报以热烈的掌声，以至于琯德在街上走的时候，一些小孩子就跟在后面大喊：“小栓子！小栓子！”朋友、熟人也都只叫他小栓子，而方琯德这个名字却无人称谓了。

这是琯德生平第一次在舞台上演出一个完整的大型话剧，又这样受到人们欢迎，不禁快活至极，请了所有的朋友来看，甚至琦德和妈妈都看了。三太太看后乐滋滋地只是笑，琯德非逼着妈妈说是好还是不好。妈妈只是说：“小孩演小孩，有什么好得不得了的！而且一句都不唱！”琯德听了不满意，又跑去问应莲、邓宛、陈纹和陈绚，她们都说好极了。邓宛还大喊：“七哥！你真棒！”琯德简直飘飘然了。

宣传队要增加演出一个街头剧《放下你的鞭子》，琯德是唯一在舞台上正式演出过的人，大家就让他演那个爷爷。邓宛嗓子不错，又很活泼，就演孙女儿。还是由铁生领队，陈纹指挥合唱，教化学的刘老师或者药治权向群众演讲，最后演《放下你的鞭子》。琯德和邓宛都很卖力气，演得很逼真。邓宛紧护着演爷爷的琯德，泪流满面地大喊："不要打！不要打我的爷爷！"接着两人痛哭着讲述日本人烧杀抢掠，失去家乡、失去亲人到处流浪的痛苦。围观的群众极感动，有的流下了泪，队员们就领着喊口号。这儿结束了再换一个地方，在风沙中，他们就这样一处一处地去宣传。

应莲也跟大家在一起，虽不及其他女孩子开朗、活泼，但是也唱歌、喊口号了。结束后琯德送她回家，两人在江边长堤上来回地走着。琯德看到她的进步非常高兴，要她也演戏，相信她一定也会演得很好。应莲停下来，望着滔滔的江水说："我不能比你们呵！谁知我将来怎么样呢！"琯德明白，就是她回四叔那儿还是仍旧留在五叔身边的事，直到现在，还没有定下来。

琯德看她那么苦恼，就劝她："干脆你谁也不跟，跟我们年轻人在一起，去闯自己的路。你就搬到我家来住好了！"

应莲说："那怎么行！这样一来，一定是这个爸爸骂，那个爸爸吵的。最后，会害得三妈妈也不好办。唉！"琯德也不知该怎么办才好。

回到家天已黑。铁生和琦德正在楼下谈今天上街宣传的事。只听琦德激动地说："一个伟大的民族，不会永远衰弱的。民族战争动员了一切人，为民族的独立生存而战。今天我心里很不平静，老七和邓宛两个十五六岁的孩子，在家一直是娇生惯养，可是为了民族，为了抗日，他们在寒风灰尘中打滚，不顾一切高呼着'打倒日本帝国主义！''抗战到底！'。这种可贵的、为中华民族生存的呼喊，震撼了我。只要中国坚持民族统一战线，中国是有希望的。"

铁生接着说："是的，七叔是个感情丰富的人。以前我认为他只是个小少爷，没想到他是个热情的、有觉悟的青年……"琯德听见三哥、铁生如此称赞，不好意思起来，赶快钻到母亲房里去了。

每天都有不少的人来找方琦德，其中有个叫刘复朋的中年人和一个有点近视的何汉文。来时碰到琯德就微笑一下，到三哥的房间里去了。他们一谈就半天，有时是整夜。别的人都没有他们俩和三哥那样亲密。

一天铁生来找琯德：“七叔，你不是想到汉口考空军，还去吗？”

琯德说：“我年龄还不够，不去了！”

铁生拉着他，悄悄地说：“三叔派我去武汉完成一件特殊任务，完了以后就陪你去考空军，好不好？”

琯德一听，立刻跑到三太太房里，大喊：“妈妈，我要到汉口去考空军，给我点路费吧！”

三太太一听就不同意：“考空军？去打仗！不行。要是从天上掉下来了，我到哪儿去找你呀！”

琯德就缠着妈妈说：“不会的！给我钱嘛！我要钱嘛！”

琦德也来帮着琯德说：“妈，就让他去试试吧。他还差两岁，考不上的。检查检查身体也好呀！也让他去看看有什么学校可上，现在安庆学校也不上课了。就叫铁生陪他去。武汉大学我有朋友，住的、吃的都不成问题。几天就回来了！”

三太太听大儿子这么说，放心了一些，说：“你们糟蹋钱就是了。我看这一点钱用光了怎么办！我都愁死了！”一边唠叨，一边拿钱：“去吧！去吧！”

琯德和铁生也不带行李，挤上了轮船。这时到武汉的人虽然不少，但比起从南京到安庆时就少多了。两个人也不买舱位，买了两张散票。没有固定铺位，就在甲板上、过道里一蹲就行了。琯德外面穿了一件旧风衣，铁生穿着套旧军服，像两个流浪汉似的。

黑夜来临，满天星光。两个人依偎着蜷缩在甲板上的角落里，轻声谈着。

琯德问:“我们到底是去干什么？”

铁生:“是去送一封信，三叔给八路军武汉办事处，请示下一步工作的信。”

琯德:“那干吗要我去考空军？”

铁生:“掩人耳目嘛！最主要的是路费，奶奶疼你，只要你要钱就会给。”

“瞎说！妈妈最疼三哥、四哥，他们是头生子，又是双胞胎。我只不过敢胡搅蛮缠就是了。那咱们办完就回去，不用去考空军了！”

铁生:“怎么？呵，考空军太难了。我听人说其中有一项，让你先坐上转椅转，突然停下来，走一条画在地上的直线，歪一点都不行。你是害怕了吧！”

琯德:“我才不怕呢！考就考。”

铁生:“虽然你一定考不上，但还是去考一考比较好。咱们完成你三哥给的任务，也就是完成党的重托呵！尤其是你应该算立功，要不然就没有路费！”

琯德高兴地说:“我们是党的通讯员！”

两个人抱在一起，睡了过去。天空的明月照在两张年轻的脸上，这两张脸显得那么的幸福。

铁生和琯德在汉口下了船，又坐上轮渡到了武昌，打听到去珞珈山的路，就健步走去。

在武大找到了包光汉，把琦德的介绍信给了他。包光汉把他们带到宿舍，有四张上下铺的铁床。

包光汉说:“就住在这儿。吃饭，我这里有饭票。哪张床空就睡哪张好了，每天都有人不回来睡，放心吧！出门左拐，经过三个门就是洗漱间，对面是厕所。这儿的盆子都可以用，你们自己去洗洗吧。”

铁生："我们在路上买的烧饼还没有吃完，就不到食堂去吃了。"

包光汉说："那好吧！"转身就走了，别的什么也没有说，也没有问。

两个小流浪汉并没有去洗脸，而是急急地跑到外面去观看珞珈山风光。武汉大学建在山上，一幢幢蓝色琉璃瓦屋顶的楼房，高高低低散落在山间。远眺东湖，绿水潾潾，晚霞染红半边湖水，就像镶了颜色的框子。天擦黑回到宿舍，把路过九江时在码头上买的烧饼拿出来就着开水吃了。完了倒头就睡，睡得很沉、很香。

第二天一早，他们俩到汉口，找到了大石洋行。门口站着三个戴"18GA"臂章、穿灰色军服的哨兵。18GA就是十八集团军的意思。他们身上各挂了一只盒子炮，态度和悦。

两人小心翼翼地走了过去，其中一个哨兵微笑着，把铁生拿出的信接了过去，送到里面。一会儿他就出来，把两人请到会客室。铁生和琯德刚坐下，就出来一个有点秃顶的高个子中年人。他说："方琦德同志的信我看过了。听说方珂德同志还在南京，好哇！辛苦得很。目前形势很好，统一战线渐渐向成熟阶段发展。所以要鼓励同志们，到军队里去，到农村去宣传民众、组织民众。就不带信了，容易出问题。回去后告诉方琦德同志，以后从别的方面和他联系。我们的意见是，让他放手干！你们两个来住在哪里？有什么困难吗？"

铁生说："住在武大包光汉那儿。"

他点了点头，好像知道那个姓包的人，一面喜悦地摸着琯德的头："这位小同志是谁呀！"

铁生："是琦德的小弟弟，叫方琯德。"

他高兴地说："好啊！好啊！"紧紧地握了握琯德的手。琯德感到他像自己的大哥一样亲切。

离开办事处，两个人默默地走着，谁也没有说一句话。快到武汉空军司令部时，铁生说：“这个人是蒋南翔，中央青委委员，‘一二·九’时候的领导人之一。”

到空军招考报名处，没想到人还很多。琯德报上了名后，在一幢大楼的楼道里等候体格初检，看见两个身体极棒，穿着漂亮空军服、腰间挂着金丝镶嵌的白柄佩剑的飞行员走来。两人边走边说边比画着：“……日本鬼子就向我开了枪，我立刻侧翻拉上去，在高处冲它一按钮，那个家伙就冒烟掉下去了。哈哈……”大笑而去。琯德听了神往之至，心想要是考取了，我也要像他们一样打日本飞机。

体检开始了，身体不错，都过了关，医官也称赞琯德发达的胸肌。接着就到一间极暗的屋子里，把他领到一张后背较高的椅子上坐下，头正好自然地放在椅子靠枕上。前方五六米处有一极长的、面上有刻度的长几似的物体，边沿上一边一个小白球。医官把联结白球的两根绳子递给他，让他把两个球调整成并列。满屋子都黑乎乎的，只有这长条几上有亮儿。琯德不知怎么回事，有些心慌，拉来拉去觉得达到要求了，可是开灯一看，前后相距一米以上。医官们仔细地记录下距离数，到外面办事员那儿给盖了个“不及格”章。琯德心里反而很高兴，这就算考完了，那转椅也可以免坐了，回家也可以报账了。

回到武昌，两人又找到华中学院，去看望方珍。方珍看见他们两个十分惊讶：“哎呀，是你们呀！真没想到。你们怎么来的，做什么来了？”

铁生：“陪他来考空军的。他要来看你，我们就来了！”

方珍说：“你考什么空军呀！瞧你简直是一副背井离乡落难公子的样子！”说着亲切地抚摸了一下他的头，给他掖好领带，理理衣服。

琯德见她瘦了不少，身穿一件褪了色的蓝布旗袍，颈间戴着一条坠着钢笔的黑丝绦，完全标准女学生的装束，朴素大方，比在安庆时可爱多了。

琯德感动地说：“珍姐，你瘦了！”

“是吗？哎，你们吃饭了没有？住在哪里？有钱吗？”说着拿出五块钱给他们。

琯德说：“不用，我们有。你一个人在这里念书，也是要钱用的。我们只是看看你！”

“念书？前几天这里还落了几个日本的炸弹呢！我们学校要西迁到四川去了。要不是为了爸爸，我真想……”她没有往下说，有点怆然。

琯德觉得她是在徘徊、苦闷，心想这个伟大、动荡的时代，改变了多少人，其中也包括方珍。

送琯德、铁生出来时，方珍淡淡地问了一句：“你五哥在哪里？”

琯德说：“他在南京组织了首都、平、津学生宣传团，现在出发去各地宣传了！”

方珍微微一笑，没有说什么，送出了很远，才恋恋不舍地分手。

回到武大，他们告诉包光汉第二天就回安庆。他买了些武汉特产“小花生”，用漱口缸子请他们俩喝了点酒，以示送行之意。

回到家里，琯德向母亲讲了没有考取空军的情形。三太太喜出望外：“你糟蹋钱就是了。考空军，想当飞机师！做梦哩！你老老实实在家吧！钱用光了，完事大吉！”笑着走了。

琯德这次从武汉大石洋行回来后，觉得从此就属于共产党了。

铁生当即把一切情况都告诉了琦德。他找了刘复朋、何汉文一起研究今后怎么办。

一天，通知宣传队队员都到安庆名家之一赵荣声家里开会。刘复朋宣布：“成立流动宣传队。到皖西大别山区宣传抗日救亡。宣传队没有经费，须要参加的人自己拿出钱来，另外设法捐助一些。有钱的出钱，有力的出力，宣传队成员是既要出钱又要出力。我们的任务是宣传民众、组织民众。参加宣传队，要求完全自愿，我们将长期在外工作。所以，希望大家回去认真地想一想，和家里商量好，一定要想好、商量好、准备好再报告……”这个消息振奋了每个青年，有的回家要钱，有的跟父母吵闹，有的动手整理衣物，总之青年们都坐不住了。琯德不但自己要去，还想拉着邓宛、陈纹、陈绚、应莲一起去。

琯德几次想找应莲谈，都因五叔在旁边，没能谈成，只好约她出来，到江边去谈。琯德在堤岸上等候着她。初冬的江边，天色灰蒙蒙的，像是要下第一场雪了。琯德心理很乱，怕应莲不敢提出参加流动宣传队，屈从五叔、四叔；又怕在风雷交加的大别山里，弱不禁风的她经受不住；她一个人留下，那种日子又怎么过呢？无论如何也要把她拖走。正想着，背后传来一声轻微的“老七”。琯德一回头，面前站着脸色苍白、喘息着的应莲，她是跑着来的。

应莲：“我不可能跟你们走了。我属于哪家，他们还在商量。他们都大骂你不是个东西，不许我再见你。恐怕以后我不可能再看见你们了。算了吧，别管我了。”

琯德火冒三丈，跳起来大骂：“你属于谁？属于你自己！属于人民大众！属于我们青年！不能不管，干脆别回去了，跟我走。让他们骂去吧！我们进了大别山里，谁的骂也听不见，管他哩！”

应莲急得直跺脚：“你别说了！我没有钱，不像你交得起参加宣传队的钱！何况，我，我不敢走……”

琯德气坏了，埋怨说：“主要的不是钱！是你没有勇气脱离老公馆！”看到她那快要哭了的样子，又平和地说：“随你吧，主要不希望你在那尼姑庵里住得太久，将来成了个老尼姑，那就糟了。”

应莲低声说：“不会的，我活不到那么久。到二十五岁不死，我就自杀。人老了，多没有意思……啊！我该回去了，再见吧！”从来不和男人握手的她，居然伸出了手来。

琯德紧紧握住了那只手："会见面的！我相信这个伟大的时代会改变一切，动荡的大时代会冲破你那古老庵舍！我们会走到一起的！"

应莲头也不回渐渐地远了，消失在迷蒙中。

琯德一个人在江边待了很久，才甩了下搭在脸上的头发，把两只手插在裤袋里走了回去。

三太太感觉这些天有些不对头，像是要出事，但孩子们都不说，心里有些发慌。儿子走进她跟进，儿子走出她跟出，还是什么也没有了解到。今天儿子向妈妈提出来要走。

"要走，到哪里去？"三太太心惊肉跳地问。

琯德："到大别山去，跟三哥一块儿去。"

三太太："大别山，是哪里？到那里去有什么好？你三哥也真糊涂，叫他来！我得骂他一顿。"

琯德没有动，说："我走定了。先到桐城、霍山，到立煌县就到大别山区了。我们去宣传民众，组织民众起来打游击。在安庆最靠不住，日本兵来了，第一个要杀我的头！你愿意日本兵杀我的头？"

三太太不知应不应当相信儿子的话，但是，日本兵杀人是肯定的。她想不让他走吧，又怕儿子被日本人杀掉；让他走吧，不知还见不见得着。怎么办呢？只有死活在一起。她说："那好，我跟你们去！一块儿去宣传、组织。你们叫我怎么讲，我怎么讲就是了。"

琯德大笑，说："妈妈，你走得动吗？爬山越岭你行吗？要是和日本人打起来，你会放枪么？"

"我要和你在一起，要死也死在一起！我一个人活着干什么！"三太太说出了心里话。

正在不可开交的时候，三哥带着四哥上楼来了。三太太一看是老四珂德，像孩子似的跑过去，一把拉着他。琯德也大喊"四哥"。

三太太激动地说：“你怎么回来了！菩萨保佑！回来就好了。咱们南京的家好吗？房子还好吗？你走的时候房门都锁上了吗？大铁门也锁好了吗？……”一连串的问题。

珂德说：“妈，有饭吃吗？我饿坏了，渴坏了！”

三太太忙叫杨嫂炒鸡蛋炒饭，又叫德金上街到“赶毛”店铺买安庆有名的米粉肉，又赶紧给珂德倒茶。珂德喝完了还不够，干脆抱起茶壶“咕嘟、咕嘟”地对着壶嘴大喝起来。

三太太一直坐在旁边，看着老四吃饭。琦德习惯地在屋里走来走去。珂德直到吃完一大海碗鸡蛋炒饭，一大盘米粉肉以后才开口：

“老六一两天也要到了。”

琦德忙问：“你怎么看到老六的？”

珂德：“他到南京去了一趟，我告诉他快回安庆去。南京吃紧，一旦失守，日本人瞬息就到黟县。到安庆再商量吧！”三太太听了很高兴，就老五还在外面，一家人都在这儿了，再也不分散了。兵荒马乱的年月，只要能在一起就比什么都好。谁也没出声，看着珂德。

珂德接着说：“我是最后一个离开南京的，南京已经混乱不堪，下关码头上堆积如山的行李，都没有人要。守南京的和撤退下来的兵都往挹江门跑，守兵架起机枪不许跑，但谁也不听，就像潮水一样，涌了过去。开了枪，死伤无数，那些当兵的还是往外跑，更快、更多。我就是夹在他们中间跑到江边的。江边更是可怕，都是撤退下来的兵，他们抢轮船，抢木船，抢不到的就用机枪扫射，打死打伤的人无数。我抢在最后一条轮船离开码头的一刹那，不要命地跳了过去，挨了不少皮鞭和无数的拳脚，我也不管，就蹲在他们的脚下。船直开到江中心，岸上还往这儿打枪，船上的兵也向岸上扫射。江中漂流着尸体，有些活着的在向浦口游去。满江浑水，满江血腥……”珂德不知怎样才能表达出当时的情景。

这时琦德问道："是组织上命令你撤走的么？"

"是的，组织都已经疏散了。"珂德回答。

三太太关心的还是南京情况，问："后来呢？要是那儿来几架日本飞机轰炸就糟了。"

珂德："是呀！南京方面的指挥部也没有了，唐生智这个家伙早逃跑了。"

琦德说："蒋介石是动摇不定的。"

珂德又说："惨哪！日本人先占句容，又占芜湖，再进的南京。有些兵根本跑不出来，我们一撤走，日本兵进城就大肆屠杀。尤其南城死伤几十万，加上自己争夺船只死伤的，比扬州'十日屠城'的规模还大、还惨。不论小孩、老人——妇女更不用说，据说六十多岁的老妇都被强奸、分尸。这些日本鬼子简直不如禽兽！看来，安庆不能久留，芜湖已失守，安庆就很难说了。"

三太太一听哭了起来，说："那怎么好！那怎么好！"

琦德说："妈，让琯德跟我走吧，我会照顾他的。"

三太太不依，紧拉着琯德的手说："不许走！跟我睡觉去。"琯德只好跟妈妈走了。

琦德、珂德谈了一夜。

第二天琼德和徐祥达回到安庆。

珂德上楼，劝说母亲："妈妈，现在战事的情形，安庆是守不住的，日本人迟早会打到这儿来。蒋介石就不打算守，你没看见都丢掉了多少地方。所以留在安庆是危险的，也不会像你想的那样，一家子守在一起。那样走起来不方便，要是碰到日本人一个也留不下。你愿意看着你的儿子一个个被鬼子杀掉？"三太太听着，觉得老四说得也有理，可是怎么办呢？

珂德接着说："妈妈，走吧！我和老六陪你走，到桐城去。琦德带老七走，他们也是要到桐城的，不是又见面了吗？就这样吧！好不好？”三太太能说什么呢？

像一阵台风刮到了安庆，几乎每户的青年人都要出去担负国家的兴亡，而大人都不许他们走。一场出走与不许走的争斗在各家进行着。

邓宛一定要走，她的父母、姐姐和亲戚想方设法阻止她。她不顾一切跑了出来。陈绚也决心和琦德、瑨德一齐走，九姑虽然不想放，但她相信青年的力量，略加劝阻也就同意了。

宣传队的成立大会是在三太太家楼下大厅里开的。三十多个青年男女，见面的头一句话就是“你家里怎么答应的？”回答是各种各样的：

“我和我妈吵，不放就是不行！”

“我爸打我，我就跑了，我永远不回去了！”

“我奶奶舍不得我，但又给了我不少钱，叫我悄悄带着。”

奋斗后胜利的喜悦充满了大厅。大家一边说着，一边交费。琦德交六十元，瑨德交三十元。刘复朋等大一点的，差不多都是交的五六十元。其他人有的交三十，有的交五十。也有个别只交十元的，谁也不计较，并不因此冷眼相待。

刘复朋是宣传队的副队长，方琦德是秘书长，队长是由安徽省政府派的一名官员来担任，名叫郭朋，实际上是省党部派来监视的特务。今天这位郭老兄没有来。刘复朋就做了一个说明：一是如果没有省当局派来的人宣传队就不能成立；二是有了这位官员也好，以后到各地就要求当局在工作上给以方便和支持；三是我们人多，不怕他作怪。

三太太连夜赶制了两件丝棉背心，叫老三、老七穿在内衣里面；每件背心口袋里又缝进去了三十块钱，让他们在危急时再动用。瑨德吵着不要，说是这样太自私了。琦德让瑨德先放在里面，在外面的日子会很长，钱会不够用的，到队里再交也不迟，瑨德才没有吭声儿。

1937年12月中旬，流动宣传队要出发了。刘复朋先向大家介绍了那位队长郭朋。他穿了一身棉布中山装，腰间挂着一支手枪，面黄肌瘦的，一口湖北话。

郭队长说:“我和大家一起抗战，希望大家服从我的指挥。完了！”

他的话使大家极不高兴，心想:“我们自己出钱抗战，要你指挥个屁！”

队伍出发了，最前面是队旗，几个斗大的字写着“安徽省流动宣传队”，跟着就是朝气蓬勃的年轻人队伍。刘复朋带领大家喊起“坚决拥护蒋委员长抗战到底！”“坚持抗战，反对妥协！”“全国人民动员起来！”“有钱的出钱，有力的出力！”等口号，接着唱起《义勇军进行曲》《救亡进行曲》《大刀向鬼子们的头上砍去》等歌。大家情绪激昂，歌声震动了这古老城镇的居民，人们热情地欢送着这支年轻的队伍，有几家商店还为他们燃放了鞭炮。有人关切地喊着:“要当心！不要怕苦！不要生病，早回来！”队伍中的人也向他们招手致意。三太太、珂德、琼德没有来送。到城门口，瑄德看见应莲站在一个小高坡上，紧抿着嘴，瞪着两只大眼睛看着自己。这支队伍出了城，向远方走去。

第十二章

出了安庆城，走了不到十里，队伍就不成其队伍了。三五成群、前前后后地走着。队里最辛苦的，要数绰号“神行太保”的药治权和铁生。他们负责前站工作，比大队先走一步，去安排全队的吃、住和宣传地点。琦德和刘复朋、何汉文总是走在队伍的前面，边走边谈。邓宛是一步不离地跟着瑄德，其实她早就走不动了，但还是咬紧牙关往前走。瑄德见她如此，就放慢脚步和她同行。而陈绚却完全没有小姐的味道，走路很快。但看到邓宛走不动落在后面，就停下来等着他们。

整个宣传队有一辆“鸡公车”，就是人推的独轮小车。车上装满了各人的行李包，还有一台爱国人士捐赠的收音机。推车的是个家中没有人、愿意为宣传队工作的青年农民，他还兼做全队的饭食。路上，男青年都争着帮助拉车，瑄德更是不落后，而邓宛则一定要同七哥一块儿拉。

离城后，自然而然地大家都互称同志了。瑄德对这一称呼，感到特别神气。他认为只有大人才这样互相称呼的。唯有邓宛不称他同志，还是照样七哥长、七哥短地叫，弄得大家都拿他开玩笑。

队长郭朋，走走就坐到路边大石头上休息一下，往嘴里塞点东西吃，或是用自带的军用水壶喝水；另外就是尽量和其他人套近乎，甚至给人一点小利，想让大家都听他的，还想法子了解方琦德、刘复朋等都说了些什么。有时他走到琯德他们身边问："小邓子，你多大了？小栓子，我看过你演的那个戏，太好了！真是个天才呀！"又从口袋里摸出煮鸡蛋或糖果请他们吃。他们表示自己也有，不需要。郭朋又说："你们年纪都还小，就勇敢地出来抗日救亡，是哥哥教你们的吧？他平时都跟你们说些什么呀？"

琯德："三哥是大学毕业生，我才念到初三，他说些什么我根本不明白。"邓宛也跟着表示听不懂。转而他又问陈绚，陈绚回答得很干脆："我和三哥没有说过话。"郭朋一时没明白，是真的还是瞎说，只能傻瞪着眼看着陈绚，嘴里啊啊的，三个青年不知他怎么了。

忽然前面有人大喊："郭队长！前站回来了，到哪里去宣传呀？"

郭朋忙回答："来了！"又对琯德他们说："可爱的小朋友们，我太忙了！先去去再来。"跑到前面去了。一会儿三哥走了过来，琯德忙把郭朋的问话、他们的答话告诉了他。琦德听到陈绚的回答，笑了起来，同时说："他倒是一点也不放松呵！以后你们要小心些。"说完又大步地走到前面去了。

到第一站三十里铺的时候，已是下午两点多钟。队部决定：立刻化妆宣传、演戏，同时向老乡买些青菜，埋锅做饭。

三十里铺是个不小的村庄，是方三老太爷和他祖先的墓地。在一大片柏树林中，隐隐约约露出几座高大的坟墓，和矗立着的、有两人高的大青石碑。宣传队就在这柏树林外的一大片空地上演出。

小伙子、姑娘们来得最早，再就是抱着孙子的老奶奶、老爷子，满地乱跑的小孩子，中年人聚在一块聊天儿。谁也不知道宣传是什么，只是来看热闹，那也不下二百人。

一个老农民走过来打听道："方家少爷和你们在一起，可是真的？"

琦德迎着问道："你老尊姓大名？"

"我是看坟山的德乾，和城里胭脂巷三老爷家的德金是本家。"德乾说。

琦德心里想，原来我们家祖上和爷爷的坟墓在这儿，一面拉着他的手说："我和弟弟都来了。你们好吗？日本鬼子侵略我们国家，打到南京城了，安庆也很危险。我们是出来宣传抗日救亡，组织大家打鬼子的。"

德乾听完后，嗫嚅说："我们哪里也不跑。我们要看坟山，要把坟山看好！"说完就去忙着帮助做饭。

老乡们看《放下你的鞭子》时，感动得不得了。演完以后，小伙子们还围着队员问这问那；姑娘们都涌到邓宛身边，和她说笑闹个不停。吃饭时琯德才知道，这是自己家的祖坟地，快活地对琦德说："三哥，我们在老祖宗坟前演戏，是向各位祖宗老太爷行新的拜见礼。说不定把老祖宗们给气得胡子翘得老高，祖老太太们正在一把鼻涕一把眼泪地骂这些不肖子孙干下九流的演戏勾当呢。哈哈！"

邓宛说："也许哪位老姑奶奶在笑哩，高兴她的子孙这么有出息，敢于千山万水去宣传打日本鬼子！"琯德听了这话后，觉得她有了很大的进步，和自己走的是一条路，对她产生了深切的好感。

德乾拿出好多豆腐要送给大家吃，管伙食的同志觉得不能让他送，推来让去，最后还是算了些钱给德乾。大家都很饿了，觉得这青菜、豆腐特别香，吃了很多。对于从来没走过这么多路的人来说，第一天就走了三十多里，接着又是唱歌、演戏、宣传，够累的了。队部决定住一晚，明天再走。热情的德乾把方家宗祠大屋借给队员们住。晚上，琦德和大一些的队员到村里做群众访问，使村里人知道了从来没听人说过的国家大事，同时做了"日本鬼子会打来"的思想准备。

第二天清早，大家刚收拾好，不知谁提出我们应该有群众纪律。琯德和大多数人都不懂什么是"群众纪律"。琦德解释说："我们这个宣传队，能不能得到群众的欢迎和支持，就看我们能不能遵守群众纪律。"药治权说："不能让群众说我们是少爷兵祸害人！"大家都觉得说得对，纷纷跑去打扫宗祠大屋，把借的稻草抱去还给原主。最后在德乾等乡民欢送下离开这里。

一路上就这样，宣传、开会，走走停停，七八天才走到桐城县。

战事一天天迫近，安庆城中风声越来越紧。就在流动宣传队离开后的三五天中，不少的人家也纷纷离去。大多数是到桐城、湖北，也有到芜湖、上海的。三太太送走了琦德、琯德，就和杨嫂、德金把从南京带出来的、不多的东西收拾起来，打好包，雇了车带着三个儿子和杨嫂、德金去桐城，租了两间房子住下。九姑带着陈纹，乘坐朋友的小汽车到的桐城，住回娘家“勺园”，五老太爷一直把她出嫁前的房间原样保留着。五老爷在把应莲送回给四老爷后，跟着小五太太回她的老家广西桂林去了。四老爷就更是要离开了，他与别人不同，是安庆的地方官，当过建设厅厅长。日本人来了要是非要他出来搞“维持会”那怎么办？这可不能含糊，他是力主要“留取丹心照汗青”的。

四太太带着下人，把不能带走的东西都收好、锁好，家中细软和带走的东西都打成包；把四老爷的轿子也收拾出来，雇了几辆马车；让老包留下看守老公馆，小包跟着走。这次小包不光是小听差的，还得当保镖。兵荒马乱，又有女眷，怕在路上出事。四老爷买了一把手枪，让小包随身带着，前后侍候。小包从没摸过枪，让他带的时候都吓哭了，说什么也不肯。被四老爷骂了一顿才不作声，不过还是不敢带在身上，上路以后偷偷把它塞进行李里了。一切安排好了，四老爷坐着轿子，带着四太太、应莲就出发了。

在桐城，四老爷没有房产，只好租房子住，当然没有在安庆时方便、舒适。忽然一个消息传到刚住定下来的四老爷耳朵里：看守老公馆的老包，偷了人家的东西。四老爷怒极，大骂老包：“不是个东西！”觉得有辱方家名声，马上叫人去接替他的差使，再带上自己的名片，把老包送到警察局查办。

老包当初是三老太爷的佣人，老太爷去世后，就在四老爷身边当差，是见过方家三代的老家人。他为人忠厚、老实、可靠，所以年纪大了以后，四老爷还把他留在老公馆当门房，让他儿子小包当贴身的听差。这回国难，四老爷把整个老公馆交给他看守，他觉得这是主人相信他、看得起他，他要对得起这种信任，看好这个家。将来太平了四老爷回来时，他要一草一木不少的、完好地交还主人。这是他现在唯一的心愿，就是死后也无愧去见方家的列祖列宗。

四老爷、四太太走后，安庆城里是一天不如一天，到处乱纷纷的，盗贼蜂起。老包特别小心，怕有闪失。每天照旧清早起，去打扫大门口和街面，扫完了就把大门紧紧地关上。早、中、晚去巡视一遍老公馆的前前后后，回到门房待着，哪儿也不去。

一天清早出来扫街，看见大门口扔着两只大箱子，过去一看是空的，觉得很奇怪，心想一定是谁家丢了的，一会儿说不定会来找，不能就这么扔在外面，自己又不能站在这儿给看着，先拿进去，失主来了给他们。不想他拿箱子进去，叫人看见了，非说是他偷东西，闹到警察都来了。老包把箱子来历说了一遍，警察把两只空箱子就拿走了。老包伤心至极，一辈子没干过这种事，结果落下个偷的名声。可是，他万万没想到，还有更倒霉的事在等着他。

桐城来的人到了安庆，进了老公馆，拿出四老爷的名片，向包申宣讲了四老爷的训示。老包听了以后，向着名片跪了下去，把事情经过哭诉了一遍，然后对来人说："我先把老公馆的一切交代给你，再送我去警察局。"

老包无声无息地拿出米和自己珍藏的一小块咸肉，做好饭，摆下两副碗筷，请来人坐下吃饭。自己却呆呆地陪坐着，面前的一碗饭一粒也没有动。吃完了，老包说："我带你去看看！"拿着一大串各种钥匙，走出那间小小的门房，向里面走去。大厅、账房，四老爷和四太太、小姐的住房，四老爷书房，花厅，花园，厨房，大花园，每个地方，每一条路，多年来他走过无数次，闭着眼睛都能走到。今天他一步一步地走来走去，一点一滴介绍着。最后，他向来人说：“这里的一砖一瓦、一草一木都是完好的，和四老爷离开时一模一样。你可要看好它们。”说完，自己又去打开祖宗堂的门，朝祖宗牌位跪了下去，叩拜起来，嘴里喃喃地说着：“包申感祖宗的恩。”面色严肃、恭谨。最后站起来，布满皱纹的脸上，留有两道泪痕。他慎重地锁好祖宗堂，把所有的钥匙一一交给来人，说道：“好吧，你先到警察局去办事，我收拾好就来。”又说：“以后，看见我儿子，你就说：‘他老子是干净人，没能留下什么。叫他好好做人，要知道感恩！’”说完，送他出了大门。

当来人从警察局回来，只见老包的身子已挂在大厅前的房梁下，他结束了七十四年的岁月。他的身体在西北风中摇晃。寂静的庭院，光秃的树枝，点点的寒鸦……

队员们唱着歌，整齐地排在“安徽省流动宣传队”横旗下，踏着有力的步伐，走进桐城县城门。无数当地的学生、大人、小孩打着小旗在欢迎他们。指挥唱歌，喊口号的竟是陈纹。几个不听话的小孩，在乱挤乱跑。她手忙脚乱地抓住了这一个，又跑了那一个，还要领着大家喊口号，一副狼狈的样子。瑄德一眼就看见了她。陈绚轻声地说：“姐姐也来了！”大家都装作目不斜视地昂首而过。这支后面跟着一大群人的队伍，来到前站已联系好的小学里住下。两间大屋子，一间用作女宿舍，一间是男宿舍兼工作室。

珂德到桐城后，开展了当地的抗日救亡工作。他现在已是桐城动员委员会的秘书，今天的欢迎会就是他组织的，还代表动员委员会和郭朋、刘复朋、三哥一起商量宣传队在桐城活动的时间、地点。晚饭时，刘复朋宣布：桐城有家的同志，饭后可以回家看看，但不得留宿，晚九点归队。

琯德带着邓宛急忙回家，看望母亲。三太太听说不许在家住，心中很不好受。疼爱地对邓宛说："你的爸爸、妈妈都到武汉去了，你一个人在外面多苦呀！还是在爸爸妈妈身边好。"

邓宛说："不，我要跟七哥一起去宣传！"

三太太叹了口气，心想：这些青年人都是怎么了？！

从家里出来，琯德让邓宛先回队，自己找到四叔家，想看看应莲。不想四叔因为房子少了，说住不下，叫应莲住到"勺园"九姑那儿去了。琯德赶到九姑处，九姑很高兴，称赞他们的工作，赞扬他们是好青年。

房中点着一盏洋油灯，应莲在灯影里，沉默地看着他们。琯德问她："你为什么不去欢迎我们？"

她轻轻地说："到现在我是不是归这个爸爸养还不一定。我住的地方都没有，只好来挤纹姐。说不定会送我去相府二姨家。"

"什么？到相府你二姨那里？"九姑说，"你二姨那里是侯门似海，一进去就与世隔绝了。我看你就住在我这儿好，别东搬西走的。"

琯德激动地说："如果你住进了相府，我就冲进去找你。管他侯门不侯门，要他们也出来参加抗日！"

桐城县不大，但也有好几个世代书香、官宦大家。如人称"相府"的张家，出过父子两代宰相，是清朝重臣张廷玉之后。现在虽没有大官了，但极有钱，还很有些威风。应莲的二姨就是他家的长媳。姚家，是有名的桐城派代表人物姚鼐之后；还有马家、孙家、方家，而且都有些亲戚关系。方家各房现存最长的长辈，就是极受人尊敬的桐城"勺园"的方五老太爷，是方令孺的父亲，方玮德、小管子的祖父，是方珂德、方琯德的叔祖父。他已是七十多岁的人了，但身体极健康。两道白眉罩在闪烁有光的眼睛上，一部银白长须飘垂胸际，直鼻方口仪表庄严，在桐城他是首屈一指、德高望重的长者。

最近，这个平静的小县城骤然活跃起来。首先是一些在外的人纷纷回来，就连长期生活在上海的相府小姐、太太也回来了。战事失利，成立“全民动员委员会”，又来了省流动宣传队。这天，省流动宣传队要召开桐城各界人士商讨抗日大计座谈会。相府传出话来，家中只有妇女，不便出席，因而不少人都采取观望态度。这时，只见方五老太爷银髯飘拂，手拄深红手杖，带着孙儿小管子、小助子两个英气勃勃的青年，大踏步地朝会议场所而来。刘复朋、郭朋、方琦德等急忙到大门外接待，直到会场。方琦德亲自倒了一碗茶，送到老人面前：“五爹爹！”老人喜悦地看了看这个侄孙儿。方五老太爷去开会的消息，很快地传开了。其他的人也相继到了会场，不少平日不出门的老年人也都欣然来到，济济一堂，显示了桐城人民抗日救亡的热情和决心。

宣传队由琦德主持大会，并介绍国内情况，日本侵略及战事状况，要求动员起来，有钱出钱，有力出力，抗击日寇。可在讲到“宣传队召开贵县各界人士抗日事宜座谈会，承蒙大家踊跃参加。尤其令人高兴和钦敬的是像德望极高的方老先生……”五老太爷一听，这个侄孙居然不称“家叔祖”，而称他“方老先生”，这岂是小辈对上人所应该的，不免生起气来。但听他的讲话倒是很有道理，又很得体，翘起的胡子慢慢地平息了下去。等到琦德请方老先生讲话时，老人已忘却了不满，兴奋地站起来朗朗说道：“国家兴亡，匹夫有责。中国几千年的历史，不能毁于东洋倭寇侵略之手。我桐城亦为文化兴盛之地，历代仁人志士前仆后继……”很是激励人心，全场掌声如雷。大会开得极为成功，桐城县国民党的书记长也讲了些鼓励、支持的话。当场就决定，成立县宣传队，由动员委员会方珂德领导。另外决定两个宣传队组织联合宣传，造成更大的抗日声势。

五老太爷回去后，对儿孙辈要求参加宣传队不但不反对，反而积极鼓励。但是，想起琦德称自己“方老先生”时，摇头叹息道：“小老三古书念得太少！祖上《柏堂公文集》恐怕也没有读读呵！”

这时，“救亡演剧八队”也到了桐城。三个队同时在全城联合分头宣传，一日之间大壁报、大标语写满了大街小巷，每个街头都有队员站在桌上、凳子上讲演，简直轰动了这个小县城。

“演剧八队”请琯德和陈纹参加他们的演出。琯德去看陈纹演的歌剧，觉得她演得自然，有真情，很感人；不足之处是声音太小，表情有点呆。正如她的信条：“真”和“自然”，不做作。闭幕时琯德使劲为她鼓掌。

在大家忙于宣传抗日的时候，忽然几天不见应莲，一打听她果然住到相府二姨家去了。在铁生等众人支持之下，琯德准备闯进相府，把应莲抢出来。

二姨姓马，嫁到相府张家，是应莲生母的妹妹。清朝时相府极显赫，离大门老远的街头，有一块两米高的碑，上刻“文武百官到此下马”；后面跟着一排几十个拴马石；门前一对大石狮子，完全有《红楼梦》中描写的宁、荣二府门前的威势。如今已是大门紧闭，门庭冷落，颇为凋零。在另一条街上，是相府的后门，一扇厚厚的白茬木板门，上面有铁箍、铁钉，出入都由此门。

二姨已是六十多岁的老太太，丈夫早死。张家在桐城的田地近万亩，但她们长住上海，生活豪华奢侈。有几个儿子乡人不清楚，只知现在有两个时髦之极的女儿，跟她来到了桐城。大的四小姐，名叫张菁子，是一些电影明星的好朋友；小的六小姐，是个高中学生，但完全是个摩登女郎。这次逃难回来，六小姐还带了个男的，二十一二岁，名叫埃德，闹不清是什么关系。他们终日跳舞、打麻将，做各种好吃的，大门一关与世无涉。

琯德进了后门，走过杂草丛生的小园子，再通过黑黑的长甬道，见一间比老公馆的大厨房还要大的厨房，有三四个灶眼。出了厨房又是个花园，再过几进无人居住的房子，来到一个整洁的、修剪有致的花园，一座宫殿似的居室就在其中。房中传出留声机放音乐和人跳舞的声音。琯德走了进去，里面完全是西洋式设备，纱窗帘、吊灯、地毯、沙发等，漂亮之极。一男一女在跳舞，应莲坐在沙发里看着他们。突然看见琯德进来，应莲不安地站了起来。两个跳舞的人也停下了，应莲做了介绍，把二姨也从里屋请出来。这位老太太还烫着头发，脸上抹着白粉，嘴唇上搽着紫红色口红。两位小姐不但用了口红、胭脂、粉，还涂了蓝色眼窝。这在当时是极难见到的，琯德简直不知道，她们是人还是妖。而那四个人也看出，这是一位抗日救亡青年，也在像看一个怪物似的看着他。琯德不理他们，对应莲说："跟我走吧！"

应莲忙问："什么事？"

琯德说："大家都在找你，连九姑都在找你。"

这样一来，在他们面前，应莲感到很僵，轻声哀求说："你先走，我去找你们！"

琯德不好再说什么，只有强调说："大家都在等你！"转身就走了。

二姨和两位小姐，与桐城的联系就是收租子，到上海吃喝玩乐。现在出现在相府，是因为"八·一三"上海打起来了。她们虽是住在租界，但很紧张，回老家来暂避一时。六小姐不耐寂寞，携来游伴埃德。他长得清秀，大眼睛，唇红齿白，稍加修饰的眉毛，用了很多发蜡，高耸的"飞机头"，满身散发着香水味儿，各种玩、乐都精通。但苦于在这不开化的地方，玩不出什么花样，只能跳跳舞，打打麻将。两位小姐已有点腻，应莲的来到，对两个年轻的来说有点新鲜。邀她打牌，不会；请她跳舞，也不会。埃德立即自荐教她，应莲怎会允许一个男人搂着腰走来走去呢！但埃德总想奉献点什么，而六小姐并不阻止，反而鼓励埃德这种小殷勤，让她看着解闷；或者借机骂骂什么，变换变换口味。这使得应莲实在无法待下去了。

琯德离开相府后，应莲没有来找他。琯德就找铁生他们商量怎么办，把在相府里见到的情形告诉了大家。铁生出主意，把他们在抗战时期还过着的腐朽堕落的生活印成小报贴到街上和他家门口去。果然不久就贴满了。

相府表面上与世隔绝，但消息极灵通，二姨马上就知道了。她逼问应莲，琯德他们是干什么的，竟敢到相府头上动土，一定与共产党有关系。应莲辩解是同胞兄弟，绝不是坏人。她二姨凶恶地告诉她，要跟那些什么兄弟在一起，就立刻离开相府；要跟着张家，就从此不许和他们来往。应莲的眼泪差一点流了下来，但她咬着牙忍住，没有说话，扭头走出，离开了相府。到哪儿去呢？这时眼泪无声地流了出来。最后，她擦干了泪水，毅然走向“勺园”。

“勺园”是方家曾祖方存之离任之时曾国藩所赠。古朴的房屋三五间一组，分散坐落在花木、松柏、翠竹之中。应莲一口气跑到藏在一片竹林中的两间白茬木头的小房屋前“九姑！九姑！”轻声叫着。九姑见她晚上一人来到，神色凄楚，心中明白是从相府出来的，不忍再问她什么，让她与陈纹睡在一起。谁知到半夜，她开始发烧，病倒了。

陈纹、九姑细心照料，琯德、铁生、陈绚等常来看她，鼓励她。她把在张家的情形告诉大家，并说张家有枪，每天晚上都有人背着枪到处巡逻。她小声地告诉琯德，相府中有各种好吃的东西，尤其是鸡蛋发糕简直使她难忘。

琯德也悄声告诉她：“那是桐城的特产，一点也不稀奇。在安庆的时候，每到过年老公馆也都吃的。”

应莲说：“可我从来没有吃过。”说完，闭上了眼睛。

琯德了解她的心情，不再说下去，端起桌上一碗鸡蛋肉丝面说：“可以吃了，我喂你吧。”于是，用汤匙一口一口地喂她。这是琯德第一次喂别人吃东西，细心而小心也是绝无仅有的。

铁生知道了相府里有枪，就向珂德建议把枪要出来，在动员委员会领导下组织抗日自卫队。三哥、四哥同意了。当时县长还没有上任，一切由国民党书记长代理。珂德就去找他，说明只有坚决动员群众，保卫家乡才是出路，提出成立抗日自卫队。这是位积极抗日的人士，觉得珂德说得有道理，他支持。认为只要从相府拿出一条枪，就以此号召其他士绅，有枪出枪。

清早，铁生率领县宣传队一些强壮有力的男青年来到相府后门，乘人开门出来之际，一下子拥了进去，直奔二姨的住房，叫她们快出来。二姨以为是土匪来了，吓得要死，没有办法，硬着头皮，哆嗦着走了出来。四小姐在母亲身旁，左手搀扶着她，右手在手笼里紧握着一把小手枪，不动声色地站着。没想到这群年轻小伙子只是向她们宣传抗日，要求有钱出钱，有枪出枪，有人出人，要她们把家中的枪交出来。张太太一听就明白了，是一些毛孩子，也就不那么害怕了，又摆出他们家的威风说："你们闯入相府张家无理取闹！我要叫县长来抓你们！"

铁生说："这是为了国家民族！抗日是每个人的责任。你们不交枪，那就让你们家所有的男用人出去做抗日工作。我看没有人给你们干活，你们怎么生活。你自己决定吧！"说完就带着队伍走了，同时，在社会上加强宣传成立抗日自卫队的必要，要求各界支持。

安徽省属于第五战区，司令长官是李宗仁，副长官是李品仙，当时比较积极抗日、组织学生军，女学生军还到过桐城县，轰动全城。学生军的高级长官，特地拜会省、县两个宣传队的负责人，极为赞赏动员委员会组织抗日自卫队的意见，积极支持铁生他们到相府动员枪支的行动。相府借此下台，由张四小姐出面，拿出了七条枪，表示支持抗日。其他有枪的人家，也跟着拿出来，这样县抗日自卫队就成立了。县宣传队也扩大了，琼德当了队长。珂德要把铁生留在县宣传队当总干事，琦德觉得他斗争英勇、思想坚定，舍不得他离开。为此，双胞胎兄弟还争吵了一番，最后还是琦德让步，将他留下。

省流动宣传队在桐城的工作是成功的、圆满的。但是，队长郭朋心中很不痛快。他原想在队里发展CC成员，培养国民党势力，树立他个人威信。不想没有人愿意参加，大家也不和他接近。他终日什么也不干，在队部喝酒、玩手枪。他对那个书记长也极不满意——书记长不怎么理睬他，反而和动员委员会的方珂德比较接近。心想：总有一天，老子要你们的好看!

省流动宣传队即将离开桐城了。在一起为了抗日救亡、热情忘我地工作过的兄弟、姐妹、叔叔、姑姑，现在有的要到新的地区开展工作，有的要留下继续坚持工作。分别前夕，大家都聚集到三太太家里。九姑也特地来看看他们。

琦德动情地说:“我们在抗战的洪流里相聚了，它锻炼了我们每个人。我感谢九姑为我们树立了榜样。您是位有名望的文学家，有着优越的生活条件，但您毅然与广大人民艰难与共，把自己的女儿也献给了我们苦难民族抗击外辱、争取生存的事业。您是一位伟大的母亲！”

九姑激动地含着泪说:“我没有那么好，我还是有着母亲的自私心理的。”陈绚、陈纹深情地望着母亲。

琦德接着说:“人是在斗争中成长的。像邓宛，一个要什么有什么、被父母娇惯的小姐，大概她从没有想过要给别人一点什么。可是现在，她丢开了西洋艺术，把才能献给了贫穷、苦难的乡下人。这种品质不是极为可贵吗?一夜之间，方家年轻的一代，冲出了古老、封建的家族，来了个天翻地覆的改变，走上抗日救亡第一线。就说应莲吧，她的生活被安排得毫无生气，就像平静无波的深潭似的。这次被小老七投下了一块石子，在她的生活中，掀起一片涟漪。但愿这片涟漪变成狂澜，不要渐渐平息，又成为一潭死水！”应莲一时间脸变得通红，心脏强而有力地跳着。

琦德几乎把每个人都评说了一下。静夜，大家都散去了，每个人心中都很不平静。

珂德在屋里走来走去，整晚上一直没有说话，琯德在一旁也不敢打扰他。只听他说：“陈纹真是个奇异的女孩子。从小在外国长大，工作能力也很强，在宣传队里却比谁都工作得踏实，没有想到！我想，应该发展她入党，可是又不忍，她太美了！”

琯德感到奇怪，问道：“怎么？参加共产党不能好看吗？”

珂德摇了摇头，严肃地说：“不是的。参加共产党，就要准备随时被砍头。我一想到，被砍掉的将是这么一颗美好的头，就失掉了勇气，失掉了推她走上这一条路的勇气。”他继续走着，一会儿又说：“也许有一天，终将让她走这一条路！”

明天孩子要出发，母亲又是一夜无眠。

清晨出发时，邓宛发烧了。要她留下，她不肯，就扶了一根竹杖，坚定地跟着大队走了。

在飞雪中、口号声中，这支年轻的队伍，走向下一个宣传点——舒城。

第十三章

铅灰色的天空，低低地压在人们头上，雪花时紧时慢地飘着。公路上来回奔驰着军用车；就连民用汽车，也在运输着军用物资。

蜿蜒崎岖的山路，越来越不好走。一群推着一辆独轮车，有的穿长袍、有的穿学生装的男女青年，艰难地、稀稀拉拉地在走着。遇到小的村子，他们就分散开，三三两两到老百姓的茅屋中，向他们讲述日本鬼子的侵略、战事的发展、中国人要起来抵抗等。在大一点的村庄，他们就在村中空地上唱歌、讲演、演戏。

邓宛的病一路上时好时坏，但她一直坚持唱歌、演出。同志们都很感动，大家把行李从车上拿下来自己背，腾出车的一边让她坐在上面。琯德义不容辞地去拉车，他感觉自己是一个重负在身的男子汉，在望不尽的道路上，艰辛地行走着。

一天将黑的时候，宣传队来到一个较大的镇子上，全体住在地主的两间空屋里。因为邓宛烧得厉害了，队部决定让她住到一个前面卖饭、后面出租客房的店铺里。邓宛烧得糊里糊涂的，拉着琯德喊："七哥别走！我害怕！"这样，就让琯德留下陪她。邓宛昏昏沉沉直说胡话，把琯德吓坏了，怕她会死去。好容易熬到天亮，刘复朋、琦德、何汉文带着一个当地的医生来了，给邓宛吃了药，她才比较安静地睡着了。

琦德看到琄德疲劳不堪的样子，就让他在对面床上躺下也睡一觉。开始，琄德还听得见他们坐在床边低声的谈话，一会儿就什么也不知道了。

琦德看着刘复朋、何汉文两人说：“你们两人的组织问题，现在都已经解决了。我们三个人，今后就是队里的核心。今天我们研究研究情况和今后的工作，以及怎样健全宣传队。”

何汉文说：“郭朋这个家伙，在离开桐城的时候就不见了。说走就走了，连个招呼都不打，太不像话了！那咱们就不要他，让刘复朋当队长。叫他知道，没有他我们一样干，还干得更好呢！”

琦德说：“听说他到安庆去了。我估计是到省党部讨‘金牌’去的。他想阻止我们到皖西大别山去，把宣传队拉到他们势力巩固的地区去。他一定会回来的。刘复朋可以当队长，另外何汉文再补个副队长。我们还要多关心同志们，秘密地、尽可能地发展党员。”

刘复朋一直听着，思索着，开口说：“何汉文当副队长很好。我也觉得郭朋会回来，就宣布我为代理队长，这样比较好些。通过前阶段工作，我觉得像协助当地成立各种抗日组织，帮助训练宣传人才，甚至教群众识字等这些工作，我们必须做起来。”

何汉文急忙插话说：“对，对！就是宣传，除了合唱、演戏、讲演以外，也应该更丰富些。像讲故事什么的，也是很好的！”

琦德：“对，咱们还可以和同志们一块儿想想，怎么能做得更好。干脆在这儿待两天，休整一下。同时也要做好准备，我们和郭朋之间会有一场斗争。我们希望能和他合作，但是，如果他要把队伍拉走，我们就和他决裂。”

三人谈完后，见两个小家伙睡得很安稳，轻轻地带上门，赶回队里去了。

那位乡村医生的药还真灵，当然还有琄德、陈绚的精心照料，邓宛的病很快就好了。

刘复朋是代理队长，何汉文当选为副队长。成立了一个工作部，包光华担任部长，下设宣传股、音乐股、戏剧股、绘画股。琯德被选为戏剧股股长，剧目已有《三江好》《八百壮士》《汉奸的子孙》《黄花曲》等一二十个小戏，邓宛和绰号“小豹子”的孙宝珠演女主角。还有一个组训部和生活部。陈绚喜爱绘画、木刻，他们用布画成一幅幅长长的连环画，每到一处就挂起向群众讲解宣传。北平辅仁大学毕业的包光华是个极能干的人，演出用的布景和三盏汽油灯，都由他管理。经过他的布置、运用以后，增加了不少演出效果。他还保管收音机，每天晚上收听广播，把战况记录下来，由组训部赶印成小报贴出去。宣传队的消息比县长的还灵通，在宣传方面起了很大作用。到行军时三个汽油灯、一个收音机，归他一担挑了。这群年轻人离家越来越远，生活也更艰苦了。但经过休整后，每个人又都生气勃勃，热情地投入了工作。

走了两三天到了舒城。除了和在其他地方所做的宣传一样以外，还与当地的文教馆共同办了识字班，结合抗日教群众识字；组织读书班，向有一定文化的青年讲解抗日战争、统一战线的重要性，介绍他们阅读《大众哲学》《社会发展史》。

舒城城外，驻扎着一连士兵，连长是个热情、有抱负的青年。他邀请宣传队到连队去，帮助教育士兵。队部派了药治权、琯德、邓宛、陈绚、宣传股股长王慈元去。那些当兵的看到来的都是青年学生，待人又很亲切，高兴之至，热情接待。男同志就住在连队，女同志早晨来，晚间回宣传队。

邓宛教唱歌，琯德教识字；陈绚用那长长的布连环画，讲日本的侵略、帝国主义各国对我国的侵略史；王慈元讲时势和形势；药治权讲士兵、军队源于人民，军民关系等。休息时就帮助他们写家信，和他们生活在一起，打成一片。二十几天下来，那些当兵的觉得自己好像聪明了许多，懂得了不少的事情，因而对青年学生们是又喜爱又感谢。他们个个要求上前线去打日本，保卫家乡，保卫人民。连长也发誓，要跟弟兄们在一起，向上级请战。工作结束了，要离开了，全连列队，燃放鞭炮欢送。不少士兵眼睛都哭红了，送出十多里才互道珍重而别。

在舒城，宣传队住在一个久已没有香火的破庙里，占用了两间偏殿，男女各一间。男的那间，白天把行李一卷，兼当会议室、工作室。琯德他们几个人兴奋地回来，向队部汇报了工作情况，同时也谈到，他们很受战士们真诚、朴实精神的感动。刘复朋、何汉文着实表扬了他们一番，几个人很得意。琯德听同志们说，郭朋回来了，横眉立目地铁青着脸到处找茬儿。琯德说："不管他！咱们这么多人，还怕他！"

从男宿舍兼工作室传出郭朋高声吼叫的声音："……我不在队里的期间，你们干的好事！又出一个什么副队长？你们想干什么？"

刘复朋平静地说："你没有跟任何人说一声就离开了宣传队，工作总不能不做吧！全体队员选我当队长，我认为你总不会不辞而别，只同意代理。你回来了，还当你的队长好了。至于何汉文同志，那是大家选出来的。队部的工作多一个人做，有什么不好？"

郭朋感到语塞，尤其没有想到刘复朋那么冷静，心想：不行，非把这些小子们镇住。又开口说："我们是宣传队，唱唱歌、演演戏就行了。可你们居然成立了组训部，在民众当中搞起组织来了，什么识字班、读书班的。还搞到军队里去了！好大的胆子！谁允许你们这么搞的？"

何汉文早已按捺不住，要发火了！

琦德先开了口："识字班、读书班都是结合宣传抗日办的。群众有这个要求，而且我们离开以后，他们自己还可以继续宣传抗日嘛！关于到军队里去的事，经过我们同志的宣传，那些士兵对抗日的认识更清楚，对国家、人民的理解更正确，保卫家乡、民众的决心更大、更坚决。这些对抗日救亡只有好处，没有坏处，我们为什么不去做呢？至于是谁允许的，对国家、民族有益的事，谁有资格不允许？再说，这些事是我和刘复朋、何汉文以及三个部的部长共同研究、决定的，还需要谁的什么允许呢？”

这时，同志们都闻声围了过来。郭朋气疯了，不顾一切地大叫起来：“混蛋！不行！我不允许！把那些部和部长给我撤销！把何汉文给我撤掉！全体集合，不准再往西走了！不准到大别山区去，立即回安庆！这是省党部的训令。把所有的人都集合来，我要训话！”

何汉文见他这么嚣张，大怒说：“不准到大别山区，你训话？你是什么东西，想要训这些天天都在努力工作的人的话？你放明白点，这个宣传队是我们每个人自己掏腰包办起来的！省党部补助的不过两百块钱，能干什么？这些人真心抗日救亡，又出钱又出人，没拿公家一分钱。你呢？你往宣传队交过几块钱？你做过什么工作，是唱歌、演戏还是演讲？成天端着个队长架子东溜西逛，累了，队部一坐吃老酒，一个月还拿四十块钱薪水。你问问队里谁拿过薪水？还有脸撤这个、撤那个。今天告诉你！各部部长、我这个副队长是大家选出来的！大别山区我们去定了。组训工作还要做下去。你要愿意干，就别捣乱，还拿你的四十块钱，不会有人动你的；要是想捣乱，就滚蛋！我就撤了你！”

郭朋一把抓住何汉文的领口，旁边的队员都嚷了起来：“干吗？干吗？要动手打人吗？”

郭朋一看周围的人，放开了手说：“何汉文你小子，当众侮辱我！”一下拔出手枪：“走！出去决斗去！”

琯德喊道：“郭队长，显摆你有枪呀！明知道何汉文没有枪，怎么决斗？”

郭朋说：“好，我借给你！走。我打你一枪，你再打我一枪。公平交易！”

一个小青年笑着喊道：“郭队长，你真公平。你打何汉文一枪，把他打死了，再借枪给他打你一枪，人都死了还能打枪！你真聪明！哈哈！”周围的人都大笑起来。

郭朋一愣：“哼！何汉文你小子记着！我饶不了你！”说完悻悻而去。

刘复朋对大家说："郭朋这家伙是什么都干得出来的，我们要防备他狗急跳墙。老七、药治权，把你们的铺盖铺在何汉文的旁边。今晚大家都小心些，别让他真的闹出事来。"

晚上气氛很紧张，郭朋手不离枪，两只发红的眼睛老盯着何汉文，一语不发地咬紧牙关。大家铺好床，早早把灯熄了。郭朋和衣半躺在床上，不时晃一下手电筒。有人不耐烦地喊："别晃手电！要睡觉了！"这才安静了下来。

开始，琯德还警惕着，后来不知不觉地就睡着了，夜里忽然让尿憋醒了。四周是轻微的鼾声，他悄悄爬起来，轻轻摸索着出了破庙，到野地里去方便。刚尿了一半，突然身背后火光一闪，"啪"的一声响，接着是尖锐的"哧"声从耳边擦过。他意识到有人开黑枪，就放开声音大喊："有人暗杀我！有人向我开枪！抓汉奸！杀人了！"寂静的深夜，喊声很快传进庙里，同志们都惊醒了。有人喊起来："小栓子让郭朋暗杀了！抓郭朋！"刘复朋、琦德都赶来了，问明情况，叫大家在周围搜一搜，叫琯德回去把衣服穿整齐。这一折腾，天也亮了，大家陆续回来，始终没有找到郭朋。

何汉文跑来看琯德，说："老弟，差点让你代替我牺牲了。这小子把你当作我了！害怕不害怕？"

琯德开玩笑说："他的枪一响，把我尿了一半的尿憋回去了！以后不能撒尿了，肚子痛就找你！"大家都笑了。

从此以后，郭朋再也没有露过面。

最近有些新四军路过舒城。他们一路听说有这么个流动宣传队，到舒城后，就有政治部的人来看琯德他们的街头宣传，办的识字班、读书班等。还和琦德他们联系过，对宣传队的工作很钦佩。谈起来才知道几位中的那位女同志也是北平的学生，相互谈得很愉快。这天早晨，那几位来辞别，离开前说："我们在宿松地区欢迎你们！"

宣传队立即集合，出城去欢送他们。弯曲的山路上，走着一眼望不尽的、穿灰色军装的长队。宣传队的人站在一个小山坡上，热情地向战士们挥手致意。忽然有人领着喊起“拥护新四军抗日！”“团结一致，打倒日本帝国主义！”等口号。最后，队伍快走完时，一个人大喊：“共产党万岁！”大家也都大喊起来。这是第一次公开地喊出了这个口号。回城前琦德在队前说：“以后口号不可随便喊。这里是国民党地区，政治情况复杂。虽然广西派目前还比较客气，但是，原来的地方上的国民党，还在找我们的茬儿，郭朋就是一个例子。希望同志们多注意！”大家都感到提醒得对，以后不可头脑发热。

过年了，大家吃年夜饭，队里为全体准备了鸡、炖肉，还有一点酒。十个人围一圈，席地而坐大吃起来。饭吃完了大家还坐在一起，不愿离去。一个女孩子轻轻地唱起：“我的家在东北松花江上……”马上有人随着唱起来。渐渐有人在抽泣，后来就听不见歌声了，只有哭泣的声音。邓宛已哭成个泪人，陈绚忍住了，琯德也很想哭，但不好意思，装作男子汉硬挺着。三哥走了过来说：“哭了？想家啦！”

邓宛不好意思地“嗯”了一声。

陈绚说：“我不想家！我相信妈妈、姐姐会活得不错，她们也会献身抗日的。我愿意痛快，我要到新四军打鬼子去！”琦德看了她一眼，没有讲话。

琯德也热烈地说：“我也想和陈绚一样，到那边去！”

邓宛也说：“七哥，我跟你在一起！”

琦德静静地说：“想家，是很自然的，刚才我也在想家。但是，何处是家？只有抗战，我们的民族、我们的国家才能生存下去！我们肩上的责任重大呵！来，我们唱‘大刀向鬼子们的头上砍去……’”大家跟着唱了起来。

寒冷的冬夜，满天星斗，飘荡着洪亮、高亢的歌声。

第十四章

年后离开了舒城。所有的行程都是在山区，雪后道路泥泞，虽是乡村专用的鸡公车，走起来也极为困难，需要两个人帮助拉才走得动。队伍就这样慢慢地行进着。

山区的人很穷。村子也不大，都是茅草屋，宣传队常常找住的地方都很困难。不过每次演出、宣传的时候，围观的人倒不少，像是别的村子里的人也来了。大家没有太在意。

这天又到了一个山洼洼中的小村子，也就十来户人家，住又成了问题。多亏了给他们推车、做饭的老王跑前跑后地解释，老乡们才相信这些人是城里的学生，是为了抗日出来宣传的，离开家吃了不少苦，因此很同情，挤出了两间房让他们住，还烧了热水让大家烫脚。晚上，老王带了一个老人进来说："队长，老人家来看看我们。"刘复朋和同志们赶紧请两人坐在地铺上。老人寒暄了几句，接着就说山里的艰苦，人少而且没吃没穿的；越往山里去，路越不好走，劝大家回去。小伙子们一听反而来劲了，纷纷表示能吃苦，别人能走自己就能走。

老人听了，笑了笑，摇头低声说："不是的。我说的是土匪，这一带有一大股土匪，千把条枪。我看你们都是城里的，还有不少女的，才说这话。男的给绑了去顶多破点财，女的可就遭罪了。你们还是回去吧！"

大家都愣了。刘复朋对老人说："谢谢您老，我们一定多加小心。"老人见大家毫不在意，只好和老王一起走了。

屋里就跟开了锅似的议论起来。

有人说："我才不怕呢！我无财可破，要命有一条，给他们就是了！"

有人说："我可不愿意死在土匪手里。天天宣传抗日，连日本鬼子都没见着就死了，那多冤呀！"

有人兴奋地说："哎，我们可以改变他们呀！碰上了，咱们就向他们宣传、争取他们，拉出去打游击，那多带劲！"大家都觉这样最好，一致赞成。

忽然有人说："那，女同志怎么办？"

有人就说："让她们回去好了！"

琯德说："对！让她们回去！土匪喜欢抢女的，现在就让她们回家。以后我们不要女的！"正说得得意，隔壁出声了。

一个女的大喊："小栓子！你说什么？你想家就带上小邓子，还有你的绚姐走就是了！干吗不要女的？"女宿舍里热闹起来了。

"就是，就是，让他走！"很多女同志喊起来。

又一个女的说："告诉你们！你们男的能做的工作，我们也能做！我们先当女土匪，再当女游击队员！"

还有人说："土匪就是起义的农民！太平军里女的多的是！"

琯德挨了骂，别的男同志也不敢出声了。

第二天清晨，大家收拾好，老王走过来问："还往前走吗？"刘复朋、琦德、何汉文互相看了一眼。

琦德说："向前走！否则我们回到哪里去？大家不会忘记我们的目的地吧？"

队伍继续向前，三五成群地边说边走。琦德、刘复朋、何汉文走在一起，在商量着什么。

又到了个宣传点，进镇以后放下行李，准备好就开始宣传。直忙到下午吃过饭，刘复朋对大家说："由于安庆形势紧张，省会已迁到六安。郭朋跑了，这一路情况复杂，现在决定派琦德到六安，找省里说明情况，要求拨些经费给我们。他将离开队里几天。"天天在一起，猛地分别，虽说是几天，还是有点依依不舍。

参加抗日救亡离开安庆以来，琯德从没有离开过三哥。在他心目中两个大哥真是如父亲一样。琦德的身边没有人了，琯德悄悄地走了过去，依在他的身旁说："三哥，你一个人走，让土匪抓了去，我也得不到消息，那可怎么办？再也见不到你了怎么办？你走了我怎么办呢？"眼泪不觉流了下来。

琦德见他这样，心中也有点酸酸的。随即笑了，抚摸着他的头说："没出息！还哭鼻子？看你平时英雄了得的样子，还要去打游击！就这样去呀？别忘了，小邓子和陈绚还以你为榜样呢！"琯德赶快忍住了泪，点点头。琦德接着说："好好地听着！我到六安只是去转一下，主要是去找新四军谈我们的情况，研究今后怎么办。你要好好地演戏、工作，有什么事找刘大哥、何二哥商量。我不要紧，一个人又没有东西，土匪不会抓我的。只要你好好的，我就放心了！"琯德听话地走开了。

第二天清早，琯德起来送三哥。琦德背着一个挎包，拄了一根木棍大踏步地走了。走出很远还停下来，向琯德招招手。

山区的天气很有意思。清晨总是飘着雪花，到下午雪停了，还能看见云翳后面露出的、淡黄色的太阳。琯德工作很努力，有时一天演三场，每场两个小戏都演主要角色。他年龄较小，最活跃，每个人都喜欢他，琦德走后更增添一种亲切。

走走停停，演戏、宣传，给有条件的村镇组织宣传队和使用红缨枪的自卫队。在每个地方演出时，看的人好像比当地人总要多些，甚至发现一些人在前面的村子看过了，现在又到这儿来再看。琯德为演出能这么吸引人而得意。

关于土匪的传说越来越多：有好几千人，几千条枪；某某商号给抢了；某某村地主家给洗劫了；哪个地主不肯交出钱财被枪毙了；等等。

毛坦厂在霍山县境内，四面都是大山，镇上人烟稀少，店铺多把门关着。在镇公所只找到了副镇长，一个三十多岁的精壮汉子。他长着络腮胡子、黄板牙，两只锐利的眼睛；头戴一顶旧军帽，身穿棉袍、扎腿裤，腰里系着一根布带，棉袍的右角掖在布带里；身上背了两支当时最精良的武器——二十发快慢机。最特别的是他背这两支枪的方法：一根白色的绳子，一头系在枪把上，一头系在枪口管儿上，交叉挂在腰间，枪口朝上。据说只有打枪有经验的高手才这样背枪。他身旁站着三四个背盒子炮的人，枪都不装盒子，用白绳系住枪把和枪口，倒插在腰带上。琯德看着副镇长，心想他倒真像个土匪。

刘复朋向副镇长说明了队员的身份和宣传队的来意。

副镇长听完，客气地说："省流动宣传队！真应该热烈地欢迎，好好地招待招待。只是近来土匪猖獗，本镇士绅和大一些商号的老板都跑了。不瞒你，小弟要不是职务在身也早走了。不过，我要和他们打一家伙。我有一百多个弟兄，正日夜警戒着。你们既然已经来了，就住一天再走吧！"

刘复朋说："我们是来做抗日救亡宣传工作的。他们要是来了，我们请他们看戏，听我们的抗日宣传。"

副镇长只好说："好，那好！你们有枪吗？要是有枪，你们几十个人力量也不小，就和我们一起干，怎么样？"

刘复朋赶紧说："我们都是学生、文人，没有枪，没有枪！"

他把宣传队安排在一个大庙里。这个庙的后院很大，像个晒谷场似的，有一个厕所、一眼水井和锅台边躺着的一个走不动路的老和尚。前面大殿里没有一尊佛像，在一头隔出了一间小屋，上面隔出一层楼房。这楼上很脏，就让男的住了，楼下那间小屋让女同志住，大殿就做了工作室。前面还有一个院子，有两棵光秃秃的树和一只石香炉。

一安顿下来，包光华马上打开收音机，但因为是山里，声音极不清楚，只收到“五战区司令长官命令孙桐萱集团军，推进运河西岸”的消息，马上刻印成小报，清晨就贴到街上。同时绘画股的同志也到街上写“坚持全民抗战！”“拥护统一战线！”“保卫家乡！保卫祖国！”等大标语。街上冷冷清清的，可是当全队在街上演出时，来看的人可不少。有些人对剧情还很熟悉，下面该干什么都知道，反应热烈；对演讲也很欢迎，使劲鼓掌。有的队员认为这些人太可爱了，一遍一遍地看戏，一遍一遍地听讲演都记住了。

中午吃饭的时候，副镇长跑来急急地说：“情况紧急！土匪大队已经来了。离这儿不过四十里了！你们要做准备。”说完就紧张地走了。大家心想，这回可真的要看见土匪了。

下午，街上所有的店铺已关门，整个镇子连个人影子都没有，那位副镇长也不见了。整个毛坦厂在一种寂静中，就像在真空里似的，使每个人都不自在起来。回到大殿里，大家都不敢说话，说话也是极轻极轻的。没有人走动，都老实地坐着。黄昏了，大殿里渐渐地暗了下来。

忽然刘复朋说：“不行！这样不行。看样子土匪不是今天夜里，就是明天清早就会到镇子里来。我们只剩被俘了，女同志怎么办呢？不能让他们抓住……现在我决定：女同志都改成男装，由药治权带领偷偷出镇，先到霍山去。大家不要犹疑了，赶快行动！抓紧时间！”

女同志马上把旗袍换成长裤，把头发扎起来戴上帽子。各人找自已要好的男同志换衣服，琯德的衣服当然给了邓宛。把东西收拾好，不能带走的捆好，集中起来。老王给她们做了些大饼，在路上吃。又拿来些锅烟子，让她们把脸和手抹黑些。收拾停当，她们十几个人悄悄地走了。谁也没有出去送，都静静地坐着，倾听着外面。

一分钟一分钟地过去了，一直到天蒙蒙亮，外面都没有动静，也没有呼救的声音。有的人已趴在工作台上睡着了。

就在这寂静中，忽然从远处传来几声清脆的枪响，大殿里的人一下子被惊了起来。密集的枪声不断传来，越来越近。刘复朋站了起来说："我到楼上看看去！"说着抄起一个凳子跑上楼，接着就听见打开窗户的声音。在枪声间歇中，只听刘复朋大喊："朋友们！我们是省流动宣传队！是宣传抗日的……""叭！""叭！"两声极近的枪响，楼板咕咚一声，接着就听见刘复朋喊了声："哎哟！不好。"楼下的琯德一听，说："不好，刘大哥死了！"说完哭了起来，正准备往楼上爬，又听见刘复朋在喊道："不要打枪！不要打枪！中国人不打中国人！"琯德立刻笑了："还在喊话，没有死！"大家也听清了，松了一口气。这会儿又很安静了，里里外外没有一点声音。

忽然大殿的门被人一脚踹开了，跳进几个人来。琯德就在门边，只感到腰间被尖硬的东西顶住了。接着听见有人喊："都不准动！动一下把这狗东西打死！"接着又进来十几个人，一部分上了楼。琯德明白了，顶在腰间的就是枪口，可真痛！一点也不能像电影中的英雄豪杰那样潇洒、自如地立着。大家都自动地把手举起来，可那些土匪却叫了起来："你们干什么？把手放下！"大家赶紧放了下来，琯德心想，电影里的一套，碰到真土匪可不行了。

这时就听见楼板咚、咚地响，跑过来跑过去纷乱的脚步声、喝叫声。大家正在屏息听着楼上的声音，突然楼下一个土匪大叫："把衣服扒光！"大伙一愣，还没明白过来，就同时好几个声音大喊："把衣服脱了！"琯德想要搜就搜，要抢就抢，“扒光”干什么？就把衣服的扣子解开了。“不行！都脱了！”随着喊声，枪口在腰间一使劲，痛得要命，差点透不过气来，只得把衣服一件一件地脱下来。土匪们围在旁边，把枪栓弄得哗哗直响，好像就要打死几口子似的。冬天的清晨，虽是在大殿里，还是相当冷，大家都瑟瑟发抖。土匪首先拿起脱下的毛衣毛裤往自己身上穿，顺手把金戒指、手表也都摘下放进自己的口袋里。他们最喜欢的是怀表，得到一块看了又看，放在耳边听听，非常满足地挂在衣服口袋上。然后把他们脱下的、满是虱子的、臭烘烘的棉衣棉裤给琯德他们穿：“都穿上吧！别冻着了！”“穿吧！穿吧！咱们换一换穿！”这又是大家没有想到、电影里没有看到过的。实在很冷，大家就都穿上了。

于是把他们一个一个押到后院场地上，最后把绑起来的刘复朋也押来了。一个像是小头目的高声叫道：“听着，你们有四十把快慢机，交出来就放了你们！不交，别怪我们不客气，就都毙了！”听了以后，大家觉得莫名其妙，什么时候有过快慢机呀！大家异口同声说：

“我们没有快慢机！”

“我们都是文人，搞宣传的！”

“我们没有枪！我们是宣传抗日的！”

小头目说：“没有枪？先打死几个看看！”一挥手，走来十几个土匪站在对面，他做一个手势，就听见“叭！”“叭！”的枪声，子弹从头顶飞过，大家把眼睛闭上了。枪声过后，琯德发现身上没有疼痛的感觉。睁开眼睛，看见大家还好好地站在那儿，也没有血。心想怎么回事，只听见刘大哥喊道：“朋友们，别打枪！别打枪！我是队里的负责人，有话跟我说吧！与他们无关！”

“跟你说也得交出枪来！”又是一阵枪声，仍然没有流血的，没有倒下的。

土匪从厨房灶火边，把那个走不动了的和尚弄了来，用枪指着他的太阳穴，问枪在哪里。老和尚吓得直念佛，说没有看见。那土匪吓唬他说："你不说？我可要给你一颗定心丸了！"接着另一个土匪在他头顶上开了一枪。哪晓得老和尚竟慢慢地倒了下去，死了。两个土匪忙说："哎哟，吓死了！大家都看见了，我们可没有要打死他。老和尚不是坏人，我们不会杀他的！"

这时，十几个土匪把药治权和女同志押进了后院。为首的对这个小头目说："我们大队长真有见识，叫我们伏在山那边，果然他们来了，倒是走得飞快。我们好赶了一阵才追上。好吧！都坐到一起去！叫他们歇歇，等大队长来了，都带走！"把刘大哥的绑也松了，让大家坐在一起。"大队长"，瑄德想恐怕就是土匪头子吧！一定是个身高八尺、浓眉大眼、鼻直口阔、满头纠结的乱发、一脸络腮胡子的汉子……

几个小土匪手里满抱着鞭炮跑进来。把它们一挂一挂地连起，围着队员们坐的地上，绕了好几圈摆着，点了起来，噼里啪啦响个不停，不时还夹着放一些"轰天雷"。他们高兴极了，叫着笑着。坐在里面的，有些女队员胆小，又不敢喊，只好偷偷地蹭到中间抱头坐着。其他人也不知道这是土匪的一种什么仪式，只得规规矩矩坐着，不敢妄动。他们大概把全镇的鞭炮都抢来了，放了那么久才停止。土匪好像也玩累了，搬来些椅子、板凳，把枪横在腿上，面对着这群俘虏坐下，捉摸起他们来了。

其中的一个说："他们演的戏还不坏，就是不唱，不带劲儿！"

一个说："唱的歌倒挺有劲儿的！还有那讲话的，讲的真在理！"忽然指着演讲股长王慈元叫道："哎，哎就是他！对不？"

一个干脆跟队员们说："你们不认识我们，我们可认识你们！我们跟了你们好久了！哈哈……"

一个说："哎，你们就跟我们走吧！给我们演戏多好！"

忽然一个人喊道："吔！你们女的都到哪儿去了？还有一个，老是一个人出来唱的小姑娘怎么不见了！"

一个比较聪明的，站起来喊道："都站起来！全把帽子脱掉！"

这一下，男的女的可分出来了。土匪们都乐了，有的高兴得跳起老高，欢叫起来。

一个喊道："好啊！女的现身了！"

一个说："天冷，不叫你们在这儿脱衣服。到了寨子里，晚上再脱吧！哈哈……"

一个说："对，对，一个一个地脱！啊哈……"

女同志又愤怒又害怕，但一点办法也没有，只得把头低下。男同志自然地挡在女同志身前，用英文轻声说："决不分开！决不分开！"不知是安慰、鼓励她们呢，还是安慰、鼓励自己。

小头目喊道："男女分开！"大家一惊，谁也没有动。

"怎么！不听命令，要老子动手呀！"小头目说完，把手一挥就过来两个土匪，要动手拉人。女同志吓坏了，赶紧走到一边去坐下。

王慈元忽然大声地向土匪说："同胞们！我们都是中国人！都是一样受压迫的穷苦人。我们背井离乡，为了抗日。日本鬼子侵略我们，我们中国人不能自相残杀！我们是你们的兄弟，她们是你们的姐妹！我们是一家人……"他的眼泪都流了下来。跟着有人领着喊起了口号，每个人的声音都特别激昂。那些土匪好像也有些感动，只是说："好了，好了，别喊了！"

到下午，几个土匪抬进来几大箩筐糖食。有芝麻糖、米花糖等，叫大家吃，能吃多少吃多少，还可以装起来，这就当饭了。大家吃了几口就不吃了，太腻了。也没有谁去装。

一种类似欢呼的"呵！呵！"声，夹着"万岁！""大队长万岁！"的声浪从庙门外街上传来，越来越近，粗犷而热烈。一声"立正！"从大殿那里传来，后院充当看守的土匪也都站了起来，精神地端枪对着俘虏，同时激动地同样发出粗犷而热烈的呼声。队员们被这种声势吸引，忘掉了自身的安危，都掉头注视着后院的来路。琯德想大概是土匪头子来了，这气派简直是得胜回来的大将军，倒要好好看看他的模样。

只见二十几个精壮剽悍的土匪，有的拿着马枪，有的拿着盒子炮，簇拥着一个人大步走来。那人在台阶上一站，其余的人都在他背后五步以外肃立。下面的土匪也都闭上了嘴，满院子鸦雀无声。那是个俊秀清丽、中等个子的青年，年龄不过二十。身穿黑色军棉袄和棉马裤，一双灰色帆布鞋，打着呢绑腿，腰间系着一根半新的皮带。头上端正地戴了顶蓝灰色呢礼帽。戴得较低，几乎压住了眉毛。他两只手各提了一把打开大机头的快慢机，脸颊上一根胡子也没有，不但没有胡子，连长胡子的意思都没有，白白净净的。两条乌黑英俊的剑眉，眉梢向下弯了些，倒不失英武之气。一双明亮的大眼睛，漆黑而大的黑眼球，剩下的极少的白眼球泛着蓝色，闪烁着灼人的光芒，锐利威严。他的身边站着一个比他矮半头的中年人，穿着黑棉裤棉袄，一双黑布单鞋，推个小平头。他是这一群中唯一没有带武器的人，手里拿着一支五节电池的长手电筒，透着股利落、精干。土匪头子的眼光在每个俘虏的脸上扫视了一遍。这一眼震慑了每一个人，都有一种说不出的感觉，既庄严又带有一些妩媚。琯德在想，这一大群粗野、剽悍的土匪头目，竟是一翩翩少年，简直不可思议。看那些土匪对他都非常宾服，一定是打起来非常勇猛、机智，而且百发百中。

琯德正在胡猜之际，忽见他侧头问那个拿手电筒的矮子：“他们是干什么的？”态度傲然，声音不高，吐字清晰，就是声音像个男孩子似的清脆。那矮个子在他耳旁轻声地说了好一会儿，他又仔细地审视了大家一遍，才对矮个子吩咐了些什么。

那矮个子对俘虏们说：“大家集合排队，我们大队长要对你们训话。”他熟练地喊起口令，把队排得整整齐齐，就和土匪头子一起走下台阶，来到队伍中间。土匪头子看到药治权那一拨人："怎么，是女的！"

押他们回来的小头目说："她们改扮男装想逃跑，要不是大队长把我们埋伏在那儿，她们就跑掉了。"

他并没有十分注意听，而是走到女同志那边，把她们一个一个看了一遍，微微一笑。然后又走到队伍中间，挺拔地立在那儿，手中仍然提着那两把张着大机头的快慢机。这时，那矮个子向前走了两三步，在他的侧前方站住，开口说："各位，对不起了！完全误会了。一路上我们的人，天天看你们演戏，看见有各种枪支。毛坦厂的镇长还扬言，你们有四十杆快慢机，不怕我们，要和我们干一仗。今天我们已经把那个坏蛋打死在镇外了。"听了以后，有人想怪不得没有看见他了；有人想这家伙可害苦了我们。矮个子接着说："现在我们知道，你们的枪都是假的，是演戏用的。你们都是文人、学生，根本不会摆弄枪呀刀的。你们离开家，到这贫苦的山区是为国为民，是宣传抗日救亡的，我们佩服！今天我们打扰你们啦！你们的东西一律奉还。得罪了！"大家没有想到，真是太幸运了，碰上了侠盗。觉得那个漂亮的土匪头子太可爱了，不由得把眼光更多地投向了他。他一动不动地原样站在那里，大家可能是心情不紧张了，敢于大胆地审视他，有的人甚至是欣赏的目光。不约而同都有一种感觉，他的身材，胸部，柔和的面部轮廓，鼻子、嘴的线条，一一显示出都是属于女性的。难道……又传来了矮个子的声音："我们呢，是土匪也不是土匪。我们杀富济贫，那些有钱的人，专门搜刮穷苦百姓，不杀他们、抢他们，他们就杀我们抢我们。日本人要是来了，我们也是一样饶不了他们！你们放心，我们会坚决打日本鬼子的！"忽然响起了一片热烈的掌声。瑄德想，这个人说不定是当年红军留下来的人吧？同时听到女同志那边在轻声地议论："是女的！""肯定是女的！"瑄德把目光转向土匪头子，只见她好像没有听见似的，把头侧过去，避开众人的直视，对身后的人说："拿人家的东西，还给人家！不要乱动那些女人的东西！"说完转身就走了。跟随她来的那群人，也很快地走了。

那些充当看守的小土匪，这时走过来说："你们没有少什么吧？我们没拿你们的东西吧！"其实他们穿的毛衣毛裤就是我们的，我们身上穿的脏衣服就是他们的，可大家一致说："没有少！没有少！"还有一个小土匪，头上戴了四五顶各式各样的帽子，在众人面前转了一圈，口里说："我没有拿你们的东西吧！"大家说："没有！没有！"只希望他们快点离开。

这时老王过来，对刘复朋说："老刘，他们要我挑东西，当夫子。"

刘复朋忙说："可以，可以。"

老王接着轻声说："灶灰里我埋了六十个煮熟的鸡蛋，拿出来吃！放心，我会回来的。"说完，就跟着最后的几个土匪走了。

天已昏暗，墙外还有一处在冒着火光，不知是哪里的房子还在燃烧。墙里犄角处，是那被吓死的老和尚。队员们挤坐在一起，一动不动。面前的好几筐糖食，也没有人去碰一下。月亮升起来了，圆而明亮。这群穿着土匪换给他们的又脏又硬又薄的棉衣的人，在瑟瑟发抖。好久，刘复朋轻声说了一句："回屋里看看吧！"大家好像才明白过来似的，站起来走进大殿。

天哪！所有的铺位翻得乱七八糟，衣物拿得一点不剩。到处扔着没有被里被面的破旧棉絮。公共的宣传工具、收音机挑子、画笔、颜料等倒是没有拿走，包光华高兴地念叨着："还算好！我们还能工作！"每个人听到这句话以后，都长长地吁出一口气。个人的东西，那可是荡然无存了。

谁也没有要点灯，也许是不敢吧。正月十五清冷的月光，从窗外照着这零乱的殿堂、凄凉的人群。琯德发现，临行前母亲一针一线缝制的，里面藏着三十块钱的丝绵背心被抢走了。他感到被偷走的是母亲的一片深情，眼泪无声地流到了腮边。周围都是抽泣之声。

忽然吴元大声说："哭什么！我认为这倒是好事。这一抢帮助我们转眼就成了无产者，清除了对小布尔乔亚感情的留恋，这点最后的劣根性也彻底地拔掉了。我庆贺！庆贺我们'普罗'生活的开始。"没有人理他，也不想理他。

只有何汉文对他说了一句："你是怎样理解无产者的？"

药治权到厨房，把老王埋在灶灰里的鸡蛋扒出来分给大家吃。一直没能好好吃点东西的队员们，拿着还是微温的鸡蛋，就想起了藏鸡蛋的老王。不知他现在何地，是生，是亡？大家又为老王哭了起来。

天一亮，刘复朋就教大家把各人剩下的唯一棉絮卷起来，两头一扎斜套在身上。土匪留下的糖，每人能装多少就装多少。公共的东西大家分担背着，赶快离开，以急行军速度前进。

走到中午，邓宛已经是脚一碰地就"哎哟"一声。琯德的两只脚上也打起了泡，两人越走越慢，最后实在走不动了，在路边坐下休息。邓宛叫饿不止，其实琯德早就饿了，在这种情况下，他能向谁去喊饿呢！糖早就吃光了，心想，只有去要饭啰！大难不死，要要饭也是应该的。他让邓宛坐着别动，自己向路边的几座茅屋走去。老乡们怕土匪，把门关得紧紧的早跑了。走到最后面，才看见一间破茅屋的门半掩着，琯德忙跑过去，大喊："有人吗？里面有人吗？"

走出来一个穿的极破、吓坏了的老太太，直说："你要干什么？"

琯德说："我们是在毛坦厂被土匪抢光了逃出来的。饿得实在走不动了，你老行行好，给点吃的、喝的。行吗？"

老人瞪大了眼说："听说毛坦厂的人都给杀光了！你逃出来了，真是命大呀！"

琯德说："死了几个人，没有都杀光。"

老太太也不听他说的，自顾自地说："能逃出来就命大！命大！可怜，我也没有什么吃的。就还剩点干锅巴，给你，用水泡了吃吧！"

琯德忙说："行，行！多谢了！还要请您老借给我一个碗，我们一个女同志，也饿坏了！"

老太太叨唠着："作孽呵，真是作孽呵！"一面拿一个碗，用锅里的热水，泡了一碗锅巴递给他。

琯德捧着碗，高一脚低一脚哆哆嗦嗦地回到邓宛身边，两人一会儿就吃光了。琯德把碗还给老太太，谢了又谢，扶着邓宛继续走。

天黑后才在一个镇子前找到大家。这一夜就不分男女地挤在一个空草棚里。很多人连斜背在身上的破棉絮还没摘下就倒头睡着了。天一亮就又走，每个人的两条腿就像灌了铅似的抬不起来，脚底下就像针刺一样痛。走得一身汗，冰冷的山风一吹，从心里往外透凉，牙齿不住地打战。既不能喊娘，又不能喊天，真是难熬之极。但谁也没吭一声，咬紧牙关，互相帮助着向前走。

在人们感到累得快要倒下时，忽然前面的人欢呼起来："琦德来了！琦德来接我们了！"大家忘了疲劳，赶到前面。只见琦德眼里含着泪，可脸上带着笑，被众人围在中间。他告诉大家，霍山城里已经知道宣传队被抢劫了；七君子中的章乃器先生，现在出任安徽省财政厅厅长；霍山县大都是抗日进步人士，尤其在动员委员会工作的，不少是各地来的进步文化人；各界捐了一些款子，准备了棉军衣等待大家。受到鼓舞的队员，又有力地走了起来。

将黑，进了霍山县城，住在小学校里。大家换上送来的棉军衣，吃了一顿饭，但并不觉得安宁，不时地想起老王，不知他现在怎么样了。第三天，全体正在吃晚饭的时候，忽然一个人跑了进来。原来就是这几天老被念叨着的老王。他还穿着那身破旧的黑棉衣棉裤，腰间系了一根草绳，黑瘦黑瘦的。起先大家都愣住了，突然不约而同地欢叫出来："老王！老王回来了！"有的同志上前热烈地拥抱他，可他却一下抱着头蹲到了地上。同志们都不敢碰他，静静地围着看他怎么了。慢慢地，这淳朴汉子满脸通红地站了起来。

有人关切地问道："你受伤了？"

老王脸更红了，说："没有！哪儿也没伤着……只是……"不知怎么说才好。他是不习惯那热烈的拥抱。"……真是，让大家费心了！还这么记挂着我！……我……大家可都安好？"

见他没有什么事，大家又七嘴八舌地问他，土匪把他弄到哪儿去了？土匪对他怎么样？土匪窝什么样？等等。

他简直不知道回答谁好，等大家停下了，他说："那天抓去的夫子总有二三十。他们抢的都是些衣服、粮食，我们每个人挑得可多了。像我这样的穷苦人，吃惯了苦的还行。有些富人也给抓去了，可怜，他们哪受过苦，挑不动就挨打。他们自己也是大包小裹地用枪挑着，真有两千来人。押着我们一直往北走，一天走七八十里。来到一个山顶上的大庙里，那就是他们的老窝。大庙的旁边盖了些茅草房子，头目都住在大庙里。他们也都穷得很呵！到山上的那天杀了口猪给大伙吃，可不给我们夫子吃，还让我们吃那些糖。他们看我是个受苦人，要我入伙。我说不行，家里还有老娘要我养活呢！你们可知道？他们那个大队长是个女的！那些土匪都怕着她呢！听说她爹就是个大土匪头子。她从小没念过书，不识字，就是能打枪，跑山路，很有本事。那矮个子是她的参谋长，他读过书，说是从前还参加过农民协会。我趁他们不注意，溜了出来。我想你们一定会到霍山，就一口气跑来了。"大家听得津津有味。有人还想问什么，被琦德拦住了，该让他休息休息，吃口饭了。

在霍山，除了开座谈会、写标语、上街宣传外，他们还演出了《咆哮的河北》，轰动全城。“小栓子”又是响遍了大街小巷，妇孺皆知。

下一站是立煌县，原来这地方叫作“金家寨”。在立煌县与动员委员会联合组织召开十万人红缨枪抗日誓师大会，地址选在一个山坡空地上，由宣传队协助布置会场。队员们连夜赶写许多标语，贴满了会场周围的树上。依山坡挖了个土台子，放了一张长桌、几张条凳作为主席台。背后就山势拉开一幅巨大的红布横标，上写着“金家寨人民十万红缨枪誓师抗日大会”。

天没亮，一队一队的农民手持一人多高的红缨枪开来了。枪头的缨子鲜红明亮，把整个山坡都布满了。琦德、刘复朋、何汉文坐在主席台上，其他的同志都坐在台下。动员委员会的主任手举铁皮喇叭向群众演说，讲日本人侵略，形势危急，已打到安庆附近，必须要国共合作、统一战线，地不分南北，人不分穷富全体动员起来，抗战到底！群情激奋，“打倒日本侵略者！”“坚持抗战到底！”“保卫家乡！”等口号此起彼落，连连不断，像惊雷响彻云霄。

琯德坐在台下，只见面前是一片红色的山坡，周围是一杆杆矗立的红缨枪，耳旁轰鸣着口号声，不禁心惊胆战。他从没有见过这种景象，那么雄伟，那么壮丽而又惊人的质朴。在这一切的面前，他觉得自己是那么渺小，几乎不存在了。同时又感到无比的振奋，看到了我们民族、人民中蕴蓄着的不畏强暴、敢于斗争的浑厚力量。他深深地激动了，兴奋地找到三哥，把自己的感受告诉了他，同时把自己心底要投身人民大众为祖国为民族一起奋斗、成为一名无产阶级共产党战士的心愿，腼腆地告诉了三哥。琦德听后，也深为激动，鼓励说：“大了，进步多了！不断要求自己，会实现你的愿望的！”

安庆失守了，桐城的人纷纷逃向汉口。琦德接到珂德来信，将送母亲、六弟、八弟去汉口，安排好之后，仍回桐城坚持工作，或去打游击。另外，派铁生到武汉参加全国学生代表大会。琦德看信后深思不语，也没有把这些事情告诉瑨德。

接着六安来电：命宣传队速到六安，参加台儿庄祝捷大会。这消息使人兴奋，大家立即准备行装，日夜兼程赶到六安，及时参加了祝捷提灯大会。灯笼、火把蜿蜒十来里。军队都是广西军，穿着短裤精神地游行，歌声、口号声接连不断。宣传队白天上街宣传，晚上提灯游行，一连三天，结束后大家才感到疲乏极了，队部决定休息一下。

六安是茶叶产地，有名的六安瓜片就出产在这儿。它现在是五战区司令部、省动员委员会的所在地，省政府和省府各机关也临时设在这里，一时成为文化、政治中心而繁荣起来。清早，街头茶馆就挤满了人，泡一杯瓜片，吃着六安特有的、又粗又大的金黄色油条，或是油炸饺子夹烧饼风味早点。宣传队的人，当然不会放掉对这美味的享受。唯独邓宛没有口福，偏偏生病了，发烧不退，一点口味也没有，终日躺着。瑨德经常在旁照顾。

最近好像有什么变化，空气显得紧张，不时有省政府、军队里的人来找负责人谈话。琦德、刘复朋、何汉文常常在一起商量着什么，或出去干什么。一天深夜，忽然全队紧急集合。

刘复朋轻声地对大家讲："同志们！现在情况紧急，希望大家好好地考虑，做出决定。台儿庄大捷以后，抗日形势极好，可广西派突然变脸，反共了！李品仙已把广西学生军中许多教导员抓了起来，说是共产党，都杀害了。章乃器先生现在也处境困难，动员委员会中进步的文化人都已被监视。他们要正式收编我们，改编为五战区司令部战地服务队。"大家一听，心中愤怒，低声地议论开了。

"收编？！老子才不干呢！"

"该死的国民党，又要杀坚决抗日的人啦！"

"他要改编我们，我就走！到真正打鬼子的地方去！"

刘复朋忙说："静一静，同志们，听我说完。他们不但要改编我们，还要解除一些同志的工作，我们拒绝了！估计很快他们就会下手，不会放过我们的。经过几个同志一块儿研究，决定立刻出走，到宿松新四军地区去！大家同意不同意？"

"同意，当然同意！"

"走！当新四军去！"

琦德说："很好，大家都同意，但也不是每个人都现在就去。吴元有任务必须先到汉口去一趟。另外，邓宛有病，不可能再走下去，决定由琯德送她到汉口回家去，先好好地治病，以后再说。现在大家就赶紧收拾收拾吧！"

琯德真急了，拉住琦德："三哥，我要去！我要参加新四军！三哥，你是知道的。"

琦德见他这样，也很不好受。虽说是可以回来，但现在局势变化很大，谁知到时候回不回得来。可是邓宛又非要他送，于是安慰说："好弟弟，我知道！我还知道你心中有一个愿望，你会实现的，不管在哪里，我相信你都会努力去实现的！对不对？"琯德盯视着哥哥深情的目光，没有作声。琦德接着说下去："你看看邓宛病得这样，她能走到宿松吗？一个人她能到汉口，回到家吗？"琯德向邓宛望去，只见她脸色苍白，无力地躺在那儿，充满期望地看着他，他低下了头。琦德说："四哥已送母亲和老八去汉口了，我要把你的情况都告诉他。听话！见到妈妈以后，告诉她老人家，我很想她。请她多保重，以后总会相见的，别忘了！好，再见吧！"这时何汉文又把他找去开会了。

琯德走到邓宛身边，她已睡着了，可能是太累了，也可能是安心了。琯德心中还很乱，呆呆地坐在邓宛旁边。他要努力使自己平静下来。陈绚走过来说："到外面去走走。"琯德站起来，和她一起走到外面的操场上。

四月中旬，风吹到脸上已不刺人，而是极轻柔的。又是一个明亮的月夜，操场边上的杨柳树，已长出嫩绿的新叶。两人绕着操场走，谁也没有说话。走了将近一圈，陈绚静静地说："你走啦？"

"唔！"

又没有话了。

"看见我娘和姐姐，问她们好！让她们别惦记我！"陈绚说。

"好。"

陈绚忽然站住，面对着琯德问道："还回来吗？"

"当然！"琯德干脆地答道。

"那走吧！"说完，在琯德胸口上，重重地捶了一拳，转身往回走去。

忽又停下说："对邓宛，不要希望太大！"没等琯德明白过来，她已回到了屋里。琯德抚摸着胸口承受拳头的部位，也慢慢地走了回去。

夜间，同志们悄悄地离开了。琯德不能去相送，只得安静地躺着，听着脚步声走了出去。他的心也跟着脚步声，走向"那边"去了。

第二天，琯德、吴元、邓宛三人也悄悄地离开了那个小学校。马上去汉口吧，没有车，所有的汽车都被军队扣了、征用了，怎么办呢？想起城外公路边有个汽车维修站，有些工人住在那里，决定找他们想想办法。琯德扶了邓宛，和吴元向维修站走去。

站上的工人看见他们，知道是宣传队的，让进屋里休息。听说是要送病人回汉口，都很同情。但是搭汽车可太困难了。前面公路上军队设了卡子，根本不让车子过去。只有等被扣车的司机到修理站来修车时，开车闯过哨卡逃过去。只有搭这种车，除此而外，走不了。不过这是很危险的，当兵的会开枪阻止。三人表示不害怕，一定要回汉口。工人们就留他们住下等机会，一住就是三天，心中都很焦急。

第四天，正在等着的时候，一个工人进来说："快！去上车，马上就走！”三人跑出来，看见一辆上面只有一个汽油桶和两只备用胎的空卡车正在加油。他们刚爬上去，油就加完了。他们连声谢谢都没有来得及说，车已经开跑了。车子咣当咣当地响，把他们三人颠得老高，撞得背痛。突然司机把头伸出驾驶楼，对他们喊着说："快趴下！小心开枪！"

前面公路上，出现三个手拿小红旗的兵。司机把车放慢了，像是要停车接受盘查。当兵的正向驾驶室走过来，汽车一加油，猛地冲了出去，就拼命地飞跑。接着就传来了枪声，子弹不断地从头顶和耳旁飞过。这时邓宛还没趴下，琯德伸手拉她趴下，把她的头摁在备用车胎的旁边，紧挨着自己。第一次两人的脸挨得这么近，琯德觉得贴着他的脸是那样的热，那样的柔软……不知为什么，就吻了一下那脸。邓宛一动不动，任凭他吻着。

枪声远了，停止了。琯德爬了起来，看见吴元正从汽油桶旁边爬起来。心想他应该什么也没有看见，就把邓宛扶了起来，两人背靠着驾驶舱，紧紧地挤在一起，但谁也不敢作声。

琯德一直不敢看邓宛，两眼盯着车外很快地向后退去的树枝，心中忽然闪出，不知是在哪本书上见过的长着翅膀、光着屁股，金黄色卷发、手拿小弓箭，专门射人家心的丘比特。心想：这回他的箭射中我了！

第十五章

汽车在大别山区的公路上飞跑着。遇到城镇，他们的车飞驰着穿城而过，在一些山村野店打尖。一路上只在黄安、麻城两处歇过夜，司机像是逃避灾难似的拼命赶路。三人毫无耽搁地顺利到达了汉口大智门。

满眼都是来去匆忙的人群，大街上各种车辆不停地流动。虽然离开大城市还不到一年，可琯德已有些不习惯了。有一些宣传队在广场、街口讲演、歌唱、演戏，还在庆祝台儿庄的胜利。连老人们也和青年人一样沉浸在热烈气氛中。

汉口的宣传队可大得多，戏中的化装、道具、服装也很讲究。但是，琯德觉得还是那个又小又土、成天在大山中转悠的流动宣传队更亲切。它就像一只山野丛林中的小老虎，蹦跳着、吼叫着，震动了祖国偏僻的山庄。

琯德不知道四哥和妈妈是不是已经到了武汉，邓宛也不知道自己的家住在哪儿，只有吴元的家是很多从安徽、南京、上海出来的学生在武汉的联络点，就准备先到他家去打听。可邓宛是一步也走不动了，三人只好商量定：吴元先回家去打听消息和各家的地址，琯德先陪邓宛在一家小旅馆歇下来等候。

这家小旅馆就在大智门火车站附近，现在住在里面的都是各地来的抗日救亡青年，其中不少是战区来的。他们见到琯德、邓宛，就像兄弟姐妹似的来照顾、慰问，赞叹他们在大别山区的工作。琯德从他们那儿得到了没有隔阂、猜疑，纯洁的同志深情。

傍晚，一个戴了副断腿近视眼镜、满头纷乱长发，神情飘逸、潇洒，诗人似的青年人来看望琯德和邓宛。他自我介绍姓杨，叫西光，认识琦德、珂德，他的弟弟、妹妹也在流动宣传队里。见到吴元，知道他们回来，就跑来看望他们，像亲哥哥似的与他们交谈。他一直在白区工作，现在在武汉是等着到延安去。琯德第一次听说“白区”工作，也弄不明白是什么，但是对去延安心里非常羡慕，就要跟他去延安。杨西光高兴地说：“见到你四哥，跟他说吧！”他很喜欢琯德，琯德也喜爱他，谈得很融洽。

该是吃晚饭的时候了。杨西光说：“你们在大别山坚持工作辛苦了，二哥带你们去吃东西！”就一手牵了一个走出旅馆。以后琯德一直就叫他“二哥”。其实，杨西光身上也没几个钱，就领着他们在附近一个小包子铺，叫了四笼小笼蒸包。邓宛不舒服，吃了两个就不想吃了；杨西光吃了一屉，其余的琯德都吃了。油滋滋的，琯德觉得从来没有吃过这么好吃的小包子。

杨西光约好今晚去打听他们家的地址，明天来送他们回家。两人回到旅馆，邓宛家来接她的人，正坐在房中等着呢。

邓宛忙问：“七哥，以后你到哪里去？”

琯德说：“当然还是找三哥和绚他们去。”

邓宛急着说：“我也还是要去的，我也还是要去的！”

来人劝说道：“你还是先回家，把身体养好了再说吧！”一面扶着邓宛出门登车而去。

在小旅馆房间里，昏暗的灯光下，琯德呆呆地坐着。心中空落落的，像丢了什么似的。她去了，匆匆地离去了。那狂奔的汽车上，备用车胎的后面，子弹喧嚣下，慌乱而甜美的吻，是不是也就这样离去了……

珂德护送母亲和全家到汉口后，就在市中心一个巷子里较便宜的旅馆中租了三间房。三太太和杨嫂住一间，德金和琼德一间，珂德带老八住一间。旅馆的伙食很坏又贵，大家都不爱吃，三太太只得叫德金到外面另买一些熟菜、面食回来吃。手中的钱日渐减少，生活又不安定，她极为焦虑，人消瘦了，面色蜡黄。现在使她还能支持下去的，就是离开桐城时，珂德说老七也要到汉口来，然后再决定下一步的去向。因而三太太忍受着一切，一声不吭，等待着心爱的儿子到来。

这天杨西光把琯德送到珂德的住处。还没说几句话，三太太闻讯赶了过来，进门后谁也没有看见，只看见了琯德。过去一把拉住，眼睛就再也没有离开过他，嘴里说道："你可回来了！菩萨保佑，可回来了！再别离开我了，再也别离开我了！要死就死在一起！你到哪儿，我也到哪儿，我要跟你在一起！"

琯德听了忙说："不行！我到汉口是来办事的，还要回去！你别跟我，别跟我在一起，我还要去打游击呢！你怎么行！"

三太太急得眼泪都流出来了，紧紧地抓住琯德说："我要跟着你。我行，我行的！你到哪儿我也去哪儿……"琯德还要说什么，珂德向他摇了摇头，示意不要说了。

接着他对母亲说："姆妈，别着急，他不会自己走的。您老快歇歇吧！"

像是一撒手儿子就会不见了似的，三太太一直拉着琯德。琯德只好随着到母亲的房里，和杨嫂、三太太住在一间屋里。

珂德终日东奔西走，三太太几次问他怎么办、全家去哪里，他都说不要着急，等几天再说。母亲望着忙碌的儿子，不忍心再给他增加负担，就不作声了。

天气闷热，谁也不愿在旅馆中待着。琯德从母亲身边溜出去逛大街。这天逛到一条电影院、戏院集中的街上，看见一家戏院门口的海报上写着今晚演出《王先生与小陈》。琯德觉得很新奇，那是名漫画家叶浅予画的一套讽刺上海小市民和某些社会现象的连环画。在南京时琯德挺喜欢看的，现在搬上舞台了，不知道是什么样子。正在门口徘徊，想着值不值得买张票去看，忽然听见有人大喊“老七”。琯德循着声音望去，只见从戏院里面走出一个高高的个子、长长的脸，眉清目秀，身穿白绸衬衫、白哔叽裤子，脚蹬白皮鞋神采奕奕的青年。他高兴地一把将自己抱住。原来是七婶的大儿子方筠德。

琯德高兴地说：“筠子！嗬，完全是一副青年公子的派头，我都不敢认了！”

筠子说：“你不是到皖西去了吗？怎么到这儿来了？现在有没有事干？要不也到这个剧团来演点戏，弄几个钱好不好？”

琯德说：“在这个时代还演《王先生与小陈》，有什么意思？！我不干。”

筠子：“嗐！谁说有意思啦！这些戏也就是要点滑稽，是没劲！你不干就不干吧。我在南京刚考上戏剧学校就打仗了，学校搬到湖南。现在还要往重庆迁，我就乘机跑到武汉来了。在这个剧团演点戏，弄点钱花花，好玩儿罢了！我还是要到重庆去的。三妈妈、你们家准备到哪儿去？”

琯德：“现在还没有决定呢。”

筠子：“呵！有时间我去看你们。再见！”说完抬手一挥，很帅地飘然而去。

琯德觉得这位堂兄很是不凡，真有点演员风度，心中有些羡慕，可又觉得自己与他不是同一种人，自己是学不来的……

武汉只要天气一晴就相当热，才四月底就只能穿一件单衣。而每遇到这种天气就会有警报。日本飞机虽然在武昌、汉阳轰炸过几次，但是人们并不害怕，而是更激起了同仇敌忾的意志，完全不愧是全国政治、军事、文化中心的武汉人民。正是这样晴朗的一天，坐在旅馆房间中的三太太心中正想，这么好的天，只怕又会有警报了。没等她说出口，就听见呜——呜——呜的响声，同时各处高层楼房顶上的警报器也都尽力地鸣叫起来——紧急警报。

但人们只是抬头看看天空，依旧各干各的事，并不给予更多的注意。琯德也走出旅馆大门，抬头望向天空。

蔚蓝的天空，偶尔浮过一两片白云，很是安静。一会儿耳际响起一阵沉重的轰鸣声，街上的人都跑了起来，可并不是去躲藏，而是向着更高的地方跑去。霎时，房顶上都站满了人，防空人员嘟、嘟、嘟地吹着警哨，高叫人们赶快下来。可没有人听，照样用手遮挡着阳光，仰头望着天空。

琯德随着人群一口气跑到了蛇山。在这里人们都在等待着，千万只眼睛搜寻着天空。忽然一片白云的深处，飞来一群苍蝇似的黑点，整整齐齐地压下来，压下来。

有人喊叫着："他妈的，日本飞机！"

"好多哟！"

"怎么搞的，高射炮怎么不打呀！"

"快打呀！打这些狗日的！"

不管人们怎么喊叫，地面上的高射炮、高射机枪还是沉默不语，只听见嗡嗡的飞机声沉重地压迫着人们的心。这时狂怒的人群举着拳头，叫骂的已不仅是日本鬼子和日本飞机，而加进了"汉奸高射炮""卖国贼高射机枪"等的咒骂。

忽然有人指着天空高喊："快看那儿！那儿！"

有人兴奋地喊着："我们的！我们国家的飞机！"

碧蓝的天空深处又出现了急速飞来的机群。它们毫不迟疑地，向着还没有来得及肆意滥炸的日本飞机猛烈开火俯冲下去。日本飞机被迫将密集的队形散开，拉高向云端里躲去。我们的飞机翻身追了上去，咬住它们的尾巴及时开火，日本飞机拖着一条浓烟倒栽了下去。

面对这战斗场面，武汉三镇的人民不由得同声高叫“好——”，接着是一片热烈掌声。空中的战斗迅速变化着，远方又来了一大队日本飞机，他们的力量明显地增强了，观看的人都紧张地注视着这一变化。只看见三架我们的飞机，并排着向列队而来的敌机群迎过去。敌机略一分散又聚了起来。一架已飞到敌机上面的我们的飞机，这时一个倒转身不顾敌人的炮火，也不回击，只是以极高的速度，向领头的敌机俯冲下去。那架日本飞机躲避不开，两机相撞了，只见一团火球向远方落去。人们的心也跟着痛苦地紧缩起来。

大地上一片沉寂，都在为那勇士默悼。同伴的壮举激励着其他的飞行员，纷纷向敌机冲去，纠缠一起，上下翻滚，火舌闪烁。有的飞机在空中爆炸了，有的拖着长长的黑烟栽了下去，根本分不清哪是自己的飞机，哪是敌人的飞机。战斗正酣，忽然又出现了几十架单翼战斗机，直扑日本飞机。很快天空中平静了，所有的飞机一下都不见了。

人们也缓慢地向家中散去，有人轻声说后来的单翼战斗机是苏联志愿大队的……

晚间，琯德在街头买回一张“号外”，上面用红色油墨印着：“我空军大胜！击落敌机廿一架！陈怀民烈士与敌机相撞身亡。乐以琴击落敌机七架后机毁跳伞，日军违反国际公法开枪射击，壮烈牺牲。”没有提到苏联空军志愿队参战的情形。

第二天的报纸上登载了这次空战的消息，并报道说，日本木根津航空队被消灭殆尽。

琯德一家与其他所有人一样，为打下这么多日本飞机兴奋，为牺牲的烈士伤感。

三太太对于琯德一个人跑到蛇山去看空战很不满意，唠叨说：“一个人跑去看飞机打仗！要是让日本飞机上的炮弹打死了，可怎么办？！”

琯德笑嘻嘻地说："姆妈就你胆子小，要都像你，中国就完了。你看昨天那些飞行员多英雄，中国人就要像他们那样才行！"

三太太一时语塞，不知怎么回答才好，但心里又有种充实之感。停了好一会儿说道："你这孩子越来越横头横脑了！怎么土匪没打得你半死，让你变乖些呢？"

琯德大笑说："那漂亮的土匪头子，才不会打我呢！"

晚上，躺在床上，三太太又问琯德："怎么办哇？这里天天也是叫人害怕。你多想想到哪里去能安稳些？！"

琯德说："现在是全面抗战，哪里也不会安稳。杀光日本鬼子就安稳了！"说完呼呼大睡。

这天，琯德拿着珂德给他的武汉各界人士关于"当前抗战问题座谈会"的请柬，兴奋地朝中苏文化交流协会跑去。

在二楼大厅里坐满了比琯德年龄稍大一些的青年；有工人、大学生、作家、艺术家，还有少数军官和为数不多的老先生、老太太们，都正在轻声地交谈着。琯德在人群中突然看见了铁生，忙从自己的座位上挤过去和他坐在一起，问道："你怎么来了？"

"来开全国学生第一次代表大会的，快开完了。四叔走了没有？我争取和他一起回桐城去。"铁生回答说。

琯德说："我和你们一起走！回三哥那儿去。"

铁生神秘地微微一笑说："那就不知四叔怎么安排你了。奶奶没有人管是不行的，说不定以后你要和奶奶一起走。"

琯德急忙问："到哪里去？是大后方吗？"没等铁生回答，就又大声说："我不去！就是带着我妈也要到大别山去！"这突然发出的喊声，引来了大家的注视。

铁生忙说："小声点，小声点！这是我猜想的。一切都由四叔决定。"

琯德不知道是因为心里着急，还是因为人们的注视而难为情，满脸通红不吱声了。可是再也坐不住了，只想赶紧回旅馆去，找四哥交涉。

忽然热烈的掌声四起，几个人走进了会场。第一人个子不高，一身青灰色布制服，扣子扣得整整齐齐的，穿一双长筒马靴；一丝不乱的偏分头；举手频频向大家致意。琯德觉得他的装束就像画报上苏联红军政委似的，真帅！同时听见有人轻声说："陈绍禹！王明同志！"琯德心想怪不得有如此风度。跟着进来的是身穿长衫、戴着深度近视眼镜的博古同志。他的后面是瘦长个子，有两道浓眉、留短头发，身穿灰色学生装的周恩来同志。另外还有邵力子和《大公报》的名记者王芸生等。他们在主席台桌前坐下。

琯德第一次和这样多的大人物、名人在一起，血管里的血都沸腾了。他已经忘了要去找四哥了，只觉得自己的两只手，由于鼓掌已从发热到疼痛了。

热烈的掌声停息下来后，王昆仑站了起来，说："武汉各界都很关心当前抗战的问题，今天请来各方人士和大家谈谈！在座的有共产党人士，国民党人士邵力老，无党无派人士王芸生先生。我们这个会本身就象征着全国人民团结一致，坚持抗战。现在就先请陈绍禹先生谈谈吧！"

陈绍禹在热烈的掌声中不慌不忙站了起来，等掌声停下后才开始说话。他一口很好的普通话，声音很高但不刺耳，听起来顺耳极了。他讲的是抗日统一战线问题，谈到了从国共合作以来战事的胜利，全国人民在统一战线下的团结。他热烈地说："在战场上，国民党人、共产党人一同在流血！我们的血是流在一起的，分不出哪是共产党人的血，哪是国民党人士的血……"

琯德兴奋地鼓着掌，完全被他那完美、协调的手势和声音所迷住。一篇长长的讲演在不断的掌声中就结束了，接着是王芸生、邵力子讲话，可是琯德这时一直盯视着周恩来，他是那么自然、宁静地坐在那里，微笑中带着谦虚。琯德多希望今天能听到他的讲话，可是他一个字也没有讲。

散会了，琯德被人们拥挤着退出了会场。在人群中他一把抓住了铁生，要他为自己回大别山的事，马上就去向珂德求情。

两人到了旅馆，铁生径自走进珂德的房间，关起门来低声说话。琯德虽然着急，但也不敢偷听，只得回到母亲房中躺下。三太太关心地问他到哪儿去了、肚子饿不饿等，他没有心思回答，却把会场上见到的人物一个个描述给妈妈听。特别介绍了一番王明和他的讲话，然后激动地从床上跳起来，在房间里走来走去。三太太听完以后，想了想说："血流多了，不就会死人吗？干什么要流那么多的血，这个人的血和那个人的血都分不清了！吓死人了，好个什么？你就是疯疯癫癫的。唉！不知道你会变成个什么样的东西。"

没有想到母亲听了以后的反应是这样，琯德顿时就凉了半截，只得又回到床上躺下，什么也不说了。

吃晚饭的时候看到珂德，可是他只顾低头吃饭，什么也不说。琼德皱着眉头在想什么；已是十岁的琥德规规矩矩地在吃饭。这种情形下，琯德不敢向四哥提出回大别山的要求，也只好默默吃饭。

饭后，他感到实在憋得慌，就向妈妈要了点钱，走出了旅馆。东走西走又来到戏院集中的那条街，一个剧场正在上演洪深编导并主演的《飞将军》。

洪深是琯德佩服已久的戏剧家。记得还是抗战以前的上海，卡尔登电影院放映了一部罗克主演的辱华美国影片。他和几个朋友在影片放映当中，大声吼叫起来，不准放映下去。洪深还跳到了台上向观众解说：这是侮辱中国的影片，中国人决不能让它继续放映下去，要求电影院立即烧掉它！他们在当时的青年、爱国人士中极受敬佩。今天能看到他亲自登台表演的风采，琯德当然是不顾一切地，马上拿出八角大洋买票，进去观瞻。

这出戏演的就是当前抗日战争中空军飞行员的故事。主人公为民族、为同胞牺牲个人的精神，感动得琯德直流泪。散场出来时，他生怕别人看见自己发红的眼睛，快步走出剧场。他心情仍在激动中，觉得《飞将军》就是在舞台上展现了日前空战中牺牲的陈怀民、乐以琴以及其他战斗牺牲的无数烈士的生活、他们的抱负、他们的哀乐。这给了琯德一种意想不到的感情升华。

漫步在回家的路上，他想将来做一个演员，一个真正的演员，在舞台上表现这些伟大人物的生活，这才是对人民的贡献。同时头脑中又浮现出戴涯、曹禺、马彦祥、赵丹、金山、吕班这些人创造的艺术形象。可自己怎么才能达到呢？谁知将来会如何？唉！真会像母亲问的那样"变成个什么样的东西"吗？

午饭后是旅馆中较为清静的时刻。珂德把琼德、琯德两个人叫到了他的屋里，态度十分严肃。他用轻微的声音说："我要和你们谈谈。我将离开武汉，仍旧回桐城去坚持那里的工作。"他停下，用深沉的眼光打量着面前的弟弟们。琼德安静地等待着哥哥往下说；琯德急切地想说什么，但慑于今天不同一般的气氛而没有开口。

"琯德的情况，三哥已经写信告诉我了。琼德在桐城一直跟我在一起，情况比较了解。现在得到这里上级党的同意，解决你们俩人的组织问题。你们俩可同意？"珂德声音不大，但非常清晰，极郑重地说道。

琼德激动地点了点头。

琯德兴奋地喊道："同意，同意！早就盼着这一天了！"

珂德立刻制止他，说："老七！这是什么地方！喊叫什么？！"说着走去插好门闩。"请你们现在一个个地讲一下，对中国共产党的认识和自己的思想转变过程。"

"什么？思想转变过程？！……要不我先讲对中国共产党的认识……"

琯德心里想着，同时就立刻开口说：“我讲！”珂德冲他点了点头。

他就从在安庆时，“九一八”那天被四哥抓住问今天是什么日子他不知道，被四哥揪住耳朵狠骂了一顿以后，就想自己一定要知道“九一八”，一定不能“醉生梦死”讲起。那年轻、热情、亲切的黄老师，不但使他明白了“九一八”，还让他知道了蒋介石不抗日；知道了新三民主义联俄、联共、扶助农工，“四一二”蒋介石叛变等。讲起在安庆街头宣传抗日时，和黄老师共吃她的午饭——一个烧饼；在黄家师小学的楼上走廊里，瞪着泪眼，望着她在刀枪林立中被反动派杀害。这就是中国共产党、他接触的第一个共产党。后来他把在南京参加“学联”，参加“抗日流动宣传队”深入大别山宣传群众、动员群众等一切都说了。

他心想四哥一定会骂他啰唆，没有想到珂德点点头说：“很好，很真实。”接着琼德也讲了。

珂德向他们解释，目前在白区情况特殊，自己是他们的入党介绍人，又是入党宣誓的监誓人。说完就在屋里唯一的桌子上，放了一本红颜色封面的书和一个火柴盒。红颜色的书封面，代表中国共产党的党旗，火柴盒就代表马、恩、列的相片。让他们两人面对桌子站着，举起握拳的右手，跟着他一句一句地宣读誓言。琯德觉得一切都不同了，显得那么有力、巨大而生机勃勃，自己也全身充满了力量，想要去干点什么。

珂德说：“同志！祝贺你们！也欢迎你们！”热烈地和他们一一握手，像对两个老战友、老同志一样尊重而充满深情。然后让他们坐下，详细讲解对党员的要求、地下工作的纪律。不知不觉已是黄昏，德金来喊吃晚饭，四哥才开了门。

琯德一直很兴奋，根本吃不下饭，觉得心在燃烧，热极了。他跑到街上买了好几支冰棒吃下去，才感到好点。邓宛的影子不时来到眼前，真想拥抱着她，在她的耳旁悄悄告诉她自己的这一重要时刻。心想她一定也会马上要求参加共产党。同时，珂德那严肃而又郑重的话“这是任何人，哪怕连妈妈也不能告诉的绝密。是党的纪律！”不停地在耳边重复着。回到旅馆，他不自觉地跨进了母亲的房里，静静地坐在她的身边，望着她。心里在说：“姆妈！从今天起我就是党的了！当然也还是你的，但第一是党的，你懂吗？”

三太太觉得很奇怪：今天这个孩子怎么与往日不同？这么安静，好像懂事了一些。于是问道：“老七，有什么事？”

琯德在心里说：“姆妈，不能告诉你的。”他紧紧地抱了抱母亲说：“我想去看应莲，告诉我她的地址吧！”

到武昌，街灯已亮，但比汉口的显得昏暗。琯德找到了那条街，但已经看不清门牌上的号码，只好一个门一个门地数过去。终于找到一幢黑色小门的两层楼房前。琯德使劲拍着紧闭的小门，里面的人可能是被这种敲门法所惊，慌忙地打开了门。琯德一看是四叔，穿着一身白色的小褂裤，站在他面前一时愣住了。方四老爷一看门外站的是小老七，满脸不高兴，一转身进去了。琯德立刻跟了进去。

走进客厅，方四老爷就说：“啊，你们也来了，住在哪里呀？”

琯德回答道：“住在汉口旅馆里。”

四老爷说：“还是早点想办法找个安身的地方吧！”没等琯德答话，又接着说：“我这里也很挤，房租太贵了！现在什么都贵哟！大家都是在‘跑反’，很难相顾啊！”

琯德心想：“我又不是来找你相顾的，我是来看应莲的，说这些干什么！”就没有吱声。

四老爷又说：“你四婶今日身体不怎么好，早睡了。应莲恐怕也已经睡了。”下逐客令了！

琯德心里直冒火，真想也说几句不好听的话给四叔听。挡着后楼梯的门帘一下掀开了，应莲走了出来，四老爷和琯德都很意外。

“老七，真谢谢你们惦记着，老远的还跑过江来看我！”应莲站在门口睁着她那双又大又亮、忽闪忽闪的眼睛望着他说。

琯德觉得她高了，黑了些似的。想不到她现在居然敢在四叔面前这样不卑不亢地讲话，真是由衷的高兴。只听见她接着又说：

“爸爸要睡觉了，你到楼上我的房间里来坐吧！”

四老爷忙说：“好，好！你们谈吧！你们谈吧！”转身进他自己的房间去了。

应莲牵着他的手，领他上了那黑乎乎的楼梯。

她的房里有一张床、一张桌子、一把椅子，另外还有两样琯德没想到的东西。一向生活环境可说是简陋的应莲房中，现在竟然摆个深色衣架，不过上面只挂了一件月白色的布旗袍。还有就是楼下的房间是电灯，而楼上她的房里却点着一盏煤油灯。

琯德不禁问道：“为什么你点煤油灯？”

应莲说：“原来就是这样的，管它呢！能让住就行……不说这些了。三哥和绚他们来了没有？我特别想他们。”

琯德说：“他们到山里去打游击了。邓宛因为老是生病，三哥叫我送她回家，现在她已经在她妈妈身边了。据说她家在珞珈山，具体地址不知道，我很想找她。铁生也来武汉了，你见到没有？”

“没有，我整天上学，哪儿也没有去。”

琯德热切地说：“我们常常谈起你，不知道你现在怎么样了。”

应莲说：“回到亲生爸爸这儿和在那个爸爸那儿也没有什么两样，就像搬了个家，对我都一样。不过，我还是常常想那个爸爸。他是个可怜人，只好随着自己的妻子到广西去了，现在音信渺然。”她停了一下，又接着说道：“正好你帮我想想。还有一年我就高中毕业了，爸让我念完高中，就去找个事做，不要上大学了。怎么办呢？”琯德听了以后，真生四叔的气。都是自己的女儿，为什么单不让应莲上大学呢？可又想，不让上就不上好了，有什么了不起，上前线抗日去！正想说些什么安慰她，只听见应莲叹了口气说：

“其实想通了也没有什么可愁的。不管怎么样，反正我是要念大学的！你还回三哥那里去吗？总有一天我会和你们在一起的。”

琯德觉得应莲变了，再不像个尼姑似的了，她有自己的理想、自己的主张了，不禁高兴地大声说：“太好了！想和我们在一起了！我将在战场上等你！”说完站起来，热情地跟她握了一下手，应莲也用力地回握了一下。“可是，目前还不知道要我去哪里呢！一切要听……听四哥的。从今以后我没有什么个人需要，一切服从工作需要。”琯德差点说出“一切要听党的”。但是这个年轻新党员的几句心底话，并没有引起应莲的注意。

不知不觉已谈得很晚了，琯德怕没有了轮渡，过不了江，就站起来告辞。应莲送他下来，没想到四老爷把楼下房间的电灯给熄了，不知是为了省电，还是对琯德不满。黑咕隆咚的，琯德差点摔一跤，应莲赶紧到墙边把电灯拉开了，嘴里说道：“我就是要开灯！”

这个简单的动作，蕴蓄着巨大的反抗力。琯德感到她对自己、对今后的道路是能掌握的，放心地说：“好吧，总会再见到你的！”大步走了出去。

琯德走了很远，回过头来还看见应莲伫立在两扇小黑门边的身影……

在轮渡上，琯德倚伏着栏杆，望着跟他的心境一样平静的江面。但邓宛的音容不知不觉又袭上心头，是那么热情活泼而又温柔迷人，使得他刚平静的心，又像江轮驶在水面，搅起层层微波。猛抬头见碧空弯月，就觉得自己的心正挂在那弯月的钩上晃悠呢。

珂德向琯德、琼德宣布了上级党的决定，让他们和母亲、八弟一同到四川重庆去，主要做青年工作，有条件也可以搞些工人工作。珂德个人的意见，还是到学校里去做学生工作比较合适。

瑨德心想："这可怎么办？我什么功课都忘了。再说自从被市立二中处分'留校察看'以后，我就再也不愿读什么书了。怎么办呢？……"正在着急，就听见琼德说："我去考大学，学经济学，同时做党的工作。经济学对党的工作也是有用处的。"珂德点了点头。

瑨德听了以后，想起自己在宣传队演戏，还想起了�子，轻声地不太有把握地说："我演过戏，也许能去考戏剧学校吧？"

珂德说："就这样吧，以后你们自己去闯吧！"珂德低下头停了一会儿，抬眼深情地注视着面前两个弟弟说："我们很快就要分别了，今后照顾、抚养八弟和母亲的责任恐怕就要交给你们了。老五直到现在还在湖南一带工作，他也不可能管这个家。作为母亲最大的孩子、你们的大哥哥，老三和我对于这样的安排，心里是很不好受、很沉重的。我们的母亲生活是不幸的，她的希望就是我们……你们两个，尤其是老七，正在成长、学习的时候，就必须挑起奉老抚幼这重担。但为了我们国家民族千百万的老人、孩子脱离灾难，能像人一样地生活，我们心甘情愿。同时，相信你们也会勇敢地挑起这副担子。"谁也没有出声，但都在激动地想："为了国家，为了民族……"

瑨德告诉母亲，老六、老八和自己跟她一起到四川重庆去。三太太听了以后怔怔地说："到四川！那你四哥呢？"

"四哥说他回桐城去。"

"老三、老五呢？"

"五哥在湖南宣传抗日。三哥我不是告诉过你，到大别山打游击去了吗？"瑨德有点不耐烦地回答道。

"他们不和我们在一起了！也不到这儿来一趟！"三太太自言自语地说。

琯德很不以为然地对母亲大声说："姆妈！你是怎么想的？他们怎么能都跟着你呢！他们是在抗日，在打日本鬼子！"

三太太点点头说："是呀，打日本鬼子……我呀就是苦命。要是在南京，那点地皮还可以盖些房子，他们成家住。再租一些出去，生活就不会成问题。唉！没想到会这样！谁知道以后又会怎么样呢！"

琯德着急地说："哎呀，姆妈！现在只有你还在做那个梦，那是不可能的！姆妈你别害怕！有我呢，我养活你！"

"还有小老八呢？"

"也由我管。好了，你别东想西想的啦，想不出个道理来的！"

三太太不出声了，可心里还在想："不管怎么样总算有个去向了，不用每天住在旅馆里了。再说老六、老七在自己身边，老六还可以去上大学，到时候总不至于不帮把手。身边还有存在大陆银行的一点钱，也许还够生活和他们念书的。"想到这里，觉得有了点头绪，心情也开朗了些。

虽然珂德没有说什么，可是三太太意识到，自己很快就要和他分别了，再见面将不知是什么时候！自从逃难出来就不再喝酒，今天三太太叫德金去打了四两，还买了些下酒的菜回来。

开饭时，茶房把饭菜送到三太太房里。杨嫂、德金跟着进来，帮着安排好。住到旅馆后他们就在一起吃饭。三太太让杨嫂再给珂德放一个杯子。

她对珂德说："我知道你喜欢喝酒，今天我陪你喝一杯吧。"

德金、杨嫂、老八感到今天有点不一样，就特别地安静。老六平时不爱说话，现在更是埋头吃饭；老七爱说话，可即将和四哥分别，心中怅惘而无语；珂德知道，自己和老三是母亲的骄傲、希望和依靠，可是都离开了她，在这临别时不能再使她伤痛了。因而饭桌上出现了一种掩饰每个人内心激动的宁静氛围。

珂德以从未有过的温存说道："姆妈，你太好了！我喝了？！"

三太太微笑着点点头，这个微笑就一直这样留在她的脸上。

珂德喝了一口酒，找些有趣的话题跟母亲说，慢慢说到湖北的小吃。

“姆妈，这儿有一种东西不但很好吃，而且很有意思。铺子里放一口大铜锅，锅盖上面挖了二十几个圆窟窿，每个窟窿里放一个带盖的水氽子。客人来了拿出一个倒在小碗里，就是一碗香甜可口、温热的莲子汤。我看着那只大锅，总觉得它是一只大莲蓬，那么带盖的氽子就是莲子……”一讲到吃，瑄德就来劲了，还有豆皮、蒸糕、炸糕、炒面等等，抢着补充了好几样。

三太太静静地微笑着，不时抿一口酒。她听着、看着孩子们，更多的是在冥思。

“走吧，走吧……但愿早点把日本人打跑，还回到南京家里。老三、老四、老五都回来，都回来……”酒，只剩一口了。

三太太说：“老四，就一口了，喝干了吧！”说完一饮而尽，珂德也喝干了杯中的酒。

三太太接着说：“我们要去四川了。那是个什么地方，我不知道。从前只听你们的父亲说起过，那里山高路远，水急浪大路难行，是个生有猴子的地方……”大家谁也没有出声。

“我们要去了！现在是打日本人，我知道你们养不了家，帮不了我。”她转脸向珂德，“你总会见到老三、老五的，也告诉他们，我但愿你们好好做事，每个人都能娶上一个好老婆。不一定要好看，一定要忠厚，能持家。寄张照片给我看看，我也就放心了。”说完端起了饭碗。

为了不使母亲伤心落泪，珂德故意滑稽地说：“像我这样有什么好老婆来找我，找到的一定不好看。等小老七找个漂亮的回来吧！”瑄德听着咯咯地傻笑，引得大家都笑了。

忽然德金离开饭桌，向三太太跪了下去。珂德连忙把他拉了起来。

德金低声说："太太，我想不去四川。我已经是近七十岁的人了，到四川的路那么远！我再不能走那么远的路了。"说着哭了起来，"我本想伺候您老人家和几位少爷，直到他们长大娶亲，我再回桐城老家，把几根老骨头埋到方家祖坟旁，就算对得起老爷和祖宗了。可现在……要是不回去，我就再也见不到家乡了！"

这是大家没有想到的，都怔住了。

三太太深深地叹了口气说："也好，你就和四少爷一起回桐城去吧。这些年，尤其三老爷去世以后，都多亏了你。你在我们家待了一辈子，也该回到家乡里养老，和儿孙们在一起享享福了。回头给你路费和半年的工钱，回去吧！要是四少爷离你不远，还要你多照顾才好！"

最后德金还是郑重地向三太太叩了一个头。

人们一方面号召"保卫大武汉！""与武汉共存亡！"，一方面动员宣传队、服务团到敌人后方去，因而武汉的人向哪个方向流动的都有。公路、铁路、轮船都是满满的，载着人们到达武汉，又从武汉分散开去。各种售票处均是无票可售。

五月下旬，汉口炎热，要走又走不了，旅店花销大，使得三太太着起急来，常常发脾气，责骂老七："你这个小人，只知道成天东跑西跑，这么多天了就买不到一张票？"其实，三太太的这些责备是冤枉了老七。最近他有了不少的变化，不再那么任性，严肃了许多，每天为船票到处奔波。他像是意识到自己身上有了责任，对革命事业，也对母亲。

从前要是听到母亲的责难，他不是撒娇就是混吵混闹，而现在只是焦急中带点委屈地说："凡是卖票的地方，我都去过了，可是都挂着'票已售完'的牌子，什么时候有票不知道。不信你自己去看看。"三太太心里知道，孩子为了船票也是很着急的，就没有再说什么。

忽然她想到了一个人，对琯德说："你赶快去打听一下，你七婶娘还在汉口不在，去找她想想办法！”这倒是条路子。

于是，琯德马上跑到演出《王先生和小陈》的那个剧场去找筠子，没想到他已经不演这个戏了。好不容易辗转找到了，只见他穿着一身白色的西服，白色的皮鞋，还是那么风流潇洒。琯德问他怎么不演《王先生和小陈》了。

“不跟他们干了，那些家伙欠我的钱不给。我准备去重庆，还是去上学，有个资格好办事！你找我有事吗？”

琯德：“想问问七婶娘住在哪儿。我妈妈要去四川，想找她帮帮忙。”

筠子摇着头说：“我娘早就去重庆了。明天我去找你，想办法。”说完，依然是抬手一挥，飘然而去。

第二天，筠子交给琯德一张“刘启瑞”的名片，边上还写有“请诸兄照顾”之类的话。

琯德问：“刘启瑞是什么人？”

筠子说：“他是我爸爸的学生，是我娘派他帮助戴笠成立的‘军统’。你放心！从这里到四川，各军警头脑都是他的部下，肯定有办法。这张名片是娘走的时候留给我的。”

琯德说：“那我们就一块儿走吧！”

筠子说：“我先不去重庆了，几个朋友约好了去参加空军的‘神鹰剧社’，可以坐军用飞机直到成都。你就拿着这张名片，到轮船稽查站去找站长，保险可以走。当心，别丢了！”说完，向三太太微微一鞠躬，向琯德抬手一挥，飘然而去。

琯德按筠子说的去找，果然很灵。那位上校长官写了个条子“准许五人登轮”，并注明了是房舱，连船票钱都没有要。就是有一点，这条轮船要等一星期后才能到武汉。

一个星期过去了，终于可以走了！

这是一条很旧的船，登船处都是大兵持枪把守。上船的人不算多，都是凭信或条子的。

珂德和德金把三太太他们一直送上了船，五个人被安排在一间上下铺的舱房里。有人说这条船上装有军用铜块，怕日本人的飞机轰炸，不能久停，很快会开船。果然有人来通知:“马上要开船了，送行的人赶快下船！”德金、珂德只好走到趸船上去。三太太、琼德、琯德、琥德和杨嫂，都从舱房中出来站在舱面上望着他们俩。

汽笛一声长鸣，船在不知不觉中离开了趸船。这时，珂德不停地招手，德金不习惯地抬起双手，满面泪痕，喊道:“太太！少爷！多保重，我等你们回来！再到南京伺候你们！”最后，只见他蹲在地上擦泪，珂德站立在他的身旁。

与这位从小就带自己的老人分别，琯德心中十分苍凉。也许这就是最后的一面了。他久久地留在舱面，直到趸船成为一个模糊的影子。

第十六章

上水船本来就慢。而这条船大概是军用铜块装得太多，行走得就更慢。杨嫂晕船很厉害，只得老躺着；三太太也晕船，因而不愿动弹；琼德是终日在他的铺位上看小说；只有琥德和琯德还是原样。琯德特别喜欢船上的蛋炒饭、什锦炒饭，炒得又油又硬，饭米粒都一粒不挨着一粒。每次吃的时候，三太太总要用她那说得极慢的带苏州味的话说："这个饭硬的来，牙齿都酸了！"而琯德总说太好了，吃得十分快活。他还常常到甲板上去溜达。船上的乘客并不多，都是些迁往陪都的军人眷属，还有一些军官和船员。大多数人都没有到过重庆，对那块土地怀着一种神秘、新奇之感，谈论它或听人谈论它：那是一个建在高山顶的城市；房子是用竹子盖的，一幢一幢地挂在山壁上；每年九月到第二年四五月常是终日大雾；那儿的轿子，是两根长竹竿中间吊着的一个竹片片联结成的软兜，叫作"滑竿"；四川人特别爱吃辣椒，那些辣椒都朝天长，辣得人直流眼泪，他们称之为"海椒"；他们把老鼠叫"耗子"，那些耗子不怕人，个儿特大，有一尺长。琯德每天都能听到一些关于重庆的新奇事物，回到舱房再绘声绘色地讲给母亲、杨嫂她们听。

船到重庆朝天门码头，琯德心想可以看见挂在山壁上的竹房子了。可一看，根本就没有山，也没有什么竹房子。只有一磴一磴长条石铺就的大台阶，总有好几百级，就像要压到头上来了似的。三太太看见的则是那些坐滑竿的人，被两个骨瘦如柴的人抬着，头下脚上地斜仰在两根竹竿上，慢慢地走向大台阶的顶上。她简直被吓坏了。不过，终究还是坐了。开始很紧张，以后也就适应了。马路是修在一个接一个的、长长的大坡上。偶尔驶过一辆拥挤不堪的公共汽车。两边是商店、楼房，看上去都不是竹子的。马路两旁还有一些通往各处的小街道。不管是往上还是往下，都是一级一级的台阶，接连着层层盖了房子的山坡坡。一行人刚从坡上下到坡底，在人行道上缓缓地走着时，就听见背后坡顶马路上有呼喝之声。回头望去，只见一辆人力车从上面如飞矢般而来。人力车的车把翘得高高的指向天空，那拉车人的两臂使劲压住车把的前端，让整个身子坠在车把上，只用脚尖点着地大步地跑，同时嘴里高声呼啸着，风驰电掣般地掠过琯德等人的面前。看得琯德惊心动魄，心想这拉车的人固然是技艺高超，那坐车的人也真得有点不怕死的精神。

琯德一家暂时安顿在白华大表哥家里。他们是较早到重庆的，就住在两路口一个山坡下面的房子里。住在这里的还有筠子的母亲七太太，带着几个小儿子复子、同子、瑞子。还有九姑带着陈纹。再加上三太太一家，大有人满之患。三姑老太和大表哥虽都表示热诚地欢迎，但三太太终是极为不安，让琯德赶快去找房子。

五月，山城的天气已很是闷热。不时下些小雨，街上十分泥泞难行。琯德到处奔走，寻找住房，但没有什么结果，却打听到戏剧学校也迁到了重庆，大约八月份招生，因而更希望快点找到房子，让母亲、弟弟安居下来。可就是找不到，心中十分焦急。就在这个时候，七婶告诉他，四老爷和七姑老爷在江津找到了房子，都搬到那里安家了，让他也去看看。三太太听说后就叫琯德赶快去，如果地方好，就把房子找好定下来。

第二天一清早，琯德就搭小火轮去江津。江津在重庆的上游，约六十里水路。上水船走了五个小时左右。中午一点来钟时，就见十来里江岸边一片葱翠的橘林，令人感到清新。琯德怀着美好的印象上了岸，进入了一个平坦、幽雅的县城。坦直的路边都种了树木，空气格外洁净，是个住家过日子的美满地方。

七姑老爷和四老爷住在国家公馆。琯德拿到地址时，就想这国家公馆不知道是个地名呢，还是一所房子的名称，不管是什么都够有意思的了。当地人倒不感到新鲜，告诉他一直向前走，看到白围墙就是了。将近城门口，果然看到一溜足有四米高的白围墙，根本看不见里面是什么样。也没看见大门，直走到城门边上，拐进一条小路，才看见白围墙上的两扇冲着城墙开的大红门。没有看门的，也没有上闩，琯德就推开大门走了进去。一个极大的天井在眼前，左面一个跨院，里面很多高大的房子，还有月亮门。正面看去可能有三进，房子都很高大。后面好像还有一座楼，极有气势。

琯德在第二进中间的两间屋子里，找到了方四老爷和四太太。四太太很热情，马上叫女用人去做饭来吃。四老爷也跟着四太太走出走进地招呼着。他们是和七姑老爷一家，一个月以前从武汉直接搬来的。这房子的主人和七姑老爷有些亲戚关系，也姓邓。四太太让琯德赶快把妈妈接来，在这儿安家。这里地方好，房子也多，在一起大家也有个照应。琯德一边吃饭一边点头。

下午应莲放学回来，她在国立九中借读，就在江对过。九中是专为流亡学生而办的，所以能在那儿借读。

应莲很高兴地说：“我知道你们必定会来！你看到邓宛了没有？我去叫她。她们家就住在后面！”说完就走了。

琯德一听到那个名字就心跳不已。一会儿应莲带着邓宛来了。她很健康，容光焕发，并不激动。战地的风尘、临别时的病容，已是一扫无遗。

那一头特殊而又吸引人的男孩子式的短发，洗得干干净净，好像还抹了些油，乌亮滋润。

她见到琩德只是微微地一笑，没有一点与常人见面不同的地方，也不像是为掩饰自己热烈的情爱而故做出的冷淡。琩德数月的思念，被这微笑不经意地就撩开了。热切的目光，被一层橡皮似的墙无声无息地挡了回来。他僵住了，不知如何是好。只听见应莲兴奋的声音喊："你们和三妈妈快搬来吧！房子已经定好了，就在我的屋子旁边！来，带你去看看！"

应莲在前，邓宛在后，三人一起向后面走去。就在应莲房间后窗户那儿，很高很大的两间，里面的一间还是套房。有床、桌子、椅子等竹制的家具，非常的干净明亮。四川租房子大都带家具，这对琩德一家来说，真是雪中送炭。原来家里的家具全丢在南京了。买吧，又得花掉一大笔钱。这里各方面都让琩德满意。

四太太跟着进来说："还好吗？将就着住吧！你觉得可以的话，就到七姑老爷那边说一声去，房东与他有关系。"

邓宛这时才开口说话："去跟我爸爸说说，让他跟房东说一声。"口气就像那房东是她的大管家似的。

琩德心中极不愉快地说："好吧！"跟在邓宛身后向第三进走去。

七姑老爷一家住在正中四大间高大舒适的房中。邓愫见他们来到，忙微笑着站起来迎接，她依然那么美丽、文静。七姑老爷有人请吃饭，今天不在家。瘦小的七姑太太板着脸毫无笑意，冷冷地对琩德说：

"老七呀，今天我要说说你！你把小宛带到前方、乡下、山里东奔西跑的，还让土匪捉了去，这有多危险呀！差点送了她的命。又是演又是唱，又没得吃，还要她走那么多路，把整个身体拖垮了。我看要不是病了，还回不来呢！总算老三还有点良心，想着赶快送回来。要依你呀，还在野跑呢！"

应莲听不下去了，悄悄地转身走了。邓宛在一旁，一句话也不说。

琯德只好说："是她自己要去的。这不是好好地回来了吗！"可心里就像有块大石头堵着似的难受。

最后，七姑太太说："好吧，把你妈接来吧。"

琯德看了邓宛一眼，就走了出去。

晚饭后，四太太拿了床薄被子，让琯德就在要租住的房间里睡了。

这一夜琯德完全没有入睡。他想不明白，邓宛是怎么了，那么冷漠、倨傲，像变了个人似的。是对所有的人都这样，还是仅仅对自己？……不，不会的！当自己还羞于与女孩子接触时，她像一盆火似的靠近自己，像磁石一样吸引自己。在宣传队中一刻不能相离，在深山荒村她无力地依在自己胸前，一口口吃着喂到嘴里的、讨来的剩饭残汤。那颠簸的大卡车，那初吻……不会的，绝不会的……远远地传来了鸡鸣。琯德轻轻起身，走出白围墙上的大红门，从宁静无人的路上，独自走向小火轮的码头。

回到重庆，琯德把江津国家公馆的情况一一告诉了全家，大家都很高兴。琼德已决定报考有名教授马寅初讲课的重庆大学经济系，巴不得早点有个安静的环境准备功课。三太太满意那里的路平坦，不是出门就得上坡或下坡，老八也可以到九中上学。当然她不知道七姑太太骂琯德的事，因为他只字未提。否则，三太太决不会去跟他们住在一起的。

这时九姑受聘于戏剧学校，任国文教授。琯德从她那儿知道，剧校的校长是余上沅，教务主任是万家宝，就暗下决心，一定要努力争取考上剧校。这样，自己就可以是所敬爱的九姑的学生了，也就想快点把妈妈和家安顿好，准备考试。这样全家都急切地希望快点搬到江津去。

即将离开三姑老太亲切而又拥挤的家了。夜晚，琯德走向纹与九姑居住的小房间，向她们告别。房间里没有一点声音。纹不在，只有九姑一个人坐在窗下桌前，凝望着窗外的月亮。琯德的脚步声惊动了她，她转过头来。不怎么明亮的煤油灯光照在她的脸上。那是张充满母爱的脸，可是两只大眼睛里藏着深沉的悲戚，面颊闪着泪光。琯德见到后不知所措了，就想赶快退出去，却听见了一声轻唤："老七，你来！"琯德走了过去。

"老七，你为什么不把绚也带回来，带回到我的身边。你们是一起走的，现在邓宛在她母亲身边了，而我的……萨福，萨福远在上海，现在也不知道怎么样了……你是自私的，我真恨你！"

面对这闪着泪光的母亲的脸，琯德吓坏了，不知用什么话来安慰这颗焦虑的心，只得深深地低着头站在那里。

"老七！"琯德抬起头望着九姑，她已擦去了脸上的泪痕，温柔地说："吓坏了吧？孩子，别怕！我怎么会恨你呢。那是我一个人待着，一时的孤独感作怪罢了，原谅我！来，坐到我的身边！好好地告诉我绚的情形。她想我吗？"

琯德过去坐在她身边的床上，轻声说："绚姐常常想你、想纹姐。她坚信你和纹姐会永远革命的。她是坚强的，不愿在母亲和姐姐的庇护下长大。她要自己在战斗中成长起来。"停了一下，琯德又说："现在绚姐、三哥他们多好呀！正和新四军在一起呢，我多想能和他们在一起啊。九姑，你不要担心，还有我三哥在那儿呢！"

九姑抚摩着琯德的头说："是的，现在她和新四军在一起，她是坚强的！我的好女儿！"直到陈纹回来，琯德向她们告别后走了出来。

在江津，三太太对国家公馆的大房间，便宜的活鱼、蔬菜很满意。而几兄弟还特别满意的是，只要交一毛钱就可以在里面吃个够的橘园。总之伙食大大改善了。

在国家公馆这所大院里，除了邓宛和她叔叔、方四老爷、琯德家和徐祥达这几家外，在西边有一所五间大北房的单独院子。绿色的小院门，房子是红漆的柱子、高大的瓦顶，还挂了一块黑底子的匾，上刻绿色的"无我”两个大字，里面住的是佛学大师欧阳竟无。琯德听说是位佛学大师，就想象那院子里一定是一尘不染的仙界一般，而那位大师则是长着长长的白色寿眉，胸前飘洒着五绺长髯，手持念珠，仙风道骨的。

有一天，在四叔的书房中，遇见一位矮矮胖胖、穿一身夏布褂裤的人。他圆圆的脸，红光满面，白发剪成小寸头，胡鬃刮得干干净净，脚上是一双白布底的青布鞋，向着四叔大声地高谈阔论。在一边的琯德感到，整个房间里充满了这个人，自己好像马上将被溢出去似的。四叔介绍，他就是欧阳竟无先生。琯德望着他心想：他的名字怎么会是“竟无”呢？不过还有一点与佛有关系的，那就是他脸上和蔼慈祥的笑容，以及他胖胖的手腕上戴着一串短的颗颗圆粗的楠木念珠。他并不捻着念经，只是戴着。

常在四老爷书房里的另一位高谈阔论者，是大名鼎鼎的陈独秀。他就住在琯德一家房间后面一进带阁楼的屋子里，中等的个子，秃顶，只在后脑勺上有半圈灰白色、稀稀拉拉的短头发。长形脸，两只眼睛非常有神，一口的安庆腔。他经常是一身白布裤褂，白袜子黑布鞋，手里摇着一把古色古香的纸折扇，一面写满了字，一面是山水画。他的太太看上去比他小二三十岁，很少听见她的声音，只见她进进出出地做家务事。

陈独秀与方家、邓家是世交，可是对琯德这些年轻的、刚入党不久的青年人来说，却是碰到了重大的情况。中国“托陈派”的头头，立刻引起了青年人高度的警惕。光警惕还不够，还主动地去注意、监督他的行动，准备有可能就向党组织汇报。

果然在邓愫那里发现了他的许多小册子。有的是别人写的关于托洛茨基的论文或是介绍托洛茨基思想的；也有陈独秀自己写的东西，其中有本是关于小学的论著，题名就叫“小学”。邓愫根本不看这些东西，拿来了就随便放在那里，东一本西一本到处都是。琯德这帮青年人却认为陈独秀是在宣扬“托派”理论，不能等闲视之，要加以注意。还发现有个姓何的中年人，常常带领一两个人来找他，在屋里叽叽咕咕地说话，然后匆忙离去。瑨德等就认为其中准有党派活动，紧张地注意了很久，始终没有发现具体的什么，也就不了了之。

一天，瑨德正走过四老爷书房门前，听见陈独秀在对四老爷说："唉，孝远哪！要注意啊，目前的青年受共产党的影响不小啊！你家二小姐恐怕也是激进的吧。光有点激进倒还不要紧，要是被延安那边的拉过去了怕就不好了。你一定要写信告诉她：'书，读点就行了。社会复杂得很哪，不可随便去参加什么。'我是吃过大亏的人啊！"

瑨德听到这些话以后，心中为方珍现在激进起来而高兴，而更主要的是对陈独秀的愤怒，就冲口向着房中大喊了一声："打倒托派！"转身就跑了。不久陈独秀家的房门上，就出现了用粉笔写的"打倒托派！""打倒托陈派！"等口号。

《大公报》发表了一篇陈独秀写的题为《战争与和平》的文章。大意是有了和平才能有文化，战争是毁灭文化的。瑨德读了以后，认为这是反对抗日战争的一种隐喻，但又无力写文章反驳他，只得加强高喊"打倒托派！"

有一天在天井里，他与陈独秀面对面地遇见了。瑨德正准备高抬着头傲然而过时，陈独秀却抢到瑨德面前，向他深深一鞠躬，用极其恭敬的口吻喊了声："七少爷，你好！"然后擦身而过。瑨德被他这一举动惊傻了，完全出乎预料，一时猜不出这是什么意思。后来才明白，陈独秀是在讽刺自己，意思是，你自己觉得已经很普罗列塔利亚啦，其实依然是个少爷罢了！瑨德气极了，但是，对他又不能怎么样。回去告诉了琼德、应莲等一帮人，大家都说陈独秀太厉害了。

不久，瑨德的八婶带着小管子也来到了江津。八叔在管子幼小时就离开妻子，在外另组织了家庭。管子与母亲相依为命生活，对母亲特别孝顺，母亲则把他视为自己的一切。八婶文静而秀丽，有点日本美人的味道，琯德十分喜爱她。

管子比琯德小一岁，已是十六岁，也在江对岸国立九中读书。他在家乡是祖父方五老太爷亲自教导，所以文学修养极高，超过他那些同学很多。在南京，尤其是在桐城时他与琯德最要好，现在又都住在一所大院里了，更是时时在一起，经常谈局势、谈革命事业。他非常疼爱母亲，也很清楚自己就是母亲的生命。而他不顾个人亲情，决心献身革命事业，要求参加党组织。对于他的要求，琯德很是感动，决定等到自己的组织关系一接上，就向党组织正式介绍他入党。这个阶段两人读了米定的《新哲学大纲》，卢那察尔斯基的《实证美学的基础》《资本论》第一卷等。小管子对琼德时时有所指导。在这些方面琼德似乎也比琯德领会得快些、透些，有时他们因谈论得起劲忘了吃饭的时间，八婶总是给他们做桐城味的饭菜吃。琯德吃得很快活，可回到家三太太总要说他一顿，不该不回家吃饭。

邓宛还时常来看琯德，但已毫无绸缪之意了，而且声称要去考音乐学院。这等于向琯德宣告分道扬镳。琯德固然失望，但是不灰心，心想她总不能忘记在大别山风风雨雨中生死与共的日子吧，不能就此真的不再和自己好了吧？反正自己才十七岁，日子长着呢。再说，真正的最深的爱情是给予，是对个人事业的尊重，总有一天她会和自己终成眷属。在这种思想支持下，他没有因被冷淡而消沉下去，而是带着浓烈的感情等待着。

城外不远的公园里有个民教馆。馆长是个青年人，馆内有很多的活动如图书室、戏剧组、绘画组等。去活动的人中，有一些是军队被服厂的工人。由于排戏，琯德熟识了几个工人，他和琼德商量："我们是党员，应该随时随地为党工作，尤其是在工人中启发他们觉悟起来。"琼德很激动，认为完全应该。这样就从民教馆的活动，一直发展到经常去他们的宿舍和车间。

他们中有个姓岳的，特别主动热情。有一天他约琯德到城墙上游玩、散步。走到前后看不见人的一个拐角地方，他谈到他们几个人热切地希望能有组织领导他们工作。琯德听到工人们说出心中对党的信任和爱，要求党的领导、为党工作，非常激动，但并没有忘记秘密工作的纪律，于是不动声色地说："只要我们不断地要求进步，总会达到愿望的吧。"

事先也没个信，璞德忽然带着林平来到了江津。三太太高兴得不得了。林平是个小巧、文雅的女孩子。在南京时，三太太见过她，那时就很喜欢她。心想老五就带着她一个回家，那一定是结了婚的，更是高兴，对她亲热之至。忙要杨嫂再去添买些鸡、鱼、蹄髈等。

欢欢喜喜地吃过饭，三太太就忙着要腾出一间房子给他们俩住，林平脸都红了。璞德赶忙解释，他们还没有结婚，只是订了婚，结婚要等到大学毕业以后再说。

三太太虽感失望，还是很高兴的，不管怎么说总算有了个没圆房的儿媳妇了。没有想到老五先于老三、老四有了老婆，一开心居然把琯德从自己房里撵到外屋，让林平和她同住。

在外屋，几个男孩都没有睡，谈别后的情况。璞德他们的宣传队到武汉后就解散了，领导要他到四川来工作。他和林平订了婚，这样也便于今后开展工作。到重庆与川东特委联系上以后，知道琯德和琼德在武汉也入了党，要他们别急，一定会接上关系的。

琯德汇报了小管子和被服厂工人的情况；还有陈独秀，特别是他要四叔注意方珍的事等。璞德听了以后，先是一声长长的叹息，说："方珍到成都读华西大学去了，我是看不见她了。但愿她进步！"琯德、琼德都不好说什么。

璞德忽然说："明天我就回重庆，把陈独秀、小管子和工人的情况向特委汇报了再说。工作第一！"这才都睡下。

三太太屋里也叽叽咕咕地说了半夜，才熄了煤油灯。

第二天，三太太说什么也不让他们两人马上就回重庆去，起码也得在家住上十天半个月才行。璞德再三说是要到北碚复旦大学去报到，去办上大学三年级的手续；林平去安排工作，过几天就回来。好说歹说了半天，三太太才放他们俩走。

几天以后璞德一个人回来传达了特委的意思：这里有个陈独秀，政治环境复杂，决定成立江津特别支部。

琯德把小管子和被服厂的五位工人介绍给璞德。经过他的谈话、工作，终于还在那城墙上、没有人来往的拐角处建立了江津特支。

戏剧学校招生考期临近了，琯德必须去重庆应考。回想一下在江津的这些日子，觉得总算没有白过：读了些书，为江津特支的建立做了一定的工作；只是在爱情上有些迷惘，有些惆怅。

就在要去考试的前不久，邓宛又常来找琯德玩，告诉琯德，想来想去她还是报考戏剧学校的好。

她说："七哥！我觉得我学音乐、学戏剧都可以。唱，我可以自己练，另外戏剧学校也有声乐老师不是？那我为什么不和你在一起呢？我不能一个人去学习，不能单独在学校生活。在一起有多好！七哥！我们一块去考吧！"

琯德听了以后，感动得发抖，心里一片欢欣。因为通过流动宣传队，大别山那些日子对邓宛是个艰苦的锻炼，她也有了一定的觉悟。琯德很想发展她入党。如果她也到剧校上学，还可以帮助自己做剧校中的开辟工作。本想找个时间跟她谈谈的，哪知她自己提出来了。琯德快活地说："太好了，太好了！"这样，就两人一块去了重庆，仍住在两路口宗白华大哥家里。

琯德报考剧校最怕的就是考音乐。因为五音不全，恐怕难以过关。剧校的音乐老师可是清华大学音乐系主任、音乐大师应尚能。怎么办呢？突然想起一个人可以救命——陈纹。琯德急匆匆地跑去找她，而陈纹却毫不以为有什么困难。对他说："没有什么！你的耳朵听得少了。以后每天我教你，多听听就行了。你不是在宣传队唱过很多歌吗？不就是有点跑调吗？"

"不，不完全是这样。……"琯德只得把自己唱歌的困难完全倒了出来，"我到十岁才上洋学堂。从小在家念私塾，从没有听过唱歌。自小把唱歌与和尚念经分不清。在宣传队唱歌，只是张张口而已。"

陈纹说："不要紧，你只要在考试前唱会1、2、3、4、5、6、7、i，就行了。我一个字一个字教你，好吧？叫邓宛也帮助你！"她好像十分有把握。

可邓宛在一边说："我可帮不了他。我还要准备自己的表演考试呢！"

陈纹没理她，说干就干，对琯德说："来！开始，一个音符一个音符地唱。"

陈纹小声地教道："1……"

琯德跟着唱出的却是："躲……"

陈纹："2……"

琯德："唉……"

陈纹提高了声音："1……2……"

跟着琯德也提高了声音，可是出来的还是"躲……唉……"。

陈纹继续耐心地教着。琯德就觉得声音对不准自己的嗓子，吐出来的声音与自己想吐出来的声音不是一回事，它根本不听指挥。纹开始鼻头有点汗珠，到后来已是满头大汗了。别看她那么文弱，可有一股不撒手的牛劲，毫不放松地教。

"不对！再来！"后来，不知她从哪儿顺手拿来一根鸡毛掸子高高举起。琯德还以为要打他了，但不是，而是打在枕头上。

"1……唱，一，二，三，四。"一下一下地为琯德打拍子。一天下来，累得直恶心，不想吃饭。可她并不气馁，让琯德第二天再来，第三天……

她的枕头都快打破了。有时九姑看到，也帮着出主意，想办法。

“不要急，纹！别打枕头，那样他要紧张了，要设法使他松弛一点才好。”

陈纹着急地说：“小时候不上学，在家里干些什么！”

九姑说：“他爸爸是个老封建，不许儿子上学校，只在家里私塾里念书。结果，这孩子古书也没有念好，那笔字写得更像是鬼打的一般。也可怜！”瑄德听了心里不觉也凄然。

他也不希望陈纹把枕头打破，宁可自己的肉被打烂，只要能唱出那1、2、3……能考上剧校。十天以后，瑄德的声音真有了些进步，大家心里略有安慰。

还是在武汉的时候，�子就跟瑄德说过，到了重庆如果去考戏剧学校，可以去找他的同班同学、剧校的高才生耿震。于是瑄德就去找他了。

戏剧学校在上清寺一处房屋稀少、街对面有个菜市的、半山坡上的四层楼房里。房后空地上搭了个竹棚子作为饭厅兼礼堂，礼堂外的一点空地是操场。实际上在那儿不可能做什么操，只能散散步罢了。楼内：一楼和三楼是教室；二楼是校长室、教务处、训导处、总务处等办公室；四楼一半是男生宿舍，一半是女生宿舍。

清晨瑄德就来了，耿震没有起床，瑄德就在一楼等着。这时就看见一位长发披肩，穿着长睡衣的年轻摩登女郎，抱着个花脸盆，从楼上一步一步地走了下来，到底层盥洗室去。她还没有洗脸，可嘴上已涂了极厚的口红。瑄德看着不觉有点害怕，心想大概是这儿的大演员吧！

耿震来了，他是山东曹州府的人，匀称高大的身材，两道浓浓的剑眉，高高的鼻梁，雪白整齐的牙齿，气度不凡。

他温和谦逊地说：“你是方�德的弟弟？很不错！你这样的一定会考取的。我也是学生，虽然高一年级，可也没有学到什么，尽是在逃难和搬家了。我尽量地帮助你就是了。”

琯德见他这样，顿生好感，就大胆地说：“我不会考戏剧，不知该怎么办。比如试题中有一条，叫作‘推开窗户感到吹进来一阵凉风，说：啊！好凉快呀！’我就不知道怎么办。”

耿震说：“这容易，你先预定好窗户的位置和高低尺寸。首先你要感到热和闷，看一下窗户，再过去使劲推开窗户。用双手把窗口推得更大些，然后感到凉风吹了进来。抖一抖衬衣迎接吹过来的风，感到身上让风吹着的快意，这时才能说‘啊！’吸口气，再说‘好凉快呀！’”

琯德才明白这一句话，要做多少准备呀！在耿震再三敦促下，模仿了一遍。

耿震说：“缺少真实感。先没有热的感觉，后来也不凉快。你回去多练习练习，记住‘真实感’！”他一直送到上清寺路口都城饭店的旁边，才恋恋不舍地望着琯德离去。

琯德回到住处后，在屋里不让人看见，偷偷地练习。每次都是一身大汗，但从没有感到凉快过。这时才知道表演是多么复杂，多么艰难。

考试的那天到了，考生特别多，都在外面等候着。分两个教室考表演，一个教室考声音。

一个考生满头大汗地从考表演的教室里出来，嘴里说着：“真不得了，主考的老师还有外国人呢！”说完就走了。

琯德正想去弄清楚是怎么回事，就看见耿震从那个教室里出来向他招手：“来吧，该你了！别紧张。你心里就想‘今天是老子的天下！那些考官都是你的差人’就行了。”琯德把心一横，大步走了进去。

四五个人坐在铺了白色桌布的长桌后面，面色端庄。果然有一个长得像外国人的女的在座，可是她说一口极流利的北京话。琯德向他们深深一鞠躬。这一躬可把‘老子的天下’鞠没了，只感到那些老师高高在上地盯着他，脑子里一片迷迷糊糊。幸好考题就是《推开窗户，好凉快》，琯德就按耿震教的做了一遍。老师们没有什么表示，也没有让他再做什么。正呆在那儿不知如何是好，耿震过来牵着手把他带了出来，轻声对他说："不错，有门儿。"

琯德问他："那个外国人是什么人？"

他笑着说："她不是外国人，是学校的老师，名叫金韵之。她是英国皇家戏剧学院毕业的，有本领得很。"

接着推开考声音试场的门。"吴祖光老师，有位同学请您考一下。"

这位老师年纪很轻，不过二十上下，白皙的脸、大眼睛，中分的头发很光亮，有一边头发老往下掉，他就用手轻轻勾上去；个子不高，很和悦。这考场人不多，他坐在一张藤椅中看报纸，见琯德进来，说："别紧张，你就唱 1、2、3、4……就行。"

琯德很紧张，可不知怎么一下子想起陈纹流汗的脸和鸡毛掸子拍打着枕头的声音。就这么紧张着、糊里糊涂地唱完了。

吴祖光老师微笑着说："可以。"随后又加了一句："还不错！"居然没有再考别的。

琯德赶忙跑回去。邓宛早考完，已先到家了。她说她的歌声使考官惊讶不已，看来定能考取无疑。两人同船回江津，等候录取通知书。

回到江津后，邓宛变得积极起来了。每天到民教馆去教唱歌，或者指挥歌咏队。时常来同琯德去城外游玩、散步。有时在一起读书，不过邓宛主要是读小说。

这样一来，琯德又像在宣传队一样，每天与她终日厮守。他们一同幻想到剧校后怎样开展工作，一同想念远在大别山的陈绚和琦德。有时邓宛想象自己身穿漂亮的晚礼服在开独唱会。琯德不喜欢她这种情调，但不敢直说，只是黯然地说："那我只能做一个站在最后一排的观众，在人们都沉醉在你的歌声中愉快地回家时，我独自拖着一双破旧的皮鞋离去。”

邓宛却说：“怎么会这样呢！你一定是在后台接我。我把人们献给我的花，交给你拿着，再挽着你的手臂，从剧场漫步回家去，那多好！”

琯德只有微笑着，点点头，可是总觉得他们两人的身体距离是这样的近，而心的距离是很遥远、很遥远的。

不久他们两人的录取通知书到了，琯德高兴得跳起来，邓宛不过一笑而已。

三太太也很高兴，她一直为小老七的前途深心忧虑着。可怜的孩子！要不是打仗，高中也快毕业了，也一定要让他读大学。自己一定会尽全力送他到外国去念书，让他成为这一房的宗之发。可惜战争使一切都变了，不但出不了洋，连上大学的梦都破灭了。连个初中也没读完，可他却是能给家里出力奔走的人。幸亏有个什么戏剧学校能让他上，但不知道这个学校出来以后算作什么样的人。宣传队那不过是宣传宣传，学生子闹一闹罢了。可现在不同了，真的学这一行，那将来顶多是个唱文明戏的。想到这里，心底有一种说不出的悲伤。琼德已考取了重庆大学，匆忙离家而去。老八在国立九中读初中，也可以放心了。唯独老七上了个戏剧学校，母亲的心总是有点放不下。

方四老爷听说考取的是戏剧学校，摇摇头没有说什么。四太太倒非常开通，过来道贺一番。唯一表示钦佩的人是应莲。她为这位终日被邓宛弄得头昏的老兄的前程衷心高兴，也为他们在一个学校上学、将来白头偕老而祝贺。

要是依着琯德，马上就到重庆报到，去接关系了。可是三太太说什么也不让走，非要给他过一次生日，没办法只得留下来过生日。

恰好就在这时，三姑老爷和三姑老太也从重庆两路口搬到江津来了，住在城外民教馆附近一处花木茂盛的院落中。

阴历七月初七，琯德的生日。一大早杨嫂就把各种好吃的菜买了回来，把她做菜的本领也都施展了出来，做了一大桌。三太太特地请三姑老太也过来一起吃饭。可是三姑老太迟迟不见到来，三太太正准备叫琯德去接，只见三姑老太气呼呼地走进来，面带怒容坐到饭桌上，一声不吭。三太太也赶紧坐到桌前笑着说：

“我正说琯德去接你呢！这是跟谁生气了？”

三姑老太说：“跟她七姑太太。他干奶奶（自从她的长孙磕头认了琯德做干爹以后，就一直这么称呼三太太），你说她怎么会是这样的人！连我去向她给老七求亲，她居然还说大话！”

三太太一听怔住了，说：“怎么！刚才你是到她那儿去为老七求亲了？”

“是呀，惹了一肚子的气。我是想他们俩那么要好，现在又在一个学校上学，还是定下了的好。你知道她说了些什么？‘要我的小宛嫁给老七也可以，但是必须叫他先等着，要他妈妈让他上大学，然后送他出洋到美国去念书。念好了，那还要看小宛子愿意不愿意，这才能提到亲事。就凭他现在一天到晚勾着小宛去东唱戏、西打仗的就想定婚？没那么容易。’我就说：‘老七是个好孩子，他们又那么亲近，又是姑表亲，多好的一对儿啊！’可她说她看见他们在一起就心不安，就害怕。总之，老七这个东西现在不行，若是出了洋那自然就不同了。真是气死人！后来我也不客气地对她说：‘老七是个多么好看的人哪！你那个女儿是那么丑，要不是他俩两小无猜，一起东奔西走的，我才不会来向你求亲呢！我当你的小宛是个什么大学毕业的资格呢！还不是和老七一样学唱戏……’让我这七十岁了的人，碰她这么个钉子！真不是东西！”三姑老太说完了，仍旧气呼呼的。

三太太听着听着，脸上的笑容就没有了。她的儿子还没有被人小瞧过。她手直发抖，拼命地克制着，反而劝说三姑太太：“三姑太太，别生气，我这里谢谢你了。要不是她家小宛和老七这么要好，谁会想起这件事。别人瞧不上我的儿子，那也没有办法。现在这个时候，我们家到了这个地步，要他怎么去念大学，又怎么去出洋。”回过头来又对儿子说：“老七，你要争气，不然别人瞧不上你，别说老婆没有了，连饭也会没得吃！知道了吧！”

三太太忙给三姑老太斟酒布菜，又说：“算了，三姑太太别生气了！老七还小呢，才十七岁，不谈这些事也好。唉！我什么人也不怪，只怪日本人打了进来，逼得我们跑反，把个家跑穷了。你老人家不必为我的儿子生气。我们吃，吃！来，吃点这香菌、火腿清蒸的鲥鱼，杨嫂做得蛮好的！”一边说一边把鱼刺剔干净了，送给三姑老太。

三姑老太举起面前的酒对瑄德说：“他干爹，别难过！将来会有比她好看的姑娘嫁给你的。今天我们要高高兴兴地过你的生日！”说完抿了一口酒，三太太却举杯一饮而尽。

瑄德完全听傻了，求亲的事他完全不知道，也没有想到三姑老太会跑去求亲。现代的抗日青年还需要求亲？这叫什么事！可老太太是一片好心，自己不好说什么，只得静静地听着。七姑就太岂有此理了，在抗战时期，居然提得出只有出洋的人才能和她的女儿结婚。简直太不明事理了，邓宛一定不会这样的。只是姆妈的心受了很重的伤害，她虽强作欢笑，但她的心在流泪。“姆妈，别难过，你的儿子是一个共产党员，是为党、为国家献身的人，决不会被人瞧不起的。你放心吧！”瑄德在心里暗暗地对母亲说着，同时端起酒杯一口喝了下去，脸马上就成了一块红布似的。他快乐地大吃着。

第二天，邓宛好像有些腼腆似的走了过来。瑄德以为她不知道昨天的事，迎上去说：“三姑母真有意思，还到你们家去提亲。我们两人的事还用提亲吗？”趁别人不在，瑄德搂着她在脸上亲吻了一下。今天邓宛却借着怕人看见，把他推开了，说：“不能再这样了。你还是应该出国留学，妈妈不愿意我嫁给一个毫无社会地位的人。她是希望我得到真正的幸福。”

琯德简直不相信自己的耳朵了，这些话是邓宛说的？她和她母亲想的一样？不可能！不对！不由得大声对她说：“你别忘了，我们是革命战士！只有革命工作才是我们共同的心愿。你居然这么想，那是不对的，也不许这样想！一定要和我革命！”

邓宛沉默了，过了好一会儿，才有气无力地说：“现在我们不是一起去上戏剧学校吗！我们两人之间的事，就听其自然吧！”

听她这么说，琯德又从心底里觉得她是那么好。是应当听其自然的成功，自己只应该献上心中的爱情，而不应计较何时才能收获。于是，他让自己平静了下来，快快乐乐地一同搭小火轮去重庆了。

第十七章

琯德和邓宛一到重庆就到校去报到了，而后被安排在四楼宿舍里居住下来，等候开学。

进学校后才明白，这个学校里原来只有第三期学生，不到三十人，女学生不到五个人；而琯德读的是第四期，却有六十名学生，并声明三个月后淘汰一部分实在不能做演员的。这个第三期和第四期中，流亡学生特别多，而大多数都得靠贷金过活。每月八块钱，扣四块钱的伙食费，还有四块钱的零用，对于琯德这样的学生就很够用了。因此，琯德再也不要三太太寄钱给他了。不过，他还是要了三十元钱买了一套西服，以显示艺术家的风度。他买了西服后，就跑去找陈纹，说是因为害怕这个戏剧学校的人们才买了一套西服。陈纹笑道："真是怪事！你居然害怕？你连枪林弹雨都不怕，还怕戏剧学校这个读书的环境？还不是为了要漂亮，要为点儿演员派头找借口，无非是一点小资产阶级尾巴就是了。"琯德被说了个大红脸，心想我已是共产党员了，谁知你是不是也入了党，你这个漂亮头还不是小资产阶级的？还只怕四哥革起命来还要把它给革掉哪！但没敢说出口来，心里有一种阿Q式的愉快，又跑回去了。

穿了新西服回到学校，果然大受瞩目。其实有西服的学生有的是，但都不是整套的，只有琯德皮鞋、领带整整齐齐的。

第一个走来仔细观赏的就是耿震，而且还从琯德身上脱下西服，说穿上比试比试。穿上后连声说好，撇着上海口音说："宰来兮！宰来兮！明天借给我演戏穿！"琯德心里大吃一惊，心说："一件新衣服借给你演戏穿？！糟，真糟！"但不好意思说，只是连声说："可以，可以。"邓宛在一边得意地笑，因为是她帮助琯德去挑选的。

这个学校的校长是个留美的，回国后也去当过大学教授，二十年代末在北平办过艺术剧院，是个自称提倡学术自由的自由派人士；而训导主任又是个老病号，抗战以来迁校流离，长途跋涉之苦使得他的胃病更加厉害，不能上课。训导处只有一个女训导，有三十多岁了，叫李岫文。这个人不像洋尼姑那样对女学生横眉冷对的，也不憎恨女学生穿着入时，她的为人非常随和。全校的重任都在万家宝的身上，这里没有人喊他曹禺，老师们称他家宝，学生们称他为万先生，有些一、二期的毕业生，如蔡松龄、郭蓝田等留校当助教的，也称他万先生，有时背后就叫他万 sir。教务处有个大胖子女性，并非一般的胖。入学报到时天很热，她在教务处的藤躺椅上睡觉，只见其肚子而不见其脸。这个巨胖的教务员名叫方筠，是个法国留学生，学地毡图案的，是个老姑娘。没有听说过她有什么浪漫史或受过什么痛苦的刺激，大家都不明白她为什么要放弃美术不干，而来搞这么个小教务员。

这个学校全部人员就一百多人，有许多课程是三、四届学生同一班上课，就连表演的一些课程也是一齐上，练形体、练声就更不用说了，所以大家关系十分融洽与和睦。

不到半个月，门房老郭来喊琯德，说门口有人找。这位老郭是天津人，大高个子，走起路来不慌不忙，一拐一拐的，一双大眼睛圆圆地瞪着，从不露笑，脸上绝无表情，学生们都怕他，不敢轻易地出校门。他总是把大门旁开一个小门，谁出入都必须从他眼皮下走过。他从不大声说话，只轻轻喝一声：“站住，到哪里去？”学生们就不敢走到校外买地瓜和其他吃的东西了。今天老郭居然非常和悦地对琯德说话，使琯德心里十分感动。

琯德三步两步跑到校门口，见到一位身穿黄色鹿皮夹克的小青年，只比琯德大一两岁的样子，问道：“你叫方琯德吗？”一口的天津口音，琯德心说难怪老郭的态度如此之好了。琯德看看不认识他，心中有几分疑惑。那青年接着问：“你认识赵镇舆先生吗？”琯德的心跳了起来，一阵热流自心底涌出，因为这是约好的联络暗号用的党内名字，琯德立刻走上去说：“是的，认得，认得，这就是我的……”话还没有说完，那青年就向校门外走去，这时恰巧老郭还没有回来，琯德赶紧乘机跟着出了校门。那青年向左边行人稀少的生生花园走去，等琯德赶上来才放慢脚步说：“我姓黄，别的你不用知道了。我是川东特委上清寺区委的青委，找你接关系的。从现在起，你就在上清区委领导之下了，其实你们学校一发榜，我们就知道了！现在交给你的任务是了解剧校里有没有国民党组织，我们的党组织要设法赶快建立起来，也就是开辟新区。下次会面时你汇报周围的政治情况。目前是国共合作最好的时期，我们要大发展。有个邓宛也在这里，是你表妹吗？你们两个不是很好吗？是恋爱关系吗？”琯德没有说话，黄接着说：“要抓紧教育她，使她成为我们的同志，在女同学中起重要的作用。”琯德点点头，黄就转身说：“我先走了。”

这样，琯德算是接上了关系，按照党的指示，要赶快建立党组织。但在这陌生的地方，如同在一片荒原之中，从何做起呢？这使他兴奋，又使他觉得党在自己的肩上突然压上了千斤重担。他第一次感到党交给他的任务是如此艰巨，对自己的要求是这样高，只有一心一意地去完成它。

渐渐陌生的变得不陌生了。有位年纪很大的同学，有二十四岁了，比琯德大八岁，他一定要和琯德挤在一个课桌听课。这样一来，邓宛只好坐到后面一张桌子上去了。这个有大胡子茬的同学戴副眼镜，但他的举动似乎比小孩还小，穿了一件有背带的工人裤，外套了件旧军装，对琯德十分和蔼。他总是挤在桌子最边上，占地极小，但他的字却写得秀丽而整齐，人也不大爱说话。琯德占了桌子的一大半，而笔记却潦草而稀疏，有时一个字能写成两个字，潦草得叫人难以置信。大胡子常常看几眼，皱皱眉头，并不指正。老师叫他站起来回答问题时，他总是极腼腆，一个大红脸，但问题却回答得准确而细致，叫全体同学无可补充。他叫李恩杰，喜欢绘画，据说在上海时做过画广告的技师，又在中央军校搞过美术室的工作。因此琯德一方面觉得他对自己有如大哥哥对小弟弟，同时又觉得他历史复杂，是个做过好多事的人，为什么又来上学？实在不明白，所以也就对他既亲又远。班里还有个叫刘承清的同学和琯德一般大，倒披着的头发常常落下来，他便总是把头向后一甩，露出一双长着长睫毛的大眼睛，光亮而有神，鼻直口方，掩着雪白的牙齿，个子也很高。经常在一起上课的还有三届的同学叫刘厚生，也是高高的个子，永远少开口、多用眼睛视察，他无表情便明白了一切。还有位三期同学叫沈杨，是东北人，中等个儿，人很厚道，喜欢说话，爱管闲事，大眼睛，眼珠有点发黄，高高的鼻子，有些像洋青年。还有位细高的青年，头发蓬乱，牙齿不知怎的缺了一小块儿，叫任德耀。这是琯德第一批认识的同学。

琯德当时买了很多张《新华日报》，凡是他认识的人都去送一张。但只有一个人不用琯德送，他总是微笑地把手一举，表示他也有一张，这个人是刘承清。最诚恳接受阅读的人是刘厚生。

通过《新华日报》，琯德和这些人接近起来。耿震虽然非常客气，但他对任何报纸都不感兴趣，他只热心他每天的功课，尤其是早起练声，“ma——me——mo……”没完没了。然后，是形体训练，在山坳里的一块平地上，早上有二三十人在叫喊在跳，热闹不堪。压倒众人的声音就是邓宛的歌喉，天生的意大利咽音，她向高音 C 进军。而琯德只是在人群中穿来穿去，有时踢踢腿、弯弯腰，主要是找人说话。邓宛常常用责备的眼神看着他，于是他又跑步式地走开了。他总是活动一两分钟就去找刘承清说话，这位刘承清对练声、练功也只是做做样子而已，从不求功高一等。琯德对他说："他妈的，这几天《新华日报》买不到了，听说附近有人用棍子把报童打跑了。"刘承清说："是这样的。昨天我一口气跑到《新华日报》的发行站才抢购了几份。那儿买报的人多得很，那些家伙就没有办法了。"这番话使琯德和刘承清自然就有一种与普通同学不同的关系了。

一到黄昏下课以后，这块平地上就有若干对男女学生在并肩散步。他们只是并肩而已，与马路上谈恋爱的情形不一样；马路上的恋人总是在暗处走动，在路灯照不见的地方低声细语；而在这块平地上散步的，一对对总是在大众看得见的地方。虽说如此，但是有哪位是在热恋中、有哪位是失恋、哪位初次进入有情意的试探等等，都能一目了然。

热恋的一对总是走得极慢，双双肩膀靠得很近，但是轻语连绵；初次有意的人，走路比较快，而脸上时常飞红晕和朗声大笑；失恋的常聚常散，走路一个快，一个慢，总是女的先跑了，剩下一个男的独自发愣，低头漫步，然后悄悄离去。

琯德、邓宛也是这黄昏中散步的一对。他和邓宛都是一副很坦然的模样，他所说的是向邓宛公开自己，要她一起入党；如果共同入了党，才能有共同爱情的政治基础，才是最真实的爱情。琯德反复讲他们英雄的大别山，似乎大别山是属于他们的，尤其讲到在大别山他如何地照顾她的病。邓宛被他讲的情形所感动，回想起琯德那些无微不至的体贴，她认为要想让这种同心永远继续下去，只有参加革命了。

奇怪的是女训导员李岫文，她不但在训导处公开地看《新华日报》，而且每读完一张，都保存得特别好。她比琯德大十岁左右，眉目清秀，有着山东人特别忠厚的长相。黄昏时她一个人在那块平地上独自散步，一会儿低头沉思，有时仰天远望。没有哪个同学敢问她有没有丈夫和小孩，也不知她如此张望是想念丈夫还是想念孩子，还是想念其他。通过邓宛，得知她在女同学中并不管束大家，只是偶尔提醒大家，别忘记咱们国家是在打仗，这是每个人都有责任的全民族的事情，不要只顾艺术而忘了其他。有一天瑨德在平地等候邓宛，看到李岫文走来，便对她点点头打了个招呼。李岫文微笑着走过来问："你叫方瑨德？"瑨德点点头。李岫文说："你很好，不仅学习好，也关心政治。像你这样的青年多些才好。"瑨德听了有些突然。李岫文又说："我比你们大几岁，可是心里像你一样的年轻。战前我在北平师大念书，参加过'一二·九'运动，和廖季登同学到四川后没有工作，是她找我来这里工作的，我很喜欢这儿，希望以后能经常谈谈。"瑨德听说她参加过一二·九，心里有些高兴；可一听是廖季登叫她来的，又怕她是伪装进步的国民党分子。李岫文又说："报纸只有《新华日报》可看，其他报纸都是假话、废话，《大公报》也不公！"瑨德听了只是点点头，没做具体回答。

大家听课最喜欢听的是万家宝讲剧本选读、戏剧概论。戏剧概论只讲戏剧发展历史和戏剧某些古典规律的产生，从柏拉图到亚里士多德、希腊圆形剧场到文艺复兴时期戏剧中的"三一律"，等等。最吸引人的是讲希腊戏剧，从三大悲剧家与他们的戏剧特点结合古典美学到古典技巧的产生，到希腊神话和古代哲学的世界观，真是好极了。

金韵之教的是表演基础课。她很美丽，年轻而和悦，她教的课像和她一块玩儿似的。学生表演观察生活的小品，她看得兴高采烈，鼓舞了学生们的学习兴趣。瑨德表演的是门房老传达，从他的冷面孔和天津口音到他走路的姿态，无不惟妙惟肖。金韵之最恨舞台腔，她要求舞台台词和生活中说话一样，这反而使大家觉得新奇。她也教学生形体课，也就是芭蕾基本动作的一些组合，她形态优美，这些学生没有能力达到她的水平，于是她的威信更高。

九姑讲的是国文，她讲近代文学，讲散文，讲朱自清，讲闻一多，也讲鲁迅；有时也教外国诗，如拜伦、济慈、普希金、莱蒙托夫。她讲课声音不大，但课堂很静，她的声音如一股清泉潺潺流在山涧。她也讲对当前政治的不满，有时列举屈原的“离骚”来发泄她满心的忧愤。上课时她一发问，总是第一个叫琯德站起来回答，琯德总是很流畅地回答她。她望着琯德停顿一下，才微微一笑，琯德心里很得意。她还喜欢一个学生，叫张石流，这人方方的脸，扬州人，有仙风道骨的样子，作文、诗都好。九姑也时常问他一些问题，九姑的满意常常表现于她的微笑和她面颊处一个微微的酒窝里，只有她满意地微笑，才看得见她那隐约的酒窝。九姑的讲课，以她的优雅和她特有的低沉声音吸引了许多同学。她已是中年，但她的周围总有一群群青年围绕着。但是她从来没有叫邓宛回答过问题，邓宛总在她的课堂上把头埋得深深的。

当琯德又见到区委黄的时候，把邓宛、李岫文、刘承清的情况做了详细的汇报，把整个学校的政治情况和老师的情况也做了汇报。黄听了很高兴，约定三天以后的中午，在两路口马路一边的荒坡上见面，但吩咐他：“如果过了二十分钟见不到任何一方，就算断了关系了，那就麻烦了。”并就地下工作的纪律又说了一遍。

三天以后，黄如期而至，高兴地说上级已初步决定，尽快发展邓宛、李岫文入党，尤其李的现时作用很大，对剧校的训导部分和上层工作都有利。黄与琯德约定下次见面的时间和地点：在生生花园里，可是时间改在了下午黄昏时分。

他们俩在谈了几次话以后，通知琯德成立剧校的党小组，由琯德任组长，要求以最快的速度发展成为党支部，同时注意上层工作，注意统战，把大多数师生都吸引到抗日活动中去。

重庆戏剧界也在党的领导下，出现了各派戏剧界人士共同演出一台抗日的戏剧《全民总动员》，又名《黑字廿八》。

这时由武汉迁往重庆的中国电影制片厂和中央电影厂都陆续来到重庆，重庆一时人才集中。于是由曹禺、宋之的等作家联合写剧本，由赵丹、白杨、舒绣文、高占非、张翼等大明星联合演出。其中有个戏很多的小姑娘角色，是由平津流亡团的张瑞芳演，在重庆第一次登台。她年轻、美丽，有北方人的浑厚，台词清晰，不但戏剧界为之震动，连社会上也大受欢迎。其中有个国民党长官，由国民党中宣部副部长张道藩亲自登台。他每天身穿中将制服，披着黑斗篷，模仿蒋介石的举止，坐汽车到后台，脸上稍化妆立即出场，演完也不换服装，就是这一身装扮，坐上汽车就走。这一时期，他在生活中也穿这身衣服去办公、赴宴。

由于这个戏用的人员特别多，于是所有群众都由戏剧学校的学生上台参加演出，琯德等也在其中。首次和诸位仰慕已久的明星同台，真是美不可言。万家宝、宋之的不但编剧，而且也上台表演，真是台上台下一片热烈之情，轰动了全社会。尤其赵丹的最后一个动作，是化装成了老人在急追作为敌人的间谍，他上场时说："这个坏蛋是黑字廿八，别叫他跑了！"说完随即打了个喷嚏，掏出手绢用力一抖擦鼻子，这个动作帅极了，台下鼓掌，台上的人也感到妙绝。

戏演了二十多天，场场满座，张道藩就大请明星们吃饭，而琯德却只发一角钱饭食补助。他总是和邓宛偷偷地吃小馆子，两人是为党工作的一对情人了。

不知怎么搞的，张道藩被蒋介石叫去大骂了一顿，不知是因他身穿中将军服，居然登台和各种明星、各种"左派"、共产党分子混在一起，弄得青红不分，有损当局的政治态度，还是别有原因，总之这个戏他不演了。

在这次演出过程中，琯德发现有个第一期毕业生名叫蔡松龄，为人厚道，已是助教，常常领着学生去剧场演戏，对人特别和悦。他还有个亲戚是本班的学生，名叫许绥曾，是因崇拜曹禺的大名而想投入其门下来上学的，但是戏演得极坏。许绥曾有点驼背，眼睛却很有神，他已结婚，妻子姓张，也与他同学。这是唯一有妻子的学生，这个人好说话，理论书读得不少，崇拜美国近代戏剧大师尤金·奥尼尔，老喜欢找琯德辩论。琯德用刚学的一点点哲学和唯物史观和他来评论外国作家显得并不高明，于是他得意得更加发挥起来，不过从此是至交，这样通过他，与蔡松龄的关系也特别好。

蔡松龄告诉琯德，这个学校过去有个人叫石蕴华，是校长室秘书；还有个二期学生叫王大化，现在他俩一个在延安，一个在新四军，而刘厚生又与王大化要好，是个正经人，学校里老师都喜欢的人。

不久，学校里演出吴祖光的《凤凰城》，写抗日义军的，主角赵侗由耿震表演。耿震早就记住方琯德的西服了，这次便连皮鞋一同强行借去。琯德对这位耿大哥很尊敬，从教给他“推开窗户，说‘啊！好凉快啊’”以后，就很佩服他，于是只有答应了他。他穿了西服时分外精神，琯德也不免得意，自己的西服使他的表演更加光彩照人，心中也感到高兴。蔡松龄也在这个剧中，戏演得真叫好。

于是琯德成了有大片朋友的人，也许因为九姑的关系，连同方筠也对琯德、邓宛很友好。经过党小组的努力，蔡松龄、刘厚生、许绥曾都由琯德介绍入党了。到了十月左右，剧校有史以来的第一个共产党支部成立了，由琯德任第一任支部书记，由李岫文担任组织委员。党组织的成立，更全面有力地开展了工作，琯德以在大别山的经验，提出来要在群众中组织广泛的读书会。区委黄同意了，只是说不要有固定的形式，只要广泛地使大家关心政治就行了。

果然，由刘承清和许绥曾一发起，大多数党员都参加了读书会，一时间图书馆的一些有关社会政治、经济和抗战问题的小册子都借光了。有位同学叫张皓，是个方方脸、小短头发、不大说话的学生，也在读书会中。他在桌上放了一本列宁写的《共产主义运动中的“左派”幼稚病》，也不打开看，老是原封不动地搁着，他也如同木头人一般坐在那里不动。久了便引起了琯德的注意，觉得他是在骂人，是说你们这些家伙不过是在犯“左派”幼稚病而已。琯德有一天故意走到他面前说：“这本书你看过了吗？喜欢吗？”琯德又说：“我喜欢，我觉得列宁在那个时期严厉批评那些不顾俄国政治、经济和国际条件，一味‘左’得可爱的人，才写了这本书来责难那些‘极左’分子的。”说完以后就等他回答。张皓却腼腆地说：“我还没有看，我只是准备看一下而已，我怕我们之中也有人犯‘左派’幼稚病！”琯德觉得他这是在嘲弄大家，不觉心中愤怒，但仍不动声色地说：“那你就反复多看看吧！”张皓说：“看是要看，不过也不一定，我是信奉上帝的，只有上帝才能拯救人的灵魂。现在人们都处在苦难中，比如战争……”琯德听了也给他两句嘲讽：“喔！原来是个上帝的子民，恐怕是国民党员吧！”不想张皓却认真回答说：“我是国民党员，不过这个学校里没有国民党党部，所以我只有一心一意地学习，什么都学，包括这本书。”琯德这才恍然大悟，觉得这个学校环境是复杂的，来读书会的人包括各色各样的人。张皓的话倒是真实的，他的目的也是明显的，琯德把这些都向支部的同志和上级党组织汇报了。上级党组织叫大家一方面提高警惕，一方面放手发动群众，继续工作。支部的同志们觉得学校这样关起门读书不行，还要到社会上去宣传，就决定动员大家都上街演街头戏和为前方战士募寒衣，把全体师生都鼓动起来。

学生中有两个人，一个是李恩杰，一个是任德耀，他们两位在群众中是公认的正派人，又善于搞舞台美术工作，只要他俩一动起来，就能发动一大片人。在老师当中有蔡松龄，他是个著名的老好人。李岫文、邓宛在女性中又有影响，于是大家各自向对象去做工作。琯德一天到晚在李恩杰和任德耀的屁股后面跟东跟西地跑，说服他俩，要他们搞一点街头剧的布景。李恩杰有时无可奈何地说：“好！好！好！和你这个小家伙同班真倒霉！我可以一手一个牵着你和邓宛两个上街买糖吃，也可以牵着你们去看电影，可现在却叫你拉着干这样、干那样！”可他说归说，却真的一天到晚嚷着要为前方战士们募寒衣和演街头戏了。他第一个把他唯一的一件呢军装捐了出来，这一来，许多同学都热情地捐衣物和钱，这些青年们认为自己先捐了钱物，才有脸面上街向别人募捐。老师们也活动起来了，由音乐老师张定和接连写了后两部流亡之歌，由金韵之老师带领导演了《流亡三部曲》小歌剧，非常动人。上层人士如万家宝、黄佐临等也都赞助，于是戏剧学校的学生也就浩浩荡荡地上街去演出街头戏，宣传抗日了。

区委事后表扬了戏剧学校的师生：上街宣传，说明打破了剧校的封闭状态，从艺术宫殿中走出来，与社会斗争相结合，成为抗战宣传的生力军了。

区委向琯德提了个要求，要他在附近找一间隐僻而便宜的房子，可供支部、区委的活动使用，因为共产党迅速地扩大，在重庆应力争党的公开半公开。

琯德听了心里又高兴又有些顾虑，高兴的是党的迅速扩大，自己所在支部就是这样发展成立起来的；顾虑的是公开或半公开是个非常复杂的事，要把党组织完全暴露出来是不好办的。对于找房子，琯德可以十分努力地去干，可是公开党目前没有条件，好在上级只是说“争取”，没有说明天就要挂个牌子，只好就说“过些时候再说吧”。现在只有按原来的地下工作纪律来办事，但在心里却存了个大问号！

找房子也是无从找起，凡是中午、下午甚至早上，一不上课就溜出校门在附近游逛，在各种小摊前买地瓜、花生来掩盖自己的目的，同时注意电线杆子上、路边墙上出现的租房招贴。这样游逛了好几天，他们花生吃得够多的了，可房子却仍没有找到。

九姑已搬到西路口附近的重庆村居住。重庆村是某位四川大财主新盖的一幢一幢的二层楼的花园大洋房，九姑只租了其中一幢洋房凉台边上两间极小的房子。这幢房子的主人姓吴，有位年轻的公子叫吴郁。九姑每次下课或工作回家，就回到她那一小间书房兼卧室的一张藤椅上休息，陈纹住另一间。琯德有时和几位支委活动时，就带着他们来到这里。九姑不在时，他们就在九姑处聚谈；九姑一回家，他们就和九姑谈一会儿就散了，好在他们都是九姑的学生。而这位姓吴的年轻人老是在陈纹处待着不走，他很年轻，戴着没有镶框的眼镜，镜片后面有一双机智而甜蜜的眼睛，一张稍圆的方脸，脸上五官都长得那么合适，总是微笑，叫人喜欢。他老在陈纹屋里喋喋不休，而陈纹总是不爱和他说话，只是拉提琴，不过也并不讨厌他在她身边。他似乎很懂音乐，有时也拿起曼陀铃熟练地弹奏着，但陈纹只要见到琯德一伙来时，似乎就明白这一群是什么人了，就把吴郁带到凉台上或九姑的屋里去。吴郁也十分清楚，马上拿开他的衣服，随陈纹走开，把地方留给琯德他们。他二人在凉台上又继续谈起来。吴郁英文很好，他们说话讲英文的时候，琯德那一点幼稚的英文是完全听不懂的。吴郁总是坐在凉台栏杆上，倾斜着身子看着陈纹。陈纹俯在栏杆上眺望远方，有时回身斜倚栏杆，脸上红红的，似乎看他又不看他的样子在说话，琯德心里便有些明白了。

有一天，琯德一个人来看九姑，只见九姑一个人躺在床上，眼角有泪痕。琯德走进来时，她并没有睁开眼睛，琯德不敢吱声，默默坐在椅子上。一会儿，九姑叹了一口气，自言自语地说：“唉！一个人有多寂寞，寂寞得似乎没有呼吸的力量了！”琯德第一次窥见九姑的心灵似的，不敢立刻回答，停了许久才轻声问道：“不是有纹姐和你在一起吗？”九姑说：“是呀，和她在一起确实是我的慰藉，但是不知是因为要求她的太多了，还是别的原因，我觉得她太冷了。她没有我所要的那种热烈，你不明白，她是个冷静的人。我怕冷静，我怕人太冷。”瑨德突然说：“我看她对姓吴的那个人一点不冷，她爱上他了吧？”九姑破涕为笑地说：“谁知道，他们成天黏在一起。我问过纹是不是恋爱了，你猜她怎么说？”瑨德漠然地摇摇头，九姑一面笑一面说：“她说她怎么能爱他？爱他还不如爱小老七哩！”瑨德听了心里吓了一跳，不觉脸红了。他知道陈纹不过以此来说明不爱吴公子，可又何必拿自己寻开心呢，心里不免有些埋怨陈纹，但也只是笑笑算了。

瑨德从此明白九姑内心深处有她平时说不出的痛苦，并不是陈纹太冷，而是别的任何人也弥补不了她内心的寂寞。从年轻时至今十九年来，始终是她一个人在生活、在挣扎，在苦尝着没有爱情的寂寞。

不久，证实了瑨德的观察正确，陈纹和吴郁公开恋爱了。陈纹眼里的小老七永远是个小把戏，而瑨德心里，只剩下一点“伤自尊”而已了。

一天，瑨德又溜出校门到菜市闲逛，想买个萝卜啃啃，没想到有人从菜市场后面拿出一张出租房子的招贴。瑨德立刻拦住了他，对那位满身菜和肉味儿的人说：“你有房子出租吗？我要租给我的一个亲戚住。”那个人没想到这么快就有主顾了，说：“可以，可以！带你先去看房子，再讲价钱。”于是瑨德就跟着他一直往菜市场的后面走去。一拐弯，有个地下室，那个人就领着瑨德向地下室走去。这是一间真正的地下室，地上是泥土铺的地，房顶很矮，只站着就快要碰到头了，顶棚是木板钉成的，露出大缝，人们在上面走来走去，脚底的泥都能掉下来；没有电灯，白天在里面都得点一支洋蜡。这个人手上举着一支白蜡烛，特别的阴森。他说：“这房子勉强住，很不错的，便宜，一个月才一块五角钱。”瑨德本就决心要租下，因这里十分隐蔽，而且色彩如此神秘，符合小说中的秘密工作的气氛，真的很罗曼蒂克，但嘴里却故意说：“这个破地方怎么住人？是堆死猪的吧！”那人笑了，说：“那倒不是，有时堆点菜就是了。如果你打算租，就一块钱一个月吧。”琯德就答应了。之后黄来亲自审视了一下，认为可以，说好不住人，叫他拿些桌子、凳子来，只开会就是了。于是，菜市场的地下室就成为剧校的地下支部了，这个地方只有琯德和黄才能带人来，对其他人一律保密。

刘厚生、蔡松龄就在这里举行了入党仪式。

邓宛这时变得十分活跃，不知怎的和一位搞摄影的年轻人恋爱上了，什么时候认识的、怎么爱上的，由于琯德工作很忙不曾知道。有一天，还是在学校里的那块平地上散步时，邓宛非常坦白地说：“七哥，我和一个人好了！”琯德说：“好了？谁呀？怎么个好法？”邓宛有些羞怯地说：“我爱他！”琯德如同听了一声炸雷。这是怎么搞的？她真的和别人好了？半晌吱声不得，站住了，没有跟邓宛走。邓宛站住，接着说：“这个人很进步，没有问题，我真心地去爱一个人你会高兴的，不是吗？你不是常说为了我和别人的真实感情，可以牺牲一切吗？你不应该难过，对吧？我会把你还当作我的七哥，我的引路人的！”她一口气说完，见琯德既不动又不说话，有点急了：“一起走呀！说话呀！告诉我你想些什么呀！叫别人看着你这个样子像个什么呀！”琯德咬紧牙没有吱声，但脚下不由沉重地走了几步说：“真的？他政治上没有问题就好，不过你不能暴露自己的身份，一切我向黄汇报了再发展吧！祝福你。”不知怎的，来了一句“Good bye”，回身走了。一个人回到昏暗的校舍里躺下，听见远处任德耀在哀怨地唱《教我如何不想她》和《铁蹄下的歌女》，心想他也是失恋了。

宿舍里的人都出去玩了，或者是看戏、看电影去了。琯德再也不能和邓宛同去大别山了，电灯也不想开。忽然自己在床头点起一支红烛，随手翻起洪深翻译的一个剧本，叫《第二梦》，似乎是说一个老人和一个小孙女在流落中寻找自己过去的幸福。第二梦！其实并没有看清楚，只是觉得剧中的一切刺得他泪水直流，枕头上湿了一大片。

忽然听到李恩杰的声音:“方琯德！你一个人在这里看什么书！哈！还在床头点一支红蜡烛！有趣。啊！《第二梦》？你真是太罗曼蒂克了。”琯德没有理他，轻轻吹灭蜡烛，闭上泪流不止的眼睛。李恩杰悄悄走出去了，琯德似乎是睡着了，不知是否在寻找他的第二梦。

事情并没有就这样结束，邓宛每天都来找琯德，有时为了工作，依然和平时一样。琯德听她的工作汇报或指示她如何工作，这已经够他难受了，可邓宛却真的把这位七哥当作七哥看待了！她告诉他自己如何理解那位姓王的，那位姓王的朋友把他的照片及给邓宛照的照片寄给她或送她，她就都拿给这位七哥看，并在一旁说:“这些照片反映了他的心！而且有附的一封长长的情书。”琯德只好咬着牙表示自己无动于衷。邓宛的字写得不好，可是又想把自己满心的情意写信告诉他，于是要求七哥给她代笔。这时他们正听万家宝讲法国古典浪漫主义戏剧作品《西哈诺》。西哈诺疯狂地爱着他的表妹，可他的表妹却爱着一个俗气的花花公子。每到夜间，这位表妹在阳台上听这位花花公子情话绵绵，说着最美的诗句，因此而沉醉之至。等这位表妹发现给她写情诗的不是那位花花公子，而是她的有着大鼻子、不好看的表哥时，她才觉得西哈诺是真该她爱的人。可西哈诺总也得不到爱情，在一个寺院里的一棵树下的枯叶中，溘然而逝了。这故事是这样打动了琯德的心，他喜欢这个戏，总想着有一天在舞台上自己扮演西哈诺。而现在，自己好像已是西哈诺的化身，于是就动笔替自己的表妹写情书，回复那位姓王的。琯德把自己对邓宛的爱，都转化为字字句句，寄给表妹的爱人。

这样过了一段时间，在重大上学的琼德来看琯德和邓宛。琯德请他们在生生花园吃饭，却从没有谈过自己心底的苦楚，也没有把这事告诉任何人。

不久蔡松龄和张慈珍结婚了，在都城饭店举行了婚礼，请了学校的很多老师，并请琯德做他俩的介绍人。他实际是作为党的领导人出席这二位党员的婚礼。这是一家西餐饭店，是重庆的高级饭店了，虽然贺客不太拥挤，但也热闹而文雅，三三两两在一起说说笑笑。新娘穿一件新旗袍，戴一朵小红花；蔡松龄也只是一身西服、一朵小红花，礼服很朴素。琯德戴的小红花写着“介绍人”的绸条，由于蔡松龄是老师一班人中的，琯德年龄比他们小近十岁，不好意思东摇西晃的，又加之心情不好，因此只默默地坐在临街的大落地玻璃窗前，向外凝神呆望。

忽然身后有声音：“老七！怎么你也在这里？独自坐着想什么人？”琯德回身一看是九姑，不知怎的，心里感到一阵酸苦，眼眶都红了。九姑静悄悄地坐在他身边苦笑了一下，问：“邓宛怎么没来？”琯德说：“现在她已经不和我好了。”便把他与邓宛的事细细向九姑尽情吐露出来。九姑吸了口气：“我从来也没觉得她能爱你！”琯德的头脑中突然出现了陈绚在大别山冬天的月夜里也曾说过：“对邓宛，不要希望太大。”九姑的话使他感到万分亲切。她温和地微笑着，用她那双幽静的大眼睛看着琯德说：“你这孩子，真有趣，在别人的婚礼上，却诉说自己失意的悲哀。不知是你的苦痛陪衬了别人的喜悦，还是别人的喜悦陪衬了你的痛苦！”这时，她发现琯德还是介绍人，说：“怎么你这个小孩子，当起他们的介绍人来？”琯德破涕为笑地说：“这只是一种象征罢了，我是喜欢当介绍人的。”九姑似乎明白又似乎不明白地点点头。接着婚礼开始了，琯德居然站到证婚人校长的旁边去了。婚礼以后，各人吃了顿不错的大菜，散去。

已是十月底了，前方的战况很不好。区委调换了一位年轻人来领导，姓何，最多不过十九岁，身穿蓝布长袍，一双旧布鞋，话很少，脸色发青，瘦削不堪的身体显得脸上只剩下一双眼睛。他老是轻微咳嗽，咳时用一块手绢捂住嘴，说话时老是眼看着地，但言语清晰有条理。他告诉琯德，他没有工作掩护，身体不好，工作不好找，只有当个职业革命者。他只有住在菜市场的地下室里，这里别人更不能轻易地来了。

这个地下室既阴冷又潮湿，对何的身体很不利，琯德听说在重庆得了肺病就等于宣判了死刑，可明知何得的是严重的肺病，却不敢说，只能暗中在党员中捐募了一些衣服、被子之类的。这些党员多是穷学生，又能弄到多少呢？给何送去时，他再三地推辞，最后还是含着泪收下了，并对同志们的深厚情意表示感谢。他终日在这暗无天日的屋子里点一支白蜡，在一张极小的纸上密密麻麻地写到深夜。白天有时睡在那里，有时外出，也不知到哪里去工作。

八路军、新四军在河北山区，安徽合肥、舒城等地不断地胜利。但广州失守，十月二十五日武汉也失守，剧校师生无不痛心，家乡在湖北武汉的同学都失声痛哭。而这时专讲莎士比亚的梁实秋，却在上课时在黑板上写抗战必亡！还有位教授名叫卢冀野，又名卢前，属于低调俱乐部的分子，二人一唱一和引起了同学们的反感。支部以及党员们愤然而起，当场质问梁实秋，梁实秋仍旧不服。支部几个人碰头后，立刻发起驱逐梁实秋的运动。

几乎是全体学生一齐拥到了教务处，万家宝似乎也听到了什么事情。他耳旁有个黑肉痣，他有个习惯，就是在他思考什么或心里烦躁不安时，永远手摸肉痣捻之不停。这时他正在室内踱步，学生们吵吵闹闹地进来后，刘承清、李恩杰及其他人相继诉说梁实秋、卢冀野平时的亡国之论，万家宝和同学们一起骂他们：“岂有此理！讲这些混账话！学校不能容他们这些人在我们的讲坛上！叫他们走！ 一定要开除他们！”比学生还激动和愤怒，简直不像个大教务处长。他是代表学校当局的人物，果然，学校下午就贴出了布告：“因梁实秋、卢冀野二位先生在课堂上讲不当言论而解聘。”学生们大为高兴。

何得到琯德的汇报，称赞工作及时，但接着说现在国民党不只汪派要投降日本，连蒋也在找机会谈判妥协；广州失守了，日本人封锁了长江，十一月十三日国民党搞什么“焦土抗战”，一把大火烧尽了长沙，烧死了二万多人，大火连续烧了三天三夜。何要大家提高警惕，不能再搞公开或半公开的组织活动，并传达了中共中央在延安召开的六届六中全会毛泽东做的“论新阶段”的报告精神，要求琯德在支部里也做口头传达。琯德却写不了他那种微型小字，练习着在一张小纸片上写许多字，也能传达一两个小时。

自此，琯德把更多的精力放在党的工作上，似乎精神也抖擞起来。一天下着蒙蒙细雨，他到都邮街去，身上装有支部工作纲要、党内密件。回来时十分匆忙，就到公共汽车站等车回学校。好容易来了一部车，车站前有一大片水洼，汽车到站后，人们都规矩地前下后上，不至泥水四溅。等琯德刚踏上车门时，忽然从里面冲出一个穿中山装的中年男人，屁股上鼓鼓的像是藏着枪，他非要与琯德抢行。琯德见他像是特务，不由气往上冲，乘二人擦肩而过时，琯德侧身故意把屁股向他一拱，那人就从车上摔到水洼里，狼狈不堪。此时车门已关，车子就要起动了，这个家伙从水洼里爬起来拦住汽车不让开！非要把车上的小浑蛋抓下来不可，开车的不理他。他大叫警察拦车，警察也懒洋洋地在大雨之中不愿管。他却仍是非要拦车不可，琯德气得大声对乘客们说：“这家伙是特务，他自己不守规则，滑到水里去能怪谁？他横行霸道的还要抓人！凭什么？凭他有手枪吗？”琯德这一说，所有的乘客都说：“开车！开车！这种坏蛋别理他。”于是司机把车子碾过水洼，屁股冒着黑烟，扬长而去。

回到菜市场地下室，琯德看到何正在埋头写字，心想他大概又是一夜未睡。何不曾间断地咳嗽着，扔在地上的纸团似乎有丝丝血迹，眼窝深陷而目光黯然无神地望着琯德。琯德兴高采烈地把这段精彩的战斗告诉他。他却瞪起大眼，目光中闪烁出一种从未有过的力量，直视着琯德。琯德还没反应过来，他用尽气力，声音嘶哑地说：“你！你！你这是在拿党组织开玩笑！怎能这样无组织无纪律！这是冒险主义、个人英雄主义！你身上有重要文件，而你不顾党在白区地下工作的纪律，不但不避开敌人，还主动和特务去捣乱。要是你被特务抓去了怎么办？这么多党员和党组织都要断送在你手里了，你想过后果没有？你这是严重的错误！”琯德被这番意外的话震惊了，他陷入了一片茫然紧张的情绪之中，低头不说一句话。何也沉默着，片刻，才缓缓说道：“这是王明错误路线要在白区争取公开或半公开的说法在你思想中的反映！党组织正要纠正这个错误路线，要急速地转入地下。我也有责任，没有及时转达给你们。我要向上级去汇报，请求给我处分。”琯德低声说了声：“王明错误路线？”虽然他不赞成争取党组织公开或半公开化的路线，但自己的行为和这还联系不上。何似乎看到这一点，就说：“你在公共汽车上当着那么多乘客大喊那人是特务，那你是什么人？不是也叫那家伙心里明白了吗？”琯德听到此处汗如雨下。

过了两天，一个停电的夜晚，宿舍里没有人，琯德在床头点了一支红烛，伏在枕上写东西。远处传来任德耀和他的那位女同学唱《玫瑰三愿》的声音，和谐优美，透着一种美滋滋的幽怨。当有人从琯德窗外走过时，总是向他喊道：“看！方琯德又一个人在烛下写情书了，多有味呀！”

琯德什么人也不理，他的心情极端沉重，正在向组织写检讨，自请处分。

第十八章

琯德在上级批准之下只写了检讨，没有受到处分。但他却像是老了许多，自此话也变得少了，遇事会动脑筋，也不再跟许绥曾当众辩论了。琼德来看他，他把写检讨的事说了，琼德表示同意他的检讨，一再要他小心，敌人可能于近日搞一个反共高潮，并深情地告诫他那种小资产阶级狂热应该在实践中改掉。

琼德这次来，使琯德感到了从没有过的体贴与温暖，虽然受到了批评却是获益匪浅，不想马上分手。但邓宛在此，无心共同吃饭，琼德临走时再三叮嘱琯德要小心，别再出乱子。

冬天了，十二月的一天，就是蒋介石提倡的“新生活运动”一周年纪念日，将由宋美龄亲自主持一个晚会，并让戏剧学校去演出。这是由学校当局布置的。当时戏校支部的几个同志一听就冒火了，大家吵了起来说：“我们是学生，不是戏子，不出堂会。”而学校一再命令一定要去，琯德当即向区委做了汇报。区委说：“能不去就不去，实在要去，你们一定得演抗战戏剧，并设法在戏前加抗战的演讲。”回来后，有关党员向学校建议演陈治策的《干不了也得干》等三个独幕剧，这都是抗战独幕剧。琯德、刘厚生、鲍正鹄都在戏里演各色胖子、大腹便便的商人，光讲吃喝，花天酒地，不肯出钱出力；不但不参加抗战，而且发国难财。最后来了批学生、工人，带领警察来查抄他们，罚他们捐款给前方战士。这是个讽刺喜剧。

到了那天下午三四点钟，学生都被学校一位助教郭蓝田带到励志社礼堂去了。先是装台，装好台，拉上大幕，大幕之前设主席台，台下摆上西式宴会的餐桌席位。演员三十多人都关在台侧一小块地方。这一小块地方挤得无法立足，台侧有厕所，于是打开厕所，同学们把厕所内外都挤得满满的。由于男女同学都挤在一起，谁要小便都难办，气得大伙乱骂一气。许久也没人来看望、接待。到了晚上八点，纪念会开始了。来到会场的有宋美龄和蒋介石的顾问澳大利亚人端纳，有励志社的总干事黄仁霖，还有各方显贵人士，其中不少外国人。学生们则不许乱动和出入，只听得外面先是宋美龄讲话，接着端纳讲话，最后黄仁霖讲话（中英文全有），然后祝酒声加上刀叉"叮当"之声不断传来。这时已将近九点钟，学生们中午饭后至此时既不给饭吃又无水喝，却耳听得外面全是狂饮大嚼之声，实在忍无可忍，倍加难受。郭蓝田原是二届毕业生留校任教，成绩优秀，余上沅很喜欢他。他也十分激动，但也无法可想，只有劝导大家忍耐。这时支部几个负责人悄悄聚在一起商量了一下，利用大家这种不堪受辱的情绪决定"罢演"，并在最后举行义卖，义卖那些演戏的道具和服装来捐献前方将士，并由郭蓝田出面演说声明罢演和义卖的原因。党支部决定由陈青和瑄德出面与郭蓝田谈话。郭蓝田因当时同学们这种情绪和他当时年轻还有些正义感，就拍胸口承担。于是他把支部将要采取的行动轻声地向所有的同学传达，同学们十分拥护，本来急躁而愤怒的情绪反而安定下来了，变为一种兴奋、紧张而热烈的情感。许多同学都激动得流下了眼泪，准备迎接这场战斗。大家都知道将面对着什么样的人物，也都知道这场斗争以后的情景将会如何！反正已是如此了，等着暴风雨来临吧！时间过得真快啊，已经十二点了，大家忘了饥饿和口渴，这最后几分钟却又过得真慢。可是这一刹那大家突然担心这样晚了他们不再看戏怎么办？就这样散了岂不太窝囊？正好黄仁霖传下话来说虽然太晚了，但戏还是要看，少演一点，演一个小戏便可以了。大家默不作声，琯德示意陈青、厚生，叫他们和郭蓝田表示可以，于是郭蓝田应允了。大家准备好上台了。

舞台虽小，然而很精致，他们没在台上放置任何布景，而是学生们满满站了一排。大幕一拉开，同学们严肃而认真地唱了一个剧校校歌，然后郭蓝田大声演说。他说，我们这些学生今天来参加这个晚会，却把我们关在后台厕所之中；大家前面宴会，而前方战士却在流血抗战，不知苦难到什么程度。今天我们不能在此演戏，我们要举行义卖……一个党员女同学接着拉起一块丝绒桌布，说是为前方战士义卖，请大家踊跃购买。台下，在全体愕然之中居然发出了一些掌声，特别突出。而此时，坐在第一排的宋美龄，本来翘首等待着看戏，以欢娱她的来宾，万想不到台上出现如此场面。她面色铁青，愤然而起，转身走了。端纳披着一件黑色披风紧随着也走了。台下一片起动的声音，台上一片呐喊着义卖及“向前方英勇抗战的战士致敬！”的口号声。

台下人已经散去了，周围突然静了下来。大家往台下一看，只有黄仁霖一个人坐于台前，一句话也不说，气得脸难看得成了泥土色。他突然大发脾气地叫骂起来，然后问：“哪个负责？”大家没有回话，沉默着。一瞬间黄仁霖忽然大叫了一声：“拆台！”于是大家开始拆台，大家把幕布卸了下来又故意猛抖，搞得满台尘土飞扬。灰尘中的黄仁霖实在不堪忍耐，忽又大喊了一声：“明天找你们校长去！你们跑不了！”就起身狼狈而去。大家收拾完了以后，天已快亮，蒙蒙朝雾浓重，在这黑色的山城中，这群年轻的学生们欢呼雀跃地回到了学校。

秋冬之际的重庆是雾季，第二天一整天都没有太阳，一天大雾。支部几个负责人却没有睡觉，在紧急地商讨着对策。会上决定由琯德告诉郭蓝田，叫他主动找余上沅报告当时情形，说大家在这样的情况下实在无法演出，只有义卖。郭蓝田去见余上沅了。

到了下午，余上沅突然召集学生训话，大意是你们办了一件荒唐事，人家要抓人怎么办？郭蓝田太糊涂，总之大家太糊涂、太荒唐。痛骂了一大顿，就散会了。会后同学们都跑去拍拍郭蓝田的肩膀说：“郭 sir（学生们对郭蓝田又是同学又是老师的一种称呼），真不赖！”郭蓝田也得意地说：“那可是！可我也有点后怕，下不为例……”

这件罢演、义卖的事件以后，学校的气氛渐渐变得严峻起来……

当琯德向区委汇报以后，区委说：“你们这件事做得好，抓对了时机，巧妙地运用了领导艺术，特委表扬你们支部。”

快放寒假了，学校准备迁至宜宾下面的一个小县城里，以防止日本的空袭。琯德向区委汇报了这个情况。过了几天，区委传达了川东特委的指示：同意剧校西迁疏散，但在迁校过程中党员一定要做好群众工作。在路途上因都是坐木船，困难重重，所以党员一定要以群众利益为先，吃苦在前。但方琯德要暂时留在重庆上“特训班”，慢走一步，而剧校党的正式组织关系以后再转去。琯德提议：以刘承清为书记，刘厚生、邓宛为委员的临时支部跟随大家西迁江东；训育员李岫文工作调至重庆妇女工作委员会。

恰好也是放寒假的时候，琯德利用放假为借口，就准备离校搬到重庆校场口机房街七十八号八路军办事处里去住了。

临走前向何去告别，何更瘦了。他告诉琯德说：“这一时期感谢同志们照顾，但我再也不能住在菜市场的地下室了。组织要照顾我，但组织也没有钱，大家都很穷。病是不要紧的，地下室就算了吧！不过你们要多保重，尤其是你，一个党的干部要慎重……”琯德忽然想起来还事先交了四块钱押金呢！于是快步跑到菜市场找到了那位房主，房主不情愿地退还了三块钱。琯德手捧着三块钱来到何的身边：“你留下治病吧，钱很少，是我的一片心意。”何先是执意不收，最后他说：“同志，但愿能在胜利后再见。”琯德重复了一句："但愿胜利后再见！"转身离去，当他回过头，再看何时，只见何仍是那身蓝布单长衫，没有帽子，没有围巾，咳嗽不止地向琯德招手告别。

戏剧学校总务处在放假前就与江安县政府商定好以江安县的文庙作为校址，另租了好些房子作为教职员的宿舍。校长余上沅理所当然地住进了一所离学校最近、内有花园并十分幽雅的大宅院，这房子是一位地主转让出来的。万家宝却住进一位与朱德总司令同时当过旅长、现在是当地的一位开明士绅的宅院中的三小间房子里。这样一来有许多教员就不去江安了。九姑就到北碚国立编译馆去当了一个编审，陈纹与吴郁到西南联大去读书，听说他俩结婚了。因他俩共同担任党的地下工作，琯德对他俩的踪影略知一二。九姑一个人在北碚居住，在做她所不愿意做的工作。她面对嘉陵江水呜咽的日日夜夜，在昏暗的小屋中独自一个人在深思着。她比在重庆更艰苦了。

幸好方璞德随复旦大学到北碚来，在嘉陵江对面的一个小镇上搭了些竹房子做临时校舍。应莲也进了复旦大学的新闻系，还有孙寒冰这位九姑曾经爱过的人，也在复旦大学当了教务长。还有好友靳以常来看她，使她得到鼓励和安慰。尤其是由于孙寒冰还主编了《译文文摘》，拥有极多的青年读者，从而使她有了更深的信赖和寄托。她唯一的乐趣是与青年相处的时候，每当课余总是和一群青年在沙滩上散步，其中也有璞德和应莲。这些青年使九姑心里有了充实感。不久梁实秋也来到了北碚。

时常有敌机轰炸重庆北碚，人们的生活不可能平静了，那些一向与抗战无关的人也不得不被空袭打乱了生活节奏。由于璞德这样的学生和孙寒冰这样的人影响越来越大，加上戏剧家洪深、老舍等也来了，此时的北碚成了文人荟萃的地方，北碚真正沸腾起来了。

琯德搬进了机房街，这个地方就在重庆卫戍司令部的斜对面，真是妙不可言：共产党八路军的办事处就设立在敌人特务机关的鼻子底下。

这是一个有好几进房子的院子，旧极了的平房，住在这里的有许多位重要共产党人，如凯丰、博古等。琯德和十几位男学员住在一间大房间里。房里很暗，白天也得开着灯。为了学习，专门放了几块床板，上面堆了许多书籍以及根据他们的情况油印的一些简报等等。

开学的第一天，有个三十多岁穿着长衫的人，姓廖，是学习班的负责人，非常严肃地向大家宣布了纪律。第一条就是学员之间不准相互了解姓名、工作、地址、职务等情况；第二就是不准出大门；第三加强学风，除了听课之外就是阅读参考书；第四带走的笔记本要通过审查。学习班里都是十几、二十几岁的男女青年，很听话，而且能够参加这个学习班，谁都觉得非常幸运。头一天各人安顿好以后，宣布课程由当时的中央宣传部部长凯丰同志讲唯物论辩证法，由博古同志讲马列主义，由董必武同志讲党史，由邓颖超同志讲妇女工作，由一位姓周的同志讲秘密工作和化装术，等等。许多课都是极珍贵和激动人心的，尤其讲课的都是党的领导人。

这里有一位是琯德最熟悉与最相知的人，他们竟是如此意外地相遇了。这个人就是方琼德。每当他俩四目相对时，都是会心地微笑，默默地点点头，什么话也没有说。

接着大家选举了临时支部，琼德当上了支委，琯德心里更是高兴，接下来大家就在一起谈了来这里学习的愿望或感想。饭是在学习兼宿舍的外屋里吃，吃的是大米饭，还有大盘大盘的回锅肉，比琯德他们平时在学校里吃得丰盛多了。

一到晚间，常常有个身材很高但奇瘦无比的人到学习班来玩儿。此人咳嗽不止，背也有些驼。他很喜欢琯德和两个最年轻的人。他坐在琯德的床上，握着琯德的手说他自己的故事：他是上海的一个工人，是搞保卫工作的，也就是俗称“打狗团”的。他的身份立刻引起了琯德极大的兴趣。

琯德好奇地问他:"你执行任务时是用手枪从叛徒的后面悄悄地一枪打死完事了吧?"他说:"那可不行!万一认错了怎么办?执行时必须把叛徒设法带到郊外或僻静没人的地方,问清了他的名姓再宣布他的罪行,声明自己是代表人民和党来执行任务,这才动手除了他。"琯德接着说:"这样正面给他一枪,嘿!真痛快。"可是他却说:"那不一定,要看情况和条件。有时我们无法带枪,就用刀子捅他。还有的时候我们发现有人注意我们,盯上了我们,情况紧急什么都来不及用,就拿起地上的石头照他头上砸,反正只要砸死这个坏蛋,拔腿就跑。总之那是很危险的,这次在上海敌人追捕我,我只好钻到地下道阴沟里爬着跑。有时是半身污水浸泡着,有时污水没了顶,又臭又脏。虽然地道四通八达,可敌人也知道哪里有出口,到处都把守了。我上也上不去,就这样三天三夜爬一段,走一段,终于在一天夜里我从一个花园大洋房的地沟里爬出来了。这一下病了好久,后来叫上海工部局(租界里外国行政管理机构)把我抓了去。他们把我的手吊了起来,背上还压了一块石头,几天几夜不放下来,还抽打我,真把我痛得死去活来。反正我咬紧牙关一字不吐!我是工人呀,他们没有任何证据,就放我回家了。从此我就得了肺病,组织上要送我去延安休养,你们想,我一个工人受到组织上这么重视,我应做更多的工作才对得起党啊。"他感动的泪水和琯德激动的泪水一同流下。他的故事一直讲了两三天,以后他同一些人坐着一辆卡车走了。

从此琯德再也没有见过他,但对他的印象却是深深地刻在脑海里终生不忘。

琯德印象最深的是董老讲的党史,从共产主义小组到一大,到北伐、陈独秀的"右倾"以及陈与汪精卫发表"联合宣言",到八七会议开除陈的党籍。在课余董老还问一问陈独秀在江津的一些情况。

琯德讲到张国焘要自立中央,企图谋害毛主席,董老说:"他把部队搞得乱七八糟。问他的部队一些战士：目前的政治形势是什么？那些战士回答说：'在屋前立正的姿势！'你们说可不可笑。西安事变他找毛主席非杀蒋介石不可，大吵大闹，说是毛主席'右倾'了。可是他自己现在却当上了戴笠部下的一个上校特务，真不知人间羞耻。"琯德以前没有听说过张国焘，这次却恨透他了，对董老的印象却是好极了。董老那慈祥的微笑和柔和的声音，无一不使琯德感到他真像自己想象中的父亲。琯德听说董老的小儿子病了，没有钱去看病，而且繁重的工作使他分不开身去照顾，就在课后来到董老的面前问他家小儿子病的事。董老笑着说："怎么你们这些年轻同志的消息这么灵通呀！谢谢你们关心！现在有组织在关心呢！"董老还特别抚摩着琯德的头说："你真年轻呀！富有青春之朝气，多好呀！听说你是演戏的，别演什么戏了，我看你是个最好的职业革命家，专搞组织工作！你们这样的年轻人是党最需要的力量啊！"董老说的话不过是一种泛指而已，可琯德却急了一身的汗，心想艺术是自己的生命，不能不演戏啊，慌忙大声说："演戏是为无产者创造自己的艺术啊，何况我现在也在做党的组织工作。如果需要，我还是可以不演戏的。"说着几乎哭了出来。董老笑了起来："演戏也是需要的，别急小同志，你喜欢演就演吧。不过要演得好，可别搞成半吊子演员，戏演不好，把党的工作又耽误了，那我不答应。"说完乘着一辆极旧的黑色小汽车走了，琯德跟着送到门前，但不敢出门，心跳不止地转回来。

课堂上最使琯德佩服的是博古和凯丰，他们俩讲课都极严肃，不看讲稿，一句接一句地往下说，丝毫不停，并且他俩还有个共同的特点：在一句接着一句讲课的同时，香烟也是一根接一根地吸。可惜他自己不会抽烟，否则一定会连这个抽烟的样子也要学习和模仿的。

邓颖超大姐讲的是妇女问题。琯德本来对这个妇女问题丝毫不感兴趣，但自从一看到这位名扬中外的妇女领袖、著名的共产党人，便不由得不听讲。她穿了一身花旗袍，也很讲究，但落落大方，头发自然地披落下来，没有烫，更没有脂粉气；三十多岁，一口北平话，流利平稳而动人。她说，妇女问题是民族解放的一个组成部分，也是人类解放的一个组成部分。中国妇女除了“三座大山”的压迫以外，更受残酷的封建夫权压迫，农村广大的贫农、佃农中不少少女结婚，地主竟享有初夜权……因此共产党员必须把解放妇女的问题看作是整个事业一个重要部分。她的讲话娓娓动听，使大家立刻就明白妇女问题的重要。琄德无形中在谴责自己是那样的无知和狭隘，而邓大姐讲的每句话都变得那么重要。

还有一堂课叫地下工作与化装，这堂课最使琄德感到新奇、有趣和神秘了。自己是学戏剧的，也学过化妆，但不知道在生活中如何化装，而且自己确实早已做地下工作了。

讲课的同志姓周，年近四十岁，是川西特委书记，极普通的方脸，眉清目秀，剪了一个平头，中等身材，穿一件灰布棉长袍，脚蹬一双黑布鞋，讲话声音很小，像个中学教员。他微笑着对这班年轻人说：“你们一定喜欢这堂课吧，但是你们一定会失望，因为这堂课一点不神秘，也不好听。”大家听了他讲的话都有点发傻。他又说：“我是蒋介石出过三千块大洋要我人头的著名川西巨匪。”说到这里他发出一阵轻声的笑，接着说：“我还不是坐在这里！我没有什么特殊的本事，而他们一会儿说我能飞檐走壁，一会儿说我会隐身法，还说我会双手打枪，百发百中，其实我什么也不会。我们共产党只会依靠群众，就能做点宣传群众和组织群众的工作，所以我们在群众中和群众一样这就是最好的化装。”他说到这里，大家有点失望，也有点新奇。他又说：“不但外貌应和群众一般化，就是语言也要大众化，否则就孤立于群众之外了……”他讲得不多，但说明白了他的隐身法，使大家对党的本质有了更深、更具体的了解。大家反而觉得这被称为“巨匪”的面貌平易和普通的人，有了一种很不平凡的感觉。

学习班结束前开了一个支部大会，一方面总结了学习收获，同时总结了支部的工作，大家一致肯定了支委们的努力。突然琯德对琼德大提其意见，说琼德关心群众不够，尤其是对琯德关心不够。琯德说：“为什么不深入群众问一问大家学习有什么困难？我的笔记跟不上，当宣传委员的也不帮忙。总而言之当宣传委员的只管自己，不管别人。”当时会上支委们都没有说话，只听大家提意见。

会后，琼德十分惭愧地来找琯德谈心，问他还有什么意见。琯德说：“就那么多，会上都说了。”琼德非常诚恳地、像对一个同志似的检讨说：“你的意见我都接受，可惜已经结束了，来不及改正了。”琯德说：“以后工作中要注意群众的思想动态，作为一次经验吧！”这口气好像琯德成了上级了。琯德接着又说：“你回江津去看看姆妈吗？”琼德说：“不了，我要立即回重大，那里工作很忙。”琯德说：“我们学校搬到江安了，路越来越远了，上水船要走四天。我想先去北碚看看九姑、应莲、五哥，再回江安。你有空多回去看看吧。”这时琼德也好像突然勾起了心里对母亲和这些人的留恋之情，点点头似乎不出声地说了一句：“看吧，只要有可能我就去。”大家在一起吃最后一顿饭，加上两个荤菜，但没有酒。

人员是分批走的，有人在外面瞭望，只要没人盯梢就走一批，琯德清理了大部分笔记，只留两本理论性笔记，用《中央日报》包了，就只身走了出来。

琯德立刻跑到长途汽车站买了一张直达北碚的长途汽车票，登车而去。灰色的天，蒙蒙细雨，但乘车的人并不少。

在拥挤的旅客之中，琯德居然有本领在最后一排靠车厢的位置挤到一个座位。他的旁边紧挨着一个年轻的女学生，白皙的面孔、纤细的身体，很不难看。由于旁边坐的是小伙子，她把身子矜持立直。只是时间长了她发起困来，几经努力终于困得睁不开眼了。她的头渐渐地侧倒下来，一直到她舒舒服服地靠在琯德的胸前肩头深深地睡去。琯德几次想把她叫醒，但心中很不忍，何况从她的头发里散发出一种轻微的香味，就更不愿推开她了。车子突然一停，她被惊醒了，发觉自己靠在一个小伙子的肩头睡着了，一阵脸红。然而她并不觉惭愧或对琯德抱以某种感谢的微笑，反而颇有怒意，这和琯德的期待截然相反。琯德也不由得怒容满面了，把头拧向窗外瞭望，同时不动声色地把屁股向她挤了挤，扩大一点点自己的地盘，然后心安理得地根本不理睬她了。当车一开动，不知为什么这女学生又发起困，头又靠在琯德肩上了。琯德心里一阵不耐烦，把肩耸了几下，想弄醒她并表示：这可是你要靠在我的身上的。可是她丝毫没有要醒的意思。终究是个漂亮的姑娘，琯德不忍再弄醒她，忍耐着她越来越沉重的头压在肩上，直到北碚车站。

人们纷纷下车，吵吵嚷嚷的声音大了起来，姑娘忽然被惊醒了。似乎这时她才明白，一路上一直是枕着琯德睡到北碚的，此时她慌乱地站起来，匆忙地对琯德笑了一笑，什么也没说就走了。琯德憋着一肚子的气，等着所有的人都下了车才慢吞吞走下车来。抬头看见那位女学生健步扬长而去，不由得轻声以少有的粗野骂了一声：“他妈的。”

走到镇里，发现本来是个幽静的小镇，被重庆许多机关的疏散以及复旦大学的搬迁弄得热闹非常，盖了许多新房子和饭店、茶馆，连豆浆铺子也有些西化。

他在离嘉陵江边不远的一座小楼里找到了九姑，还看见了应莲。应莲就住在九姑家里，陈纹反而不在家，到西南联大读书去了。九姑现在又兼了复旦中文系的教授，虽然快乐了许多，但终究一个人，时而有些孤独之感。琯德的突然到来使她高兴，并感到琯德这小家伙没有忘了她，因而产生一种自己是年轻人的朋友的骄傲。

琯德与应莲半年多没有见面了。真是女大十八变，应莲变得活泼、话语多了，不再掩藏自己的心思，完全像一个十七岁少女所应有的活泼了。她的眼睛变得更大，更神采飞逸。琯德不禁想起在汽车上枕着自己肩头昏睡一路的那位姑娘来，简直没有应莲的三分之一好看。应莲没等琯德张口，居然呱呱不停地告诉她在复旦的一切。她读的也是新闻系，五哥在那儿对她照顾得无微不至。五哥是复旦大学里极有威信的学生，有多少校花都要追他，而五哥全然不睬。五哥如何才气横溢，孙寒冰教授、靳以教授如何喜欢他。他在学校里如何做各种社会工作，如何办壁报，各种社团无一不参加。就是有一点，他不许别人追她。五哥扬言凡是要追她的人，必定要经过他同意，否则叫那些小子们小心为妙。不知应莲说这话是出自少女的爱情被管束的幽怨呢，还是发自心里的骄傲。琯德心里不由得大吃一惊，应莲竟说出这大胆的话来，真是与在安庆时代迥然不同。琯德心里很是感慨，他想到这是进步思想给人以改变的力量。他对九姑说了在车上那位姑娘如何枕着自己的肩头昏睡一路，那女子又如何怒目横视的恶意与霸道。九姑听完大笑说：“老七真有点像玮德专拣那种美丽动人的话来骗我。这不明明是你自己不老实，勾引人家姑娘，要不人家女孩子就对你怒目相视了。算了吧！我才不信你呢。对了，还没吃饭吧？拿五元钱去，叫小应莲陪你吃厚德福吧！”

厚德福是本镇最有名的一家北方饭馆，琯德和应莲上二楼，靠窗坐下，向外望着隔江隐在树木田野之中的复旦大学。二人吃盘白砍鸡、炒鳝鱼和炒三鲜，还吃了北方人的烙饼，吃完一算账，刚四元八角，给了两角钱的小费，整五元钱。二人下楼回去。

回到九姑那里，九姑问道：“你们两个小家伙吃了多少钱哪？多余的钱还我吧！”这一问，应莲、琯德都傻了，应莲吓得躲到墙角那儿坐下了。琯德完全没有想九姑还想着给她剩点钱，嗫嚅地回答说：“没有剩下一个铜板，都吃光了，差点还不够哪。”九姑吓了一跳说：“五块钱呐！还不够？”琯德说：“够了，够了，也就将将够。”九姑努力地平息下来，但一想又生起气来，骂应莲说：“都是你好吃，把钱吃光了的，要不怎么前些日子我留在饭橱里的白砍鸡都没了哪！夜里我睡着了，她偷偷地吃了，只剩下鸡脚和鸡头……”应莲红了脸，解释说：“是他叫的菜，也不知要多少钱，也有白砍鸡的。”九姑笑了起来：“老七好吃早已闻名，就是我太惨了！五块钱啊！天哪！月底还没有发薪水呢！身上就五块钱，我以为你能剩给我三元钱哪！”她吸了口长气，催应莲带琯德过江到黄桷树复旦大学去找璞德。临行叫住应莲，叫她找到璞德后就回来，不许在复旦男生前晃来晃去，应莲点头答应。

二人到复旦大学，所谓大学就是用竹子和泥搭的一座座的大房子（实际上就是棚子）。找到璞德的宿舍，也是一座大竹棚子，里面放了无数的竹板床，人很少，都不知哪里去了，只看见崔祥琮。应莲说了一声：“你带他找五哥吧。”说完急匆匆地转身就跑了，崔祥琮十分恭谨地接受了任务，站在那儿发了半天呆，才送了送应莲，就回身对琯德说：“咳！真是！抗战以来就没见过面，你好。璞德不容易找到，他虽然住在这里，却不一定每天回来住。”又对着琯德的耳朵小声说：“不敢固定住处，有特务要害他。”接着打一盆洗脸水来。大冷的冬天，可打来的是一盆冷水，琯德马马虎虎地洗了一下。崔祥琮说：“你五哥真是了不起，是复旦的名人啊！他是很能干的。我也很喜欢应莲，她很好看，多少人追她。”接着他自己笑着，琯德感到有点惊异，问他：“那你怎么不追她，你英文那么好，可以当大学教授了，文学修养又高，我对应莲说去。”崔祥琮惊慌地说：“不行，不行！你五哥不答应！他明令禁止我做什么过分之想。”琯德心里大是不平，说：“五哥这么家长作风，别理他，追！使劲地追！我觉得你这个人就不错。”崔祥琮非常谦虚地傻笑着：“不行，璞德不会答应，说她还小，怕耽误她学习。我想也是的，况且政治情况太恶劣了，要多保护她才好。”

正说着，璞德和几个大个子走进来了，那几位各自躺在自己的床上休息，璞德走过来拉着琯德走到他的床铺边问道：“我听见应莲说你来了，我赶来看你。学校要搬家了，姆妈一个人在江津怎么办？”琯德说：“正好你可以回去多看看她。”璞德说：“那倒方便些，不过我太忙，抽不出身来，再说吧。我这里很紧张，斗争很激烈，可工作发展也很快。”琯德就忙告诉他，自己是办事处学习班出来先看看他的，江安还没有去哪。璞德为他这情义所感动，对琯德坚定的态度也很满意，就说：“你今晚就睡在我的床上吧，我不睡这里，保险点。”说完就要走，只见那几位同来的壮汉也从床上起来了，璞德轻声对琯德说：“他们几位是体育系的，他们保护我，免得国民党暗地打劫或杀害我。真没有法子，说不定我今晚过江去住。”临走时告诉琯德：“应莲现在非常进步，你看出来了？”琯德说：“你怎么不许她谈恋爱？崔祥琮那么喜欢她，你居然加以限制！太不应该了。”璞德说：“崔祥琮这家伙太没有政治头脑了，现在他俩一恋爱，前途必是悲剧或两者都茫然离散，那不害了应莲？”琯德听了才默然无语，心里倒是为崔祥琮难过。璞德没有等到天黑就走了。

在崔祥琮的陪伴之下，琯德在复旦校舍四周转了一转，就回来在璞德的床上睡了。

第二天睡到八点多才起床，宿舍里依旧有几位蒙头大睡未醒的人。有些人当然是上课去了，但也不一定，大学生嘛，上课就自由得多了。崔祥琮没有上课，他根本不用上课，因为他的英文、文学早已超过他在上课时所得了。他去买了些豆浆、大饼、油条和琯德共吃，奇怪的是吃完了东西，才去打一盆冰冷的洗脸水来洗脸。这种乱糟糟的学生生活，琯德倒也习惯。

当他们出校舍时，已是九点多钟了，远远地看见应莲夹着几本书和两个女同学一同走过来。应莲笑着说：“她们要看看方璞德当演员的弟弟！”

于是一一介绍了。应莲说：“我不去上课了，陪你玩玩吧，五哥又不知到哪里去了。”琯德说：“我想今天回去了，赶到江安要好几天哩。”崔祥琮问：“真要走？真舍不得你呀！”说着，眼睛却看着应莲。应莲也不说话，不知是和崔祥琮有同感哪，还是被崔祥琮看得心跳。最后还是两位女同学中一位身材和面貌都极美丽的说：“你们还不陪琯德去温泉玩玩、游游水？来北碚不去温泉，那就等于没有来。”崔祥琮说：“对，对极了！”应莲说：“好吧，我陪你去温泉吧，不然五哥骂我没招待好你，有负他的重托。”崔祥琮说：“那当然是，我拿一样东西就来。”转身跑回宿舍去了。两位女同学笑着说：“我们也不陪了，再见吧，演员！”她俩亲亲热热相互搂着边说边笑地走了。

她们走后，应莲说：“这些都是五哥的好朋友、崇拜者，都是很进步的青年，那位叫你留下去温泉的是我们的校花哪！”琯德心里怎么也不能把校花和进步青年联系在一起，这说明应莲还是有点落后。这时崔祥琮跑来，手里拿了一本厚厚的外国书，递给琯德说：“我送你一本《契诃夫短篇小说集》，英文版的，留作这次相见的纪念吧，谁知道何日再见？你走得那么远。走吧，一齐过江去温泉吧。”

他们走到渡船的渡口边，看见对面划过来的渡船上站着璞德和他的朋友们，璞德未等小船靠岸，就跳下船来，拉着琯德说：“怎么要走？应莲小家伙不肯陪你玩了？”应莲说：“我怎么敢哪！江那边有九姑，江这边有你这位大兄长，我哪能不陪他呀。”崔祥琮忙说：“不是的，我们正要陪他去温泉玩呢！”璞德高兴地说：“对，去温泉玩好极了，那是北碚的代表作。”他把琯德的手握得更紧说：“我实在无法抽身陪你了，总会再见的，我相信你会工作得更好，也听说你受到表扬，我要学习你。”琯德臊得一个大红脸，说：“你瞎扯！跟我学习什么？我只会吃东西。”兄弟二人握手告别，琯德登上渡船时，璞德不时地回头看他，可被几个人笑拥而去。

船到江心，天突然阴起来。早上还有过一会儿太阳，等他们到北站江岸时，已有几滴雨点洒在脸上，阴冷阴冷的。琯德说：“下雨了，天这么冷，还去温泉吗？”崔祥琮说：“不要紧，那里有室内温泉游泳池，去吧。”应莲不作声，琯德心里想：“你只不过受人之托而已，比起崔祥琮的热情可差远了，就是去！看你受罪吧。”略有恨意地与他二人同上了直达温泉的公共汽车。

温泉是镶嵌在半山间的一座大别墅，像一个盆景。冬天的树依然葱绿，天上灰色的云层下了几点凉水珠后，四周的树木更显绿得可爱了。这里有山涧茶馆和卖担担面、抄手的小铺子，还有卖甜食的小店，总之非常清静优雅。可是对年轻人来说，只有在温泉游泳是乐趣。

崔祥琮租了两条游泳裤，琯德和他换上走进室内，游泳池空无一人，不免高兴地大叫着跳入水中乱游一通。始终不见应莲换好游泳衣出来，琯德想她一定租一件红色的游泳衣，配着她很白的皮肤一定很好看，三个人在水中游来游去有多快乐。可等来等去总不见她出现，琯德忍不住大叫：“应莲！小应莲！”喊声过后，在入口处露出应莲半个身子，依旧穿着灰色棉旗袍。她既不进来，又不走开地看着水池子里的两个人。琯德大声说：“你怎么啦？没有租到游泳衣？”应莲摇摇头，依旧不动，面色很严肃。琯德奋起爬上岸来走到她面前，把她从入口处拉了进来，说：“你不去换游泳衣，我就把你推到水里去。”应莲连声求饶说：“不嘛！我不会游，我不去嘛。”琯德说：“不会游不要紧，我教你，还有崔祥琮保驾，淹不死的。”应莲挣脱琯德的手，坐到水池边的长木椅上赖着不动，并且说：“你走！你走！别管我。我是不穿那个游泳衣的。”琯德听她说出这样的话来，情不自禁地大喊：“什么？怕穿游泳衣？奇谈怪论！”崔祥琮在池内浮在水面踩着水说：“对她是可以理解的，可以理解的，琯德不可太粗暴了。”琯德听崔祥琮这么说，没有再拉她，而是威胁她说：“看我告诉五哥！说你不肯陪我玩，有负他对你的委托。你还是一个小尼姑哇！何必露出你的脸和手来哪？中世纪的教女！”一边骂一边“嘭”的一声跳到池中游来游去。崔祥琮觉得琯德又是尼姑又是中世纪教女的，说得太过火了，连说："不是的，不是的，她是个现代的进步女性。"说完，恨不能爬上来坐到她身边去安慰她，但又不敢，只好仍在水中踩着水，望着岸上的应莲，不安地干笑着。琯德只顾向池子的另一端使劲游击，而且换侧泳的姿式，心旷神怡，开心非凡。忽然应莲大叫："老七！老七！你过来。"琯德停止前进，游回池边，见应莲神色不安，问："怎么啦？"应莲只说："上来，上来，我对你说。"琯德又爬上岸来，应莲把他拉到一边对他轻声说："你看见对面的一男一女吗？"琯德一看，果然有一男一女正准备下池游泳，他俩叽叽咕咕说得十分亲密。琯德仔细一看，那个女的正是在汽车上枕着他睡着的那位。应莲轻声地说："她是复旦有名的国民党CC分子，专会打小报告的。"琯德没有等她说完，就大声地说道："狗咬吕洞宾，不是好东西！"立刻跳起几步靠近他们，猛地跳入水中，溅了那两个人满脸的水。琯德下水后转过身，在水底潜泳，好半天不露出水面。那两个人呆了："这个捣乱分子别是淹死了吧。"女的也潜在水底，没有发现什么人，立刻又露出水面，看见琯德觉得很眼熟，但还没有明白过来，又听见琯德大声地说："走吧，不游了，看她打小报告去吧，和这种人在一起是要倒霉的。"说完，拉着应莲就走。应莲忙用手绢一面擦琯德身上的水，一面说："别叫！别叫！让她听见了。"站了一会儿，室外太冷，这时崔祥琮也跟了过来，三个人走了。水中那个男的对女的说："这小子说些什么？我去教训教训他，怎么对小姐态度这么无礼。"那个女的似乎想起来什么，对男的说："别！今天不能找他算账呀！他们是两个男的，那个男的身体多棒！胸脯多厚呀！以后会找到他的。"男的心里很不服气，但女的这么说了，只好从命，陪着她说着笑着开心之至。

这天中午饭，崔祥琮自告奋勇请客，在小面馆请琯德吃一碗担担面、一碗抄手、两碗油燃面。应莲只吃了一碗抄手和一碗担担面，而崔祥琮吃了碗鸳鸯面和两碗油燃面。一共九角五分钱，崔祥琮还大叫："这里太贵！

太贵。”琯德心想：“吃了九姑五块钱，不怪九姑要大骂一顿哪！”

到了下午才一同回到九姑那里，九姑见崔祥琮一同来了，非常高兴，和崔祥琮大谈起俄国文学对欧洲文学的影响。崔祥琮对答如流，他赞扬歌德是奇才，还说他想重新翻译《安娜·卡列尼娜》。九姑大感兴趣，说可以，很必要。要吃晚饭了，崔祥琮起身告别，与琯德拥抱了一下才离去。

晚饭，九姑用了五个鸡蛋炒了饭，和着一点蒸的四川腊肉，三个人饱餐了一顿。九姑自己觉得很丰盛，直问：“老七，应莲，你二人说好不好吃？”二人都说好，琯德加了一句：“特别喜欢吃鸡蛋炒饭。”九姑高兴地站起来，连声说：“你们玩一天很累，我洗碗。”应莲说：“我洗吧。”九姑抢着说：“你未必比我洗得干净。”说完动手洗起来。

晚间，天空的乌云不知何时变成一块块地浮游着，半轮新月露了出来，照在乡村的小路上，月色照清了一切树木和远山，但不耀眼，显得很宁静。九姑和琯德、应莲三人去小路上散步。三人都不说话，只听见他们脚下踩着沙石的声音，像是一种音乐，如古琴在慢慢地吟唱。

忽然从对面来了一位身材高大的女士，穿一身讲究的旗袍，戴一顶深红色的绒帽，乌黑的头发披下来，遮住半边脸，露出一双神秘的眼睛，走近时她喊了一声九姑。九姑从沉思中抬头看着她，喊了一声：“碧薇。”返身指着琯德说：“这是璞德的弟弟琯德，这位是蒋碧薇先生。”蒋碧薇看着琯德，笑着说：“他和璞德很像。”说完似乎不愿打破适才这几个人散步的宁静，就反过来一同向前继续散起步来。沉默了很久，九姑深深吸了口气说：“我感到这里不会永久如此宁静了，有一天日本人也会丢下炸弹来，这里的学生也会去救护，去到前方打日本人。人们在沉默，在酝酿着更大的叫喊。”蒋碧薇却说：“我不想听那些轰炸和叫喊，我想看见的是这样的月色，和更美更瑰丽的颜色。”

九姑没有答话，只说了一声：“回家吧。”转身向家的方向走去……

第十九章

琯德离开了难忘的北碚，带着对九姑、应莲、崔祥琮和璞德的离别思绪，又乘上江轮，还是回到了江津的家里。在长江混浊的急流险滩行程中，琯德在船上倚着船栏杆，总觉眼前嘉陵江碧绿平静的江水像一条长长的碧玉般的带子，连着自己的心，永远不断延伸着，这种感觉似乎使自己漂浮在长江上游弋而过。短短的两天，那难忘的印象似乎这一辈子都难以磨灭。应莲、九姑、祥琮的影子浮现在眼前，变得那样圣洁和缥缈，引起心底一种说不出的惆怅。

回到母亲那里，感到母亲更瘦小了，但母亲身上特有的气息，似乎像大地散发着泥土的芬芳，使人感到温暖和熨帖。她在孤寂中对着空荡荡的屋子看着《红楼梦》。看见琯德回来，心情振奋起来，叫杨嫂买肉、买鸡，给这位来去无踪影的儿子大吃一顿。

江津的国家公馆似乎冷落了起来，年轻人都走了，老年人也变得沉默了。琥德已在江对面的德感坝上初中了，午饭也在那里吃，只有放了学才回来。

三太太一个人在江津时过着粗茶淡饭的日子，手上的钱一天天减少，而战争结束却遥遥无期。两个大儿子去向不明，还有几个虽上了大学，但也是扑朔迷离；只有见到老七，才感到心里慰藉充实。与儿子半年多不见面了，他长高了，壮实了，像个大人了。但在她眼里，他那张脸显得还是那么稚气。她不知该问儿子什么好，只说了句："你还是要走啊？你一个人到江安，我一个人在江津怎么了啊！"瑄德笑笑说："看吧，也许江安好的话，我就接你去。"三太太笑嘻嘻地说："真的呀！那我们就一道去吧。"瑄德说："那不成，我还不知道江安是个什么样子哪！你等着吧。"三太太果真不说话了，唯恐多一句话就会使这个新的梦惊破。但是还想对儿子说些话才好，她很想问邓宛现在是不是和他又好了，儿子却没有提，也没有说要到邓宛家里去看看，使她有些摸不着头脑。三太太只有没有目的地说："邓家已离开国家公馆，到另一个地方开了一个医院，过得不错。他们曾经和一些人搭伙在重庆开饭店，也要我投资五千元。"话尚未说完，瑄德却对母亲大叫："这可不行，做商人发国难财，那是汉奸！"三太太吓得不敢再说下去，可熬不住又说："他们还出主意，买点土地……"瑄德听了激动地说："这根本不行！当地主哇！你去当吧，我决不同意的。"三太太低声胆怯地说："那怎么办？钱一天不值一天，就这么坐吃山空能过几天哪？"瑄德觉得母亲太落后了，受这些老头子们影响太多了，于是大骂各种老头子说："他们打主意居然打到我们头上来了，国难深重，这些人还在天天想发财。"最后他对三太太警告说："不要上他们的当，我们不能做那种事。我们也不要家里钱，你这些儿子都会养活你的。"三太太听了觉得也对，但由儿子来养活自己又很渺茫，只好说："老七，你喊什么？不做就不做。看你怎么养活我。我看你们先养活自己老婆要紧。"瑄德不屑一顾的样子，鼻子里哼了一声，就大步走出去，找小管子去了。

小管子家住在不远的一个小巷子里，也是租的两间房子，倒是独门独院非常清幽。一张大书桌堆满当代各种杂志、书籍，也有各种线装古书，书桌上文房四宝很是齐全，屋里还有一张大床，是他与母亲共睡的。瑄德自己虽长期和母亲共睡一间屋，但早已不睡一床，看到小管子还和妈妈共睡一张床，心想可见他们母子是相依为命了。一个身负革命重担的青年，还要艰苦地支持着母亲的生活，他心里对小管子母子不由肃然起敬。

小管子今天没有过江去上课，见到琯德突然来到分外高兴，拉着琯德的手坐下，非常兴奋地告诉他江津特支的发展情况，还说要和琯德一起去看望被服厂里那几个工人。琯德拒绝了，说当前组织转入地下，不发展横的关系，不便再和他们交往了，只是把自己在重庆学习的情况告诉了他。这使小管子很感兴趣，两人低低地交头接耳谈了许久，直到八婶娘走进来留琯德吃饭时，才停止了长谈。

八婶娘白净而文雅，虽然已过中年，依然有闺阁风范。她虽不知儿子在干些什么，但也和三太太一样，对这些青年有无限的信赖。琯德对八婶娘很有好感，比起其他长辈来完全不同。尤其是方四老爷，虽已流落到四川，但封建余威仍然存在，如同相距在两个世界里。琯德虽然喜欢吃八婶娘做的菜，但天色不早，怕母亲等，就站起身来告辞了。

回到家里，母亲果然生气了："怎么回家还没有看清楚你的样子，就不见了！真是……"还没有骂完，琥德从学校回来了。琯德不顾母亲还要骂些什么，就高兴地喊起来："老八！过来让我看看你！"琯德从来没有对这位小弟弟仔细打量过，觉得他只是一个不吵不闹、无声无息看书或傻待着的小孩子。可今天一见老八，感到他已是个少年了，只比自己矮半个头，眉清目秀的，薄薄的嘴唇永远在微笑着，穿着一身灰色的学生服，胸前佩戴着三角形校徽，俨然已是个英俊少年了。他比琯德小五岁，今年十二岁了，可是琯德觉得他比自己文明细致，有些像母亲。他声音不大地喊了声"七哥"！琯德就把这位弟弟推过来搡过去地比个头、比胳臂、比胸脯。最后搂着他的肩，对妈妈说："姆妈，看看你这两个儿子多带劲儿！你心里喜欢吧！"三太太说："就是不喜欢你！老八老老实实的，不像你粗里粗气的，好好吃饭吧。"杨嫂端上饭菜，琯德先撕了一个鸡腿给自己，又撕了一个鸡腿给老八，其他就不管了，边吃边问老八："这里学校好吗？"老八说："还好，徐祥达有个弟弟叫徐祥桔，和我同学……"琯德没等他说完就说："你要好好读书。不过你将来干什么哩？"老八说："我不知我将来能干什么，我搞工科吧，读不了大学就当工人去。"三太太说："那当然当工程师，当什么工人！"琯德忽然不说话了，他觉得自己受到三哥、四哥、五哥、六哥的关心教育，可自己却从来没有关心过这个小弟弟的未来，真是大为惭愧，也就无心高谈阔论了。母亲夹了一块鸡脯子给杨嫂，自己只吃了一个鸡屁股和一个鸡头就不吃了。饭桌上的沉默突然占领了空间。

杨嫂突然说："桐城来信，说德金死了。"琯德被这消息震颤了："他是个很结实的人，怎么会死了呢？"三太太说："我还没有来得及告诉你！他回到老家就病了，幸亏儿子、媳妇都在，也算他福气了。如果也到这外乡外地的四川，真不知哪年哪月我们才能把他的尸首带回去。"说完十分黯然，话语也有些哽咽，杨嫂早已眼泪不止。琯德眼前现出在武汉与他道别时，他用那双粗大的手擦着眼泪的情景，自己八岁时骑在他的肩上逛迎江寺的情景，他把自己从茅坑救出来的情景，和他儿子一起逛夫子庙的情景，眼泪也无声无息地流了下来。

饭吃完后天已黑了，一盏煤油灯下，老八在做功课，琯德、母亲和杨嫂一起说着德金的种种事情，直至深夜。

第二天中午，琯德搭上到江安的轮船向上游驶去。天气不好，阴沉沉的，使琯德心里沉甸甸的，对母亲、八弟、杨嫂还有死在远方的德金，都有一种说不出的留恋。

小轮船顶着江水急流，挣扎着前进。天更阴沉了，下起雨来，琯德进入舱内，望着天空飘下的夹着雪片的小雨随风飘落着。黄昏，船到了合江，江边连个码头也没有，只有提着篮子、穿着蓑衣的小贩在卖烧饼和卤鸡、卤蛋。在江岸的坡地上，散落着一些鬼火似的小玻璃油灯。船也就无声息地抛锚，在江上过夜。

天还没亮，轮船又如蜗牛般起动了，江上时时有下水木筏的船夫们呼号子的声音，那惨痛的呼天喊地的叫声在人们耳际划过，那景象似乎是这岁月的一种写照。

第二天晚上，船泊在泸州过夜。虽然离江安只有六十里路程，但这里离金沙江已不远，川江的险滩连绵不断，向例上水船到这里是无论如何也不会夜行的。

这里算是一个重镇了，有大码头，有完整的泵船。船靠在泵船边，旅客可以自行下船到处游逛。江边有几处棚子，挂着“酒”字的大旗，犹如到了梁山水泊前王贵的船店一般古朴而豪迈。酒店也有两三张白木头桌子，卖的都是本地产的泸州大曲，露天地里堆了一大堆瓦坛子的酒准备上船外运。琯德走进城，只见街道是在一条山坡之上，越走越高，商店不少，但大都已经关门，只有卖担担面的门户还开着。琯德进去吃了两碗面和一碗馄饨。走出来看见街上到处贴着川军十八师的布告，这是著名川军刘湘的嫡部，蒋介石只有一个宪兵营在这里。下江人还不多，琯德觉得这里川味确实浓厚，人们说话川音更重，辣子味更浓了。

天完全黑了，细雨连绵，琯德才独自回到船上，拉开被子睡了。不知何时天亮的，琯德醒来船震颤着，以和人走差不多的速度向江安进发。

中午时分到了江安。

江安是个很小的县城，站在城的中心，可以看到四个城门。这里产竹子，江边堆了粗大的青竹，在那一湾江水中扎竹排，等待往下水放。橘园里还产橘子。城很小，人口却相当稠密。城里有几户大绅士，有姓张的、姓冯的、姓王的，都是大户，他们的子女都去过上海或外江。这里有所中学，还专门办有女中，地方不大，但不闭塞。不断有共产党和进步青年在这里进行演剧活动，人们对话剧并不陌生。剧校不知是否与这种文化活动有关，才搬到了这里来的。

剧校被安置在靠东南城墙边的文庙里，这样一个小城却有如此大的文庙，令人难以置信。一进文庙大门，就看见大院里一棵巨大的黄桷树，遮天蔽日地伸展着枝叶。走过一个石牌坊，有两排房子，一边是校长室、教务处；一边是总务处和财会室，沿着房子走进左边跨院，就是女生宿舍了。正面廊厦边也有几间房子做教具室，也就是道具服装室。进了廊厦两边的大门是一个大院子，院子后边是一个大石台阶，再上去就是大殿，殿门上边有一块陈旧的匾额，上书“万世师表”几个大字，但已看不清了。殿内只有一座歪七倒八的牌位和几根相当粗的大柱子。现在殿前的石阶上已铺上地板改做舞台了。院子两边是教室，一边是三届的学生上课，另一边是四届学生上课。不过也无所谓，多半大课是两班学生共上的。两边教室都隔出一间大办公室，一边是教员办公室，一边是训育处办公室。大殿两边还有大钟、大鼓，再往里就是男生宿舍和食堂了。大殿里只放了一架钢琴，有几位女生如邓宛、许庆芝等人在那里叮叮咚咚地弹奏。尤其到了晚间，这大殿里黑洞洞的，只有弹琴的人自己带盏用竹筒做架子、架上一个小铁碗的豆油灯，燃起一缕青烟和一点微黄色的光。这里是艺术的世界，也有人说是恋爱的殿堂。

琯德一到这里，就听到不少风言风语，说邓宛是“恋爱殿堂”的主角之一。琯德不便多说，在看到邓宛时告诉她自己所听到的一切，并不干预她。也就两个月的时间没见面，这会儿见到她，她更有艺术家的风度了。她非常热情地喊着“七哥”，把到江安以后的工作一一做了汇报，同时毫不在意地声明：“别听那些人造谣生事，我是在那里谈工作。”琯德不好说什么，觉得自己早就没有权利干涉她的爱情了，但心里也有几分不宁静，却只严肃地说：“这是个小城市，容易传些风言风语。大家都注意才好，等我接上关系再说吧。”

过了两三天，和县委接上了关系，来找瑄德的是当地业余戏剧家席明真。他又带瑄德去张府见了大士绅的大公子张定民，也就是县委书记。瑄德十分意外，但张定民非常朴实而谦虚，给了他非常好的印象。又见了县委委员冯择生和他的爱人。就在张定民的小会客室，张宣布瑄德是江安县委青年委员兼剧校支部书记，组织委员雷雨田，宣传委员是席明真，自此县委开会不在张家就在冯家。

组织上十分重视剧校搬到江安，它是这里的最高学府了，教员中文化人多，尤其是万家宝，党要好好地帮助他。瑄德的组织关系是由川东特委直接交廖志高带交泸州中心县委转来的。县委会议决定，剧校党支部重新整顿已经混乱的组织关系，各小组单线联系、领导转入地下；批判“一切通过统一战线”的口号，但仍要放手发动群众、发展组织；广泛开展读书会活动，但读书会不是外围组织，只是一种广泛的群众活动。

瑄德向支部宣布这些决定后，大家十分认真地按照党的指示做了，工作也顺利。由于剧校没有训导长，训导处也没有人，给了支部很好的活动环境。国民党也没有明确组织起来，共产党在群众中有很好的基础。

学校里学术空气很浓厚，同学们主要围绕着万家宝这位中心在转。他讲课都是两届学生合并听讲，既讲戏剧发展、剧本选读，又讲编剧；同时教授英文，还排练戏剧片断。他很忙，但学生很爱他，他也喜欢年轻人。

春天黄昏时分，一对对青年在城墙头上散步，晚间傍着新月，更是留恋不归。邓宛不知不觉又和瑄德接近起来，依旧“七哥，七哥”地叫着，别的同学看在眼里，也学着邓宛叫着“七哥”，似乎在默认他们的恋爱关系。

这是一个月夜，邓宛在城墙上紧紧地挎着瑄德的臂膀说：“七哥，你能原谅我吗？”瑄德心里十分紧张。邓宛接着说：“在重庆的一段事情你忘了吧！你真好，证明你是个真正不自私的人。从大别山到现在，你是我不能没有的人。”琯德听了心里一阵酸楚，眼泪流了下来，泪水流在脸上灼热得很，但他咬紧牙关没有回答她。抬起头望着天上那半个并不明亮的月亮，想起万家宝在讲课时说：柏拉图认为爱情就是天上的这半个月亮，永远在追着那半个月亮。琯德觉得这真是永恒的真谛。这一两年来，邓宛就像这半个月亮，自己是追寻她的那半个月亮。今夜邓宛似乎使自己追到了爱情，而这爱情使自己多累，多苦！

邓宛见琯德没有回答，就说：“七哥，你不高兴？”琯德说：“高兴！但你好像还是离我很远很远，我永远在找你！”邓宛说：“好了，现在我站住，不再跑了。我知道你一直在爱着我。”说着，用她的手绢擦着琯德脸上残余的泪水。琯德说：“天哪！但愿这都是真的！”他们不再说话，就这样徘徊着直到深夜才回到宿舍。

第二天早晨，太阳很好，突然来了空袭警报，学校催大家到城外去躲飞机。城外有一条小路，两边是绿色的原野，这群剧校师生嘻嘻哈哈尽情欢笑着向前面一座小山走去。那里有座不大的古庙，似乎那里就是目的地。没有人紧张，像外出野游一般。琯德、邓宛、刘承清等走进古庙，只见到几个破烂泥菩萨歪七倒八地在佛龛之上，没有颜色，像被剥了衣服的和尚，实在没有什么可看的。于是几个人转了一圈，走到庙外小树林，找了一个平坦的地方练起滚翻来，一边练一边大叫：“我们练的是和尚功！”邓宛也大喊一声：“看我练的尼姑功！”其他男生和女生也都快乐地练起来。琯德在一个滚翻之后，忽然感到眼前有位穿长衫的人离自己不到一米处站立着，抬头一看，原来是万家宝老师。他微笑地看着琯德，左手习惯地捻着他左耳边的肉瘊子，眼镜后面的大黑眼睛神采奕奕。他一动不动，就这么一种姿势站在那里。琯德连忙站起来，喊了声：“万先生！”他没有回答，依然目不转睛地盯着琯德，琯德只有嘻嘻笑着，不知说什么好。这样过了许久，万家宝才叹出一声：“真好！”琯德不知他是何所指，只有说：“不好！”万家宝又说:“真好。你多大了?”琯德说:“十八岁。”万家宝又说:“这么年轻，这么光华照人，真羡慕你!”又添了一句:“真羡慕你!”琯德大喊大叫地回答:“我有什么可羡慕的?我才羡慕你哪!你像我这么大的时候，已经清华毕业了，要成大作家了。我这样一个笨蛋，做你的学生还做不好哪!”万家宝没有改变他的姿势，一味地看着琯德，嘴里喃喃地不断说:“真年轻，真羡慕……”

这时其他学生也停下来，大家围上来七嘴八舌地喊着“万先生!”师生们快乐地说笑着。快到中午时分，才有人说:“饿了，回城吃饭吧。”没有人问警报是否解除，日本飞机还来不来，反正大家说得尽兴。

万家宝就租住在张定民的家里，张家房子多，还有一个大花园。万家宝住在花园边上的一座小楼里，楼下客厅里有三张藤竹的沙发，一长二短，还有一张方桌供吃饭用。墙上有一张放大到一尺二寸的名演员凤子在日本扮演《原野》中金子的剧照，是涂了彩色的。里屋是卧室，有张大床，还有一张小孩床，墙上有他和夫人的结婚照。他们都穿着结婚大礼服，不过只有八寸大，也只是黑白的。楼上是万家宝的书房，一大间，有四个竹子书架，放满各种洋书；另外有一张旧的书桌，一张高背藤椅，还有两个凳子。这里极为幽静，楼梯在房间外面的屋檐下。

琯德自从上次在庙前和万家宝相遇之后，万家宝就叫琯德放学之后到他家去玩，琯德就真的上他家里去了。他坐在饭桌旁的凳子上，循规蹈矩。万家宝很高兴，像对待老朋友一样对待他，说:“我知道你是方令孺的侄子，她是你的九姑，对吧?你们方家是安徽桐城派名家，你怎么想起学戏来了哪?”琯德说:“这是受你的影响啊! 1935年在南京，我看过你演的《雷雨》就想当演员了。后来到大别山搞救亡宣传去了……”接着把在大别山遇上土匪的事说了一遍，万家宝极感兴趣；后听说其中还有邓宛，更是大为惊讶，连连说:“一个女孩子经历也如此不凡，了不得!”又夸奖说邓宛很能演戏，又能唱歌，说她有男孩子的野味，又有女孩子的温顺，很有意思！他对邓宛在什么场合都喊琯德七哥觉得特别有趣。两个人在一起似乎像一对朋友，反而没有师生的界限了。

走时，万家宝陪同琯德走出房门，迎面遇到了张定民，琯德心里有些紧张。可张定民从容不迫地走上前来，用浓重的四川话说："万老师送客人啦。"琯德不作声，万家宝说："是啊，他是我们学校的同学。"又回身向琯德介绍说："这位是张家大少爷，他老太爷就是这个房子的房东，是张乃赓老先生，曾和共产党的朱德同时期任云南的旅长。张老先生了不起啊！这么大年纪了还任江安、泸州各县的联防司令，是位爱国的开明人士，很有学问，很有见解啊！"

张定民说："不敢当，不敢当！家父很喜欢当今文化界人士，所以万老师居住在舍间，我们引以为荣。不过请求万老师万万不要再称我大少爷了，我若能年轻一点，也入剧校拜在万老师门下读书，那才是我的愿望哪！"

万家宝天真地大笑起来："应称定民先生，或者老张才好。是的，叫老张更好些。"自己边说边品味着，很是高兴，接着他又介绍琯德说："这是我的学生方琯德。"琯德只是笑，没有说话，也没有上前去握手。可张定民却说："剧校的同学都有自己的风度，文雅得很。怎么样，琯德同学也到我的房里坐坐，体验一下我们这些当地人家的生活吧？"琯德看了一下万家宝，万家宝笑着没有表示可否，于是琯德随着张定民来到他的房里。坐下以后，张定民说："今天遇见你好极了，以后你来开会也不要紧了。"琯德说："万先生不是个精细的人，他不会东想西想的，尤其想不到政治问题上来，这样可以发动更多的党员同学来和他接触，他一定会进步的。有一天他是党员了，那就太好了。"张定民说："是呀！就看我们大家的工作了，反正上级十分重视他，听说特委也重视他，周副主席时常关心他。我们先当好学生要紧。"

琯德向张定民汇报了学校既有学术空气又有政治空气的情况，大家对《新华日报》也喜欢看，也喜欢读课外社会科学书籍。定民说：“这样很好，江安县的形势也好，县女中、县中学也不错。在农村也有不少党员，但还要提高他们的认识，有些人说共产党是为农民的就是农民的党，这可是大错特错了。”琯德也十分同意这个看法，坐了一会儿就回学校去了。

于是没有几天，邓宛、刘承清、刘厚生、许绥曾都到万家宝家来玩了。尤其许绥曾是学编剧的，对当代作家尤金·奥尼尔特感兴趣，对万先生讲了奥尼尔戏剧中表现出的对现代社会中的失望，但他呼唤着原始人的生命力，甚至在原始人的粗犷中也感到力的存在和对力的追求。奥尼尔当过水手和码头工人，经历了各种艰苦的生活，许绥曾对他浪漫色彩的生活佩服得要死。他们常常在万家宝屋里高谈阔论，琯德也大叫着和他辩论，不顾自己的幼稚，居然敢在万家宝先生面前说奥尼尔是美国当代资本主义堕落时代的作家，他追求原始生命力仍然是唯心主义者或者二元论。许绥曾怎么也不服。万家宝任这些学生又吵又闹，各种名词、帽子横飞，依然捻着瘊子痴痴地望着他们微笑。他没有觉得他们任何一方是对或是错，只是觉得这一片幼稚的呼唤中，有着青春向上的气息，使他感到愉快。

不久，万家宝的夫人来了，带来一位小千金，名叫黛黛。大家都觉得黛黛这个名字取得好，是个大作家才能取的名字。小千金才几个月，圆胖的脸，睡在小床里。这样一来，大家不便再到楼下，只到楼上他的书房说说话，不敢乱叫乱吵了。

学校图书馆藏有不少剧本、小说，学生都可以借，参考书一借都是一堆一堆的。图书馆里只有一个年轻的女管理员，叫梁慕华，对学生借书很是热心。琯德这一班的党员多半借的是社会科学书籍，她拿不出几本来，总是说：“你们开单子，我到重庆去买。”她很温柔，大家都喜欢她。不到半年，学校里的社会科学书籍大增，甚至马、恩、列、斯的书籍，以及黑格尔、费尔巴哈、圣西门、康德的书都有了。学生们也都借了看，琯德告诉女生中的党员，要注意了解梁慕华，看看能不能作为发展对象，这对工作是很重要的。

剧校由于党组织的壮大而兴旺起来，所以党员们和一些进步学生在万家宝家里，也渐渐从戏剧学术的座谈，扩大到谈抗战，谈延安，谈时局。有时琯德也把《论持久战》一类的小册子，悄悄介绍给万家宝看。万家宝读后兴奋地连声说："好文章，真是好文章。还有这类书，再找点给我看。"和他住在一起的县委书记当然对这些情况都是知道的。

在江津，小管子工作同样开展得不错，民教馆已成为一个主要的宣传抗日的阵地，徐祥桔也由一个热血青年成为共产主义战士了。在国立九中，小管子不用上课，就能考得比任何一个学生都好，所以更集中精力地工作着，常常干到深夜，而八太太守着凉了的饭菜也坐到深夜。

因为江津与重庆太近了，重庆首先派了宪兵队，又换了一批江津县党部和县政府的官员，江津也不那么平静了。宪兵开始在马路上巡察，宪兵队长和县党部的陌生人也到民教馆来巡视了。不久，民教馆长换了，新馆长不许搞什么宣传抗日的活动，年轻人去得少了，只有茶馆里仍喧嚣不已。

一天小管子一早起来没有出去，一个人在屋里书桌上写着什么。八太太特别高兴，老是问："管子，今天雪里蕻烧鱼吃，可好？"小管子没有回答，八太太又问："我问你哪，雪里蕻烧鱼好不？再做一个榨菜氽猪肝汤可好？好容易你今天在家不出去跑东跑西了，你也吃顿安安静静的饭，可好？"小管子仍然不说话，只是点点头。八太太大为高兴，拿了菜篮子就走出去了。

八太太走后，小管子专心地写着东西，忽然有人敲门喊："有人在吗？"小管子一听是被服厂的老岳，此人已是江津特支委员了，他是可以自由进出的。奇怪的是，今天似乎不是他一个人。小管子抬头从窗户里向外一看，只见老岳不知为什么用左边的长发遮着半个脸，神色异样地向屋里努努嘴，自己却站在门边不进来。没有等小管子反应过来，他身后忽然跳出两个宪兵，各提了一只盒子枪抢进门来冲进书房。他们大打出手，给小管子两个嘴巴，一人扭一支胳臂，嘴里大骂着："我看你打算跑！看你还往哪里跑！"小管子知道不好，但万没想到是这个姓岳的叛变了，领着特务来抓人，好在他写的只是一篇文章而已，没有秘密。他走到姓岳的面前还想大骂，两个特务把他拉着站住，问那个姓岳的："是这个人吗？"姓岳的点点头。小管子大声喊着："他是个什么东西！我不认识他！"一面大叫，一边被人推搡着走出去。就在出门时，八太太买菜回来了，看见自己的儿子被人抓着要走，不知哪来的力气，一把拖住小管子，同样大喊着："你们抓他干什么！他是我的儿子，从不做坏事的。你们不能抓！我们是安徽有名的方家大户人家，不会做坏事的。"那个姓岳的一见八太太，却背过身跑了，八太太没有能拦住。那个特务把手枪顶住他的腰间说："不许喊！"连拖带跑地快步走出小巷子。小管子被拉到宪兵队的一间破屋子里，这里是临时押人的地方，没有桌子、椅子，只有地上的几棵稻草。

八太太的篮子掉在地上，一条活鲫鱼在地上乱跳，没有人去捡它。八太太见这群人土匪一般地走了，感到自己身上被人打过的地方很疼痛，也动弹不了，心里像有无数的虫在啃咬着。但她没有一滴泪，不知就这样站了多久，忽然带上大门，用从没有的速度向国家公馆跑去。

八太太只有去求四老爷保她的儿子出来，但四老爷埋怨她说："就这么个儿子在身边，不看好他，让他乱七八糟地跟什么人胡混！好了，现在最怕被人当作共产党抓起来，我是个外乡人，有什么办法？"八太太只有忍住泪说："我只有求四哥帮忙了，别人我又能去找谁？"四老爷虽然这样说，自己不管也实在说不过去，就说："好吧！我去找七姑老爷，他和本地邓家有亲戚关系。这姓邓的是江津有名的士绅，看能不能求他找人去保你儿子出来，你先回去吧。”说完忙忙地找了件长衫穿好，去找七姑老爷去了。

八太太见方四老爷走了，就转身到三太太屋里。三太太忙出来接了进去，一坐下，八太太就泪流满面，三太太与她相对坐着陪她一同掉眼泪。三太太也不知怎么安慰她好，因为她知道，自己的儿子也一样可能会被抓起来，而且不知现在是不是已经被抓起来了，无法安慰别人，自己心里也如同一把火。倒是八太太说道：“三嫂，你别担心老七，老七比我们管子机灵多了。不像管子，糊里糊涂就被抓走了，他自己还不知道怎么回事哪！”三太太说：“唉！都是小孩子啊！天不怕地不怕的，也不知他们这些人闹的什么事！跟他们有什么相干，反叫大人们担惊受怕，真是的！”说话时自己的声音也有些颤抖。八太太说：“怎么办？怎么办啊！”说着站起来，慢慢向外走去。

三太太觉得自己也和八太太一样，天似乎塌下来了。

果然，江津邓家有面子，亲自出马找了县党部的人，说方氏家族如何显赫，这位八太太是现代名家马通伯之女，她的二姐夫是相府之后，抗战结束还可能会面，有来往的。最后县党部答应放人，但以驱逐出境为条件。过了几天，小管子出狱了，他偕母亲离开了江津，不知去向。

这些消息传到了江安，县委做出决定，方琯德暑假不能回江津，而且要借机会把他母亲、弟弟都接到江安来。

江安的暑假也有了些变化，第五期学生招进来了，政治情况就更复杂了些。

万家宝在清华的同学张骏祥自美国耶鲁大学戏剧系读完硕士，回国来参加抗战，就被万家宝请来教学了。相传当年万家宝与张骏祥一同考公费留洋，就因为万家宝写的卷面没有张骏祥整齐干净，有些不漂亮，因而张骏祥夺魁而去。万家宝没有留洋也并不遗憾，如今张骏祥自海外回来，西南联大以教授之职聘他任教，他都不去，专跑到江安这个小城，要与万家宝共同搞一番戏剧事业。

张骏祥只是一个三十三岁的青年，头顶呢帽，身穿夹克，戴一副白边新式眼镜，个子很高，是很随便的一位新派学者。他工作认真严肃，对那些懈怠的人毫不客气，讲求工作速度和准确性，工作计划科学而细致。他上导演课的一个新特点，就是导演又必须是懂得舞台美术的专家，排戏的平面图必须由导演先出，所以他也教舞台美术课，对灯光、效果无不提到与导演共同创作这样一个新的地位上来。他开始用胶链式布景片子，就是一面墙连成一片整体，而不是一张一米左右的半个片子搭起来，创造了布景新的技术，创造了舞台监督和剧务组织工作内容，使之成为导演的助手，形成新的舞台体制。

他一来即给学校以新的活力。他还没有结婚，也不知他谈过恋爱没有，引起不少女学生的爱慕。黄佐临、金韵之只在江安逗留了一个短期就回天津去了。他夫妇二人也给人们亲切美好的印象，但不像张骏祥，如同来了一头猛烈的狮子，使人有翻天覆地之感。

第一天张骏祥来学校巡视一番之后，马上坐下考学生的表演小品，看完以后不满意地大叫："教你们的老师是谁？非先打他的屁股不可！"师生们都目瞪口呆。然后他又宣布，他的几门课程学生可以选修，不想来上的都可以不来，自他这宣布后，大家反而自愿听他讲课。

暑假中，他没有离开学校，和瑄德、刘承清、邓宛、刘厚生、吕恩几个学生在城外一个大河沟里游泳，几乎每天都去。连本城绅士的王大小姐、王二小姐、王三小姐也都来了，以能参加他们的游泳为荣。本城女子谁都不敢在河沟游泳，她们也都不会游，目的不完全为了时髦，而是因了张骏祥之故。

她们都没有游泳衣，只穿了白短袖汗衫和白针织短裤而来，经水一泡，体形完全暴露出来，比一丝不挂更为难看。瑄德不忍目睹，潜水而去，张骏祥回头以自由泳也向远方游去。她们在水中既不会游，也不敢游，只是又叫又笑地泡在水中，完全不了解她们自己的形象是个什么样子，还在那里喊着：“来呀！来教教我们呀！”只有刘厚生以一副诚恳的样子劝告邓宛和吕恩做教员，慢慢地教教她们。这两人在教的过程中顺便提了一句：“你们的衣裳不适合游泳穿。”她们互相看看，满不在乎地说：“没的事，可以的，我们不害怕。”这样一来，只有男的一伙，女的一伙分开游了。

五期学生来了以后，果然不同了，学生年龄都比较大，本地学生也比较多。

有个女学生叫朱玉玑，非常好看，但表演并不怎么好。有个男生立刻追她，她却漫不经心，不知她是爱还是不爱。这男生痛苦之极，为她喝了来沙尔，痛得死去活来，大家把他送到本地医院给救活了。她却不以为意，仍然漫不经心，她的冷酷似乎不该有这么美丽的外表。

一天她走到会计室，亮出她军统特务的身份夹来，查学校的账目，查完后命令众人不得声扬，为她的军统特务身份保密。不想会计室的工作人员中有地下党员，很快向瑄德反映了。瑄德与支委们商量以后，觉得应该宣传这件事，使她在群众中被孤立起来，不能秘密活动。

不到三天，全校都知道朱玉玑是军统的中校特务了，她却仍是在学校中横行阔步的。那位因爱她而自杀未遂的男同学，别人都劝他说：“你真是不怕死的家伙！”一语双关地告诫他。

当瑄德把此事告诉张骏祥和万家宝时，万家宝惊呆了，一双大眼睛在近视镜后连眨都不眨地说：“这真厉害，好家伙！她跑来干什么？人家都为她自杀了，她还不走！”张骏祥说：“这与别人自杀有什么关系！咱们这个艺术学府，纯洁的殿堂，美丽的伊甸园，开始污秽而不平静了。”瑄德说：“本来没有纯洁的地方，不能在幻想中过日子，面对现实吧。”万家宝瞪着大眼看着瑄德，似乎若有所悟。瑄德补充了一句：“余校长也知道朱玉玑查他的账，他什么都不敢说，似乎什么也没有发生过。”大家都没有再说什么。

一直到秋季，三太太才准备好行装，由琥德送她和杨嫂悄悄地来到了江安。琯德也被任命为江安县委兼宣传部长，兼管剧校工作联系，但不任书记。书记由许绥曾担任，支委是刘承清、刘厚生、邓宛。剧校党组织也发展了，已经有了十八个党员。五期学生中有席明真的妻子雷楠，一个天真可爱的姑娘，还有彭厚筠也都是女党员了。

三太太被琯德安置在一家租来的有后园子的四间房子里，琯德不再住校了，搬来和母亲一块居住。由于小管子的被捕而引起的惊慌，又由这个事件达到了和儿子一起居住的目的，这样一个远离江津的小城使她感到心安，住的地方又如此清幽，房间外就是一个小花园，警报来了不跑也没有关系，在这个没有后门的后院里她感到得到了保护。连日本飞机好像也不可能看见她的一家人住在这儿，所以连炸弹也不会丢下来，她有一种安全感。她和杨嫂住了一间，琯德住了一间，还多一间她要邓宛一起来住。邓宛现在也会热情地喊着“三舅娘”了，在三太太的再三邀请下，她也就住进来了，可她非要一个月交八块钱的伙食费不可。其实琯德是为了支部开会方便。而邓宛又和他比在大别山更要好了，她住进来更能明确他们的关系，只不知道哪一天能结婚就是了。

琯德自从任宣传部长以后，工作就非常沉重了。他现在知道全县有一百多个党员，其中有一半在农村，农村中有一半党员要求武装起来。县委觉得党中央的政策不允许在国民党后方搞起武装，因此对这种过左的行动要说服，要提高农村党员对统一战线的认识，对城里的党员要加强坚持抗战、反对投降，坚持进步、反对倒退的认识，同时要揭露国民党对共产党人的迫害。县委决定开办地下党校，由方琯德主持，实际上就是主要由琯德讲课。党校在城外二十里的地方，是流动的，今天借用这家农民的房子讲几天课，有十几个农民来听讲；明天又换个地方，另一批农民来听讲。来的党员究竟是什么人，借用的地方又是哪一家，都由组织部雷雨田负责。琯德准备提纲要准备半夜，要讲得通俗，用讲不太好的四川话讲，对课程名词解释要浅显易懂，就不能不下一番工夫。三太太以为琯德如此努力是做功课，常说："没想到你戏剧学校的功课也这么紧，我看不比上大学差多少，不过也得注意身体。晚上这么累，将来上台时不就没力气了？"琯德说："那当然，上大学哪有我们学戏的人累？"心里很有一番自得之意，当真早上天亮就起身，穿一身蓝布长衫，手拿一根红油纸雨伞、穿一双布鞋就出城门了。回来时换了衣服，赶到学校已十点多钟，正式课已开始了，只耽误了两堂舞蹈课。

教舞蹈课的是吴晓邦先生，琯德几次向县委汇报他的情况，觉得他有可能是党员，但他从不和任何一个人吐露自己的情况，琯德也就不好派人找他联系了。他对琯德没来上课不深加追究，或者以为他和几个懒汉一样，手脚极不灵活，跳不起来，不愿来上课也就算了。这也造成其他人有这种看法，说琯德是个懒虫，表现散漫。邓宛听了也只有说："他身体不好，人又瘦，不能跳，随他去吧！"

但在家里她却悄悄对琯德说："七哥，我喜欢你穿这一套衣服下乡的样子，和在重庆时期的区委'何'一个样子，一个真正的革命家的样子。"

就这样，两三个月艰苦地过去了，县委很肯定琯德办党校的成绩。最后，借了县委冯择生的深宅大院，办了一次各支部书记的学习班，其中不包括剧校的人，琯德始终不认识其中的任何人。

方筠从来没干过自己的专业，却藏有当年在法国念书时设计的地毯图案，没有事自己拿出来独自欣赏，也有时拿给她喜欢的学生们看看。大多数时候她对学生都极其凶狠，她尤其不喜欢那些自由乱恋爱的人们，凡是上课点名便由她来承担，对于偷偷谈恋爱、常常不上课的学生，一点名一个准，立刻大声宣布他们是旷课。旷课多了，学校真的要记过或者除名，这一点剧校是毫不含糊的。可是她对于邓宛和琯德的恋爱却从不加干涉，似乎早就批准过了。“他们是表兄妹嘛！天生的一对。”琯德早上不上舞蹈课，她也从不点破，看到琯德没有来，也就放过去了。被她点过名的学生就叽叽咕咕地骂她，奇怪的是她对所有的党员无论谁，无论男女都非常好。男生里她最喜欢刘厚生，她说：“厚生是顶老实的人了，做学生就不谈恋爱。”对刘承清也喜欢，说他功课好，是个漂亮的小伙子。

总之，琯德在这种情况下，使得他的特殊行动得以掩饰，但他们并不因和几位老师交谊较好而在课堂上放松学习。有一次上舞台设计课，琯德不会绘画，就求李恩杰帮忙，搞个易卜生的《群鬼》舞台设计。琯德把他所想的说出来，哪是窗、哪是门、哪是一组什么样的桌椅，李恩杰极为精细地为琯德画了出来。琯德在图的下方署名方琯德设计、李恩杰绘制，然后交了上去。过了几天，张骏祥讲评大家设计的优缺点，并且引申关于设计的理论和技巧。其中李恩杰设计的《西哈诺》最后一幕的设计图，他画的冬日阑珊，树叶满阶，树下一张椅子，画得非常动人，悲剧气氛充满了画面。张骏祥说李恩杰是有才能的人，李恩杰很不好意思，红了脸，伸伸舌头低下头。接着张骏祥说：“还有一张设计，我搞不清是哪位同学设计的。”说着把那张《群鬼》设计图举了起来，并大声读了下面的署名，而且非常愤怒地加重声音说：“没想到出来了一位不会绘图的设计家！”同学们有的嗤嗤发出笑声，但立刻就停止了。张骏祥厉声喊道：“方琯德，站起来！”琯德紧张地站起来，头脑中嗡嗡直响。张骏祥又问：“你们两个究竟谁是设计？”李恩杰站起来大声说：“是他设计的。”张骏祥问：“那为什么你要替他画？”李恩杰答不上来了。张骏祥说：“那这张就是你设计的了。”当场批了一个一百分，又立刻减去了四十五分，只剩下五十五分了，而且加了句：“这是对你们瞎搞的惩罚！方琯德，我出个题目，你自己设计自己画，就叫作《再会吧，上海！》，用风格化的表现手法，明天就交。下课！”琯德一个人站在那里发傻，不知如何画得出，李恩杰走过来说：“这次我可不帮你画了，你自己画吧。”

琯德回家拿了张纸，坐在书桌前呆呆地出神。过了许久，邓宛回来又说：“七哥，你真会瞎搞，恩杰居然也肯画！真是的！”琯德白了她一眼：“恩杰多可爱呀！”再也不理她，依旧苦思苦想这个《再会吧，上海！》怎么设计。想了一会儿又躺在床上去想。他想“再会吧，上海”是很形象的。想着想着心里有了，于是拿起笔来在纸上画了一只轮船，用三角形线条组成下面三道有规律的小波浪，天上有只小鸟流了三滴眼泪，就完了，并用小字在一边写了说明，心里涌出一番新意，就睡着了。

又上课了，琯德在等着张骏祥好评，没想到张骏祥举着这张画说：“这是怎么回事呢？我只有说你没有这种天才了！不！你有瞎扯的天才！还飞着一个小鸟，居然还滴下三滴眼泪来。小鸟又不像小鸟，倒像一只鸡！算了，我看你是没有希望的了。”

万家宝讲剧本选读号召力特别大，课室内外站满了人。他讲到现在戏剧发展出一种新的形态，那就是静默的戏剧。他讲了一个剧本，名叫《玛婷》，剧中写了两个身份不同的人，一个男富家子，一个乡村女仆叫玛婷，男的热爱女的，就结了婚。婚后，玛婷没有减少她对富家子的热爱，而两人思想文化相距很远，没有共同语言，玛婷永远在沉默中爱情如故，沉默就是她的爱。所以舞台上戏剧停顿中表现各自思想的痛苦，因为停顿比台词更生动有力，万家宝也被他自己讲的剧本中的停顿的感情所吸引而沉醉。他又从玛婷讲到契诃夫的《三姊妹》《樱桃园》等，他讲的这些引起了学生们从对情节剧的兴趣跳跃到现代静默戏剧、新的戏剧当中来。

万家宝要学生写一篇戏剧分析和感想，琯德却一个字也没交出来，因为他实在太忙了，党内重担压得太重。万家宝不知道也不原谅他，上课时发回学生的作业，却没有琯德的。万先生十分生气，他用客气的口吻说：“方琯德同学，如果你不在三天之内交作业，你就不必来上课了！”这话使琯德吓坏了，下了课去找李恩杰，李恩杰在一种怜悯心的驱使下，帮他一点点分析、一点点写，果然三天之内交了上去。当万家宝收到他的作业时，笑着说：“你着急了吧！”然后像一个大孩子对小弟弟一样说：“好吧，今晚到我家去吃排骨汤，补一下吧。”晚上，琯德到了万家宝家，才知万师母有事已离开江安了。

天冷了，初冬来临，四川的初冬树叶并不枯黄，只是没有生气，没有春天的翠绿。三太太一个人在家里看书，并不觉得寂寞，现在已看托尔斯泰和屠格涅夫的小说了，可她仍是一个字也不能写。各种故事都在吸引她，尤其是屠格涅夫的小说，似乎有些情景她是深有感受的，常常一个人含着泪阅读着，沉思着。可当她一个人在家时，隔墙常传来一种有人被鞭打时发出的呼号，这声音使她恐惧，小说也看不下去了。等琯德回来一问，才知道是隔壁国民党军队抓来的壮丁。那儿是师营区补给训练处，他们先是把壮丁关押在这里，然后再送到军队里去。琯德路过这里时，曾在门口瞭望过，只看见一群用绳子串在一起的人。他们只穿一条单的短裤，没有衣服，冷得发抖，挤在一起，骨瘦如柴，一顿饭只给一碗稀饭吃，说是让他们吃饱了会逃跑。还有一两个人吊在里边的梁柱上，无声无息的，也不知是死是活，完全是一个鬼域的世界。琯德的家与他们只一墙之隔，有时夜间壮丁逃跑被抓回来，吊起打得死去活来，喊叫声通宵不绝于耳，令四周居民都感到不安。

一天夜里，秋冬时少有的大雨，空中闪电、沉闷的雷声不断。三太太与杨嫂都睡了，邓宛在自己房中也已睡了，只有琯德在煤油灯下写东西。雨声把他笼罩在另一个世界里，使他产生了一种沉静，似乎大地上一切生物的呼吸声都停止了。忽然在琯德的窗外，传来一丝微弱而发抖的声音：

“先生，先……生！”琯德吃了一惊，头发都竖起来了，他大声问：“什么人？干什么！”窗外的人继续说：“先生，你莫怕，我是逃跑的壮丁，请你开门让我躲一下。那边当官的发觉追过来，我就没命了。”也不知是在哭泣还是由于冷得直颤抖，话都说不下去了。琯德赶忙过去开了房门，只见窗外地上蹲着一个光着身子、满身雨水的人，以极快的速度爬了进来。琯德问：“你这是……怎么搞的？”那个人没有站起来，翻身跪在地上：“先生，救我一救，给我一件破衣服，让我躲起来，再不哪里有大门，让我逃走吧！”三太太、邓宛听到说话的声音，都问：“谁呀！”那个人却连忙说道：“请太太、女眷们都别过来，我太难看了。”琯德想，得赶快送他出去，否则隔壁的人追来，把他捉回去，这条命可就完了。于是转到三太太屋里对她说：“姆妈，是一个逃跑的壮丁，快给我一套旧衣服，让他穿上藏起来。你们别去，他没有穿衣服。”三太太忙说：“给他钱吧！”琯德说：“不知还有吃的没有？他饿得很，逃不快还是会被抓住的。”杨嫂说：“还有锅巴饭！”于是大家动作非常迅速，拿了一套衣裤、三块钱和一包锅巴饭，琯德交给那个人。邓宛已从她屋里开了房门，一看有个光着身子的人，又退了回去。

那个人忙打开纸包塞了两口锅巴，又忙穿上衣服，钱却不要，只说：“这就算是遇上恩人了，我不管是死是活，也要报你先生的大恩大德，钱我不能要。”琯德说：“给你就拿着吧！”把钱塞在他口袋里。

这时墙头已有手电光在闪来闪去，有人喊着：“是不是跑到隔壁去了！”琯德忙吹灭屋里的煤油灯，四下顿时一片漆黑。琯德抓住那人：“快跟我走。”感觉抓在手里的手像一根湿透了的木头棍子，冰凉冰凉的。忙带他穿过一个长长的、黑乎乎的过道，来到前门。开了大门就是长街，恰好没有人。琯德说：“你走屋檐下，到城边找个塌的地方跑出城去吧。”那人还要跪下叩头，琯德用力一推，关上大门，忙回到屋里闩上大门，叫三太太她们都快睡下别起来，自己也回到床上。这时墙头上跳下两个军人，用手电乱晃着。他们自己也紧张，唯恐逃跑的人躲在假山石后面，用棍子、石头朝他们猛击。他们边找边大喊："我看见了，出来吧！"约有十几分钟，找遍了小院没有，就来敲琯德的门："喂！起来，我们查一下。"琯德拿了一支手电走到门边也大喊："半夜三更你们喊什么！"说着呼的一声突然把门开了，用手电照着他们的脸："你们这样骚扰百姓，我要找县长告你们去！你们要找谁？找谁！"那个当兵的说："我们跑了一个壮丁，可能在你们这儿。"琯德说："笑话！你们跑了壮丁，半夜三更地跑到我们家来找，有什么根据？我是剧校的，会把你们的壮丁藏到我家里？太笑话了！要不你到这边来找，这是我们老太太的房子！"又指着邓宛的屋子说："这是我和我夫人的房子，要搜一下吗！"那个人看琯德发脾气，也不知道他是剧校的什么人，只好说："算了！算了！打扰了，你们大门在哪里，我们走了。"琯德说："你们倒好，半夜三更又是下雨天，还用我送哇！"说着，领了他们走出大门，立刻把门闩上就回来了，房东家没人敢伸头，一片寂静中琯德回到家。三太太没敢点灯，连说："吓杀我了！吓杀我了！"不自觉连苏州话都说出来了。琯德说："快睡吧，总算打发走了。"

邓宛站在门里没有动，但整个过程都看清楚了。她没想到琯德有如此胆略和善良的心，做出令人非常意外的事来，立刻，七哥这个终日形影不离的人，霎时好像长得又高又大又壮实，真是一个能够保护自己的人，但一听他说："这是我夫人的房间。"心里又一跳，像有个没有充实的空间，有种欲望，想要把这位七哥搂得紧紧的，来填满自己。琯德回身看着她时，她低声问道："你怎么说这是你夫人的房间？为什么！"琯德忙进来说："我不知道为什么，大概是什么神灵的力量，促使我这么说的吧！"就突然拉着她紧紧地吻她，长久没有放松。她没有任何反抗，只是用英文在琯德耳边轻轻地说"I belong to you"（我是属于你的）。琯德也在她耳旁说着"Forever"（永远）。外边又是雷又是雨喧闹不已，似乎也没有人害怕了，琯德就在这喧闹之中度过了他一生中的初婚之夜。

自这一天之后，三太太实在不敢在这里住了，老是吵着要搬家。琯德心里可是留恋他初婚的房子不想搬，而且搬家还要向县委汇报，于是迟迟拖着不搬，这样一直拖到年底。一个星期天中午，琯德一家吃过中饭，三太太又催琯德搬家。三太太像是安慰琯德似的说：“咱们找几间也像这样的屋子，叫宛儿去把她姐姐邓愫也接到此地来住，叫她姐姐别老是一个人闷在家里不见人。到这里来住，也和你的同学们来往来往，多认识些人，脑筋也开阔些，总比一个人孤孤单单要好得多。”邓宛听了立刻高兴地说：“没想到三舅娘想得这么好，眼光这么开阔。我今儿就写信给我爸我妈，他们一定会高兴的。他们总把我姐姐拉在身边，既不上学，又不工作，算做怎么回事呢！这次接她来有机会和我们这伙人在一起，也让她的生活有些变化。三舅娘你太棒了。”琯德只是看着邓宛微笑，心里想：“居然姆妈几句话就这么打动她，一顿饭桌会议就做出这么个伟大的决定。”

吃完饭，刚收拾完，在进大门的走廊里，有人问道：“请问，这后面有户方琯德住在这里吗？”琯德很奇怪这是什么人，难道又是那个抓壮丁的？那个人一边问一边已经进来了，原来是璞德。琯德看见他大为惊讶，喊了一声：“五哥！你是怎么来的？”璞德没有来得及回答，三太太、杨嫂、邓宛都到外边来迎接。三太太什么也没有问就说：“还没有吃饭吧？杨嫂，快拿两个鸡蛋给炒饭，还有什么菜也热了拿来给他吃。”邓宛忙用洗脸盆打了洗脸水，其实这对于璞德来说丝毫不需要，但因是邓宛打来的，也不好意思不洗了。

琯德热烈欢迎这对他起了革命先行者作用的哥哥，问他北碚九姑可好，应莲可好，也问他自己可安全，最后问到六哥。他说都好，他大概是饿了，大口大口吃着鸡蛋炒饭。杨嫂大概用了很多油，香喷喷的，琯德希望五哥吃不完剩点才好。他的样子被三太太看了出来，就说：“杨嫂，饭还够吗？

给老七也盛一点，陪他哥哥吃。”杨嫂说：“有！”于是琯德与五哥又吃了一次饭。

三太太等他们吃完饭就说：“老五，你回来过寒假的吧？老六怎么不回来？也没路过江津去看看老八？老三、老四也不知在哪里，可有信来？一点消息也没有，真让人闷死了。”璞德说：“听说三哥和陈绚结婚了，四哥没有消息。”大家听了这令人想不到的消息很意外，但一想又觉得完全可能。三太太听了，总算自己的大儿子有一点令她欣喜的消息，便说：“还是跑不了表兄妹的姻缘，这也好，和九姑是亲上加亲了，不知九姑太太可喜欢？我怕九姑太太也不愿意吧？”说完璞德不自觉地看了一眼邓宛说：“九姑可高兴了，他们是真正的革命夫妻。”

三太太带着一些新的喜悦，和杨嫂到一边议论细说去了。琯德虽然一阵莫大的欣喜，不知为什么，又觉得陈绚结婚有些不可思议，觉得她应该持枪骑马驰骋在大别山，这样的英雄似乎不应该结婚。独自呆想了一会儿，没有把这话跟三太太和邓宛说。

晚饭后天就快黑了，三太太虽只知道她大儿子一点点消息，心里七上八下难以宁静，早早地回屋去睡了。在别人都安静休息时，只剩下兄弟俩，璞德说：“今晚我们俩抵足而眠吧。”琯德说：“好极了。”其实他们并没有抵足而眠，而是并肩坐在床上，用被子盖着腿，轻声地交谈着。璞德说：“七弟，我这次专来看你们，也是有重托于你。”琯德大为奇怪，称自己为“七弟”是少有的，而且还有“重托”，这更少有了。琯德感到璞德有什么重大的事情要宣布，突然紧张起来。璞德说：“七弟，我明天一早就要走，等我走了以后再告诉妈妈。”琯德屏住气等待他还没说出来的事情。璞德说：“我要走了，到圣地延安去。”琯德说：“那太美了，能带我去吗？”璞德说：“不能，这里的工作需要你，没有组织的安排，我怎能带你去？”琯德问：“那六哥哪？”“他也去！”“他也去？那就我一个人留在这白区？那怎么行？不干，我也要去！”琯德几乎大叫起来。璞德忙制止他：“别嚷！叫妈妈听见了哭起来，就不好了！六哥还给你留下一封信。”说着从内衣口袋里拿出一张信纸交给琯德。琯德就着煤油灯看着：“七弟，真对不起你，我和五哥一同去遥远的北方，这是我盼望已久的事情，长时间‘双重’生活使我痛苦，我已不能忍耐，请你原谅。母亲只有加给你一个人肩负重担了，还有最小的八弟请一起照顾，但愿我们能早日见面，那时再谢你吧。详情五哥会告诉你。”琯德读完眼泪不由地涌了出来，再也不说一句话，低头动也不动。璞德见到这情况说：“没有法子，我和六哥的环境太危险了，组织上疏散我们，不然我们也不能随便走的。以前，有些民主教授孙寒冰、九姑、靳以，他们还可以保护我一点，但现在不行了，随时有被捕的可能。应莲还没有来得及解决入党问题，所以她暂时不走，复旦的斗争太复杂了。重大有马寅初教授对他的学生好，但你六哥是沙坪坝的区委，不走也是不行的。”

琯德听了这话，没有了抗争的余地，一会儿又说：“我还不知我的工作怎样安排，也不知什么时候被捕，那时母亲怎么办？你们都走了，三哥、四哥在那边战场上一刀一枪地干，我在这里赤手空拳，有多少力量保护妈妈和老八呢？”璞德紧紧地搂住琯德的肩膀说：“好弟弟，我知道你有困难，那只有依靠组织吧。明天我走后，你对妈妈怎么说，由你决定好了，睡吧。”璞德独自躺下，琯德心里乱极了，似乎天上要压下千万斤重。他警告自己可不能倒下，得顶住。他没有眼泪，只想着自己有一天被捕了，一个疯了的母亲的影子在眼前晃动。他没有再想下去……

外面突然人声嘈杂，妇女、老人、孩子嚷成一团，所有的人都惊觉起来，连邓宛也从对面屋里起来了。璞德、琯德都跑到小院子里，只见西南方满天通红，金黄的火舌舐着低压的云层，约有七八里远近，人声乱成一片。琯德一看就知道，是江边堆竹子的地方失火，琯德想不知多少人的生命财产就在这一把烈火中化为灰烬，不免联想起长沙大火来，默默念道：“中国！中国！你永远是在烈火中燃烧啊！”转身想往外跑，被三太太叫住：“老七！上哪里去！你不能走。”璞德也一把拦住他说：“七弟别去，免得姆妈怕。”琯德只好站住不走了，邓宛渐渐靠近琯德：“七哥，别太冲动了。”琯德仰头看着天空，一会儿，火舌隐在暗红色的天边里了，大家都说火势小了，要灭了，天快亮了，回去睡一会儿吧，都渐渐散去回屋睡了。琯德一个人站在小院里，看着还未完全熄灭的红云，心里似乎也如同一把烈火在燃烧……

吃完早饭，大概因为人火的惊扰，大家都显得疲倦而无精打采的。三太太本想再去床上靠一下，这时璞德走向前去，声音不大地说：“姆妈，我要回北碚去了。”“啊！”三太太惊坐起来，睁大眼睛说不出话来，半天才说：“那你回来这一夜做什么？”璞德说：“我只是看一下你和七弟，本来没有什么事。”璞德的话没有任何说服力，三太太以黯然的眼光看着璞德，低声说：“那你就走吧，要钱用吗？”边说边从身上拿出三十元给了璞德，璞德也就收下了，低头走去，琯德跟着走了出来。

送到江边堆放竹子的岸边，那里依旧有些余火，大量黑色的灰烬在冒着白烟。竹棚子人家的房子都倒塌了，有人一边哭着一边在扒拉些什么东西，也有些小孩没有穿衣服，偎在女人们身上，还有人在看热闹，也有人在拣什么，被人看见骂了起来，打起来。码头上没有几个人，璞德、琯德无言相对，等待着下水船来。

在冬天阴冷的天气中，璞德乘着下水船顺江流急下，隐没在一片远山之中。琯德不想立刻回去，但也不想停留在茫然之中，不得已，依然顺原路慢慢穿过长堤往回走去。

三太太自从璞德走后，似乎没有再挪动，这样过了两个多小时，才见琯德慢慢走回来，躺在他自己的床上。她自然没有喊他，一会儿，琯德慢吞吞地走进母亲的房间，坐在一张矮竹凳上说："五哥走了，他到延安去了。六哥也不回来了，一齐走了。"三太太木然问道："延安是个什么地方？有多远，去干什么？"琯德说："那是共产党中央所在地，在西北，很远。"三太太"啊"了一声："我知道他们会去的，不知老三、老四是不是也在那里？"琯德说："不，他在新四军，在南方，江苏。"三太太问："为什么他们不都在一起，不是都在革命吗？该多给他一些钱就好了，让他们见到老三、老四也给些。尤其老三，才结婚，可现在已经晚了。"琯德不想再多说什么，三太太这时才无声地流下泪来。

第二十章

三太太终于搬了家，搬到了县城另一端的张家，即张乃赓家的隔壁。这房子后院很大，可以一直到城墙边。站在城墙上可以看到张府花园，也可以看到万家宝住的小楼，只隔着一道短墙。张乃赓家有挎着盒子炮的"看家护院"，所以三太太极有安全感。

这房子有三进大屋，里层的一进是吴祖光一家人居住，有他的老父亲、老母亲和六七个弟妹。

紧靠大院子的一层有一厅两室，由三太太居住；中院左边有连在一起的两间套室，由邓宛和她的姐姐邓愫一起住，房东住在前边几间房子里。

搬到这里不几天，学校就宣布三届同学明年春天在重庆举行毕业公演，排演三个大戏：一是教育部社教司司长顾一樵写的《岳飞》，另外有一个戏叫《从军乐》，这两个戏由杨村彬导演；还有一个万家宝的新作叫作《蜕变》，由张骏祥导演。万家宝的新作引起人们极大的兴趣，张骏祥首次导演更令人有新异之感。前两个戏由三届学生主演，四届学生演次要角色或跑龙套；《蜕变》却是集中全校师生演出，剧中主人公梁专员由当助教的蔡松龄担任，另一个主人公丁大夫由第一期毕业生现任助教的沈蔚德主演。其他人物多半按学生特点来写作的，所以特别适合学生表演。比如丁大夫的儿子丁昌，是万家宝听琯德讲的如何去的大别山，与邓宛在一起认干妈的事情加工的，剧中的陆葳由邓宛来演。“梁专员”是万家宝在长沙与徐特立相处时，他对徐老印象极深，十分敬仰。他认为中国的官吏都应该像徐老，中国就会有进步了。由于万家宝抗战以来，内心中就渴望中国政治清明，必须有个“蜕变”，一切旧的、污秽的社会渣滓都应该像蝉蜕一样蜕掉，然而蜕掉这层躯壳是个痛苦的过程。万家宝看到旧中国深厚的痛苦和在人民中有种要爆发的、新生的愿望，这个剧本中深刻而伟大的愿望和思想，不仅是一个时代的，而是整个世纪的，甚至应该说是永恒的。

张骏祥的导演是一丝不苟的，不断向演员们要求“出戏，再出戏！”严厉得让演员发抖，尤其他的导演手法，不断将剧本的内容采取恰当的形式表现出来，演员在舞台上任何时候，任何一点细微动作，都要求突出表现人物内心的激动。琯德在扮演丁昌的排演中，连续的激情冲击着他，直到体力不能承担，终于昏倒在排演场。张骏祥自己也泪流满面，扶着琯德坐下休息，例外停排了半小时。

这样，学生们更能理解导演在排练场上严格要求，促使演员自己进入角色的深刻程度，也只有这种排演，才使表演、导演和舞台美术融合在一起。全校在张骏祥具体指挥下，浩浩荡荡分乘木船和轮船顺流而下，留在江安的不多。江安虽然寂静许多，但都为学校的这次举动而欢欣鼓舞。

学校里突然来了一个训导主任，名叫张秉钧，他是本地的大地主，又是县党部的活动分子。他来到学校后不动声色，只是笑嘻嘻地对待任何人，最为明显的就是和三届学生乔文彩极为密切。这个乔文彩是东北人，近三十岁了，扮演《蜕变》中最刁坏的马登科，是奉上压下、贪赃枉法之辈。他本人也是长牙露齿的样子，这个戏由他演真是好极了，找不出第二个更合适的人选。他在东北沦陷时回家乡一趟，两个多月后又回来上学，在张秉钧介绍下参加了国民党。

这是剧校一个新的形势，江安县委除个别党员留下外，大多数都去了重庆，因此特地让瑨德带了党的临时关系给川东特委，好在重庆对付复杂的斗争。

到了重庆，张骏祥和学生们同住在一家关闭了的澡堂的楼上，一律地铺。然后全体人员奔赴朝天门码头搬运布景、道具、灯光到国泰大戏院的后台。瑨德抽空到民生轮船公司一个大办公室里第二张桌上投了一封信。过一天就有人找瑨德，那是一个粗大的汉子，穿了一身短衣、声音洪亮，说话时哈哈大笑，可到和瑨德谈工作时，却以极低的声音。他们边散步边谈，有时还到街上卖豆花饭的铺子里去谈，还买了二两绿豆烧，边喝、边吃、边笑、边以大小声音结合着谈。瑨德讲了三个戏的情况，只有《岳飞》一戏中有一句国民党要宣传的台词，就是“攘外必先安内”，瑨德曾鼓动万家宝劝杨村彬去掉这句台词，但顾一樵坚持不肯，而且再三说明这是《岳飞》全剧的精神。顾大司长竭力要上演的《岳飞》，没有这一句话，蒋委员长是不依的，所以那位特委的同志说重点在于《蜕变》，要求全体党员用一切方法保证《蜕变》的演出，也用一切方法保护我们的作家。川东特委也要利用一切社会关系和力量支援这次演出，等《蜕变》上演后再来找瑨德。这样，瑨德利用歇息时告诉了许绥曾，由他再分别转达给其他党员。

先演出的《岳飞》当然很顺利，瑨德担任牛皋这一角色，自己觉得粗蛮之至，观众笑声不断。接着就要演《蜕变》了，连夜装台。这是个十分写实的布景，第一幕非常矮小，张骏祥与同学们一齐装台，道具、服装区域、上下场顺序划分得十分清楚，使得幕间换景十分快。而后，一幕比一幕高，最后一幕的片子高十四尺，六尺多的连片张合起来很费事，排景到最后一幕天已大亮，瑨德已疲累至极。张骏祥、李恩杰都竭力照顾他，不要他搬动大件的物品，只要他帮助扶一下片子。可是瑨德扶着片子还是摇摇欲坠，连声喊：“不行了，我实在要睡了。”张骏祥见状想喝骂他几句，但于心实在不忍，只好说：“好了，好了，你回去吧。”瑨德立刻就走回去，倒在地铺上就呼呼地睡着了。

等他一睁眼，已十点多钟了，人们都还没有回来。心里想：“是不是都躲警报去了？”他们去躲警报，自己不如再睡一会。正当这时，忽听楼梯有好多人上楼的声音，果然看见李恩杰、任德耀、刘厚生，还有一些坚持到最后完成工作的好汉们回来了。他们得意扬扬、兴高采烈地一边躺下，一边大声说道：“方琯德，你猜我们去哪里了？”琯德回答：“还不是躲警报去了。”“哈！躲个屁警报，哪来的警报？我们去冠生园大吃了一顿早点。”琯德傻眼了：“真的？你们居然有那么多钱去吃冠生园？”心中后悔不迭，而腹中正是饥肠辘辘，连声嚷道：“你们骗人！”李恩杰说：“你走后，张公就说：‘这小子犯懒，一定要气气他。工作完了，我请客到冠生园，咱们吃个够。’你看张公真棒不是？”任德耀接着说：“大家别说方琯德了，方七哥要哭了。”琯德满心委屈，真有掉泪之势。刘厚生说：“请七哥别哭，张先生有爱生之德，给你带了四个包子。”说完把一个纸包扔给这位含羞带愧的方七哥。琯德忙着打开纸包，正在这时，张骏祥走上楼来，看了琯德一眼没说话，也钻进了被窝，只说了一句：“冠生园的鱼生粥还是不错的。”琯德一听又傻了，可惜自己鱼生粥没有吃上……

晚间，国泰戏院彩排《蜕变》，因各种要人来审查，大门口汽车横七竖八地停了不少，可是不准老百姓来看。要员中有张道藩、中央戏剧图书审查委员会主任潘公展等，还有不少小人物跑前跑后，造成紧张气氛。虽然如此，剧场仍走进不少普通观众，包括戏剧界人士。校长余上沅也来了，万家宝被这些大小人物包围着，那些大人物都各拿着油印剧本，边看戏边读剧本。那位新来的训导主任张秉钧想上前又不敢，只好在下面找一个墙角坐着看。还有人到后台请张骏祥下台去看戏。张骏祥说：“我是舞台监督，我走了戏怎么演？怎么开幕？怎么闭幕？我概不奉陪这些检查官大人。”他严肃而生硬地拒绝了。

台上的戏演得很带劲。下面检查官们居然不顾剧场规定大声说话，观众中有人发出嘘声，对他们表示抗议和愤怒。每幕闭幕时，就有观众热烈鼓掌，十分热情，整个演出就在群众热烈鼓掌与检查官的对抗情绪中闭幕了。台上依旧按照张骏祥安排的首先以谢幕仪礼谢幕。由于观众长时间地鼓掌，谢幕达五六次之多。检查官们没有等到演出结束，提前逃离而去，观众这种强烈的掌声只使他们更为不安。

检查官们在经理室召见余上沅和万家宝，说："这个戏本不应该上演，如你们修改之后，还是允许演出的。"于是提出来要这么改、那么改，一直到深夜才走。余上沅等大员们走后，以无可奈何的神情说："家宝，你还是照他们的意见改一改吧！"万家宝愤怒地回答："我怎么能改！怎么按照他们说的改？"说完冲出剧场的大门回去了。

当琯德出了剧场，许多同学都到附近小吃店吃大肉面去了。琯德遇见了那位特委的同志，他走上前来说："我看了戏，太好了！在抗战戏剧中是出难得的好戏。"琯德奇怪："你们哪里来的票？"他说："我们几人都来了，他们都说是个好戏，将来一定有长远的影响。"他俩边说边走到一个僻静的拐角处，一块吃起担担面来。特委的同志边吃边低声说："看来演出不会顺利，国民党一定要改剧本才能演。你们支部要坚决斗争，保护这个戏的上演，要团结师生们，一定要坚持把这个戏演出来。"吃完面他付了钱，就分手了。

琯德回去后，利用晚上睡觉前上厕所时，把特委的通知转达给许绥曾和刘承清了，叫他们先通知蔡松龄，他是主角又是老师，叫他对演丁大夫的沈蔚德说一声，并叫他通知刘厚生和每个党员，说不论学校怎么改，我们坚决不改！就说一个戏排好了，演员在台上说习惯了台词改不过来，这是天性！就这样大家散了。

因为票已卖出去了，审查委员会不能不让上演，不上演造成的影响太大。于是他们自己改了一下，一清早送来叫今天就按照新改的本子演出。演员们、导演们都得听这个修改本子，一位同学读，有些人用笔在自己用的本子上改一下，党员们和一些群众根本不加理睬。没有人说什么，导演张骏祥脸色铁青没有说话就散了。

这天晚上戏正式公演了，检查官早于演员之前来到剧场，每人拿了修改的剧本，又是边看戏边看剧本。

蔡松龄第一个照着不改的台词说了，等到琯德上场，从大别山来，又去山西打游击，又给丁大夫《中国必胜》的书，这些都是审查委员们重点要改的，现在一看根本没有改，而且说得有声有色。还有蔡松龄在第二幕中说如何做一个抗战的新官吏的一段，也演得激动非凡，观众鼓掌不绝，许多同行和一些名导演、名演员都情不自禁地来到后台为演员打气。审查官们也来到后台破口大骂："你们负责人在哪儿？为什么不改？"张骏祥挺身而出："我是导演、舞台监督，请你们出去，我要维持后台秩序。你们快走，现在已经演出了，演员不能再改。把台词说得一塌糊涂，你们负不了责，对观众也负不了责的，演出是神圣不可侵犯的。你们要闹，我们全体都走，你们到台上对观众说去！"这番话使这些老爷们只好忍气吞声不便再闹，都走了。不论怎么说，这个学校是国民党中宣部张道藩所办的，以后每天审查委员都找万家宝交涉要改本子，万家宝还是说无法可想，演出后演员难改台词。这样拖了一星期，戏也演得差不多了。于是国民党改用请吃饭的办法，先是请万家宝、余上沅，后来有一天在凯歌归大餐馆请全体人员吃饭，大家都去了，共五桌。席中有陈立夫、张道藩。开席之时陈立夫先站起来致辞，他以教育部长的身份训话，大家都没有声音，听他说。只有张秉钧生来第一次见到立夫先生和道藩先生，感到光荣之至，情不自禁地带头鼓掌。乔文彩和一些国民党员也鼓了几下掌，见大家对此不热情时，他们反而不好意思，就停止了鼓掌。

这位立夫先生训话没有涉及演戏的事，却大讲他的哲学“唯生论”，自称是他发明的哲学之论，因而是三民主义依据的哲学思想。说世界唯有生命是本体，一切万物茵蕴相生是中国孔孟之道的精华。张秉钧听了真是字字入耳、句句动听，而一般同学都迷迷糊糊只想吃饭，根本没听，也不知他是如何结束的。他刚坐下，还没有人表示要鼓掌，张道藩却愤然而起，两手叉腰，怒容满面地说：“你们学校是我办的，是为三民主义的，也是培养艺术人才的。你们当中有些人很不合我的意思，要向‘左’转，好哇！向‘左’吧！你们看！”他向前两步站在几个桌子中间，依然两手叉腰一边表演一边自喊口令：“向左转，再向左转，再向左转！你们看，三个向左转不是还在原地不动吗！什么左右，只是为自己，为某些别有用心的人所利用罢了！”琯德看着心想不对，这家伙是转了四次向左，一开始就向左站立他忘了，再转三次才回到原地的，这家伙是算术不好，还是有些发昏？正在胡想，被他大喊一声：“不要三个向左转！好好地读书吧！现在可以吃饭了。”这一声令下，众同学立刻动手大吃起来。席上无酒，琯德也不再想了，一气捞菜吃，顷刻间已是风卷残云。大家低声骂这个“凯歌归”，只知赚钱不给好菜吃，只是吃些炒回锅肉之类的。琯德忽然想起，这个“凯歌归”不正是妈妈要投资做大股东的那个饭馆吗？幸亏被自己反对掉了，不然被臭骂，那可羞死了。

过几天又来了几次警报。响警报时琯德不知不觉跑到纯阳洞的一个防空洞里躲飞机，哪知这天飞机果真来了，洞里每个人的心都跳到喉咙眼，没人敢出声。沉重的飞机声越来越大，估计至少有十几架，而且飞得很低。地面上寂静无比，没有一点高射炮和机枪声。忽然飞机俯冲下来，一阵劈劈啪啪的声音，接着是猛烈的轰炸声，只感到整个大地向下沉落。琯德站得离门口不远，似乎像被人突然一个大耳光打翻在地一样，原来防空洞附近和头顶都落了炸弹，门口落下的一颗虽没有炸倒防空洞，但爆炸的气浪把洞内的油灯吹灭，把门口的人吹倒了。幸而此洞在一小山之中，所以没有遭到灭顶之灾。飞机远去了，洞内的人才大呼小叫起来。琯德出洞一看，才知爆炸离洞口不过一丈多远，庆幸自己没有死，否则那么多党的工作怎么办，姆妈一定还会来找自己的尸首。邓宛一定陪着来，不知她是否公然承认是自己的妻子。不过她也不必守寡，哭几声暂时安慰母亲就可以了。正在胡思乱想，有人拍了他的肩膀一下，琯德回头一看，却是那位特委的同志。他说："好险哪，你怕不怕？" 琯德说："不怕，反正没炸着。" 特委同志说："我正想找你哪，没想到躲到一起来了，要是一块死了，关系断了就麻烦了。" 琯德哈哈大笑说："天生有缘断不了的。" 特委同志说："你快回江安，关系通过泸州中心县委转给江安县委，不叫你带了，太危险了。怕你们学校内部的国民党知道，以后处处与你们找麻烦。特委叫我告诉你，形势有了变化，泸州、江安都派了宪兵队，国民党的势力已打破四川军保留的地盘了，你们回去后斗争会更严峻。"

解除警报的汽笛长鸣，人们都带着万分惊恐和疲劳的神色，纷纷挤出了防空洞，人群散落地布满山坡上下。琯德与特委同志分手后回去了，急于去看看邓宛可遭遇到轰炸没有。

回去一看，邓宛和吕恩、徐九虎、卢琪几个人正快乐地分吃地瓜，显然安然无事。她躲的防空洞没有挨炸弹，琯德有声有色地大大吹了一通自己差点被炸死。邓宛说："七哥，你炸死了我们大家都活不了。" 吕恩、徐九虎、卢琪高声反驳着："奇怪，我们可要活！活了才能为老同学报仇啊。" 邓宛静静地跟着琯德离开他们，单独找到一家"三六九"小吃店吃点心。在餐桌上，琯德低声把轰炸后自己想到妈妈和她来找自己尸体的事，带着伤感的、若有其事的表情说了一遍，又问邓宛："你是作为我的未婚妻来呢，还是作为我的寡妇来呢？" 邓宛很严肃地说了一声："无聊！" 一下子打破了琯德的假想和缠绵，只有不作声地大口吞着排骨面。

在重庆两个月之后，回到了江安。三届同学毕业，耿震、沈扬都走了，刘厚生留校当一个教具组的助教，飞扬跋扈的乔文彩到训育处当起训育员来。

张秉钧在重庆见了张道藩和陈立夫，居然也学了不少本事。回到江安，他也在家中的大厅里摆上七八桌饭，分别请三届学生和四届的学生吃饭。席间他只笑嘻嘻地联络感情。这饭可没有白请，还真使得有些同学对他有了好感，加上乔文彩吹拍一通，完全一副《蜕变》中马登科的形象。

不久，学校里的国民党暗中组织起来了，他们有半年多居然也不公开、暗暗发展着，而且用上各种卑劣的手段，如不加入国民党的学生不给生活贷金、新任教员的人必须参加国民党等等。这样，刘厚生在县委专门讨论后，特别批准他参加国民党，这样才了解了许多国民党的活动。

这年暑假，第六届新生入学后，学校正式改为专科制，又举办乐剧科，学校的人多了，也更为复杂了。

这种情况下，吴晓邦离开学校了，学校当局与县党部来往极为密切，宪兵队长驱直入地开进了江安。江安县城又热闹又紧张，连伤兵医院的某些官兵们，也居然开设起地下大烟馆来。余上沅打算买点地，做长期抗战的打算。他亲自到学生食堂视察学生伙食，见学生吃稀饭，只有二十几个胡豆做菜，掩面号啕大哭而去。一方面有人为之感动，另一方面某些师生知道他贪污学生菜油囤积在女生宿舍和其他地方。他的为人使得许多有名的教员都与他疏远了，合不来了，这一来都有离散之心了。

由于吴祖光的父母和弟兄都离开江安去重庆了，吴祖光一个人就在瑄德家里搭伙吃饭，杨嫂的手艺使得他非常欣赏。过些日子，万家宝和张骏祥也去瑄德家入伙了。这样一来，连同邓宛姐妹已是七个人一桌饭菜。三太太似乎是对南京生活的感应，十分快乐。每餐饭后大家必到吴祖光的书房坐一坐。他虽也是一个青年教师，但书香味很浓，线装书不少，书桌上文房四宝俱全，窗明几净，一张挂着方帐的古色古香的大床，这原是房东的家具。更多的时候是在邓愫的房间里坐着喝茶，邓愫十分会沏茶，有时用云南茶罐子烤茶，这是琯德首次见到的。她的房间布置得文雅秀丽，有淡淡的纱窗帘，名人山水画，还有她祖上邓石如的字，也是一张挂着方帐的床，总之一切都那么调和，那么淡雅。她能画，会刻图章。大家往这里一坐就舍不得走，邓愫就忙着给大家斟茶，以后便默默地微笑着听大家谈话。只有邓宛活泼异常，话特别多。琯德常陪他们进去之后，就干自己的事去了。三太太吃过饭帮助杨嫂擦擦桌子，很少去他们房间。

渐渐别人去得少了，只有万家宝去邓愫的屋里，兴致不曾减少。

琯德演了一个戏，是改编的果戈理的《钦差大臣》，琯德演县长。在江安公演时，依然是实物门票，就是观众给点什么食物，便可以看戏。琯德吵死吵活要三太太和杨嫂买两斤咸肉当门票去看戏。演完回来后，非逼着问三太太和杨嫂："好不好？"杨嫂说："我不懂得，不过挺笑人的。"而三太太却始终笑而不答，琯德死缠活缠地非要她说，显然是想听妈妈说一声："好极了，我儿子演的比别人都好！"三太太到了非说不可的时候才说："唉呀！烦死了，演得勉强可以，不过小人演老头子，总归不像的。"这时李恩杰悄悄走进来，大家都没注意，忽然在背后大声欢呼："说得好！伯母您真说得好！只是小人安三个假胡须，真个一针见血，我看方老七还得意不！"琯德听了气得半死："大家都说好，姆妈你不懂。你不可惜你买的两斤咸肉吗？"大家都大笑不止。

不久，巴金到江安来探望万家宝，就住在万家宝的小楼上。晚上，在琯德家的院子里，就能看到小楼窗户上，两个人相对而坐的影子直到深夜。

这两三天，琯德只在课室里看见万家宝，却不见他来吃饭，也不知他们怎么吃的。

有一天黄昏，琯德与许绥曾、刘承清在城外江边散步，其实是开支部会。

会议完了往家中走时，走过一片小竹林，迎面碰见万家宝和巴金。他俩都穿了长袍，一样的眼镜，闪烁着同样智慧的眼睛，看上去巴金略高一点。两人并排缓步而行，碰上三个学生时，三人垂手而立，站到一边。万家宝见到他们笑着说："你们一定想见这位李先生吧。"巴金只微笑地点点头，并不与他们三人握手，三人深深鞠躬，两人缓步欢愉地从他们身边走过。

等他们去远了，三个人才大声议论起来："今天可见到我所敬仰的大文学家了，一位大戏剧家和一位大文学家在这竹林散步，多富有诗意啊。可惜没有照相机，要不，这是最可贵的有历史意义的镜头啊！""他姓李，不姓巴？""巴金是巴枯宁和克鲁泡特金二位无政府主义大师一头一尾两个字，是笔名。""难怪万先生只介绍他姓李哪。"

没到第二天巴金就走了，万家宝依依不舍送到江边小码头上挥手而别。他们在江安安静地、亲切地过了六天。

中午，万家宝又回到琯德家一块吃午饭，饭后又一起到邓㥂屋里谈起来。张骏祥、吴祖光都问他："巴金来江安一定相聚甚欢吧？"没想到万家宝却叹口气说："文化生活出版社只有他独立支持，很困难。纸张很贵，当局对他们十分苛刻，有些书不让出，能卖的书限制印数，他在万分困难中还独立支撑着。他有一个助手叫田一平，很努力地帮助他。我的几个剧本《雷雨》《日出》《原野》倒是卖了不少，不过征税太高，一个小钱也不能给我了，贴给出版社了。文化人，文化人哟！是这么穷，是穷光蛋别号而已，有什么法子？"他长叹一声结束了他的叙述，张骏祥、吴祖光也有同感，只有邓㥂睁大了一双眼睛看着，嘴角微微动了几下，似乎想说："我要帮助你，但能帮助你做什么哪？"但这些没有说出口来。她从来没有说过什么话，但她屋子里的装饰和她所有的一切，似乎都是为了别人，也是为他的。

渐渐，学校里的势态对共产党很不利，学校里学生选举失败了。一个国民党人士，就是那个给琯德看《共产主义运动中的“左派”幼稚病》一书的张皓被选上了，伙食团委员也都被占领了。换句话说，在公开的团体里，共产党员都没有占上风。

这时，张骏祥已有明显的离校之意，万家宝也不想和余上沅再合作下去了。

万家宝就是在这一年写了《北京人》一剧，帮助理稿子的就是许绥曾。许绥曾做笔记最快，是个写作能力很强的人。他帮助整理稿子，每天把整理的内容向琯德汇报，琯德又向县委做了汇报。这是一件大事，连川东特委都来关心曹禺新作《北京人》。许绥曾整个身心都浸浴在《北京人》深沉的意境里，辛苦的工作没有使他疲劳，反而使他得到一种幸福。

当《北京人》震撼着这些青年人的心的时候，县委转来某一位领导人的意见，告诉琯德设法让万先生在最后一幕中让哑巴工人开口说话，但不能把这个人写成猿人，而是象征着工人阶级推倒封建大山，让在封建枷锁下出走的人们有光明；这光明不是来自猿人学家，而是工人阶级和共产党。但必须以一个学生的身份，在一定的机会下，以求教的方式达到目的。总之这部作品意义重大，要竭力为他服务。

琯德把这个意见传达给支部和许绥曾。过了几天，《北京人》要完成了，许绥曾告诉琯德：“万家宝经过自己的思考，决定让哑巴开口了，不用我多嘴，我只是大大叫好而已。”

这个剧本的完成，前后就两个月的时间。

当时，江安县委书记早已不是张定民了，连席明真也离开江安了，一位陌生的大学生调来当书记，江安党的工作更加艰巨和隐秘了。县委准备成立一个地下交通站，开了家豆腐店，找当地的党员担任交通。

忽然有一天，在安徽省宣传队的一位女队员突然跑来找琯德。她是杨西光的妹妹，说他们那个地方的党组织被破坏了，来找琯德掩护他们兄妹。

琯德一见过去在大别山一起共过患难的同志，热烈地欢迎，马上找到县委说明情况，县委同志说："由我们组织上处理。"于是琯德就没有与这位可爱的杨二哥见成面，以后就不知道他的消息了。

这年冬天，学校里派琯德与李恩杰到离江安下水不远的纳溪一个化学兵团去排戏。琯德是导演，李恩杰是设计，这里团长有点进步思想，所以琯德他们就去了。在那里只工作了一个星期就算完事了，但年关已到，无论如何也要赶回去了。

三太太本听万家宝、张骏祥说今天下午他俩一起回来，准备给儿子回来的年夜饭都做好了，但是琯德没有回来。三太太一个劲请张、万、吴三位先生先吃，可是谁也没有吃，就坐在饭桌前聊天。夜已深了，室内完全靠煤油灯照亮，邓愫把自己屋的油灯也拿来了，屋里很明亮，照着每个人脸上既有种欢乐又有种等待的忧虑从心底升起。三太太更是坐不住了，虽然催促大家先吃，但不安的神气使大家都不敢先吃，怕破坏了这临近的年夜的团圆。

在江中一叶小舟上坐着李恩杰和方琯德，天早就黑了，但一点东风也没有，小木舟走得很慢。天上落雪了，渐渐大起来，漫天都在飘着雪花，木舟里一盏渔火伴着船上的一对老年夫妇。李恩杰真有点急了："方七兄，这怎么办？伯母一定急了，这么晚了得赶上过年啊！"琯德却在船篷迎着飘进的雪花得意地说："真有劲，今晚的夜多可爱。此时情景，如果你我是个大诗人，一定会作诗一首，题咏除夕风雪归舟。"李恩杰说："你这个不肖子孙，妈妈心急如焚，你还在想作诗，狗屁！我是俗人，不会作诗。"这时老船夫跳上岸一个人去拉纤绳，一边说："先生们急着赶路，是嘛！大年夜谁不急啊！"琯德说："诗人们，下去拉纤吧！"说毕跳上岸去与船夫一块拉着纤，李恩杰也跳上岸笑嘻嘻地说："方琯德这一点还是可爱的，能从诗人到纤夫，能上能下。"说着三个人拉起纤来，虽然雪花层层密密地打在炽热的脸上，但都化成了雨水。雪地上映出一条小路，琯德大声地叫唤着：“嘿唷，嘿唷！”李恩杰也高声喊起来，这黑色的江面上只有这高亢的叫喊打破了千里的沉寂……

当他俩兴冲冲地跑到家里时，全身都湿了。推门一看，三太太简直就是大叫起来：“喔唷！怎么这样子，这么晚才回来？是不是掉到江里去了？”张骏祥、万家宝、吴祖光也惊讶，却非常高兴地说：“天呀，可回来了，大家都急坏了，不然我们这些当老师的可要负责的啊！”琯德、李恩杰也没想到老师和母亲都不吃年夜饭地等着他俩，为他们如此焦急，心里十分激动，不觉脸红了。邓宛悄悄地过来说：“七哥，把衣服脱下换一换吧！”

过完了年，张骏祥真的要离开学校到重庆去了。他临走时约了琯德、李恩杰、刘厚生等，说他到重庆是设法办剧团，如果办成了，他们一毕业就到剧团工作。这些都是私下相约的，大家虽然还有半年才能毕业，可有了目标，不为毕业后的工作发愁了。

三太太手头已没有多少钱，只剩下三四千元了，而这三四千元在法币日益贬值、物价上涨之时，只能当作原来的一千元使用，可以说已日近绝境。面对漫长的抗战岁月，三太太也不知道儿子毕业后又往何处谋生，当她听琯德说，要跟张骏祥还有许多她所熟悉的同学一同工作时，似乎眼前的道路稍微宽了一段。她盼望抗战早日结束，她还要回南京去。有南京那所房子在，哪怕只有一个儿子跟着她过日子，这一生总算有了安静平和的晚年。她一辈子念佛，还不时地吃斋，几十年如一日苦煎苦熬，也得到应有的结果。她心里时常思念在江南的两个双胞胎，还想念在北方延安的两个儿子，他们如今又在哪里，生死如何？一定苦得很，但她又想不具体，更想不到她一个钱没有时，他们之中有谁能寄一个钱给她。

一天，不知从哪儿寄来封信。信封已破损不堪，是一个既不白又不黑的信封，没有写来信地址，只写着寄四川戏剧学校方琯德转交母亲大人亲启。三太太一见，心里一紧，手就抖了起来。打开一看，原来是老四写来的，问候母亲大人，并附有一张珂德和一个乡下女人合照的相片，背面写着：四儿、四儿媳叩拜。信只有一张纸，说时常怀念母亲，他现已在江苏和苏亦俊结了婚，没有说明他在什么地方、做什么工作。珂德只穿件黑色短小褂，苏亦俊也是短褂，直披的头发没有任何修饰，两人并排坐着照的一张相片，只有一寸大小。珂德和他的夫人都是乡下人模样，三太太把照片看了又看，指着这位儿媳说："她虽然是乡下人的样子，可她长得眉清目秀，一副老实人的样子，我倒是喜欢她，和老四很相配。"接着叹了一口气："唉！这两个大的总算都有了老婆了。"

好几天，珂德夫妇的照片一直放在她的枕边。这封信是辗转四个月才到琯德手中的。

1941年1月，震惊中外的皖南事变发生了。重庆《新华日报》公布的一切都被封锁了，地处江安的人们都不清楚。县委传达了两个文件，一是毛泽东主席为皖南事变发表的谈话，二是中国共产党中央军事委员会的命令。这两个文件要传达给广大党员，同时，特别叫琯德给万家宝、张骏祥、吴祖光三位先生看。琯德找了几位县委同志，一齐日夜加班抄写刻印成油印本，通过组织散发给党员们。也是在晚饭已过的时候，大家都还没有散，琯德忽然轻声对三位先生说："今天在学校里的同学手中正传看两份油印品，我拿来给你们看一下。"三位先生觉得琯德脸色沉重而神秘，就非常慎重地在灯前细细看了起来。当他们看完后，张骏祥拍着桌子站起来，在屋里徘徊着，愤怒地骂着："混蛋！国民党太混蛋！"万家宝瞪着眼睛一语不发，同样愤怒。吴祖光说："这太不像话，怎能做出这等事来！"话还没说完，万家宝突然高声说道："骗子！无赖！这个谈话写得好，真叫事实清楚，有理有利有节，真是人才呵！国民党里哪有这样的人才！国民党一定会完蛋！"

不久，张骏祥真的带着行李离校了，走时李恩杰、刘厚生、方琯德，还有一位也是导演系的张皓都到江边来送行。张皓对张骏祥特别尊敬，大家也不知道他是好意还是坏意，可对他也没有对一般国民党员那样的厌恶感。

不知怎么回事，戏剧学校里有一些学生，其中国民党不少，与江安伤兵医院的人，再加上一些士绅们大唱起京剧来，连日来唱得很高兴，其中唱的《四郎探母》使一些共产党员看后十分愤慨。戏剧家马彦祥指出，这个戏为投降分子叫好，于是刘厚生这位学校当局认为最老实的老好人，居然写了一张大壁报，贴在学校里，说正是继续抗战到底或是投降的紧要关头，大唱此戏是何居心？壁报一出，引起轩然大波，那些热衷唱戏的学生和国民党分子大怒。他们先是在校中大骂刘厚生，进步同学和共产党员都为刘厚生叫好辩护。那些国民党分子吵吵闹闹，要动手打刘厚生。支部很快把此事汇报给县委，县委决定刘厚生应尽快撤退，于是通知刘厚生辞职。国民党要驱逐刘厚生，学校当局正不好办，刘厚生辞职书一到立刻就批准了。刘厚生第三天就动身到重庆找张骏祥去了。他的组织关系由县委组织部转交过去。刘厚生一走，李恩杰愤怒之下不再去剧校读书，毕业证书也不要了，径自退学追随张骏祥去了。

他们几位一走，琯德心里觉得孤寂了许多。尤其是李恩杰，他为人耿直热情，待琯德如亲兄弟，有时大骂一通，有时温和教导。琯德十分信赖他，曾问他可愿意入党，但他不肯，他要自由，愿做党外的布尔什维克。当琯德向县委汇报时，挨了一大通批评，说他是感情用事，没有成熟就向他暴露了自己。琯德就又找到李恩杰，郑重地叫他保守党的秘密，李恩杰拍着胸脯说："一定，否则你们可以像对待叛徒那样制裁我。"琯德仍然是那么相信他、爱他，对于他的走，只是感觉是他先走一步，将来自己也会去，并没有依依不舍的意思。

琯德回到家里，不知为什么心里老是沉浸在一种惆怅中，也不像以前那样大声说话、大声嘻笑了，忽而有种成人的感伤。

在李恩杰走的前些天，琯德接到一封从北碚寄来的信。一看是应莲写来的，心里有种说不出的紧张。急忙打开一看，信上写道："七哥，我现在只有离开复旦了，原因你是明白的，我还不知道怎么走，反正是和珍姐一起走。也许是回到家乡去，这也是你几年来盼望我走的路。望你不要悲伤我们的别离，有一天会见面的。记得在武汉时那天我对你说的话吗？我反正成为先你而去的人了，但是我没有钱，我需要路费，望你设法寄一点钱来，钱寄到湖南湘雅医学院刘瀚宗转我即可。"

琯德读完信，一股热泪不由自主地流了下来，不知道该怎么来想。急于寄钱给她，又不好意思再向窘迫不堪的母亲要了，但又非寄不可，而且要快。如不及时寄钱给她，怕她只有在途中流落了；想到她在途中风风雨雨，不由心急如焚。忽然想起崔祥琮给自己的那本厚厚的英文《契诃夫小说集》来，可以卖掉，于是马上去找李恩杰，他是喜欢买书的人，果然他就买了。琯德要十五元钱，李恩杰一面骂琯德是个敲竹杠的"小赤佬"，一边追问琯德干吗着急要这么多钱。琯德神秘地说："我寄给一个很穷的女孩子。"李恩杰说："你搞什么名堂，一个穷女孩子？她是谁？"琯德说："谁，不用问，反正是一个可爱的女孩子。"李恩杰神秘地向琯德眨眨眼睛，给了他十五元钱。琯德回到家就写了几个字："应莲，寄上十五元，如不够再来信。"

琯德把信寄出后，才慢慢回想这封信是怎么回事，说明什么问题。珍姐也和她一样参加革命了，难道她也在成都待不下去了？总之她们是到新四军里去了，这一路上会有多艰难啊，但应莲的信却使琯德心里产生一种感激之情，许多日子都难以平复。

据说山里的土匪准备抢劫江安县城，江安县的大户人家颇为不安，有人已搬到泸州、重庆去避难。江安县自卫大队的大队长外号叫黑板牙，此人专能打土匪，一张蜡黄的脸，中等个儿，满嘴黑牙。他穿了一身新的灰蓝色崭新的自卫队服装，紧扎武装带，腰间插了两把二十发盒子炮，带了自卫大队两个连的兵力，一早出城剿匪。没到中午就全部回来了，黑板牙率众出城没多远，就中了土匪的埋伏，被路边的汉子一枪结果了性命。他的部下追击不舍，居然也俘获了几个落单的土匪回来。

黑板牙的尸体抬进县政府礼堂，家属号啕大哭，县长也流泪不止，决定砍下那两个俘获的土匪的头来祭黑板牙。琯德这一天去县政府观察一番，只见县政府已变作灵堂，白烛素帐香烟缭绕，有道士念经，不知为什么没有和尚；旗杆上有两个笼子装了两颗人头，血已变干成黑色，模模糊糊什么也看不清。

县政府隔壁是小学的一个大操场，操场里大概集合了全县的厨师，用其大无比的大锅，煮着一大块一大块的猪肉。一半煮熟了，另一半加进生猪肉。放满了桌子，人来人往。一般居民都为公祭出份子，在灵堂前叩拜以后，就来吃饭。这四五十桌饭从早开到天黑，一连吃了三天，每桌八个菜，四荤四素，每桌吃完以后就走，另一批再来。碗筷用水一涮，接着就用，大院中有七八个水桶。每桌都有大坛子的酒，任意喝，这是四川人的必备之物，没有酒就不能称作席。琯德在桌间穿行，居然到处有人拉他入席，他感到十分恐惧。据说这顿公祭，县政府赚了八千元。

琯德回去告诉三太太，三太太害怕极了，简直不敢出门了。自从张骏祥走后，琯德家的伙食团就解散了，只有邓宛姐妹还在一起吃饭。江安县城的动荡使琯德更忙了，各种矛盾都在发展着。忽然剧校学生提出口号要抵制日货，大批学生上街游行。支部的党员也跟着上街了，不便阻止；带头积极的却是国民党的乔文彩，当然张秉钧不会制止了。

学生们包围了江安最大的百货店“宝元江”，叫喊着要他们把日货交出来销毁。琯德立刻把此事向县委汇报，县委召开紧急会议，认为：“这是个阴谋。国民党在成都制造了抢米事件，推在共产党身上，逮捕了车耀先和罗世文同志。这次国民党在江安故技重演，赶快命令全体党员和进步学生立刻撤退，这事由刘承清出面办理。”琯德赶到现场时，他们已把布匹和各种货物搬到街心，大呼小叫地要点火焚烧。正在紧急时刻，琯德以极快的速度命令刘承清指挥党员积极分子撤退，刘承清以他的敏捷和机智，在人群哄闹之际带领大家悄悄回了学校。乔文彩忙得满头大汗地叫着：“烧吧，爱国的热心的人们，动手吧！”那些国民党并不动手，在等候一班热情的“左倾”分子来点火。可他回头一看，这些人早已不在了，如果要烧，只有他自己来烧了，而他们不敢烧。乔文彩大喊：“人哪！都走了？什么时候走的？”他身边已有不少人要动手烧，乔文彩大叫：“你烧个屁！算了！我们也走。”这些人也呼啸而去。

“宝元江”的人自认倒霉，把一匹匹阴丹士林布、花布、百货抢了回来，他们吓得休业三天。

这件事县委处理十分及时，琯德、刘承清也出了一身冷汗，检讨自己没有斗争经验。如果上级不及时指出，不知要闯出什么祸来。

过了几天县委正式通知琯德，斗争形势尖锐，川东党委很重视剧校工作，要求在剧校发起一个把学校迁回重庆的运动，使剧校不要在孤立的江安，而与广大社会斗争结合起来。琯德暂时不能再活动了。他今后暂时断绝和剧校的联系，和县委也不要联系，川东特委命令他也许等不到毕业，先去重庆。琯德听了心里有一种茫然之感，但当前斗争十分尖锐，他只能不管，但也不能不参与。这样就由县委直接对许绥曾宣布了。

川东特委的调令有一个多月没有来，琯德如坐针毡，不知如何是好，在家里准备毕业论文《导演的艺术性和科学性》。已没有课上了，四届同学都在写论文，三个月以后就毕业了。学校里要求迁校的呼声日益高涨，可学校当局置之不理，而一般学生中又分为几派。江安的学生自有一种想法，张秉钧就挑拨五届学生争吵，以至打起架来；四届同学宿舍被包围了，刘承清和一些党员以及群众张雁、蒋廷藩、范启新等等，不得不拿起棍棒准备抵抗了。

第二天上午，琯德得知这个情况到了学校，看见宿舍里挤满了人，双方同学都有。乔文彩也在其中，看起来是劝解，实际上是一种威胁镇压。他高声喊着："怎么啦，难道真的要我抓出几个共产党就好看了吗？"琯德一听实在无可忍耐，就说："要求把学校搬回重庆，是为以后的同学着想，现在在这个小城里，好的教师都走了，也不会有人来教书，这种愿望有什么错？不愿迁校的是为了什么？自己明白！要抓共产党？你说！谁是！你立刻就抓，用这话吓唬人！你乔文彩现在不抓，你是混蛋！"刘承清等也破口大骂。乔文彩一见个个学生有动武的架势，忙说："好！好！我们都走！迁校不迁校是校长的事，你们吵也没有用。"接着一挥手，带着一些国民党分子走了。

一天上午，琯德心里不放心，又到学校来。两个便衣追出来，拳打脚踢地把许绥曾押走了，从琯德身边走过时，琯德一看事情不好，但仍从容地走进学校绕了一圈。琯德此时已无法找到县委了，按照地下党的规定：如果与自己关系有密切联系的人一旦被捕，必须立刻撤离，以保证整个组织的安全。琯德想这时和剧校支部必须撤退的人一道走才好，但自己不便去找他们。正在犹疑之际，刘承清来了。刘承清说："现在支委还有邓宛，开个紧急会议吧。"于是找来邓宛，把剧校几个暴露较明显的党员先撤退，决定方琯德、刘承清、邓宛、卢琪、徐九虎几个人明早就走，一个个地到江边会齐，但不能走码头搭轮船走。各自找自己社会关系可存身的地方，党的公开机关不能去，以后各人自己另找党的关系了。告诉老蔡他没有暴露的可能，对所有不走的党员让他们好好隐伏，等待上级党派人联系整顿，这事由刘承清负责转达。

行动决定后，瑄德向母亲说明天一清早要走时，三太太急得几乎昏了过去，但又不能不让儿子走，去哪里也不清楚。这时邓愫突然走过，以最大的力量控制着她紧张的心情说："你们到西南联大叙永分校去吧，杨振声伯伯在那里当分校校长，有邓宛妹去，他一定会管你们的。"邓宛跟着说："没有问题，去吧。"瑄德说："我们几个一走，必然引起学校更大的动荡，校长一定会出布告开除我们的学籍。我今夜一定去找万先生，万先生是我们最能信赖的人了，我们走应该告诉他。"

三太太一夜未睡，老是听着外面的动静，杨嫂忙着打点东西。春天的深夜有点细雨，没有风，在最静的时候，仿佛能听到雨打在树叶上的声音。瑄德从院子里翻过又湿又滑的高墙，来到张家。花园里静悄悄的，走到万家宝住的小楼前，没有从门走上楼梯，怕惊动了别人，而从外边爬上小楼梯，见窗内万先生在书桌前看书，书房的门是闩上的。瑄德轻声喊了一声："万先生！"声音不大却带着紧张。万先生吃了一惊道："谁？"瑄德说："我，方瑄德。""啊，这么晚你还来了。"他一边说一边开了门，瑄德进去关上门，走到他桌前两个人都不坐。万先生问："你来找我为什么事？"瑄德说："许绥曾被宪兵抓去了，你知道吗？"万家宝说："知道，他真是共产党吗？"瑄德说："万先生，今天还要请你帮助，我相信你会帮我和邓宛，天一亮我们必须走。"万家宝睁大了眼睛说："什么？你们也是？""是的，我们都是，还有刘承清、卢琪、徐九虎也都是。""我也想到了，你们这么年轻这么能干，这么勇敢，你们是我的学生，有这么多共产党学生我感到骄傲。你们要求我做什么？"瑄德说："明天一早我们一走，学校一定要出布告开除我们五个人，你一定要把布告压三天再出，不然他们会及时追捕。当然，从现在起已经有被捕的可能了，但这样也许能麻痹他们。""我一定办到。""谢谢你。""不！感谢你们这样信任我，我没有想到党在危难时，还来告诉我。我觉着身上也负着跟你们一样的重担，但我惭愧我不如你们。”说着他拉起琯德的手，激动使他流下了眼泪：“还有什么要我做的？”“那请你给我改个名字吧。”万家宝更激动了，在屋里来回地走动着，用手捻着他耳边的瘊子，沉思了一会儿若有所得地说：“好吧，你改名叫沈松吧，愿你像一棵高大的松树。”琯德心里也沸腾起来，说：“好吧，从此以后方琯德就不在了，只有沈松了，那就再见吧。”两个人无言相对，只是紧紧地拉着手，两个人的眼睛都模糊了。

琯德依然从楼梯爬出去到院子里，万家宝站在楼梯边看着黑洞洞的院子，细雨时时飘在脸上，他好久没有动，满脸不知是泪还是雨水。

第二天天刚亮，琯德、邓宛找了一个挑东西的乡下人来挑着行李，三太太已无力送他们，只是说：“老七，你一走怎么办啊，你到什么地方给我来信吧。”琯德说：“不能给家里写信，一写不就叫人知道我跑到哪去了吗？不过我会安排你的生活的，你别急，好好过吧。”他似乎说不下去了，忽然邓愫安静地说：“三舅娘，别难过，别怕，我送他们走。”琯德对他这位柔弱的表姐忽然间表现出的勇敢和坚毅感到敬佩，在她的命令下走出家门。

街上行人不多，四城关闭，说是土匪为了报仇，声称要来攻城。这消息很突然，琯德怀疑是不是要搜捕他们，因为土匪攻城事先一点消息也没有。街上的人都很紧张，这也引起了琯德的不安。邓愫紧紧和邓宛靠在一起，因为她第一次走得这样快，她的心脏承受不了，不免脸色有些苍白。但大家都认为只有向前走，设法闯出城去。

正在这时，听到一大群人喊着：“快让开呀，疯狗呀，大家一齐哄它出城哇！”果然看见一条黄黑色的狗夹着尾巴瞪着眼睛，伸出舌头，狂奔而过，二十多人手持竹竿追赶着。琯德喊了一声：“快走！”于是他们加快脚步尾随他们一块走到了城墙边。看守城门的县自卫队大兵，一见疯狗冲了过来，毫不迟疑地开了城门，于是一群人夹着琯德等人一哄而出。出了城赶紧向上游江边走去，约有二里路，江边没有人，只有一只木船，一个中年划船的人停在江边。琯德就问他泸州去不去，他说去，于是琯德与邓宛赶快钻进小木船的席棚里，邓愫却站着没有走。不久，果然看见承清、卢琪、徐九虎赶来了，跑得气喘吁吁，一点行李没带。他们在学校里都被国民党分子盯着，可他们三人分别在张雁、蒋廷藩等进步学生的掩护下，翻过城墙逃出来了。

当他们上船后，立刻叫船夫把船划到了江心，顺着东流的江水，急速飞驰而下。看着江安远去的影子，这古旧的小城使琯德很留恋。他想到剧校里那些留下的同志的安全，想那古老的文庙和那个简易舞台，想留在江安的母亲和万先生，还有站立江边无语送别的邓愫，一切都远去了，远去了。眼前只有望不断的江水，也不知他们自己的路将在何方。

在江安的剧校内，乔文彩、张秉钧等大规模地抓人，两天内抓了三十多人，但其中无一个是共产党员。

国民党分子冲到图书馆里，梁慕华辛辛苦苦购买的那么多进步书籍被搬到石碑坊的下面去焚烧。熊熊的大火烧了三天，江安县城上方黑烟滚滚，这对文庙来说，简直是绝大的讽刺。

果然，三天以后学校出了一张布告："方琯德、邓宛、刘承清、卢琪、徐九虎等五人无故出走，开除学籍，特布周知。余上沅。"

整个江安陷入一片白色恐怖之中。

第二十一章

天气阴沉，还带有三月春寒的长江中也没有来往的船只，只这条小船孤单地如大江中的一个木片在漂流着。船中的几个人心里也和这昏暗的天气一般压抑。看看后面并无船只追赶，稍稍把紧张的情绪放松了一下。琯德突然想起这船上三女二男的青年学生，同时从一只木船里出来上岸太引人注目。如果从江安打个长途电话到泸州宪兵团及其他特务机关，在码头上等着收捕，岂不是钻进一张大网之中。

琯德就对大家说："到叙永西南联大的就在半路上下船。另外徐九虎、卢琪二人到泸州，找各自的社会关系隐蔽吧。否则一定会投入敌人设置的罗网不可。"

大家都同意了。于是琯德和撑船的船老大商量说："就在路边先停船，我们有三个人先下去，搭汽车到叙永。"刘承清多问了一句："这里可过了检查站？"船老大立刻以他的世故风霜来猜测这几个青年。他神秘地问："你们几位是贩运这玩意儿吧？"说着做了一个抽大烟的手势。琯德说："不是。我们是上学的学生，我家里父母都病了，近日才好，所以我们才赶来上学的。"那个船老大才勉强收回了怀疑的目光，但并未完全信赖地说："好说，好说，多给点酒钱吧！"琯德多加了两元算是小费。船老大把船靠近岸边一块较平坦的地方。琯德、刘承清、邓宛上了岸，又依依不舍地目送两位伙伴——二位女同志顺流而下，远去了，远去了，不知到哪年哪月才能再相见……

三个人共同扛了四件行李。刘承清是空手走出学校的，没有行李。他们一步一步慢慢拖着，走着。马路上偶尔有一辆大卡车飞驰而过，对他们理也不理。

三个人无法可想，只有拖着行李继续向茫然不知的方向走。

在公路上，走了老半天搞得疲累不堪，又没有吃的、喝的。于是放下行李在路边一棵大树下休息。正是前不着村后不着店，抬眼顺马路向远方望去，忽见前面一里远的地方有几间房屋。三个人鼓起勇气向房屋走去，准备到房屋里要点吃的，心想到了那边能否发现其他房屋？可有集市？当他们再拖起行李走的时候可更加困难了。三人咬紧牙关，抱着希望，拖着难以挪动的腿向那房屋走去。

等到了那几间房子的时候，三个人全都傻眼了，真是进退不得。原来这是交通检查站，军统设立的哨卡。他们就怕过这种哨卡，躲来躲去偏没有躲过它。

刘承清轻声说："别紧张，你们俩到路边悠着。瑄德装病，坐在行李上，头靠在邓宛身上。邓宛愁眉不展，最好带些眼泪。我索性去找他们，去为我们截车。"说罢他拿一张《中央日报》，一般人不看它，除了右派青年才拿在手上的，把头发一甩，大踏步走向哨所房屋。没有想到房子前面有二层台阶，一层已经破烂不堪。他一脚踏上去不由自主地忽然向前扑倒了，引起了两个检查人员的大笑。刘承清一面爬起来一面怒道："这个台阶还不修一修，亏你们二位同志受得了。你们二位真够辛苦的了。"他坦然地说着，顺便掏出烟夹，请二位抽烟。这样对他们称"同志"，这是军统内部的人相互的称呼。一般人对他们不是称作长官，就是称"武装朋友"，或者班长、排长、连长地乱喊一气。这二位"同志"大笑以后，见是一位英俊青年非常熟练地请他们抽烟，在路边哨所里也是一种解闷的乐趣。他们一面抽支主力船牌的好烟，一面说："你这个家伙真有点意思，见面就来了一个'拜山门'，哈哈！"接着又问："有事吗？"刘承清马上坐在旁边的一张竹椅上，跷着二郎腿说："我们是西南联大的，目前都算是学生。因赶路怕误了我们的事。偏巧我们那位少爷……"说着向琯德那边努努嘴，"病了，走不动了。请二位帮帮忙，找一辆车搭到叙永。"又从口袋里掏出二十元来向桌上一放，"二位喝两杯吧！"这二位见到刘承清这样大方，十分信赖地说："自己人，有什么办不到。请那二位到屋里来坐吧。"说着其中一个人整理好腰间手枪，拿起红绿色的小旗，走到马路上遥望了一会儿，对刘承清说："你们把东西搬进去吧。"刘承清马上跑来对琯德说，是不是进去休息一下。琯德说："我不和他们纠缠，不进去了。就说我病得厉害。"刘承清正要回身对他们说话，不想远远的有汽车的声音。果然，一会儿一辆满载货物的卡车驶到了。那人用红旗上下一摆，卡车立刻停住。另外一个人也出来了，对开车的咕咕说了好些话。拿旗的人在车前后乱敲乱打地巡视一番后，说："好吧！让那个女的和那个病的朋友坐在司机台上。"对刘承清说："对不起，你只有坐在后面了。"那位司机不敢作声，只说"可以，可以"，非常谦恭地接他们三个人上了车，与两位"同志"挥手而别。上了车，琯德的病也好了，反正这位司机也不敢多问。车子在公路上走到天近黄昏的时候，才到了叙永。

汽车一直开进叙永城里才停下来，刘承清又掏出一根香烟表示奖赏司机。司机连声说"谢谢"，而且找了一个力夫来。他招呼力夫说："挑到好一点的旅馆里去！"力夫忙答应"是"。"我看住到旅行社去雅静些。"于是大家拱手而别。

当三人到旅行社门口时，琯德忽然看见江安县组织部长雷雨田迎面走来。琯德大喜，正要上前和他说话，雷雨田却把身子一侧，让过去了，不理睬琯德。琯德意识到雷雨田怕琯德后面有人盯梢，或是他的后面有人盯他，故意不理睬。这是合乎地下工作规定的。琯德故意大声说：“到了，到了，我们暂时住这里了。”在进门的一刹那，琯德回头看看雷雨田走过去的身影。雷雨田把手抄在他穿的一身旧长衫的袖笼里，没有回头，慢慢走远了。

他们几个人进了旅行社，邓宛声称不住这里，今晚就去杨振声伯伯家，也不和大家一齐吃一顿“最后的晚餐”，就撇下他们二人走了。琯德和刘承清住了一间较好的房间，免得叫人多疑。在客人留住簿子上只填了沈松、陈青找杨校长求事。客店主人看了以后没敢多问。刘承清并不认识雷雨田，所以完全不知道琯德相遇雷雨田的一幕。晚饭后刘承清要抽烟，用手一摸，香烟盒已经空空如也。琯德见他愁苦不堪的样子说：“我给你买烟去。”实际上他心里是想要再找找雷雨田。

叙永有一条商业长街，比江安似乎要好得多，但时间已晚，琯德走来走去没有看到什么。偶尔有几个点电石灯的小摊子，银白色的光非常耀眼。琯德去买烟，只有花蝴蝶牌的次货。虽然是一包十支的，但他只买了五支，就回旅社了。

这是一张双人床的大房间，琯德只有与刘承清同床而卧了。两人躺在床上，刘承清吸着“花蝴蝶”发起牢骚来：“他妈的邓宛，你这位情人兼表妹，关键时刻连七哥都不管了。岂有此理！”琯德躺在床上把脚倒跷得老高，也回嘴骂道：“你他妈的才胡说呢！人家找杨振声去了，给我们大家想办法去了，有什么不对！我还来不及想她哩，你倒想她了！”刘承清叹了口气：“唉！我想安妮。她有多急，她会哭死了。”说着真的擦起眼泪来。琯德也不禁黯然，说：“我想她会好的，有那么多好同学，有张雁、蒋廷藩会保护她的。倒是卢琪、徐九虎现在在泸州不知可否想到办法了？两个小姑娘，我们没有保护好她们将是一生的罪孽、一生的痛苦！”刘承清听这话也傻了。

两个人在泪水之中由于极度疲劳而睡着了。不知是几点了，忽然有茶房敲门说是查房来了。刘承清披衣而起，琯德没有动。果然进来了一个宪兵、一个警察、一个穿青灰色军衣的大兵。他们打着手电，茶房拿着煤油灯。宪兵对躺在床上的琯德特别察看一下："你是男的？"琯德答道："真有意思，你说我是个女的？"宪兵核对了姓名说："以后注意，两个男的不许睡一张床！"说完转身走了。茶房特别回身说："二位尽管睡，没得事。"

琯德轻声骂："两个男的怎么不能在一起睡？"刘承清说："这你就不懂了。睡吧！"二人接着大睡。

第二天一清早邓宛就来了，进门就说："七哥，快跟我到杨伯伯家里去，杨伯伯要找你问一问。"这样琯德匆匆与邓宛到了杨家。

杨家住在大街拐了好几转弯的小巷里，是非常安静的一座二层楼的房子，不大也不小，似乎是这个城里唯一一所精致的住宅了。当然是祖传的房子。

杨振声个人的房间在楼上，前面是书房，后面是卧室。书房不小，陈设古色古香，但又很洋气。屋里有中国的山水画，也有西洋画。书桌上有个能转动的钢架子，一圈挂着五六个烟斗，都是三 B 牌的。桌子上除了书籍和文件外还有一大盒 SW 牌的烟丝。这些玩意儿琯德生平未见过，也不懂一个人怎么同时要用这样多的烟斗，真怪！杨振声是个大高个儿，秃顶，长脸，有稀疏灰发；穿法兰绒的西服裤，一件米黄色鹿皮夹克，口叼一个发亮的烟斗，学者风度。他声音不大，对琯德说："你就是她的表哥喽？长得不错。看样子也和小宛一样是个糊涂虫。为什么突然跑到这儿来？昨天小宛什么也说不清，她说一切问她表哥。今天就问问你可能说得清楚一点？"说话时带点山东口音。琯德很镇定地回答："我们学校里有同学被宪兵抓走了。他平时和我们来往很多，我们一害怕就跑走了。"杨振声说："你们来往多就跑？可见有问题。"琯德连忙说："没有问题，没有问题。"杨振声说："算了，算了，我明白了，不问你了。我们学校前几天也有学生被抓了，而且也有人跑了。你们还不是一样货色！好，说吧，怎么办？"瑄德说："在你们学校找点小事做做，不知行不行。当个工友也行。""当工友？不怕人家怀疑？这样吧，你们去考一考我们学校图书馆的英文部管理员吧！我现在写一个条子给你们，去找一个人接洽，去考一下吧！只要马马虎虎能会一点儿就行了。你这点英文总可以吧？"瑄德一听，心想太好了，于是说："行，行，我们英文是可以的。"邓宛瞪了瑄德一眼说："谁知道呢？反正我在杨伯伯家里住些时候再说。我要写信告诉姐姐，叫她放心，别再为我们担心了。"瑄德只有站起来说："我走了。"当他到门口时，杨振声却喊住了他："你们老住旅馆可不行。你们找一间出租民房住下才行。你们要考虑周到些，这样莽莽撞撞的可不行呵！"瑄德心想：这老头真不错。

在回去的路上，瑄德仍在张望着有没有雷雨田，同时注意着各处墙壁上可有房子出租的招贴。果然在通过菜场的路边墙上，见贴有一张新的招贴：就在附近巷内有房屋一间出租。瑄德记住了地址，回去就把一切告诉了承清，并约了承清马上出去看房子。

这是在巷子深处一个小小的门内的三间房屋。要出租的一间面向有花木的半个小院子，其余的两间在这间背面，是房东自己住的。

这位房东也是一个青年人，有二十六七岁，个子不高，一张青灰色脸。令人感到不快的是他的鼻子是烂的，几乎是把鼻头烂掉了。他说起话来带着很重的"嗡嗡"声，模糊而不清楚。他看到租房子的是两个男青年，十分快活，表示欢迎，似乎也并不在乎房租是多少钱。他说："随你们哈……哈………多少钱我都是欢迎得很，欢迎得很。"他这么一说，瑄德反而不好意思了。于是说好了四块钱的房租，家具很齐全；还有半间大的厨房和烧木柴的灶。这样，瑄德和承清就搬过来住了，似乎这里比旅馆安全得多。

搬来以后，这位烂鼻子房东热情地前来招呼："如果家具不够，可以再搬些过来。”于是连茶壶、茶碗都拿来了。

第二天，琯德和承清一齐去联大图书馆报考。似乎这个地方是一个什么大户人家的公馆。房子分东西两部分，东边一部分是英文部。琯德拿了杨振声校长的信，找到那位负责人。他打量了一下这两位青年，就说："可以，可以。这里有几道试题，很容易。两位就马马虎虎答一答，这是形式，形式！"说完给了两张用钢笔写的试题给他们，让他们俩就坐在阅览室里考了起来。

琯德原来听说"形式，形式"，觉得一定容易。放心地展开考卷一看，结果除了头一道题"你姓什么？哪里人氏？什么学校？"会答以外，其他只觉得到处是生字。猜着答，写了改，改了写，总之越急写得越糟，自己也不好意思去交卷了。于是只有向那位先生称"我答不出"，转身就走到院子里犯傻。那位先生对他的举动不明白，所以跟到房门口张看了一下，又回到承清跟前看了看他写的卷子，见他的洋字写得很好，字句清楚，写满一大篇。他满口称赞，一直等到承清交了卷，叫承清明天再去谈谈。

琯德一路上低头不敢说什么。两人回到租的房间里，琯德说："你是一定考取了。我是考不取了，那就是说我没有钱过活了。"承清大笑说："那我就是一个养家糊口的大男人了。以后你在家里做饭，放心，我是不会遗弃你的。就是安妮万一有一天也来了，我也不会遗弃你的。"

琯德说："不过他妈的我不会做饭，我学着做吧，做成生的你也得吃。"

这样，承清每天去上班，琯德开始了他的"家庭妇男"的生涯了。

但是，琯德并没有死心放弃找组织关系。他每天乘买菜的时候总要到旅行社曾碰见过雷雨田的地方去等候一会儿，张望一下。总想找到他，把江安的突变告诉他，并要和他接上组织关系，好让上级指导自己的行动。但是一天天的过去，再也没有见到这位很沉着、脸上还有点轻微麻点的同志。

他独自想来想去，又怪起邓宛来。心想她真没有良心，自己快活去了，不管我们了。接着又想起江安来，不知江安怎样了？那些留下的同志们可安全？许绥曾被捕后又不知怎样了？就这样又加上一重重沉重的愁绪。

江安同样是天翻地覆地变化着，白色恐怖在延续着。

三太太在一片惊慌中才似乎第一次置身于战乱之中，虽居住在县城之中却像是在荒野中逃难，在杀声震天中一家人都流散了。终日像是一个人在不停地奔走着，肢体麻木了，失去了感觉，一天一天地就这么过下去。她蜡黄着脸、眼窝青黑，只是痴痴地坐着，也不说话，也没有人和她去说话。这时她才下意识地感觉到政治斗争是残酷的，和战场一样可怕。

在叙永，琯德的房东似乎是怕琯德他们太寂寞，有时捧个水烟袋过来在房中坐坐，说些这里大学里又抓了几个人，而且女同学也有被抓的。他叹了口气说："唉，他妈的真是，抓这些学生做啥子事？抗战吗？要不抗战这些学生还不到这个地方来哩！你们说是不？"他的烂鼻子嗡嗡的声音，听不出来他的语意何在。他又得意又以十分款待他们的样子说："你们必要时可以走后门！方便些。后门就在这小院的右墙角边。"他这一声"必要时"，承清、琯德都吓了一跳，难道这家伙识破我们是逃亡者了不成？琯德故意用四川话大声说："没得事，没得事。不麻烦，不麻烦。怎么走都行。"把他敷衍走了以后，对承清说："糟，这是不是一种试探我们的暗号？这烂鼻子家伙是什么人？又看不到他老婆和其他女人。"承清说："不妙，咱们还得离开这里。我赶快写封信给父亲要点钱再说吧。"他父亲是兵工署里的技正，经济上是不错的。琯德没有反对。两个人真不知如何才好。琯德也不觉叹了口长气："唉，原来我多么羡慕那些俄国十二月党人流放的生涯，那西伯利亚的大雪和大森林，那些木柴烧起的熊熊烈火，才是诗意呢！那才是流放的生涯呢！而我们却是圈在小屋里，还有什么'必要时'呢？什么是我们的'必要时'呢？一定是指我们该逮捕。在残酷的斗争中只有现实的艰难，并没有诗意，诗意只是一种谎言罢了。”

其实最使琯德、承清不安的是：叙永西南联大不断传出学生逃亡和开除学生的事。这些余波也引起了杨振声的不安，他要琯德、承清离开这里，但却要留邓宛长期住下。

有一天，琯德到杨家去找邓宛。看见杨振声的儿子也是个小青年，但十分洋气，高个子，很帅，正与邓宛在一起听唱片。琯德见了心里有说不出的酸味，更多的是委屈。邓宛看见了琯德，到门外说：“喔！你来了，有什么事吗？告诉你，我在这里好极了。你们俩也还不错吧？这位是杨伯伯的儿子，和我在青岛时从小在一块玩儿的，没有想到在这儿又碰到了。杨伯伯叫我不要走了，可我还要去演戏或许去音专。七哥你说哩，我怎么办？”琯德不知该说什么好，于是只有说：“好久没有看见你，我来看你过得好不好。既然过得这么好，我就放心了。我这就回去做饭去。”邓宛大笑：“做饭？你还能做饭？真有意思！”她的笑声简直使琯德要流下眼泪，但忍住了说：“这没有什么好笑的。人到一定情况下就能做出使人们想不到的事的。”说完转身走了。

又是半个月过去了，邓宛还是没有来，琯德每天买菜做饭，真像一个家庭主妇。做好的饭放在桌上，翘首等待承清回来，心里有一种空洞的感觉。似乎只有承清回来以后才有安慰和快乐。承清回来后把他在联大的工作说一番，总是说：“我的英文太坏，真吃不消。这些大学生一来说一堆洋话，我实在听得费力。有时把书拿错了，学生就有点瞧不上我的样子，他改用中文又说一遍这才好些。我真想还是搞戏好。”

琯德听了不知如何安慰他才好，只好两个人又大谈俄罗斯文学和美国的奥尼索，聊以解愁。

这一天接近中午，琯德正做好了饭，把饭菜摆在桌上，感觉有人从门外走进屋子。琯德还以为又是那个“必要时”烂鼻子房东。回身一看一个全副武装的军官站在那里，他老半天也没说一句话，琯德吓了一跳，就问："你是谁？怎么进来也不作声？找谁的？找房东的吗？他住在后面，不在这里。"那个军官也很紧张，问："你这里有位刘承清先生吗？你姓沈吧？"琯德勇敢地说："我姓沈，你没有看见吗？我准备吃饭呢！"那位军官取下帽子，嘘了一口气："唉！我总算找到你们了。我是刘承清的大哥，我父亲叫我来接你们的。"琯德没有见过这位大哥，但知道他大哥也是搞兵工的。半信半疑地说："那你坐吧。"正在这时承清自外回来，一看见他大哥就喊了声："大哥！"他大哥见到他们生活这样狼狈和艰苦，不觉流下泪来，埋怨道："现在你们这些青年只知道'左倾''左倾'。什么时候了，政治可不管你们是不是纯洁的青年，就是要抓人、杀人。老爸接到你的信急死了，叫我来接你们到我家住几天去。反正我们都是有老虎皮的，不怕。好了，带你们上街去吃一顿吧。"琯德说："你们去吧。我这里刚做的饭。"他大哥说："你们俩不出去也好，我去买些熟菜来一块儿吃吧！"说完径自出门去了。

屋里剩下琯德和承清。琯德心里无限黯然，说："我一个人留下，你走吧！"承清听了大为着急说："那怎么行？一齐走一齐走，不然我也不走。咱们三个人既然一块儿出来，我不能丢下你。"承清急得快哭了。琯德说："就是跟你走了，我一个人还是得走，但能到哪里去？有了组织就好了。现在才真正感到党是自己的亲人！雷雨田不肯来找我，一定是有变化，这一个多月了就是没有看见他……"

琯德又去找邓宛商量，邓宛倒是热烈地说，要一起到重庆去。

第二天就动身起程了。

小船上人很多，刘大哥全副武装，腰间还挂着小手枪，跟他在一起有一种安全感。大家说说笑笑就到重庆了。轮船就要靠岸了，琯德正趴在船舱口看着轮船靠岸挤着江水涌起的浪花，忽然听见有声音靠近耳际轻声说话，原来是邓宛的声音。琯德忽然感到这种只有他和她单独在一起的时候才有的那种无限温存的声音：“七哥……就要到重庆了，我们要分手了。我不能和你在一起了……”琯德觉得到邓宛在和自己暂时分别的柔情，这一刹那心里无比感激。接着她又说：“算了吧，你如果真的爱我，别再纠缠我了，为我的前途想，为我的艺术想。我去找张先生，到他那里去工作。看起来你不能去，谁都知道你是江安逃犯。张先生会留下我的。咱俩一切关系就结束了吧！”琯德听了后一半，如同五雷轰顶，船外与内心共同激起的巨浪使自己眼睛昏花、耳鸣不已，再也听不清什么了，也不敢回头看邓宛一眼，但身子却被人们的移动推着走，好像自己踏着浪头颠簸着。他拖着行李，晕晕乎乎地走下了船，自己的呼吸都停止了似的。

不知怎么邓宛已不见了，自己耳边似乎还有：“咱俩一切关系就结束了吧！”这是邓宛从未说过的一句话，即或在几年前与姓王的热恋的时候还由自己代她写情书，也没有现在这句话冷酷。

承清只见琯德摇摇晃晃地站立不稳，走上来抱住琯德说：“怎么晕船啦？休息一会吧！邓宛怎么自己走了，咱们也快走，回到我家里再说吧！”

承清父母、弟兄、侄女、侄子一家人都在一起吃了一顿热闹的晚饭，虽然不敢大声，但也是一种欢聚团圆的景象。

琯德一个人蜷伏在外间的小隔层里睡觉，完全像是隐蔽在那里的一个人，没有生气也没有呼吸，饭也没有吃。承清只是觉得他不舒服而已。

天色已经黑了，没有想到李恩杰突然来到。他脸色紧张地急急忙忙跑来看望从江安来的逃犯。他看到琯德，一把抱住他，脸上肌肉抽搐地紧贴在琯德脸上。他的大胡子茬扎在琯德的脸上反而刺激得琯德感觉一阵舒畅。他是从覃永岗中央青年剧社跑来的，足有十里路。他也是带着轰动重庆文艺界的“剧专学生被捕逃亡事件”引起的紧张气氛来的。他用极低的声音、几乎是气音在说：“邓宛她居然一个人到了中专，把大家吓了一跳。好在剧社成员多半是剧校的毕业生，居然也弄不清邓宛是不是你们一伙的。张公骏祥就留下她，替她担保了。但你和承清决不能抛头露面，你们俩已是名声在外，他们认为也许是真的共产党。所以张公叫你们先找地方避一下。承清暂时在家里躲一躲吧，琯德一个人想法子走吧！我给你送钱来。我的薪水和张公给你的钱不多，先用着吧！”琯德拿了钱心里激动，自己的痛苦被一种友谊的温暖所融化了。可是恩杰却低声地说：“邓宛建议你去江津暂时躲在她家里，好在是亲戚，她爸爸会允许的。”

琯德似乎听见“亲戚”两个字，像两片薄薄的刀片把已经愈合的伤口又切开了，心的血又汩汩地流着。承清也觉得邓宛这“好在是亲戚”几个字此时此地用得很不对味。但看着琯德又闭上眼睛低头坐在床沿上没有吱声，恩杰似乎了解到琯德的心情，说：“我看只要先躲一躲再说吧！张公说了，反正你们都是他约定的第一批剧社社员，只要风声一过去你就回来，大家演戏。张公就怕你着急来重庆演戏，坏了大家，也叫我劝你先去江津。还有厚生，也叫我劝你赶快离开这里。”琯德一听厚生也叫他走，若有所悟。“厚生是不是代表党告诉我这句话的？噢！是的，一定是的。厚生最了解自己，现在他不能来看我，这是地下党工作需要，他更不会找我接关系的。他来重庆已三四个月，一定了解重庆的政治风向的。”于是琯德对恩杰、承清说：“好吧，我就走。感谢你们和厚生，一定告诉厚生，我听他的。江津那儿是不是亲戚，我也去……”

琯德到了江津，住在七姑爷开的医院里。七姑爷也很热情，让他住在楼上病房里的一张病床上。他以后每天到厨房里去烧饭。这个当作医院的大房子，楼上楼下共有十来间屋子。内院有两间房是留给邓愫和邓宛住的。另外还特请一位看护小姐，兼管挂号。七姑爷是医生兼司药。有一个用人做杂事。真正住院的病人不多，只有两三个人，而来看门诊的人不少，所以七姑爷很忙。他的大门口挂着一个新式的招牌注明：日医邓 XX。他的医道确实不错，成为当地各阶层人士都知道的名医了。

所以琯德来了以后不便白吃饭，是自动申请到厨房做饭的，其实是为了不让人们注意罢了。但他最怕的是上街买菜。时常戴一顶破草帽，怕被人看见，于是把帽檐拉得很低，没有引起人们的注意。他已经变成一个大户人家的小帮工了。江津变得十分冷清，方四老爷已搬到长江对面德感坝去住了，因为方四太太在国立九中教书了。小管子全家已不知去向。徐祥达、徐祥述这些人物更不知在哪里了。已经没有熟悉的人了，所以江津已没有了当年景象。

几个月过去了，这种难以忍耐的寄人篱下的日子很不好过。不过琯德在厨房实践中学会了做各种菜，这一点使七姑老爷很满意。可是七姑太太自从琯德进门的头一天，就脸色难看永远不会笑了。先是大骂琯德引邓宛不学好，搞得学也上不成，也不能回家，真是一个扫帚星。后来就对琯德百般挑剔起来，觉得一个不能见人的东西住在这里真不得了，又没有走的日子。后来就毫不客气扬言“要交饭钱”，“每月算十六元”。七姑老爷再也不能忍耐，和她吵了起来：“你这么说也好意思？且不说他成天忙着劈柴、做饭、买菜，你的女儿还不是在吃三太太的！”可琯德听见后愤怒已极，不觉忽然想起古旧小说中丈母娘嫌秀才太穷，乘老爷不在时撵秀才出大门的事也很多。但想想也觉得不对，文不对题。那又是什么呢？反正是自己不该这样生活下去，走！自己除母亲以外没有可留恋的了……但可怜的母亲，我不能给你钱了，恐怕除去行乞以外，也无可生活了！我是这样的无能！没有完成五哥代表诸位兄弟要求自己完成的任务。想到这里，心里只有一阵焦急，又无可如何！一天到晚只在厨房里埋头工作，有空就劈柴，在劈柴的劳动中消磨那些不断啃噬着自己心的时间。

一天下午，七姑爷和七姑都不在，只琯德一个人在厨房门口劈柴。忽然觉得眼前有个人无声息地站到了面前。琯德停止了手中的柴刀，抬头一看，傻了，原来是万家宝。琯德不由地轻声惊叫：“万先生！”只见万先生穿纯白色夏布大褂，手里摇着一柄蒲扇，仍然是那副光亮的眼镜，在眼镜后面闪烁着那一双大眼；偏分着乌黑的头发，可爱地微笑着，呆呆地只注视着琯德。见琯德一头大汗，手里舞着一把大劈柴刀，满面黑色的泥土，他意外亲切地问道："你在劈柴？好家伙。你还好吗？吃苦了吧？""万先生，你怎么来了？""我来看看你。"他这句话使琯德眼里充满了泪水。"你母亲我只能有时去看她。你知道你走了以后你们家我也不便常去了。你母亲瘦了，她只是想你，怕你出事，又担心你在外面流浪艰苦。她看起来很穷，生活上很艰难啊！她卖掉皮衣，卖掉往日的所有来维持生活。"琯德再忍不住，哭出声来了。万家宝接着又说："我也不能帮助她。你知道吗？你们走后不久，我家也被宪兵抄了。"琯德听了大吃一惊，不自觉捏紧了手中的刀猛然砍在地上："混蛋！这些混蛋敢这样！他们怎可以抄您的家？我在江安我就劈死他们！"琯德的怒吼使万家宝也很激动："不过我的房东张乃赓老先生走了过来，他的卫兵都带着枪的，那些宪兵也就软了，不敢再翻再搜东西了。屋里乱七八糟的，我一个人收拾了两天。我真不愿再看见那间屋子残破的形象了。"他声音极低地又说："大概听说是延安给了电报祝贺我的《蜕变》上演。这太使我感动了，这个戏居然使延安的朋友这样祝贺。可惜，宪兵并没有给我电报看。如果他们给我看了，我一定抢过来，宁可把我一屋书籍和一切东西换取这个电文，珍贵地藏起来，跑掉，和你一样。拿着它去逃亡、流浪。"万家宝无限深情地仰头望着天上的沉沉乌云。琯德这才感觉到万家宝一直是站着的。一想自己太没有礼貌了，这么久的时间自己坐在凳子上而让万老师站着，这才忙把自坐的小竹凳让老师坐。可是万老师没有坐，反而用更轻一点的声音说："带我去看一看邓愫的房间好吗？"琯德立刻应命，解下当厨子的围裙，掸了掸身上的灰和木屑，就说："跟我来吧！"领着万家宝到邓愫房门外。万家宝先就着那明镜般的玻璃窗向屋里张望了半天，像窥视圣堂一般。他被这圣堂洗净了心里的纷乱，才说："能进去吗？"瑄德说："当然。"心想我每天都进去扫地抹灰，那今天还不能进去？推开房门自己就走进去了，万老师随后也进来。

万家宝仔细地追寻着邓愫的形迹。这里摆设就和江安邓愫房间一样，挂着山水画和几个工笔仕女画。安详的白帐子，床上是素静色彩的被褥。桌上有砚和竹笔筒，还有小的镇尺和钢的笔架。虽然瑄德每天来扫，却没有注意过摆设，今天进来也感到新鲜，也似乎感到这位表姐站在这里的气息。立刻又显现出她送自己走的时候那种庄严勇敢和她的纤细美丽融合的形象，也同样吸引着瑄德长久地伫立在那里，没有挪动一下。万家宝也更深情地凝视屋里每一件物体，而且轻步地、不由自主地走到床前、桌前、书桌前、衣柜前、梳妆台前很近地靠着，用他稍稍颤抖的手指轻轻地摩挲着。似乎这里的一切使他无限地爱着，他不愿意离开这里。像这是他久别未归的家而今主人已人去楼空，引起这两个人共有的惆怅。但毕竟是不同的，对瑄德只是一瞬间的惆怅，而万家宝却长久地堕入一个迷幻的世界里去了……

不知多少时间在这昏迷中流过，万家宝醒过来时才觉得瑄德站在一边无声等候着他，用一种还未苏醒的声音说："走吧，走吧！走……"瑄德也没有接话。万家宝默然向外走去，一直到厨房门口说："别送了。""你回江安吗？""不！到码头去等下班船到重庆去。先办点事，我就回江安去搬家了。唉，再会了，戏剧学校。对它我也用尽了我的力量了！但凡为一件事也好，为一个人也好，付出过心血的，总对它难以忘情。对这个学校我爱过，对同学我爱，但对学校当局我只有厌恶。我现在只有下决心离开剧专的一切了，我再也与它无关了。对江安和你的家我多留恋呵！也只好狠心地离开了。"瑄德默然了，最后只好说："你回到江安再去一次我家吧！劝邓愫回来吧！告诉我妈我挺好，暂时我不可能给她写信了，叫她别记挂着我。干脆叫她也回到江津吧！也许有那位'亲戚'能照顾她。""对的，我会转告她关于你的一切的。放心吧！我知道这儿你也待不久的，会有见面的机会的。再见了。”边说边和琯德握手，回身就走。琯德见他大步走去，那利索的步履和他白夏布长衫的昂然背影消失在门外。

琯德又钻进厨房里去接着打算着。走！决定走！再回重庆找厚生去……

第二十二章

琯德终于潜回重庆，到了承清家，把行李寄存在承清处。承清依然潜伏在家中没出去。一次，他偶然遇见朱平康同学和骆文同学，他们居然有机会去延安了。这使承清很恼火，终日心里像六七月的重庆天气一样热得可怕！他自己无法可想、走投无路，所以叫琯德也不要在重庆久留。琯德觉得不能再在这里拖累他了，只好走！走到哪里去？想来想去只有冒险找厚生、恩杰去。在天将黄昏的时候，琯德一个人悄悄地到了覃家岗。

这是一个清冷的郊外，重庆的机关为躲避日机的轰炸而疏散在郊外的山坡之间。琯德没有敢直入中青剧社，只环绕中青剧社的房子转。偶尔有些男男女女的演员从里面走出来，琯德没有敢叫他们看见自己。忽然看到李恩杰匆匆地从里面走出来，琯德敏捷地纵身向前喊了声："恩杰！""谁？""是我，方琯德！不！我是沈松！"琯德知道现在不应该再出现方琯德了，于是改口沈松。恩杰有点吃惊！沈松？赶快拉琯德走到一片小树林，对琯德说："你怎么又来了，这是危险的。剧社里还有三青团分子，都知道阁下的大名，你真大胆！"琯德说："厚生在不？我想见他。江津我待不下去了。我要工作，我没有钱，我妈也无法生活了。"恩杰非常同情："你等一会儿，我去找厚生。"琯德只好等在小林子里。过了很久，天已完全黑了，恩杰匆匆回来了，低声地跟琯德说："厚生说太危险，叫你快离开这里，这里太复杂了，也不便再麻烦张公。张公正和国民党三青团的人物在斗呢！厚生叫你先去南岸苦竹林刚筹建的中华剧艺社去住些日子。老耿在那里，看看怎样。我和厚生凑了一点钱给你，这里还有邓宛的钱。”瑄德一听“邓宛”两个字怒气向心头涌来，马上拒绝说：“我不要她的钱，见鬼去吧！”恩杰不好再说，叹一口气：“我知道你这位七哥可够苦的了。好，随便你吧！今晚你住哪里呢？”瑄德说：“不要紧。要不找一个茶馆住一夜，明天一早我过江去南岸苦竹林。告诉知道我的人，我从此改名沈松了。”说完转身走了。

这位“沈松”在山岗中快捷地走着，绕着走。天已完全黑了。在接近码头上一家小茶馆里坐了，泡了一碗茶，吃一包花生米。到了九点来钟所有喝茶的人都已散去，这位沈松向幺师说：“这里躺椅借住一宵吧。”那位光着上身的幺师看了沈松半天，才犹疑地说：“那给两碗茶钱。”沈松也痛快地给了一角钱，可那位幺师又说：“夜里万一查夜来了，你自家对付，我可管不了！”瑄德一听，想：糟了，居然还查夜。于是自己准备了一番答词。他累极了，在一张七歪八扭竹编的躺椅上，躺下不久就呼呼地睡了。

天亮时被晓风吹醒，爬起来就跑到江边等渡船。直到六点才有渡船开动，渡江到了南岸。

南岸依然是山。走了十五六里的山路才找到了苦竹林。

中华剧艺社果然在一片竹林间，共有一排四五间平房，房间里除一张一张竹板床以外一无所有。

耿震一见到瑄德，极为热情。他说：“我听说你们的事了。那些宪兵太混蛋了，把什么人都当共产党了。哪有那么多共产党？笑话！我们乔文彩大哥也昏了头了，张秉钧要他参加国民党的表还是我帮他填的呢！他想拉我参加，我才不干呢！这么腐败的国民党，我去参加有点玷污了我当艺术家的名声，你说是不？你是打算投奔我们这儿吗？老应昨天进城去了，你先住下。我们有伙房，吃饭在筹备期间还没有算钱。这是应云卫老大哥的好处。”

他一口气说了这些。一会儿他从厨房里取碗筷，用水洗净了烫了又烫，交给沈松说：“厨房里有稀饭，咱们去吃吧！”沈松已饿极了，昨天中午就没有吃饭，就一包花生米顶到现在。厨房里稀饭还不算稀，于是一口气吃了三大碗。耿震说：“老方，不，沈松老弟你吃得不少呀！别吃了，他们有人还要吃呢！”沈松一个大红脸，说：“好吧。”于是老耿就没有再管这位沈老弟，让他自由玩耍了。

这里有十几个人来来往往，都有些自来熟，因为大家相互均认为是戏剧界朋友，都是豪爽、热情、洒脱的。这里有周峰、沙风、苏绘、虚业高、刘郁民等人，其中刘郁民是三十年代歌舞团的名演员，大家都尊称他是老大哥。还有一个小年青歪着脖子围着沈松转，对沈松十分感兴趣。他穿了一件布做的夹克晃来晃去。在山间这样穿着正合适，但到了中午天热起来，他又脱得精光，显出他的骨瘦嶙峋来。他自己介绍他叫金野，老腔老调地问沈松有多大了。沈松说：“十九岁还不到。”他说他自己反正是比沈松小，小多少他却不说，沈松不再多说。他接着说他是怎么喜欢戏，演过多少戏了，但他在自豪中又羡慕沈松是科班出身。这位金野就带着沈松山前山后地转，中午带沈松回来吃饭。吃饭时耿震又抢过碗筷去消毒。天黑了，这里没有电灯。找了一块竹床板，反正天热不用被子，沈松就呼呼睡着了。

一连五六天沈松整日吃饭、游逛。有一天应云卫先生回来了，大家都进屋去谈什么，沈松一个人上山去游逛。回来后大家在一起吃饭，老耿又拿去了筷子和碗去洗。沈松故意去洗，走近他问：“怎么样，我能在这里工作下去吗？”老耿说：“我说了，老应似乎知道你，说暂时先别来吧，说现在剧社还没开张，要稳一下再说。不过多住几天没有问题。我看再去问问刘厚生，再找出路吧！”沈松默然，似乎厚生才能决定一切；在年轻人中间有如此威信，想他准是还有组织关系的人；他不能和自己在一起那是自然的，自己是毫无怨言的。但如此东走西奔、毫无结果是自己从没有经历过的，如此前途茫茫是自己没有想到的，一种沉重的悲哀感压在心头。

一天中午，沈松满腹愁思，不能安宁。忽然看见恩杰笑容满面地走上山来，抓住沈松就说："我知道你在这里住不下去了，但是我已跟石永国说好了，到他家住些时候。他家在盘溪，盘溪石屋就是他家的。现在跟我走，先回到承清家去住一晚上。明天一早我和石永国来接你。"他又走到老耿身边说了些什么，之后和沈松一道下山去。临别只见老耿还站立在山林间向沈松招手致意，用他特有的漂亮嗓子喊："一路平安！——"

石永国是琯德的同期生，酷爱戏剧，尤其画得一手好画，是四川重庆人；一口四川话，所以他并不要当演员，而要当一名舞美设计家。他父亲是重庆大绅粮，又是商业巨子，现任重庆市商会会长。所以不许儿子搞什么戏剧，认为那是下三流。他又是袍哥的双龙头大爷，决不允许儿子和这些人混在一起。剧校迁到江安，石永国就没有随校去江安，留在重庆当了一名私家银行的职员。他在学校的时候与李恩杰、方琯德等人相处甚好。他父亲在市郊临江的山坡深处，盖了一座石头的三层楼房，十分宏大，石工雕琢极细。重庆人都称这里为"盘溪石屋"，他父亲也就自称"盘溪老人"。

李恩杰看见石永国的时候，告诉了他琯德的近况。石永国自告奋勇，要接琯德到他家中去躲避一时。但是他和他父亲感情极为不好，仗着自己是二少爷，坚持搞戏做出使盘溪老人很不愉快的事，经常是在他大哥的劝解之下才安息无事。他的大哥是位做生意的人，父亲比较喜爱。石永国在上剧校读书之前，家中就让他结了婚，还有了孩子。他的夫人是个很贤惠的女子，但因为他与父亲的隔阂，也就不得不领受着家庭的压力。

李恩杰把琯德送到承清家里，吃了一顿有炒猪肝的晚饭就休息了。

第二天天色阴沉，有些雨意。一早石永国兴冲冲走来，提了琯德的箱子，琯德自己背着行李卷就走了。

石永国是个瘦高细弱的人，穿了条米黄的哔叽西服裤子，还用背带吊着。他喜欢说话，说起来就话不绝口。他对琯德说：“我就是佩服你这样的人，老弟！你是英雄落难，朋友再不仗义，那算啥子人！在学校的时候，我就看出你是‘左倾’一派的人，要说你是共产党，那不可能。他妈的国民党没有用，真共产党抓不到就来压迫小青年，我老子就是看不惯哟！”琯德只是笑一笑。

到盘溪要走一段不太高的山路，两人就在山脚休息一下。这时就看见一顶蓝布顶篷的滑竿飞快地从他们身边走过，向盘溪石屋而去。那顶滑竿与众不同，轿杆特制成凸形，轿椅几乎是顶在抬轿子人的头顶上。滑竿的顶头都是铜的，擦得锃亮。抬轿的人有四个，轮流替换着抬，所以行走如飞。而且在上坡路时，后面有两个人把轿杆举起，以便保持坐轿人的平稳。抬滑竿的人一律是黑色扎腿裤、白布小褂、青布白底鞋，一阵风似的就过去了。

石永国对琯德说：“格老子！你看到没有，那就是我的令尊大人。嘿，一闪就过去了，连儿子都不理睬一下。连抬轿子的都那么神气！我二少爷还懒得理你们哟！”

他俩拖带着行李，总算爬到了那巨大的石屋。这房子面前除了有一个小操场那么大的石砌平台外，里面全是洋设备。

石永国把琯德带到他住的两间屋子里，向他夫人介绍说，是他的同学沈松来住几天。他夫人有些迟疑，没有答话，石永国立即暴躁起来：“还不快点倒茶水来！这个天气又闷又热。”这才使他夫人赶忙沏茶，叫用人打洗脸水来。洗完后送琯德到客房去住。

客房很大，里面有四张床。石永国不管三七二十一，把靠窗户一张床上的铺盖挪到另一张床上。嘴里说道："管他妈的！这号人一天到晚吃闲饭，倒晓得靠窗户凉快！没有那么好，请先让开吧！"正说着，那位"这号人"突然回来了，一见这样不觉喊了一声："二少爷！……"但马上改了口说道："好，好！我让开，我让开。"那张青黄色的三角形脸，满是不高兴。

铺好被褥后，他们就到饭厅，正在开饭，两桌，四菜一汤，有炒回锅肉、扣肉和青菜等。琯德就要坐下吃饭，石永国拦着说："今天不在这客人饭厅里吃，我走了以后你再来吃。先到我屋里去吃。"

原来这些门下食客有十几二十位，住在这儿的就有八九个。这个饭厅只是这些帮闲食客的饭厅，而石永国的父亲、大哥大嫂和石永国一家，都是各人有自己的小伙房。石永国的伙食由他夫人亲自操作。晚上琯德在他屋里用完餐，就回到客房里去睡了。

第二天石永国带领琯德到地下室石屋去玩。这里四周除天窗外，均是大块石头和大理石砌成的。有回廊，半圆形的石屋，还有一个佛堂，石的佛像雕刻精细之极，还有石桌、石凳都是雕花的。有一水池，水是从山间引来的，清冽凉爽，十分考究。琯德正在仔细观赏时，听见有脚步声进来。一看是那位"这号人"，带着一个年近六十、身躯高大、满脸灰白胡茬的老头子走了过来，他眼睛暴出，凶狠异常。

石永国向他介绍说："这是我的同学沈松。"

他父亲瞪着暴出的眼睛说："我说永国，你不好好在城里上班，回来做什么？"他只横扫了一眼琯德，根本不加理睬。

石永国有气无力地回答了一句："城里没有事。"

"这号人"摸着他八字胡须，得意地喊了一声："二少爷！"石永国没有理睬他。

他们又回到他的屋里。石永国叹了口气说道："我这个家呀！能有一天我不再住在这里有多好。但是，我有了孩子、老婆，走不动啊！"

琯德有一种希望，希望他能像巴金写的《家》里面三少爷一样来个出走。

夏日白天很长，这个家显得空荡而无味。

一个星期以后，石永国不得不回城里上班去了。临走的时候再三告诉琯德，多住些日子，等他探听得城里没有事了、安全了再行动。琯德送他下山去了。

第二天早上起来，天气阴沉。不到中午，大雨滂沱，急雨带着一片云雾笼罩着石屋。天空不时闪着电，雷声不停地轰鸣。

吃午饭的时候，琯德走向客人们的饭厅，就听见里面嘻嘻的笑声。当他进门，那笑声突然停止了。琯德看见两张饭桌，十几个人坐得松松的，却霸占着凳子，使得琯德没有地方可坐。他们用锐利的眼光盯着他，琯德心中很是冒火，但忍了下去。从外屋搬了一张凳子进来，挤到“这号人”的那一桌，自己去盛了饭吃起来。

琯德对四川的辣椒很不习惯，但桌上是无菜不辣。琯德不由得嘴里发出“咝——咝”的声音。那些“这号人”大笑起来，并且讥讽地说：“我们四川味不好吃的呵！”

“盘溪的味就更不好吃了！”

“没有两下子，想吃盘溪的饭，那是白天做大梦呵！”

琯德明知这是针对自己来的，但碍着石永国的面子不好发作，否则真想把饭桌掀倒，于是只好站起身走了。一碗饭也没有吃完，就回客房里倒头睡了。

也不知睡了多久，被一声炸雷惊醒了，坐了起来。就听见坐在那边床上的“这号人”开腔说话了：“这位沈先生睡得好哇！我没有敢惊动你。现在你自家醒了，我就不得不传达石老太爷的话给你，就是要你立刻搬走！”

琯德就像刚才被那没意料到的炸雷惊醒一样，有点发懵，半天没有回答他。

好久后又问了一句："什么？现在？"

"这号人"毫不迟疑地说："对，现在。打好行李请吧！"

琯德一阵怒火冲天，对他说："不行！我是二少爷请来的客人，只有二少爷才能叫我走。"

"那是，那是！可你这位先生也不明白，二少爷和老太爷本来就不和，今天是老太爷发下来的话！你不走？明天他父子吵闹起来，连二少爷在哪里安身还不一定！你沈先生是明白人。"

琯德听了以后想，走就走吧！也不好去找永国的夫人，免得她为难。就一鼓作气把自己的行李打好，拎起行李不再说一句话，冲出这个沉重的石屋。

走在山道间，才意识到滂沱大雨，下得急而密，眼前一层雾水，睁不开眼睛。身上衣服、脚下鞋子无不淋透。他以小跑的速度向山下冲去，忽然意识到：我到哪里去？我这不是被人家像狗一样撵出来了吗？似乎全身燃烧着火焰，融化了、烧干了天上掉下来的所有雨水。凡是眼睛看得见的路，伸下脚去就走，管它通向哪里！雷，大声吼着，一个个踏顶而过。琯德已没有了恐惧，没有了伤感，没了一切。渐渐地有种麻木的感觉，从手上而来，原来是行李被雨水淋得湿透了，沉重了，沉重得使琯德几乎寸步难以挪动。真想将它扔掉，放开嗓子也和天上的雷一样吼叫，迈开双脚阔步前进。但是，理智在告诉他这不行，这不行呵！行李是他唯一可靠的一切。这沉重的行李就是自己所肩负的生命呵，再沉重些也须自己负担下去。斜向山路逐渐成为平坦小道了，他的速度也慢了下来。从小跑到快步走到慢步走到现在已是一步一步地拖着双脚往前移动，忽然感到自己是往重庆方向走，他骤然站住了。嘴里喃喃自语着："不对！不能去，不能去！"于是又回过身向相反的方向走。他看见了长江中的木船，一群把自己的身体弯成弓形的纤夫拉着纤，甚至用两只手抓着两块石头拉着船，一步一步地爬着逆江而上，硬是顶过一滩又一滩。现在眼前什么也没有了，只有那群纤夫的影子。身上湿透的衣服，被自身的热气烤干了，干了又湿了。在这样迷迷糊糊之中，来到一个大工厂的门口，牌子上写着“兵工十厂”。

琯德似乎觉悟到：这不是刘承清的二哥刘承汉所在的兵工厂吗？是个造炮的工厂。刘承汉是见过的，据说一九三八年在汉口，也是个热烈的抗战青年，后来结了婚，夫妇俩就住在这里。

琯德眼前出现了一线希望，不管怎样进了大门。卫兵都在传达室里躲雨，琯德说找刘承汉，并自称是他的表弟。卫兵在木牌上找到了这个名字，就给他一张条子填写，并且告诉他只许走左边的家属区，不准右行。刘承汉住在戍区甲 52 号。

当他找到刘家门口时，已全身无力，只喊了一声刘承汉，就瘫倒在地什么也不知道了。

醒来时，他已坐在屋里的竹椅上。一位年轻的女士端着一碗红糖姜汤站在旁边，说：“好了，缓过来了！快喝姜汤。”

琯德忙介绍自己是承清的同学、好朋友方琯德，实在没有地方可去了，找二哥先住几天行不行？同时问道：“你就是二嫂吧？”这位年轻的二嫂才十九岁，她的脸微微红了一下，默认了。接着说道：“承汉马上就下班了。不要紧。你，我们都是知道的，就像亲兄弟一样。”

她稍带有点湖北口音，苗条的身材，白皙的皮肤，显得娇嫩可爱。她的这一句话是琯德这些日子以来，从没感受到的温和、亲切的话，一颗热泪滴在热气蒸腾的姜汤里。

天黑的时候刘承汉才从车间回来，他比承清黑一点，但面貌极为相像。

见到琯德，他极为惊讶，当听到他被石屋里的人在这大雷雨天气撵出来，气愤地乱骂一顿。然后在一起吃了像一家人一样的晚饭，在他们的床后拉上一道布帘，把琯德安置在那里的竹床上。

第二天早起，琯德在二嫂的帮助下，晾晒淋湿的被褥和衣物，身上只有穿承汉的衣裤。雨虽不下了，但阴晴不定，晾的东西不大容易干。

三天后的一天黄昏，承汉匆匆跑回来说：“不好！我在车间听说，厂里要大清查，还要连环保。明后天先在家属区查对户口，凡不明身份的人一律拘捕、审查，怎么办？”

琯德一想，只有走！承汉夫妇也别无良策，只有同意。

晚间承汉喝了好些酒，说：“我并不安于这样的现实。我也想去战场上参加战斗，但是现在却只有在这里过着穷困的小公务员的生活，沉闷无聊，我感到一天天地委顿下去。唉！没有意思，没有意思呵！但像你这样整日地逃亡、流浪，我也是受不了的。唉！真不知怎么办？什么是出路啊！何况我们又快有孩子了。”二嫂不觉脸一红，低下了头。琯德这才注意到她那略微隆起的肚子。琯德没有吱声，吃完饭承汉就躺下了。

琯德一个人在小院内徘徊。心想：往哪里去啊？走吧，不要给别人增加负担！他们的生活也一天天沉重起来了。我只有感谢他们这几天的款待，尤其是二嫂真的待我好！天地之间有恶、有善，感到自己就是在善与恶的中间奔驰着……

一清早，琯德拿着二嫂给他做的饼子，提了个小箱子就上路了。他盲目地向沙坪坝那边走去，那一带有中央大学、重庆大学，正是暑期招生的时候。琯德不知不觉间混到这些学生中去了，都是青年人，和谁谈话都很投机。于是从重大到中大，东走走西问问，真的就像自己也在找考场似的。这一群学生走了，那一群又来了，都在研究可能考的试题，许多人手里都有一本《1940 年大学考试题解答选》。琯德向他们借了拿在手里翻阅，高等代数——不懂，化学——不懂！只有历史、地理可以看看。一会儿他们要去考试了，只得还给他们。于是又到中央大学考生群里，还是这么混来混去。而那些学生在认真背诵考试的题目，谁也不去注意琯德是“红色分子”

还是“白色分子”。到了晚间，瑨德注意到，这些学生大多数就睡在空教室里的长书桌上。所谓的教室就是用竹篱笆搭的大棚子，外面抹上层灰泥。课桌倒是特别长，可以坐五六个人上课。那些考生往课桌上一躺，盖上自己的外衣就睡了。重庆的夏天很热，不盖也可以；盖上一件衣服，可以躲避蚊虫的叮咬。有些人心里过于紧张睡不着，就到路灯下面去看书。瑨德不管他们如何，找了一张长桌倒下就睡着了。

清晨，天还没亮学生们就起动了。有的准备考试；有的跑到女生住的教室外，等女朋友出来一道去考试；有的给女朋友送早点。女学生们嘻嘻哈哈吃得有滋有味；也有的小姐脾气不小，把豆浆泼了一地，把油条扔到男学生脸上，招来一些人围观。

瑨德一人还躺在教室里，他又不去考试不想起身。一个男学生跑进来，拿他忘了的书、笔之类的东西。看见瑨德还躺在桌上，就好心地过来推他：“喂，老兄，快点！就要考试了！再晚考场就不让进去了！”瑨德不得不急忙起来，装出慌张的样儿。那位好心人临走时还问一句：“老兄考的是哪一系？”

瑨德随嘴答道：“英国文学系！”也不知那位好心人听见没有，因为他已经跑了。

瑨德只有一个人在空荡荡的课室里傻待着。肚子很饿，二嫂给的面饼早已吃光了，不由得眼光四处搜寻着，发现了一个被考生遗留下的干面包，是被咬了几口扔下的。瑨德就去捡来大吃，因为太干不好咽，出去找着自来水龙头喝着就着吃，“不错，这挺管事的！”于是就到处去搜寻干面包，一个上午居然找到五六个，还找到吃剩下的半截香肠。心想：难怪有人当叫花子，也不见得就会饿死！

就这样，早起出去找吃的，晚上回来睡觉。五六天以后考生考完都走了，干面包也没有了，教室被学校上了锁。这个变化瑨德没有料想到，但也不多想了，反正今天不知明天的事，迷迷糊糊地过下去吧！可是实在无处存身了，该向哪里去？忽然想到剧校图书馆的管理员梁慕华，听说1938年她离校后，结了婚和丈夫在沙坪坝南渝中学教书，不管怎么样先找她再说！

南渝中学就是南开大学在重庆办的，校长仍然是有名的张伯苓。

天还没黑的时候，琯德就混进了南渝中学的教职员宿舍。当他出现在梁慕华的面前时，她惊叫了起来："方琯德！你还活着！我们以为你早已不在人世了！"那忠厚老实的脸上，已满是泪痕了。琯德心里一动，没料到还有这么关心自己的人。琯德只说我已改了姓名，叫沈松了。

"沈松！沈松！好，好！吃了晚饭再说吧！"

丈夫回来时，她把琯德介绍了给他，把方琯德、沈松两个名字都介绍了。丈夫是数学教员，理智而热情，很稳重，戴着副白框子的眼镜，与梁慕华很相配。吃一顿热饭，又是一周以来所没有得到的一种温暖。他们也是一间屋子，也只有在他们床后的一张竹床板上睡。

琯德觉得自己也不小了，十九岁的大汉，在人家年轻夫妻床边搭床睡不合适。一夜没怎么睡，想来想去"这不行！明天还得走"。从这个南渝中学想到了在中央大学教书的大表哥宗白华——三姑太太的儿子。琯德心里明亮了起来：对！三姑老太特别喜欢我。她还把白华大哥的儿子给我做干儿子呢！去他家待几天吧。"想着想着就睡了。

天亮以后，琯德被他夫妇的洗漱声惊起。

梁慕华说："小方！不，小沈，你睡你的，多多休息，你太累了！"

琯德说："不行！我住在这里不行。我去找我的表哥宗白华去。他是中央大学哲学系主任。"

梁的丈夫说："宗白华！那是有名的学者。他们教授都是在前边一个村里租民房住的。你去他那里也好，说实话，南渝中学也在开除'左倾'的学生。这一阵不知怎么了，各学校里总是在抓人，我这里确实是不安全。

不过我看你这样给人一种逃犯的感觉。你先去洗个澡，澡房就在我屋背后。洗不惯凉水，就烧点热水放在桶里提进去洗。我还有穿过的衬衣和一条旧的长裤，你换上再走吧！”

说完在床底下拖出一个箱子，打开拿出一件白衬衫和一条长裤（琯德看得很清楚，裤子是仅有的一条了），交给了琯德。

梁慕华走过来，把几张钞票，一共有二十元塞在琯德手中：“小方，这点钱只够你用三五天的，到地方僻静点的理发店去理个发。我不送你了，我们要去上课了。你走时锁上门就可以。换下的衣服放在这里，我给你洗洗缝缝。好了！这么大个子，别难过了！”说完用手把流在琯德脸上的感激泪水擦去。

琯德说：“谢谢！你们走吧！我能洗凉水澡。在你们照顾下，一切都是温暖的、令人难忘的。你们的盛情不知哪一天才可以报答哩！”

临别时握着手，他们再三说：“珍重吧！”

琯德洗了个澡，换上一身干净的衣服，锁上门大步走出沙坪坝校区。找到一个小理发店，在大镜子中看到自己，头发已齐耳际，满脸长的毫毛。当修剪整齐时，镜子里又是一个清癯的高个子小青年了。

两小时后找到了宗白华的住所，是乡下的五大间瓦房，独门独户，门前不远有条溪流。有数块大石头排列在溪边，每日黄昏坐在大石头上，看西边的晚霞映红了半边天空。从中央大学校本部到这里，必须涉过这片溪水，夏天脱光了鞋袜走在水中，沁凉微动的流水似乎在替人洗脚，给人一种怡然之感。这大自然中的美丽，与纷乱的人世间的丑恶完全相反。

宗白华的母亲——琯德的三姑母已经七十多岁了，得了重病，宗白华找了他留学外国学医的同学来诊治，说她的胃里有个瘤子，一天一天胀大。她忍耐着这难以排除的痛苦，知道自己恐难度过这抗日战争的苦难，想回到家乡去。当她看到琯德时非常高兴，似乎是从琯德身上呼吸到了南京岁月的气息。这也是她最为留恋的地方。她看到这个小内侄现在长大了，该独立养活一家大小了，增加了一种老人对年轻人的满意和满足。她躺在床上对琯德说："老七呀！你是学做戏的，你大哥和田汉是好朋友。田汉可是做戏的大家，你要你大哥写封信给他，去找他找个事做做一定能成的。"

琯德心想，我现在的事可不是找田汉能解决的，就回答说："三姑母，你老人家别为我操心，我的事有人帮我找。城里轰炸得厉害，我先来歇歇，过几天就会有消息的。您放心吧！"

宗白华在母亲面前唯命是从地说："您放心！田汉现在不在重庆，不知跑到哪里去了。等找到他时，我就给他写信。先让七表弟休息些日子再说吧！"

三姑老太微微地点头，又躺下和她剧烈的胃疼做斗争了。

每日黄昏，宗白华才从母亲身边走开，到门口溪边大石头上坐下，趁着夏日余晖，看几页手里的线装书，或凝视着天边的彩霞神驰着……

琯德也随他来到这另一种天地之间，他想窥视这位大哲学家思想的奥秘。最近他在研究魏晋美学。琯德大胆地不避暴露自己的幼稚问道："大哥，魏晋时期的文学、美学，都是要使人脱离现实的吧？"

白华呵呵笑着说："也不尽然。一般说来魏晋人的'避世'，也就是他们的'现实'，这也很复杂。"说完呵呵一笑，又说："那也有你们所说的辩证关系，他们也是这样，不可太简单了。"他这一番话，琯德为之语塞，自己知识太少，无法再说下去，但心里却是不服。

一天，三姑老太在迷糊中，轻声地向在身边的琯德说："城里可有好吃的东西？"

琯德没经思索就答道："有呵！大水蜜桃，成串的葡萄，甜得不得了。"

原以为就此一说而已，没有想到三姑老太却是从心底升起一阵喜悦的希望，非常有神采地说："好，老七呵！你去城里给我买点吧。我想吃呵！想呵！"

琯德身上没有多少钱，又不敢去城里。三姑老太连催了好几天，实在无法，琯德才慢吞吞地走到沙坪坝转了转，下午赶回来，只买了一点点干扁了的葡萄，可三姑老太却在呻吟中睡了。直到第二天，才捧了这几颗干扁的葡萄，送到她的嘴边。三姑老太张开那已无牙的嘴，把葡萄抿了一下，吐了出来。长吁一口气，慢慢地摇摇头："可没有我想得那么好吃！"接着问道："水蜜桃呢？"

琯德只得用别人几乎听不到的低声说："城里没有，买不到……"为自己不得不欺骗这垂危的老人而感到惭愧，简直无地自容。

三姑老太还在不断地喃喃说："叫老大……给你写信……找田汉……"

琯德的泪水，涌泉般流出。

暑期就要过去了。宗夫人（她也是琯德的表姐，是五姑母的女儿嫁给白华大哥的，是所谓的亲上加亲）忙于为教授打点行装上学校去。琯德不明白如何打点，只见宗夫人蒸了好多的馒头，装了一大瓶子做好的炒酱、炒咸菜等，用一个褡裢装着，一半装着这些吃的东西，另一半装着各种书籍，线装的和洋书足有二十多斤。

宗白华试了一下说："还可以背得动。"

白华大嫂说："要不少带点书吧！书太重，你还要走上二十里路呢！"

白华说："不要紧，就勉强背吧。"

天刚亮，琯德送白华大哥到溪边，两人脱了鞋袜走进稍感凉意的溪水中。白华大哥已是四十多岁了，身背着褡裢，手提着布鞋、白袜站在溪水中对琯德说："约翰·克利斯朵夫晚年，在幻觉中背负着一个沉重的孩子过河，这是象征他背负整个人生过着一条长长的河。我现在也一样，背负着自己的人生。"他指指自己背着的褡裢，又说："这不是吗！一个教授要教的书和他一周的食物，也就是我整个的人生了！"说完哈哈大笑起来。

琯德这时看到一位名教授，一个抗战中的知识分子如此的豁达，给了自己许多的启示；对于自己所受的艰苦生活，也能超脱起来了。望着他远去的身影，心中无比清朗，犹如这清晨的云彩，在东方天际升起。

三姑老太始终在昏沉中呻吟，只要睁开眼睛就催促琯德：“找田汉去吧！找个事做……”

琯德只有说：“好！就去，我就去找。”

终于告别了这位慈祥的老人，走了。

走，是走了，又回到重庆乱糟糟的人群中。到哪里去？

重庆正处在日机轰炸造成大隧道惨案的后几天，店、住户大门都紧闭着。听说蒋委员长要来亲自视察，卫戍司令刘峙下令清除尸体。大隧道中窒息着万人之众，有死了的，有的还活着，有的反有一口气，却一律运到野外埋掉了，一片纷乱、恐怖、死亡的气氛笼罩着全城。人们诅咒防空无力；埋怨宪兵不早点打开隧道的门，让人们逃命。接着人们提出了一个问题：空袭时人们是带着全部财产——房产契约、现金、存折、金条和珍珠宝贝的，怎么现在都不见了，哪里去了？《大公报》《新华日报》等各大报纸都提出了这个问题。要追查！当局也喊要追查！热闹了一阵子，就销声匿迹了。

琯德在乱哄哄中，就以各种不大的防空洞为根据地，白天东走走、西看看，晚上就躲进防空洞睡觉。防空洞潮湿，洞顶渗水，深夜令人心意烦乱，难以入睡。有时有个别的男女进来，嘁嘁喳喳绵绵情语，直到天明。当他们发现洞中还有另一个男青年单身在此栖息，只是翻翻眼睛并不羞臊，各自散伙了事。有时成群的人来躲警报，凡是这个时候就觉得心安理得。

所花的依旧是梁慕华给的那二十元，但已所剩无几。吃饭也不敢买烧饼了，只买一片残剩的西瓜来吃，这才真正尝到饥饿的滋味。有时阴雨天连西瓜也吃不上。几天以后肚子渐渐顶不住了，拉起稀来。心想在重庆也待不住了，决心走！还是去找恩杰。

李恩杰见到琯德后，十分难过，忍不住流下泪来。看到一个原来的小同学现在骨瘦如柴、两眼黯淡无光，赶紧带他到一个小面铺去吃点东西。吃了三碗担担面、两碗馄饨，吃着吃着又去拉稀。琯德在碗里放了很多辣子，出了一身大汗才舒服一点。

琯德说要走，恩杰告诉他，任德耀在贵阳步兵学校俱乐部工作，可以去找他，究竟行不行只有去了再说。实在不行就去昆明或是桂林，那里有很多搞戏的朋友，会设法帮忙的。琯德眼前又有了一线希望。恩杰又回了一趟中青剧社，给琯德拿来他仅有的五十块钱，送他作为路费。琯德感激得泪如泉涌，像要永别似的告了别。

趁着天尚未黑，琯德又到兵工十厂，告诉刘承汉他要去贵阳，并托他转告承清。

黑夜里拖着行李，一步一步地走到海棠溪，走不了几步就要上厕所，已经没有什么可拉的了，肚子也疼痛起来了。

到海棠溪，天已经亮了。琯德感到浑身发冷又发热，口渴得很，但舍不得花钱买一碗茶水吃。

早晨海棠溪长途汽车站的停车场里，不少人纷纷围着各卡车和司机们谈论、交涉。琯德趁着一辆装满货物，上面坐了十几个人的卡车向外开动时，使尽全身力气跑了上去，塞给司机四十块钱，说了声：“我去贵阳！”

司机说：“这点钱够做啥子啊？”琯德又加了五块钱。

司机才说：“上车吧！看你可怜样！”

琯德把行李扔上了车，自己才挣扎着爬了上去。上了车什么力气也没有了，躺在蒙货物的厚帆布上就不能动了。浑身发烧，肚子一阵阵地痛。模模糊糊地听见坐车人说：“哟！下雨了！”他们纷纷用油布或打开伞来遮蔽。可琯德想动一下也不可能，只感到脸上有冰凉的水在喷洒着。

汽车盘着山道走，车轮上的防滑链哗哗直响，震得琯德心里阵阵发疼，引起一阵恶心，不由地嘴里往外流着水。雨越下越大，琯德身上一会儿就湿透了，浑身一阵子冷得发抖，一会儿又烧得像是要喷出火来。这时也睁不开眼了，只把口张开让雨水冲进口中，以浇灭心里的火烧，但又要吐，无法安宁。渐渐什么都不知道了，麻木了，眼前一片昏黑。在汽车的摇晃中，稍稍恢复了点知觉，听有人说快到土桥了，从这里可以分道去息烽。琯德不觉一惊，有人说那是鬼门关呵！琯德又昏迷了过去，什么也听不见了。

突然急刹车，汽车停了下来。人们都下了车，琯德仍然躺着没有动，雨急速地下着。

只听见司机说："他娘的！走不了啰！土桥被雨水冲断了！"一片沉默，没有人说话，因为这是眼睁睁的事实，桥断了，也不是一时能修好的。

司机大声地说："各位！车子只有回海棠溪了，在这里是不行的。要是山水再下来，人、货、车都保不住。各位还是明智点，随我的车子回去吧！可是话要说得明白，车票钱我是不退还给大家的了。你们认倒霉，我也认倒霉，还要免费送各位回去。"

有人都急哭了："怎么办呀！"

"有要紧的事，要赶路哟！"

"家里要死人，等到回去，咋办呵！"

司机说："这只能怪老天爷哟！"说完他走进驾驶室，发动汽车去了。

所有的人又都上了车，雨下得更大了。谁也不说一句话，沉默中只有哗哗的雨声和汽车的轰鸣。

琯德心里是一片空白，混混沌沌的，无力抵抗任何袭击。只想到就此死了吧，算了吧！再痛苦一阵一切就停止吧，宁静吧……

雨虽然渐渐停了，车子也又回到了海棠溪。已是下午三点多钟了，大家纷纷下车去找卖吃的地方，只有琯德没有动。一会儿司机助手爬上车来检视，发现有个青年像是从水里捞起来的死尸一般。有些害怕，用脚轻轻踢了一下，嘴里喊道：“郎个？是个死了的吗？”

瑄德被他踢醒了过来，挪动一下，身体有千斤重，但终于还是坐了起来。

那个小伙子仍然叫喊着：“郎个？你倒是舒坦呵！睡倒不起来了？走，快走！莫把车上的货物偷起走呵！”连推带搡地把瑄德推下了车，接着把行李也扔了下来。

瑄德昏昏迷迷的，但怒火也从心里爆发开了，回骂道：“你他妈的！是人吗？老子是有病！”

瑄德觉得是最大的嗓门在骂人，可发出的声音却极微弱，那小伙子根本没有听见，所以也没有理睬他。

瑄德只有尽全身的余力，把行李向轮渡的地点拖去。走不了几步就歇下来，坐在行李上发喘。就这样居然也把行李拖到回重庆的轮渡旁边，就是无法踏上跳板走上轮渡。干脆坐下歇着，心里老是想吐，而下身裤子里早已不堪言状了。不知过了多久。忽然有个身穿风雨衣的青年走了过去，又走回来站在瑄德面前，轻声地喊道：“这不是七哥吗？”

瑄德抬起头，睁开迷惘的眼睛，也看不清那个人是谁。

“七哥，我是小复子！”

这个声音使瑄德明白了：“是你！复子！”

“你怎么搞成这个样子！你干什么去？”

瑄德摇摇头，笑了一下：“无地可去！”

复子似乎明白了一些说：“那你先到我娘那里去吧！”

“你娘？哪里？”瑄德犹疑了，那不是监察院吗？

“我娘不在家，就我一个人住在那里。走吧！我扶你走！”

第二十三章

方三太太在江安这半年多以来不知道儿子跑到哪里去了，也没有接到过一封信。她一下子似乎老了，也憔悴不堪了，生活变得很困难，只得把自己珍藏的唯一的皮袍子叫杨嫂拿出去卖，换得一点钱与杨嫂二人吃些素菜淡饭，得以生活下去。好在三太太从来有吃斋的习惯，如今干脆不吃荤腥也不以为意了。

没有一个人来看望她，邓愫早回江津了，和琯德同期的学生也都毕业离开学校了。每日里清晨起床后她就擦桌子、椅子，一声不响地在擦。那些竹家具擦得发出了红色，发出了锃锃光亮。她似乎可以从竹器的光亮中找到自己的儿子，每当这个时候她不由地停下手来，凝视着，发怔，有时候可以有半个小时不动。她一切工作做完了，就坐在竹椅上望着窗外的天空，也就是这样望着。她没有看到什么，也没有想看到什么，只有眼前一片茫茫。有时天空中飘过一片白云，也没有带给她什么希望。

天气是这样的热，但她住的地方却变得陈旧而阴冷，这样一天一天地过去。秋天来了，忽然她接到几十元的汇款。老七来信说：他在七太太那边工作了，薪水一半分给了她。她儿子的名字改叫沈松，已不姓方了，她倒反而惊呆了，她不相信。她想走，想立刻就走，到儿子那里去。想到儿子一个人不会煮饭，不会洗衣服，可是他又好吃，只有自己去和儿子在一起才能放心。可是在儿子信的后面，却叫她千万别来，叫她立刻回江津去。她又高兴，又不高兴，总之，还是不能和儿子在一起，于是和杨嫂商量，最后她们只能回到江津去。

三太太离开江安时，不知为什么倒有一种惜别之情。在这里有和儿子在一起的欢乐，有和万家宝、张骏祥这些老师们亲密相处的情谊，也看到儿子那忙忙碌碌、毫不疲倦的英勇形象，还有那么可爱的男女同学，这个来叫一声伯母，那一个来见面也叫一声姆妈。一想起琯德，似乎这些欢笑的声音犹在耳际萦绕不去。现在要与这个小城分别，似乎也就和这里的一切欢乐都永别了，这一种哀伤是她自己从打仗以来所没有的。

她也没有想到，到了江津，也失去了方家公馆那种年青人聚集的兴旺景象，而是住在长江对面的德感坝去了。因方四老爷跟四太太搬到国立九中附近宿舍来住了，四太太已在九中高中部教书。四太太看到三太太这样孤凄地回到江津，就慷慨地让出自己住的宿舍，腾出只有半间大的房子容三太太住下。又为减轻三太太生活负担，把杨嫂介绍到九中当了工友。自此，杨嫂也是公家人了。有时她还来看看三太太，帮三太太买点菜。三太太固然清苦，比以前的生活陡然下降了百倍，但如能就此平安，等到有一天能回南京去，那这一生也就满足了。在这阴暗的半间屋中，似乎有一种幻觉在引导着她。她终日默念着她一直供奉的观世音菩萨，想不会被弃之不管的。小儿子老八在九中住校，星期天回家。但这个孩子从小就不爱说话，所以回家来，家中也是一片寂寞。

沈松（琯德）到了自流井和筠子一起搞了一个剧团。因依靠盐务局才能搞成，所以，团长就是夏漱兰的新丈夫陈赓之，副团长是小筠子。沈松把陈青（刘承清）和他刚结婚的妻子李安妮请到自流井来，还有几位正派的同学，共有七八个人，这样剧团也算成立了。沈松任导演和主演，先在自流井演了《寄生草》这个戏，原是英国的喜剧，由洪深改编而成；以后连续演了陈白尘的《群魔乱舞》。这两个戏轰动整个自流井，于是，�子、沈松、陈青成了自流井的名人。

筠子、沈松与盐务局的几个职员，共同在外面租了一间房子同住。筠子已二十四岁，没有结婚，是个旧学很好的人，常喜欢作些新诗和旧体诗，时常独自吟哦不已。他非常喜欢演戏，剧校未毕业即参加了剧团，到处演戏。他和上海业余剧人，如金山等著名演员一起演戏，尤其《雷雨》中大少爷一角演得潇洒风流。他有卷曲的头发、高高的个子、长圆脸形，是个标准的小生。沈松与他一比，就显得凡俗许多，所以，他在自流井更被年轻女子所青睐。他喜欢跳舞，而且跳得极好。自流井有位大盐商的公子名叫王天铎，自办了一所小学，那里的教员多为进步青年。王天铎患有很重的肺病，但他喜欢交结演戏的朋友。

自流井的王家是有名的大户，有一个王天铎的远亲，叫王竹斋，自流井五分之一盐井都属于他。他本人不知道他自己有多少钱，有三个姨太太，都是老式姨太太，凡是出门，每人一顶轿子，后面跟着四名带枪的兵，作为保护。这三个人一式的样子，都是瓜子脸，画了眉，脸上擦了鹅蛋粉，眉毛画得齐齐的，样子和纸扎的人画脸一模一样，引起街人止步注目，窃窃议论。

王天铎是王家新派人物，尚未结婚，他的家豪华阔绰，比起安徽桐城相府不差。有西式客厅和弹子房。常常在家开跳舞会，筠子必到。

因之，剧团在自流井更加兴旺了。

沈松在王家也不时出入，但更多的是到他家的小学校里去，与这里一些进步教员交往，有时剧团演戏也找他们参加客串，这其中也有王家的穷亲戚。

沈松每次得到薪金寄一半给母亲，自留一半。除了吃饭以外，做两件新的布制服，已是囊空如洗了。

和沈松同房间居住的还有一个盐务局的科员，叫贝云峰，长得面貌奇特，如同一头狮子；好喝酒，每日晚饭必喝得酩酊大醉，然后乘着酒意骂人、骂世道。一天，他酒意正浓，独自躺在床上痛哭起来，叫道："小沈，你是个不简单的小青年哪！你和筠子不同哪！他是个公子哥，你这样的青年要小心啊！一个正派人，在这世界上就是危险分子啊！……他妈的，老子原来和你一样。"他突然跳起来，指着沈松的鼻子说："可是啊！我老子变成托派了；我不干了，我就参加国民党，当了官了。可是官场，沉浮不定呵！老子我当过科长、处长，可现在还是一个一级科员，有什么意思啊！"沈松躺在床上没有动，接着问他一句："你和托派还有关系吗？"他大笑，说："我是官了，还谈什么托派？你是个小孩子，懂个屁？政治是什么？老子是个好人，不然靠抓共产党过日子，官就不会这么小了，也不会和你这个穷小子住一间屋里了。"沈松又插了一句："你有夫人和孩子吗？"他说："我没有儿子。老婆吗？有哇！可是又没有哇！"说着他又哭了。沈松见他说得不明白，也就不再问。他独自哭了一会儿就睡了。沈松也懒得点上煤油灯，左思右想，不明白他是个什么人。第二天，他一早起床对沈松惭愧地一笑，没有理其他的人，独自走了。沈松不知该和他如何相处，只有小心为妙。

不久，过阳历年了，又演了几个戏，使自流井更添上几分过节的颜色。

一天，沈松在翻他自己的小箱子，无意间在箱子角落里发现有个手绢包的一团棉花里，裹着黑色丝绒的小盒子。打开一看，是个钻石的别针——一个星星连着月亮，星星中间有一颗近一克拉的钻石，月亮上满是碎小的钻石。沈松心里一酸，知道这是母亲收藏了几十年的、她最后的一件首饰，在离开江安时偷偷地塞在儿子这个箱子里，准备在他没有办法时拿来应急的。正在这时，筠子走进屋子，沈松没有回避他，给他看了。筠子说："这可是真货。不如在自流井这个富有地方卖了，能得七八千元，这样三妈妈能过些日子。”这时，老贝回来了，收藏不及，沈松索性给他看了。老贝看后说：“这东西可值钱哪！可别叫人骗走了。”他严肃地警告着。不巧这时又走进来一位同屋住的，叫濮史，也是个年轻人，因与久大精盐公司总经理有亲戚关系，在盐务局里做个小职员，是个本地人。他一进门就看见他们围着看一个什么东西，就走过来一把抢去，独自到一边看来看去。全屋的人都说濮史：“你别瞎弄，这是沈松家里的东西，千万别弄坏了！”濮史说：“你们都能看，我不能看？沈松我劝你卖了吧，免得丢了。”沈松回答说：“你先还给我再说吧！”濮史说：“借给我戴两天就还你。”其他人再说再骂也没有用，他转身就跑了。

过了好几天，濮史都没有还给沈松。本来他是戴在胸前晃来晃去，贝云峰见了就骂，说这是女人用的东西，你戴在身上显得你是个土包子，丢人！还不还给人家，这是小沈的身家性命。

陈青也知道了，警告沈松说：“濮史这小子吃喝嫖赌无所不为，前几天他还到我们住的附近私娼家里过夜呢！你看他的鼻子害的不是鼻炎，那是梅毒，你小心点。”这些话可把沈松吓了一跳，觉得与他同住一室，自己都有被传染梅毒的危险。沈松几番问濮史索还别针，濮史也不肯还，这样一天天地拖下去。有一天，这个别针已经不在濮史身上了，沈松怀疑起来，就约了陈青、筠子在宿舍里围住濮史，一齐逼他拿出来。濮史见动众怒了，才吞吞吐吐地说：“赌钱输给本地一位袍哥大爷，押给他了，没有作价押死，只要我还钱，他肯定给。”大家都感到问题严重了，沈松走上去一个巴掌打在他脸上，接着又是一腿把他踢翻在地，也不管梅毒传染不传染，骑到他的身上又是几拳。濮史一个翻身把沈松压在底下，他又骑在沈松身上还了几拳，打得沈松透不过气来，后被陈青等拉开。筠子警告他说：“我找你的亲戚评理去，还有王天铎王大爷。你知道王大爷和我们是什么交情吗？”濮史一听王天铎王大爷就傻了，马上改换了口气说：“你们和王天铎大爷有交情那更好了。说实话，没有王大爷说个情，那怕是难说了！”听了这个话以后，沈松大骂濮史不是人，是个恶棍等等，但也没有用。

王天铎最近没有去学校里，因昨夜有点发烧和咳嗽，早起后不想出门。他的新婚夫人很焦急，但很从容地陪着他。他的夫人是川大毕业学化学的，也是个消瘦女子，打扮自然，仍然还是大学生模样，很能体贴王天铎，也对办小学校有兴趣。这些日子，由于王天铎病恹恹的，她也不很快乐。

王天铎今天穿了一条法兰绒西服裤，上身穿了一件紫红色毛衣，显得非常潇洒。他不以他家声势而得到的大爷地位，其实是他手下管家被称为三爷的人掌管这些袍哥堂口的权势，王天铎不加过问。今天无事，他正打算请筠子、沈松、陈青等剧团的朋友来家玩玩，消遣消遣。但他夫人不让他与客人周旋过多，拉着他到弹子房打弹子消遣。正在这个时候，家人来报说：“剧团的方、沈二位先生来了。”王天铎兴奋异常，他们在书房里高谈阔论起来，从他的家史谈到自流井的历史，他想写一部小说来描述这里的故事。沈松把他的别针被濮史抵押的事说了一遍，请他帮助。王天铎笑着说：“小沈，你还没有阅历哪，放心吧！我替你办。”接着叫人把管家（那位三爷）找来，告诉了他一切。那位三爷说：“我先去跑跑看，有了信再向大爷回话。”沈松见他这样说也就放心了，高高兴兴地和王天铎谈了一些有关莎士比亚的戏剧。王天铎留他们吃午饭，他俩也没有吃就回去了。

沈松暂时不为别针焦急，但他总觉得做了一件对不起母亲的大事。他为母亲而难过，觉得自己是个不孝的浪荡子，是自己在赌场把这珍贵饰品赌掉的。

不几天，果然王天铎派人带信来说，由他的管家在约定时间和濮史一起去找那位袍哥大爷。

四川哥老会在这样大的地方有好几个堂口，所管的范围不大相同，但堂口之间互不干扰，有的关系特好，相互帮助。在一定地区范围内，还有总舵把子、双龙头大爷。

今天沈松要找的这位大爷，恰巧也姓王。

自流井这地方，分两个城，一叫贡井，另一个叫自流井，两个城隔了一座山。贡井本身就坐落在山区之间，这里盐井更多些，是个作业区；自流井却是商业和住户荣华之地。贡井与自流井有山坡开整的马路相通。

那位三爷带领着沈松和濮史走到山坡下的一幢房子里。这房子好怪，外面看就一个狭小的门，门虚掩着。推开门，门后有一个人，穿着短裤褂，见了相识的人点头微笑。濮史见了这位点头哈腰，表示敬意，那三爷带了沈松向里径自走去。

过了天井又走过一个长廊，毫不讲究，如同一个长的木棚子，但这个长廊却是曲折回环，每个拐角之处，都有二三个壮汉，给这里造就一种神秘的气氛。再走进去，就是几间大屋子，里面有电灯，但非常暗，有好几张桌子，有牌九、有掷骰子的，再里面就是打麻将的。濮史就在牌九的桌子上输了钱，押掉那枚别针的。无论哪里都是烟雾腾天，沈松想掩鼻而过，但又不敢。打牌赌钱的人，大声呼喝不顾及其他，每桌间都有游动的、精壮的、腰间有家伙的人。那些赌钱的人，眼红了，嗓子也叫哑了，每人不问输赢都是紧张得毫无笑容。尤其在推牌九的桌上，居然有把手枪放在桌上，烟头满地。

那位三爷独自到里面打麻将的地方，请出一个穿长衫的、瘦小的老头儿来，大冷的天，他穿了一双绿草鞋。他并没有打牌，而是一个人在躺椅上躺着。

三爷跟他说话时，他倒是笑容满面地站起来，走向沈松，伸出一双带着尖刺指甲的黑手与沈松握了一下，表示接待之意，并不和沈松说话。接着从口袋里拿出一个小纸包交给三爷，说：“王大爷好朋友的事，我一定照办。回告王大爷，还有些盐巴，给几部车子运一下可以吗？”三爷说：“一定，一定。”这个小老头又说：“请这位姓沈的朋友查看查看，有没有换过啊？”说完自己大笑起来。沈松不敢说一句，正要回身走，老头儿却叫住了濮史：“你这个不成器的东西，偷人家东西到这里充壳子。”说完举起手打比他高一个头的濮史一个耳光，没想他这一下把濮史打得多远，接着来了两个汉子，拳脚交加。那位三爷并不拉，只说了声：“多谢各位了！”那二位汉子才放了手，老头说：“沈朋友，也给你出口气！”沈松不知为什么，脸红得出汗，不知是因为这个场面和这种气氛自己从来没见过呢，还是濮史被打而不安呢？于是，只有说了一声“谢谢”，就与那位三爷走出来了。出来以后，接过东西，濮史连说：“格老子，吃亏了。格老子，吃亏了！”那位三爷对沈松说：“沈先生，下次有戏，给几张票，请看戏哟！”沈松说：“当然，当然。”那位三爷就独自走了。濮史蹲在地上，哎哟、哎哟地乱叫。沈松说：“刚才揍你的时候，为什么不叫唤？”濮史说：“那是万万叫不得的！你叫痛，打得更凶了！小沈，扶起我走吧？”沈松万万没想到他会挨打，于是只有扶着他一步一步地走了回去。

阳历年又排《少奶奶的扇子》。演出时，又是使自流井的上流社会感到兴奋和高兴，当然没有忘了给王天铎和那位三爷一二十张票，请他们来看戏。到了阴历年，剧团没有演新戏，剧团的人都在陈青住的地方一齐过年。李安妮做了年夜饭，大家喝了酒。陈青和沈松心里有说不出的难过，沉默地喝了不少酒。当别人离去的时候，陈青拉住沈松说：“今夜住这儿吧！”沈松说：“好！”于是又痛饮起来。从来没有这样醉过，两个人抱着又流泪，又是笑。沈松说：“邓宛，那位邓表妹不知在哪里？她又爱上谁了？”陈青说：“别想她了。她对不起你，我是明白的。她在重庆，现在是大设计、大演员了。”沈松含混不清地说：“我愿当一个坐在最后一排的观众，为她在台上的光辉喝彩、鼓掌，然后默默地离去。当然她不会想到观众里有一个被她遗弃的人！”李安妮不觉大骂说：“老七哥，你也太没有出息了，你比她有更多的光辉。她这一点算什么？你们干吗这样？陈青你这坏东西，你干吗还要勾他心里的隐痛？算了，都给我睡觉吧！”说着她收拾了在他们床边的一张小床，让沈松躺下，而屋里点燃的两支大红蜡烛没有灭，照亮了他们这几个年轻的孩子般的脸，摇曳不已。

过年后不久，王天铎病故了。筠子和沈松、陈青去悼念这位年轻的朋友，他虽是富豪，但他的民主精神和进取心是他那个阶层中不可多得的。他的小学校里的教员，在他的灵堂前放声大哭起来，沈松等人也流下了泪。不知是什么原因，沈松感到自流井对于他只是一种过渡的地方，更使他想念的是重庆。在重庆的舞台上一个戏接着一个戏地演。重庆的雾，带给重庆特有的一面轻纱，在这轻纱的里面有各种神异的艺术的光华。沈松给刘厚生写了信，告诉他自己想不顾一切地回到重庆，回到张骏祥、李恩杰身边来，只有和他们在一起才有艺术的生命。可是刘厚生的回信是不同意他来重庆，叫他在自流井待下去。沈松的热望给泼了一盆冷水，心情很坏，没有事不出门，终日躺在床上闭目冥想。正在这时，夏漱兰突然进来，这是没有过的事。夏漱兰从不来这里，筠子也吃了一惊：“娘，你怎么来了？”沈松也喊了一声“七婶！”可夏漱兰很紧张地问了一句：“陈青是不是原名叫刘承清？”筠子与沈松相互看了一眼，不知怎么回答才是。夏漱兰不等他们回答，接着说：“此地军统的人说，刘承清有共产党嫌疑，要找这个刘承清，我猜着一定与陈青有关。我告诉你们，叫他快离开自流井，要快，不然麻烦。如果没有路费，我先给五十元，叫他走。老七！这对你也不利，你们剧团陈赓之决定要解散。筠子到盐务去工作吧！”说完留下五十元，匆匆地走了。沈松说：“军统的人怎么会到这里来找什么刘承清？”筠子说：“娘说的不会错，你快去告诉他吧！”

沈松赶快告诉了陈青。陈青说：“那明天一早我就走吧！”沈松点点头，并说：“说不定过一两天就会找到我的头上。”陈青说：“那我先去广西，看有办法，你也去广西吧！”沈松点头同意。

第二天清晨，陈青和安妮搭上“黄鱼”汽车，回重庆去了。�子一直送他们上车，沈松久久站在远远的地方向他们送别！

自此，剧团无声息地解散了，自流井的人们也没有注意，这个剧团是跑码头去了，还是因为没有钱垮台了？过了许久，人们倒常想起这个剧团演出的戏很是动人心弦的。只有老贝，又是在黄昏时分，喝醉了酒，对沈松说：“他妈的，这个世界上好人待不住的，小沈你该走了！我看得出来。”沈松暗暗地想：“这个老贝真不知他是个什么人，是特务呢，还是一个表面上的失意政客？反正我要走的，但不知刘厚生怎么安排我？”

嘉陵江上游岸边有个镇，叫草街子。离镇五六里路有个古圣寺，陶行知先生办的育才学校就设在庙里。学生都是十八岁的孩子，是从各个战时保育院中挑选出的，分有音乐、戏剧、社会等小组。其中音乐系的教员是马思聪、黎国荃等名音乐家，文学系是力扬、邹绿芷等诗人；戏剧系先有舒绳、水华等名戏剧家，后有刘厚生给他们排演《小主人》和《表》几个儿童剧，轰动重庆。刘厚生不能长期在育才，于是就介绍沈松到育才当戏剧组主任。

这个学校很怪，称呼老师叫大哥，比如叫沈松沈大哥，先生、学生都很平等。吃饭一律每天两顿，稠稀饭加上一点胡豆和青菜。因为经费没有来源，完全靠陶老夫子在外奔走化募而来。陶行知是留美的，杜威博士的学生，先前名叫陶知行，后来他悟到天下事先行而后知，于是改名为陶行知，这里的孩子和教师们尊称他为陶老夫子。副校长等工作人员都是他当年在南京晓庄师范的学生。现在这个学校完全由宋庆龄、冯玉祥等代为奔走捐赠，度过艰难岁月。在陶老夫子呕心沥血的教育之下，这些孩子的才能有所发挥，很引起外界的注目。

沈松到这里已是1942年的春夏之交了，已进入二十岁年纪。他比他的学生们也就是大五六岁，这是他第一次教书，想非常严格训练那些孩子演员。但那些孩子不太听话，上课时打打闹闹，大概因为这位沈大哥也是一个孩子的原因。沈松觉得很伤自尊。一天，一个孩子上课时与他邻桌的孩子说话，沈松对全课室的孩子们说了两遍“上课不要讲话”，但是，这个孩子仍然在讲。沈松怒气满面，令他站立起来，可这个孩子就是不站起来，而且声明：“舒绳大哥就不曾叫站起来过。”这可把沈松气坏了，拿起讲课的笔记本，转身就跑，一直跑回他独自居住的一间小楼上，倒在床上就哭开了。眼前仍是调皮的孩子的脸在乱晃，自己在伤心中竟然睡着了。也不知睡了多久，在朦胧中感觉有许多轻微的脚步声在慢慢地向自己床前靠近。沈松微微睁开眼睛，看见床前站满全班孩子，一张张严肃而惭愧的脸，一声不响地站着不动。沈松似乎受了委屈，转身向内又哭了起来。有个叫王心玉的小姑娘，轻声地说：“沈大哥，别哭了，我们错了。”沈松被她温和的小声音触动了，但也更不好意思转过身子来。大家见他不动，仍在哭泣，他们像哄孩子一样一起都说：“沈大哥，我们错了，以后再也不气你了。”说着也都呜呜地哭了起来。沈松见他们都哭起来，自己倒不好意思了，忙起来哄着他们说：“育才的孩子不哭的，咱们吃麻花吧。”到桌子的抽屉里拿出几根麻油炸麻花，捏碎了，大家分着吃。果然这一下把孩子们吸引了过来，大家笑着、吃着，忘了一切。

麻花是沈松每日唯一补充的粮食，一天两顿稀饭，到下午或晚上就饿了。沈松每月领到生活津贴，还要寄一半给母亲，剩下的一点钱就够买点麻花和其他生活必需品了。可是晚上女孩子总是来玩，边说边吃，把麻花吃得精光，孩子都知道沈大哥抽屉里有麻花。

这件事方与严副校长知道了，安慰沈松一番。这位方老先生已经近六十，人极忠厚诚恳，但有点口吃。他把学生大骂了一通，说他们为什么这么不尊重老师，上课不听讲：“沈大哥是专门学校出来的人才，你们把沈大哥气走了，你们要倒霉的。”

过一天，陶老夫子从重庆募捐回来，也听说这件事了，马上找沈松到他的住所。他住在古圣寺外不远的两间农村小瓦屋中，虽然十分简陋，但很清洁，满屋中外文的书刊，方桌上、凳子上、书架上都满了。老夫子还特地为沈松泡了一杯清茶，两人坐在门外竹椅上谈起话来：“沈大哥，辛苦了，我们条件太差，沈大哥能愿意到这个艰苦的地方，就使我很佩服了。这里的孩子都经历了战争的苦难，我们办学校，启发他们的自觉性，使他们能自觉去认识现实，学他们需要的知识，在实际中锻炼自己的才能。孩子们是可爱的，他们是小主人啊！但要教育，不能责备他们，要我们多想办法来引导他们，你说对吧？”

沈松在这个环境中读了许多书，托尔斯泰的《战争与和平》以及雨果的《九三年》等文学书籍都无不通读。

古圣寺背后被一大片古松所覆盖，夜来山风掀起松涛之声犹如阵阵拍击海岸的浪涛。沈松夜间常常无眠，听着这不绝的松涛，如坐在海边，悠然神思。有时圆月当空，月光从松树的松针叶缝中溢漏下来，照耀地上如粼粼清波！沈松徘徊在松林间，常常一个人待到夜深方回宿舍。

这时正值重庆各剧社都避日机轰炸，疏散在北碚，中青剧社在北碚镇上首次上演《北京人》。张瑞芳演愫芳；江村演曾文清；沈扬演曾皓；耿震演江泰；赵蕴如演思懿；张雁演袁任敏；邓宛已改名邓葳，演袁圆；傅惠珍演陈奶妈；吕恩演瑞贞。张骏祥导演，李恩杰设计。沈松等专程来北碚看戏，和这些亲切的同学、朋友久不相见，大家极为激动。邓葳也很热情，但已非往昔，待了一会儿她就悄然离去。耿震帮助解决了食宿问题。

夜晚来临，在一个竹子盖的棚里演出了。沈松对剧本很熟，但演出却是第一次看，全部角色没有一个不好，沈松在台下似乎闻到愫芳身上兰花一般的芬香。台上古老而陈旧的家庭似乎使沈松感到胭脂巷古老房子的再现，和自己父亲在世时那股缥缈鸦片烟的味道。戏中城墙上的军号和愫芳手中烛光摇曳的幻影，曾文清低头坐在茶炉前的叹息，和那“东风恶，欢情薄，一怀愁绪，几年离索。错，错，错”的诗句是一种在死潭中的挣扎声息，这种复杂情感沉没在激流矛盾中，叫观众窒息，透不过气来。

戏演完了，沈松依旧坐在剧场里，沉浸在这伟大的演出给予的甜蜜和眼泪中。他觉得戏剧艺术如此伟大，这些演员又如此崇高，使自己完全拜倒在他们的足下。他就没有走，一连在北碚住了好几天。恰好又演郭沫若的《屈原》，金山演屈原。对金山，在抗战前沈松就崇拜，这还是抗战以来第一次看他演的戏。他演戏的风格，是那么有激情。他那一段《雷电颂》澎湃的气势和毫不做作的诗情，也使沈松感到金山已完全融合在《屈原》之中了。沈松才明白古希腊的演员，就是伟大的诗人。

沈松有时也去看九姑。九姑更加积极了，她到复旦去教书了。有时琯德也拉着九姑去看戏，她骄傲这些她教过的学生如今有这样成绩。她十分喜爱沈松的憨厚、耿震的正直，她对青年更加热情了。

在北碚的时光是难忘的。当沈松回到育才学校后，不免有种寂寞之感。戏剧的艺术魅力，诗情的激盈，舞台灯光彩色迷惑，终于又止不住使他想到还要回到舞台上去。于是左一封信、右一封信给刘厚生，要他跟张骏祥说要回中青去。

到了这年冬天，沈松回到中央青年剧社了，他终于投入了雾重庆演出的高潮。

中青正在排练《清宫外史》。沈松却没有参加，而是到嘉陵江的上游唐家沱——张骏祥等人写作居住的房子里过阴历年去了。这是一个少有的团聚，有张骏祥、吴祖光、余克稷、白杨、张瑞芳，还有他的朋友：一艘大轮船的船长、任德耀、李恩杰等。这些人在一起欢聚三天，除夕在寓所开舞会，沈松第一次学会了跳交际舞。也在这几天之中发现张骏祥与白杨有恋爱意思，引起沈松一些人不太满意。这些小青年心里十分拥护张瑞芳，觉得她处处温柔敦厚，只可惜她有了一位更加老实的丈夫余克稷。沈松有一夜与张骏祥同住一间屋，夜深人静，乘黑夜沈松大胆提出对白杨种种不好的印象：比如说在晚餐时，有一盘火腿，那是难得的珍品，可以说许多年都不曾吃过的。晚饭后大家动手收拾残余的时候，白杨把火腿盘里的剩油，说一声不要了，就扔了。几个小青年说，白杨太不知道世道的艰辛了。沈松就以这条过失猛烈地攻击，张骏祥半天不作声。反正大家都埋在黑暗之中，沈松不顾老师的尊严，就擅自以李恩杰等人名义表示了不满的意见。张骏祥翻了一个身，说："我要睡了。"过一会儿就听见他熟睡的声音。

不久大家回到了重庆，张骏祥导演了由焦菊隐翻译的《安魂曲》，写的是大音乐家莫扎特。而主演莫扎特的却请了万家宝，大家既惊又喜，这是别人所想不到的事情了。万家宝已多年为剧作家了，又在教书，久不上台演戏，这次请他出来主演莫扎特，由张瑞芳演他的夫人康斯坦斯，这消息立刻风传重庆。李恩杰设计，任德耀也参加，沈松主管道具兼群众演员，刘厚生为剧务，张皓也来参加任前台主任；施超演大主教，路曦演康斯坦斯的姐姐，邓葳演威伯妈妈，吕恩演女裁缝，耿震只演了出版商，真是明星荟萃，都以能参加这戏为荣，没有人来争戏多戏少。

演出地点是国泰大戏院，万家宝的声音特别迷人，如同清脆的铜钟。他自己曾学过钢琴，他在台上的指法与在后台的伴奏效果完全一致，是别的演员所难以做到的一个伟大的天才的形象。这时沈松才认识到张骏祥选择万家宝来演莫扎特是个大胆而深刻的决定，是一个伟大导演的大手笔。

沈松带着愉快、激动的心情到育才重庆办事处去找陶老夫子。一见陶老夫子，便滔滔不绝地把自己参加这戏的心情告诉了他。陶老夫子那副凝思的眼睛几乎是含着泪水地问："真的？！"沈松说："不信你今晚自己去看。"他一面说"当然，我去"，一面叫来一位吴大哥，对他说："你立刻起身赶回草街子，连夜紧急集合大家，全体跑步来重庆，限明晚七点以前到达。”

那位大哥傻了，但头也不回地跑走了！当他坐上公共汽车到北碚时天已暗了，他像个传令兵一样，也不去找木船了，而是翻山越岭、连跑带爬地走着，水没喝一口，饭也没吃一顿，终于在深夜两点到了古圣寺。他没有找任何人，走到庙门口的大钟下，猛然地撞击起来。

钟声，惊醒了每个人！所有的老师也都到齐了，吴大哥宣布了陶老夫子的命令，于是这些孩子立刻跑步起程了。

夜间山路崎岖，跌跌撞撞，但他们跑着、喘着，同样没有吃饭，没有喝水，下午六点半大家都坐在国泰对面的茶馆了。陶老夫子亲自在那里等候孩子，给他们倒了水，给了面包，才告诉他们是看戏。

这个消息传到了后台，全体人员无不激动。张骏祥、刘厚生、沈松、任德耀都到前台热烈欢迎，这一晚上台上和台下激情在交流着、回荡着这一曲永世难忘的“安魂曲”。

中青剧社换了社长，由马彦祥来担任，刘厚生和一些演员都随张骏祥去中电剧团了。张皓留下了，沈松也留下了。

张皓从入剧团起就是与沈松相对的国民党，而今他仍然是有名的国民党，做总务主任兼前台主任。演出时挂上他三青团的臂章，在剧场门口一站，特务们、大兵们就不敢点个头就可以往里闯了。一些明显“左派”的戏都在他的三青团臂章下演出而少麻烦。马彦祥、洪深、杨翰笙就是“左派”，其实重庆任何剧团无不是“左派”为骨干，也就是国民党的文艺事业都被“左派”人士所占领，中青的戏都是洪深、杨翰笙、史东山等人编导，所以沈松在其中也没有不安全感。甚至由于张皓为这些“左派”人士真诚地服务，沈松与他之间早已没有了芥蒂，因而很信任他。有时他对沈松如同老大哥，总说：“你别忘了给伯母寄钱！少花一点，多寄一点回去。老弟，为人要孝，对不？”沈松这时把以往的成见丢开了，跟他要好起来。

沈松仍然是从张骏祥学习到的理论，当导演必须先当好剧务。因为剧务兼做场记，又管剧的演出，行政事多，代表剧社去约演员、谈报酬，规划日程，通知演员，就是无论男女演员不能出席排戏都由剧务来代替，因此沈松既是剧务又是演员。经过半年多的五六个戏的演出，沈松在表演上、剧务工作上也都长进了，也是重庆戏剧界知名人士了，各剧团无人不熟了。

又是到了这年的年底了，天天云雾，路上潮湿，虽是沉闷，但战事频繁。

这时中青剧社演出了郭沫若的《金风剪玉衣》。沈松是总剧务兼演员，马彦祥自导自演，又是阵势很大的一个戏。

任德耀离开重庆，暂时在唐家沱的五十兵工厂俱乐部工作，任德耀每次进城必来看沈松。这天在雾茫茫中，沈松拉着即将分别的任德耀的手，缓步走到嘉陵江码头上，谈着、幻想着他们有一天要建立自己的剧场，与张公、万公共同在一起创造他们自己的事业，絮絮叨叨，没完没了。江水的急流，奔腾的声音，如同他们二人心里的回响。任德耀非常激动，竟舍不得离沈松而去，走了几步又回来依在码头长坡上的扶栏上。冬天的重庆，昏暗得特别早，这种缠绵引起了沈松无尽的伤感。但时光在无情地流逝，已近六点钟，沈松快要演出了，也不能不忍心别去。在回剧场教场口附近逸园的路上，心里黯淡神伤不已。

在剧场门口有两个人鬼头鬼脑，走进走出不知道找谁：“这里面有没有一个叫方琯德的？”因为事隔三年，这里知道方琯德的人已不多。恰好沈松走回剧场大门，遇见一位剧校同学相互握手问好。那位同学喊了一声：“方琯德。”这两个家伙听了马上赶上前来对沈松说：“先生，你是叫方琯德吗？贵阳一位叫张俊的叫我们来找你看戏的。”沈松一愣，心想我不认得贵阳姓张的，但一想可能找揩油看白戏的，这种事例很多的。于是说：“你们看哪儿有空就哪里坐吧，我要去上妆了。”

沈松走进后台，心里说不出是什么滋味，闷闷不乐，糊糊涂涂地把戏演完。因为当时剧务必须等所有的演员、工作人员都走了以后才能走。沈松一个人寂寞地走到剧场门时，黑暗中突然跑出一个人，一边按住他的胳膊一边把一支手枪顶在沈松的腰间，轻声地喝道：“不许动，要动就打死你。”同时非常紧张地喘着粗气。沈松才意识到自己是被特务逮捕了。

第二十四章

沈松被两个特务夹着绕行了许多路，终于又回到中一路新华日报斜对面的一个两边站了兵的大门里去了。进来以后，他们把沈松推到一间房子里去锁好，两人就骂骂咧咧地走了。

沈松一看这间屋里已有七八个人关在这里，满地屎尿已把土泥的地面弄成无插足之地。大家互相看一看，谁都不说话。可在这一片屎尿形成的沼泽中，有个条凳，居然上面屁股对屁股地架着两个人，还都躺在凳上睡觉。沈松从没有见过这种像玩戏法式的睡觉，心中不由得不钦佩他们。沈松被关在这里，没有人过问，心中大怒于是叫喊起来：

“为什么把我关在这里！凭什么你们要抓我，我犯了什么法？”

喊着叫着没有人理睬，于是又用力踢门，仍然没有人理。已经夜深了，累极了，可连块蹲下来休息一下的地方都没有。

这间屋子还用很破的木板隔出了一间，算是女牢房，破木板上系了一盏挂满蜘蛛网的电灯。本来这灯顶多十五度，但现在这样脏，连五度也不够。沈松隔了木板一看，里面地上有一块方的大石块，还铺了点稻草，地上比这边稍微干净些。那稻草上躺了一个二十多岁的女人。正在这时有一个兵开了她的牢门，叫她起来，喊到门外叽叽咕咕地说了些什么。忽然就听见噼噼啪啪的，那个女犯人挨了许多下嘴巴，接着又把她推了进去，那个兵“轰”的一声把门又锁上了。只见那个女的压着自己的声音在哭泣。这边的人都惊慌起来，扒在门缝上观看，这边的一个中年男子轻轻地问：

“是朗格搞的了？”

那女的走近木板轻声喘息着说：“那个兵喊我出去，要跟我去开房间。我不去，他就打我，还说是不去不行。待一会儿他还要来。怎么办？”

听完后，这边的人都轻声地骂那个不是人的臭大兵，太欺侮人了。但唯有和她讲话的那人，却在怨声地骂起她来：

“你她妈的臭货！你不勾他，朗格他非要你去开房间？”

他这番话不但那个女的禁受不起，连这边的其他人都骂起他来。

“你咋说这样的话？”

“她要是不是好货的话，不就跟那个兵去睡觉了吗？”

“你还是她男人呢？这话如何说得出口啊！”

那女的哭得更厉害了：“我为你冤枉坐牢！你没有良心哪！”说着一头撞向大石块，鲜血直流，昏迷过去。

男的这边不约而同地喊了起来：“不好了！有人撞头自杀了哇！死人了！快来救人呀！”

这一喊，果然来了几个兵，打开了女牢的门。手拎着皮带正准备打人，一看这情形也傻了。几个人一商量，把那女人抬了出去。同时对这边男的大喊：

“喊什么？想闹事么！”

沈松怒不可遏，骂道：“你们这些混蛋是人么？你们想强奸女犯，应该毙了你们。我要告你们！”

其中一个兵对沈松说：“你是什么案子？你干吗这么叫喊？”

另一个说：“他是共产党案子。”

头一个又说：“好！你叫唤！我今天叫你龟儿子坐飞机，尝尝滋味！”

立刻把沈松拖出了门，到另一间屋子里，两个人用力把他的手臂往后一绑，用屋梁上吊下来的一根绳子，把两个大拇指捆了起来，扯上去，但让他的脚尖还能够得到一点地面地吊在那儿。他的两条手臂就像被折断了似的疼痛，可仍然在骂："你们是王八蛋！吊起来又怎么样？老子是演员，受过锻炼的！不怕你！老子出去还是要告的！"

还没骂完，就被人左右开弓地打起了耳光，同时还拳脚交加，皮带横七竖八地抽到了身上。先是感觉生平没有受到过的疼痛，也说不清是哪儿痛。脸上、身上，手臂、手指就像被一片飞来的利针扎着似的痛。一会从脊梁升起一股烈火冲向头部，两眼发黑，很多的金花一个一个在眼前飞舞。呼吸不了，不由得大声地喘息，就想叫唤，好像叫唤可使胸中舒畅些似的。但沈松没有叫，咬紧牙关，心想这才是开始呢，更厉害的在后面，我要像一个共产党员的样子。似乎三哥、四哥的影子在眼前晃。在这时，忽然听见有人在大声说话：

"你们吊打他干什么？放下来，趁着天刚亮送他走！"

沈松什么也没判断清楚时，突然掉到了地上，但怎么也起不来了。那些兵也都散去了。

半天沈松恢复了一些知觉，全身无处不疼。坐在地上，心想："这是什么地方？是什么秘密机关？真他妈的。我怎么还是被捕了？这班狗东西居然在新华日报社对门就关共产党？不知道还要送我到哪里？不管他，老子先歇一会儿再说。"忽然想起《金风剪玉衣》里马彦祥扮演的夏完淳受刑时的样子，忽而又想起武松来。

忽然门开了，天也亮了，进来两个兵把沈松连拖带拉地拖到院子里。那里还站着七八个犯人。他们用一根绳子串绑在每个犯人的手臂上，就跟被抓的壮丁一样，一大串成单行。沈松在最后一个，被前面的人拖着走。

好在很早，路上人不多。沈松回头看了看新华日报社的那三层小楼，感到无比亲切，又看了看更远点的新华商场中青剧社的所在地，忽然想到：真他妈的，今晚戏演不成了！马彦祥发现我失踪了怎么办？这怎么好，我太对不起马公了呀！刘厚生、李恩杰知道了又会怎么样呢？脑子乱糟糟地也想不清楚。糊糊涂涂被拖着走，也不知拐了多少弯，走了几个上下坡子，终于被拖进了一个小门。门里门外都是全副武装的兵，真枪实弹的。沈松一伙人进去后，就把门“咣”的一声关上了，这时才明白这门是铁的。

门里是个院子，除了正面一间是典狱长的办公室外，其余三面都是木栅的牢房，最后一间是女牢房。

这一群走到院子里，牢房里的人都重重叠叠挤在木栅旁向外看，并对新来的评头论足，有的人还在喊：

“到我们这里来吧！”

“你来，我走！你要不来把我挤出去，我可出不去啦！”

几名穿灰棉制服的看守，拿着钥匙站在各个牢笼旁边等着。典狱长带着人一个一个地搜身，把裤带子、鞋带子都抽掉，只发一根五寸长的小绳子，系在裤子的两边扣袢上，这才分别送进各个牢房。沈松身无分文，只有一只别的演员寄存在他那儿的手表，典狱长拿在手上观赏了半天就没收了。

沈松走进他的牢房，就看见两边用长板搭成的、上下两层的大通铺。铺上铺下都是人，七嘴八舌地提着各种问题。

“你是啥子案子？”

“你喊啥子名字？”

“啥子地方的人？”

无数的人把他包围了起来，上层铺板上的人扒在铺边，用手来摸他的脑袋。还有几个身上一丝不挂的汉子，从这边铺上跳到那边铺上来围观，弄得他头都昏了。

当沈松回答他们自己是“演戏的”时，那些人简直乐不可支，几个光着身子的人，跳下铺来挤到他的面前喊道：

“啊！是唱小旦的吧！”

“哟！小白脸哪！”

说着说着就动手摸脸、摸屁股，摸前摸后起来。沈松挣扎着推开这些人，而这些人又拥上来继续戏弄着，而且嘴里不断喊：

“小白脸哪！”

“好个漂亮的小白脸儿呵！”

“来，小白脸！我带你睡觉一定安逸！”

忽然一声大喝：“行了！闹够了！让开吧！”

人们被这一声喊得闪开了。这时就看见一个身体结实、梳短分头、中等个子，二十岁左右身穿空军飞行夹克、威风不减的人，站在对面，用带点湖南口音的话问他：

“这位朋友是什么案子？在哪里工作？”

沈松答道：“我，我不清楚为什么把我抓来，还吊打了一顿。我是演话剧的。”

那人点点头，马上走到靠门口的下层铺边。那儿有两个中年人，一个长着山羊胡子，细长的眼睛，满嘴黑牙；另一个是厚嘴唇，一脸麻子。两个都戴着脚镣，两支脚镣间系着一根长绳，连到腰间，以免磨破脚胫。

他跟两个戴脚镣的人说了会儿话，两人点了点头，他转身对大家说：

“各位朋友！这位新来的朋友，看样子是政治犯。大家要多担待些，他的一切由我来酬谢。今晚他和我睡在一起了，两位大爷也说了。”

他轻轻把沈松拉了过来。沈松也明白了，就对两个戴脚镣的人说：

“二位大爷帮忙，我多谢了！”又对众人说：“谢了，各位多照顾！”

沈松这时才看清楚，这间牢笼只有十八平方米的样子，可关了足有四十多人，挤得密不通风。这时大家稍安静了一点，但仍有人在说笑着。

“哈！政治犯，好样的！”

“政治犯本应受优待！”

有个人挤过来对沈松说：“你可好了，今晚可以不睡马桶边了。这里有个规矩啊，新来的睡马桶边。”

他指着后墙边的一个桶。那桶约有半人高，边上挂着粪便，黑乎乎的，附近地上湿唧唧的。这四十多人的大小便都在里面，可上面连个盖都没有。要是睡在那地上，起夜人的尿都要越顶而过，那滋味可真无法忍受。

又有人接着介绍说：“再来了新犯人，他就睡马桶边，你才能睡到铺上，不过还是马桶边的铺上。要等到有人出去了，你才可以跟着向外挪。这位朋友是个空军飞行师，为人特别好，也是政治案。他说了话你才得到照应的。”

那飞行员插上来说：“我叫伍拓龙，是从新疆押来的。好了，到上铺去，我有行李，上去休息一下。”说着他双手攀着上铺边，像翻杠子样，一下就翻了上去。

沈松可只能从木架子爬上去。刚坐好，一个看守开了牢门进来四处张望着，喊道：“方琯德！”

“有！”

“下来！领东西。准备吃饭！”

只好又从架子上爬下来，在看守手里领了一个茶碗大小的泥罐子和一双竹筷子。这时琯德醒悟过来：在这里自己又是方琯德了。他们抓的就是方琯德，从现在起“沈松”这个名字又不能用了。

两个犯人走了出去，一会儿抬进一个木桶来，里面有半桶米饭和一碗咸菜。这四十多人像一群饿犬一样，哗啦一下围了上去，你推我挤地抢了起来。伍拓龙连喊带抢地把琯德的小罐子拿了过去，忙向桶里掏了一罐子。

他自己是个大铁碗，也抢了满满的一碗。有的人没有东西，就用草帽子；还有人竟把脚上的鞋子脱下来去抢饭；那几个没穿衣服的，就用破成网样的脏手巾来抢饭。不一会儿半桶饭就空了。看了这种景象，琯德心里直发酸。被捕以来挨打、被吊都没有难过过，在这种景象面前，他眼睛里充满了难过的泪水。低头看手中的饭，是霉烂的，根本看不到米粒，只见长长的稻芒、黑黑的砂石。那咸菜倒没有人去抢，人们只拣一两根来吃，那都是盖榨菜坛子的腐烂已极的菜叶，臭极了。琯德拿着饭发呆，没有动一下筷子。

伍拓龙说："你吃呀！不吃哪里行，身体吃不消呀！不能饿死。"

琯德吃了一口，就感到满嘴里针扎样痛，直恶心，想吐。没法子，把饭都给伍拓龙吃了。

伍拓龙看着他："唉！慢慢来吧！"

只听见一片拣稻芒、稗子、砂粒以及筷子敲碗边的声音。这顿饭吃了近两个小时，琯德本来以为，看守们一定会不断地来催促，没有想到根本没管。

过了两三天，琯德也就能自己去抢饭了，抢得不比别人少，吃得也不比别人慢了。

从伍拓龙的口中，知道这里是重广卫戍区稽查处的看守所。同牢的大都是没有判刑的，也有判了刑的和死囚待处决的。睡在下铺靠门口的两个戴脚镣的大爷，就是待处决的。他们是土匪头子，判了死刑，所以没有人敢惹他们，甚至还有当上犯人的袍哥弟兄来伺候他们。他俩吃的是白米饭和炒青菜的"优待饭"。在狱中对人说"请你吃优待饭了！"是忌讳的，或是骂人的。

关在这里的人，总愿意被提审，只有提审了才有定案的希望。那几个没有衣服穿的人，就是自进来以后没有被提审过。也不知道为什么坐牢，两三年了从没有人来看过他们，衣服全破了、烂了，只有光着身子。

伍拓龙关到这里四个多月，提审过一次。他原是新疆航校的毕业生，被捕的原因是：航空委员会委员长宋美龄在美国购买的飞行保险伞，试跳时在空中拉不开，试一次摔死一个人。他们就罢跳表示抗议，也就被抓了起来，戴上赤色分子的帽子，押送到重庆。他的同案有三十几个人，现在都被关押在何处谁也不知道。不过，他们家在政府要人中有亲戚朋友，现在正设法保释他，但消息渺茫。

他悄悄告诉琯德，这里可以“跑条子”。琯德不懂是什么意思。

他解释说：“就是可以向看守要铅笔和纸条。由看守到你工作的地方或者家里去要钱，这个钱看守拿一半，另一半还存在看守处。你想要买什么东西，由看守去买，他又从中赚一半，代价是昂贵的。但新来的人总是要跑跑‘条子’，和外面通通消息。除非本地没有家或亲朋的，或妻子离婚家破人亡的，就没有办法了。”

这一番话使琯德心直跳，他正想与剧社通消息，让大家知道他的下落。更重要的是要告诉刘厚生、刘承清等在重庆的同志，不要惊慌，不要擅自乱跑乱躲以免暴露；要他们相信自己在敌人任何刑罚下，决不会供出他们中的任何一个同志。其时，邓宛已去音乐学院学习，与自己没有任何来往，也不知她的去向。目前能给钱，还能给同志们送信息，而且不会因为“跑条子”而受到牵连的人只有剧社的总务科长张皓了。

过了两三天，看守从不理睬方琯德到面色和善了些，从老是盯着到点头微笑，后来久站在牢笼前不离去。琯德正在奇怪是怎么啦，伍拓龙拉了他一下，轻声说：“快去！”

琯德从铺上下来，慢慢地晃悠到那看守的面前：“请问贵姓？”

“姓何。”

“啊，何看守！帮帮忙跑个条子行吗？”

"唔，唔，这可是件危险的事情，不得行啊！"

"嘿，有老兄帮忙，没得事。"琯德也说起了四川话。

"那么规矩你是明白的了！要出了事，你自己兜着起哟！"

"那是当然。给支笔和一张纸吧！"

吃过午饭，犯人们在小院里放风，琯德没有出去。何看守递给他一小段铅笔和一张小纸条，然后就在牢门口站着，似乎非常注意地监视着放风的犯人，实际是在掩护琯德写条子。

琯德被捕的那天晚上，任德耀因为和他难舍难分而误了小轮船，没能走成。只好又回到中青，在排演厅用布景片隔了个小角睡一晚。这一晚没有看见琯德回来，直到第二天下午，任德耀去找张皓。

"沈松到哪里去了？"

张皓随嘴说道："这小子东游西逛的，谁知到哪儿去了。说不定又到哪里混吃的去了！"

到了傍晚，任德耀又去找张皓，马彦祥也有点着急了，说："德耀，你别走！我担心小伙子万一在什么地方耽搁了，回不来。晚上这台戏可就砸了。郭老的戏一退票那就麻烦了。实在不行就你钻锅了！"

德耀说："不至于吧！沈松不是那种拆烂污的人。"

可是越急过得越快，一会儿就到了六点半钟，离开幕的时间只有半个小时了也没有见到沈松的影子。德耀只有背台词了，又准备两个提词的人，埋伏在两边的边幕里。大锣一响照样开幕。马彦祥一边紧张，一边自己还得演出。德耀果然聪明非凡，替沈松把那二幕戏演完了。沈松始终没有回来，剧社上上下下都紧张地在打听，毫无消息，证明是失踪了。

沈松的失踪震动了重庆整个戏剧界，不知道有谁还会继续失踪。张皓、马彦祥、任德耀等终日奔走，到处打听。最后马彦祥去找了三民主义青年团的书记长张治中，托他去打听，可他也没能打听出来。张皓心里想："这个沈松，但愿他不是个共产党才好。否则我在中青与他关系如此密切，总算是好同学、好朋友了，看在耶稣的分上，我得努力找到他。我张皓不是他们说的那种国民党，我是公正的、有良心的。总之，上帝会感动这个‘左倾’幼稚病的小伙子，回到正路上来的。他若能好好干戏的话，也是个有才能的人啊！”想着想着，他真从心底焦急起来。马彦祥是个老“左倾”分子，明知事情不妙，但还是镇定自若。他对人们说：“沈松这家伙怎么会是共产党！他在学校读了几本进步书籍，有点事就害怕起来，跑走了，弄得一场虚惊。他才二十岁左右吧！他那个糊涂的样子，能当上共产党？一定是误会。”

四天过去了，石沉大海。任德耀仍旧每天替他上戏。

张皓办公桌旁的一张办公桌上，坐的是剧务科长王仁荣，是个三青团分子，剃个平头戴白边眼镜。他表面上与张皓不错，还摸不透张皓是个什么人。王仁荣心里反对共产党，可嘴里不敢说，因为他要在重庆戏剧界混下去，就表示自己是个在政治上无所谓的人，所以他不公然骂共产党。他的老婆韩素琴只能演演老太婆，才三十多岁就姿色已退，只能生儿育女，拖着四个孩子在剧团混饭吃。这一天他们在家里炖了一只鸡，一家人小小地补一下，就没有去上班。

办公室里只剩下张皓一个人，正扒在临街的窗户上，望着马路上熙熙攘攘的人群发呆。忽听得门口有个人走上来轻声地问：

“请问这里有个张皓先生吗？”

张皓回身，见不认识那个人：“我就是。你是哪儿的？”

那个人递上一个折好的条子说：“有人托我捎给你的信，你看吧！”

张皓打开一看，只见上面写着：“我押在稽查处看守所。请把我的薪水一半交他带给我，另一半仍按时寄给母亲，并告之求我七婶和马公设法保释。并告诸好友放心，不可惊慌。我是无罪的，别因我一时被押而乱走动，反而遗患为甚。琯。”

张皓一见这个条子，心里又是宽慰又是紧张。他沉着地请那个人坐下，说：“你这位朋友辛苦了！你是……”立刻改口，“请坐，请坐！我马上给你拿钱。”

于是拿起算盘，熟练地算了起来。因为物价上涨，生活指数变化很大，每月薪水发的都不一样。

张皓用钥匙打开他办公桌中间的抽屉，拿出二千五百元交给那个人，又从自己的腰包里拿出一百元给他，说道：“这是一点小意思，你抽支烟吧。以后请老兄常给递个信儿。我们能去探看他吗？”

那人一面收钱，一面紧张地说：“不行，不行！我们不能说出他在哪里。决不许探视的。我是背了上司偷偷来递个信儿的。下次我不来了，要是给上司知道了，可不得了！你们能保就想办法保他吧。听说他是共党案，他自己没有说。可能问题不大，找个大官保会出来的。好，好，谢了！我走了。”

张皓说：“请转告他，我照办。千万别急，安心才好。”那人匆匆地走了。

张皓办完这件事，自己也傻了，下一步该怎么办呢？他决定告诉马公以后再说，同时给琯德的母亲写了封信，并寄去了那一半薪水。

不久戏剧界都知道，沈松被抓到稽查处去了。中电、中制、中术、中艺等都知道了，有人不服大骂：“沈松犯了什么法？”“抗战时期还如此迫害青年！”“抓共产党？怎么不到新华日报去抓！尽抓些小青年。”总而言之，从各个方面都在责难国民党。

那些地下党员们，都从张皓手中看到了琯德写回的条子。时刻警惕着，但没有离开自己工作的地方，深深地潜伏着。

三太太一直住在江津德感坝。近两三年，笑容几乎完全从她的脸上消逝了，也不和人们来往。找人写过几封信，想让儿子回来看看自己，但儿子回信总是说要赚点钱就回来。家中日益艰难，只是在星期日老八回家时，设法买半斤肉给小儿子吃，她自己一口也舍不得吃，每日就吃一点咸菜。

这天不到下工的时候，杨嫂匆匆忙忙送回来一封请四太太转交的挂号信，可能是琯德寄钱回来了。三太太拿着这封沉甸甸的信，就那么坐着。琯德那草写的字，自己也不认识，拆开也无用，就是取钱也得等老八回来。好在今天已是星期六了，等到明天吧！

天黑了老八才回到家，屋里已点上煤油灯。老八像平日一样，进屋喊了声姆妈，就打开书包做功课。他初中快毕业了，所以特别用功。他想早点出去工作挣钱，使母亲能生活得好一点，所以抓紧一切时间读书。因而进屋后，没有注意到母亲的手里还捧着一封信。

三太太迫不及待地说："老八，你怎么没有看到，你七哥来信了。还是挂号信，你怎么没看见？"

老八抬起了头，他已是十五岁了，秀气白净的脸上带着一股孩子的稚气。他没有作声，只是把信接了过去，一看信封就说：

"这不是七哥写的信，这个字写得多好，七哥的字难看得很。"边说边抽出了信纸，看完后他傻傻地站着，没有出声。

三太太惊问："怎么？是什么人写来的信！还寄钱来？"

老八不敢出声，实在站不住了，坐了下来。

三太太着急地追问道："怎么啦？怎么不响了！你这个小孩就是不如老七好，有什么事总不说话，急死人！"

老八慢慢地极轻地说："七哥被捕了！"

就像那等待甚久，以至淡忘了的电闪雷鸣，在猝不及防时骤然打了下来。一时间三太太完全置身于分裂状况中，没有了感觉，好久好久出不得声来。过了老半天，好像才明白过来似的，自言自语地说："还是给抓起来了！没有饶过他呀！”说完就再也没有作声，老八也不再说什么。忽然三太太站了起来，往外就走。

老八急问：“姆妈你干什么去？”

三太太似乎是在对自己说：“我到重庆去！只有求七太太才能救他。”

“姆妈，这么晚了，早没有船了。不能去！”

三太太停了下来，手里拿着信，没有哭，没有泪，瞪着眼。没有吃饭就在床上躺下了，奇怪地安静，也不知她可曾睡稳。

天刚亮，简单地收拾了一下，老八送她到码头。

她说：“老八，你好好地用功上学，不用陪了，我自己去重庆了。如果你七哥已经不在了，我也不会回来了，顾不上你了！”

晨光中她脸色青白，两眼成了干涩的黑窟窿，这一夜她完全变了样。

到四川后，她这是头一回只身出门，没有人送，没有人陪伴……一双小脚，承受着身心上难以支持的痛苦，使劲往朝天门，那个像在天上一样的长坡爬去。没有一下停顿，居然让她爬到了顶。不坐公共汽车，也没有坐滑竿和人力车，一路打听着：七星岗怎么走？挪动着双脚，一步步向前走去。

她到达中青剧社，已是下午了。张皓热情地接待她，她提出立刻去监狱看看儿子。

张皓说：“伯母，监狱是决不让去的。一切只有先去找他的七婶才有希望。我们大家和有关的朋友，都纷纷找关系托人呢！先吃点饭吧，我去买！”

三太太摇摇头说：“不要吃！就去找他七婶吧。”

说完站起身就走了。张皓站在楼窗口，遥望着三太太蹒跚的步履在人群中消失。

夏漱兰早已回重庆，住在浮图关。虽是一排三间平房，仍有一间画室，大桌上满是宣纸。有她画的一幅兰竹图，几笔有力的笔触，画出兰草、叶尖和长长的竹节，都是刚健有力和清新明亮的。四面墙上挂着的，也是一幅幅各种姿态的墨竹和兰草。还有徐悲鸿为她补画的山石，有沈尹默题的字，于右任、陈独秀题的字。1940年在重庆开了一个追悼会，追悼桐城方五老爷（也就是她的公公），拒绝与日寇合作，在桐城城墙上为祖国山河破碎悲愤而逝。会上灵堂中间挂着方五老太爷的遗像，两侧挂着陈独秀的挽联"槃君前辈千古。先生已死无乡长，小子偷生亦病夫"。这副挽联被她拿来，挂在家里墙上做纪念。这间房子已成为画廊一般。

今天夏潄兰心情不错，在专心画画，准备办一个画展。门口忽然站立着一个疲惫不堪的老太太，她吃了一惊。仔细一看，才认出是三太太。她忙把三太太扶到椅子上坐下，问她怎么来的。三太太一口气把请她搭救老七的事说完，她并不惊异，她明知老七是军统注意的人物，但近两年来没见怎样，老七也很安全，以为事情已过去。她忙叫用人做点面给三太太吃，答应设法找戴笠去救他。并告诉三太太，老七是她非常喜欢的孩子，她把他当自己的儿子一样。

第二天，三太太又奔走到宗白华那里，请他也帮忙。三太太东奔西走，筋疲力尽，托了所有可托的人，另外也实在无法可想了。三天以后回到江津，昏倒在床，病了近一个月。

琯德在狱中，半个月过去了，也没有提审过他。他跑条子拿来的钱，号称有七百元在何看守那里，只买了一包烟、几个烧饼就光了。烟是主力舰牌的，琯德自己并不抽烟，主要是招待全牢笼的犯人。四五个人一根，用被子围上，烟都得全部吞下，绝不会有烟头剩下。一包烟全牢笼抽了三天，大家很愉快；而烧饼只给伍拓龙和两位土匪大爷吃了。

琯德在这无可奈何的情况下，对新关进来的小偷特别感兴趣。他们穿得很单薄，冬天也只一件大褂子。一进来大家命令他睡马桶边，他无法反抗。在看守不注意他的时候，就把手缩到袖子里掏呀掏的，一会儿居然掏出一包烟呈送到土匪大爷面前。说道："小意思，请大爷和各位朋友随便！"说完两手握拳，翘起拇指放在一起，向四周一拱。

那土匪大爷拿了他的烟，骂道："你是个下九流的东西，也敢摆起袍哥架势。还不规矩些，老子打死你。你进来几次了？"

"不敢惊动你老人家问，半个月总要进来一次。要不吃啥子？"

"那你不用走了，这里天天管饭！"说完全体大笑。

第二天他就不睡马桶边了，但挑马桶去倒粪就是他的事。

男的放完风，是女的放风，男犯人就扒在栅栏上仔细观看。女犯人不多，只有两三个。其中有个是同牢的严幼祥的老婆，从上海来的，丈夫是电影公司的小老板。他夫妻二人到重庆是打算投资搞一个电影场，不想没有搞好，说他们是汉奸，抓了进来，不知是什么原因也吃优待饭。他老婆也就二十几岁，长得不错，身体也丰满，大家都喜欢看她。

还有一个新进来的，瘦高个儿，是留着男式短发的女青年；穿着马裤，上身是一件呢军衣；长得黑黑的，大眼睛；满不在乎，时时骂人，但听不清骂的什么。看守们对她很客气，不敢管她。她也吃优待饭，有时典狱长还买些熟食与她同吃。何看守悄悄地告诉琯德，那就是杨慧敏。琯德一听大为惊讶，杨慧敏，不就是那位"八·一三"在日寇炮火下泅渡苏州河，给驻守四行仓库的八百壮士送国旗的英雄女童子军吗？不是有成千成万的人向她欢呼，多少小说、诗歌、戏剧讴歌着她；为什么她也坐牢了呢？

琯德心里激情起伏，骂道："让她坐牢，这是全国的人所不能忍受的！"

何看守说："方先生，不要乱说呵！她现在是我们戴老板的女人。唉，戴老板又喜欢电影明星胡蝶了。戴老板送她到这儿来休息休息，说不定什么时候老板会接她出去的。你看这里哪一个不对她客客气气的。她总是骂胡蝶是个臭婊子。"

琯德听了以后，如冷水浇头，失望极了，以后他再也不去看那些女犯放风了。

严幼祥在上铺盖自己带进来的新被褥，吃优待饭，把自己尽量安排舒适。他头上戴一顶有个小圆结的睡帽，在牢房里人的隙缝间打太极拳。他瞧不起其他的犯人，其他人也瞧不起他，很少有人理他，因他是汉奸。

一天天过去了，没有人被提审，沉闷得厉害。有天夜里十二点多钟了，五个全副武装的兵来到典狱长室，叫起了何看守，以操典步伐走到牢门前，打开牢门大喊一声："方琯德起来！"这一声喊，惊醒了全牢的人，都坐了起来。

又是一声："方琯德起来！走！"

所有的人屏住呼吸，看着方琯德。连别的牢笼的也纷纷起来，看这一群兵深夜提人，一股肃杀之气充满了整个拘留所。一般在这个时间提人多半是处决了，尤其是共产党的案子，更准是那么一回事了。大家在紧张之中又有着一种怜惜和同情，用不大的声音说道："别怕！""没有关系！""不碍事！""别慌！慢慢走吧。"

琯德心里也很诧异："是提审？不像，从别的犯人的神色看来，大事不妙；是解走送到更秘密的处所枪毙？这个可能性很大！"想到自己七尺之躯，堂堂男子汉不能做孬种，镇定了一下，与大家握手，与小偷、严幼祥都握了手。严幼祥的手冰冷而颤抖。走到两位大爷那里，两位拉紧了琯德的手说：

"莫慌！你能回来的。衣服穿好了，不要在外面冻着。一会儿准能回来！"琯德心里一阵暖流流过。

伍拓龙一直送到牢门口："我就站在这里等你回来。"

琯德说："不用，你睡吧。"

何看守："方琯德！走！"这一声，大有舞台上喊"起解"的味儿。

四个兵分在两边，一个兵在后面提枪押着，琯德就这样走了出去。

所走的路，以前都没有走过，居然到了一片黑乎乎的大广场，还是有草的地方。那草高而深，脚底下总是磕磕绊绊的。琯德心里奇怪，这是什么地方？他妈的，今天真的要糟！是他妈的要枪毙！

那几个兵把匣子枪拔了出来，提在手上。一人发口令“站下！”接着就是拉枪栓的声音。

琯德站住了，心里想：是不是趁着没有死之前喊几句“打倒蒋介石！”“中国共产党万岁！”之类的口号？但立刻警告自己不行，不能喊！那不是自我暴露吗！刹那间又想道：不知道是听见枪响我死呢，还是死了以后枪响？把脖子硬挺了起来。可是什么声音也没有，几分钟后传来一声命令：“走！”琯德就觉得两条腿软稀稀的，踩着高高低低的草地走了。走了一会，就听见喊：“转弯！”转过弯来，渐渐有了灯光，一排矮小的房子站在眼前，他们走进了其中的一间——审问室。

审问完了，走回来时，他才明白自己是被江安一个原来当过县委书记的人出卖的。琯德不承认认得此人，要求对质。他们拿不出人来对质，就喊用刑。由行刑队的人拿着一寸厚的毛竹板子，先舞得呜呜地风响，然后一下子抽到手上，立时肿得老高。每只手抽了五下，两只手就又肿又破了。琯德痛得大叫几声，站都站不住了，这只是小小的刑罚罢了。审问没有结果。

这种提审方式，就是先在人们心理上来个下马威：一次假枪毙，然后再审问，自然就都供出来了。没想到这次在琯德的身上，没有什么结果。

回到牢房，多半人没有睡，都在等着。伍拓龙上前一把抱住了说：“我想你一定会回来的！”可这一下拥抱碰痛了琯德被打的手，“哎哟！我的妈呀！”大家一看，那双手肿得老高，像浸过酱油似的青黑色。大家的心一紧，这受刑的滋味可不是好玩的。

琯德举着两只手，无法爬到自己的铺上去，不知如何是好。

靠门口的大爷说："好兄弟！是个好样的，没有招吧？"

琯德说："他妈的！老子能像共产党吗？混蛋！共产党是乱打就能打出来的么？！"

两位土匪大爷说："不错，兄弟！今晚就和我们挤一挤吧。"

夜深了，一弯新月挂在冷清的天上。琯德的双手就如同在火上烧烤似的疼痛，不能入睡，这时才想起了可怜的母亲。如果有姆妈在身边，她抚摩一下，这痛苦会好得多。奇怪！刚才敌人搞假枪毙的时候，自己竟没有想起姆妈和小弟，一心一意地准备去死……胡思乱想一阵，就迷迷糊糊地睡着了，很快就被正在翻身的大爷脚上的镣铐碰醒了。冬天的铁像冰，那镣铐奇特地冰人。琯德望着牢笼外西沉的弯月，流出了眼泪，双手疼得钻心……

新年的前两天，牢里放了不少的人出去。小偷之类的都放了出去，只剩下十几个人。但女牢的人都没有放。放风时杨慧敏依然是左顾右盼地在男牢房前散步，看见琯德冲他点点头，微微一笑。琯德没有理她，心里骂道：臭婊子！

一天上午，何看守一个人来到牢笼外面喊了一声："方琯德出来！"大家都吃了一惊，难道案子紧了起来？可是没有枪兵来押解，大家稍微放了点心。

这次走的是另外一条路，穿过走廊来到一幢较新的楼房前。何看守对门前的兵说了几句话，那个兵就进了一间屋子。一会儿出来对琯德说："请进去吧！"

这是一间有地板的大办公室，中间大办公桌前，坐着一个身穿少将军服的人，旁边沙发上坐着一位穿皮大衣的中年女人。那穿军服的人正在批阅文件，连头都没有抬，只说了声"来啦？"

那女的站起来说："琯德！你还好吗？这是何处长给面子，允许我来看看你。"

琯德一看是七婶，心中一喜，叫道："七婶！"

七婶："你妈找我打听你的下落，幸好打听到在何龙庆处长这儿。"同时向何龙庆那边看了一眼，"何处长约我今天来会见你。你是共产党承认了算了；不是呢，也别乱招。"

何龙庆翻着本案卷宗说："人家说你是共产党的宣传干事呀！这么好的青年，当了共产党一个小小的干事，有什么好哇！承认了也就算了。"

琯德说："我是一个演员，当什么共产党呀！"

何龙庆说："也是的，案情不清楚。"拿起笔在案卷上批了"速清查，如无证人可释放"几个字，顺手把案卷推到一边去了。

夏漱兰连声说："谢谢，谢谢何处长帮忙，能放就放了吧！"

何龙庆对七婶说："要不是你，那就要转息烽了。过一天没事了就放了，今天就先回去吧。"

夏漱兰把一盒东西放在琯德手里说："在里边吃不好吧！这些东西带进去吃吧！"琯德一看，是满满一盒冠生园的酱肉，足有两三斤，还有几个大面包。

何龙庆说："先报告典狱长，过年了就吃吧。平时可不行的呵！"

琯德点点头，又对夏漱兰说："七婶，把我的情况告诉我母亲，叫她放心。"说完，不管手疼不疼，抱起肉和面包快步走回监狱去了。

这盒肉当然大家都吃了。那些肥肉，在平时琯德是碰都不会碰的，现在也大口大口地吃着。总算大家都舍不得多吃，琯德居然吃了两天。

在牢里日子久了，身上虱子无数，伸手到衣服里一摸就是一把，随手就丢在地上，掐都不掐。牢笼里阴暗潮湿，身上浮肿。虱子咬过的地方，手一抓就掉下一块肉来，但不出血，里面是白色的夹红肉的颗粒。不痛但不容易长好，十分难受，身上东一块、西一块的。琯德想，尸体大概就是这样腐烂掉的。

在狱中过阳历年，平凡而单调。雨雪在阴沉的天空中飘洒。生活没有什么变化，有一点，就是放出去的人特别多，抓进来的人少。

一天，也是深夜了，牢门口又来了两排荷枪实弹的兵，何看守叫着两位土匪大爷的名字。两位大爷惊醒了，向牢笼外看了一下，慢慢地起来，穿上一件夹衣，就提着脚镣下了铺，把自己的小棉袄、棉裤、棉袍分送给了那些光着身子的人，然后和琯德拉紧了手，说道："兄弟！我走了，总算有缘分啊！"脚镣哗啦一声一步出了牢门，渐渐远去，那声音撕碎了琯德的心。

大家静静地谛听着。很远很远的地方传来了两三声枪响，静静的夜里显得特别的清脆。那几个拿着棉衣的人哭了，渐渐地成了饮泣。

琯德眼前久久地摇晃着他俩的身影，两个高大的身影。

阴历年，几乎是整天放风，男女犯人都在一起。只有严幼祥只许在墙这头，不能越过典狱长的门口；他老婆在墙那头。两人就像被隔在银河的两边似的，遥望着，微笑着点点头，表示各自的情意而已。

中午，总算给了一顿炒回锅肉、白米饭吃。没有一个人把这点东西吃光，有的留到晚上，甚至到第二天才吃完。

阴历年各自都在想家中过去。还有人咒骂自己的老婆现在不管他了，跟人跑了，是不能守身的贱货……

一天上午，何看守通知琯德到典狱长那里去，向他宣布立即押送五云山集中营看管，当场给他加上一副手铐。琯德茫然了，不知在那儿又要待多久。走到院中，向各号子包括女号子的人，拱手转了一圈喊声"再见！"特别喊着伍拓龙的名字，愿他早日出去！

瑁德把戴铐的手笼在衣袖里，跟随押解的人坐上公共汽车。车到北碚，想要求去看望一下九姑。押解的人厉声说："不许说话！"无法，只得跟着他们走了。

步行约二十里，走进一个深山里，向上爬着、走着，就看见远处的铁刺栅栏，有兵荷枪看守。走到近前，他们拉开栅栏让进去；走到一个大城堡门口，又是几个带枪的兵站岗。还往里走，到一小城门口，这才有人来把他们接了进去。到一间叫学员登记处的房子，押送人员交上文书之类的东西；接收的人也都穿着军服，在文书上盖了章，他们就走了出去。瑁德在屋里坐了半天，才有人进来看了他一眼，交给他一身军服和一双草鞋叫他换上。这时已是一九四四年二月份了，不算太冷，穿草鞋倒也还可以，只是瑁德穿上不会走路了。

不管怎么样，还是强行走到了队里。

这里是军事管理，一律像当大兵一样。

第一件事就是要剃光头，瑁德不干，和队里的"官儿"吵了起来，说他不接受教育，先罚他坐禁闭再说。瑁德心里奇怪，本来就是集中营，还有什么禁闭不禁闭之分。"老子连牢都坐过了，还怕坐禁闭？坐就坐！"结果，被人押到后山一间房子里，有个小木笼，没有一人高。关在里面是站又站不直，坐又坐不下，真是苦不堪言，但又不会痛苦得立刻死去。这东西叫作"意大利式禁闭笼"。瑁德心里骂道意大利是个法西斯国家，这"法西斯"的滋味可不好受。坐这种禁闭一天还给送三次饭，而且是白米饭，但也无法吞咽。

坐了一天多的禁闭，上边忽然命令放他出来。瑁德心想：放出来，我也不剃头来表示接受教育。

有个兵好像也是学员，对瑁德说："听说你是演戏的，上头叫你去演戏。你可以不用剃头了！回队里去吧。"

琯德一听就冒火，心想：演戏？给你们演戏！没门儿！于是自己找到理发室去，对那个理发兵说："新来的！给剃头吧！"那个兵也不问，就给他头上抹上肥皂，拿起剃刀刷地一刀剃光了。

这时进来一个当官的说："你这个人怎么搞的，我们从禁闭室放你，是叫你演戏的。谁让你剃头？一个光头还演什么戏！"

琯德说："剃了就剃了吧！反正一个人演什么戏。"

那个官说："我是你的训育员，姓王。"

那个理发兵觉得自己毫无过失，接着大刀阔斧地给刮得清清爽爽。剃下的头发里全是虱子，头皮上咬得全是小包，经刀子一剃全是血印。理发兵开恩地说："来！给你洗洗吧！"于是打上肥皂，头皮给杀得很痛。几个月没洗过了，现在剃光了洗个痛快，琯德心里大为爽快。把换下来的毛衣等卷成一卷送到储藏室去。

这里分四个队，一个队住一间大屋子，有七八十人。上下铺，一人一张床，而不是连铺了。每天清晨集合升旗、跑步、吃早饭、上操，没有枪只是徒步操，在地上爬练习打仗的基本动作；午饭后上课，课后又上操，劳作；晚上集合自习，吹熄灯号睡觉。这只是表面现象，而实际上，上课是除了讲三民主义以外，就是反复考查思想。早上跑步非跑得一个个倒下为止，上操就练得你支持不住，而教官则在边上乘凉。晚上训育员就一个一个地谈话，这更是苦不堪言。总之，每天是肉体加上精神的磨难，这样反而显得坐牢倒是安静多了。

最后琯德还是被调去演戏了。从各方面调集了几个男女学员，琯德当导演，名义上却是由研究室派来的孙训育员当指导，一切听他指挥。研究室的主任是大名鼎鼎的托派分子、叛徒叶青。他实姓任，大革命后担任湖南省委书记，被捕后在敌人执行枪决时，党通过救济会通知地下党的执法官，行刑时对天空放枪，等敌人撤离后，让他逃走。他虽然逃得了活命，但是当了叛徒，现在是特务少将。在集中营里讲授哲学和三民主义。

琯德为了逃避上课，每天在剧团里排排戏，自己做做布景，工作拖拖拉拉的，倒是轻松了许多。

一天中午，突然全队集合。队长怒容满面地训话，说什么人如此大胆，这么吊儿郎当，洗脸盆不放整齐，全体人员罚晒太阳。六月天的中午，在山顶上，每个人把军帽脱下，立正站在四川灼人的太阳下。这时有人出来检举说，那个放脸盆不整齐、吊儿郎当的人就是去演戏的方琯德。队长就让其他的人解散，单留下方琯德和他所在的班受处分。晒得方琯德身体里通了一根火铁条似的，头皮已枯焦。汗像雨水般流下，一会就干了，全身一点水都没有了，不到十分钟，一个一个地昏倒了。直到方琯德昏倒下以后，才让剩余的人去阴凉处休息，把倒下的人也拖到阴凉处，让他们自己苏醒。

琯德醒来后，觉得愧对诸人，向大家说了许多好话，每天清晨抢着给大家打洗脸水，这才平息了大家的怒气。

一个从印尼回国的华侨，不知怎么一进国境就被抓了起来。他是一个非常瘦弱、白白净净的人，不知经过了多少的监狱，才送到了这儿来。他坚决不接受教育，连叶青亲自来劝说也无用。当然首先是关意大利站笼，他照旧对抗着。在朝会时，集中营副主任汤如炎板起蜡黄的脸，让两个兵把他押到众人面前，说：“他是个最顽固的家伙。要把他放在一个下面有臭气熏、上有太阳烤、晚上蚊子咬的地方，折磨他！看他还犟不？过几天再打一顿，让大家看看，不接受教育者戒！”

说完两个兵把那人拖着，锁到一个用竹子搭成架子的茅坑里，头顶上是薄薄的茅草顶棚，晚上蚊子成堆，而他仍然是微笑着对大家。大家对他肃然起敬，但也有些人大骂他，因为集中营里，有一部分是派进来的特务；还有一些是教官的亲属，为了逃避当兵到这儿来当学员，他们偷听，打小报告，无所不为。还有一些保育院的孩子，因为砸伙食团被关到这儿。真是无奇不有。

那位印尼华侨，每隔一周必被抽打一顿，微弱的呻吟深夜在山谷间回旋。天渐凉时，一天他被五花大绑地押出了集中营，他仍是微笑点头地对着众人。那青灰色的面容、拖着铁镣浮肿的腿消失在城堡外。一个多小时后，那几个押解他出去的兵，手提着他的脚镣和绑他的绳子回来，到营部去报账了。

琯德万没有想到的事，是这里能和外面通信，当然每封信必须公开检查。不管怎样，他知道马彦祥让中青剧社保留了他的薪水，因此母亲能够生活下去，就放心多了。

戏就要演出了，演的是《反间谍》，写的是上海地下工作者打死日本人的故事。没有想到一起演戏的人，都是新疆空军保险伞罢跳案子里的人，和伍拓龙一起被捕的，因而琯德和他们倍加亲切。从他们那儿得知，伍拓龙已由他做大官的亲戚保释出狱。

一天夜里，没有月亮，黑乎乎的。已是秋天，山间十分寒冷，大家都挤在被子里沉沉睡去。

琯德感到床铺一阵微微地晃动，和他挨着一同睡上铺的人，在黑暗中坐了起来。琯德奇怪，回头看了他一眼。他感到了琯德看他，就趴在他耳边说："同志，我要趁着这黑夜逃出去。你装睡着就帮了大忙了，行不行？"

琯德点点头，但悄声问道："你怎么跑？"

"从后山滚下去。那里没有岗哨，他们以为人从那里下去，非摔死不可。我准备很久了，我换好衣服就出去。我观察你很久了，你是好人！我是成都新华日报经理。我身体好，不怕的！"琯德紧紧地握了握他的手，果然粗大有力。

他极轻地换好了一身黑色衣服，把军服埋在被子里。悄悄地下了床，出了门，一点声音也没有。琯德只好用被子蒙了头接着大睡。

天亮了，自从排戏以来，琯德不用参加早点名，直接到演戏队的孙训育员那里报到。约有二十分钟后，队里那边断断续续传来：

“夜间有人逃跑了！”

“准是从后山逃跑的！”

“警卫大队已经派人去追了！”

“一定会抓回来的！”

大家听了心里非常高兴，但表面上还是说：“那还跑得了？真是找死！”

琯德一句话也没有说，只是催着大家快点排戏。

一会儿，本队队长找来了，问琯德：

“昨夜那个人逃跑，你知不知道？”

“我怎么会知道！”

“他就睡在你的旁边！”

“我睡着了可不容易醒的！你们不信，可以问一问他们。我一向夜间连尿都不撒的。”

那些男演员都纷纷证明：“是的，是的！”

“他夜间从不下床撒尿的！”

“他睡觉可死啦！”

队长无法可想，“蹬蹬”地走了。队长一走大家相视一笑。但大家都为那位老兄担心，要是给抓了回来：第一，被打得半死；第二，一定是长期监禁在那茅厕里，像那个印尼华侨一样。

戏在排练着。一天过去了，两天过去了，三天过去了……并没有把那个成都新华日报的经理抓回来，队里各种大小官员的脸色更难看了。

戏演出了，轰动整个集中营。在戏中，琯德演一个刺杀日本人的英雄，在那光头上戴了一顶船形小帽，显得十分洋派。在营内演了三天不算，又到山下兴隆场演了五场，还为迁到这里的朝阳大学全体师生演了五场。只是演员下山时，虽然不用绳子绑着，但三人中必有一个带枪的训育员跟随着。演出场所、后台都派有带枪的兵警卫。这样一来，反而引起了学生和兴隆场人的好奇，尤其是一班女学生，对五云山的演员更是增加了浪漫色彩。琯德居然还有好几封女学生写来的信。

孙训育员得意非凡地说："我导演的这个戏，真比得上重庆所演的戏！方琯德，有不少的女学生给你写信呢，我怕影响你在这里接受教育，就统统没收了！"

琯德心想："你就当作给你的吧！那你有多快活。"

兴高采烈之余，特别让大家到伙房里去吃了一顿饱饭。这跟平时在队里吃饭大不相同，在队里每人只有一碗饭，不到一分钟就吃完，然后大家等着军官的那一桌饭。军官的那桌饭，常常只有一两个人去吃，而且吃得极少。他们不是到饭馆里去吃，就是叫勤务兵给单做。在饭堂里，只要军官一放下筷子，附近的所谓学员就蜂拥而上，一个人至少可以多抢一碗饭吃。而剧团的有幸到伙房里去吃，那就不是多吃一碗的问题了，至少可以多吃上三碗四碗的，菜也可以任意添加。

厨房里消息还特别多，因为许多大师傅是老毕业生留下来干的。在这里传说着，在训育处办公室里的《新华日报》上，刊登出了那位逃走的老兄写的文章《我逃出了黑暗的五云山》，其中叙述了五云山上的真实情况。还有人说汤如炎大发脾气，撤了分队长的职、警卫队长的职。这一下子，使那些头头脑脑的官儿们没有了精神，像挨了霜打似的抬不起头来。

不久，听说康泽要来营视察。剧团要演戏，决定排演《风波亭》。岳飞自然是琯德演无疑。

为迎接康主任，全体人犯，包括剧团的人，都到三十里以外的村子里去挑米，每人要挑六十到八十斤。从没有挑过东西的琯德，虽然只挑了六十斤，但翻山越岭来回六十里，累得真够呛。有点发烧，但不许休息，接着排戏。排一会儿戏又集合，重翻一遍操场，铺上黄沙用碾子滚压。从厕所到伙房无不彻底洗刷。康泽休息的地方，都是派可靠的特务班长去粉刷油漆。又是操练、排练队形等，忙了十来天。剧团在这中间抽空排戏，岳飞的词特别多，结果只要求瑄德把词背下来，戏由他爱怎么演就怎么演，又特别做了新布景。

这天全营上下一千多人，在这个不大的山头上，一早就等候着康主任的来临。饭都顾不上吃，也不许大小便。一直等到下午五点多钟，才宣布康主任不来了，这才散去。但全营依然处于戒备状态，第二天还是如此。

到第三天，大家集合在操场上。上午十一点就听见全营的军号，自山下传递吹着到山上。吹的不是军乐队的迎宾曲，而是单调的“打嘀打，打嘀打……”就和要杀人的号音差不多。接着声声“立正！敬礼！”的喊声，也是传递着喊上山来。瑄德感到比在南京蒋介石过五十寿辰时的出场还要排场。

等了好久好久。平时只穿中山服的汤如炎，今天穿上了少将军服，跟在一个戴着顶棕色呢帽，身穿衬衣、毛背心，中等个子黑黑胖胖人的后面，用从没让人见过的军人步子走着。后面跟着一群少将、上校等大小军官。康泽走到这一片犯人学员地区时，带领众人环绕一周，像审视一群奴隶似的，忽然抬起他的一根古色古香的手杖，指着大家对汤如炎说了些什么就走开了。到山顶上环视一下四周，看着飘在脚下的一片云彩，说了一句：“五云山嘛！这里多好的风景呀！让这些人太快活了。不过……唉！”没有说下去了，就一齐到后山休息室去了。康泽走后半小时，才喊“稍息！解散！”

晚上，到九点多钟才演戏。瑄德看见康泽一个人坐在一张大藤沙发上，嘴里叼着一根牙签，面前摆满了点心、水果、茶水等。瑄德这几天已是疲惫不堪，糊糊涂涂就把戏演完了。下了妆，才去吃晚上没有吃的晚饭。

早上起来，照常到队里去升旗。康泽召集大小官员去开紧急会议。十点左右，一顶白布顶的轿椅，扶手全是锃亮的钢活儿，由五个轿夫轮流抬着，飞奔下山而去。汤如炎等跟在后面一路小跑得气喘如牛。队长们和犯人学员在上操，连声喊："全体立正！"也没赶上向他致敬，只有向着康泽的后背敬礼了。

这次视察以后，山上传着各种消息，说日本人快打到贵州的独山了；福州早失守；汪精卫也病死于日本名古屋；西南重镇桂林失陷；美国驻华大使赫尔利飞延安与毛泽东谈判；湘桂大撤退，成千上万的人沿铁路线向四川走来，一路上惨不忍睹。

重庆谣传要迁都西昌，各机关都做了准备。五云山集中营是个半公开的集中营，首先要解散。大小官员自康主任亲临视察之后，就各自谋出路了。

汤如炎有大小老婆两个，康主任五云山夜宴的那天，汤如炎只带了小老婆去。这小老婆身材窈窕，丹凤眼飞来飞去特别来神。康主任表示这很可嘉奖，汤如炎快活万分，但是回到山上家里，身材粗大、四十来岁的大老婆早把个家打得稀花糟烂。汤如炎也吼叫起来："这不用逃难了，完蛋了……"

研究室开始天天烧文件，灰尘满天飞扬。叶青天天神情不安，不时请假到城里打听消息，也要自谋出路去了。

越在这紧张时刻，越是出事。凡兵营都有炸营一说。一天深夜，黑得伸手不见五指，忽然四队宿舍里，有一个人惊叫起来，引起所有的人同时惊叫起来，同时爬起就往外冲，连衣服都没穿。这样连锁反应，一队的宿舍里也发生了这样的事情。吓得军官们爬起来吹哨，叫警卫队包围宿舍，用鞭子抽打那些乱跑乱叫的人们。他们一个个被打醒了，明白了过来，一个个软瘫在地上。各队整理队伍，查问是什么人捣乱，打算暴动越狱么？其实长官们看到这些连裤子都没有穿的犯人，这么乱糟糟的，心里也明白，这是炸营了，不敢多问了。叫大家回去，继续睡觉去。

事后有人说，将有大难来临了，迟早会有日本飞机来轰炸的。有人说这是共产党的冤魂作乱。

在这种不安之中，人们陆续地放出去了。

琯德于年底也被放了出来。

第二十五章

国民党在江津的国立九中和大后方各个大中学中号召青年学生报名参加十万青年军。由于战事威胁，四川沉闷已久的青年学生热血满腔踊跃要上前线与日寇拼杀一场。这使在九中初中将毕业的琥德心里很激动。哥哥们都不在母亲身边，七哥被捉去了，现在关在集中营里不知可有出来的一天。目前家境困难，只靠张皓每月寄来的七哥微薄的薪水过日子。每次回家看见母亲面色惆怅，他也没有办法说一句可以安慰母亲的话。他心里沉重，找不到一个人、找不到一处地方可以倾诉。

从他懂事以来，几乎没有太快乐的事，养成他沉默寡言的习惯，也含着无限的感伤。

当学校里一宣布可以报名参加青年军，据说除有美式军装外还有各种优厚待遇，他下学后立刻回家告诉母亲，他已决定去参军。

三太太听见最小的儿子说出这样令她震惊的话，立刻大骂了小儿子一顿。骂完心里仍不能安定，又抓起小儿子的手使劲打了几下，又流泪又骂不知如何是好，只知道说："不行，我不让你去！我六个儿子只剩下你一个了，等我死了随你到哪里去。我有个病或死了有谁知道？！这次你要去当兵不是随随便便的事情，你的几个哥哥都在那边呢，要是把你开到战场上对你哥哥开枪开炮，你也能开呀？！"

“我是去打日本人的，如果叫我去打共产党，我就开小差跑回来。现在日本人已快打到贵州了，我们还能跑到哪里去？再说七哥不会不出来的吧？”

三太太：“你七哥受尽了苦，不知他是着了什么魔了，干这种事情有什么好？我也不能再拖累他了，你也不能一点不管我呀！”

老八沉默了半天，但还是说：“我在家不能帮助你，我知道我是个不能干的人，还不如我走了，至少减少你和七哥的负担。”

说到这儿不禁轻声地抽泣起来，接着长时间没有人再说一句话。这一晚大家都没吃饭。第二天老八要返校了，只说：“姆妈，我回学校了。”无声息地走了，他们再也没有提及此事。

下次老八再回来时，三太太又问了一句：“怎么还是要去当青年兵？”

老八没有吱声，以一种固执的样子站着不动，等待着母亲的再一次吵闹，可是没有想到母亲什么也没有说。又是一番沉默之后，母亲把她自己的被子抽出一床比较好的来，预备叫老八带走。老八在一边看着母亲的一举一动，心里万分感激，恨不得自己能说出：“我不走了。”但是他不能说，咬紧牙却说：“姆妈，被子不用给我了，你也只有这么两床破被子了，我到了队伍上会发的。”

三太太回头看着小儿子心想：“还有什么可以给他呢？”想了想只有把前几天张皓寄来的钱全拿了出来塞在老八手里说：“我所能给你的就是你七哥寄来的钱，你拿着吧。别怨做娘的没有本事，不能养活自己的儿子，只有让你去当兵，将来有一天老三、老四、老五、老六回来，我怎么对他们说？你七哥有一天出来后，我怎么跟他说？这点钱拿着吧，别让我心里难过了。”

老八手里拿着钱心里想：如果青年军里能挣一点钱，我一定寄钱给姆妈。他接下母亲给的钱，没再说什么。

临走时说："姆妈，我会给你寄信的。"

三太太："我后悔老七走时没有送送他，我现在送送你吧，你最小嘛。"不管老八同意不同意一直送他到学校住宿的门口，三太太自己觉得头昏眼花站不住走不动了，才说："我走了，回去了，你自己照顾自己吧！"

三太太一个人往回走时，天已黑暗，她在黑暗中感到整个世界都是如此黑暗。听见靠近自己不远的长江急湍水流奔驰而过，感到自己是江水中的一片叶子，被大江漩涡急旋到江底。

几个月过去了，现在无论是什么人给她带来什么消息，甚至说又要跑反了，她也再没有半点慌张。她一个人早已无"反"可跑了，什么样的动乱她再也无所感觉了。她剩下的只是昏昏的漫长的黑夜。

这天一清早，她听见外边黄桷树上先有喜鹊叫，可昨天黄昏的时候乌鸦成群地叫，喜？祸？顶怕都同时来临。她也懒得去辨认了。她只是习惯地，一点没有自己的愿望地在观世音菩萨前点香膜拜，然后拿揩桌布还是不停地重复在擦桌子椅子。这些桌子椅子已光滑得可以照人了，她只是在擦着、擦着而已。

到中午她盛了半碗米准备到房门处去淘米，忽然看到一个人穿了一件长袍急匆匆地走来，远远地高兴地大喊一声："姆妈！"一路跑进来一把抱住三太太转了一周才放下她。三太太被这突然的袭击惊吓了一下，但也没有明白过来，懵然之中只是感到一种熟悉的气味环绕自己，不由得一股热血注满身上。她站到地上时差点摔倒，当琯德再扶住她时，三太太才明白过来——是老七回来了。说不出的一种委屈涌上心头，把已麻木的心又放置在大海波澜之中，她止不住的泪水往下流淌，嘴里只喊着："老七，老七！你不像样子，我不能再转了！你这个东西回家了就是闹！不放你回来才好呢。你怎么给放回来了呢？天呀！我怎么事先知也不知道哇！老七呀老七，你不再走了吧？不要再走了吧！"她一口气把这关闭的闸门打开，闷在心里已久的话像瀑布一样奔流出来。这是她生平所未有过的奇怪现象，她从没有像现在这样一口气讲了这么多的话。

琯德回家来看母亲，是以一个挺过艰险的胜利者的自我感觉，所以他并不低沉，他还是热情不减地对待母亲。

他一回来把家庭中的冷清、痛苦、愁绪冲得一干二净。当他看到母亲苦凄情景不由地涌出对母亲的敬意。他觉得这是一个对党、对人民贡献了自己一切的伟大的母亲，是高尔基笔下的母亲，琯德不由得大喊："姆妈！你是高尔基写的母亲！"

三太太说："我是你的妈，怎么会是姓高的妈呢？我不做别人的妈，你也不能不要我这个妈。别乱喊乱叫的了。你一回来家里就没有安静，没有你在，我和老八两个人多安静。他一点也不像你这样吵死人！"三太太说到这儿又勾起内心的酸楚，老八走了三个月了，而老七还不知道呢。

正在这时，老七却问："老八呢？他怎么没有放假？待会儿我找他去，他看见我来了一定高兴地叫起来：'七哥！七哥，我想你想得要命。'说不定我们小兄弟俩抱头痛哭一场呢！"琯德自说自话地说，如真的一样，三太太见他越说得高兴越是不得开口。老七接着说："姆妈，还请杨嫂给我杀只老母鸡吃吃吧。我这个人就是奇怪，什么都敢做，就是不敢杀鸡。我怕杀又杀不死，让它痛得乱蹦，那我就不敢吃了。还要炖一只蹄髈卤鸡蛋，我今天带了钱回来，请杨嫂、老八大家在一起吃一顿。有好几年没有这样大吃一顿了。"

三太太没有理他，琯德以为母亲不高兴他又在吵吃吵喝的了。

过了一会儿，三太太才慢慢地说："老八已经走了。"

"走到哪里去了？"

"去当青年兵去了，他说他要打日本鬼子，减轻家中负担。"

琯德完全不相信自己的耳朵，以责备的口吻说："怎么不先跟我商量？"

“你关在那里怎好找你商量？”

“姆妈，你太不对了，怎么可以让这么个小孩子去当兵，尤其青年军。你知道青年军是干什么的吗？美武装备去打日本？你想得好，他们是打共产党的！”

“我也这么说，叫他别走，他一定要走，我也没有办法。”三太太委屈地哭了。

琯德依旧愤怒不止地在责怨母亲：“我去找他回来！”

三太太几乎是央求儿子了：“你别去了！你别去了，过些日子看看情况再说吧！”

琯德心里也一阵难过：母亲又有什么能力阻止一个十六岁青年的举动呢？三太太见儿子已经平息下来，接着说：“我还有话要说的，今天你回来了我才能对你说，你快不要东跑西颠的了，老老实实地演戏吧。你知道这些日子我怎么过的啊！我不怕穷，这些年也穷够了。我最怕的是你被人家提起来杀掉。我没有想到我们已经遭了难，还要听人家的骂！”

琯德奇怪极了：“骂什么？”

“他们骂我前世没有修好，没有生出一个好儿子，全是当土匪，一家子土匪。你关起来以后，常有人在我窗外叫‘这家子是共匪家属’。我又气又伤心，我是前世没有修好，可我念了几十年的佛了，也该赎回一点罪了。但我觉得儿子没有一个是不好的，都是好好男儿汉，读书成材，他们打日本这有什么不对呢？！可为什么这样骂我的儿子呢！”说完一副庄严的神色。

琯德完全没有想到母亲的内心真正的痛苦是这样的深，同时心里对那些胡言乱语燃起了怒火，脸都红了，简直咆哮起来：“是什么人？这些人才是混蛋呢！总有一天叫他们成为真正罪犯。你是这世上的好人，你前世是好人，下一世更是好人，千代万代都是好人！别难过，今晚照常大吃一顿，叫他们看我这个‘共匪’回家了，还大吃大喝，还杀人放火呢。”三太太也破涕为笑了：“你就是好吃！我去告诉杨嫂，她一定高兴死了。”

晚上像过阴历年一样，杨嫂兴奋地说：“有好几年没有这样在一起来吃饭了。”

琯德站起来对母亲和杨嫂拱拱手又鞠了一躬：“我提前给拜年了。”

母亲坐着只是笑，杨嫂却站起来认真地要还礼，琯德一把拦住说：“多谢你的照应了。”

大家都过了一个愁云消散的夜。

沈松又回到重庆，马彦祥给他一个任务，就是著名音乐家沙梅要改革川剧，排练《红梅图》，“中青”全力支持，叫沈松担任副导演，由新来到“中青”的剧专七期生谢晋管道具。

沙梅将交响乐与川剧的锣鼓点同时用，重庆文化界特别支持，包括在美国新闻处工作的刘尊棋，音乐界的黎国荃、陈健、黄源礼，都不要酬劳全力尽义务给伴奏。谢晋非常有兴趣，自做了一把木桨，扎上红色绸子，他自己走在路上，在剧场里手不停地用桨划来划去，而且非要副导演沈松加以肯定不可。他说这把用红绸子扎的桨是他的创造，这样才显示贾似道相府之家的气派，又显示了李慧娘的艳丽。沈松看他对自己的工作如此认真而有信念，只有说：“果然果然，非凡的杰作。”他特别高兴：“学导演的人不懂得道具的作用，还算什么导演！”沈松说：“你懂川剧吗？”谢晋说：“不懂。”沈松说：“那就好好地向沙梅老师学吧。他可是川剧迷，又是当今音乐界名人。他把四川的船夫号子改成歌曲，还拍成电影，本来要请我去配唱的。”

谢晋笑得眼泪四溢：“没有想到要你去唱？沙梅老师是个聋了耳朵的贝多芬。沙梅老师是奇才，你也是奇才，这《红梅图》我干不了啦。”但川剧的老前辈却与谢晋不同，他们尊敬沙梅，把他看作是川剧再生的神灵。有位八十多岁的老川剧演员，曾要对沙梅下跪，说："沙梅先生，若是川剧能有救，能起死回生的话，我供你沙梅先生和各位先生的长生禄位牌。"大家都看到了这个场面，无不为之感动。谢晋说："那我玩命干吧，为他们这些前辈们，为川剧的新生，我豁上这条命了。"

大家真的玩命干了起来，沙梅忙得不得了，自己又是伴唱，又是指挥，又是排戏，把舞台灯光、布景的合成工作都交给了沈松。

抗建堂是个小型的话剧剧场，川剧的锣鼓与西洋乐队分别在边幕西侧，挤得人透不过气来。演出之前各报纸宣传的文章可不少。演出一周内票满，但越来越不行，那些新式观众和下江人听了川剧的锣鼓就头痛，四川人和川剧迷们又觉得太不像川剧了。左右不讨好，于是最后每天只有二十多人看了。

出资的老板大骂沙梅说害得他们赔了钱，只有停演了。老板对各项费用概不认账，沙梅只有向他姐夫刘尊棋借了一点钱应付了事。好在文艺界都同情沙梅，而且《红梅图》上演评价不低。沈松等半分酬劳都没有得到。当沙梅在沈松的宿舍里痛定思痛的时候，沙梅忽然跳起来说："我算来算去这些老板们没有赔，东西是各方朋友借的，演员只给了一点点酬劳，只花了一点场租费，对那些大演奏家们连饭都没有请他们吃一顿，大家为的什么？不就是为了努力发扬古老文化的精华吗！这么好的东西，他们不识货哟。我只是为了试验一下、提高一下，没有想到一败如此！沈松有没有钱？买点饭来吃吧！我今天还没有吃呢。"沈松说："对，买饭！应该买饭吃！不过我身上钱也不够了，好，你别管了，我去！"说完到小饭店里，搜尽了衣袋只够买一碗鸡蛋炒饭的钱，于是买了一碗鸡蛋炒饭，又要了一个碗盖着端了回来。沙梅一看以为给他一个人吃的，很高兴说："这一碗行了。"可沈松却说："咱俩分吧。"沙梅立刻不好意思地说："那我只要一小半就行了。"沈松不由分说分了一半给他，两个人都以为吃得很多了。

归元寺离七星岗不远的一个小山坡上的五六间竹泥糊的破房子，为“中青”的家属宿舍。在沈松住房后面有半间小屋是焦菊隐所住。他的半间小屋顶多七平方米，只有一个床板和一张破旧倾斜的书桌。他的屋子又西晒，挡上一块大木板，屋内就全黑。只要他在家白天也得开灯，夏天屋内如蒸笼，可他却能在室内灯下读书。一个大近视眼眼镜挨着书，终日手不释卷。沈松非常喜欢他翻译的《安魂曲》和他给自己排的《北京人》和《金玉满堂》。他谈吐文雅、幽默机智，从不失态地大笑。虽然他的小屋子是那么苦，但沈松却愿意坐在室中和他探讨一切，似乎他什么时候都愿意和你谈而且他总有的谈，滔滔不绝。沈松尊他为师辈，可他却对沈松视作好友，尤其当沈松发现他的女朋友和自己是南京二中的同学以后，更不称他为焦先生而是“菊隐、菊隐”的了。

沈松离开集中营后，除了排戏以外就很少出去，怕国民党特务依旧盯梢，终日在室内读书，尤其读英文。他变得文静了，但有时心里有种说不出的烦闷，有时到马路上小酒店里喝一大杯酒，喝得满脸通红，喝醉了只是自己对自己微笑不已，然后沉沉睡去。

住在这房子顶头一间的一位演员叫吴若，有个美丽的妻子叫梅笳，是广东人。沈松从来没有注意过他们，可是经常听见他们争吵和吴若的吼叫、打人，以后就是一个女人的饮泣。沈松虽是不加闻问继续读书，但心里老是为这种打人叫骂和饮泣的声音所不安，甚至连书都读不下去，久久呆坐在那里也不知该想些什么。

当白天宿舍里很安静时，这位吴若夫人梅笳就牵了她的三岁小女儿走在山坡前独自散步。而这地方却是沈松房间的门前一小片平地，梅笳只是走过门前时偶然一回头看见一个小青年坐在床前默默地看书，走过来看一眼，走过去也看一眼，似乎这个青年给她一个很好的印象。很自然以后就眼熟了，梅笳听说这位青年是坐了牢刚出来的剧社演员，不由得心里有了两分崇敬。

有一天梅�抱着孩子站在沈松房门口说:“你好用功啊!”沈松接着说:“进来坐会儿吧。”梅筠很愉快，进来坐在沈松对面洪波的床上说:“我听他们都说你是好人。”

“你听人家瞎说，我不是好人也不是坏人，我是一个非常渺小的人。”沈松谦虚地说。梅筠摇摇头，但也没有再说什么，默默地坐一会儿就走了。

他们就这样互相熟悉了，以后她每天就这样抱着孩子来沈松屋里坐一个多小时就走，也并没有太多的话。

这以后沈松才看清她是一位真正美丽的少妇。她不过才二十岁，一双大而温柔的眼睛，椭圆形的脸上鼻子和嘴搭配得那么巧合;虽有几颗浅浅的麻子，却增加了她的俏丽;身材瘦长而曲线很鲜明，高高个子，肤色特别白皙而透着微红。总之房里多了这么一个美人，沈松似乎觉得是从《聊斋》画轴上走下来的仙女。

以后梅筠再走来时不抱孩子了，就她一个人在沈松面前坐着，话还是不多，似乎只有当她坐在沈松的对面她心里才有安宁，似乎她才可以忘记丈夫的吵闹、家务琐事的纷繁。

渐渐地知道她学过桂戏，她还想当一个话剧演员，可是目前只挂着演员的空名过着家庭妇女的生活，她不甘心。但她在重庆没有自己熟悉的朋友，就连剧社里同事她也不认识几个。她上台只是演演群众而已。这些演员多半是依附丈夫来到剧团的，似乎没有自己的独立地位。

梅筠是苦闷的，她像跌落在枯井中生活，因此沈松身上那种磨灭不了的年青气息，对她总是散发着诱人的芳香。

沈松似乎忘了“恋爱”，也怕再有恋爱来临，“恋爱”已成为消逝的波涛。现在他自己似乎已成为被波涛抛弃在荒岛上的腐朽的木片，再也经不住海浪无情的冲击了。

可是每日清晨，大家还没起床时，梅箭总在她自己的门前低声在唱。沈松听到不全的歌词："我爱大海，我爱大海的颠簸……在月色里，在海风里，我听到有一个声音……你回来吧，啊……我不！我不回家，我爱大海，我爱这晚风吹……" 她唱着，歌声自由地驰骋着。

这歌声使得沈松那紧闭的心扉被撞击得松开了，但沈松害怕，他不敢尝试这令人可以死亡的苦果。尤其她已是一个少妇，在爱情上他从来没有胜利过，主要是自己平静的心久久再没有跳起过波浪了。

事情不像想得那样容易躲过！一天吴若找到沈松，他是一个粗胖的家伙，沈松根本不想和他说话，可是他说："小沈松，我介绍你到一家钢铁厂去导演一个戏，是吴祖光写的《林冲夜奔》。只有一个条件，必须让我的太太去演主角——林冲的娘子。"

沈松听了以后半天没有回答他，如为了梅箭的事业，这可是一个时机；但若这时去和她单独接触一定会陷入难以自拔的情调之中。他犹豫起来了，于是推托说这剧本他没有看过，等他看过剧本再说吧。其实这个剧本在江安时，吴祖光写的初稿他就看见过了。

第二天他在深思和挣扎中度过，梅箭却也没有来找过他，她的歌声也沉默了。这突然的平静像一个舞台上长长的停顿，在等待一个可怕的决定。

沈松终于制止不住自己的脚步，答应吴若带着梅箭去排戏了。

这是大渡口临江边上的一个大钢铁厂，生产混乱。原来设计能年产四十万吨的工厂，目前仅产四万吨。

偌大的厂子冷冷清清，厂内通向江边的铁轨已被撬掉了。小火车头已不知去向，只有几个机修、翻砂车间还在干些活，职工们就以干这些活来糊口。

在福利区原总工程师的一幢小楼里也没有人住，楼上两个房间中间隔一客厅，沈松和梅箭各住了一间，中间客厅作为接待主要演员和其他工作人员用。除了梅箭外都是业余演员，男主角是个工程师。业余导演就是这住所主人的儿子，他姓陈，住在楼下。白天大家都在职工食堂排戏。

有一个专业女孩和大家一起演戏当然使大家很兴奋，而且又是重庆大剧团请来的导演，所以只花十天的时间大家很集中地一口气就把戏排出来了。

晚间多半没有事情，这安静的小楼上就剩下沈松与梅箭两个人。似乎两个人各有戒心，都不敢走出自己的住房。

一晚已经深夜了，这里一片群山静谧，沈松一个人走到房间外面走廊里，站在栏杆前，远眺前方如一条白练的长江，天上有轮新月照着江面上泛起的薄雾，一切显得十分朦胧。这景色倒使沈松心情有种说不出的不安静，想：算了，回去睡吧！但就是舍不得离开！就在这时候感到肩膀边有轻缓的呼吸声。沈松感觉这是她到了，但没有回过头去，只问了一声；“还不去睡？”

“这么好的地方，不忍心去睡。”停顿了一下，她又说，“我感到世界上真的只有咱们两个人，那是多美、多自由啊！”

“离开了现实的想象总是任人选择的。”

“我还年轻，只二十岁，我为什么就失去了所有的权利？我的现实太可怕，不能认真地想什么了，我要飞啊！我要飞得远远高高的！这些日子我感谢你带我到这里来，享受真正独立的幸福。我觉得我们可以共同起来，共同飞翔。”

沈松不得不回过脸去看着她那热烈的眼光，那清澈的大眼睛，她更美了。沈松靠近她，紧挨着自己身体，不由自主地双手紧紧地拥抱了她，低头去热烈地长久长久地吻她。这已不是羞怯的初恋偷吻，而是一个成熟的如秋日熟透的葡萄能滴下她的露珠的吻。

忘了时间，等他感到吻得该透口气的时候，已是月色西沉的时候。

第二夜，他们还是这个时候，在这个地方相互依靠着，说着——谈到自己的历史和过去的一切——像在梦中。

第三天、第四天——沈松才知道她是广东新会人，她的父亲在香港是画家，没有钱，很穷，她十二岁就回到广西进了戏校。

戏演完了，全体职工在晚饭时聚餐欢送，大家都热情地讲话，反映了观众的赞许和意见，都说梅笳是个真正的演员，能够和业余演员在一起演戏而不摆架子，是新文艺工作者的楷模。说得梅笳只望着沈松傻笑，没有敢说一句话。沈松却是代表梅笳表示感谢大家的帮助和款待，也就借梅笳与业余的朋友在一起演戏的意义又发挥了几句："这是戏剧运动发展重要的一环，没有业余戏剧的发展，就没有提高职业戏剧的基础。"大家都热烈地鼓掌。

梅笳在祝酒间轻声地对沈松说："我愿意这酒席一直延长下去，再也不要散了！"

但是夜深了，终于酒席还是散了。

大家把梅笳和沈松送到住所，都散了。

业余的那位陈导演一直在客厅里坐着，陪着他们两个人。他说他是多么爱好话剧，几乎重庆演的戏他都看过。重庆的话剧是空前的，它代替了电影、戏曲和其他艺术，使重庆成为全国文艺中心。重庆没有了话剧，就没有了精神世界。戏剧在工人、学生、公教人员、商人的艺术世界中都占着统治地位。

三个人谈得很热闹，梅笳在别人面前从来都是寡言少语，但今晚却也高兴地说起话来。她说："话剧界应该再多出人才，希望一切愿意献身这个事业的都能在重庆舞台展现自己的才能。"说完又怕说错了，看着沈松。

三个人一直谈到天快亮的时候，老陈依依不舍地下楼去了。

老陈一离去，客厅里突然像没有人似的安静起来。

沈松的心立刻跳起来了，有一种大祸临头的预感。梅笳也没有讲话，似乎也坐不住了，突然地站起来回到她屋里去，把门掩上，关上灯。沈松一个人在这突然来临的凝固的空气中坐着，又心神不定，站起身走到门外走廊。就像自己的一半把自己另一半又拖回到客厅里，他非常想找瓶酒浇在自己的心上才好。看着她那掩闭的门，一股热气使他鼓起全身的力冲开了门，随手打开灯。梅笳没有脱衣服，她只坐在床上，并没有躺下。沈松一下子冲到她的床边紧紧地抱着她，这时更感到她的心跳动得和自己一样不安静，她身体的柔腻使自己再也忍受不住。沈松说："我的梅，你是我的梅，只有你才是我的！"梅笳也紧紧地搂住沈松的头，让它埋在自己的心窝上。当沈松挨近她的衣扣，却被她紧紧攥住了手："天呀！请不要吧！我是愿意全部给你，但现在不成，天就要亮了，明天仍是原来的现实了。我对不起你，你是个没有结婚的人啊！"她抱起沈松的头吻了一下："我像是个莎乐美吧！可爱的王子啊，你是被牺牲的人啊！"沈松意欲做再次努力时她哭了："不行啊，原谅我吧！"她推开了沈松，沈松觉得他是该出去了。

沈松拖了沉重的脚步，也没有脱衣服躺在自己床上，久久不能睡，于是就跑到厕所里把自来水龙头开着浇自己的头，恨不能把自己的脑壳敲破，把自己的胸膛打开让清冽冽的凉水从头到心都浇过一遍才行。

第二天上午和梅笳一起吃早饭时，梅笳红肿的眼睛使沈松惭愧地低下了头，才明白自己险些闯下大祸，但是感到梅笳对自己更加温柔了，沈松心里更多了一层感激之情。

回到重庆，沈松除依旧演戏、读书之外，似乎什么事也没有发生过。只是梅笳沉默了，歌声停息了。梅笳依旧去演群众，偶尔看到沈松既不躲避也不说话，只显得过分生疏。沈松却相反，心里离不开大渡口的情景，他常是在宿舍门口张望，张望着她能出来和他说话、一起去散步，但总没有这样的机会。

沉闷已极的重庆，于8月10日夜间突然爆发了“日本投降了！”“战事结束了！”的狂喊，一时全市爆竹声彻夜不停。沈松正在宿舍里看书，被这一阵阵的呼喊所惊起。他连忙跑到马路上，看到人们奔走相告：“日本投降了！”有人说：“苏联出兵了，日本能不投降？”又有人说：“美国新式炸弹使日本瘫痪了，完蛋了。”沈松相信日本是投降了，整整八年战争，中国人民受尽了一切苦难，该出头了。沈松不知被什么力量促使自己一口气跑回宿舍，冲到梅�的屋里抱起她乱跳乱叫：“天哪！我们胜利了，日本鬼子投降了。”屋里只有梅�一个人，被沈松这突然的袭击吓了一跳。似乎有一种共同的要求，他们手拉着手并肩跑到马路上，随着人流东奔西走。

梅筑跳着喊着：“胜利万岁！”她激动地流泪了，大家都激动地流泪了。相互不认识的都相互拥抱，比任何节日都快乐、奔放，忘记了一切。

当沈松和梅筑尚未尽兴时，梅筑突然惊呼：“我的孩子一个人在家里，怎么办？”沈松只有陪她回到宿舍，见孩子一个人在灯火通明的宿舍中安详地睡熟了。

梅筑放心地高兴地搂住沈松的脖子吻着他说：“好久好久我没有敢见你了，其实我时时都在想你，我发誓——我真正爱你！也许以后生活会有变化，也许会分离去四处八方，但我不管你、我在哪里，我会找到你的。你一定想着我、等我，我一定会跟你结婚的。新的分散动荡会有新的‘组合’，是吧！”她流着泪，沈松也流着泪，两个人流在一起的泪水分不出谁是谁的了。

在这狂欢的不眠山城，沈松和梅筑相处的这个时刻是最幸福也是最难得的了。

沈松永远记住并在等待着动荡的变化和新的组合，铭记着“我会跟你结婚的”这句珍贵的话语。

似乎这一晚人们都不曾睡，喊哑了嗓子，痛饮着酒，也有人在喊：“这一下可以直捣黄龙了。”有人立刻发愁如何离开已住了八年的四川，船、飞机哪有那么多？下江人的心早就飞到上海、南京去了。

茶馆里人声更嘈杂，幺师用比平时更高的嗓门喊：“开水——请让开！”下江人、四川人都在一起喝茶，更兴高采烈。

在舞厅里，忽然《何日君再来》的歌曲一遍又一遍地唱，还有《香槟酒气满场飞》等流行歌曲时兴起来。有人说这是上海流行的曲线救国的歌，总而言之重庆是欢乐又愁闷的地方。

拍卖行的生意特别好，到处都有新的拍卖行，有西服、皮大衣、皮鞋，香港货的箭牌衬衫、三B牌烟斗……

在美国陈纳德飞虎队的协助下，接收军队和大小接收大员开始出发了。重庆的白市驿、珊瑚坝机场也热闹起来了，一律带美式钢盔的中央军威风凛凛起飞了。轮船也人满为患地艰难行走起来，似乎是又一次的大逃难。于是大木船有包乘着走，渐渐小木船也有人包乘着走了。

但大多数平民百姓依然没有走的可能，只能不断地谈论走——回上海去、到南京去、回老家去——拿这些话来过瘾了。于是四川的菜也不好吃了，上海的炒虾仁，南京的咸水鸭和夫子庙的千丝炸油饼、豆腐脑都令人想着、想着都要流口水。

还有一些人家有老妻守活寡八年，而现在又有抗战夫人，为如何处理问题也闹得不可开交，各种新问题在各种人心里滋生着。

国民党抢占解放区根据地的事也随着更紧张地进行着，而所有的人不再希望打仗了。

一个爆炸性的消息：延安毛泽东要来重庆与蒋介石谈判和平了。沈松和大多数人一样兴奋。他每天都打听谈判进展的情况，情况是时好时坏，总之谈判是针锋相对的。

在这紧张的气氛中，从吴祖光和黄苗子那里转出毛泽东主席写的诗词

《沁园春》，沈松含着眼泪读着、背着。似乎一切进步人士见了面都以背这首词作为心心相印的表示。不几天《新民晚报》公开发表了。有一天中苏文化交流协会门口人山人海，成千上万的人等候在那里，沈松也夹在其中等候着……

一位高大的人下了汽车，各种人都拥上去。这位高大的人就是毛泽东同志，他并没有立刻走，而是站在那里，举起他的大手向那么多的人招手打招呼。他微笑着，并且和靠近他的人们握手。沈松奋不顾身挤到他的面前，双手握着他的手热烈地握了起来久久不放。沈松心里想："我的党啊！你知道不知道一个流落多年的小党员，不管你认识不认识、知道不知道他，可现在他能够紧紧地抚摸着你这伟大而柔和的手。这就安慰了他的愿望：就是这一辈子为你、为党去工作，去粉身碎骨的啊！"沈松眼睛模糊了，泪水如泉涌，似乎比一九三七年和铁生第一次去汉口见蒋南翔以后的感觉更加激动，更加幸福。

毛泽东同志终于走进中苏文化协会里去了，沈松和人群一起久久地站在门口不肯散去……

这时期，沈松每天都在积极地参加一切活动。"双十协定"刚签字不久，国民党又在搞破坏了。接着重庆报纸要求实现民主，开群众大会，又发生了校场口事件、沧白堂事件。那些育才学生为保护民主人士奋勇当先不惜牺牲，沈松都自动参加了。

沈松深信刘厚生一定还是党员，几乎天天去刘厚生那里，并告诉他自己所有的行动。刘厚生也悄悄告诉沈松他去过周公馆，看过延安来的秧歌剧等。不过他就是不肯带沈松去，沈松也自觉自己是坐过牢的共产党员，是被人注意的，不应该乱去这些地方。

沈松这时已把刘厚生看作是自己党的领导了，于是悄悄地把自己和梅箫的恋爱也向党汇报了，可刘厚生虽没有反对他的恋爱，但总是微笑地摇摇头，似乎也不赞成。

秋冬时节，中青剧社演出洪深的《鸡鸣早看天》，由马彦祥导演。剧情发生在大家复员时路上一个鸡毛店里，各种旅客形形色色。沈松演一个大学生，和另外一个女青年谈恋爱。当有一次沈松在舞台上对着碧蓝的、有月色的天空，和那位女青年在一起，沈松身在这种环境中，不觉有些恍恍然，仿佛自己又回到大渡口，在那月夜与梅筠拥抱。这位大学生的台词是："下了一晚上的雨，月亮还是这么好。"可这时沈松在恍惚中说成："下了一晚上的月亮——"这样的台词一出口，沈松立刻明白说错，说不下去了。演女青年的张鸿眉正在陷入情网之中，本来正在"月亮这么好"的台词中心旷神怡的，萌发她的爱情，但这"下了一晚上的月亮"突然使她不知所措了，而观众也被这样奇特的台词怔住了，不明白是怎么回事！而沈松马上把台词改回来又说了一遍："下了一晚上的雨，月亮还是这么好。"全场的观众"哄"的一声大笑不止。马彦祥正在台边看戏，到了此时不觉大声骂道："沈松这个小混蛋，怎么居然说出这样的台词来，可笑又可恶！"

沈松吓得满身冷汗，也不知这一晚如何演完这个戏的，以后见到张鸿眉总是鞠躬道歉。张鸿眉只是说："那怎么办哪，戏还得演呐，只怕我一演到这个地方就想笑。"沈松说："那你就笑吧！剧情需要你微笑，只要我不哭就行。"

这个错误大概是沈松演戏以来最大的一次了。第三天沈松坐在公共汽车上，车上很挤，站在他面前的一男一女一面扶着车上的扶手，一面情意绵绵地交头接耳。沈松听见那女的说："两个人谈恋爱，会说下了一晚上月亮吗？"男的接骂："哪有这样的，这个演员太蹩脚了。他大概月亮太多了，爱情太多了，一个月亮一个爱情才下了一晚上的月亮，真有意思。"女的说："这个演员他自己也不害臊？反正那天所有的观众都笑得肚子痛。我恨不得找那个家伙去问他，你这台词是怎么来的。"

沈松在他俩面前不敢抬头，等汽车一到站就赶快溜下车去了。

重庆的戏剧演出一个接着一个。赵丹自新疆释放回来，戏剧界在常家花园开了盛大的欢迎舞会。周恩来副主席也到会欢迎，使戏剧界感到光荣和振奋。接着赵丹演了茅盾写的剧本《清明前后》，使国民党非常紧张。陈白尘写了《升官图》，也随之公演。这一下刺伤了国民党蒋介石，在民主气氛高涨中对这些戏剧界的上层又都无法禁止，蒋介石更加对文艺界头痛不已。

不久戏剧界有人开始回上海和南京了，有些人要去北京。据说东北有大的剧场可以开展戏剧运动，吴若等有些人要去。就在他们要走的前夕，梅筎又约沈松到两路口一个咖啡厅里去见面。

这是个很小的舞厅，沈松和梅筎一个舞又一个舞地跳着，似乎不谈比谈什么更好。将近两小时中，两人在音乐声中享受着浓郁的感情的芬香。梅筎轻声告诉他，现在只有随吴若先去东北，等沈松到了南京以后她一定离婚，成为一个自由人到南京来找他，那时再也不会分开了，一定和他结婚！

沈松听了这些话，非常高兴。他觉得她说的在动乱中新的组合这句话，在一点一点地实现着。沈松第一次感到这是一次婚约——再也不会消失的婚约了，梅筎就是自己的未婚妻了。这令人难忘的时间也不得不过去了，他们再也无法留恋最后的甜蜜的缠绵时刻。他像喝了一杯醇厚的酒，踉踉跄跄地回去了。

沈松听说八弟的青年军队开到綦江驻防，于是带了一点钱去綦江。

演剧五队也在綦江，沈松找到了五队，在五队住下。第二天去找八弟。

当他找到八弟时，看见的是一个非常英俊的小兵。好几年不见了，没有想到一个小孩子长得这样大了。沈松心里本应该高兴，可是当见到长得这样大的弟弟，想到自己完全没有照顾好一直在自己身边的最小弟弟，不由得悲从中来，有种心里说不出的酸楚。沈松拉了他的手带他到一家饭馆里，叫了几个菜请他吃饭。可他开始责备起弟弟来，问他来当青年军为什么不等自己回来。八弟非常轻柔地说："不走不行啊！家里太穷了，姆妈把自己的衣服拆拆拼拼地给我穿，她的衣服都拆光了。何况那时日本人要打来了，我也要打鬼子啊！现在知道是上当了，我们的教导员中给他们枪毙了好多了，说他们是共产党。"沈松说："是呀，你太纯洁了，什么事也不懂，你参加了青年军我流过多少泪，姆妈又流过多少泪！"八弟沉重地低下头沉默了，但接着又说："现在抗日结束了，他们要整编，把原来的学生不愿当兵的复员一批。我可能被复员，复员后我回学校，跟学校复员东下。你如果能带母亲复员就不用管我了，我一定能回去的。"

沈松听了，心里感到很安慰，毕竟八弟大了，一切能自立了。

饭后，沈松陪着八弟走了不少路，一直送他到连队里。一连三天，他们的教导员都给了八弟的假。这是弟兄二人相处最亲密的三天，最后还是八弟送沈松搭他们的军用卡车回到重庆。

已经是1946年的3月左右，重庆的外地人已经开始大批地走了。中电的张骏祥和刘厚生等正在设法去上海；中青剧社的马彦祥要去北平，焦菊隐去兰州了，张皓也去了中电。中青剧社社长也换了人，也走了不少人。

中青复员由三青团团部拨来两辆大轿车，由王仁荣率领二十几个社员和他们的家属由川北翻越秦岭到宝鸡、西安，到郑州再到南京。

沈松闻讯后赶快回到江津去接母亲。

三太太听到这个消息高兴极了。

杨嫂已经结婚，早已不在江津了，所以只有母子二人走。行李也只有两床被子和那个观音菩萨，别的都没有了。可到四川时是身缠万贯和六七个大箱子，六七个人，浩浩荡荡的，真有天渊之别。但是她并不觉得凄凉，而是兴奋。只要到了南京，她就可以有房子了，还有瑛德抵押给她一小块地皮，过去的梦又可以回到身边了。

三太太像梦中一般同儿子又坐上小火轮到了重庆，变得很愉快。她重新观看了重庆的一切。她完全和以前来的心情不同，什么都看得清清楚楚，她才发现这是个山城，住在这里的人都得走上上下下的道路，雾天泥泞，晴天灰土飞扬，比起江津、江安来人声嘈杂脏乱多了。她完全不喜欢重庆。

两天以后，所有人都收拾好了，归元寺宿舍已没有人了。沈松看到梅笳住过的房间早已人去楼空，不管怎样，此时仍给沈松一种甜蜜而又惆怅的感觉。

沈松扶了母亲就在剧社门口上了专车，中青剧社真正跟车走的人已不多了。演员尤其少，两辆大轿车并不拥挤，行李都放在车顶上。车中老人、妇女都有，所以显得安静而平和。王仁荣以领队的身份通知了大家路上注意事项，特别声明两辆车一定同行，又发了一批复员费，路上食用自理，说完车就开动了。

车一动，沈松心里有着说不出的复杂心情，看着车子驶过重庆街头，向青木关走去时，沈松默念着过去的八年自己所经历的种种景象，其中有过痛苦，有过难以回顾的心酸，有过青春初恋的幻灭，也有过战斗胜利的欢欣和爱情的记忆。他入川时只带着孩童稚气的天真勇敢和热情，而现在匆匆八年过去，自己已二十三岁了，已是一个历经沧桑的大人了。唉！——再会吧，重庆！不知要多少年，在什么情况下才能再拜会你哟！

车走在路上，晚间都住在路边小店里，果然都像洪深写的《鸡鸣早看天》中的那种旅店。都早睡早起，接着行路。过了三天才到川北，穿过剑阁到两山峡谷之间，远远看去，大山壁上有几丈大的字“姜维屯兵八十万于此”，雄伟已极。迎面高山隘口，真有一夫当关，万夫莫开之势，仰头看去两旁刀削般的夹缝，只见一线天。汽车加足油哼哼而过，真叫人头昏，再过去就是大巴山、秦岭了。汽车盘山而上，弯弯曲曲的盘山公路，走了半天还爬不到几里路高，两三天才到巅峰，往下一看真叫人心惊肉跳。下山的公路两边不远处有掉下山的汽车、卡车，安静地躺在那里，人早就不知去向了。

三太太不知是没有看清楚还是不看，闭上眼睛口中念佛不止。下山时开始有人吐了，一路上大家都照顾，没有人叫骂，用脸盆接了盖好，路上停车时倒掉。人们都无法观赏什么风景，都闭上眼睛养神，一切命运都交给了司机。下山又是两天，走了不久就到了宝鸡，这已是到了陕西了。

算来已是十天过去了，在宝鸡大马车店里，沈松母子要了一间小房间。王仁荣决定大家休息三天。这三天之中三太太如同病了一般的难受。这里饮食已是西北风情，多为羊肉、馍、面条等，三太太除了面条以外什么也不能吃，所以她老催促早走，反正是受罪，为了到南京先熬着吧。这三天乱糟糟的，火车依然不通，只有用坐来的汽车坐到西安再说了。

汽车在西北的风尘中又颠簸了三天，终于到了西安。王仁荣以三青团的招牌向铁路交涉，结果优先上了火车，坐上了三等车。火车比汽车要挤多了，且这一路只有这一种慢车。又经过了三天三夜才到郑州，下车改乘津浦线就可以到达南京了。

在郑州车站，看到一片战后的荒凉景象。火车除了军运的以外，老百姓能坐的火车虽说有，但没有班次，没有到达时间。于是王仁荣命令大家不许离开车站，用行李占了车站的一角，大家坐下等待。这样在车站长期居住的人很多，都在叹息。只见车站上穿黑制服的铁路工作人员屁股后面跟随一大批人在问三问四。他们的态度仍然极好，非常恭谨，讲话总有点日本的谐后语的味道，沈松心里感觉新鲜。一会儿他们就跑进办公室里打电话“啊罗啊罗”的，王仁荣手持三青团中央团部的小三角旗找他们交涉，他们更是客气，叫大家安心等待，车一到一定让大家尽早上车。就这样大家在车站还等了两天一夜，吃饭自然买包子吃而已。第三天上午十时突然听到远方汽笛声，一列火车喘着气慢慢到了。车站上一阵大乱，王仁荣叫喊大家带好行李，沈松除了扛行李，还照顾三太太，幸好大胡子王杰帮忙才挤到火车旁边。火车头大口喷气，一阵阵白雾遮盖了眼睛。只见王仁荣举起了旗，把住一节车厢的大门只许自己的人上去。别的乘客看见他手中的旗子，纷纷走开去抢别的车厢去了。

虽然是一节有木椅的三等车，可这是铁皮闷罐车改装的，全列车都如此。中青剧社的地方很宽敞，都坐下了，还有空的地方。王仁荣到车站上，见有几个穿军服的同志，就拉他们上了车。总算大家能靠一靠了，精神松弛一下了。

居然到徐州了。徐州车站上另外一番风光，铁轨有七八道之多，停了各种铁皮列车。还有一列火车装满了日本兵，大家都扳着窗户去看。只见那些日本兵也都在谈天说地，并不像沈松听说日本人投降了日本军人都剖腹自杀。他们没有了武器，但制服整齐，车上车下的中国人都在指着他们大骂。他们翻翻眼睛似乎没有听懂，并且严守纪律不敢乱吵乱动。有两个日本兵下了火车到空旷地方去大便，一群小孩子用石头砸他们的屁股，他们端起裤子就跑，那些孩子拍手大笑。他们又蹲下，这群孩子又上去砸他们屁股，他们又跑。列车上的日本兵也都跟着笑，站着看的中国人都骂道："这些日本狗，以前的威风哪里去了，怎么不自杀报效天皇啊！"

火车又开动了，向南京进发，那辆装日本兵的军车仍然停在那里，他们都看着沈松乘坐的这辆火车在汽笛声中扬长而去。

第二十六章

三太太到了南京，见到下关车站是那么亲切，又是那么陌生，火车上的疲倦顿时消失。她兴奋极了，对沈松说：“老七，我们先回文德里吧！”沈松说：“不行，要等剧社集中安顿好了，知道剧社住在什么地方了才能各自行动啊。今天已是下午了。”三太太激动地说：“我只要能看到文德里，就是死了我也可以闭眼睛了。”沈松自己虽然也很激动，但他努力地劝慰着母亲。

出了下关站，果然有先行来南京的人来接了。一辆装行李的日本卡车和一辆大轿车把全体人员一直送到离鸡鸣寺不远的地方，在一个巷子里的一所平房中住下了。这所平房有三进，大小房间二十多间。不管怎么样，比起四川来，一种不会淡忘的家乡味道又重新扑面而来。

三太太暂时住在一间小屋内，把东西整理好后她又吵着要去文德里。沈松说天已经快黑了，明天去吧。三太太和儿子赌着气不肯吃饭，像个孩子似的一定要去文德里。

仔细看看，南京是有些变化，现在马车已很少了，而三轮车却不少；人力车也很少，有公共汽车但路线不清楚。沈松和母亲乘着三轮车沿鸡鸣寺的马路绕到成贤街，春天和煦的晚风轻拂着他们那感到幸福而兴奋的心。到了文德里路口，沈松挽着母亲下了车。当他们走进文德里路口时，本来应该看到那所大三层楼房子、那迎着小桥的大铁门、那装着碎玻璃的防护围墙，可是都消失了，眼前是一片茫茫的荒地，种了一些稀疏的老玉米。三太太不相信自己的眼睛，只是说："老七，不对吧？走错了吧！"沈松也用颤抖的声音回答说："太晚了，一切都模糊了，看不清了，回去吧，明天再来找吧！"三太太的步子变得非常沉重，走到这块地上一动也不动地说："没有错，没有错，是这里！怎么房子会没有了呢？房子到哪里去了？即或是有人拆了，总会有一块砖留下的啊！"

暮色里春风吹起她飘散的头发，她睁起陷下去的大眼，四面环顾着："老七，没有错，是这里。你看这房后不远的小火车路还在。不过科学院也没有了，但是面前河水还是那样，流过我们家墙院流向文昌桥的水也在啊！老七，你快找啊，房子在哪里？找不到我就不走了。"她声音哽咽了。天已经黑了，这文德里空空荡荡，没有了路灯，没有了房子里的辉煌灯火，黑黑的一片，好大的一片黑色，一种荒蛮、一种劫后荒凉包围着他们。三太太在黑暗中东撞西走，差一点绊倒，口中喃喃不止地自语。

沈松安慰着母亲："姆妈，明天一早再来看吧。"三太太说："好，明天再来吧，也许走错了巷子了……"

晚上回到中青宿舍，三太太觉得头昏，就早早地睡下。她一晚上也没睡着，直到天亮才迷糊地睡去。夜间她梦见文德里依然如故，和她原先所想的一样，到处灯光通明，但只有她一个人睡在她的铜床上。她喊着老七、老七！没有人理她。她走下楼到花园里仍然喊着："老七！老七！"突然被脚下的石头绊了一下，醒了过来，还是躺在床上。天已亮了，她马上坐起来，穿好衣服，洗过脸立刻去找沈松，要马上再去文德里找一找那幢房子，沈松只有陪了她再去文德里。

三太太根据昨晚上的梦，更相信会找到那所房子的，后悔昨天晚上不该来，可今天要做一次最后的验证了。

当他们走进文德里巷口，就更清楚地看见了依然是种了几棵老玉米和搭了几间棚户的荒地，更清楚地看见原先那房子进门的水泥路还剩半截仰面躺在那里。河里的水更陈旧了，后门通向水边的石阶还有，非常明白地告诉三太太房子是拆了，一块块砖、一根根木头、一件件家具，都被人搬走了。

三太太这时才自言自语地说了句："原来梦是反的……"

早晨明亮的阳光照着她深陷的黑眼眶，她头发灰白了，个子似乎更矮小了。她木然地呆在那里，过去的繁华和这抗战八年的希望都消失了。这抗战八年她吃苦受怕，生活下降到一个以卖破烂为生的老太婆的地步；她把文德里的房子当作她继续等待的支柱，千山万水爬过秦岭的危险，这两个月的艰辛、一切过去没经历过的她都经历过来了，唯一的希望是这所房子。这所房子也象征着她内心的期待——期待她所有的儿子从这里走出的又都能回到这所房子里来。这是她对于抗战胜利的全部期望。然而在这大白天，她努力看清楚了她是一无所有了。抗战八年，她才知道她是抗光了一切。

三太太今天没有流一点眼泪，但是她的心真正地破碎了，似乎心里流着血，涌到口中又吞了下去。她站在这里有两个多小时，也不知怎么被沈松带回到中青她所住的房间里去的。她昏沉沉的，思想很乱、很乱，这样昏沉沉地睡了两天。社里很多人都关心地问："老太太是不是病了？要不要请医生来看看？"三太太没有请医生，说睡睡就能好。其中最为关心的就是王杰了。王杰一路来南京总是与沈松母子为伴。此人也是剧校学生，比沈松低几年级。他一脸黑而密的络腮胡子，一双大而温和的眼睛，中等身材，走起路来外八字脚一拐一拐的，同时摆动的手总是不停地做弹钢琴的样子，颇风趣，人称王大胡子。在重庆时他与陈青很好，但没有主要的戏给他演，于是他专演群众，一晚上能赶三个剧场去演群众，好在所得报酬与主角相去不多，所以他并不太穷。可他孑然一身，依然穿一身旧美式军服，一双旧美军大头皮鞋。

他见三太太如此愁闷病倒很着急，也不知什么原因，悄悄问了沈松。沈松也很着急，把到文德里找房子的事告诉了他。

王大胡子听了三太太病因后，他没有事就跑出门去又跑回来。有一次他突然回来说："附近有一间房子要出租，还有家具，我去看了，相当不错，房租也不贵，是不是让伯母搬过去住？比住宿舍要好，而且长期打算她能心安一些。"沈松听了觉得这主意不错，就去告诉了三太太。

三太太似乎好了一点，但脸色灰暗，说话变得迟缓起来，大而深陷的眼睛似乎失去刚到南京时的光亮。她摇摇头说："老七呀，你去一趟城南原住在夫子庙的汤老伯家，看看他老人家可还在，托他把瑛德大姐抵给我们文昌桥边的一小块地皮卖了。钱如果够，我再在文德里盖几间小房子住可好？反正我是决定要死在文德里这块地上的！"

一个清早，沈松约了王大胡子，二人一起去找文昌桥那块小地皮。它在中央大学后门马路另一边，两边有几座二层楼的洋房是大陆银行宿舍，从两边房子夹道进去约五米有块空地，根据地皮证上写的方位就是这里了。王杰特别肯定，据说他是测方位的。可是空地上出现一座房屋，有三四十平方米，王杰飞快地跑过去张望，大喊："沈松你快过来！"沈松忙走近一看，是个没有门窗的房子，似乎是日本人盖的供住在中央大学人用的厨房。屋内烟熏火燎黑乎乎一片，奇怪的是满屋满地的稻草，有一匹小马，还有个人穿了一身破旧的日本军服，长而且脏的头发披在头上。王杰对他大喝一声："你是干什么的？！谁叫你在这里睡觉的？"那人见到王杰一身国军制服，慌忙站起来，立正说："我没有地方睡，见这里没有人就住在这里了。"王杰把手叉在腰里说："门呢？窗户呢？是不是你偷去卖了？这匹马是怎么回事？"那人说："长官，我不知道，我没有偷。这匹小马就在这里，我也不知道。"这是一匹很小的小马，长得相当俊，可能是日本马的后裔。

那人说完拔腿就跑了，不知去向。这时空地上只剩下一幢破旧小屋和一匹小马。

王大胡子与沈松反而不知所措，突然沈松高兴地跳了起来："行了，我们把草搬出去，把门窗钉一下，我就搬来住下了。这就是我的家了，抗战给了我们胜利的补偿了。"王杰说："将来一定会要日本对战争的赔偿，你们说不定还能分到一点钱呢。"沈松说："那一定饶不了日本鬼子的，当然要他们赔偿，他们应该赔的东西太多太多了。不过这匹小马怎么办？留下养着玩吧。"王杰说："怎么养？你以为养马那么容易呀，而且在这大城市里你养马算怎么回事呢。"沈松一想也对，无不惋惜地说："那就轰走吧。"于是两个人就轰小马走。那小马轻轻地走出房子，在空地转了一圈又回来了。沈松大叫："它不走算了。"王杰说："算了？怎么办？看我的！"他跑到河边的柳树上折了一根长枝，用力抽打小马，这小马转着圈跑，就是不肯离去。沈松找到一根油木棍两人同时轰撵，那小马毫无办法了，最后以其细嫩声音长嘶一声向马路上跑去，路上的人也都回头看着它，笑一笑不理它，它独自跑走了。

沈松和王杰两人把屋里的稻草都抱到河里去了，找些木头把窗户、门都挡好了，才兴奋地回去。

沈松告诉三太太这块地皮上的情形，三太太似乎被注射了强心剂似的吵着马上就搬到小屋里去住。王杰和沈松都怔住了，向她说："第一必须用一个星期的时间打扫，要找些门板、买些东西才能住人；第二设法找到汤家把大地皮卖掉，把这小房子彻底修理粉刷，再盖个厨房才能安心住下，创造一个新的文德里来。"三太太似乎有了点新的盼望，也就安心地等待儿子去奔走、去创造了。

中青剧社到了南京不久，新社长颜哲正式接收了。又来了一批人，老、中、青只剩下几个人了。新到的一批人中有沈松认识的，也有不认识的，正在这新旧交替十分不景气的情况下，又传出三民主义青年团中央团部要撤销，改为青年部。中青剧社也要撤销了。这个消息也使得大家有些心慌，但有人愿意到上海搞电影去，对此也不在乎。

新来的演员中有个青年女演员叫徐倩，一天到晚笑声不断，她还特别喜欢小孩，有剧社演职员的婴儿她就抢着抱。本来哭闹不休的小孩她一抱就不哭闹了。她把小孩还抱到男宿舍，让孩子躺在床上玩，沈松的床铺就让小孩撒过几次尿，还拉过屎。这个徐倩身材特别好，很匀称优美，乌黑的长发散披在肩上，是当前最时髦的女郎了。她一张圆圆的脸，大眼睛，皮肤有些黄黑，倒有一种异样美；长胳膊长腿，穿了一双白色高跟鞋，更衬出她的皮肤黑黝来，与一身淡青色旗袍倒很协调。她本来不难看的嘴上还涂了紫红色的口红；十九岁，正展示出一个少女的青春魅力。

沈松听说她是育才舞蹈系戴爱莲的学生，心想难怪她有如此身材，而且育才的孩子总有几分野味，不过她既学舞蹈又来搞什么话剧？不知是什么关系来的呢。沈松不怎么和这种女孩说话，可是从她引起对梅笳的思念，却无梅笳的信息。

王杰、沈松几乎每天都去打扫屋子，陆陆续续买了些扫帚、拖把、水桶，从屋后的河里打来水冲洗房子。原来的马粪味总难去掉，但他们俩不惜力一桶一桶地冲洗，经过几天才好一点。他们又找了些木头，自己钉了简单的门窗。

沈松又到城南汤家去，但汤家陈旧的房屋还在，已经找不到汤家的老伯和老伯母了，只有汤家大少爷夫妇在家。汤家大少爷在做生意上倒有些门路，沈松把三太太回到南京房子已成一片荒地、现在想把地皮托他帮忙卖去的事说了，汤家大少爷一口应允。

这时南京买房子买地的人很多，许多接收大员和做生意的人都在南京买地皮盖房子。一个星期以后，汤家就收买了这地皮，三太太珍藏了八年多的地契交给了汤家大少爷，换回了一百多万元。此时法币又贬值，这一百多万元等于十两金子，这些事都是沈松经手去办的。三太太自己没有出面，她不忍心再去办理这些事。

出人意外地，梅笳和她的丈夫不知为什么没有在东北待下去，回到南京来了，她的丈夫当了一个剧团的团长。沈松听到这个消息，心里再也忍耐不住，打听到那个剧团住地，去探望她。他们住在一所又大又深的院子里，非常气派。吴若看见沈松时，冷淡而客气地说："屋里坐吧。"沈松勉强走进去一看，是三间大屋，与在重庆归元寺那一间破小屋子迥然不同，果然有团长的气派。梅笳在屋里看见沈松不觉一怔，连忙躲开了。沈松满心热烈的火焰就像被浇了一盆冷水，立在那里直打寒噤。

沈松在一种难堪的情形下不得不讪讪离去。

回到中青，沈松很不理解为什么梅笳会这样，是怕她的丈夫呢，还是她对自己的诺言有了什么变化？有一种恐怖的感觉向沈松心里袭来。他和她的事这里的朋友们都不知道，三太太更不知道，所以他既不能和别人商量，也不能和自己的母亲说，心情突然寂寞沉重起来，一种落寞的神态流露出来。三太太以为他是近来太忙、太累了，只望儿子千万别病了才好。

徐倩终日抱着人家的孩子嘻笑不已，她的嘻笑老是打搅着沈松的心情。沈松非常烦她，可是有别的朋友悄悄地告诉沈松，这个徐倩是舞蹈界的风头人物，这么漂亮，你怎么不追求她呀？沈松正一肚子火，就说："我看见她就烦，还追她？""唉呀你呀！你追她她也不一定看上你，乘现在别人还没有追到手，你得使劲疯狂地追她才有希望。"沈松大发其火，叫道："我为什么要使劲疯狂地追她？不追已经叫我发疯了！"正在大声喊叫、那位朋友也莫名其妙的时候，不料徐倩抱了个孩子从外边跑了进来，叫道："不好了，不好了！孩子又撒尿了，沈大哥，对不起，在你床上给小家伙换一下尿布。"沈松正在大叫的时候没有想到她会进来。她沈大哥、沈大哥地叫，正是育才孩子们的叫法，沈松不好意思红了脸，转身回到母亲的小屋里去了。

徐倩见沈松走了，心里有一种奇异的感觉，怎么这位老大哥对自己总不热情，而自己从长大以来多少青年对自己总是奉承、说好听的话，只要自己对他们笑一下，自己还没有想到的事立刻就有人办了。

徐倩看到剧社里只有沈松对母亲如此爱，如此尽孝，心里有一种同命运的感觉。这个青年长得不怎么好看，只有一点吸引她，就是他的眼睛特别像滴在纸上的一滴墨水，然后用手指向外边一抹，有一种说不出的味道；身材不错，也还飘逸、不俗；他抽起烟来有随着烟云深思的神采，使她感到他很动人。

徐倩虽无别的想法，但总是想找他说话，有意无意地总想把他搅乱，把他的床、把他的一切搅乱，而他却总是漫不经心，也不十分注意自己。她很不甘心，但她不知道沈松正是陷入爱情深沉的痛苦之中难以自拔。

三太太看到儿子总是有些魂不守舍，于是说："老七，我们搬到那间小屋里去吧！住在剧团我总是碍人手脚似的。我想我们搬过去总算住在自己家里了，不会这么飘飘荡荡的了。"

沈松一想住在团里是烦人，于是买了一张军人钢丝床给母亲，自己把剧社的一张棕绷子床借了出来，在王杰帮助下搬了过去。同时找来一位包工头，以三十多万元代价修理、粉刷，配上门窗，再在小河边盖了厨房和一间可以住用人的房子。再花了十几万元接上自来水和电灯，又用了一些竹子接了一个竹篱笆，给房子和地皮圈了一个围墙，于是成了大城市里的一小座乡间别墅了。

修房子是母子住在空洞的房子里时修的，晚上工人走了，三太太有点害怕；电灯也没有装好，点了煤油灯在黑色的屋顶下待着，但不管怎么说是经历着重建家园的快乐。

沈松回到剧团时，接到一封写着秀丽字迹的信。这是梅筎的信，一封简短的信，只是写了：“我不是欺骗，我没有忘记许给你的诺言，但现在我的翅膀还不硬，我不能飞。真想飞到你身边，但飞不动啊！原谅我吧，过去的一切都是真实的，再说一遍没有欺骗你，你自己走吧。你的路是长远的、无限的，我时时为你祷告，允许我再一次吻你！”下边没有署名，前边又没有抬头称呼。沈松看了以后，他的爱情想象也如同肥皂泡一样破了，幻灭了。他有一种自己总是被人抛来抛去的感觉，但信上的一句话“过去的一切都是真实的……没有欺骗你”却使沈松陷入大渡口幻觉之中，真后悔当时，如果自己再勇敢一点就成为事实了，她能不来么？不过又有什么用，她是有丈夫和孩子的人，原谅她吧！她是难飞呀！沈松再一次感到太阳失去了光辉，大地都变灰暗了。

当房子完工的时候，三太太非常高兴。这座小房子共隔了四间，一头是两间小屋；中间是一间约十五平方米大的做客厅用的；另一头是十二平方米的房间，沈松住在里面；墙是淡淡的蔚蓝色，像是晴朗的天空。

王杰高兴地来做了最后的巡视，像接收大员一样加以肯定，说：“很好，很好！”可是没有想到徐倩也突然来了，快乐地从房子里跳到房外小院子里，又跑到小河边攀着河边的柳树转了一圈喊道：“妈咪、妈咪！这太好了，这样好的地方、漂亮的小房子哪里去租？哎呀，房子里没有桌子和椅子，除了床什么也没有哇！等着我去一下就来。”她说完就噔噔地踩着高跟鞋、背着白色玻璃皮包走了。老远老远还看见白色玻璃皮包一晃一晃的——这是当时最时新的美国塑料制品。

三太太还没明白过来是怎么回事，她已经踩三轮车又回来了，还带来两张藤椅和一张藤的圆桌。她扛了进来，放在中间屋的大窗户前面，倒非常漂亮合适。

沈松有些发愣，这是怎么回事？徐倩笑着自己坐下来说：“有人非送给我，我不要，他非要送。这里空空荡荡正好我拿来用，我谢谢他了。你们用吧，要不你们怎么吃饭呢！”说完她和王杰一起走了。

三太太慢慢地坐在藤椅上感到一阵舒适，对着也坐在那张椅子上发傻的儿子说：“这个女孩真是爽气，我倒喜欢她。”沈松睁大眼睛看着母亲说：“你只要碰见女孩就喜欢就是了。”他抚摩着桌子又说：“以后可以有桌子吃饭了。”

剧社为了求生存不得不排戏了，打算演一个戏争取社会重视以便保全下来，排的是欧阳予倩的《桃花扇》。

为了使三太太一个人生活能有帮手，沈松家里请了一个小阿姨。这位小阿姨年轻，黑黑的，身材高大，一条又黑又粗的小辫子，前额的短发压着她浓而黑的眉毛和一双亮晶晶的大眼睛。她不爱讲话，但工作起来粗壮有力，把院子、厨房都打扫得干干净净。

沈松和徐倩都参加排戏了，直到这时沈松才从长途跋涉的不安中平息下来，而又陷入失恋的悲哀。他依然深恋着梅筘，几次想给她写信又止住了。心想她既然安于她的家，何必去破坏呢，而且自己有没有力量养活她，能否使她幸福是值得怀疑的。是不是癞蛤蟆想吃天鹅肉啊？这种不堪的自嘲反能解除自己的痛苦，无论怎么说，她比起邓宛来给自己的伤害要轻得多，最后心里的她仍是美好的。

排戏空隙时，沈松喜欢到临街后门口去休息乘凉。南京有种油炸馓子，沈松从小就喜欢吃。在四川八年多没有吃过了，这也是他喜欢回到南京来的原因之一。

沈松一到后门口，就有一个人挑着草做的篮子，里边放着一排排的馓子，剧社的人一有空也都围着篮子买着吃。沈松经常买四五个，徐倩过来就请她吃。有时徐倩先来了就买了馓子等候着沈松，这样久了，别人买了馓子就走，只有他们俩在后门口边吃边谈，人们已在背后悄悄地眨着眼笑着了。

徐倩变得不那么嘻嘻哈哈地笑了，也不那么捣乱了。沈松心里觉得她安静了，不过有时一闪念想：她是个有性格的人，是个强悍有力的人，这种人过去没有接触过，但感觉这种性格可以给自己一种补充；又想她是个孩子，不懂事，哪里知道自己心里的创伤，哪里又会懂得自己？她是不是自己的同道？她会爱理想爱共产党么？想到这里就不往下想了。

徐倩却渐渐向他谈起在育才时的苦修苦练，她爱戴妈妈，热爱育才的生活，也和别的孩子们一样饿了在农田里捉蚂蚱吃。她到社会上以后讨厌当兵的，尤其是特务，虽然她也穷，但讨厌那一种人。她还时时问妈咪怎样了，可好？沈松对她的生活既熟悉又有距离，但感到十分有趣。

沈松回到家里，母亲总是关切地问："你能不能请徐小姐到家里来吃饭？家里有人做饭。"于是有时请徐倩到家里吃饭，她来时总带一把花来。第一次还带一个花瓶来，把花插上，虽然只一把花，但使得这间屋子生机盎然，淡淡的蓝色，像晴朗的天空下有一大片花园。她到家里并不当小姐，常下厨房做菜，特别会做鱼，烧得十分好看。三太太本来就喜欢吃鱼虾，所以便高兴地笑着，这一刹那就像在文德里一样的高兴。徐倩说："我们家就在长江边上，那儿有好宽的江面，我们叫它海，有鱼有虾。有很多的鱼，特别是河豚，那最好吃了。"这话把三太太吓了一跳说："哎呀！那有毒啊，那是不能吃的呀。"徐倩说："不要紧的，我会做，不会死人的。"她对三太太说了许多"海"边的故事，三太太听了更高兴了，一定要她常来说说故事。三个人像一家人坐在小圆桌上吃饭，一种平静安宁的愉快充满屋内。

一天还是在后门口，沈松等候卖馓子的，徐倩走来，她也在等，但她很沉静，老是看着沈松。沈松没有说话，空气凝重起来。徐倩忽然像对沈松又像自言自语："我不明白，为什么对已经形成的事情就不肯说呢？还等什么？"沈松心里大吃一惊说："形成了什么事情？"徐倩说："你自己明白，我说有什么意思？"说完她委屈地流下泪水。沈松完全没有想到，也第一次看见徐倩有这样的深情。他心里矛盾了，虽然对梅笳绝望了，但口袋里依旧藏着她的信、她的吻。徐倩一颗天真少女的心、一片真洁的情意像一把利剑刺破他那自我掩饰的虚伪，沈松被动的、像缴了械似的掏出口袋里的信，对徐倩说：“我有自己的痛苦和困难，你看吧。”把信交给了徐倩。

徐倩看完了信似乎脸色沉重，一会儿却鼓起更大的勇气，挺起胸膛轻声地说：“交给我了，我负责了。”说完也没有把信还给沈松，转身迅速地走回女宿舍去了。沈松不明白她的话是什么意思。

当沈松再去排戏时连一小段戏的台词也记不住了，戏也演得一塌糊涂。导演真的生气了，大骂了他一顿。

《桃花扇》将演出的广告一登，小学的好朋友马祥麟突然出现了，穿了一身漂亮的美式军衣，是中校衔。他自己开了吉普车来剧社，问有没有一个方琯德，没有想到进门就看见了沈松。沈松大声叫喊着拥抱着他，告诉他自己现在叫沈松，方琯德的名字许多年前就消失了。沈松立刻坐上他的吉普车开到家里，三太太见了也很高兴，留他吃了饭。当沈松问他这些年在哪里，他说在广州、香港，现在父亲又回来，还在总理陵园当警卫处长，还是少将没有升官，只是他也在警卫处当了一个主任秘书，说穿了也就是替老子做事罢了，老子年纪大了还能做什么！说完有些沧桑之感。他也没有结婚，沈松说他也没有结婚，还是两个单身汉，两个人似乎并没有多年阔别的陌生感觉，还像孩提时代那样毫无顾忌地说笑。三太太分外高兴，也向他诉说这些年在四川的苦难。

马祥麟说他家的房子也没有了，目前住公家宿舍，过去一切亦如过眼烟云了。说着徐倩走进来，马祥麟一看心里就明白了，毫不客气地对沈松讲：“这是你的未婚妻，还是女朋友，爱人？”沈松不知说什么好。徐倩抢着说：“我们是同事，他是我的沈大哥。”马祥麟把这大哥二字当作另一种解释，连连别有所指的："好嘛，当然是哥哥了。他不是大哥，他有好多大哥、二哥呢，我知道。从小我在他家里玩，他也到我家去，他的情形我什么不知道？好啦，今晚我来接二位到新街口龙门酒家吃晚饭。"说完就走，开了他的吉普车飞快而去。

马祥麟走后，徐倩红了脸坐在藤椅上说："这个人真油。"沈松说："他和我从小就要好，他对我是真诚的。"三太太也插一句："真的，他从小就和老七要好，是个难得的人。"徐倩说："晚上我不去吃饭了。"沈松大为着急，说："一定去，一定去，不然太不给我面子了。"徐倩说："我去，一切你负责好了。"于是背起她的皮包走了。

果然，晚上马祥麟开了吉普车接了沈松和徐倩一块儿到新街口的龙门酒家，想不到他还约了一位二十年前的同学谢应惠。这个人可以说是英俊青年，他曾当过宪兵连长，当过何应钦的侍卫官，又当过飞行员，身材魁梧，直鼻方口、唇红齿白，就是一口苏北话没有改。据他自己说，他最热爱艺术，与各种明星都很熟，和沈松见面分外热情："老兄有什么事找我，小弟一定帮忙。"

龙门酒家是带有歌女的饭店，显得格外繁华；还有一个男歌星，穿了一件俄罗斯式的绿绸衬衣，用抒情男高音自弹吉他唱意大利民歌《我的太阳》，博得食客的鼓掌欢迎。徐倩今晚搽了口红，加上一副长长的白耳环，矜持而动人，并不大声嘻笑，而是永远在微笑着，显得温顺许多。那个歌手再三要徐倩点歌，她只好点了《夜半歌声》，沈松点了《教我如何不想她》。当沈松点这首歌时，徐倩看了他一眼，没有说话。那位男歌手特别高兴，上台对着麦克风说："这是沈先生、徐小姐点唱的节目。"引起大家又一阵鼓掌。

果然他唱得不错，只是在爵士乐伴奏下改变了节奏，沈松听得似乎有点不顺耳，但马祥麟、谢应惠叫好不迭。这顿饭一直吃到十点多钟，沈松吃得很饱，因为菜中有他久久思念的炒虾仁、鲍鱼汤。

三太太自回南京失去文德里后，心里很不愉快，于是又恢复胭脂巷时的抑郁，每日黄昏必喝二两白酒，而且又无处可去。三姑老太已然仙逝，大表嫂又不善言谈，因此只去看过他们一两次，也就不多出访了。九姑也随复旦大学复员到上海了。夫子庙汤家老夫妇早已过世了，更是没有来往的人，只有寂寞地在家里了。

物价高涨，三太太也没有什么钱了，幸好沈松还有工资，小阿姨每天不吭一声做着家务。她每日黄昏总是从屋里走出来，扶着柳树看着河水发呆，有时一个人还吹好听的口哨，似乎借着河水把她的哨音带给远方什么人。

不久常常听见她在呕吐，三太太非常奇怪，心想她是病了吗？几天以后小阿姨不辞而别，从此失踪了。三太太说："她准是怀孕了，要是她和她相好的一起跑了倒也罢了；要是她相好的不管她，她一个人到哪里去呢，真可怜！"

家里再也没有请阿姨，三太太一个人操持着家务，母子二人相依为命地生活下去。

暑假老八回到南京度暑假，家里顿时有了生气。他整天不出门，和母亲久别重逢，享受到母亲的温暖慰藉，这几年来他也在风雨中自力更生，然而他还仅是十八岁的孩子。

徐倩借此机会请三太太、老八和沈松一起去玄武湖游览。奇怪，玄武湖景色丝毫未改，还是大家所熟悉的那样。三太太不觉想起老五、方珍、老六来。当年的情景只是一种幻觉了，和逝去的光阴一样，她顿时感觉自己老了。这些人如今在哪里呢？反正都在那一边！她连同老三、老四都想念起来，在湖中游船上她小声问，"老七，还打仗吗？会和平吗？"沈松回答："现在大家都要和平，不要再打了，但是恐怕还有些年吧！"三太太用手绢擦着眼泪没有说话。今天本应她快乐的，但是她更忧愁了，默默地上了岸，回到家里只说一句："我再也不出去玩了，要不是老八来我不会出去的。"说完走进她的小屋圆桌前，向供在那里的观世音菩萨点了香，坐在这尊绿色像前陪伴着她。

老八这次回来过了半个多月，又回到他就读的中学去了。

《桃花扇》上演了，在南京文化会堂的剧场演出的。这文化会堂有一部分很好的房子掩在一片树木花丛之中，还有展览厅、会议室等；也有一部分很好的住宅，中宣部副部长张道藩就住在里面。

《桃花扇》演出很成功，卖座很好，虽不满座，也保持了八成座，这在南京是很不错了。

戏已演了十八天了，一天晚上戏已开演了，二幕已演完，剧场门口忽然涌来一群伤兵，吵着闹着非进来看戏不可，剧场的人阻挡不住。在后台的沈松、王杰及其他几个青年小伙子赶到前台共同阻挡。想不到一群青年军见伤兵吵闹就来干涉，为防止扰乱剧场秩序，这些人都聚在花园里大吵。青年军骂伤兵不守秩序，其实青年军自己也不买票看白戏，而伤兵高声叫喊："老子抗战八年，卖命打日本，你们青年军穿得漂亮、吃得好，打过一天日本么？老子们今天就是要看戏。老子的性命换不来戏票钱？他妈的！"青年军也不示弱："你们这群王八蛋，你们抗战八年？其实都是逃兵！不枪毙你们几个还得了。"说着动手打起架来。沈松挨了一拳，把嘴打破了直流血，觉得有人拉他，他像发疯似的又打又叫："张道藩！你不出来管一管吗？这是什么世界了，看戏不买票，是强盗吗？张道藩你管是不管？"当然是毫无反应。沈松又跳又叫，脸上又挨了几拳。沈松见人就打，不论是伤兵还是青年军。正昏头昏脑之际，被一个人死死拉住不放，一看是徐倩，拉他到后边轻声地说："沈松，你不能去了，不能再打了，你已经叫人打得流血了。"徐倩找了棉花替他擦着血，此时台上只有李香君和师父在悲痛地寻找侯方域的一段戏，很动人的戏，其他人都打架去了。沈松一看人家都去打架了，自己不应该躲着不去，又起身跳出门去。这时花园里更复杂了，又来了一批保安警察拿着皮带见人就抽，于是大家一道对付保安警察了。沈松又挨了几皮鞭，伤兵们也不客气，抽出身上带着的铁棍来，青年军也解下皮带。保安警察又来了一批荷枪实弹的，众人一见不好，一哄而散。

保安警察抓住前台的人不放，后台人替前台人抱不平当和事佬劝起来。保安警察讲一定要找这群伤兵和青年军。

沈松浑身疼痛走不动了，伏在化妆桌上喘息。徐倩守护在他身边哭着说："你怎么回家呢，你这个样子回家去叫妈咪看见了她多难过。你被人打成这个样子，你怎么会打架？"说完抚摸着他的背、他的手、他的脸，情不自禁吻了他。沈松被她诚挚的爱抚慰着自己的伤痕，这种感受延伸着，延伸着……

徐倩扶着沈松回家，送他到门口。她没有进去，他们再一次悄悄吻别。沈松轻轻地没有惊动母亲，上床睡了。

第二天早上十点钟，大家在剧社集合，颜哲社长不高兴地对大家训话："昨天晚上发生的事警察局要追查我们，我讲了多少好话，赔礼道歉，才把这事了结了。据说还有人大骂张道藩先生，这怎么可以呢？我们本来想演戏以求各界对我们重视起来，尤其是道藩先生是我们的希望。剧社本来就是风雨飘摇，这可好，你们大家这么闹下去，我只有警告大家那剧社只有解散了！"

没有人反抗，也没有人吭声，大家久已对剧社不抱希望了。沈松在艺术上一直追求和张骏祥、万家宝在一起共同建立起一个剧场，一起为剧场艺术贡献自己的一切。对中青的存在不存在并没有抱着希望，可是当前自己再不能抛弃自己的母亲了，尤其文德里消失以后，母亲再没有了依靠和精神寄托了。

沈松感到这时剧社真的解散了，还要和母亲漂泊四方，而徐倩一个年轻的姑娘又去向何处？不如和她生活在一起吧！

一天晚上和徐倩从剧社一起散步回家，一路上他终于把自己的愿望说了出来，向徐倩求婚。没有想到徐倩说："我想你也该提出这个问题了。"沈松说："可我们没有钱！"徐倩说："想办法，一个人去借支一个月的薪水就差不多了。"

沈松感到这样结婚有些对不起徐倩，像负了她一笔还不清的债。沈松把要和徐倩结婚的事告诉三太太，三太太高兴极了，她终于看到自己儿子在她身边结婚了。但她也发愁没有钱，能拿出什么给新儿媳呢？她手头的钱已经差不多要光了，只是设法拿出一点钱给新儿媳做一件礼服吧。这件事给三太太增加一分愁闷，但这种愁闷是兴奋的、快乐的。她确实身体很不好了，老觉得头昏，而且控制不住自己，每当遇到一点可笑的事，她就大声地笑。沈松要她去看医生，三太太似乎没有看过医生，也不愿去找医生。

一天，她终于一个人悄悄地又走到文德里向里张望，看见有人在那块地皮上盖房子，是一幢没有盖好的楼房，规模很大。她说不出是什么滋味，但感觉到自己是被这所房子抛出的人，自己已是被抛出九霄云外了。她更头昏了，不知怎么发现这文德里路口的永康里就有个小诊所，她昏头昏脑去看了病，没有取药就回家了。

晚饭的时候，徐倩一起回来吃饭，在饭桌上沈松急着问："姆妈你可去医院看病了？"

"我，我只到文德里去——啊，不！在文德里路口上一个小医院去看了。"

"医生怎么说？"

三太太神色茫然，嗫嚅地说不出来，好像忘了医生说的什么。

"我没有听准，我昏头昏脑，好像他说我的心坏了，很危险，叫我注意。"

沈松："什么呀？什么叫心坏了？！"他觉得三太太对医学无知，听不懂医生的话。三太太又茫然地说："是讲的心坏了，他说不好，我觉得我好，就是昏头昏脑就是了，所以我也没拿药。"三太太又说："我看见文德里盖新房子，是汤家大少爷盖的吧？他享福了。"说完自己莫名其妙地笑了起来，然后控制不住地大笑，似乎是件可笑的事。不知她脸上挂的是笑出来的眼泪，还是难过流的眼泪，沈松觉得不正常。徐倩说："妈咪，我们戏也不演了，明天不演戏我帮你做饭，你多休息，多躺一躺好不？"徐倩把话题岔开。三太太说："不要紧的，我慢慢来做。你们别怕，我觉得我的心没有坏。我从来不觉得医生有什么用，一个人要死，医生没有救活过。"说完陷入深思，同时她又慢慢喝起酒来，而且喝得不少。沈松只是觉得母亲心情不好，尤其是今天又看见文德里盖起房子来，心里有说不出的滋味，人又老了说话有些颠三倒四，就没有太放在心上。由于在家里待的时间多了，徐倩也天天来做饭，所以王杰还有剧专七期的同学田广才夫妇也常到家里来玩。田广才夫妇是四川人，北京话说得不错，但有点川味儿，他的夫人贾莲洁和徐倩要好。自他俩到剧社后一直与王杰、沈松等来往颇多，形成一个心照不宣的、要求进步倾向很明确的一帮人，与那些政治上很右的人之间相互都不理睬。他们知道沈松坐过牢，究竟是不是共产党并不清楚，反正是"左派"人物，因之对沈松特别好，知道他要结婚了，在暗地帮助他筹划着。

马祥麟、谢应惠两个老同学一听沈松和徐倩要结婚了，十分兴奋，三天两头开着吉普车接他们俩到龙门酒家吃菜和广东点心，听女歌星唱流行歌曲，但看不见那个男歌手了。谢应惠到处打听，才听说他得肺病了，人家不要他，大概是回老家去了。马祥麟骂道："这些王八蛋都是喝人血的！"

沈松这两个老同学心地是善良的，他们看出沈松经济上很拮据，结婚有困难。马祥麟、谢应惠二人经一番商量和奔走，决定让沈松、徐倩在1946年10月中旬结婚。

其实准备结婚并不复杂，徐倩做了件黑底红牡丹大花旗袍，一大朵一大朵的红花鲜艳夺目地把徐倩包在花丛中。徐倩很快乐，她和沈松在结婚之前去光华照相馆拍了一张结婚纪念照，光华是南京最高级的照相馆了。王杰、田广才他们竭力帮忙凑了一点钱，买了一张双人棕绷子床、一张小书桌和一架日式梳妆台，一个旧的圆形弹簧坐凳、四张椅子。这些东西当然都来自寄卖行，把房间布置得有点样子，主要是把所有的桌子，连同三太太供观音菩萨那张徐倩拿来的小藤圆桌都铺上白色台布，又挂上窗帘，焕然一新，更有山间别墅味道了。

三太太一天到晚兴奋地到处看看，两张椅子都坐坐，笑眯眯地说："蛮好，蛮好。"

结婚的地点，谢应惠认识中国桥梁专家茅以升的小姐，请她帮忙借用她家的客厅开一个舞会。这小姐慷慨应允，因她父亲最近不在南京，所以完全可以由她做主。

沈松穿的西服实在很破旧，穿不出来，所以全套西服、黑皮鞋、衬衣都是谢应惠把自己最好的借给沈松用。

三太太弄好一点饭准备请这些朋友来吃，但他们都说准备工作很忙，没有来吃，仅母子和儿媳三人一起吃了。是四菜一汤的晚饭，三太太又喝了比平时更多的酒。一会儿马祥麟开了吉普车来把沈松、徐倩接走了，三太太决定不参加他们的婚礼了，那只是青年人在一起玩玩罢了。她把屋里屋外都点上红洋蜡烛，中间方桌上摆着一瓶鲜花和糖、点心之类。桌上点着红蜡烛，她搬一把椅子独自坐在桌边，守候着这喜气洋洋的气息。她穿了一件这些年都没穿过的深蓝色平绒旗袍，衣襟上挂了一朵小红花。平时蓬松的头发也梳得平整光亮，真像喜庆有福的老太太。

她虽然一个人孤独地坐在那里，但心里没有寂寞的感觉，觉得四面都是红彤彤亮堂堂的，愿意这样坐在一个光环中等候儿子和儿媳双双归来。

茅公馆的客厅里，已经被王杰、田广才他们布置得处处挂起晚会特有的彩色纸条，满屋花花绿绿，一张长桌上放了买来的两张结婚证。当沈松和徐倩下了吉普车挽臂走进来时，一架很讲究的老式留声机放着《结婚进行曲》，像雪片一样飞散五彩纸屑。婚礼由谢应惠主持，沈松、徐倩走到长桌前，谢应惠高喊："结婚仪式开始。"也不知他们大家如何商订的，居然男女双方的主婚人、证婚人、介绍人都有，于是大家签了字，沈松、徐倩也都签了字。这些年轻的主婚人、证婚人都高兴地乱喊："向我三鞠躬！"唯有把新郎、新娘相对鞠躬给忘了。在大家乱喊声中谢应惠大喊："礼成了，礼成了！现在舞会开始。"

长桌搬开，响起华尔兹的音乐，第一个舞大家都不跳，只有沈松和徐倩两人极为和谐地、非常"帅"地跳了一圈。大家鼓掌，然后才热烈地跳了起来。

参加婚礼的，只请了剧社一部分人，也就是二十几个人，其他是马祥麟、谢应惠请来玩的男女青年。在舞会中这些男客人都请徐倩跳，女客人由沈松请跳，由马祥麟做介绍。

到十点钟左右，高峰已经跌落时，谢应惠就宣布舞会结束。大家热烈鼓掌，一一送别。新郎、新娘坐车回家。这一点真是太新鲜了，应是新婚夫妇送别客人的，但现在却是客人送别新婚夫妇，不合常规了。

车停在马路上，二人下车和马祥麟激动地握手告别。

他俩牵着手感到一种新的亲密，似乎是永远不会分开，从一条长长的小路走进屋里。

三太太也不知等了多久，一个人坐在那里独自饮了些酒，见到儿子、媳妇回来高兴地说："回来了，我等你们一起喝喜酒呢。我一个人先喝了。"沈松说："姆妈，你坐好，我们来行礼。"三太太大喊："天天见还行什么礼？"她高兴地笑起来，还是接受了沈松夫妇的三鞠躬。

刚刚坐下准备喝酒时，突然门外有人敲门。进来的是剧社的人，他说张道藩先生今晚要看徐小姐和田先生排的戏，社长通知让十一点到文化会堂剧场去。

沈松冒火了，大骂："他们不知道我今天结婚吗？要捣乱？我们不能去！"来人说："社长说这是道藩先生临时通知的，谁敢不来呀。今晚是不该通知你去排戏的，可是谁敢惹张道藩呀，务必多帮忙！"说罢作揖不止。

三太太不知出了什么祸事，有些紧张，看到那人如此作揖鞠躬的，就劝儿子："还是去一下吧，这些大官们还是不要惹他才好哇。你还犯过事！"说到这里哽咽地说不下去，只是推儿子、儿媳和那个人出了大门。关上门回到屋里呆望着桌上才刚要举起的酒杯，灯光烛光都很高，她一个人进屋去躺在床上，这时感到空虚、孤单、不祥命运的征兆，她哭了……

沈松夫妇叫了一辆三轮车，赶到了剧场，还没有进门，就听见颜哲在乱叫："我怎么不知道他俩是今晚结婚，他们也没通知我呀。我看他们结婚就不合适，你们看吧，他们将来不离婚才怪！他们不久就会离婚的。"

正说到这儿，"嘭"的一声门被沈松踹开。颜哲吓了一跳，忙说："来了，很好很好，做排戏的准备。恭喜二位了，对不起，太辛苦了。"沈松准备上去打他一个耳光，徐倩给按住了，她只说："这么晚排什么戏？我们不是来出堂会的，我们是艺术家。对人这样不尊重，要不是你颜先生请我参加剧社，我今晚是不可能来的。"沈松这才明白徐倩今晚居然就来了的原因，他为新婚的妻子不得不按下心头的怒气，坐在一边一句话也不说了，因为今晚他只是陪伴徐倩，自己没有工作。

好半天才看到田广才铁青着脸坐在台边上在自言自语地骂："他妈的，我先人缺了大德了，我自己要干戏，这可他妈干的什么戏！我应在家里当绅粮，娶他九个小老婆，多安逸哟！"

贾莲洁突然出现在他身边，说："你扯的什么话，你家里有一分地吗？

还想当绅粮，要娶小老婆？不要白日做梦，只有讨口子的命！”说完大家都笑了，颜哲借此添油加酸地打趣一番：“对！贾莲洁揍他这个龟儿子，他要娶小老婆哇！”贾莲洁把眼睛一翻说：“颜先生，不要挑拨离间啊。这些话你要多想想啊，搞得人家都怕搞戏了，这是啥子世道啊！”颜哲嘻嘻一笑说：“要多帮些人场啊。”他没说完，只见有人跑过来压低声音说：“来了，来了！”

颜哲非常惊慌地说：“大家准备好，道藩先生来了，今晚他要亲自排戏。”

果然，张道藩身穿没系领带的西服，手里拿了一筒茄里克牌的英国烟，嘴里叼一根细而长的象牙烟嘴缓步而行，身边有一个高大的女人。沈松一看是蒋碧薇，她穿一身黑色丝绒旗袍，胸前有个大钻石扣针光耀夺目，烫了的长发掩盖了左额，披了短披风，也是黑色的。她像是躲在黑色的雾里，手里拿着镶了金边的小茶壶，所以又像名角出台的亮相。沈松大吃一惊，她怎么可以深夜和张道藩在一处？蒋碧薇看见沈松也愣了一下，似曾相识，不过她故作没有在意，在张道藩恭谨而礼貌的搀扶下入场坐下，好像没有看见任何人。

颜哲走上前去，弯腰俯首在他耳旁不知说句什么，立刻对台上大叫：“现在排戏开始。”

于是徐倩和田广才无精打采地走着位、背着台词，张道藩时时点头微笑，似乎并不是发自内心的欣赏，而是故意做给蒋碧薇看的。蒋碧薇也同样微笑着，把手里的小茶壶递给张道藩喝，张道藩只是就她手中茶壶嘴上抿了一口。

台上的戏走了一遍，张道藩与蒋碧薇交头接耳说了半天。台上的两个人只有坐在道具沙发里静候颜哲说话，可颜哲一句话也不敢说，只是紧张地等待着道藩先生的指示。万万想不到张道藩突然从观众椅上跳了起来，用他自以为很雄健的步履歪歪斜斜地一直奔赴台上，跑到台上拉起坐在沙发中的田广才。他就以田广才所扮角色身份向徐倩鞠了一个大躬，并以外国绅士的手势行了一个礼，说声："小姐……"又走到台另一边倚在沙发背上，把手叉在腰间，脚交叉地松弛放着，自以为万分优美，忽然用法语对台下的蒋碧薇大声地叽里咕噜说了一长串话，蒋碧薇用低而柔和的法语回答他。

在张道藩的指挥之下，一小时排不了一句话。最后他们实在也累了，台上的人不但累，而且怒火就要爆发了。张道藩却以"孺子不可教也"的神气说："好了，今晚上大家看到了吧，对我的示范动作要多体会。你们要懂得幽默的深刻和文明礼节中的高尚趣味。今天排到这里吧。"谁也没理他，他忽然又回身对大家举起他手中的英国烟："大家来抽支烟吧！"不知是他的心不诚还是大家对他反感的情绪作怪，没有人前去拿他一支烟，虽然这是大家极想抽的英国烟。

徐倩和沈松出了文化会堂已经两点多钟了。徐倩长时间在台上给排过来排过去，脚都被鞋磨肿了。可街上已安静得没有一个人影，根本找不到三轮车，只能两个人相倚相靠地一步一步地走回家去。

他们俩疲倦地走进屋子，只见烛火通明，虽然已近残烛。尤其母亲那间小屋蜡烛已经很短了，母亲已经熟睡了，不知是她喝多了酒还是她的心里不好受，两行泪痕挂在她两边面颊上。

沈松轻轻吹灭蜡烛，关上了灯，回到自己的新房。徐倩却委屈得哽咽起来，对沈松说："怎么这样压迫人呀！我们的新婚之夜就这么惨吗……"

第二十七章

三太太自沈松结婚以后，身体一天不如一天了，整天昏昏沉沉的。有时突然一件事想不起来了，有时头脑空空地不知道该想什么，常常不知道为什么发起脾气来，更加感到孤寂。自己最盼望的是儿子结婚，但那天的景象只是满屋子红烛的光亮而已，没有喧闹，只有她自己一个人地坐着等着，空空荡荡的直到深夜也没有人回来，似乎是自己到了另一个世界，也似乎是自己结婚的回忆，但什么也回忆不起来了。朦朦胧胧地，也不知道自己怎样就躺上了床，只是心酸，哭也哭不出来，笑也无从笑起，脸色还有些发紫。三太太对着镜子痴痴发怔：自己怎么变成这个样子了？！她自言自语地说："这哪里是我？这不是我。"但这是事实，于是她怕照镜子，只有再不照镜子了。

她最烦听见儿子和徐倩两个人在他们的房里亲亲热热地说话，觉得自己是被抛弃了。但凡遇到这时，一阵怒火从心底升起，感觉自己更加孤单，似乎是与自己相守相依的儿子被人夺走了。抗日战争使自己那么多儿子都东奔西散了，至今生死下落不明。而这个被国民党抓去要杀头又被自己努力拼死拼活抢回来的儿子，没有想到一结婚就被人夺走了，这是她完全想象不到的事。有时听见徐倩对沈松说："今天出去时候，别忘了给我买奶油糖，还有再给我买双玻璃丝袜。"沈松回答："我不会忘记，一定会买得叫你满意，叫你高兴！”三太太就一声高骂：“怎么一天到晚就是买呀，买呀！你从来也不问问我要买什么呀！”于是屋子里就没声音了。过一会儿三太太心里又后悔了，心想：他们买什么是他们夫妻的事，怎么扯上自己呢？

一天，三太太听到徐倩得意地对刚回来的沈松说：“藏在被子里有一样东西，你猜是什么？”沈松说：“我最不会猜了，是什么告诉吧。”徐倩一定要沈松猜，娇嗔地说：“你不猜就不给你了。”这时在外边的三太太生气了：“又怎么了？叫人猜什么呀！难为人家做什么呀！”徐倩吓得不敢出声了，沈松也没有说话，把被子掀开一看，是一双新买的黑色短腰皮靴子。沈松并不喜欢这种靴子，就说：“你怎么买这种靴子给我，我还以为是一双皮鞋呢，这种靴子只有童子军才穿哩。”徐倩一听气得差点哭出来，说：“人家好意费多大劲买来让你高兴，你这个人怎么这样！对人家心意一点也不懂，不好就不要，扔到河里去吧！”说完拿起皮靴向门外跑。沈松赶忙一把抱住徐倩说：“亲爱的，别这样，别这样！我说得不对，我喜欢，非常喜欢！我喜欢你的一片心。”说完就搂紧她死劲地吻她，徐倩在他怀里撒娇地嗔怒说：“不！我没有想到七少爷不喜欢这种鞋，还是扔了吧！”二人不免打打闹闹。三太太在外屋听见，不由得大发脾气，也掺进来：“我的儿子从小就是少爷，怎么现在就该你来骂！我们穷了，不行了，你知道的呀，你为什么要嫁他呀！”她还没有说完，徐倩憋不住大哭起来。沈松赶到外屋对母亲说：“姆妈，这有你什么事，你瞎吵干什么？”

“我知道你是不要我说话，你有了老婆，老婆就第一了。”

沈松回说：“姆妈你瞎说什么，乱吵。”

“我怎么乱吵？我怎么乱吵？”这时哭声吵声交杂一起，远远听来真不知发生了什么事。

社会上也在乱，国民党蒋介石要召开“国民大会”，各党派和全国人民都在反对；而鲁南、豫北等地区战事紧张，共产党中央在延安召开保卫陕甘宁边区大会，军事停战小组在磋商停战问题。南京的各种国民代表拉选票、请客吃饭不亦乐乎。好像各大饭店吃饭不要钱似的终日流水席开个不停，夫子庙太平路歌舞升平，而物价涨之不已。上海、青岛各地罢工抗议，游行也不断进行。

青年部又无声色，三民主义青年团中央团部也未撤销，但中青剧社给每人发了三个月的遣散费，解散了。

人们的心里更烦，更无所适从了。

沈松面临这种情况，不能不考虑别谋出路，但还只有搞戏一条出路，别无他法。而搞戏南京是话剧不太活跃的地方，只有一个地下党领导的演剧七队驻在南京，也没有什么演出。

张骏祥到上海以后，基本上改行搞电影了。还有一部分人坚持搞话剧，如耿震；刘厚生、沈扬这些同学演了一些电影以后就与原来上海黄佐临办的苦干剧团的一部分人合并为上海观众戏剧演出公司，据有上海辣斐剧场演戏，名声不错。

沈松很想一个人先去上海，但不好和妈妈、徐倩开口。一天，徐倩没有在家，三太太神情安宁。虽是冬天了，但上午阳光宜人，沈松搬着两把椅子拉着三太太到户外晒太阳，这是多少年来母子二人难得的心绪如此之好。沈松故意把椅子放得能和三太太并排而坐，把一只手臂搭在三太太肩上。三太太高兴地说："这么大了还这个样子！"沈松不但没有因此放下手来，反而把母亲搂得更紧，三太太说："真讨厌，我透不过气来了！"

"姆妈，要是有一天三哥、四哥、五哥、六哥都回来了，加上老八都娶了亲，你多高兴啊！"

三太太听见这些话，真的笑了，心情和这阳光一样灿烂。她眯着眼睛看着这冬日的太阳："唉！不知哪一天才能看见他们呀！"

"那你就可以今天在这家住，明天在那一家住，哪家儿媳长得漂亮、孝顺你，天天做好吃的给你，你就在哪一家住了或者长期住下多好！”

“那可是好，我只能是这家看看、那家看看我就回来，我不和他们住，我就和你住。”

“那为什么？”

“我也不知道为什么，我跟你跟定了。他们高兴就一家给我一点零花钱，不过他们不会有钱的，他们整天和穷人在一起打仗，他们都是穷人了。不过老八将来一定会有钱的，他长得像你，又好看，将来一定会娶个好看的媳妇的。我看也说不定，他也不会找一个比你媳妇更好看的了。”

“那你为什么讨厌徐倩？常要骂她？”

“那——我——我很喜欢她！不过我不知道为什么她和你在一起我就生气，你们越亲热我越不高兴，你没看见婆婆总是对媳妇不好的多。”

“那是旧时代旧脑筋，你虽然不会写字，但新旧小说看了多少本，连屠格涅夫的《父与子》、高尔基的《母亲》也看过了，还不明白呀！”

“可是我一点不喜欢看高尔基的小说，看不懂的。”

“我想你是不是——”沈松想向母亲说的话一下子到了嘴边又缩了回去，三太太反而着急地催问着：“你说呀！”

“我说呀，你是不是妒忌儿子把爱情给了她。”三太太突然被这样一问倒给问住了，但她认真想了一想，坦率地说：“是的，有点儿。”说着不好意思地笑了起来，笑得那样甜，像心里的隐秘叫人给意会到了一样。她又自言自语说：“那我像那个《孔雀东南飞》里的老太婆一样了。”

“不！那个老太婆太压迫人了，你不是，你只是有点母亲对儿媳的妒忌，这是误会。这是不一样的两种感情，对不？姆妈！”

“我不说了，我也不吵了，不过我就是要跟你在一起，我活一天就和你在一天。”

“那当然，最近大家都希望和平，美国人不让咱们和平。谁知道哪一天才能和他们见面，又不知见了面会怎样。”

母子二人说得极为高兴，正好徐倩从外面回来，还捧了几包吃的东西，嘴里还含着什么。她把一包东西送给三太太说：“妈，你吃点杏干吧，酸极了，真带劲。”三太太说：“我不要吃的，牙不行，你怎么喜欢吃这酸的东西？”

“我这两天怪极了，老想吐，就想吃酸的东西，一吃就好了。”说完打开包，一看是山楂糕、山楂果，都是酸的东西，沈松说：“买这些东西我们都不能吃，为什么不买点咸水鸭或者油炸馓子，那多好。”徐倩一边走向屋子，一边说：“我一见那些油的东西，我就想吐。”沈松说：“是不是病了？去看一下吧。”三太太看着沈松若有所思地说：“是不是有喜了？”于是迅速地跑到屋里去和徐倩低声地说了些什么，很长的时间都没有出来。沈松奇怪母亲和自己谈了一次心里话，就变得和从前一样和顺慈祥了。他正在想着、自己得意地笑着，一会儿三太太从屋里出来又坐在那张椅子上，说：“好，真的有喜了。”于是三太太一会儿进去一会儿出来地不知做什么好！

过几天徐倩找医生看了以后，脾气又发生了变化，古怪得很，有时看什么都不顺眼，有时感到受委屈发脾气。有一次徐倩感到不舒适，想吃一点挂面和煎鸡蛋，用香油加青菜煮的。沈松到厨房去加工细做，做得非常可口，赶忙小心翼翼递给徐倩。但徐倩闻到这扑鼻香味却立刻大怒，毫不考虑地把一碗面扔到沈松的身上。沈松穿了一件长袍，幸好外面有罩衣，把罩衣完全淋湿了。沈松真的傻了，简直不相信当前发生的事，心里气得直哆嗦，又不敢高声，怕好容易弥和好的母子、婆媳之间的感情又破裂了，只好悄悄地把地扫了，把长衫脱下来塞到床底下。徐倩不知是后悔还是自己委屈，她用被子蒙住头痛哭起来，并说：“衣衫我一会儿洗。”

这场祸事并没有引起什么波澜，一切就算静悄悄地发生、静悄悄地消失了。

两个月过去了，沈松为了家中能有更加和睦的气氛，看见报纸上登了夫子庙首都电影院上演美国华尔特·迪士尼的卡通片《小鹿班比》，就提出一家三口人都去看电影。三太太却说头昏不想出去，沈松无法，只有和徐倩乘三轮车到夫子庙的首都电影院去。

整个电影出人意料的美妙。沈松一把紧紧抓住徐倩的手说：“你喜欢班比不？”徐倩回答：“我怎么这么喜欢它，它太可爱了，是崇高美丽的象征。”

“那不论你生下来的孩子是男是女，他的名字就叫班比可好？！”

徐倩带着一种将要做母亲的喜悦，高兴地把头倚在沈松的肩头轻声地说：“好，好极了。”沈松不知道自己是沉醉在电影里，还是沉醉在未来孩子的可爱班比这个名字当中，一路上老是笑着，甜蜜地笑着回家了。

沈松、徐倩婚后生活渐渐地越来越和美，但是失业和生活的威胁越来越大了。

社会的动乱和生活的压力使沈松不能再在家里留恋下去了，不得不和有孕的妻子和身体日益不佳的老母亲辞别，独身到上海去。就在准备要走的时候，方四太太到了南京，在妇女救济工作委员会工作，工作地点在南京玄武湖。她没宿舍，找到方三太太，要住在三太太的小屋里。三太太当然欢迎，就住在另一间小屋里。沈松更放心地走了。

在上海，去大南门见到刘厚生、耿震、沈扬、许绥曾、任德耀、温锡莹、杨华等人，托他们想办法找一个工作。这些重庆抗战八年干戏的穷哥儿们，总算是在这十里洋场的大上海找到一个立足之地，还居然租到房子能住在一起，太不容易了。他们搬家这一天，郭沫若、阳翰笙诸位前辈先生亲来祝贺，送了一大堆饭碗、饭锅一类的东西。沈松夹在其中不知自身是被贺的还是贺客的一边，一样高兴得热泪满面。因为沈松没有出钱，不算做房主的一份，只能揩揩油住在耿震与刘厚生的被隔开的一间小屋子里的地板上，向他们借了一点被子睡了。

这个地方，以后上海文艺界简称这里为“大南门”，它的含意是：一群名演员、穷光蛋、干戏的穷哥儿们的穷窝。

几经介绍，沈松在上海昆仑电影公司当了一名场记。这是一家“左派”电影公司，所以这里的人都是沈松的熟人。他一进场就在吴永刚导演的《湖上曲》中当场记。沈松第一次接触电影界和电影工作，很生疏，但非常乐意当场记，因为这样可以学习很多东西。他住在厂里，是一间很大很好的地板房间，和另一个当场记的黄祖模同一屋。黄祖模很热心地告诉他一切有关电影的常识，他也看了一批书，这么过着非常忙碌的生活。

一个多月过去了，沈松对在摄影棚中工作感到非常不习惯，因为不像剧团人与人的关系那样亲密无间。大演员、小演员、群众演员之间在待遇上相差太多。一个场记就和一个小演员一样，但处的地位与演员很不相同。女主角走进棚来，态度、仪容对人虽然客气，但总是她是主角，你是小场记。沈松这才体会到电影圈子里的日子是非常复杂又不太好过的。虽然薪金比在舞台拿钱要充裕得多，但他却留恋舞台，很不想在电影界长久地混下去，更不愿就此改行。

徐倩自从沈松走后无时不在思念，有时就偷偷哭泣，这就引起了三太太更大的不悦。三太太心里本来就烦，看见儿媳妇不但不多陪伴自己说说话，反而自己愁眉不展，甚至总在哭泣。白天方四太太又不在家，就两个人愁脸相对，渐渐不但没有话说，常是一言不合就吵起来。

三太太每天酒喝得更厉害了。徐倩眼泪不停地流着，终于难以忍受就跑了，一口气一个人什么也没有带就跑到上海找沈松去了。

徐倩突然到了上海，沈松又喜又惊，喜的是又看见了她，惊的是她这一去不知母亲会怎样呢？！心里挂念无比。

徐倩来到上海，沈松只有求助于陈青了。陈青和田广才都到“中制”

破摄影棚旁边的平房里住着。陈青热情地接待徐倩，晚上沈松夫妇打地铺，他们夫妻俩睡在一张床上还带了一个四岁的儿子广广。

这个广广顽皮无比，身体结实，脸长得很好玩，大家都喜欢他。一天晚饭后，沈松自厂里拍片子回来，大家在一起兴高采烈地说着广广好玩，如此顽皮将来一定是个有出息的革命者，比我们这一代更有作为。安妮就说："方哥，徐倩如果生一个男孩，他们俩结为兄弟，同闯江湖；如果生了一个女孩儿，那就订做我的儿媳、广广的老婆了，好不好？"沈松夫妇大声喝彩说："好！一言为定，指腹为婚。"大家拍手称快，都想找广广来先叩一个头再说。陈青一看广广不在了，就大骂这个小混蛋，雨还没有停他就跑到外边玩去了。李安妮接着说："那你还不去找他回来！"陈青一边顺着外边泥泞小路去找，一边大喊："广广，广广！"可怎么喊也没有回声，他似乎听到有个小孩"唉呀！"一声，又没有了声息。恰好陈青跑到一个水洼边，地上的雨水都向这里流，把这个水洼积满水有大半人深，不知陈青怎么就肯定广广一定是掉在水洼里淹死了。他用发抖的声音喊着："广广，广广，孩子呀，我的孩子啊！"就奋不顾身地跳到水洼里去，俯下身在水里去摸去捞，脸埋在臭水里找，身子完全停在水里找，没有踪影。他的喊声都嘶哑了。"爸爸，我在这里！"忽然广广从旁边一间房屋的顶上伸出一个小脑袋，他骑在屋脊上好不快活！陈青抬头一看，这个小混蛋怎么爬到人家房顶上去了："哎呀，你太不像话了！下雨天还上了房，你下来我揍死你！"陈青浑身上下都湿透了，站在水洼里大骂不止。而广广却说："爸爸你打我，我就不下来了。"就在屋顶上发起赖来了。沈松他们也都赶到了，对房上的广广说："好乖乖，下来吧，给面包吃，下来吧！"这么多大人央告一个小孩，央告之声柔和而甜蜜，这才使广广动了心，爬到房边塌了一半的墙边去。李安妮飞快地赶到墙边，爬上去把广广接了下来，抱得紧紧的。而气极了的陈青回屋找到一柄床刷子，等广广一进屋抓起来就打，连声喊着:“你这混蛋，他妈的把老子气死了，今天不揍死你才怪！”安妮急得大骂陈青:“你打吧！他已经被雨水淋成这个样子，你再把他打病了，你买得起药吗？”沈松一把夺过陈青手上的床刷子，徐倩也喊:“谁敢打我的女婿！”抱过广广到一边哄他去了。安妮又心疼陈青被雨淋成这样，忙着找衣服换。但似乎陈青并没有第二套衣服换，虽已是春雨之夜但依然淋得使人发抖，只好披了一床被子。广广在徐倩处已经玩得十分高兴了。

沈松夫妇不好意思在陈青家常住，就搬到前面同样的一间田广才家里地板去住了。田广才与徐倩有同受张道藩欺凌压迫之苦的战斗友谊，为了招待她，贾莲洁在生活那么困难之际买了一斤肉用四川烧菜的方法烧了一碗红烧肉，真是感人肺腑。

沈松感到老是在上海这么住下去不是办法，徐倩也有点想回南京去，因为肚子一天天大了起来。

一天在厂里刚拍完戏走出棚子，传达室里面的人送上一封电报，是南京打来的，报文:“你母病危，速归。四婶。”沈松一看呆了，不知该怎么办，只有找厂里请假，并借支了一些钱，他赶紧找到徐倩给她电报看。田广才、陈青也很着急，催着他们走。于是他俩到北站买了夜车票，到南京时已是早上。

二人慌慌忙忙地乘公共汽车赶到家里，看见方四太太正在整理行李准备搬走，而方三太太躺在床上右腿缩着，右手、右臂也蜷曲着，是中风瘫痪了，还在昏迷中。

沈松、徐倩吃惊不小，沈松着急地喊着:“姆妈，姆妈！”徐倩急得哭了起来，也跟着喊:“妈妈！你醒醒呀！你醒醒呀！”接着又大哭起来。

方三太太只是眼皮在抖动着，眼怎么也睁不开；嘴唇在抖动，可说不了话。方四太太说:“她是前天夜里发的病，我只听见她在床上呼噜呼噜的，起来一看，糟了，她是中风了。也没有法子找医生，只有我一次一次地掐她人中，一点用也没有，我只好连夜找到电报局，给你们打了电报，大概你们是昨天收到电报的吧！好了，我不便再打搅你们，我搬走了，搬到玄武湖去住了，再见吧。”说完拿了行李就匆匆忙忙走了。

方四太太一走，沈松和徐倩只有着急没有办法，还是徐倩有主意：“你赶快打个电话给马祥麟，借他的吉普车送医院去。”沈松一听认为这是唯一可行的办法，跑出去借电话打给总理陵园。

马祥麟接到电话，倒是毫不耽误地开了吉普车来。他一进门就说：“快走吧，我送你们到中央医院，我有位广东老乡在当主医。”沈松一把抱起母亲坐上吉普车，徐倩又拿来被子盖在三太太身上，就向中央医院飞奔而去。

中央医院是南京最高级的医院，一般人是住不进去的。马祥麟一到，就自己一个人飞奔进去，一会儿他拉着医生和护士跑来把三太太放在担架上，抬到二楼一间单人病房。在这时马祥麟用广东话和那位医生谈了老半天，最后他拍拍医生的肩膀才和医生一齐到病房内，开始诊病。他一边看病一边说：“来晚了！来晚了！为什么不一发病就送来？”沈松非常恭谨地回答：“我们在上海电影厂做事，今早才到，马上就送来了！”马祥麟用广东话插了几句，才使那位医生认真思考起来，他对沈松说：“病人是高血压造成脑溢血，现还看不出是否还在出血，目前只有使她停止出血，留在头颅内的瘀血慢慢吸收。她的瘫痪恐怕难好，现在还是很危险，只有用盘尼西林了。抽脊髓就算是一次手术了。”他同时写病历，吩咐护士小姐打针、用氧气，还挂上瓶子在手上扎针。这些事物沈松从来没见过，也从来没听说过，只听见打盘尼西林就吓了一跳，因为盘尼西林是新出的药，能治百病，在重庆时听说要二两金子打一针，现虽便宜些了，但也要半两金子。

沈松只有说：“好！好！谢谢你，你认为怎样治都可以。”马祥麟也点头说：“好，好！朱大医师说怎么办就怎么办吧。”说着暗示沈松出来。沈松走出病房，马祥麟轻声地说：“朱医生是个好人，跟我们家里都认识，你放心，他会帮忙的。他把自己的盘尼西林送你们，不要钱，这是我的面子。好吧，我走了，有事打电话给我就行了。我先送尊夫人回去好不好？”沈松除了感谢他所有的一切以外，还有什么说的，徐倩不打算回家，就留在医院里，让沈松回去。而沈松无论如何也不愿回去，这样徐倩只有抱着三太太的衣服、被子回去了。

天黑以后，她又乘公共汽车去医院，在医院里二人就这样守候着。

一个星期以后，三太太睁开了眼睛，也能开口了，但只能发出含混不清的咿咿唔唔的声音，左边手足完全可以活动，右边的手足根本直不了，仍然是蜷曲的，大小便不能自理，床单每天必换。她神志已清醒，于是总是拉着沈松的手号啕大哭。沈松只有安慰她，说她会好的。医生说经过抽脊髓化验证明脑血管已停止出血了，病人已解除危险，盘尼西林功效目前只能如此了，只有出院回家去休养。

沈松在家里为三太太出院做了准备，也请了一位用人，去买了一张白色的单人钢丝床，还买了几床白色床单。徐倩缝制了几个尿垫子准备随时换用，又买了便盆，仿效医院布置了一个家庭病房。仍然是打电话请马祥麟用吉普车接回家去，好在医院只收三等病房的钱，其他费用都由朱医生说情免收或减收了。

回到家以后，三太太每天想说话，也挣扎着要说话，但说不出来，于是用一场大哭代替了一切。以后三太太像婴儿用哭声代需求一样，时时哭泣不已，徐倩总是去安慰并接大小便、换床单，而她已是大腹便便地行走不方便了。困难的是家中经济眼看着没有来源了，沈松只有狠狠心再一个人到上海找工作，把家里一切交给徐倩了。同时给八弟打电报叫他回来，照顾母亲的病。不想他回信说，他也万分着急，但马上要高中毕业考试，只有等考试完毕才能回来，回来后也算是一个高中毕业生了，怎么样也可在南京找个小差事协助家用。

沈松觉得他的想法也对，于是回信同意他的决定，让徐倩一个人留守了。恰巧同学谢应惠抱了一个小狼狗来看望他们，他兴高采烈地说这是一条法国小狼犬，他弄来极不容易，特送来给你们养了看门。沈松本来不要，怕养不起，但三太太听见小狗叫的声音非常高兴，就用手比画着要留下。徐倩抱了它也不肯放，沈松一咬牙就留下了。家里多了一个生灵就热闹多了。

沈松跑到演剧七队，找他们的队长讲了家境困难，这位队长也是地下党员，但沈松并不太了解，只知他为人很好，于是向他借了一套军服。军服完全是美式的，从皮鞋到军帽都是新的，而且还是少校军衔，这样坐火车、公共汽车可以不买票，火车上坐二等位子。

沈松还是第一次干这种事，不免有点心慌，只要查票的一过来就脸向窗外看，点上一支美国香烟。窗外的树影一排排在烟雾中过去，那位检票的在他面前伸手晃了一下，把坐在他对面的穿西服的客人的票“喀喀”一声剪了一下，接着一张一张地剪了过去。沈松一个钱没花到了上海。

沈松到上海又到大南门去找刘厚生，告诉他母亲病倒、妻子大肚子，非演戏不可。

刘厚生是上海观众演出公司实际负责人，对外还是黄佐临和张骏祥负责，这样沈松在张骏祥导演的《女人、女人》一剧中先跑龙套，后又在郭沫若的《棠棣之花》中担任皇帝的角色，夜间就住在剧场后台的灯光间里。这里还有一位剧校一期的老大哥，是搞灯光的，操作和设计集于一身，和李恩杰一样很喜欢沈松。夜间散戏后三人出去找一个馄饨摊子吃一碗面，他们喝着酒，骂一通上海社会的黑暗，发一通牢骚，然后昏沉沉回到小灯光间里倒下就睡。

沈松这次到上海，感到生活压迫是如此深重，忽然有一天想到和自己脱离关系很久的大哥方琏德。目前孤身一人，不如去看看他，也算是手足之情。

他找到巨籁达路大兴里13号，见门口挂了一块玻璃框的毛笔字的招牌——“方回春大医师诊室”，一笔洒脱的字。沈松敲门进去，方大医师坐在一张红木书桌后面，正给一位阔太太诊脉。看见沈松进来就欠身讲请坐下等等，显然是把沈松当病人了。

沈松在坐等时抬头一看，见墙上挂有诊例的镜框，大概是门诊二元、出诊五元、夜间出诊十元，特种另议，以上系用美金折价。沈松一看，心想:“这哪里看得起。”只见这位大哥戴了一副金丝眼镜，穿了一身洋呢料的中式小夹袄裤，抽的是吕宋烟，一股香的烟气萦绕室内，富贵而不俗。

一会儿那位太太看完病没有付钱站起要走，大哥递给一张印有方回春用笺的药方，并说再吃几副一定见效。那位太太说:“方先生看病斜气好，这谢金将来一道算吧。”大哥连说:“不客气，不客气。”恭恭敬敬送她出门。

回过身来还是愉快地说:“这位先生哪里不好？”沈松站起来喊了一声:“大哥，我不是来看病的，我是老七，今天是来看你的。”方琏德简直不知道站在面前的高个子青年是老七！不知道是太意外还是突如其来的刺激，他兴奋得脸上发红，手足不知所措，走过来拉着沈松的手，凝视半天然后说:“真长大了！不认得了，坐吧。”而后大喊“丽芳，丽芳！”出来一位中年妇女，穿了一身旗袍。“来见见我的小老弟，小老七，倒茶来，今天留他吃午饭，添点菜。你就喊她大嫂吧，这是我的儿子小狗子的娘。”被称为丽芳的大嫂反倒迟疑起来:“我们这位老爷从来不留人吃饭的，真的他对他弟弟这么好？”她心里这样想着，还是执行了他的命令。

沈松一看他这位大哥的房子里全堂都是红木家具，使这个客厅显得很富丽。大哥倒急急忙忙地问:“这些年过得怎样？”沈松就把自己到四川去学戏剧，现在母亲中风，自己又到上海辣斐剧院演戏简单地说了一下。大哥又问:“那老三、老四、老五、老六他们呢？”沈松只有回答:“他们没有去四川，可能都去打日本鬼子了，没有消息。”大哥听了以后沉默了一会儿，说：“那可苦了你了。”接着长长叹了一口气：“哦！怎么办呢，现在太晚了，不然我开一些方子给你妈妈吃也不会这样。”说着他就拿起笔开了一副药方，交给沈松说：“这药方给你娘吃吃看吧，我也只能为她老人家做这些了。我也只是在糊口而已，你以后常到家里吃饭吧。”

果然午饭非常好吃，沈松大吃了一顿就走了。回去以后心里在想：大哥对那些阔太太那种恭谨的样子，也确实是在糊口而已，和他以前来安庆胭脂巷时那种气势不凡、那种幻想家中妻妾满堂的神气完全不同了。

天气开始热了，沈松拿到演几个戏的酬劳，回南京去看望病中的母亲和徐倩。家里养的那只小狗长大多了，看见沈松回来，它不认识就汪汪乱叫。徐倩一喊：“莎莎。”它就跑到徐倩脚下。徐倩肚子很大，走起路来歪歪斜斜的，母亲一听见沈松的声音就在屋里大声喔——喔地喊叫。沈松忙到她屋里一看，她已瘦多了，深陷的眼睛，头发如一堆灰白的乱草，稀疏地搭在脑后。她拉住沈松的手咿咿唔唔说了好久的话，接着又一顿号哭，把沈松的手拉得更紧了，意思是不让他再走了。沈松把母亲抱了起来，叫徐倩拿梳子来，自己替妈妈梳梳头发。看看妈妈的床还算干净，又要用人打盆热水，用毛巾替妈妈洗洗脸，徐倩又接着给擦了擦身子。沈松看到母亲背上已有几块破的皮，忙用红药水擦上，心里一酸忍不住流下泪来，而三太太却感到慰帖舒服，不觉自己又嘿嘿地笑了。沈松用自己身体顶住妈妈，让她坐在那儿休息半天，同时和母亲说说笑笑，也告诉她自己去找大哥的事。三太太先是惊讶的神气，后来眼睛一片迷惘，无限神伤。沈松又把大哥开药方子的事告诉三太太说：“买副吃吃看好不好。”三太太点点头，表示可以吃吃看。这样吃过饭就上街买了药来，徐倩又忙着熬药。

天气非常热，沈松只好每天都给妈妈洗身擦澡，三太太以此为最大的快乐。大哥开的药吃了十几副毫无用处，沈松失望了，想想只好打算长期“抗战”了。

正在这个时候，八弟考完试回来了。他走到母亲床前喊了声：“姆妈！”三太太这时正在迷糊睡着了，她睁开眼睛迟疑地辨认了好久，好久才似乎看明白站在她面前的就是他的小儿子琥德。她又是用一只手拉着琥德要他弯下身去看她那只弯曲变形的手，咿咿唔唔说了好久，接着又是大声地号哭。琥德还是不会说话的大孩子，只会不断地喊：“姆妈，姆妈！”也是哭之不已。徐倩也哭了，沈松也哭了，连那位用人也哭了。

这一家人似乎由于琥德回来引起一阵波澜，一天之中都没有平息。琥德在母亲隔壁的小屋里住下了。一个刚从中学回来的孩子能做什么？南京他又没有朋友，也只好在家中待着，每天在母亲床边站着傻看着，三太太也傻看着他。

沈松的演戏酬金怎么会够用？没有办法，也无法向马祥麟这些老同学去借钱。去参加演剧七队工作吧，但演剧队没有工资。虽然是穿着少校军服，而他们的薪水是拿来大家平均开伙的，所有穷朋友都可以去吃饭的，无法养家活口。沈松要走也走不了，八弟回来实际上也是多一层生活负担。沈松有一天正在胡思乱想、琢磨生活之道，忽然想起母亲的箱子里有什么可卖的，要能再卖一些钱才好度日，何况徐倩生孩子的一切准备都没有。于是他把母亲的两个箱子搬了出来，打开仔细看看，一看只剩下一些棉袍、短衣裤之类，只有一条长而大的毛披肩大概有两斤重，别的没有什么了。忽然看见一个用报纸包着的文书之类的东西，沈松打开来看，原来是一份一份的南通大生纱厂的股票，还是方三老爷在世时也不知何时买的，不知现在还有什么用。沈松拿出给母亲看，三太太摇摇手向外摊了一摊，干笑了一下，没有说什么。可沈松似乎有在报纸的经济行情中看到过大生纱厂什么的印象。

晚上和徐倩在屋里商量很久，决心像一个冒险家一样到上海那些股票市场去赌博一下。

第二天一早，穿上那身美军少校军服又不花钱去坐火车了。这次可不像上次那样害怕心慌，怕被人捉住自己是个假少校了，大大方方油里油气登上二等车，找了一个空的长椅，自己靠在车窗边，拿起一包骆驼牌美国香烟点起来，把大檐帽遮盖了半个脸，眼睛虚虚地眯着，似睡非睡地在窥视一切，还架起一双腿，像个不好惹的烂兵。火车里有些军官带着穿着入时短旗袍、搽口红的女人，嘻嘻哈哈地坐在沈松对面，吃烧鸡、喝威士忌、抽洋烟。沈松动也不动，他们以为是自己人也没有赶他。检票的人来了，只看了一下，连手都没有伸，连同女的都没敢查票就过去了，还点头表示非常熟悉他们。

那女的总觉得沈松应该与他们一同大吃才好，乘沈松转身之际就搭讪起来："大家一起出门，我们大家都在吃都在喝，倷也要吃的！请吧！"沈松本想不理那个女的，但她却一屁股坐在沈松这边椅上。她用手绢把她带来的杯子擦了擦，倒了半杯酒推到沈松面前。沈松拿出烟来请那个男军官抽，也虚让了这个女的，就同他们一起喝了起来，自称是联勤总部的。于是大吃一顿，不一会儿就到了上海。

到了上海，沈松直奔方琏德家，拿出大生纱厂的股票，问大哥这玩意儿还有用没有？大哥见一个军人闯进来先是有点紧张，后知道是老七，才说："你哪里来的军服？"沈松说："穿这身老虎皮走遍天下不花钱。"大哥笑了起来："小老七，你蛮灵啊！"他看到这些股票，忙说："你家分的股票还在，值些钱，值些钱。我分的那些也还在，目前行情不错。我没有卖，你卖吗？不卖到年底还分红呢。"沈松说："卖，快卖，我不要这些东西，我需要钱。"

"那我明天去交易所看行情卖了，你还相信我吧？要不一起去。"

沈松心想，倒是想去观看一下交易所，但又想若跟着去不就是对他监视了吗？就说："我不懂，不去了，大哥你去，由你决定吧，就这么说定吧。”大哥表示：一定办，明天中午你来吃饭就听到结果了。

沈松仍然跑到大南门对刘厚生、耿震说了他到上海来要办的事。耿震快乐地说：“你要成为大富翁了，别忘了穷哥儿们。”刘厚生也开玩笑说：“希望你办成，你为你妈，不算你资本家就是。”

晚上他住在大南门地板上，第二天中午时分，沈松早早地如期到大哥处，没有想到大哥已经回来，笑眯眯拿出一大包钱说：“卖得不错，行情很俏。”沈松一看，有他能得到的工资十倍之多，十分高兴，又向大哥借了一个皮包把钱一叠一叠地塞了进去，吃过午饭就搭火车回南京去了。有了大皮包、一身军装，就更神气地上火车，更自如更不花钱。

到了家里立刻告诉母亲，母亲点点头干笑了一下，闭上眼又流下了眼泪。

奇怪的是三太太自此之后每天大哭得更厉害了，沈松摸不着头脑，给做的饭也不怎么吃了。

有一天下午她忽然要沈松去，她用尽气力东指西画着，沈松不明白用意，最后才明白她又是在问三哥、四哥、五哥、六哥他们。沈松说：“不知道他们在哪儿，不过他们都会很好。”三太太又是那样直瞪瞪的眼睛望着天花板，然后说出一句极清晰的话来：“可和——平了？”

沈松摇摇头没有说话，三太太用手指指她那张小藤桌。沈松以为又要叫他再点上香，但她用力地摇头，指指随她四十年奔波天涯海角的观世音菩萨，在她以前苦痛时候，只有向它叩头膜拜才能得到支持的力量的观世音菩萨。沈松恭谨而小心地捧了菩萨过来，真不知道她要干什么。三太太在沈松手中看着菩萨，看着，抚摸着，突然她用全身的力量一把夺过去用力向地上摔去，把菩萨砸得粉碎，接着号啕大哭。这突如其来的一个反常举动使沈松惊讶得不知怎样才好。这显然是表明她信赖的菩萨，她一生念经、吃斋为的是修成善果，而如今她对儿子的信念像对菩萨的信念一同消失。

她大哭一场以后，平静了，她再也不作声了，也不怎么吃东西了，神情更加黯然，像一种极为低沉的黑云压着小屋里的每个人。

忽然徐倩发现她的小狼狗不见了，于是她挺着大肚子到马路上去找。找了两天，她看见一个穿花格衬衣的青年手牵一条小狼狗在走，她追了上去向人家要狗。小狼狗走向她，靠拢并舔她的手，那个青年推了她一下说她是诈骗，然后扬长而去。徐倩哭着回来，当晚肚子阵阵疼痛，不久呻吟之声不绝。

三太太手指外面，意思是快送医院。沈松也急了，到马路上等到了一辆三轮车，把徐倩扶到车上，送到新街口妇产医院去了。

第二天晚间，徐倩肚子一阵一阵痛得紧了，看护们忙把她推进产房去。沈松送到产房门口还向徐倩紧紧地握了一下手，祝福她平安。徐倩脑门上的大汗珠不停地流下，但勇敢地进去了。沈松留在产房外面，同样流着大汗，把衬衫都湿透了。八月的南京本来就热得可恶，这会儿更是在蒸笼里一般，时间显得又慢又长。天亮时听见产房一声婴儿的大哭，沈松心里一阵松快，心想我的班比可来到了！又过了很久，只见产房推出病床，徐倩平静地躺在上面。沈松带着男人特有的对产妇的一种惭愧和喜悦走上前去说："生下了吗？对不起你，你可受苦了！"

"不，不！不是我，我还没有生呢，是同一个产房的人生了，她多快，进了产房就生下来了，我还没有生呢。"说完她自己窃窃地笑起来。沈松完全没有想到地说："你还没有生呀？"于是沈松又回去了，到晚上又来，一晚上都没有动静，第二天又回去了。又一晚上还没有动静，第三天又回去了。第四天清早，看护又匆匆忙忙地把徐倩送到产房，终于听到"哇"的一声响亮大哭，孩子下地了。等徐倩推出产房时，沈松迎了上去："这回生了吧！"徐倩点头，像大病后的样子说："是个女的，你高兴吗？"

"太高兴了，你太受罪了，无论怎样她是个宝贝。你受尽了做母亲的苦难，肚子痛了这么多天，太久了。"

当她进病房不久，看护就抱来了用白布裹着的一个又黄又黑、眼睛鼻子皱在一起的婴儿，除了额头外看不清其他。看护们说：“是一位小姐，恭喜了。有四斤重，是瘦弱了些。”徐倩把孩子搂在怀里：“女孩子，她还是叫班比吧？”

“当然，她就是班比，她将来一定会好看的。女孩子，姆妈一定会高兴的，目前只知道这是她第一个孙女，我回家去报喜吧！”

看护又把班比接走了，徐倩困乏已极，睡了。

沈松跑回家飞快地到了三太太屋里，三太太正睁大眼睛等着儿子给她信息，当沈松告诉她生了一个女儿时，三太太笑了，很得意地笑了，就如没有病时那样地笑了。她要坐起来，用被子垫着坐了起来，神情格外清澈，平静而欢快地说出“红蛋”二字。沈松也高兴得让八弟用红墨水染了两个鸡蛋煮上了，同时自己又努力给母亲梳了头发，给她洗了脸擦了身，她又笑了。

八弟把两个红蛋端了过来，她要沈松剥了一口一口地喂她吃了。吃完一个看看沈松，又要吃第二个。沈松怕她噎住就劝她别吃了，但她不肯，又吃了第二个。她很满足，看看沈松又看看琥德，拉住琥德的手交给了沈松，她满足地点点头，坐到她累了才躺下。

沈松和八弟从没有见母亲这样过，相信她是因知道自己有了唯一的孙女，解除了多少忧愁，也许从此就会好了起来。

她睡了，睡得那样平静，一点声息都没有，只是两行清泪从眼角默默地流下来。

沈松也累够了，八弟也累了，都睡了。

下午当他们起来时，小屋子里静极了。沈松起来后，不知为什么感到异常不安。他到三太太屋里去看一下，母亲平息地没有动静，但脸色完全变了，变得蜡一般的白。他吃了一惊，伸手过去一摸冰凉，一摸鼻子没有了呼吸。沈松大喊：“姆妈！你怎么啦？姆妈！姆妈！”怎么喊也不醒了。八弟也过来大喊；“姆妈！姆妈！”没有一点动静。沈松急了说：“不好，找医生来。”说着自己跑出去，跑到文德里路口找那家医生，要他出诊。虽是一小站路，医生非坐三轮车不可，只好请他坐了三轮到家。他一看就摇头不止，只用一分钟就判定三太太是死了。

沈松和八弟二人不由得放声大哭了，正在这时候妇产医院送信来要沈松快去，说是新生的孩子身体太弱要死了。又是当头一棒，沈松真的不知所措了，他说一声：“八弟你照看一下。我去一下就来。”沈松顾不上坐什么车了，自己从成贤街跑步到医院，他觉得什么车也没有他跑步更快的了。他一口气跑到医院病房，看到徐倩在哭泣，哭得厉害。徐倩抽泣地说：“班比不行了，医生说只有输血才行，怎么办？”沈松好像听到了佛音说：“能活！”头脑这时清醒过来：“哪里买血去，抽我的吧。”这时医生走过来说：“急需给孩子输血，这样小的孩子用血不多，她母亲当然身体弱，但只要50CC 到 100CC 就够了。用她母亲的血比什么都合适，你们俩同意吗？”沈松说：“她父亲的血也可以的。”徐倩坚持抽她的，二人争论了一会儿，医生说母亲比父亲更合适，准备推徐倩到手术室去输血。沈松没有来得及告诉她妈妈已去世的消息，就回身坐公共汽车回家了。

家里只有八弟一个人在哭泣着，他不知所措，也没有把母亲的脸遮盖上。那位用人说应在死人脸上盖上纸钱。沈松一想盖纸钱多难看，于是把白被单拉上来给三太太盖好，他头脑已麻木了，不知道怎么办。那位用人又说应该找和尚来念经，得有人陪夜。沈松说：“不找和尚念经，老太太再也不信佛了，把佛给砸了。”让用人找几个人带副麻将牌来守夜，准备饭和宵夜，用人飞快地去了。

这一夜果然有二男二女把方桌抬到中间，打起麻将来。

屋里所有的地方都点起白洋蜡，母亲的屋里就点了四支，打麻将的地方有六支，屋里通明。八弟和沈松轮流在母亲的屋里守灵。沈松因天太热，又去买了六大块冰块装在盆里放三太太四周，可以感到一些凉意。

八弟时时流泪，沈松已完全不知道悲伤，他只顾想着各种事情——不知徐倩和班比怎样了；要去买棺木，到哪里去葬；到哪些人家去报丧，怎么开吊。他想到父亲死时胭脂巷有多少人走动、帮忙，而现在母亲的死却只有自己和不懂事的弟弟。虽然这屋里一样也光亮照人，但显得多么孤寂。

时代新了，不必做孝衣了，明天买些黑布做成黑纱就行了。

他很想把母亲葬到苏州去，也许那儿是她降生之地。但一想苏州又没有人知道她了，她一个人去那里何尝不是孤魂野鬼。葬到安庆吧，迎江寺已无父亲踪影，他独自一个躺在上海豪华的万国公墓了，这位可怜老姨太怎么可能挤在他的身边与他同葬？！不是梦想吗？只有埋在消失了文德里的南京，这才是她的地方。

第二天一早，沈松到新街口附近的中等殡仪馆去买棺木。沈松什么也不懂，不知什么是好棺木，什么是坏棺木，像傻子一样置身于殡仪馆的仓库中，看见无数的棺材，有红漆的、黑漆的、本色的。陪伴沈松的职员说：“请您看一口本色的，自己加漆才合适。”于是买了一口标价相当高的杉木棺材，在那位老兄的劝告之下加上三道漆，立刻叫油工当场漆上。这并没完事，那位老兄又引沈松到前边会客室去，倒上茶，见沈松是个学生似的青年，于是把丧事的规模极力夸张。沈松听了，感到埋葬一个老人可以把一座洋房都装进棺材里去。沈松只要了两斤丝绵并请工人穿殓，各种衣服等都不要，最后那人劝说沈松买一床印波罗蜜经文的丝绸盖被，极昂贵。沈松告诉那位仁兄家母不信佛，不必了，但是沈松却订了一个礼堂准备开吊，以抒发心中的怒气。

没有想到回家见母亲屋里摆着一个鲜花扎成的大花圈，上面绸带上写着“三嫂杨氏千古”，下书“弟妹夏纯敬挽”。八弟告诉这是七婶送的，而且向母亲遗体三鞠躬，大哭了一场后走了。沈松心里感谢这位远房婶母的救援，自己后来在战争爆发时设法送这一家人去逃难。她来向三太太致哀，恐怕也是哭泣自己的不幸吧。

沈松从家里又奔到医院，去探望徐倩。幸好徐倩告诉他只抽了 20CC 血班比就缓过来了，可是自己奶水还不够，但徐倩知道妈病了，沈松来来回回找医院太忙了，因此没有给她熬鸡汤，只是问他为什么两天没来看她。沈松没有回答，只抱着送来的班比看了看，只见班比更黑乎乎的，像是一个小猩猩，满身满脸毛乎乎的。心想：大概生下来的小鹿就是这样的。他满心爱怜她，自己不会抱小孩，感觉软乎乎的不好抱。徐倩把孩子抱了回去，骂了一声“真笨”，沈松不知如何是好。

天晚了只好飞快回去。又过了一天，殡仪馆派来一辆自行车似的三轮车，那车不是坐人的而是装死人的。又来了两个年纪大的工人，把三太太尸体用丝绵一层层裹上，这样可以多年不散骨架，把三太太腿都扳直穿上较好的旗袍。沈松听到骨折的声音，有一种残忍的感觉，但也无法阻止他们这样干。三太太尸体被送到三轮车旁长匣子里去。那人骑着车，沈松和八弟跟在这种新式灵车后面一步一步地走着，护送到殡仪馆。那灵车上总算有一个七太太赠送的花圈，这与方三老爷当年出殡的光景简直是天上地下了。

在殡仪馆把棺木抬到礼堂，殡葬人问：“还等什么亲人吗？”沈松说：“亲人很多，但恐怕等不及了，入殓吧！”

当盖棺时，突然一种永别难舍的感情袭来，沈松和八弟都抢上前去哭着喊着，带泪的眼睛看着母亲那永远慈祥的脸，自己的泪水无尽地洒在上面……

棺材终于盖上了，棺木上第一颗大钉子需要沈松来钉，那不过是形式地比画一下就是了。当工人真的用力捶击钉子时候，似乎钉钉捶击他俩心里，令人心碎。

棺木供在灵堂前，前面摆了方案，依旧点上大白蜡烛，一炉缭绕的香烟构成这灵堂的忧伤，可惜旁边只有七太太赠挽的唯一的花圈。

上午十一点左右，方七太太在灵堂前行礼，居然还是老规矩叩拜了三下。沈松和琥德只有跪下还礼了。七太太依旧扶棺哭了一场，辞别而去。

从此这礼堂之内空空悠悠，再没有一个人来礼拜了。

殡仪馆还有公墓，沈松正好买了块地。第二天，方三太太葬在花神庙这美丽名字的公墓里。

花神庙公墓坐落在一片半山坡的斜坡上，后面依靠着半山，草木青青；前面一湾江水，风景很好，幽静美丽。只有沈松兄弟二人送葬，当掘开黄土放下棺木，培上新土就是很突出的一座小坟了。沈松把已刻好的石碑立在墓前，碑上刻着“方田杨氏之墓”，左下方刻方琦德、方珂德、方璞德、方琼德、方瑄德、方琥德兄弟六人的名字，“泣血叩立”，右上方刻有“夏纯题”字样，碑有半人高。

第二十八章

三太太死后，沈松夫妇带着小班比无法过活。那位汤家大哥见了以后，要沈松替他卖掉一批汽油，拿大笔回扣；如果卖出他规定的价钱，还可以把超出的钱统统归他所有。如果是有本领的人可以发笔大财，可惜沈松是无用之辈，望财兴叹毫无办法，找不到一点生意经的门路，只好放弃了大好机会。只有把房子出租给人搞点钱。一个中学教师模样的人看到沈松贴的招贴，愿意出不错的价钱把房子租一年，到期如不收回可以再议。这时国民党开始改币制，三百万元兑换一元金圆券，所以暂时大家心情略为安定。

沈松与徐倩到上海就住在一家殡仪馆里去了，在殡仪馆礼堂的楼上，因徐倩几个搞舞蹈的同学邀她一起在殡仪馆里办一个舞蹈学校，居然有三十多个男女学生。自此每天由沈松抱孩子，徐倩重新练功教舞蹈。有机会沈松还参加观众公司的《北京人》和《以身作则》的演出。沈松已二十七岁，身高体壮，还演《北京人》中曾霆，上海评论人士觉得演技很好，把这个家里长大的孩子演得惟妙惟肖。演这个戏和他十岁以前在胭脂巷读家塾的生活基础有些关系。但不幸的是观众公司解散，上海也无法进行话剧活动了。一是美国派拉蒙等八家大电影公司垄断了上海所有剧场、电影院，上海辣斐剧场已把舞台撤掉，叫演话剧的人无台可演；二是对话剧审查太严，已无法排戏。剧员们多想能有个自己的剧场，使自己的理想能够实现呵！

沈松住在殡仪馆中很不舒服，尤其夜深人静总感到停尸房死尸会爬起来似的，深夜一觉醒来一有动静就觉得死尸爬上楼来了。

隔了两个多月，学生也因经济问题、出路问题不来上学了。舞蹈学校关门大吉，连殡仪馆也住不成了。

沈松只有到郊外去找房子，果然在徐家汇以北的斜土路农村的边缘上找到一家小油盐店楼上两间空屋住下，租押金四担米的钱就可以了。

在这里和束夷一起住在小楼上。束夷是个身材高大优美的姑娘，国泰电影公司的演员。她只身一人独居，出门打扮如同阔小姐似的摩登，在家每天和沈松一样生小煤炉自己做饭。这里前前后后都是外地来上海的电影戏剧界的明星，过着同样的生活。

不久徐倩也在国泰电影公司找到一份演员工作，算是有了固定的收入。沈松又过着失业的日子，每日出去奔走一番，无非是"大南门"中电二厂和在上海总公司的张皓，终是无结果而回，重新又陷入无边的茫然之中。日子一久，内心里有了极为不安的念头"一个男人靠老婆养活吃饭"，有一种难堪的自责。有时不免苦闷叹息。徐倩脾气也变得暴躁，在这种心境中两个人开始吵架了。

沈松住的房子对面就是南方特有的老虎灶。这种老虎灶上海更多，就是供应开水，卖喝的开水，也卖洗澡、洗脸水，很便宜，这样贵极了的煤和柴以及煤油可以节约了。依靠老虎灶，沈松担负家务劳动就轻松多了。

一天徐倩去厂里了，沈松和不到两岁的小班比在家。沈松一看没有开水了，就把小班比一个人留在屋里，自己拿了暖瓶到对面的老虎灶打开水。没有想到小班比自己歪歪斜斜地走到靠窗户的椅子上，又爬到桌子上，从桌子又向窗外爬去。正爬到窗口就要掉到三层楼下面的时候，忽然后边伸出一只大手悬空地把班比一把抓住拎了回来。小班比还以为人家逗她玩，还在嘿嘿地笑。原来李恩杰恰好来探望沈松，上楼推开半掩的门一看小班比已一半爬出窗外。李恩杰不及思索一把就把她从半空中提了回来，救了一条小命！李恩杰抱着班比心里直跳，气得不断骂沈松："这个沈松真是一个混蛋，人到哪里去了？难道又抓到监狱去了？"正在大骂的时候，沈松回来了。李恩杰仍然余气未消，整整一个下午，把沈松骂得心惊肉跳。

小班比自到上海以后，人人见了都大吃一惊，接着大笑不止，说这孩子真丑，丑得和他爸爸一样。沈松带她到方琏德家去拜见这位大伯父，大伯父抱起她来称她为小煤球。别人说她太丑，沈松却从这个孩子脸上找不到一点丑意，今天差一点就摔成肉饼，他一面感激李恩杰救命之恩，一面也在自责自己的大意，心里又担心徐倩知道后没完没了地责骂。

晚上由于自我谴责，完全向徐倩坦白了，不出所料徐倩又哭又闹又打的，一直闹到天亮。沈松没有反抗，连隔壁的束夷在她的屋里高声劝慰也没有用。

上海金圆券又开始贬值了，已有十万元的大票子。米价从五百元一石，两日内涨到一千八百元一石。大家去挤平价米，但平价米却买不到，在徐家汇发生了抢米的事情。住在金司徒庙的王杰和陈青知道沈松生活困苦已极，他们到"中制"的伙房里偷了一大包剩锅巴送给沈松充饥。

从金司徒庙走到徐家汇，累得二人狼狈不堪。王杰一部大胡茬黑乎乎的一片，有绿林之风，他从抢米的人群中挤过时，警察不由分说把他抓到警察局去了。一直等到下午警察才有空审问他，翻出他的一大包锅巴，打了他几个耳光放了他。

沈松感到这是一片无以报答的真情。徐倩虽也感谢他们，但不免又埋怨沈松真是没有出息。

徐倩在国泰好容易拍一部片名为《平步青云》的电影，一天，来了一个穿长袍的中年人，慢吞吞地说厂里要他陪徐小姐一起去做服装。徐倩当然高兴去，便和他一起上街了。

出去跑了一天，下午才疲惫不堪地回来。在路上那人对徐倩说：“今天老板交代，今晚请您徐小姐一个人到老板家里去吃饭，老板要是喜欢你可以再多几套衣服，要成为主演了以后，就在上海滩站住脚了。”徐倩听了当时就放下脸来说：“要我一个人吃饭？陪酒？你们不看看我是什么人！”一怒之下就回家了。

果真电影厂传出要换掉徐倩的角色，幸而当时男主角张伐听到后大怒，声明如果不要徐倩，他也罢演，这才不得不让徐倩去拍《平步青云》。

在各种朋友帮助之下，尤其是三期同学沈扬的帮助下在大同电影公司拍摄《哑妻》时，沈松第一次参与了主演。

这时人民解放军东北野战军已经结束辽沈战役，入关包围了天津、塘沽、唐山。没几天，解放军又在徐州以东全歼黄百韬兵团，完成对徐州的包围。

上海的国民党以重金请各种艺人到徐州劳军，所以上海文艺界各种电影明星、歌星、舞女都纷纷避难，有部分人就到香港去了。

这种紧张气氛中，刘厚生突然找沈松、万家宝、李恩杰、张石流、梅朵等人成立了读书会学习哲学，同时刘厚生也介绍了战争情况。学习开会地点在中国儿童福利基金会儿童剧团里。虽然已近冬日，上海阴雨泥泞，他们由于战争胜利的鼓舞，不怕被国民党逮捕的危险，每周都去学习。万家宝既热情又神秘地问：“咱们也是一种组织了吧？”刘厚生笑而不答，沈松也摸不着头脑只是说：“对，算我们自己组织的读书会吧。”万家宝每会必到。

正巧中电一厂有个七期学生陈泉，写了剧本《寻梦记》，找沈松接演此片主角，答应给三根大条子。沈松喜从天降，三根大条子就是三十两黄金啊！陈泉在冠生园宴请了沈松，炒火腿、炒虾仁、烩海参、烩鱿鱼吃了一大顿。吃完饭要来剧本回家一看，原来是“戡乱”的电影。沈松这一惊非同小可，难怪他们要花这么多钱来找他呢。

方琥德来到上海，住在沈松屋内，也每天找工作做，但无处不摇头。

南京在文艺界搞起“戡乱”独幕剧竞赛，有人居然得了一等奖。

有一天刘厚生找到沈松，约他到大南门去。在他和耿震的房间里，把门关上轻声地对沈松说：“老耿已经找到地下交通的关系，决定进解放区，由南通走到北平。已通过盛家伦、马彦祥与周扬说妥。参加北平解放，等候接收中电三厂。不过很艰苦，不会有交通工具，准备步行。”沈松一听大为高兴，说：“我一定去，全家都去！”走的人中还有李恩杰、王杰。

沈松三步两步赶回徐家汇，正好徐倩拍完夜戏在家睡觉呢。沈松心里直跳，怕徐倩不愿去，现在刚好当上明星，她愿意去解放区？真没想到，沈松刚说完这件秘密大事之后，徐倩说我当然跟你一起去。琥德更是兴奋。

小班比在熟睡，她黑黑的、红红的小脸上浮起一点微笑，似乎表示也万分同意。

但是必须等《平步青云》《哑妻》两片拍完，拿到报酬也可以有点路费。这样至少要十天左右的时间。

到十一月底，《哑妻》结束了，但“大同”原先给一两黄金市价的金圆券，开拍时只给了一半，等拍完时大同电影公司仍按原先比价给。沈松和他们吵了起来，没有得到半点同情仍然是按原价给了一半，并扬言说：“沈松要这么多钱是想跑到那边去吧，哈哈！他不想想他是坐过牢的，这样人毛泽东是不要的。他是自讨苦吃啊！”沈松真是哭笑不得，反正走的主意打定了。

万家宝已经去香港了，听传说邓宛自胜利后就去香港当了阔少奶奶，改信天主教了。

沈松久不见九姑了，乘有空的一天直奔江湾的复旦大学。九姑一个人住两小间日本式的教授宿舍里，看到沈松来非常高兴，听到沈松一家要去解放区，她睁着一双大而清澈的眼睛说：“好啊！我真想和你一起去啊，但是靳以叫我不要走，反正上海、全中国都会解放的。你可别忘了见到你三哥和陈绚告诉他们，我等他们来解放大上海！我也会做我应该做的事。”沈松激动得眼泪都快要流下来了，只会说：“我一定说，我一定说。这次我一定会见到他们的。不过我们很艰苦，要走着到北平。”

晚间就在九姑单人小铁床下的地板上睡了，他感到一种别离的游子在母亲脚下的温暖。

第二天一早，靳以先生来了，特别过去看看他。他是九姑的好友，是璞德的老师，又是万家宝的同学，因此他特别喜爱沈松。他戴着一副眼镜，也是那么温文尔雅、热情。听说沈松去北平，一把握紧沈松的手说：“应该去！去投入战斗吧！祝贺你，我的朋友！”他也要沈松到他家去吃饭，沈松说：“来不及了，希望我们在新中国的土地上相见。”

沈松兴奋地离开了复旦大学。

中电一厂陈泉又来找沈松。沈松拒绝拍那部片子，陈泉大怒，于是每日都派汽车来找沈松，并扬言沈松原来就是共产党，他不肯拍这部片子就说明他毫不肯悔过，那就不客气了，非再抓起来不可。这加速了沈松进解放区的时间，当《平步青云》一拍完就准备起程了。

在正式走之前，他们全家躲到住在附近的田广才家里去了。田广才叹息自己一家人不能同去。

沈松一家人到达黄浦码头，准备搭乘赴南通的轮船时，只见人山人海，一起走的耿震、王杰、李恩杰都已上了船。沈松抱着孩子，琥德扛着行李，尽力向前冲，但前进一步后退两步的就是上不去。轮船上人已多得要翻了，那轮船就不得不歪歪斜斜地开走了。

在船舷上，王杰却在向岸上的沈松大叫：“下一船来吧！我们等你！——”

这样沈松等三人只有流窜到大南门，住一夜次日再走。

没有想到大南门已没有几个人了，刘厚生虽没有走，但特务要抓他的风声很紧，每天晚上不在家住。许绥曾也去香港了，只有扬峰一个人在。当他看到沈松这样情景，心里已明白八九分。但他也不问，以剧本第一期老大哥口气自言自语："唉！我也想走啊，但是我怕呀！我怕一天要走二百里地，我可吃不消啊！"沈松笑了一下，也没搭理他。

谁知一连三天大风袭击上海，所有轮船停航。沈松每天去一趟码头，都看到高悬的黑板写有停航二字。他回来的路上就买些包子和油条、烧饼带回来吃。

最后的一天风小起来，码头上已有传说明日可能有船。沈松又做紧张冲锋的准备，怕先走的李恩杰他们先跑了。

夜间就开始再收拾行李。不想在这紧张之际，小管子带了沈松没见过面的夫人，抱着同班比一样大的女孩子跑来了。沈松问："你们怎么也来了？"小管子很不安地说："我的老朋友叫我赶快离开上海，我又上了黑名单了。"沈松说："那你也去那边？"小管子说："我去广西，那边有朋友可以安置我们，那边的政治条件比上海好，这里是天天抓人。到这里来也是那位朋友说这里朋友多，我只住一夜，已托我二姨，就是相府张家四小姐买飞机票了，明天就能走。"沈松说："那就再见吧，会相见的。"二位夫人又抱起两个小女孩相互比较一番，她的孩子叫方非，比班比白多了、好看多了。

第二天，天还未亮就起程，叫了两部三轮车分别坐了，直奔赴码头。天哪！又是人山人海，沈松简直想象不出如何上得船去！但见江中有无数的小木船在江中心漂荡不去。听说这些人准备在轮船没有靠岸时就由江中爬上船去，否则绝上不了船。于是沈松心想：如果走不了一定就束手被擒了，一定走！非走不可！于是租了一只小木船，也在江心颠簸起来。沈松感到当一个“弄潮儿”是件很苦很艰难的事!

他发现江中另一只小木船上有位同学——上海的电影明星夏天，他也看见了沈松，没有大声欢叫只点点头微笑而过。

这时小轮船远远地开到，还没有靠岸，这群小木船蜂拥而上。恰好沈松乘坐的小船在外侧一个没有门窗的舱口，沈松一手抱住小班比，一手拉着徐倩就上船，徐倩自己又使劲一挤就钻进舱里，一把抱过小班比。沈松又接过琥德递过来的行李，琥德又提了箱子行李，在船工竹篙的帮助下装进了船舱。沈松还没有完全进去的身体被挤得又快要出来了，船工们一看不好，两个人用竹撑篙顶住沈松的屁股和腰往舱里使劲地塞，而船舱里的人却不能出去，挤得人们似乎感觉是被人掐住脖子就要憋死的样子。船工们真够负责，虽然他们赚了三元大头（银圆），但人上不去轮船，他们是不离开的。

轮船倾斜得全船的人大呼小叫，和日本人要占领南京时那样，仿佛灭顶之灾就要降临。

好容易到了码头，船上的乘客不是走下船的，而是被挤着、被弹出船舱的。下船乘客一走完，不等岸上的人上船立刻开走了。那岸上的人跳起脚来大骂不已，小火轮却像挨打受伤的小猪依然不睬地呼噜呼噜地逃跑着。

经过了一天一夜，第三天清早总算到了南通。李恩杰、王杰在码头上迎接。沈松一看见他们就高兴地大叫起来！但他二人却是神情严肃示意：不要吵，不要提问题，跟我们走吧。于是这里三个人，跟着他们两人埋头不作声地向前走着。

走到南通卫戍司令部对面的一家大茶馆门口站住，王杰、李恩杰轻声地说：“你们在这里坐一会儿。”就走进去了。沈松抬头一看，这是一个不小的茶馆，有二十来张桌子，柜台的墙上有个大金边镜框，完全旧得发暗了，嵌有一张营业证书，上写发给业主潘泰宝。沈松心想：“这里难道就是南通地下站？”一会儿看见耿震陪着一位中年妇女走过来，她热情地说：“这几天好大的风，把你们耽搁了吧！这下可好了，进屋里去。我可要看看我的新表弟妹，哎呀！是个大美人坯子呀，多漂亮。哦，已经添了小侄子了，我要好好地看看。”把班比接了过去，“走吧，走吧，自家人头一次来我这个茶馆，多住几天吧。”一边说着，真如同欢迎一个远到的近亲一样，抱着班比进了后院。

后院有几间平房，他们男的住另几间平房里，沈松和徐倩被引到一间摆满新的、农村自制家具的房子里。老板娘一进这间屋子就说：“同志呀！这是我自己的屋子，你们夫妇就住这儿吧，没有事别出去啊！对面就是军统特派机关，我们这个交通站就在老虎嘴边上，一方面更安全，一方面也危险。警惕性高些不会出问题。”她匆忙地放下班比就到外面去了，就听见她在前面茶座当中嘻嘻哈哈和来往客人打招呼，大声喊着：“龙井三碗！”有些当兵的也在问：“刚才进去的穿皮大衣、高跟鞋的（这是徐倩在上海的穿着）是什么人？”她接口道：“是我的表弟媳，人家是上海来拍电影的，顺便来我家看看我。他们可是与上海杜先生有关系的。”她搞得热闹非凡，替沈松这些人打掩护。

晚上关了店门，她又走进沈松的房里，非常轻声地说：“这几天江上风大，上水船不好走，等风一停就送你们走。早点睡吧，十点钟前后会来查夜的，你们不要怕，只说是我的表亲，别错了。”说完把门带上出去了，听见她又到老耿他们的屋里轻声招呼什么去了。这位潘大嫂给沈松一种非凡而伟大的地下交通员的印象。

果然，夜间十点钟沈松夫妇和班比在熟睡中被潘大嫂和几个大声呼叫的声音所惊醒：“快开门，快开门！查房，查房！”沈松忙披衣起了床，徐倩披了那皮大衣坐在床上。沈松打开门，潘大嫂领着两个全身武装、手臂有卫戍袖章的兵进房来。潘大嫂说：“哎呀！两位别客气，他们俩是我的亲戚，我也叫你们放心。他们俩住的是我的房、睡的是我的床、盖的是我的被。这么漂亮新弟媳妇，又是上海名演员，你来见见。”她一长串介绍，真的像是她拉他们来见的。

“你是拍电影的？是明星？”

“是啊，我们和我们的导演一起到江阴和这里拍外景来了，天不好，真倒霉，给耽误了！”

两个兵也嘻嘻哈哈地如见到了大人物似的高兴，居然敬了个军礼就走了。走出门潘大嫂说再去看看那几位吧，那两个兵懒得看了。潘嫂说：“那就前面喝茶。他们带来的美国香烟二位随便带一包吧！”也不知她哪里来的美国烟，一个兵送了一包，他们说说笑笑地走了。

潘嫂又进来说：“这两个家伙今天高兴了，安心睡吧，不要乱走动，睡吧！”

第二天中午，耿震又到沈松的住房悄悄地说：“好了，明天一早就走。潘大嫂亲自送我们走，可能还有人到码头护送，大家都别打招呼，记住了。”说完，他走了。

晚饭时潘大嫂叫伙计关上了店，用两张桌子拼在一起，摆上了两大海碗豆腐青菜煮白肉片，每人面前还有斟好的热黄酒。等人们就座以后，潘大嫂举起酒杯：“同志们……”这一声同志们，沈松感到又回到方瑄德的年月，一种难以说清的情感使他早已热泪盈眶了。“同志们太辛苦了，家里人一直在等你们，欢迎你们。可惜我们工作做得不好，没有做好接待工作。明天一早大家就走了。大家放心！我们会做好安全保卫工作。今晚只好以粗茶淡饭来欢送大家了。”这番话说得人人内心激动。耿震激动得不由自主地站了起来，把他套在中指的金戒指取了下来，微微颤动地说：“潘大嫂，我们这些演戏的人明晨就要进解放区，为共产党工作了。今天受到潘大嫂这样招待，我们可谓是囊中羞涩，没有钱付房钱、饭钱，现在无论如何请潘大嫂收下这点小意思吧，这只能表示我们几个人的心意而已！”说完把戒指捧上，而那位潘大嫂却站着没有动，庄重地微笑，亲切地说：“同志呀！这是党叫我们来接大家的，难道党会要你们的饭钱、房钱吗？你们回家了，你们在外面辛苦了，难道还要你们的金戒指吗！这叫我怎么办呢？”她的话是大家没有听到过的，也是大家没有想到的。耿震把手中的金戒指只好慢慢吞吞收回：“原谅我们这些带有许多小资产阶级味道的人吧，那我们只好说声谢谢，感谢党……”他再也说不下去了，潘大嫂忙说大家吃饭喝酒吧。于是她举杯一饮而尽，大家也一饮而尽。大家很想唱点什么歌才好，又不知唱什么好。耿震一面喝酒一面活泼地讲：“我把大家介绍介绍吧……”介绍到沈松时，沈松一跃而起说：“我原名方琯德，多少年来我为了生存方便改名沈松，现在要回家了，我宣布改回我的真名叫方琯德了。”潘大嫂说好，大家要鼓掌，潘大嫂摇手说：“不行，不行！这儿还是白区。”大家觉得太过于忘情了，红着脸伸了一下舌头，这才吃起饭来。

热烈而简单的晚宴将结束时，潘大嫂说：“同志们，明天去天生港进入新解放区，找江南办事处。为了大家安全就不带信件了，要走一些路，大家做好行军准备。天生港离这里有四十里路哩！”

天刚微亮，潘大嫂找来挑行李人，耿震为首的六个人随潘大嫂抱着孩子一起来到江边。靠岸边有一条三个人划的木船停在那里，而岸边却有两个荷枪的兵似乎是检查哨，周围有五个汉子，有的在瞭望江心，另两人却在两个兵面前请他们抽烟，和他们说话。这些人见潘大嫂的人直接上了船，似乎松了口气。潘大嫂又对船工说：“开船吧！”船工没有一个人说话，抽了跳板扯起风帆就开船了。

在船上大家都不说话，船工们也不睬他们，似乎大家心里都明白这将走向何方。方琯德在一九四一年组织被破坏时逃出江安也是乘了小木船在长江上游漂流而下，这次和那时的滋味大不相同了。

走到天黑，船工们说："唉呀，换西北风了，船走不动了，要不我们早到了天生港。"这话似乎是说给琯德他们听的，"要注意不要向南边走，那边国军要开枪的。"

"是呀！他们害怕嘛，真奇怪一个小小的民船也怕呀，将来那……总有一天要过来的哟！"

"已经几点了？哪位有表看一下。"

李恩杰点火柴看了一下手表："十二点多了。"

"对不起，北风还不小，真走不动了。"

江浪果然在船底拍击着，船身不正常地左歪右斜，只好落下大风帆。

忽然眼前出现一块陆地，把江水岔为两股水道，这块陆地在江水中心，船工们都惊慌了：

"怎么船到了燕子窝了！""唉呀！那怎么办呀！"

耿震不明白地问："这是什么地方？"

船工："这块地方上有一个师的兵，被他们发现了就糟了。"他话还没有说完，就听见那"燕子窝"上"当"的一声清脆的枪声划破沉寂的夜空。偏偏天上升起不圆的月亮，可以看到那块地方上有人影在动，接着"咔嚓"一声船身一震，"不好了，船搁浅了，唉呀！他们那些人追下船来了。"船工接连发出紧急惊人的喊叫。

果然看见有三只小船向这边划动。大家急了，有些不知所措。琯德说："徐倩抱着孩子到底舱去，我们每个男的能抓到什么家伙就是什么，准备决斗吧！"说完自己找到船上的一把斧子，紧紧地握住，李恩杰、王杰、方琥德、耿震都拿起了木棍、桨什么的。方琥德当过兵，叫大家先蹲下，不然目标太大。忽然船工对他们说："不是到老四那里去吗？"伸出了四个指头，"下面是张王港，昨天已解放，走那里可行？"大家说："当然行，一切听你们的。"

话音一落，三个船工一齐跳下水去。天！这十一月的天气，江水已是寒冷透骨，船上的人还没有明白过来，他们三个人已在没腰深的水中推船了，不顾一切齐心奋力地推。果然像三个天神力士一般居然把船推动了，一直推到江流之中，三个人立刻跳到船上掉转船头又急速地扯起船帆，在西北风推动之下，快速如飞向下游走去，而三条匪兵的木船也紧追不放。不一会儿听见船工说:“到了，落帆吧。”随着风帆一落，船向左一转就进了江北的一个狭长的港口。就听见港口高斜坡上有人问:“什么人？”船工中有人回答了几句听不大懂的话，那人说:“向里边走吧！”接着他一声口哨就有十几个带长枪的民兵跑步过来，伏在斜坡上向江里追来的船射击，乒乒乓乓一阵子猛烈枪声。

枪声停顿后，走过来一个带短马枪的人，问:“你们是南通来的？”耿震说:“对的，我们找江南办事处的。”那人说:“那些土匪叫我们打退了，你把船再湾到里边一点，先睡在船上，明天我们派人送你们去。”

方琯德这一群人跳到地面上，跑到斜坡上指着江南又叫又跳大骂起来。琯德平时不骂的粗话都骂了出来，骂完以后又是欢呼“共产党万岁！解放军万岁！”几乎是所有的人都叫着喊着，接着，又爬到地上捧起一把土撒向空中，自己又伏在地上吻着大地，喊着:“啊——解放的土地啊！”突然有人大喝一声:“你们叫些什么！你们是干什么的？半夜三更叫什么！怎么这样疯疯癫癫的，不许吱声了！”大家一看是个带匣子枪的人，于是都不敢作声了。

“你们知道吗，这是拉锯的新区，随时敌人都可能打过来，这里潜伏的特务多得很，你们乱叫乱喊怎么行？同志们，这是战场！不要这么小资产阶级狂热可好？”

大家听见这顿训斥非常高兴，原来身在战场！总算经过战斗洗礼了，于是十分听话，一语不发地回到船上睡觉。可是在他们中间夹杂两个带枪的人与他们同睡，大家热烈欢迎，紧紧地挨着这两个人呼呼睡着了。

一觉睡醒已是天亮，但天是阴沉的，起来已看不见那几个带枪的人和船工们。船外岸上那位带匣子枪的人在岸边徘徊，有一群小孩穿得破破烂烂，满脸满身泥，在围着木船看望。耿震他们走上岸去，那群小孩看见徐倩的高跟鞋、皮大衣和烫的头发傻望着不敢出声。

那个带匣子枪的人看他们都起来了，走上前来，非常客气，笑容满面地前来握手，并说："昨晚受惊了，这里不能久留，随时可能有战斗。我已准备好，一位同志马上送你们到江南办事处去，起程吧。"说完，走来一位农民推了一辆独轮车。这位农民就是他们的带路人了，把行李捆在一边，另一边徐倩抱着班比坐着。

"要走八十里路才能到，大家不要急，一会儿就到了。"

虽然琯德离开大别山已十年了，城市的复杂生活使自己的两条腿蜕化了，但是在这里又重新获得力量，强壮起来了，可能脚会打起血泡，也要穿过淮海战场，沂蒙山区、华北战场，直达解放了的北平城……

在这广大的土地上，方琯德、方琥德终于会见了他们所有的兄弟姐妹，他们在流血战斗的土地上整整战斗了十年。

十年了，他们每个人和琯德自己都有着艰难岁月和战斗的历史，十年以后相逢在解放的土地上。但他们都悲哀他们失去了伟大的母亲和南京的文德里，而对安庆的胭脂巷已经忘却了。

完稿于一九八八年二月廿一日

龙年正月初五

附录

“一梧千竹”话贲巢

光绪丙午（1906）夏，同光体皖派诗人雅集，姚永概（安徽师范学堂监督）、金子善（严复家庭塾师）、阮仲勉（敬敷书院山长）相聚安庆小南门方守彝贲巢。因贲巢靠近小南门的庭院有一棵高大的梧桐树，而与小南门宅第背靠背较早买下的小二郎巷庭院有一片竹林，故方守彝以“一梧千竹”称谓贲巢。此次诗会，姚永概亦戏拈“前庭有修梧，后院有高竹”为首二语，诗会主人方守彝先作《“前庭有修梧，后院有高竹”，叔节过仆书室即所见成句，属诗友赋诗各以此为发端，仆为室主人，先作》，有诗句：“前庭有修梧，后院有高竹。清风灌输之，荫此老渐秃。晴云常恋檐，疏雨过添绿。四时靡弗宜，尤宜此炎伏。或坐或徘徊，或默或诵读。或倦肱隐囊，或思肠转辐。或邮书万里，或引满百斛。客来茶烟高，人定叶响独。病或与医论，书或课孙熟。啸歌或纵声，悲惶或私哭。不寐立夜阶，斜月插高木。隔城即大江，波涛声听肃。仰天辨列宿，璀璨光纷瞩。四壁照琳琅，精芒箭出箙。吁嗟四十年，卑鄙作家督。虚牝掷黄金，成就老庸碌。”自同治初年（1862），方守彝奉母迁此居住，已有四十余年。这个南门城墙边静谧的院落，可以听见长江波涛声，方守彝可谓隐于斯，歌于斯，哭于斯，亦与同光诗友雅集于斯。姚永概有诗《仲勉、子善同集伦叔斋小饮，余戏拈首二语，邀伦叔、子善同赋》，得姚永概诗后，方守彝有《和叔节梧竹诗原韵》，姚永概亦有《伦叔即作长篇，又和余原韵，再来征和》。

此次诗会不久，供职安庆巡警道的同光体赣派诗人欧阳述（曾任驻日横滨总领事）用“前庭有修梧，后院有高竹”韵作诗三首。姚永概有和诗《欧阳笠侪观察述用“前庭有修梧”韵三首索和》，方守彝有和诗《和欧阳笠侪观察见示和叔节梧竹诗韵，往复成四首》，有一和、二和、三和、四和，其后姚永概亦有《笠侪以诗来，忆及扬州过从之好。伦叔和笠侪诗，颇有谢罪逃诗之说，再叠韵奉柬二公》《四叠韵酬笠侪、伦叔》。丙午贲巢诗会，仅方守彝、姚永概就有诗十一首，若再将金子善、阮仲勉、欧阳述“梧竹”诗篇搜集齐全，可以编一本贲巢诗集。汪辟疆论同光体，以吴汝纶、方守彝、姚永概为皖派三大家。吴汝纶故去后，方、姚参与的这次贲巢诗会，可以说代表了皖派最高水准。

同治三年（1864）六月，湘军攻克南京，曾国藩督帅行署亦从安庆迁南京，遗留房舍多为皖江士绅购置。李鸿章弟李蕴章任家坡太史第，李鸿章岳父赵昀天台里世太史第，都在此时买下的。方守彝父亲方宗诚是晚清理学大家，其购置的城南小二郎巷院落，原为曾国藩幕僚莫友芝一家在此居住。方守彝回忆，“其弟守敦生于此”。方守敦生于1865年，当知1864年曾国藩迁南京不久，方家就搬到这里居住，至抗战安庆沦陷，方家一直在此繁衍生息。

清末小二郎巷方家老屋是柏堂学大本营，方宗诚迁入后，奋力著书，创立柏堂学。老屋后院有一棵梅花树，桐城名儒姚慕庭、徐椒岑、郑福照、张润泉常在梅树下谈学论道，方守彝、姚永概侍坐聆听，一幅皖江立雪图。方宗诚门下姚永楷、姚永朴、萧穆、阮仲勉也都曾在此居住。京师大学堂总教习吴汝纶从日本考察学制回国，在安庆巡抚衙门南院创办桐城学堂，也在小二郎巷方家老屋居住了一个多月。时令冬月，大雪纷飞，后院梅花盛开，雪光花色掩映窗户，吴汝纶在窗下静静地点校毛诗，过录姚姬传先生评点古诗，这是他人生最后的时光。

方守彝子孙繁多，据胡元吉《贲初先生传》，方守彝有四子：方时涵、方时娶、方时简、方时翮；二女：方淑兰、方幼兰。孙辈则更多，仅方时娶就有八子一女：子方重审、方重坚、方琦德、方珂德、方璞德、方琼德、方瑄德、方琥德，女方瑛德。原先小二郎巷院落已不够住，光绪年间方家又买下小南门更大的宅院，且与小二郎巷院落背靠背相连，形成一个整体。后长子方时涵搬出方家大院，租赁附近任家坡李蕴章太史第，李家占有三路四进，家族成员多在外，闲置房屋颇多。而子孙最多的次子方时娶曾任江苏常熟知县，在胭脂巷新购房舍，胭脂巷西连任家坡，东经插烛巷与小二郎巷相连，彼此都很近。人称胭脂巷为方家新公馆，小二郎巷——小南门为方家老公馆。

从1864年奉母迁此，至“甲子（1924）冬十一月六日，贲初方先生卒于皖江邸宅”（陈澹然《桐城方贲初先生墓表》），方守彝在此居住了一个甲子。其回忆：“时涵、时娶、时简、时翮，两女淑兰、幼兰，皆育于此。先兄长女伯兰于此遣嫁，先从兄殁后，从子世立幼读于此。”清末民国鼎革之际，方守彝抱一贲卦，名其宅曰贲初轩、贲巢，号贲初先生、清一老人、舍车老人。方守彝七古长诗《舍车老人歌》自注：“《易》贲初九之爻曰：贲其趾，舍车而徒。象曰：舍车而徒，义弗乘也。予初读《易》至贲，若有感于斯言，遂名其读书之轩贲初，或偶然自号舍车老人。”贲卦《彖》曰：“刚柔交错，天文也；文明以止，人文也。观乎天文，以察时变；观乎人文，以化成天下。”这是“文化”一词的由来，也是乱世文衰之际一个人文主义者的理想。“或谓先生曷为号贲初乎？曰：此先生之志也……先生履道坦坦，不激不随，易箦之际，幅巾深衣蓄发，犹守古制。白贲无饰，方协无咎，其先生之谓乎！即以‘贲初’为先生私谥可也。”（胡元吉《贲初先生传》）

1897年美学家宗白华生于小南门贲巢，父亲宗嘉禄祖籍常熟，光绪丁酉科（1897）举人，母亲方淑兰是方守彝长女。同一年，后来与林徽因齐名的新月派女诗人方令孺也在赍巢出生。方令孺是方守彝弟弟方守敦之女，虽与宗白华同岁，但辈分却是宗白华小姨。宗白华原名宗之櫆，字伯华，后改白华，《诗经·小雅·白华》为怀人之歌："白华菅兮，白茅束兮。之子之远，俾我独兮。"大约1906年前后，方令孺、宗白华先后离开赍巢，宗白华随父母迁南京，方守彝、方守敦兄弟分家后，小二郎巷老宅及桐城祖居勺园归方守敦一房，方令孺随家迁桐城勺园。方令孺、宗白华在赍巢生活了八九年，一起度过了童年，他们的文集却鲜有文字再现当时的生活场景。后来方守敦孙辈亦有人常来赍巢居住，1937年方守敦孙方珪德（舒芜）在安庆读过一学期中学，就住在小二郎巷老宅，其口述自传回忆："祖父和伯祖父分家时，安庆小二郎巷曾祖父最初买下的那个小院子，归在祖父名下，长时间没人住。这座小院子跟伯祖父家那个较大的小南门方公馆背靠背，我们娘俩就住在里面。"方守敦孙辈最有才华的是长孙方玮德，一个早逝的新月派诗人，也曾在赍巢居住过。1998年方嘉葆与堂弟舒芜的书信中回忆，她十六岁那年，正在安庆女中读书，方玮德从桐城勺园到南京中央大学读预科，路经安庆，在小南门赍巢逗留了半个月，"这段时间，大哥给我印象之深，启发之大，令我终生难忘"。

宗白华父亲宗嘉禄思想近维新派，清末曾任江楚编译局分纂、安徽水利局水利测量事务所所长、南京思益学堂地理教员、江南官立中等商业学堂堂长。宗白华随父母迁南京后，二三十年代，方令孺一家也住在南京。1932年，安庆南门方家人丁最兴旺的方时聚一支，从胭脂巷方家新公馆举家迁南京成贤街文德里十二号。南京成为方家新的居住地，而安庆赍巢在方守彝故去后，日渐冷落。方玮德到中央大学读书时，与同学陈梦家、九姑方令孺、表兄宗白华组成一个小文会，经常在《新月》发表新诗。赍巢方守彝聚集的同光体皖派诗圈，正如其诗集名《网旧闻斋调刁集》，是对古老时代的留恋。而方氏子孙方令孺、宗白华、方玮德、方琯德在玄武湖畔的诗情幽思，则是清新的、青春的、轻快的，是簇新的生命。这些新生命与贲巢依然有着丝丝缕缕的联系。方嘉葆与舒芜的书信中继续回忆，一天早晨，初阳下贲巢，她看见大哥方玮德躺在花厅的藤椅上，拿着一把大蕉扇，轻轻摇着，院中梧桐树绿荫如盖。在那一刻，她分明看见了故去多年的祖父的身影，也恍若听见沉寂已久的贲巢发出明亮的清澈之音。

汪　军

口才奇好方琯德

方琯德出身安徽桐城方家。桐城曾因清代最著名的散文流派——桐城派而闻名海内，文化圈中有谁不知桐城派开山鼻祖方苞、姚鼐的大名呢？方家是当地的名门望族，人称鲁谼方或小方、猎户方。祖上方东树是姚鼐之大弟子，在文学方面有很深造诣。方琯德不仅读了很多书，家学渊源，而且颇有才气，特别爱说话，口才又分外好。女作家方令孺是他的姑姑。1938年，方令孺在重庆国立剧专教文学。她是留学生，思想开放，兴趣广泛。她给剧专的学生讲屠格涅夫、陀思妥耶夫斯基的小说，也讲普希金、拜伦、雪莱的诗，听得学生们如醉如痴。她还经常叫正在剧专读书的赵韫如去她家玩，给她读诗、读文章。后来，剧专搬到重庆上游的小镇江安时，她没有去，先后在北碚的国立编译馆当编审、复旦大学教书。方令孺的文章很雅，我很喜欢。

方家是个大家族。方家的好多子弟都很有才，其中一些先后参加了革命。方琯德的亲哥哥早早就化名杨永直加入地下党。“文革”之前，杨永直任《解放日报》负责人、上海市委宣传部长。我的孩子们“文革”中去上海串联，看见外滩的市委大楼前挂着打倒杨永直的大标语。他们回来告许我，我就想，杨永直一定要受大罪了，而且一定会殃及方琯德的。

方琯德和我的堂弟是重庆九中的同学。在中学，他就参加戏剧活动，十几岁考入国立剧专，和吕恩同届。他在剧专参加了地下党，毕业后，就在重庆演戏，相当活跃，在“左翼”剧人中有些名气。到人艺时，他已经很胖了。1956年，人艺排高尔基的剧本《布雷乔夫》时，他在戏里扮演一个角色。艺术指导、苏联专家库里涅夫欣喜地赞扬说:“他的肚子化装得特别好!”总导演焦菊隐说:“他的肚子是真的!”库里涅夫听后，露出惊异的神色，然后哈哈大笑起来:“太好了，太好了，他有这么大的肚子，动作还这么灵活!我们有的演员化装还要填枕头呢。”

因为他的形体这么胖，就常常演资本家一类的角色，当然资本家并不都是脑满肠肥的，但他演资本家确实相当称职。1953年，我还没到人艺。他在老舍的剧本《春华秋实》里演工厂经理丁翼平，连周总理都夸他演得好，说:“你创造了一个典型。”1956年，他又在曹禺的《日出》里演银行经理潘月亭。我认为他这个戏演得非常成功，看着过瘾，和陈白露（杨薇饰）的对手戏，和李石清（于是之饰）的对手戏，都相当精彩。他演戏非常放松，非常注意突出人物行动的合理性，让人觉得他不是在做戏，觉得他只是在按人物的思维逻辑行动。他也运用夸张手法，但是观众一点都不觉得他虚假或是过头。这是很不容易的，是要在台上磨多少年才能达到的一种境界。

当然，他也不是尽演坏蛋。1957年，他在表现十月革命的苏联名剧《带枪的人》里，演水兵狄莫夫，形象憨厚可爱。1959年，人艺排演巴西作家的剧本《伊索》。这个剧本人物不多，却个个形象鲜明，台词精练，富于哲理。方琯德把奴隶主格桑演得棱角突出、活灵活现。

1962年，人艺排演奥斯特洛夫斯基的名剧《智者千虑必有一失》，方琯德演马玛耶夫，也是相当成功的。他还导演了《难忘的岁月》等好几出戏。

我所以和方琯德特别熟，不仅因为我们是安徽老乡，还因为我在西南联大的老同学陈庆文是他的表妹。陈庆文当时的丈夫李之楠也是联大的，是我们地下党组织中的老上级。李之楠经历丰富，参加过地下党争取北平和平解放的斗争，知道许多精彩的细节。后来，他就决定和方琯德合作，写一个剧本。

大概有一两年时间，李之楠常常到史家胡同56号的人艺大院里来，和方琯德研究这个剧本。他来了，也经常到我家坐一坐。后来，他们终于完稿了，并定名为《1949》。本来，方琯德都准备着手排练了，1960年末，因为处于困难时期，人艺又决定缩短战线，《1949》暂时下马，再后来就没有音信了。我觉得，那是一个很有意思的戏，搞好了会很成功的，这样不了了之，十分可惜。“文革”之后，我和李之楠等联大老同学又恢复了来往。但劫后余生的方琯德和李之楠都没有精力再重拾他们的剧本《1949》了。

方琯德的前妻吴艺是中国儿童艺术剧院的演员。我和孩子们都看过她演的戏。吴艺本是孤儿，抗战时期，舞蹈家戴爱莲在重庆陶行知办的育才学校开设舞蹈班，招收了几位衣食无着的贫困学生。冯亦代和唐瑜就分别收了几个学生做干女儿，负责她们的生活、学习费用，其中就有吴艺。大概60年代初期，吴艺得了慢性病，就经常去上海杨永直家养病。后来，她与方琯德感情破裂，离了婚。方琯德就和人艺的女演员孟健结婚了。

“文革”开始，方琯德被打成叛徒，受了不少罪。60年代末，他的儿子方子哥临去东北兵团的前一天，看见父亲和朱琳、刁光覃在首都剧场门口撅着挨斗，孩子心里的滋味可想而知。“文革”之后，方琯德的身体垮掉了。

那一段时间我常在灯市口大街上碰见方琯德。那时，他已不能行走，坐在轮椅上，妻子孟健推着他。有一次，他谈起：“现在，说话机会不多，在写东西。”我不由感叹：“你经历丰富，太值得写了！”他跟我开玩笑：“没有你的文笔！”我忙说：“哪里，我哪有你的才华！你谈话有一分可以说成十分。当初，你在艺委会总是带头发言，而且引经据典，相当精彩。我肚里即使有十分也不见得谈出一分，而且也不见得精彩。”他和孟健都笑了。我说的是实话。那时，我担任总导演办公室秘书，艺委会开会由我做记录，因此印象特别深刻。

方瑄德是很坚强也很乐观的。其实，那时他的身体已经很坏，不仅行动困难，饮食受限，而且视力模糊，执笔无力。一页300字的稿纸，他只能大大地写五六十个字，字迹只有妻子孟健认得出。于是，他写一页，孟健誊一页。50万字的自传体小说《胭脂巷的子孙们》就这样艰难地完成了。又经过四年的奔波劳碌，1992年，这本书终于由北京燕山出版社出版。

这本书通过写自己家族的变迁，写出身封建大家庭的青年们的不同命运，来描写一个时代的变迁；他也写了自己的艺术道路，因为他五十多年的话剧生涯与中国话剧的发展史紧密相联，这就从一个侧面反映了中国话剧发展的道路。这部书被誉为从城市角度写抗日救亡的优秀之作。

方瑄德在谈到这本书时说："我写这部小说很顺手。因为书中的人物除了我自己之外，都是我的亲人们：我的母亲，我的同胞兄弟，我的堂姐妹、表姐妹们，和与我共同战斗过的战友，我所敬爱的老师和话剧前辈们。同时还因为对这部小说，我在思想上已酝酿构思了近二十年之久，只是因为离休前，我全身心地投入在话剧事业上，无暇动笔，一旦可以提笔，文思就滔滔而来，不可抑止了。现在，《胭脂巷的子孙们》已经出版了，但我总感到好像还没有写完。主要是，我没能把那些在抗日战争与解放战争时期，我的那些兄弟姐妹们在革命斗争中，磨炼成长的过程写出来，以鼓励后代。当我到达解放区时，给我印象最深刻的是我的一个堂妹。她竟从一个腼腆软弱的名门闺秀，变成了一个飒爽英姿的女战士，在敌后尖锐的武装斗争的环境中，领导着一个区的工作。革命的大熔炉是怎样地改变了一个人啊！我准备在我身体好些时，争取写出《胭脂巷的子孙们》的续集。"

大概是1993年，我又碰见坐着轮椅的方瑄德。他说，他要送我一本《胭脂巷的子孙们》。他还说："正在思索续集的故事和提纲，近来身体不好，等好一些再提笔。"我忙说："不急，不急，你先把身体养好再说嘛！"我觉得，他并不老，来日方长。没想到，他的病势却越来越沉重，大约一年以后，他去世了。

方琯德和吴艺生的三个孩子方子秋、方子哥、方子春长得都很好，五官特别像爸爸，大女儿子秋尤其秀气。当年，不满十岁的子秋、子哥曾在捷克神话剧《仙笛》中扮演角色。我的孩子们不禁深深佩服他们的勇气。我的二女儿和子秋，还有导演金犁的女儿金九毛、舞美设计陈永祥的两个女儿年岁相当，常常一起玩。小妹子春想和她们一起玩，她们嫌人家小，不愿带她玩。子哥、子春从小受父母熏陶，喜欢表演，后来终于继承父母事业，搞文艺了。子哥上小学时，考上了北京市少年宫戏剧组。大约十岁时，他向母亲郑重宣布：“妈妈，我要当演员。”他求父亲教他，父亲不教；让父亲说戏，父亲也不愿说。口才极好的方琯德嫌儿子性格内向，不善言谈，觉得他干不了演戏这一行。其实，他是主观了，演员也有内向型的，也不是都像他那样口若悬河、出口成章呀！

张定华　口述　　辛夷楣　执笔

致　谢

父亲的书再版了。作为他的儿女心情自是无以言表。太多的话，太多的情，无法说清。

在此我们只有感谢。感谢商务印书馆国际有限公司的胡中文先生和蔡红英女士，感谢一切为此书努力工作的人们。感谢蓝天野先生，在九十有余之年，在每日去医院为两边手臂做理疗数月的情况下，忍受着疼痛坚持为此书写序，实在令我们感动不已。回想当年父亲写书之时，狄辛阿姨每日自带茶杯和笔到我家为行动不便的父亲抄写文稿，这其中的友谊不是用"谢"字可以表达的。

安庆皖江文化研究会会长汪军先生，在百忙之中抽出时间把方氏家族的历史捋得清清楚楚，为的是让读者更好地了解父亲。我们将焦菊隐先生的秘书张定华阿姨写方琯德的文章收入此书。在此感谢汪军先生，感谢张定华阿姨之子张桐先生的大力支持。

常说，大恩不言谢，可不言谢我们又能说什么呢？我们也是迈进七十岁的人了，能在这个年龄看到父亲的书再版，了却心中一件大事，告慰父亲的在天之灵，让我们真的除了"谢谢"再也想不出第二个词汇了。

此书的出版，说明后人没有忘记他们，没有忘记那些曾经风华正茂、用生命和热血为国家兴亡奋斗的人们。在此向无私付出的诸位深深鞠躬，替父亲、替父亲书中写到的爱国抗日先辈们，向不忘历史的朋友们深深地鞠躬。

方子哥　方子秋　方子春